周勋初文集

锺山愚公拾金行踪

周勋初文集

门弟子徐兴无 敬书

周勋初文集

锺山愚公拾金行踪

周勋初 著

凤凰出版社

图书在版编目（CIP）数据

锺山愚公拾金行踪 / 周勋初著. -- 南京 ： 凤凰出
版社，2022.4
　　（周勋初文集）
　　ISBN 978-7-5506-3680-4

　　Ⅰ.①锺… Ⅱ.①周… Ⅲ.①中国文学－古典文学研
究－文集 Ⅳ.①I206.2-53

中国版本图书馆CIP数据核字(2022)第049156号

书　　　　名　锺山愚公拾金行踪
著　　　　者　周勋初
责 任 编 辑　郭馨馨
装 帧 设 计　徐　慧
出 版 发 行　凤凰出版社(原江苏古籍出版社)
　　　　　　　发行部电话025-83223462
出版社地址　江苏省南京市中央路165号,邮编:210009
照　　　　排　南京凯建文化发展有限公司
印　　　　刷　苏州市越洋印刷有限公司
　　　　　　　江苏省苏州市吴中区南官渡路20号,邮编:215104
开　　　　本　880毫米×1230毫米　1/32
印　　　　张　16.125
字　　　　数　389千字
版　　　　次　2022年4月第1版
印　　　　次　2022年4月第1次印刷
标 准 书 号　ISBN 978-7-5506-3680-4
定　　　　价　88.00元
　　　　　　　(本书凡印装错误可向承印厂调换,电话:0512-68180788)

周勋初简介：

周勋初，上海市南汇县人，1929 年生，副博士研究生肄业。

现为南京大学人文社会科学荣誉资深教授，历任南京大学研究生院副院长、古典文献研究所所长、中国古代文学重点学科学术带头人，兼任江苏省文史研究馆馆长。

周勋初 著

锺山愚公
拾金行踪

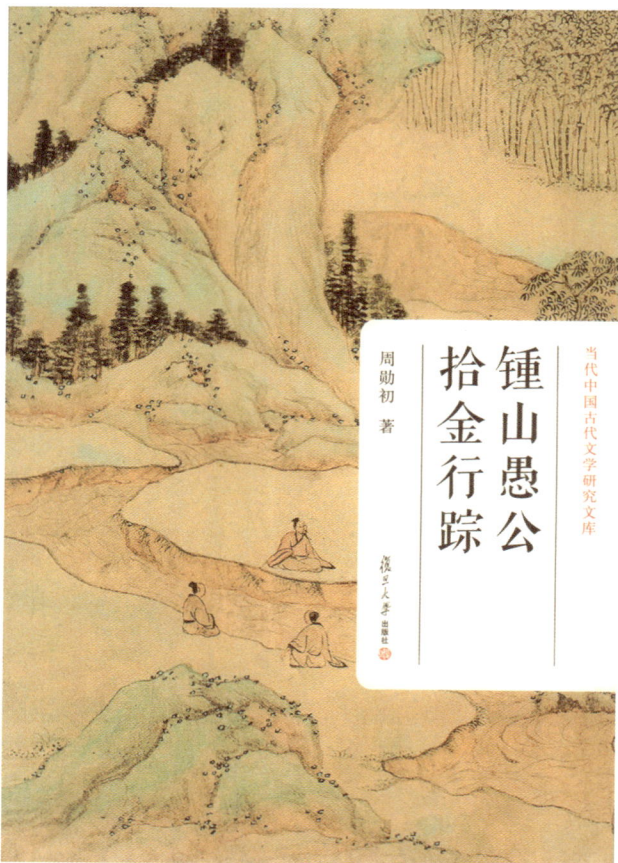

当代中国古代文学研究文库

复旦大学出版社

复旦大学出版社2016年出版

目　录

我与传统的文史之学

——自选集序言

一个人的学术观点，往往与他的人生经历有关。总的说来，总是取决于先天、后天所形成的禀赋。我小时候生长在农村，没有什么文娱活动，只能听听浦东说书，什么《七侠武义》《小五义》《彭公案》《施公案》之类。能读些书了，也就耽读《水浒传》《三国演义》之类的章回小说。高年级后，能读史书了，开始阅读《三国志》等史书，这才发现其内容与《演义》上的说法大为不同，于是转向阅读正史，从而治学之时喜欢文史互证，并对文史不分的传统表示认同。

新中国成立之后，家中划为地主阶级成分。之前我已生了三年肺病，家中为了抢救我，不断变卖家产，实已破败。1950年时，为了摆脱内外交困，乃跳级一年，以同等学力考入南京大学中文系，只是入学不久发现肺病复发，遂又进入疗养宿舍，直到三年级时才痊愈。当时因国家需要，全国大学生都提前一年毕业，分配工作，我以肺病初愈，想巩固一下，乘机补一些课，于是提出申请，继续留校学习，于1954年时毕业。这时中国文字改革委员会新建，而国内已无当届大学生供应，这就让我有了机会到北京工作。

四年级时，从胡小石先生学习《楚辞》，这时才用功读了一些书。小石师运用神话、宗教、民俗等相关知识进行分析，对我影响很大，这在我的《九歌》研究与李白研究上有明显呈现。因而我认为，研究工作应随选题的不同配备相关的知识，除了文史哲外，还应重视其他相关学科的知识，这也就是说，治学必须重视综合研究。

1956年，党的知识分子政策出台，小石师传话，让我考他的副博士研究生，其后也就留校任教，直到今天。

可以说，改革开放之前的一段漫漫人生路，曲折多变，历尽艰难。按照我当时的条件，出身不好，非党非团，与家庭割不断感情上的联系，思想老是跟不上形势，因而颠颠迷惑，屡陷困境。平日教学，任人摆布，不断改换岗位；运动之中，更是险象环生，只要一个门槛跨不过，也就可能沉废终身。由此之故，我对前半生的自我鉴定是：先天不足，后天失调，随波逐浪，力疲心劳。

但我也有一些优点，做事还算认真，读书还算勤奋，而且自知条件不如别人，不能指望上级给你什么优惠条件，由是承担某一任务时，如有心得，总想及时记录下来，以免转向后遗忘。我早期所写的几本书，都是在任务改变前夕突击出来的。

研究生时，小石师本想让我作《山海经》的研究，后因急于接替重病在身的罗根泽师上中国文学批评史课，这才赶忙把学习楚辞时考虑过的一些问题写下，因为时间限制，只能就其中《九歌》方面的问题略抒己见，也就写成了后来正式出版时取名为《九歌新考》的第一本书。

改助教后，为五年级上中国文学批评史课。我在研究生阶段只上了一年多的甲骨、金文和《说文解字》部首，这时转向立即上高年级的新课，从孔夫子到王国维，全由我一人承担，吃力得很。但我集中精力备课，第三年时就发表了《梁代文论三派述要》一文。"文革"前夕，中华书局上海编辑所约我写作"中国古典文学基本知识丛书"中的《中国文学批评简史》一书。书稿完成后无法交出，直到80年代初期，经改写后才以《中国文学批评小史》一名问世。

"文革"十年，荒废年华，但由于我的特殊身份，即没有任何价值，却还有那么一点使用价值，故而后期被起用。先是参加江苏五所高校集体编写马列主义经典著作中的有关文论注释工作，同时参加《辞海》

的修订，后又参加我校和南京化学工业公司师傅组成的法家著作《韩非子》注释组，利用空隙时间写成了《韩非子札记》一书。"文革"结束，我又受命将注释稿改写成一本学术著作，增加校勘等方面的内容，以《韩非子校注》一名正式出版。

前此我曾奉命将家中"黑书"悉数上交，因而除了"雄文四卷"之外已无书可读，后因出现了郭沫若的《李白与杜甫》一书，工宣队开禁，允许教师读唐诗。精力无处发泄，潜心阅读，随后写成《高适年谱》一书。"文革"结束，为了修订《韩非子校注》，上北京查书。一个偶然的机会，得知故宫博物院图书馆中藏有胡震亨《唐音统签》和季振宜《全唐诗》二书，经请求蒙允准，花了半个多月精心阅读，随后写成《叙〈全唐诗〉成书经过》一文，由此进入了唐诗研究的行列。1990年，我主持了一次唐代文学国际会议，为了总结唐诗研究各方面的成就，我主编了一部《唐诗大辞典》，并写了《唐诗文献综述》一文作为附录。其后又为李白的一些奇特现象所吸引，试图作出新的解释，从而写下了《诗仙李白之谜》一书。也就在同一时期，我奉校方之命，协助匡亚明前校长主编《中国思想家评传丛书》，匡校长要求每一位副主编都写上一本，于是我于21世纪之初完成了《李白评传》一书。

1980年前后，我应中华书局友人之邀，整理笔记小说《唐语林》，其成果即《唐语林校证》上、下两册。随后我就整理过程中发现的一些问题继续探讨，写成《唐人笔记小说考索》一书；又把附录中的《〈唐语林〉援据原书提要》部分调整充实，以《唐代笔记小说叙录》一名单独行世。与此同时，我主编了一本《唐人轶事汇编》，由我所内人员严杰、武秀成、姚松负责具体编纂。出版之后，颇获时誉，于是我在90年代后期又筹划重编《宋人轶事汇编》一书，具体工作由校外专家葛渭君、周子来、王华宝三人负责。此书已于2014年出版。

1980年代，我花在唐代文史方面的精力较多，因而比较关注陈寅恪、岑仲勉等人的研究成果。其后接受了程千帆先生的建议，为硕士生开设近代学者治学方法研究一课。到了90年代，我将这一方面的论文和讲义编成《当代学术研究思辨》一书，公开出版。

除了写书之外，我还先后写过一百几十篇论文，先是编成《文史探微》《文史知新》《魏晋南北朝文学论丛》三本论文集。所收文章，上起先秦，下至当代。文章内容，以文学为主，但又不囿于纯文学的范围，而与传统意义上的文史之学联系密切。这与我的师承有关，也与我个人的特殊境地有关。

除此之外，我还先后编了两种论文集《无为集》与《馀波集》，把那些零散的文字又汇集起来，前者编入了《周勋初文集》，后者则于八十寿辰时编就，单独出版行世。

古委会成立，我出任本校古籍所所长，于是又把很多精力投入古籍整理项目。其中规模较大者，一是与一些朋友主持《全唐五代诗》的编纂，出任第一主编，希望总结唐诗文献整理方面的新成果，编成一本质量上超过御定《全唐诗》的崭新总集，目下初、盛唐部分已于2014年出版，全书将于2018年完成。一是组织本校古籍所与中文系古代文学教研组内同仁，整理出一部《册府元龟》的校订本。这书犹如一座未被开发的宝库。我们将宋本与明本互校，并与史书互核，且后附以人名索引，为文史学界的研究工作者提供不少便利，出版后得到很高评价。

90年代我还做了一件颇为惬意的事，将我国流散在外的珍贵古籍唐钞《文选集注》迎归故土，编辑加工出版。此书以日本《京都帝国大学文学部影印旧钞本丛书》内的二十三卷残帙为基础，加入台湾"中央图书馆"所藏的一卷，天津艺术博物馆所藏的一卷残帙，北京图书馆所藏的两片残页，按一百二十卷本原来的顺序编排，命名《唐钞文选集注汇存》。21世纪初，我又筹划出了一种增补本。各界朋友共襄盛举，我能为此稍尽绵薄，实属三生有幸。

我在"文化大革命"前教过两个学期的《文心雕龙》，"文革"之后又教过三次，因此前后只有五个学期的教学经历。但我做事比较认真，每讲一门课，都有详细的备课笔记，讲《文心》时，也编有讲义，先发给学生预习，然后讲授。2000年江苏古籍出版社为我出《周勋初文集》时，我就把讲义也印了进去，取名《文心雕龙解析（十三篇）》，也算是我涉足这一领域的一份学习心得。

因我一直在古代文论界活动，几次重要的《文心雕龙》国际会议也都有朋友邀请前往，为此我总是竭尽所能地提交高质量的论文。这样，我在这一领域中虽非专业人员，却也占有一席之地。

近年来，其他研究工作陆续结项，与《文心》的缘分却又突然增加起来，一些学生与朋友认为，我在《解析》中呈现的思路和论文中提出的论点，自有其特色，应该把其他三十几篇文章也一起注出，可以全面展现我的研究心得。之前我也曾再次注过两篇文章，只是现已年老，力不从心，于是许多学生帮我注完了其他几篇，实现了心愿。

我对这一领域的现状作了审视，发现其间存在很多问题，有待提高，有待纠正，因而尚有空间可以开拓。思路逐渐明晰，形势看得更清楚，于是决心发挥自己的长处，把《文心雕龙》此书放在学术史的长河中加以考察，这样既提出了自己的研究心得，又可克服目下普遍存在的流弊，努力使学术界走上一条更康庄的治学大道。

总的来说，目下这一领域中存在的问题，是由近百年来的学科发展越来越细化，研究工作者过趋专门而引起的。我看到，一些知名的学者，在基本文献和典章制度方面都存在模糊的认识。况且"龙学"一名出现后，有些年轻学者往往一辈子只读这一本书，相关典籍多加忽视，这样研究工作又怎能深化？一些学者揭示的《文心雕龙》理论体系，实际上是以苏联式的文学理论为框架，从刘勰书中摘取相关材料，作为佐证而构成的。因此,刘勰在理论上到底作出了哪些总结?《文心雕龙》的贡献究竟体现在什么地方? 尚有待于再加论证。

细想起来,各门学科过趋专门化而滋生的流弊,不光发生在《文心雕龙》的研究领域,其他学科也有同样的情况。因此,学界这一问题,应当引起我们的关切与深思。我在《文心雕龙解析》中,纳入了与此有关的一些论文,其中有与前辈学者的商榷,也有与同辈朋友的商讨,而在每一篇文章的《解题》中,又逐一抒写我对这些文体的研究心得。因此,《解析》一书,综教学与研究为一体,而这正是我整个学术生涯的缩影。

如上所言,我的研究工作,不论是《九歌》、韩非、唐代诗歌、唐人笔记小说、当代学术研究,抑或《文心雕龙》,也就呈现出自身的特点,即将此书放在中国学术史的背景下考察。这就突破了当下所谓“文学”的界限,而是把政治制度、时代思潮、历史演变、文坛风气等因素综合起来考察。这样做,涉及面广,历史感强,学术史的意味也就浓厚。因我不断奔波于各个学术阵地,也就培育出了一种多角度考察问题的本领,谈天说地,纵论古今,自然会向学术史的方向发展。

我干的活很多,有人称我为“多面手”,我则自嘲为“勤杂工”。反正一有突击任务,要开什么新课,接手人家丢下的课,总会首先考虑到我。自做研究生起,就碰到鸣放、反右派、大批判、交心、拔白旗、大搞卫生、除四害、四清、“文化大革命”;大的运动之中还套若干小的运动,例如“文革”,其间还有除四旧、清理阶级队伍、深挖“五一六”与批林批孔,等等。真所谓“大的运动三六九,小的运动年年有”。……从教学工作来说吧,教中国历代散文选,教中国文学批评史,教魏晋南北朝文学史和隋唐五代文学史;参与大编教材,先编中国文学史,后编中国文学批评史。“文化大革命”后期又参加注释《马恩列斯文艺论著选读》,编《辞海》,注释法家著作《韩非子》。改革开放之后,改教越南留学生,开大一语文课,参加高考出题前后计三次……如此奔波劳碌,非"勤杂工"而何? 上述情况,说明我身份特殊,不可能担任什么领导职务,做的都是实际工作,这倒也培育起了我苦干实干的精神,或许也可以说是"有心种花花不发,无心栽柳柳成荫"吧。

屈指算来,担任教师已有五六十年之久,始终不离本职,自然把教书育人放在第一位,平时常为学生一辈的前途着想,所花的心血也最多。有关教学方面的情况,马来西亚籍博士生余历雄的《师门问学录》中有所记叙,借此可见一斑。

这里可以附带说明的是:2013年江苏省评出首届社科名家十名,我忝列其中。随后江苏省哲学社会科学联合会推出一种《江苏省社科名家文库》,我也名列其中。此书字数与本书约略相当,内容亦相近,我就把二者作了分工,将那些序、叙录、访谈录、前言后记、讲义与讲演稿编入江苏人民出版社的那本《周勋初卷》,本书则纯属学术史方面的论文。读者如有兴趣,可以找江苏的那本并读,该书已于2015年6月出版。

第一辑

先秦两汉文史研究

东皇太一考

　　《九歌》中的许多神,性质最难确定的,大约要数东皇太一为最了。旧的文献中对此几乎没有什么记载,近代学者作过很多新的探讨,但议论纷纭,似乎还未得出共同的结论。以往曾有两篇水平很高的文章专门讨论到他,虽然作了详密的论证,但都没有得出什么结论。

　　钱宝琮《太一考》:"据歌辞看来,东皇太一是一位天神,是毫无疑义的。但是他的地位权威种种却无从推测。秦以后的书籍里虽然常见'太一'的名词,但是从来没有和'东皇'两个字联在一起的。……东皇太一的祠祀究竟是那一国的风俗,也很难查考了。"①

　　程憬《泰一考》:"今传《楚辞》名此曲为'东皇太一',其名当系编辑者所加(大约是刘向)。且'太一'而称'东皇',不知何据。'东皇'之名,汉以前的古籍仅此一见。"②

　　"东皇太一"一名出现于战国之时。由于先秦典籍散佚特甚,有关宗教方面的记载更为简略,因而想要彻底搞清东皇太一的性质,存在着一系列的障碍。但这也不是什么无法措手的事。时至今日,学术研究工作中出现了新的局面,依据马克思主义有关宗教和民俗的学说,再来分析那些片断零散而又杂乱繁复的材料,就可披荆斩棘,把那些

---

① 钱宝琮《太一考》,载《燕京学报》1932 年第 12 期。
② 程憬《泰一考》,载中央大学《文史哲季刊》二卷一期。

扑朔迷离的问题放到现实的基础上加以探究,从而开辟出一条新路来。我们在研讨了各种有关太一的材料之后,初步勾出如下的线索,或许还能说明"东皇太一"的性质及其得名之由来。

"太一"的出现

开头还得先从"太一"二字说起。

"太一"一词,起初是道家专用的名词。它是宇宙本根的代称。《老子》中称道,称大一,内容相同。

> 有物混成,先天地生。寂兮寥兮。独立而不改,周行而不殆,可以为天下母。吾不知其名,字之曰道;强为之名,曰大一。[①]（二十五章）

这个"道",是"先天地生"的万物之母,它恍恍惚惚,窈窈冥冥,独立自在而永不改变,循环运行而永不停息。《老子》中形容它的伟大和微妙,说是:"视之不见名曰夷,听之不闻名曰希,搏之不得名曰微。此三者不可致诘,故混而为一。"(十四章)"一"就寓有至高无上的万物始祖的意思。

《老子》中曾多次提到"一"的创造万物。

> 道生一,一生二,二生三,三生万物。（四十二章）

---

① "一"字原夺,据郭沫若说补,见其《先秦天道观之进展》,载《青铜时代》,科学出版社 1957 年新一版。郭氏此说虽然缺乏版本学上的根据,但是按照《老子》的思想体系而言,此说可以成立,故从研究思想史与宗教学的角度予以采录。

从首句来看，"道""一"似为二物，但从《老子》全书的体系来看，此"一"似仍指"道"，不过"道"为处于混沌状态的"一"，"一"乃趋于具体化之"道"罢了。这里的"一"，衍化滋生万物，具有宇宙创始者的意义。

《老子》中还说：

> 昔之得一者，天得一以清，地得一以宁，神得一以灵，谷得一以盈，万物得一以生，侯王得一以为天下贞。（三十九章）

先秦学术的最后一位大师韩非"其归本于黄老"，对老聃的学说钻研有素，他在《扬权》中说："道无双，故曰一。"则是认为此"道"不同于一般的道，而他所说的道也具有宇宙创始者的意思。

韩非曾著文论述"道"的化生万物：

> 道者，万物之所然也，万理之所稽也。……天得之以高，地得之以藏，维斗得之以成其威，日月得之以恒其光，五常得之以常其位，列星得之以端其行，四时得之以御其变气，轩辕得之以擅四方，赤松得之与天地统，圣人得之以成文章。

《解老》中的这一段文字，看来就是解释《老子》三十九章的。可见《韩非子》中"道"的学说，是从《老子》中有关"一"的学说中生发出来的。从韩非对"道"的阐释中，更可看出"一"有宇宙本根的意思。

《楚辞》之中也有类同的文字出现。《远游》曰："奇傅说之托辰星兮，羡韩众之得一。"此"一"亦指神妙的宇宙之祖。这项例证也就表明了南方的楚辞学者已经受到道家学说的影响。

如此尊贵的"一"，光靠它自身还难于表达其不同寻常的内涵，按照我国语言的习惯构词法，势必要在上面加上一个形容词，这个形容词也应当具有不同寻常的涵义，才能显示出"一"的非同一般。先秦时期已经出现了"太"这一个形容词，"太""一"结合，也就是顺理成章的事了。

按"太一"或作"大一"，或作"泰一"。"大"乃本字，"太""泰"乃后起通假字。段玉裁于《说文解字·水部》古文"泰"字下注曰："后世凡言大而以为形容未尽则作太，如大宰俗作太宰，大子俗作太子，周大王俗作太王是也。谓太即《说文》夳字，夳即泰，则又用泰为太。"这里说明了古籍上三字通用的情况，也说明了古人着意"形容未尽"而采用"太"字的情况。古籍常见用"太"形容之词，曾国藩释《淮南子·泰族》之"泰"字曰："泰族者，聚而又聚者也。始之又始曰泰始，一之又一曰泰一，伯之前有伯曰泰伯，极之上有极曰泰极；以及泰山、泰庙、泰坛、泰折，皆尊之之词。"①这里的"泰一"，并非并列结构的词组，而是偏正结构。"太"形容"一"，乃"尊之"之意。

战国之前早有天道之说。道家为了区别新创的"道"与前此一般的天道之说，需要借用这个"一"字来强调此"道"的不同寻常，而当他们用文字来记叙时，还要用"太"字来形容此"一"的非同一般。继《老子》之后，《庄子》中也出现了组合而成的"太一"。

> 以本为精，以物为粗，以有积为不足，澹然独与神明居。古之道术有在于是者，关尹、老聃闻其风而悦之，建之以常无有，主之以太一。（《庄子·天下》）

道家用"道"或"太一"来代替上帝，在古代思想史上是一大创举。

---

① 曾国藩《求阙斋读书录》卷五。

世代相传的神统世界,至此发生了动摇。这是社会发展的结果。春秋、战国时,生产力有了迅速的提高,生产关系也在急剧地发生变化,科学文化的进步,更为建立先进的宇宙观准备下条件。当时的有识之士,都在努力摆脱鬼神的束缚,道家提出"太一"来代替上帝,适应时代思潮的要求,所以能为其他学派承认接受。《吕氏春秋》《礼记》等书中都曾提到这点。

> 太一出两仪,两仪出阴阳。阴阳变化,一上一下,合而成章;浑浑沌沌,离则复合,合则复离,是谓天常。(《吕氏春秋·仲夏纪·大乐》)
>
> 万物所出,造于太一,化于阴阳。(同上)
>
> 道也者,至精也。不可为形,不可为名,强为之,谓之太一。(同上)
>
> 是故夫礼必本于大一,分而为天地,转而为阴阳,变而为四时,列而为鬼神。(《礼记·礼运》)

但是道家的这种学说还有其缺点。因为这种"先天地生"的"道"或"太一",乃是天地万物的创造主,仍是玄妙的自然之神,而这种最原始的宇宙始祖,因有无边的创造之功,也就容易变为上帝的代名。这也是很自然的事,因为这种无所不在的"太一",本身还没有蜕尽泛神论的旧痕,所以一经方士利用,便又以上帝的姿态降生于世了。

《淮南子》中就有这方面的记载。

> 太一者①,牢笼天地,弹压山川,含吐阴阳,伸曳四时,纪纲八

---

① 各本"太"上有"秉"字,据王念孙《读书杂志》卷一三删。

极,经纬六合,覆露照导,普泛无私,蠉飞蠕动,莫不仰德而生。(《本经》)

太微者,太一之庭也。紫宫者,太一之居也。轩辕者,帝妃之舍也。咸池者,水鱼之囿也。天阿者,群神之阙也。(《天文》)

显然,这里所说的"太一",已经经过方士的改作,高高升入天庭,成了上帝的代名了。

一个齐地新兴的至上神

既然太一是道家的创造,而它的转化为神又是方士的伎俩,那么这种情况最有可能在何处发生?

从天文、地理、人事等各方面的材料来看,这种情况应当发生在齐国。

战国之时,文化最繁荣的国家,首推齐、楚。《文心雕龙·时序》篇上说:"春秋以后,角战英雄,六经泥蟠,百家飙骇。方是时也,韩、魏力政,燕、赵任权,五蠹、六虱,严于秦令,唯齐、楚两国,颇有文学。齐开庄衢之第,楚广兰台之宫,孟轲宾馆,荀卿宰邑,故稷下扇其清风,兰陵郁其茂俗,邹子以谈天飞誉,驺奭以雕龙驰响,屈平联藻于日月,宋玉交彩于风云。观其艳说,则笼罩雅颂,故知炜烨之奇意,出乎纵横之诡俗也。"当时楚国集中了许多著名的文人,如屈原、宋玉、唐勒、景差,等等;齐国则集中了许多著名的哲人,如驺衍、驺奭、荀卿、淳于髡,等等。著名的道家也都集中在齐国,如宋钘、尹文、慎到、田骈、接子、环渊等人,都是备受崇敬的稷下学者。他们议论终日,广泛交换意见,关于"太一",定然是个重要的题目。

战国之时的方士集中在燕、齐两地,而尤以齐国为盛。方士与阴阳家有关,其活动有相通处。韩非在《饰邪》中指出:"龟策鬼神不足举胜,左右背乡不足以专战。"批判的就是阴阳家,也就是那些耍弄迷信手腕的方士。文中还提到"邹衍之事燕,无功而国道绝",指责邹衍用阴阳家的理论败坏燕国的政治。邹衍有"谈天衍"之称,说明他也重视天文,在星占上有新的说法,曾经起过深远的影响。

韩非用事实驳斥了星占的无稽。他说:

> 初时者,魏数年东乡攻尽陶、卫,数年西乡以失其国,此非丰隆、五行、太一、王相、摄提、六神、五括、天河、殷抢、岁星数年在西也,又非天缺、弧逆、刑星、荧惑、奎台数年在东也。①

按照《史记·天官书》上"〔岁星〕所在国不可伐"的说法,可以了解到,韩非是在证明魏国不顾岁星在东的忌讳出兵攻掠,照样出师得利。太一与太岁并列,可见在韩非的眼中,太一位于东方。韩非的活动地区不出当时中国的中、西部,他的观察星象是以所在地区为基准的,太一位于魏国东方,即齐国的上空。

顾炎武在《日知录·星名》中说:"今天官家所传星名,皆起于甘、石。"大家知道,古代的天文学和神学有很长一段时间是控制在方士手中的。甘、石属于古代所谓燕齐方士系统内的人物。《史记·天官书》上说:"昔之传天数者……在齐,甘公;……魏,石申。"同《书》又曰:"近世十二诸侯七国相王,言从衡者继踵,而皋、唐、甘、石因时务论其书传,故其占验凌杂米盐。"张守节《正义》曰:"言皋、唐、甘、石等因时务论其书传中灾异所记录者,故其占验交乱细碎。其语在《汉书·五行志》中也。"又《汉书·艺文志》载《甘德长柳占梦》二十卷,列于"数术

---

① 各本后两句"数年"上均有"非"字,据王先慎《韩非子集解》卷五删。

略·杂占"类,凡此均可说明甘、石确是方士的身份,同时也是这一系统中最有科学精神而对星象作过系统整理的人物。

甘德、石申的原始著作已经失传了。由于他们生活的年代久远,而且文献记载不详备,因而关于他们的生平,异说很多。有的学者认为应该把他们归入汉代,但更多的人则仍然认为应该遵从《史记》《汉书》中的记载,这不但是因为司马迁等人距古未远,掌握了丰富的天文科学知识,而且依据残存下来的一些文献来看,也可确定他们生活在战国中期。日本学者上田穰、能田忠亮和新城新藏等人曾在20世纪20年代至30年代,从《开元占经》、甘石《星经》和《汉书》等古籍的天文记录和记事,推论甘氏和石氏的年代为战国中期,约公元前三百五六十年前后[1]。中国科学院自然科学史研究所的席泽宗在研究《开元占经》时,根据里面有关甘德对木星位置的记载,用现代星历表对发现的年代进行了推算,认为这一发现应在公元前400年至公元前360年之间,而最可能的时间是在公元前364年夏天[2]。这就再次证明了甘德确是战国中期的一位天文学家。

甘、石所取的星名,往往借用神名,如丰隆、玄冥、王相、轩辕等均是。太一之称与此相同,这些都是燕齐方士惯用的手法。由此可以推断,太一作为神而出现,为时甚早。因为这里经历着一段演变的过程,首先要有某种神的出现,然后经过方士的利用,把他升到天上,这样的过程,非一蹴可就。燕齐方士利用道家的思想资料而构拟成太一神,

---

[1] 上田穰《石氏星经の研究》,载《东洋文库论丛》东京第 12 期,1929 年日文版。能田忠亮《甘石星经考》,载《东方学报》京都第 1 号,1931 年日文版。新城新藏《中国上古天文》八《战国时代之天文》,沈璿译,中华学艺社 1936 年出版,商务印书馆发行。

[2] 《光明日报》1981 年 4 月 7 日。席氏论文《伽利略前二千年甘德对木卫的发现》,载《天体物理学报》第一卷第二期。

然后由甘、石等人拟为星名，再经过广泛流传，为文士所采用，写入文章。处在历史脉搏跳动缓慢的古代，不言可知，定然需要经历相当长的年代，才能完成其全过程。据此可知，"太一"星的出现固然远在韩非之前，"太一"神的出现也应当远在屈原之前。

古代把天上的星分为"五宫"，其居中者为"中宫"。《史记·天官书》上说："中宫天极星，其一明者，太一常居也。"①这个"太一常居"之星应当就是《韩非子·饰邪》中的"太一"星了。尽管韩非用以记载星占的文字过嫌简略，有关这些星的性质很难一一确说，但因"太一"的地位极为尊崇，天上不可能有两个太一星出现，因而二者应当同指一物。

《淮南子·天文》上说："太微者，太一之庭也；紫宫者，太一之居也。"《春秋元命苞》上说："天生大列为中宫太极星，其一明者，大一常居。傍两星巨辰子位，故为北辰以起节度，亦为紫微宫。'紫'之言此也，'宫'之言中也。此宫之中，天神图法，阴阳开闭，皆在此中也。"②二说与《史记》所言基本内容是一致的。这些学说应当同出一源，均承前代的星象学说而来，曾受甘、石的影响。

韩非在《饰邪》篇中对星占之说作了尖锐的批判，他所提到的星名，出于甘、石或这一系统的人物，应该是不成问题的。司马迁的天文学说，也出自这一系统，《史记·太史公自序》曰："太史公学天官于唐都。"此人就是一个方士。《史记·历书》曰："至今上即位，招致方士唐都，分其天部。"而《天官书》则曰："夫自汉之为天数者，星则唐都，气则王朔，占岁则魏鲜。故甘、石历五星法，唯独荧惑有反逆行；逆行所守，及他星逆行，日月薄蚀，皆以为占。"《史记会注考证》引猪饲彦博曰：

---

① 《汉书·天文志》作"泰一之常居也"。
② 《玉函山房辑佚书》本。

"言甘、石历法,五星唯火星有逆行。至汉为天数者,其法详备,于是火星逆行所守,及土、木、金、水逆行,日月薄蚀,皆有占也。"可知先秦时期和汉代有关星象的记叙,一系相承,可以综合起来考察。

这个"太一常居"之星,唐代之后称为帝星,现代天文学上则称之为小熊座 β。现在这个星离开北极已经较远了,只是地球绕日运动有岁差的关系,两千年以前的北极并不在现在的地方,那时小熊座 β 离开北极确是很近的。帝星(小熊座 β)虽是二等星,但在北极附近却是最亮的明星,周人也就把它看作当时的北极星了。这个位于"天中"的极星并不位于周王室的上空,而是位于齐国的上空,则已经过燕齐方士的改作,他们基于当时的政治地域观念而把极星命名为"太一常居"了。

早在周代初期,齐、鲁之地的文化水平一直占全国的首位,春秋、战国之时,鲁国的国力急遽下降,而齐国的国力则一直保持强盛。战国中期,稷下之学繁荣昌盛,成了全国文化的中心,齐国的地位更见超越了。天下四分五裂,周天子的声威已经扫地以尽,于是齐之自以为天下中心,更是觉得当之无愧了。就在这样的形势下,形成了齐居天下之中的说法。《尔雅·释言》:"齐,中也",《释地》:"岠齐州以南戴日为丹穴",郭璞注:"齐,中也。"《列子·黄帝》篇:"不知斯齐国几千万里",《汤问》篇:"犹齐州也",张湛注并曰:"齐,中也。"可知齐地确有地中之谓。

与此相应,齐地上空的部位也居天顶之中。《史记·封禅书》:"齐所以为齐,以天齐也",裴骃《集解》引苏林曰:"当天中央齐。"又《封禅书》"天齐渊水,居临菑南郊山下者"句下,司马贞《索隐》转引解道彪《齐记》云:"临菑城南有天齐泉,五泉并出,有异于常,言如天之腹齐也。"可见天之中心与齐之都城保持着对应的关系。

按"齐"之训"中",古籍屡见,《庄子·达生》篇:"与齐俱入",陆德明《释文》引司马彪曰："齐，回水如磨齐也。"则是物之中央亦称为齐。腹部之脐居人身的中央，《仪礼·既夕礼》："齐三采无贝"，郑玄注："齐居柳之中央"，贾公彦疏："以其言齐，若人之齐（脐），亦居身之中央也。"后来的人也常是以腹脐之脐来解释齐国之得名的。刘熙《释名》卷二《释州国》曰："齐，齐（脐）也。地在勃海之南，如齐（脐）之中也。"于是地之腹脐正当天之腹脐，天中、地中正相对应。由天中最为尊显的"太一常居"之星，又可以反证地中的齐地必有最为尊显的太一神。

韩非把"太一"看作位于齐国上空，齐人则认为此星正在他们的天顶之上。燕齐方士把占有文化高峰地位的齐国作为活动基地，承袭了齐居天下之中的共通观念，提出了齐国都城位处地之腹脐的学说，并且构拟了齐地正对天之腹脐的学说。他们又构拟出新兴的至上神太一，并把他的影子投掷到天上。这就是"太一"在方士中流传的经过。

但这位至上神毕竟是种新的产物，所以流传不广，也没有得到统治者的正式承认。他既没有资格与原有的八神并列，爱好神仙的秦始皇东巡时也不予理睬，可见他的影响还很有限，不足与其他大神抗衡。由此可知，太一神的活动范围在很长的一段时间内停留在方士影响所及的民间。

各诸侯国中纷纷涌现出带有地方色彩的上帝

这样一个性质特殊的上帝又在何种政治条件之下产生的呢？

解答这个问题时，需要简单回顾一下有关"上帝"发展的历史。

正像近代宗教学所证明的那样，神界的一切，都是人世间活动情况的曲折反映。人类处在氏族社会的时候，生活的地区非常狭小，他们所尊奉的氏族神，所能发生影响的范围，也很有限。其后随着社会组织的不断扩大，神的辖区和活动范围也随之不断变更，氏族神转变为部落神,部落神转变为部族神,随着阶级社会的产生,大一统帝国的形成,统率群神的上帝也就出现了。恩格斯指出:"没有统一的君主就决不会出现统一的神,至于神的统一性不过是统一的东方专制君主的反映,无非那个神支配着形形色色的自然现象,联合着各种互相对抗的自然力,而这个君主在表面上或实际上联合着利益冲突、彼此敌对的人。"①我国古代出现上帝的历史与此完全相合。

按照信史记载,殷商是我国历史上建立起第一个具有较完整的政权形式的国家。它的社会支柱则是残酷的奴隶制度。为了配合肉体上的奴役,在精神领域内也出现了与之相应的宗教。作为商王影子的上帝高高升到天上去了,天上上帝的威严保证了下界商王的不可侵犯。这位具有政治作用的上帝就被殷商王室虔诚地尊奉着。

商人的上帝是有意志的一位人格神,他能主宰风云雷雨,并能降祸施福。我们从卜辞中可以看到,人们是怎样小心地在向上帝求教;为了讨好上帝,人们奉献出大量的牺牲。掌握人间一切大权的商王,也表现出诚惶诚恐的样子,假借上帝的威灵来行事。《尚书·盘庚下》:"肆上帝将复我高祖之德",说明统治者的一切行动都是遵照上帝的意志来办理的。

周初的上帝尚能保持应有的威风,我们只要读读铜器铭文或《周颂》、周《诰》,就能看到人们仍以虔诚的心情尊奉着上帝。《诗经·大雅·皇矣》上说:"皇矣上帝,临下有赫!"这就把上帝的声势充分表达出来了。

但时至西周末年,情况却起了变化。王室政治上的混乱,反映到天上,上帝的威灵随之也发生了动摇。作为周天子象征的上帝,成了

---

① 恩格斯致马克思(布鲁塞尔,1846年10月18日于巴黎),《马克思恩格斯全集》第二十七卷,人民出版社1972年版。

人们诅咒的对象。《诗经》上面就曾记载下这样的字句：

> 上帝板板，下民卒瘅。……天之方难……天之方蹶……天之方虐……天之方懠……（《大雅·板》）
>
> 荡荡上帝，下民之辟。疾威上帝，其命多辟。天生烝民，其命匪谌。靡不有初，鲜克有终。（《大雅·荡》）

天上的动静与地下的动静，可谓胖瞙相应。平王东迁之后，天子地位下降，只顶一个天下共主的名号罢了。社会的动乱，颠倒了周人倚为性命的礼制，原来规定得非常严格的祭祀制度，至此也发生了变化，一些本该由王室祭祀的尊神，此时竟由实际代行天子职责的霸主来祭祀了。祭祀大权的转移正好表现出政权的转移。春秋时期最懂道理的子产都曾说过如下的话：

> 郑简公使公孙成子来聘。平公有疾，韩宣子赞授客馆。客问君疾，对曰："寡君之疾久矣。上下神祇，无不遍谕也，而无除。今梦黄能入于寝门，不知人杀乎，抑厉鬼邪？"子产曰："以君之明，子为大政，其何厉之有？侨闻之：昔者鲧违帝命，殛之于羽山，化为黄能，以入于羽渊，实为夏郊，三代举之。夫鬼神之所及，非其族类，则绍其同位。是故天子祀上帝，公侯祀百辟，自卿以下，不过其族。今周室少卑，晋实继之，其或者未举夏郊邪？"宣子以告，祀夏郊，董伯为尸。五日，公见子产，赐之莒鼎。（《国语·晋语八》）

于此可见晋人实际上已在代行周天子的职务，把本不该由他们担当的郊祭大典占了过来。从子产的话中并可看出，当时的人认为这样做是完全应该的。王室威权的下移影响到大神地位的下移。不但如此,在中央政权削弱的情况下,君临全国的上帝也为之减色,而分处各地的诸侯国中却产生出富有地方色彩的"上帝"来。这些"上帝"不再寓有君临华夏的全国意义,只是局限于地方一隅,这是因为地方诸侯已经变成了事实上的一国之主,象征王室威权的上帝也就无所凭藉,只能衍化为带有地方保护神性质的各国上帝了。这是封建割据在宗教上的反映,下面可以举出些这方面的例子来。

（鲁）　[子服景伯]谓太宰曰:"鲁将以十月上辛有事于上帝、先王,季辛而毕。何世有职焉,自襄以来,未之改也。"(《左传》哀公十三年)

鲁人将有事于上帝,必先有事于颊宫。(《礼记·礼器》)

（秦）　缪公虏晋君以归,令于国,"齐宿,吾将以晋君祠上帝"。(《史记·秦本纪》)

文公梦黄蛇自天下属地,其口止于鄜衍。文公问史敦,敦曰:"此上帝之征,君其祠之。"于是作鄜畤,用三牲郊祭白帝焉。(《史记·封禅书》)

（楚）　昔楚灵王骄逸轻下,简贤务鬼,信巫祝之道,斋戒洁鲜,以祀上帝,礼群神。躬执羽绂,起舞坛前。吴人来攻,其国人告急,而灵王鼓舞自若,顾应之曰:"寡人方祭上帝,乐明神,当蒙福祐焉。"不敢赴救,而吴兵遂至,俘获其太子及后姬以下,甚可伤。(《太平御览》卷五二六引桓谭《新论》)

周代的政权组织本来就很松懈,封建诸侯在其境内掌握着巨大的权力,因此一些位于边鄙地区由其他部族组织起来的国家,一直保持着他们原有的上帝,而作为东方诸侯之长的鲁国,也有特权可以祭祀上帝。这些上帝应该正称之为秦国上帝、楚国上帝和鲁国上帝。

《史记·十二诸侯年表》上记载,秦襄公八年"初立西畤,祠白帝",是年正值平王东徙,王室声势急遽下坠之时。《史记·六国年表》:"太史公读《秦记》,至犬戎败幽王,周东徙洛邑,秦襄公始封为诸侯,作西畤用事上帝,僭端见矣。《礼》曰:'天子祭天地,诸侯祭其域内名山大川。'今秦杂戎翟之俗,先暴戾,后仁义,位在藩臣而胪于郊祀,君子惧焉。"此亦可见,处在原始宗教信仰笼罩下的古代,政治形势上的变化,会在宗教问题上突出地反映出来。

以上还只是文献上明白记载的几则,其他叙及各国君主与上帝发生关系的事件,那就更多了。

(晋) 梁山崩,以传召伯宗,遇大车当道而覆,立而辟之,曰:"避传!"对曰:"传为速也,若俟吾避,则加迟矣,不如捷而行。"伯宗喜,问其居,曰:"绛人也。"伯宗曰:"何闻?"曰:"梁山崩,而以传召伯宗。"伯宗问曰:"乃将若何?"对曰:"山有朽壤而崩,将若何?夫国主山川,故川涸山崩,君为之降服出次,乘缦不举,策于上帝,国三日哭,以礼焉。虽伯宗,亦如是而已,其若之何?"问其名,不告;请以见,不许。伯宗及绛,以告,而从之。(《国语·晋语五》)

(赵) [赵简子]语大夫曰:"我之帝所甚乐,与百神游于钧天,广乐九奏万舞,不类三代之乐,其声动人心。有一熊欲来援我,帝命我射之,中熊,熊死。又有一罴来,我又射之,中罴,罴死。帝甚喜,赐我二笥,皆有副。吾见儿在帝侧,帝属我一翟犬,曰:'及而子之壮也,以赐之。'帝告我:晋国且世衰,七世而亡,嬴姓将大败周人于范魁之西,而亦不能有也。"(《史记·赵世家》,并见同书《扁鹊仓公列传》)

(齐) [齐庄公祀神]于上天子用璧玉一嗣。(《洹子孟姜壶》)

景公疥且瘧,期年不已,召会谴、梁丘据、晏子而问焉,曰:"寡人之病病矣。使史固与祝佗巡山川,宗庙牺牲珪璧莫不备具,其数常多于先君桓公。桓公一则寡人再。病不已,滋甚。予欲杀二子者,以说于上帝,其可乎?"(《晏子春秋·内篇·谏上》)

景公问晏子曰:"寡人意气衰,身病甚,今吾欲具珪璧牺牲,令祝宗荐之乎上帝宗庙,意者祀可以干福乎?"(《晏子春秋·内篇·问上》)

(吴) 吴王还自伐齐,乃讯申胥曰:"昔吾先王体德明圣,达于上帝,譬如农夫作耦,以刈杀四方之蓬蒿,以立名于荆,此则大夫之力也。……"(《国语·吴语》)

这些混乱的上帝到底说明什么问题呢? 还是上面说的那个上下相应的道理,中央政权的削弱,导致地方势力的抬头,各国自成体系的政权要求产生维护自身利益的至上神,于是作为各国首脑影子的上帝纷纷出现。但是这些地方性质的上帝仍然沿用旧名词,或是说利用旧材料改装而成,所以不能令人产生新鲜的感觉。前人于此大都不能觉察"上帝"的性质已有改变,原因就在这里。

上帝处在衍化之中。各地新兴的上帝一时都还不能正式列入国家的祀典,他们随着政治形势的发展而不断酝酿,燕齐方士的构成太一,大约就是在这种情况之下,适应客观形势的要求,即齐地需要一个具有特色的上帝,而自然产生的。况且时至战国中期,全国复归一统的趋向已很明显,根据时势的发展,也要准备一个能够君临全国的上帝,"先天地生"的太一符合这种要求,于是他就自然而然地降生于世了。

上面介绍的是春秋、战国时期各国上帝的一般情况。值得注意的是:战国中期,秦国的上帝还有"西皇"的称号。

《离骚》:"朝发轫于天津兮,夕余至乎西极。凤皇翼其承旗兮,高翱翔之翼翼。忽吾行此流沙兮,遵赤水而容与;麾蛟龙使梁津兮,诏西皇使涉予。"王逸注:"西皇,帝少皞也。"

《远游》:"凤凰翼其承旗兮,遇蓐收乎西皇。"王逸注:"西皇,即少昊也。"

《史记·封禅书》上说:"秦襄公既侯,居西垂,自以为主少皞之神,作西畤,祠白帝,其牲用骝驹、黄牛、羝羊各一云。其后十六年,秦文公东猎汧、渭之间,卜居之而吉。文公梦黄蛇自天下属地,其口止于鄜衍。文公问史敦,敦曰:'此上帝之徵,君其祠之。'于是作鄜畤,用三牲郊祭白帝焉。"可见西皇即少皞,即白帝,亦即秦国上帝。

"西皇"之称还见于史书。

《史记·淮南衡山列传》:"[伍被说淮南王曰:秦始皇]又使徐福入海求神异物,还为伪辞曰:'臣见海中大神,言曰:"汝西皇之使邪?"臣答曰:"然。""汝何求?"曰:"愿请延年益寿药。"神曰:"汝秦王之礼薄,得观而不得取。"'"

秦王是西皇在地面上的代理人,照例可以借用西皇的称号。《吕氏春秋·恃君览·行论》载:"[纣]欲杀文王而灭周。文王曰:'父虽无道,子敢不事父乎? 君虽不惠,臣敢不事君乎? 孰王而可畔也?'纣乃赦之。天下闻之,以文王为畏上而哀下也。《诗》曰:'惟此文王,小心翼翼,昭事上帝,聿怀多福。'"这里也是借用上帝指称人王,与《淮南列传》中的手法相同。汉代文献中不乏类似的例证。此亦可证秦王而称西皇,秦国上帝确有西皇的称号。

我们还应注意这样一件事实。战国之时,习惯上用"东""西"两个方位名词专指齐、秦两国。《荀子·王制》:"东海则有紫绤鱼盐焉,然而中国得而衣食之;西海则有皮革、文旄焉,然而中国得而用之。"《吕氏春秋·孝行览·必己》:"[鄙人]谓野人曰:'子不耕于东海,吾不耕于西海也。'"《史记·春申君列传》记春申君说秦昭王,以为从其谋则"王之地"可"一经两海",《索隐》《正义》都认为指以齐、秦为两极的全国疆域。《尔雅·释山》:"泰山为东岳,华山为西岳。"亦以东、西分指齐、秦。《山海经·西山经》上还有"西皇之山"一名,此经所记的山川,其可考者大都位于秦国疆域之内。《山海经》是原始宗教和神话的宝库。据后人考证,"五藏山经"应当产生于战国之时。这与《楚辞》《史记》等书中记载的"东皇""西皇"出现的年代相一致。

地域既明,我们也就可以了解到"东皇""西皇"得名的由来:秦国上帝一称"西皇",则齐国上帝也可称为"东皇";而齐国上帝原名"太一",至是乃重床叠屋复称"东皇太一"。这样的构名方式,与其他宗教名词有类似处,如"土地菩萨""玉皇大帝""耶稣基督""佛陀毗湿纽"等均是,这种名称在宗教上是并不罕见的。

带有浓郁地方色彩的齐国上帝"东皇太一"一名就此产生了。

东帝在天上的投影——东皇

这里还可以再简单地谈一下"霸""王""帝""皇"等词的涵义和演变。

商、周两代,一般都用"王"字称人王,"帝"字称上帝,二者之间大体有轨辙可循。但到周代末期,许多强大的诸侯都自封为"王",因而这个极为尊严的名词也就显得平常了。为了另找一个适当的词汇来表达霸主的烜赫,原来专门用以代表天神的"帝"字就被移用到人间,而原来专门用为形容词的"皇"字却被移用去代表上帝了。

《管子》中有一段文字，恰切地反映了战国时期社会观念的变迁。

明一者皇，察道者帝，通德者王，谋得兵胜者霸。（《兵法》）

列入这四种类型中的统治者，都有很高的声望和威力，但其间还有上下之分。"明一者"高于"察道者"，可知此"一"即至高无上的"道"，它有别于一般人所说的天道；"察道者"高于"通德者"，因为"德者，道之功"，德只是道在某一方面的具体体现；"通德者"高于"谋得兵胜者"，因为后者只是以武力逞能，所得更为狭小了。这种"皇""帝""王""霸"之间不同等级观念的出现，乃是时代发展的结果。春秋五霸之"霸"，已经居于末品，战国时人不再满足于称霸主盟；这时称"王"的人多了，因而也已不显得突出；有能力的君主，应该更上一层，称"帝"于天下。至于说到发扬光大那至高无上的"一"，则只能是天神的事，非人世间的统治者所能担当得了。《管子》一书中包含有很多齐国稷下学派的原始资料，《兵法》中的这些观点，正好反映了"东皇太一"之所以得名的社会观念。"东皇"是东方的"明一者"，即东方的天神；"东皇太一"是东方的上帝太一，也就是齐国的上帝太一。

秦始皇统一六国之后，不满足于称"帝"而改称"皇帝"，也可从这种观念中窥见其消息。因为前此各国事实上已经纷纷称帝，只用一个"帝"字不足以显示尊严，必须再加上"明一者"的"皇"字，才能显示其至高无上、无与伦比，于是他就明令采用"皇帝"这一称呼了。

战国群雄由霸主发展到皇帝的历史，还经历着一段曲折的过程。

战国初期，魏国曾崛起称雄，但在齐、秦两国的一再打击下，历时不久，国势即告削弱，于是在群雄并立的情况下，长期存在着齐、秦对峙的局面。齐国自齐威王起，秦国自惠文王起，各自雄峙一方而成各不相下之势。楚国地方广大，兵力众多，也是一支举足轻重的力量，但从楚怀王中期起，不断遭到以秦为首的各国的打击，国势不断遭到削弱。而且楚人与北方中原各国属于不同的文化系统，周人之后的诸侯国从不把它作为政治文化中心而尊奉，这是与齐有所不同的。

早在春秋之时，楚国即已称王，到了战国之时，中原各国也陆续称起王来了。自公元前334年齐、魏"徐州相王"之后，秦国也在公元前325年称王，而在公元前323年，魏、赵、韩、燕、中山又相继"五国相王"。即使像宋国这样的小国，灭亡之前也要称王一番。可见这时的"王"，已经显得很平常，不再具有天子之尊的突出意义了。于是秦国便处心积虑想与齐国一起称帝，以示超越于其他各国。

《韩非子·内储说下（六微）》中说："穰侯相秦而齐强。穰侯欲立秦为帝而齐不听，因请立齐为东帝，而不能成也。"按魏冉自秦昭襄王十二年起即任秦相，他的谋求秦称西帝而推尊齐为东帝，非一朝一夕之谋。果然，历史上出现了东、西帝并峙的局面。

　　　《史记·田敬仲完世家》："〔齐湣王〕三十六年，齐王为东帝，秦昭王为西帝。"①
　　　《史记·秦本纪》："〔昭襄王〕十九年，王为西帝，齐为东帝。"

以上表明，秦的独立称帝蓄谋已久，而在意识形态方面为齐王起参谋作用的稷下学者也早在纷纷议论称帝之事了。《管子》中的《乘马》《玄宫》②《玄宫图》《兵法》等文中把统治者分为"帝""王""霸"等几

---

① 按此事并见《战国策·齐策四》及《史记·六国年表》《魏世家》《穰侯列传》《范雎蔡泽列传》等文。又按《竹书纪年》，齐称东帝时在湣王十三年。
② 原书作"幼官"，今从何如璋、闻一多、郭沫若说改，见《管子集校》中之《幼官篇》第八，科学出版社1956年版。《玄宫图》原书亦作"幼官图"，今亦据改。玄宫即明堂。

个层次，并且大力论证超越"王""霸"之上"帝"者之尊贵，说明稷下学者认为齐称东"帝"之事已经成熟，所以在舆论上早作准备了。

这种两国同时称帝的局面，虽因苏秦的计谋而遭到破坏，但齐、秦具有东、西二帝身份却是早就存在的事实，大家一直用这种眼光看待他们，后来的人也一而再地企图恢复东、西帝的局面。

两年之后，齐湣王灭宋，声势更见烜赫，《史记·田敬仲完世家》还说："齐南割楚之淮北，西侵三晋，欲以并周室，为天子。……诸侯恐惧。"苏代便劝燕昭王以穷齐之说说秦王，有云：

> 秦为西帝，赵为中帝，燕为北帝，立为三帝而以令诸侯。韩、魏不听则秦伐之，齐不听则燕、赵伐之，天下孰敢不听？（《战国策·燕策一》)①

这项三帝并立的计划最后也没有实现，但从中可以发现很多问题。从西帝、中帝、北帝的地理位置来看，齐王若要称帝，那是当之无愧的东帝身份，这里所以不称他为东帝，目的就在排斥他称东帝罢了。这里也不尊楚为"南帝"，说明在北方各国人的心目中，楚国是不能成为政治文化中心而凌驾于其他国家之上的。

齐湣王是事实上的"东帝"，他在位期间，情况一直如此。

> 齐湣王亡居卫，谓公王丹曰："我何如主也？"王丹对曰："王贤主也。臣闻古人有辞天下而无恨色者，臣闻其声，于王而见其实。王名称东帝，实辨天下。去国居卫，容貌充满，颜色发扬，无重国

---

① 按此事并见《史记·苏秦列传》、《战国纵横家书》二十《谓燕王章》，后者由文物出版社于1976年出版。

之意。"王曰："甚善！丹知寡人。寡人自去国居卫也,带益三副矣。"(《吕氏春秋·贵直论·过理》)

齐湣王一直享有"东帝"的身份。直到他的晚年,遭到燕、秦等国的打击,国力大为削弱之时,情况仍然如此。其后齐襄王即位,起用田单等名将,国势又有恢复。可见上下数十年间,齐国一直是东方独一无二的大国,齐国君主始终具有"东帝"身份。

"东皇太一"一名就是在这样的历史条件下产生的。既然地上的秦王、齐王称为西帝、东帝,那反映在天上的两国上帝当然也会称为西皇、东皇了。燕齐方士在构拟的"太一"头上再安上这么一个新名词,这就是"东皇太一"得名的由来。这样的历史演变过程完全符合马克思主义宗教学说的原理。

"东皇太一"一名,汉以前的古籍仅此一见。这是一件非常有趣的事。幸亏《楚辞》中保留下这个名词,从而使后人得以掌握"太一"的性质,进而了解到战国中后期的一些宗教情况。

"东皇""西皇"之名同时出现在屈原的笔下,从时间方面来说,也完全合适。齐、秦并立的局面,楚威王时已经形成;二者正式打出东、西帝的旗号,正当顷襄王时。在这中间的一段时期内,齐、秦两国的君主事实上一直享有东、西二帝的身份。这种微妙的政治形势,迟早会曲折地反映到宗教领域中去。当然,这种上下相应的关系并不一定会像影之随形那样截然同步,"东皇""西皇"之称,有可能在"东帝""西帝"二名出现之前就已形成,也有可能会在这种政治局面明朗之后才告出现,但依宗教上的一般规律而言,二者之间有其内在的紧密联系,则是必然无疑的。

屈原的写作《九歌》,看来已在顷襄王时,那时他在政治斗争上已经失败,但创作才能正极旺盛,因而最有可能写出文采斐然而又带有惆怅失意情调的《九歌》。《九歌》应当是屈原后期的作品。

最后还可附带讨论一个与此有关的问题。《文选》五臣注于《九歌·东皇太一》题下注曰："太一,星名,天之尊神。祠在楚东,以配东帝,故云东皇。"后来许多著名的《楚辞》学者经常把这看作王逸的注释,作为第一手资料而援用,证明楚国确有祭祀东皇太一的典礼。他们大约是把洪兴祖《补注》中引用的五臣注错看成是王逸的注释了。查涵芬楼影印宋本六臣注《文选》(即四部丛刊本),就可知道这些话原是吕向的注释,说明这种误解本来是很容易避免的。怎么可以把后起的一些水平不太高的学者那种望文生义的注释作为立论的有力根据呢? 若说东皇太一是楚人奉祀的尊神,那为什么不在京城筑祠,而要安置到楚东?"楚东"只是泛指,不知具体指的是什么地方? 用以奉配的"东帝",又指的是什么? ……这些都是吕向无法作出明确解释而使用的敷衍搪塞之词。后人不加细察而信从这样的浮说,未免过于轻信。不过吕向也看到了"东皇"该与"东帝"相配,"东皇太一"不能在中原地区之南的楚国京城祀享,只能放到楚国的东边去,则又说明他在这些问题上还是具有一定的敏感性的。

燕齐方士谬忌把太一引入汉朝宫廷

也许有人会问:那么汉代的太一为什么又不称"东皇"了呢?

为了说明问题,我们还得先从汉初的宗教制度说起。

刘邦入据关中,建立刘汉皇朝,在宗教制度方面大都沿袭秦人,只在个别地方有所增损,这在前面已经作了介绍。《史记·封禅书》上说:

> 二年,东击项籍而还。入关,问:"故秦时上帝祠何帝也?"对曰:"四帝,有白、青、黄、赤帝之祠。"高祖曰:"吾闻天有五帝,而有

四,何也?"莫知其说。于是高祖曰:"吾知之矣,乃待吾而具五也。"乃立黑帝祠,命曰北畤。有司进祠,上不亲往,悉召故秦祝官,复置太祝、太宰,如其故仪礼。因令县为公社。下诏曰:"吾甚重祠而敬祭。今上帝之祭及山川诸神当祠者,各以其时礼祠之如故。"

秦国旧有白、青、黄、赤四个上帝,其中除了白帝本属秦地原始信仰之外,其他青、黄、赤帝则是依据五行的道理陆续构成的。这当然也是方士的杰作。白、青、黄、赤四帝的产生与方位有关。因为秦国长期株守西陲,疆域比较固定,因此陆续产生了相应的方位神。有人以为秦国祀青帝之时年代较早,五行学说尚未完全构成,因此秦国的青、黄、赤帝不可能与五行学说有关。这是一种倒果为因的看法。因为五行之起,原先也是初民在日常生活中观察到外界景物的变化,联系到方位与景物的色彩,才陆续构拟成的。就在甲骨卜辞和《山海经》等原始资料中,就已记载着四时与四方的配置。一些学者进而把它组织成系统完整的学说,那是比较后起的,但也可以看到,周代产生原始的五行学说则是完全可能的了[①]。秦国君主依据原始信仰而崇祀方位神,但因秦地北接匈奴,疆界最不固定,其间又杂有匈奴杂祠,故而难于产生出相应的方位神——黑帝。《史记·秦始皇本纪》记始皇三十三年,"又使蒙恬渡河,取高阙、阳山、北假中,筑亭障,以逐戎人。徙谪,实之初县。禁不得祠。"可见秦人五帝之中独缺黑帝完全有其客观原因。刘邦有见于此,他本想利用迷信来蒙蔽人民,张皇神异,所以径自补入黑帝,凑足五帝数目。五帝是汉初的至上神,集体起了上帝的作用。文帝、景帝时都尊奉五帝,武帝初年也还如此。

---

① 参看郑文光《中国古代的自然哲学与天文学思想》,载《中国哲学》第二辑,三联书店 1980 年版。

《史记·封禅书》:"[文帝十六年]作渭阳五帝庙,同宇,帝一殿,面各五门,各如其帝色。祠所用及仪亦如雍五畤。夏四月,文帝亲拜霸、渭之会,以郊见渭阳五帝。五帝庙南临渭,北穿蒲池沟水,权火举而祠,若光辉然属天焉。……文帝出长门,若见五人于道北,遂因其直北立五帝坛,祠以五牢具。"

《史记·封禅书》:"数年而孝景即位。十六年,祠官各以岁时祠如故,无有所兴,至今天子。"

《汉旧仪》:"五仪(?)元年,儒术奏施行董仲舒请雨事,[武帝]始令丞相以下求雨雪,曝城南舞童女,祷天神五帝。"(《太平御览》卷五二六引)

但这种情况毕竟是不正常的。大汉帝国统一天下已将百年,皇帝的威权早已稳定巩固,而上帝的威权却始终未能相应地建立。天上缺少一个统率群神的上帝,这与地下早已归于一统的政局不合。显然,五帝分立的局面不足以应付新的形势了。这种情况本来早就应该有所改变,但高祖、吕后事属草创,文、景之世政主因循,对于宗教上的混乱局面未能有所改变。武帝即位,国力更盛,客观形势要求他有较大的变动,而他本人又是一个好大喜功的人,西汉初年的政制至此遂发生了根本性的改变。宗教上的许多问题也就提到日程表上来了。

客观形势迫切需要代兴一个全能的上帝,方士谬忌也就应运而来,介绍进原属齐地的上帝"太一"。

《史记·封禅书》:"亳人谬忌奏祠太一方,曰:'天神贵者太一,太一佐曰五帝。古者天子以春秋祭太一东南郊,用太牢,七日。为坛,开八通之鬼道。'于是天子令太祝立其祠长安东南郊,常奉祠如忌方。"

按古代称亳之地甚多，中有所谓西亳、南亳、北亳等处。《汉书·地理志》记山阳郡有薄县，臣瓒曰："汤所都"，其地即古北亳，战国时所谓齐济西地，在今山东曹州境内。《汉书·郊祀志上》说："亳人谬忌，奏祠泰一方。"颜师古引如淳曰："亳亦薄也。"又引晋灼曰："济阴薄县人也。"由此可知谬忌确为"海上燕齐怪迁方士"之一。上面的分析已经表明，"太一"为燕齐方士利用道家本体论中的已成材料改作而成者，至是乃由后辈方士谬忌挟入京师，取五帝而代之。从谬忌的籍贯和身份上，也可以了解到"太一"原是齐国的上帝。

太一位居群神之首，只能由天子祀之于京畿。除长安东南郊外，西北甘泉宫中亦祀太一，《汉书·礼乐志》曰："至武帝定郊祀之礼，祠太一于甘泉，就乾位也。"这是因为甘泉原是方士活动的主要场所，而汉武帝又常去那里与鬼神通的缘故。

一般来说，至上神应该在京师受享。太一之神，其他地方没有资格设坛奉祭，但有一个地方可以例外，那就是位处东方的齐地。《汉书·郊祀志下》说："初，天子封泰山，泰山东北址古时有明堂处，处险不敞。上欲治明堂奉高旁，未晓其制度。济南人公玉带上黄帝时明堂图。明堂中有一殿，四面无壁，以茅盖，通水，水圜宫垣，为复道，上有楼，从西南入，名曰昆仑，天子从之入，以拜祀上帝焉。于是上令奉高作明堂汶上，如带图。及是岁修封，则祠泰一、五帝于明堂上坐，合高皇帝祠坐对之。……"颜师古注："汶，水名也。出琅邪朱虚。"或许因为太一原产于齐地，故而可以进入汶上明堂中去的吧。班固在《汉书·地理志》琅邪郡不其县下自注曰："有太一、仙人祠九所，及明堂，武帝所起。"不其地处今之胶东半岛，左右邻海，正是古代酝酿神异事迹的温床，也是燕齐方士出没的场所。此地享有建置太一祠的特权，说明它与太一神的产生密切有关，武帝于京城、泰山之外特地在这里建祠，大约也是追本溯源不忘厥初的意思吧。

"东皇太一"之所以重新改名为"太一",也就不难了解。因为这时全国早已统一,"东皇""西皇"之称已经失去凭藉,因而原属秦地的上帝仍旧称为白帝,齐地的上帝仍旧称为"太一"了。

太一虽然高踞群神之首,但他毕竟缺乏原始信仰做基础,产生的时代又已远离人类童年,所以不能达到深入人心的效果。他之所以能够始终保持尊显,只是由于历代统治者在政治上加以支持的缘故。后代各个皇朝的宫廷内都奉祠太一。关于太一在道教中的地位和发展,顾颉刚和杨向奎合著的《三皇考》一书论叙甚明[1],这里就不作介绍了。

齐国文化的影响

由上可知,汉代初年的政治制度,继承秦、楚两国的地方最多,但在天文和宗教方面,则受齐国的影响至巨。刘汉王室先接受了燕齐方士的天文体系,后来又尊燕齐方士所构拟的太一为至上神,至是天上的星辰与地上的尊神乃告相应。天上的星辰与地上的尊神结合成一道轴心,由东方的齐地先后移植到了西方,并且一直在我国古代的天文和宗教领域内占着重要的位置。齐国的宗教和天文学在我国古代文化中曾经起过非常巨大的影响。

(原载《九歌新考》,上海古籍出版社 1986 年版)

---

① 《三皇考》,载《燕京学报》专号之八,哈佛燕京学社 1936 年版。后又收入《古史辨》第七册中编,开明书店 1941 年版。

楚祀河伯辨

我国古代把神分为天神、地祇、人鬼三类。如果把《九歌》中的神依此分类,则应分列如下:

天神——东皇太一、东君、云中君、大司命、少司命

地祇——湘君、湘夫人、河伯、山鬼

人鬼——国殇、礼魂

这三类神祇的性质有所不同。仅依其流动性而言,按照我们对宗教学说的粗浅理解,似乎可以这样说:天神、人鬼的流动性较大,即广泛移植他地的可能性较多;地祇的流动性较小,其活动范围带有更多的区域性。

这是什么缘故呢?

大家知道,宗教产生在人类的童年时代。那时人类还不够坚强有力,不得不屈服在自然力量的威慑之下;同时还由于初民文化知识的低下,误认为一切难于理解的自然力量都具有与人类同样的力量,于是人们膜拜自然界的"精灵",祈求福佑。在人类历史上,出现了所谓"万物有灵论"的时期。当然,在人们崇拜的一切自然物中,也并不是说每一样东西的精灵都具有同样重要的地位,而是凡与人们生活最密切相关的东西,才首先得到祭祀者的注意。渔猎民族、游牧民族和农业民族的崇拜对象各有不同,早为人类学家所证明。

宗教祭祀的范围,与社会组织的范围保持着平行的关系。当初民还处于氏族社会阶段时,由于生活圈子的狭小,崇拜的神祇性质也很简单,除了可能有抬头即见的天、地、日、月等神之外,还有与社会组织相应的氏族保护神,而山川之神则限于与此氏族生活有关的狭小范围

之内。随着社会的进步,氏族发展为部落,随后又发展为部族,神祇的性质也跟着复杂起来。部族保护神的地位升得更高了,原有的那些部落保护神或氏族保护神,或者作为幸运儿而逐步上升为部族保护神,或者归入部族所祀的神组之内而降于次要的地位,或者径告失势而趋于消灭。这时各族所祀的天、地、日、月等神也都趋于统一融合。此外,由于部族活动地区的扩大,他们崇祀山川时,眼界也相应地更开阔了。可见人们崇祀神的范围,与自身的活动范围密切相关,而这一切又与他们的生活有着内在的联系。

马克思说:"一定的国家对于外来的特定的神来说,同理性的国家对于一般的神来说一样,就是神停止其存在的地方。"①这项宝贵指示,对于我们理解神的区域性具有深刻的启发意义。

诸侯祀其土之山川

我国古代习惯上称地方神为地祇。一如上面所说,地祇的祭祀尤其带有明显的区域性。凡与本地人民生活无关的山川均不入祀典。

其实这些道理依靠常识也就可以了解。假如某人居住山西,那他无缘无故当然不会去祭祀湖南的某座山或某条水;反之,湖南人也不会无缘无故地去祭祀山西的某座山或某条水,因为这与他们日常的生活毫无关系。

这里还得先介绍有关祭祀地祇的一些礼制。

《国语·楚语下》:"诸侯祀天地三辰及其土之山川。"

---

① 马克思《德谟克利特的自然哲学和伊壁鸠鲁的自然哲学的差别》,《马克思恩格斯全集》第四十卷,人民出版社 1982 年版。

《公羊传》僖公三十一年："诸侯山川有不在其封内者,则不祭也。"

《礼记·祭法》："诸侯在其地则祭之,亡其地则不祭。……山林、川谷、丘陵,民所取财用也,非此族也,不在祀典。"

《礼记·王制》："诸侯祭名山大川之在其地者。"

为什么诸侯要祭祀其封内山川,《国语·鲁语上》中说:"夫圣王之制祀也,法施于民则祀之,以死勤事则祀之,以劳定国则祀之,能御大灾则祀之,能捍大患则祀之,非是族也,不在祀典。……凡禘、郊、祖、宗、报,此五者,国之典祀也。加之以社稷山川之神,皆有功烈于民者也;及前哲令德之人,所以为明质也;及天之三辰,民所以瞻仰也;及地之五行,所以生殖也;及九州名山川泽,所以出财用也。非是,不在祀典。"说明山川之所以入祀,与有功于社稷的人一样,只是由于它们对有关的人起了有益的作用。这就表明:上述封建教条僵硬的外壳之中包含着合理的内核,应当予以重视。

以上是对这项原则从理论上作出的考察。

古史上就有一些与此相合的实例。

首先,我们举刘邦的事为例。刘邦非但对家乡的大神有感情,就是对局促一地的小神也有感情。他把天神蚩尤迎入长安,但把地祇枌榆社仍留在当地。

《史记·封禅书》:"……后四岁,天下已定,诏御史,令丰谨治枌榆社,常以四时春以羊彘祠之。"

这位小土地似的枌榆社在《封禅书》上还有介绍。"高祖初起,祷丰枌榆社。"裴骃《集解》引张晏曰:"枌,白榆也。社在丰东北十五里。

或曰枌榆，乡名，高祖里社也。"说明枌榆社是刘邦未发迹前就已崇祀的一位家乡的地方保护神。

枌榆社虽是位处基层的地祇，在神界的地位甚为低微，但刘邦却始终敬礼弗衰。这里表现出了刘邦个人宗教信仰的强烈，也反映出了旧时遗留下来的民俗观念的深远影响。战国之时，进行战争的国家或城邑，都很重视祷请地祇的庇护。《墨子·迎敌祠》曰："巫必近公社，必敬神之。……祝、史、宗人告社，覆之以甑。"同书《号令》曰："望气者舍必近太守，巫舍必近公社，必敬神之。巫、祝、史与望气者必以善言告民，以请上报守。"刘邦起兵时虔诚地祷请地方保护神的庇佑，不正是上承这种旧有习俗而来的么？

天神蚩尤的流动性较大，地祇枌榆社的流动性很小，二者性质有别，就是刘家天子也不能过于勉强，只能让他们各得其所。

其次，我们举"诸侯在其地则祭之"的例子来看。

按天子诸侯祭其境内的名山大川，不亲临其地而遥祭，这在古代有个专门名词，叫做"望"。《史记·楚世家》载昭王曰："自吾先王受封，望不过江、汉。"裴骃《集解》引服虔曰："谓所受王命，祀其国中山川为望。"典籍上不乏这方面的例子，如《尔雅·释山》曰："梁山，晋望也。"《诗经·大雅·韩奕》中曾歌颂梁山，《诗序》下孔颖达疏引孙炎曰："晋国所望祭也。"可知"望"字已经成为名山大川的代称，并且寓有疆界之义。它的得名，乃由祭法而来。

梁山为晋国境内的著名大山，晋人奉之若神明，故有望祭之举。其他国家亦有有事于望的记载。

《左传》昭公十三年："初，[楚]共王无冢嫡。有宠子五人，无嫡立焉。乃大有事于群望，而祈曰：'请神择于五人者，使主社稷。'乃遍以璧见于群望，曰：'当璧而拜者，神所立也，谁敢违之?'"

《左传》昭公二十六年:"［王子朝曰:］……至于夷王,王愆于厥身。诸侯莫不并走其望,以祈王身。"

《左传》哀公六年:"［楚昭］王曰:'三代命祀,祭不越望。江、汉、睢、漳,楚之望也。'"

《淮南子·氾论》上说:"赤地三年而不绝流,泽及百里而润草木者,唯江、河也,是以天子秩而祭之。"与此相应,北方与河有关各国则祭祀黄河,南方与江有关各国则祭祀长江。诸侯大夫祭其境内的山川之神,不论从理论上来说,或是从实例上来说,都是如此。

反观《九歌》诸神,不难发现,其中的河伯就有问题。因为黄河不在楚国的疆域之内,河非楚望,不应由楚人来祭祀。楚国宫廷之中固然不该祭祀河伯,楚国南疆沅、湘之间的百姓更是无缘祭祀河伯。

这是主张民间祭歌说和楚郊祀歌说的学者很难咽下的一个酸果。如果说,王逸、朱熹等人由于不懂宗教、民俗方面的理论,可以提出沅、湘之间的百姓祭祀河伯的说法,那么时至今日,就不应该再照搬古时的这种假说,而应该对它作一番认真的考核了。

为了阐明这个复杂的问题,这里还得对有关地祇的学说再作一番分析。

历史上确曾出现过另一情况,似乎发生过地祇迁于外地之事,这是不是上述原则的例外?应该作出解释。

鲁人一直祭祀殷人之社。《左传》闵公二年上说:"成季之将生也,桓公使卜楚丘之父卜之,曰:'男也,其名曰友,在公之右。间于两社,为公室辅。'"杜预注:"两社:周社,亳社。"说明鲁国都城之中确是立有两社。鲁为周天子分封的诸侯,故立周社;但他们非殷人之后,为什么还要立亳社呢?

《春秋》记载哀公四年"六月辛丑,亳社灾"。《左传》杜预注:"亳社,殷社。诸侯有之,所以戒亡国。"《穀梁传》范宁《集解》:"殷都于亳。武王克纣而班列其社于诸侯,以为亡国之戒。"这也可能只是望文生义的附会之词,未必切合实际,因为鲁国之外,史籍之中从未发现其他诸侯国的国都之中也有"亳社"的建立。

鲁人之立亳社,当是由于鲁国国中容纳着大量殷人之后的缘故。《左传》定公四年载子鱼追述周初史实曰:"分鲁公以大路、大旂,夏后氏之璜,封父之繁弱,殷民六族:条氏、徐氏、萧氏、索氏、长勺氏、尾勺氏,使帅其宗氏,辑其分族,将其丑类,以法则周公。用即命于周。是使之职事于鲁,以昭周公之明德。分之土田陪敦,祝、宗、卜、史,备物、典策,官司、彝器;因商奄之民,命以《伯禽》,而封于少皞之虚。……"这里是说武王克商之后,采取分封制度,将殷人之后或其统率的部族降为种族奴隶,由几个大的诸侯分头管辖。鲁人统属者为商奄之民。国中既有大量殷人聚居,那在原始宗教信仰控制下的古代,自然要立亳社以供祭祀了。这种"殷人之社",表面上是把原在亳地的社神移来曲阜,实际上是在殷人后代的居住地点另立社神,这里所用的只是原来的名号罢了。

在枌榆社的问题上,后来发生过一些有趣的传说,可与亳社之说互证。《西京杂记》卷二曰:"高祖少时常祭枌榆之社,及移新丰,亦还立焉。"又曰:"高祖既作新丰,并移旧社。衢巷栋宇,物色惟旧。士女老幼,相携路首,各知其室。放犬羊鸡鸭于通涂,亦竟识其家。"潘岳《西征赋》中也说:"摹写旧丰,制造新邑,故社易置,枌榆迁立。街衢如一,庭宇相袭,浑鸡犬而乱放,各识家而竞入。"这种夸张的写法,显为小说家言,未必可信。枌榆社的搬迁,史书上无记载,也不可能真像《西京杂记》等文中所说的那么活灵活现。但当时既有新丰的设置,那倒也并不排斥有此新的地祇的设置。汉代统治者在新丰的土地上筹建一个新枌榆社，也就是在复制旧丰的基础上同时复制一个社神就是了。这个故事所透露的消息，和亳社的情况一样，也是符合宗教原理的。

根据信史记载和地下发掘的材料，楚国南边的沅、湘之间或本土的其他地方，古时从未移入过北方黄河流域的什么部族，因此就连亳社和传说中的枌榆社这样的情况都不可能发生，更不要说是什么很难移植的黄河之神了。不论从理论上说，或是从实际上看，楚人都无缘祭祀北方的地祇河伯。

楚人信守"祭不越望"的原则

或许有人会提出反驳，上述说法并不符合事实，楚人曾与河伯打过交道，并且正式祭祀过河伯。

不错，历史上确曾记载过楚人与河伯发生关系的事，这首先发生在春秋之时，前后一共有三次。应该对这些事件作出解释。

> 《左传》僖公二十八年："初，楚子玉自为琼弁玉缨，未之服也。先战，梦河神谓己曰：'畀余，余赐女孟诸之麋。'弗致也。"
>
> 《左传》宣公十二年："[楚庄王]祀于河，作先君宫，告成事而还。"
>
> 《左传》哀公六年："初，昭王有疾。卜曰：'河为祟。'王弗祭。大夫请祭诸郊，王曰：'三代命祀，祭不越望。江、汉、睢、漳，楚之望也，祸福之至，不是过也。不穀虽不德，河非所获罪也。'遂弗祭。"

这里楚人表现出来的不同态度，可以用来说明不同的问题。

首先应该注意上述三人与河神发生关系的地点。子玉北上，是为了参加城濮之战；庄王北上，是为了参加邲之战；昭王东下，是为了援陈，故军次城父。子玉、庄王驻扎在河边上，故亲与黄河打交道；昭王驻地与河尚有距离，故卜人扬言河神为祟。

子玉个性刚强，对河神的勒索毫不妥协。昭王是恪守封建礼制的君主，不作非分之事。于此可见，楚人对河伯的态度，非但不理不睬，而且倾向于敌对。

他们坚持"祭不越望"，因为"诸侯山川有不在其封内者，则不祭也"。

庄王祀河则有另外原因。黄河流经晋国，备受晋人崇敬，因此河神实有晋国保护神的性质。邲之战，楚人为了酬答当地山川之神，感谢他不从中捣乱，自当竭诚祭祀一番。因此，这次祀河纯属临时性质。这只要参看后代昭王的话即可明了。客军祭祀当地神祇的事件，古代其他国家也曾发生。约公元前 396 年，罗马的狄克推多卡密拉斯攻打维爱城时，为了求得当地大神的协助，乃隆重祭祀朱诺，即是一例。

这里还可以再举几个古代本国的例子。《史记·周本纪》叙武王伐纣之明日，"除道修社"（并见《逸周书·克殷》）；《左传》襄公二十五年叙郑师入陈，"祝祓社"。此外又如：

> 《左传》昭公十七年："九月丁卯，晋荀吴帅师涉自棘津，使祭史先用牲于雒。陆浑人弗知，师从之。庚午，遂灭陆浑。"
>
> 《穀梁传》定公四年："蔡昭公朝于楚，有美裘。正是日，囊瓦求之，昭公不与，为是拘昭公于南郢，数年，然后得归。归乃用事乎汉，曰：'苟诸侯有欲伐楚者，寡人请为前列焉。'"范宁《集解》曰："用事者，祷汉水神。"

雒水不在晋地,汉水之神非蔡所祀,但都得到外来者尊崇。因为二者威灵显赫,故越境来犯者得讨好他,打算越境来犯者也得讨好他。庄王之祭黄河,犹如荀吴之祭雒水,蔡侯之祭汉水。

这就再次证明了文章开端时说明的原则:宗教上的问题,看来玄虚奥妙,而其实质仍与人民大众的生活密切相关。楚人距离黄河尚远,并且境内自有像长江之类的巨流,那他们又怎么会越地千里而去祭祀域外的黄河呢?况且楚人本来就与北方各国具有不同的文化系统,心理上长期保持着敌对的情绪,这样也就更不太可能去祭祀北方的地祇了。

楚国疆域从未扩展到黄河边上

某些学者有见于此,他们企图自圆其说,弥补缺憾,于是提出了楚地曾接黄河的新说。下面可以引用一些这方面的材料。

> 楚境北至于河,故河亦尝所望祀。[①](游国恩《论九歌山川之神》)
>
> 或疑河非楚望,不应越祭。⋯⋯按《九歌》所祀,本不可以礼经绳之,且河伯之说,本远古相传神话,奉而祀之者,不必定河水流域之人。况楚地当屈子时,已及河之南境,祀河伯非必不可之事。[②](刘永济《屈赋通笺》)

---

① 游国恩《论九歌山川之神》,《国闻周报》第十三卷第十六期,后收入《读骚论微初集》,商务印书馆 1937 年版;《楚辞论文集》,古典文学出版社 1957 年新一版。

② 刘永济《屈赋通笺》卷三《九歌·解题第一》,人民文学出版社 1961 年版。

楚国的国境北至于河,祀河本来是可以的。① (孙作云《九歌非民歌说》)

"楚人信巫而好祠",春秋时代,民间即已望祭河神,到了战国,楚国国境已有一部分北抵河岸,当然对黄河的祭祀更加盛行起来。② (马茂元《楚辞选》)

但从古代文献记载来看,楚国的疆域从未到达黄河流域。上述说法,不知根据何在?

下面也试征引一些材料进行论证。

楚国位居南方,疆域广大,但仍处心积虑向北发展。因为当时中国的经济文化中心在于北方,楚人若要图王争霸,首先就得吞并中原,为此他就利用其优厚的兵力,步步北进,中原各国则竭力抵抗。春秋之时,齐桓、晋文霸业的主要内容之一,就是联合北方各国,抵抗楚人的兵锋。战国之时,齐、宋、魏、韩、秦等国屡次与楚发生争战,也是为了阻遏楚人的北上。因此,楚国虽是想把疆域扩张到河边,但是由于北方许多强国的阻挡,这项雄心始终没有实现。

按楚人的向北发展前后,大体可以划分为四个阶段。第一阶段,蚕食江、汉诸姬;第二阶段,灭陈;第三阶段,与三晋争夺河边之地;第四阶段,灭鲁。

早在西周初年分封诸侯之时,姬周王室已经考虑到要在江、汉之间布置一道防线,阻遏南方"蛮夷"的北上,藉以掩蔽中原腹地。他们在南方边缘地区分封了许多小国,只是这些小国力量过于单薄,因此当楚兴起后,非但无力抗衡,反而成了吞并的对象。于是汉水流域及

---

① 孙作云文载清华大学文学会编《语言与文学》,中华书局 1937 年版。
② 马茂元《九歌·河伯》,载《楚辞选》,人民文学出版社 1958 年版。

其邻近之地,如聃、权、罗、卢戎、邓、鄾、榖、绞、申、吕、蓼;郧水流域及其邻近之地,如轸、贰、州、郧、顿、唐、随,次第为楚所灭。《吕氏春秋·贵直论·直谏》记荆文王"后荆国兼国三十九"①,《韩非子·有度》记"荆庄王并国二十六,开地三千里",这里有一些是当地原始部落或原始部族建立的国家,但也包括了很多周人所封的国家。《左传》僖公二十八年城濮之战时,栾枝曾说:"汉阳诸姬,楚实尽之。"定公四年吴人谓随人曰:"周之子孙在汉川者,楚实尽之。"就是指楚前期的兼并活动而言的。

显然,这一时期的楚国与河不会发生什么关系。

楚人还步步进逼,向淮河流域发展,先后灭了息、弦、黄、蒋、江、蔡等国;此外还向淮水支流汝水、颍水等邻近的国家进兵,先后灭了道、房、柏、顿、蔡等国;其中尤以楚惠王十年灭陈之举最为重要。这时楚国的疆域已经奄有淮河流域,深入中原内地了②。

楚国已向黄河边上跨近了一大步,因此有的学者认为此时楚国已可祭祀黄河。像郭沫若就说:

> 《九歌》中的河伯,是祭河神的歌词。大家知道楚国的疆土,过去没有到黄河流域,迨楚惠王十年灭陈以后,疆土才达到黄河流域。楚惠王十年,即孔子死的一年。从这个年代以后,楚国才有可能祭河伯,才能有河伯的文章。③

---

① 《说苑·正谏》记作"兼国三十"。

② 参看黄德馨《楚疆域变迁考略》,载《武汉师范学院学报》1980 年第 4 期;宋公文《春秋前期楚北上中原灭国考》,载《江汉论坛》1982 年第 1 期;何浩《春秋时楚灭国新探》,载《江汉论坛》1982 年第 4 期。

③ 郭沫若《屈原的艺术与思想》,原载《中苏文化》第十一卷第二、三期合刊,1942 年;今据《沫若文集》第 12 卷本,人民文学出版社 1959 年版。

但是这种说法之中仍然存在着很多障碍。因为陈国国土北边还有郑、宋等国阻隔，楚国还是无法接近河边；而且陈地不属黄河系统，而是属于淮河流域。历史上从无陈人祀河的记载，淮河流域自有其另成系统的水神。《太平广记》卷四六七《李汤》条记唐代楚州刺史李汤，闻渔人见龟山下水中有大铁锁，乃以人牛曳出，而风涛陡作，见一状类猿之怪兽上岸，久而引颈伸欠，双目忽开，徐徐引锁曳牛入水去。后李公佐于洞庭包山探仙书，得《古岳渎经》，上载禹治水时降伏淮涡水神无支祁事，始知其名。这种神异故事虽出后人记载，但也有它的古代传说背景。李肇《国史补》卷上"淮水无支奇"条引《山海经》云："水兽好为害，禹锁于军山之下，其名曰无支奇。"陶宗仪《辍耕录》卷二十九"淮涡神"条亦有征引，以为原出《山海经》，说明淮河流域的水神故事与河伯之说远不相涉，陈人不当祭祀河伯。

楚人灭陈之后，继续向北挺进，与三晋争夺河边之地，斗争甚为激烈。只是由于春秋末期、战国初期之时史缺有间，内中情况已经不能全部搞清，但我们在对各种史料作仔细的考查之后，认为还是有可能勾勒出各国疆域伸缩的概况来。

下面先把一些历史事实按年代排列：

《史记·楚世家》："[悼王]二年，三晋来伐楚，至乘丘而还。"

《史记·六国年表》："[悼王]三年，归榆关于郑。"

《史记·楚世家》："[悼王]九年，伐韩取负黍。"

《史记·楚世家》："[悼王]十一年，三晋伐楚，败我大梁、榆关。"

《战国策·齐策五》："[悼王]二十一年，楚人救赵而伐魏，战于州西，出于梁门，军舍林中，马饮于大河。"

《战国策·魏策四》："[楚肃王]六年，郑恃魏以轻韩，伐榆关而韩氏亡郑。"

《史记·楚世家》:"[肃王]十年,魏取我鲁阳。"

《汲冢纪年》:"梁惠成王九年四月甲寅,徙都大梁。"(《史记·魏世家》"安邑近秦,于是徙治大梁"句下裴骃《集解》引)

观察这一阶段的历史,可以看出这样一种形势,那就是楚人虽然屡次奋力北上,但始终不能站稳脚跟。在这些反复争夺的地方,大梁、榆关二地最可注意。大梁地当今之河南开封,榆关地当何处,说法有分歧,顾祖禹《读史方舆纪要》卷五一《河南六》中说榆关在汝州境,可知其地在大梁的西南方,二地接近河边,形势甚为重要,故楚、魏、韩、郑等国争夺甚烈。据《六国年表》所言推断,榆关原来属于郑国所有,而在楚简王时曾一度为楚占领,但在悼王即位初期,三晋来伐之时,大约总是迫于形势,楚又不得不将此地归还郑国。悼王十一年时,楚与三晋又战于大梁、榆关一带,吕祖谦《大事记》中《解题》卷二:"大梁,魏地。不知楚追三晋之师至于是与?或者楚伐魏而韩、赵救之,《世家》误以为三晋伐楚与?"其中经过确难悉知,不过无论怎样,此时大梁、榆关之地非楚所有,则是可以肯定的。悼王二十一年时,楚之兵锋虽然曾经一度触及河边,但也只是在混战中临时扩张了一下,正如春秋邲之战时的情况一样。其后榆关又转入韩手,楚人更难与之争夺。时至肃王十年,北边疆域更往南移,距河更远了。到了楚宣王九年之时,魏定都大梁,自此楚人北出的途径完全被遮断,排除了接触河的机会。此后楚之北界大体上便又缩回到原来陈国的范围之内。

总的说来,在这短短的几十年中,楚人虽曾屡作努力,想在河边上占一地盘,只是由于三晋的崛起,这项愿望始终不能实现。这只要检查一下上面所引用到的一些材料即可明了。退一步讲,即使楚人在这短短几十年中的某一阶段曾经接近过河边,那也不能用来说明问题,因为这种临时性的扩张也不可能立即影响到千里之遥的"南郢之邑,沅、湘之间"的祭神大典,楚王也不可能立即把河祭列入国家祀典呀。

楚国覆亡之前不久,曾经一度回光返照,东灭鲁国。鲁国在政治上向来特殊,或许有人会想到,楚人是否会袭鲁人之旧,祭祀河神呢?

但这项设想也缺乏事实根据。因为黄河不经过鲁国疆土,故而即使像鲁国这样享有很多政治特权的国家,也不能祭祀黄河。《春秋》僖公三十一年"犹三望",《左传》孔颖达疏:"郑玄以为望者,祭山川之名。诸侯之祭山川,在其地则祭之,非其地则不祭。且鲁竟(境)不及于河。《禹贡》:'海、岱及淮,惟徐州。'徐即鲁地。三望,谓淮、海、岱也。"又《诗经·鲁颂·閟宫》:"奄有龟、蒙,遂荒大东,至于海邦",孔颖达疏引"郑驳《异义》云:昔者楚昭王曰:'不穀虽不德,河非所获罪。'言境内所不及,则不祭也。鲁则徐州地,《禹贡》:'海、岱及淮,惟徐州。'以昭王之言,鲁之境界亦不及河,则所望者,海也,岱也,淮也:是之谓三望。"可见上述一些宗教原理还是潜在地起着支配的作用,鲁国也得信守"亡其地则不祭"的原则。再说楚之灭鲁已在考烈王七年,那时屈原已经死去多时,因而上述假设已经丧失前提,可以不必细论了。

胡文英《屈骚指掌》于《河伯》篇名下注曰:"楚自威王灭越之后,掠地至鲁,皆属楚境,故滨河。土俗祀之。屈子过之,因为作乐章以寓意。"此说游谈无根,征之史地均不合。

前面已经介绍过,持楚郊祀歌说的学者曾从祭祀制度着眼批判民间祭歌说,指出它不合宗教和民俗的原理,可惜他们不能从分析地祇的性质下手,以致功亏一篑。本文则对诸侯祀其山川的原理作了探讨,又对楚国的疆域作了考证,以此证明:楚地从未正式扩展到河边,因此楚人无祭河之可能。

战国时人对楚国疆域的描述

就在屈原的生活年代前后相去不远的一段时间内,曾有一些政治活动家对楚国的政治形势作过分析,叙述到楚国疆域的方位。他们的言论,颇有可与以上所言相印证者,值得参考,兹引用于下。

> 《战国策·楚策一》:"楚,天下之强国也。……楚地西有黔中、巫郡,东有夏州、海阳,南有洞庭、苍梧,北有汾陉之塞、郇阳。"

按此乃苏秦说楚威王之语,并见《史记·苏秦列传》,惟末句作"北有陉塞、郇阳"。程恩泽《国策地名考》卷六据《左传》杜注以为"汾"即襄城县之汾邱城,"陉"即陉山,在郾城县,"汾陉之塞"即指汾邱、陉山之间百里之地而言。郇阳地在何处,说法甚为分歧,裴骃《集解》引徐广说以为即顺阳,张守节《正义》亦主此说,司马贞《索隐》则以为即新阳。后世多信从王应麟说,以为即《汉书·地理志》上的汉中郡旬阳县,见《通鉴地理通释》卷十《七国形势考》下篇。如王说为是,则旬阳位处楚之西北隅,乃秦、楚两国屡次交兵争夺者。楚国不能始终占有此地,后更长期为秦所占。且旬阳地邻汉水,属汉水流域,与河距离尚远,关系甚浅。

> 《战国策·秦策三》:"楚苞九夷,又方千里。南有符离之塞,北有甘鱼之口。"

这是说客游说穰侯魏冉时介绍的情况。魏冉的活动年代正当楚怀王、顷襄王时,与屈原为同时人。

张琦《战国策释地》卷上曰："符离，故县在今凤阳府宿州北二十五里。甘鱼陂，在安陆府天门县西北。按南、北二字，恐上下互易。"符离、甘鱼，两地与河距离均甚远。

《荀子·议兵》："［楚地］汝、颍以为险，江、汉以为池；限之以邓林，缘之以方城。"（并见《商君书·弱民》）

按邓林一名并见《山海经·海外北经》，当指楚北邓地之山林而言；方城之名并见《左传》僖公四年，其地在今河南叶县之南。二地均不在河边。

荀子的生活年代正当楚顷襄王、考烈王时，与屈原年代相当或稍后，而记载楚国疆域如此，可证楚地从未接河。

先秦各家，荀子的言论最为核实，颇可信据。《淮南子·兵略》上说："昔者楚人地南卷沅、湘，北绕颍、泗，西包巴、蜀，东裹郯、邳。颍、汝以为洫，江、汉以为池，垣之以邓林，绵之以方城。"就是根据荀子的上述记载立论的。刘安袭楚故地，对于它疆域的四境，自然能有清楚的了解。

《史记·货殖列传》："夫自淮北沛、陈、汝南、南郡，此西楚也；……彭城以东，东海、吴、广陵，此东楚也；……衡山、九江、江南、豫章、长沙，是南楚也。"

这是司马迁总揽全局之后作出的结论。这里谈到东楚和西楚，都没有到达河边。司马迁对战国历史知之最悉，意见值得参考，故一并加以引述。

上述各种说法，都是和屈原先后同时的人提出来的，结论基本上是一致的。楚地北边与韩国接壤，只是停留在今河南省南部的中段，没有到达河边。这是当时的人不抱成见的看法，应当可信。

河伯传说的区域性

黄河是我国北部最大的一条河流，它与中原各国的关系极为密切。当它性情柔和时，能予中原居民航运之利，供给两岸农田以水源，因而给广大区域内的百姓以生活上和生产上的便利。当它性情粗暴时，却又会扫荡一切，使大批百姓遭受灭顶之苦。它的一动一静，影响到中原地区居民的命运；尤其在古代抵御天灾人祸能力很弱的时候，更是具有瞬息祸福的重大作用。因此，黄河流域的居民，上自天子，下至庶民，普遍崇祀河神。有关记载见之于古代史籍者甚众。

早在夏代，就有河伯的故事流传下来。

《天问》："帝降夷羿，革孽夏民，胡射夫河伯，而妻彼雒嫔。"王逸《章句》："雒嫔，水神，谓宓妃也。传曰：河伯化为白龙，游于水旁，羿见射之，眇其左目。河伯上诉天帝曰：'为我杀羿。'天帝曰：'尔何故得见射？'河伯曰：'我时化为白龙出游。'天帝曰：'使汝深守神灵，羿何从得犯汝？今为虫兽，当为人所射，固其宜也。羿何罪欤？'"

商、周两代的王室则已崇祀河神。前者如：

《铁云藏龟》第 127 页第 2 片："丙子卜，宾贞，璧珏酚河。"
《殷虚书契后编》上册第 23 页第 4 片："丁巳卜，其寮于河，牢，沈璧。"
《小屯乙编》第 7645 片："酚于河五十牛……五人卯五牛于二珏。"

西周君主祀河之举有：

《史记·鲁周公世家》："初，成王少时，病，周公乃自揃其蚤，沈之河，以祝于神曰：'王少，未有识。奸神命者乃旦也。'亦藏其策于府。成王病有瘳。"（并见《史记·蒙恬列传》）

《穆天子传》卷一："癸丑，天子大朝于燕□之山，河水之阿。乃命井利梁固聿将六师。天子命吉日戊午，天子大服冕祎、帔带、搢曶、夹佩，奉璧南面立于寒下，曾祝佐之。官人陈牲全五□具。天子授河宗璧，河宗伯夭受璧，西向沉璧于河，再拜稽首。祝沉牛马豕羊。河宗□命于皇天子。河伯号之帝曰：'穆满，女当永致用时事。'南向再拜。河宗又号之帝曰：'穆满，示女春山之瑶，诏女昆仑□舍四平泉七十，乃至于昆仑之丘，以观春山之瑶。赐语晦。'天子受命南向再拜。"

《竹书纪年》："夷王二年，蜀人、吕人来献琼，宾于河，用介珪。"（《太平御览》卷八五引）

东周之后，祀河之举更盛。这里且将各国与河神发生关系的材料，自西至东，依国别排列于下：

（秦）《左传》文公十二年："秦伯（康公）以璧祈战于河。"

《史记·六国年表》："秦灵公八年，城堑河濒。初以君主妻河。"司马贞《索隐》："谓初以此年取他女为君主，君主犹公主也。妻河，谓嫁之河伯。"

（王）《左传》昭公二十四年："冬，十月癸酉，王子朝用成周之宝珪沈于河。甲戌，津人得诸河上。阴不佞以温人南侵，拘得玉者，取其玉。将卖之，则为石。三定而献之，与之东訾。"（并见

《汉书·五行志》)

（晋）《左传》襄公十八年："晋侯伐齐，将济河。献子以朱丝系玉二瑴而祷曰：'齐环怙恃其险，负其众庶，弃好背盟，陵虐神主。曾臣彪将率诸侯以讨焉，其官臣偃实先后之。苟捷有功，无作神羞，官臣偃无敢复济。唯尔有神裁之。'沈玉而济。"

《穀梁传》成公五年："梁山崩，壅遏河三日不流，晋君召伯尊而问焉。伯尊来，遇辇者，辇者不辟。使车右下而鞭之。辇者曰：'所以鞭我者，其取道远矣。'伯尊下车而问焉。曰：'子有闻乎？'对曰：'梁山崩，壅遏河三日不流。'伯尊曰：'君为此召我也，为之奈何？'辇者曰：'天有山，天崩之；天有河，天壅之。虽召伯尊，如之何？'伯尊由忠问焉。辇者曰：'君亲素缟，帅群臣而哭之，既而祠焉，斯流矣。'伯尊至。君问之曰：'梁山崩，壅遏河三日不流，为之奈何？'伯尊曰：'君亲素缟，帅群臣而哭之，既而祠焉，斯流矣。'"

《史记·晋世家》："文公元年春，秦送重耳至河。咎犯曰：'臣从君周旋天下，过亦多矣；臣犹知之，况于君乎？请从此去矣。'重耳曰：'若反国，所不与子犯共者，河伯视之！'乃投璧河中，以与子犯盟。"

《史记·晋世家》："[景公]八年，使郤克于齐。齐顷公母从楼上观而笑之。所以然者，郤克偻，而鲁使蹇，卫使眇，故齐亦令人如之以导客。郤克怒，归至河上，曰：'不报齐者，河伯视之！'"

（郑）《左传》襄公三十年："八月甲子，[游吉]奔晋。驷带追之，及酸枣。与子上盟，用两珪质于河。"

（韩）《说苑·脩文》："韩褐子济于河。津人告曰：'夫人过于此者，未有不快用者也，而子不用乎？'韩褐子曰：'天子祭海内之神，诸侯祭封域之内，大夫祭其亲，士祭其祖祢。褐也，未得事河伯也。'津人申楫，舟中水而运。津人曰：'向也，役人固已告矣，夫子不听役人之言也；今舟中水而运甚，殆治装衣而下游乎！'韩子曰：'吾不为人之恶我而改吾志，不为我将死而改我义。'言未已，舟泆然行。"

（卫）《左传》襄公二十七年："［卫侯之弟鱄］出奔晋。公使止之，不可。及河，又使止之，止使者而盟于河。"

《博物志》："澹台子羽贵千金之璧渡河，河伯欲之。阳侯波起，两蛟夹船。子羽左操璧，右操剑，击蛟皆死。既济，三投璧于河，河伯三跃而归之。子羽毁璧而去。"①（《太平御览》卷九三〇引）

（魏）褚少孙补《史记·滑稽列传》："魏文侯时，西门豹为邺令。豹往到邺，会长老，问之民所疾苦。长老曰：'苦为河伯娶妇，以故贫。'豹问其故。对曰：'邺三老、廷掾常岁赋敛百姓，收取其钱得数百万，用其二三十万为河伯娶妇，与祝巫共分其馀钱持归。……其人家有好女者，恐大巫祝为河伯取之，以故多持女远逃亡。以故城中益空无人，又困贫，所从来久远矣。民人俗语曰'即不为河伯娶妇，水来漂没，溺其人民'云。"

（齐）《韩非子·内储说上（七术）》："齐人有谓齐王曰：'河伯，大神也。王何不试与之遇乎？臣请使王遇之。'乃为坛场大水之上，而与王立之焉。有间，大鱼动，因曰：'此河伯。'"

《晏子春秋·内篇·谏上》："齐大旱逾时。景公召群臣问曰：'……吾欲祠河伯，可乎？'晏子曰：'不可。河伯以水为国，以鱼鳖为民。天久不雨，水泉将下，百川将竭，国将亡，民将灭矣，彼独不欲雨乎？祠之何益！'"

《晏子春秋·内篇·谏下》："古冶子曰：'吾尝从君济于河，鼋衔左骖以入砥柱之中流。当是时也，冶少不能游，潜行逆流百步，

---

① 按《水经·河水注》引此文，以为子羽投璧之处在延津，古为卫地。

顺流九里,得鼋而杀之。左操骖尾,右挈鼋头,鹤跃而出。津人皆曰:'河伯也!'视之,则大鼋之首也。"

颇堪寻味的是,在以上这些材料之中,那些曾经流传过河伯传说的国家,都在黄河流域之内;相反,一些远离黄河的国家,则都没有流传过什么关于黄河的传说。于此可见,古代的人虽对黄河抱有特别崇敬的感情,只因远离黄河的人民并不感到有什么需要仰求于河神的地方,所以用不着把祭祀河伯列入正式的祀典。沅、湘之间的人民显然用不着遥祭河伯,楚国宫廷之中也没有理由将此列入祀典。

这里还应介绍一下宋国有关黄河的传说。《庄子·外物》篇上说:"宋元君夜半而梦人被发窥阿门,曰:'予自宰路之渊,予为清江使河伯之所,渔者余且得予。'元君觉,使人占之。曰:'此神龟也。'君曰:'渔者有余且乎?'左右曰:'有。'君曰:'令余且会朝。'明日,余且朝。君曰:'渔何得?'对曰:'且之网得白龟焉。其圆五尺。'君曰:'献若之龟。'龟至,君再欲杀之,再欲活之,心疑。卜之,曰:'杀龟以卜,吉。'乃刳龟,七十二钻而无遗策。"褚少孙采择此事补入《史记·龟策列传》,则是以为宋元君时确有其事的了。但《庄子》中多寓言,《秋水》篇中还有河伯与北海若讨论哲理的一番议论,可见河伯云云,也是寓言手法中的一种创造。庄周及其后学属于北方商周文化系统的学者,自然有其编造河伯故事的可能性。而且宋属殷商之后,其地有古黄河的遗迹,这也就有流传河伯故事的可能。

《庄子·人间世》:"解之以牛之白颡者,与豚之亢鼻者,与人有痔病者,不可以适河。"成玄英疏:"巫祝陈茅狗以祠祭,选牛豕以解除,必须精简纯色,择其好者,展如在之诚敬,庶冥感于鬼神。今乃有高鼻折额之豚,白额不驯之犊,痔漏秽病之人,三者既不清洁,故不可注于灵河而设祭奠者也。"

于此可见,北方国家的人对于河伯何等尊敬。拿这来和子玉辈的态度相对照,那么楚人不祀河伯之说也就可以得到更进一步的证明了。

有关河伯的一些材料的订正

最后还应指出,古籍中提到的河伯不一定指黄河之神。

自商、周到春秋、战国,长江流域还没有得到充分的开发,我国的政治、经济、文化中心,长期位于黄河流域。这些地方的国家和人民,在黄河的哺育下,不断得到发展。因此,"河"在古代人民的生活中有着极为重要的地位,很自然地,后来也就有人把"河"作为大江大河的泛称了。

这就出现了一些混淆不清的问题。现将若干常被人们误解的材料辨析如下。

> 陆玑《要览》曰:"楚怀王于国东偏起沈马祠,岁沈白马,名繪楚邦河神,欲崇祭祀,拒秦师。卒破其国,天不佑之。"(董说《七国考》卷九引)

按《旧唐书·经籍志》"丙部·子录·杂家"载《要览》三卷,陆士衡撰,《新唐书·艺文志》亦作三卷,王尧臣《崇文总目》作二卷,王应麟《玉海》卷五四"承诏撰述·类书"引《中兴书目》作一卷,并引机自序云:"直省之暇,乃集要术三篇:上曰'连璧',集其嘉名,取其连类;中曰'述闻',实述予之所闻;下曰'析名',乃搜同辨异也。"明代之后此书已经散佚,不见记载了。董说以为作者名陆玑,他书则作陆士衡或陆机,

"玑"乃"机"之误。陆机上距战国之时已久,传闻的礼制,未必可信。这里提到楚邦河神一名,颇觉不伦不类,有人据以立论,作为楚祀河伯的例证,则连"楚邦"二字也未曾注意。楚祀江、汉、睢、漳,只可能有江神、汉神、睢神、漳神之名,哪里会有河神之称?这个"河"字,看来就是陆机根据后代人的观念,用来泛指其他大河的了。

《汉书·郊祀志下》载谷永之言曰:"楚怀王隆祭祀,事鬼神,欲以获福助,却秦师,而兵挫地削,身辱国危。"陆机的有关记载,看来就是根据它发挥而成,只是前面增加了岁沈白马的异说就是了。古人以鸟兽禽畜之白色者为吉祥之物,用于祭祀,《艺文类聚》卷八二引《尸子》曰:"殷汤救旱,素车白马,身婴白茅,以身为牲。"《史记·秦始皇本纪》:"二世梦白虎啮其左骖马,杀之,心不乐,怪问占梦。卜曰:'泾水为祟。'二世乃斋于望夷宫,欲祠泾,沈四白马。"《汉书·王尊传》:"迁东郡太守。久之,河水盛溢,泛浸瓠子金堤。老弱奔走,恐水大决为害。尊躬率吏民,投沈白马,祀水神河伯。"陆机文士,大约就是根据这类故事而编出沉马的情节,辑入所撰类书,供行文之需。只是他不明底细,而又杜撰楚邦河神一名,造成了不必要的混乱。

古代高句丽国亦有河伯之说。

高句丽第十七世祖广开土境平安好大王墓之记功碑《好大王碑》:

> 惟昔始祖邹牟王之创基也,出自北夫馀天帝之子。母河伯女郎。刳卵降出,生子有圣德□□□□□。命驾巡车南下,路由夫馀奄利大水。王临津言曰:"我是皇天之子,母河伯女郎,邹牟王。为我连葭浮龟。"应声即为连葭浮龟。然后造渡于沸流谷,忽本西城山上而建都焉。①

---

① 据刘节《好大王碑考释》中之释文,载《古史考存》,人民出版社1958年版。

《魏书·高句丽传》：

> 高句丽者，出于夫馀。自言先祖朱蒙。朱蒙母河伯女，为夫馀王闭于室中。为日所照，引身避之，日影又逐。既而有孕。生一卵，大如五升。夫馀王弃之与犬，犬不食；弃之与豕，豕又不食；弃之于路，牛马避之；后弃之野，众鸟以毛茹之。夫馀王割剖之，不能破，遂还其母。其母以物裹之，置于暖处，有一男破壳而出。及其长也，字之曰朱蒙。

顾炎武《日知录·河伯》据此以为河伯有外孙，游国恩《论九歌山川之神》亦主是说，其他学者均无异议，然此说实有未尽处。我们在翻阅了朝鲜古史之后，始知此处之河伯实为古代彼民族本土的地祇，与我国中原的河伯无涉。按朝鲜古史《三国史记·高句丽本纪》、《三国遗事·纪异卷第一·高句丽》、《东国通鉴》高句丽始祖高朱蒙元年、《朝鲜史略》卷之一等典籍中均载有此事，而《李朝实录》世宗卷一五四《地理志·平安道·平壤府》中铺陈此事最为详尽。据彼书记载，天帝之子天王郎与夫馀王古都城北青河河伯之长女柳花，自相婚配，生子朱蒙。原注："青河，即今鸭绿江。"由此可知高句丽始祖朱蒙的外祖父实为鸭绿江中之河伯，非我国北部黄河中之河伯也。朝鲜本国神话传说自有其体系，与我国的记载名同实异，不能张冠李戴。

研究神话传说，如分析某项具体的故事，处理材料时，要注意它们分布的地区，此外还要注意其时代的先后。因为我国疆域辽阔，各地都曾产生具有特色的传说，而流传的时代不同，则同一传说也会变得面目全非。就以河伯而言，古代有称之为冰夷者：

《山海经·海内北经》："从极之渊，深三百仞，维冰夷恒都焉。

冰夷人面,乘两龙。"郭璞注:"冰夷,冯夷也。《淮南》云:'冯夷得道以潜大川。'即河伯也。"

《穆天子传》卷一:"戊寅,天子西征骛行至于阳纡之山,河伯无夷之所都居,是惟河宗氏。"郭璞注:"无夷,冯夷也。《山海经》云'冰夷'。"

《淮南子·齐俗》:"昔者冯夷得道,以潜大川。"许慎注:"冯夷,河伯也。华阴潼乡堤首里人。服八石,得水仙。"

《楚辞·远游》:"令海若舞冯夷。"王逸《章句》:"冯夷,水仙人。《淮南》言'冯夷得道,以潜于大川'也。"

《庄子·大宗师》:"冯夷得之,以游大川。"陆德明《释文》引司马彪云:"《清泠传》曰:'冯夷,华阴潼乡堤首人也。服八石,得水仙,是为河伯。'一云以八月庚子浴于河而溺死,一云渡河溺死。"

《抱朴子·释鬼》:"冯夷,华阴人,以八月上庚日度河溺死,天帝署为河伯。"(《文选·谢惠连〈雪赋〉》李善注引)

这里的许多材料,都记载着冯夷的事。从中可以看出,随着时代的发展,传说的性质也在改变。《山海经》等书中描写的冯夷,还保持着古代神话的原始面目;汉代所说的冯夷,已经渗入仙家之说;魏晋人所说的冯夷,更把人鬼当成了地祇。这样,后代人所说的河伯与古代人所说的河伯也就大不相同了。有的学者将古今中外署名河伯的故事混为一谈,编成一个庞大的家族体系,这种研究方法,未必能对阐发古代神话传说的本来面目有什么帮助。

(原载《九歌新考》,上海古籍出版社 1986 年版)

周主・周君・周天子

战国中、后期,在中国的中部,韩国和秦国的包围圈中,残存着一个小小的王国,这就是曾经君临天下的正统王朝的最后代表——周王室。作为当年大一统王朝的末代,比起他们的祖先来,非但可以说是可怜,而且可以说是可笑了。《汉书・诸侯王表》上说:"自幽、平之后,日以陵夷,至虖陿陋河、洛之间,分为二周。有逃责(债)之台,被窃铁之言,然天下谓之共主。"

"窃铁"的内容难以确说,"逃债"之事则尚见记载,《太平御览》卷一七七引《帝王世纪》曰:"周赧王虽居天子之位,为诸侯所侵逼,与家人无异。贳于民,无以归之,乃上台以避之,故周人因名其台曰'逃债台'。故洛阳南宫簿台是也。"可见其时周天子地位之低微和处境之落拓。

《史记・周本纪》裴骃《集解》引徐广曰:"周比亡之时,凡七县:河南、洛阳、穀城、平阴、偃师、巩、缑氏。"佢周天子在这些地方也已丧失了控制权,因为它们都被称为西周君和东周君的两个属下封君所瓜分了。其中西周君分得三县,即河南、缑氏、穀城;东周君分得四县,即洛阳、平阴、偃师、巩。周天子只是寄人篱下,先后居住在他们的封邑之内,非但声势全无,而且似乎连生活都发生了问题。

王室的力量衰落到了这样的地步,也就不太有人注意这一地区之内的动静,但从若干残存的史料之中,还是透露出了这个小朝廷内发生着激烈的倾轧和争夺。周天子属下"分为二周",乃是长期纷争的结果。只是这些记载之中存在着很多混乱的情况,应该进行一些考辨,例如《史记・周本纪》上说:"考王封其弟于河南,是为桓公,以续周公之官职。桓公卒，子威公代立。威公卒，子惠公代立。乃封其少子于巩以奉王，号东周惠公。"裴骃《集解》引徐广、张守节《正义》引郭缘生《述征记》都说东周惠公为西周惠公之子，这种说法就是错误的，应当用《韩非子》上的记载来纠正。

《韩非子·说疑》上说："故周威公身杀，国分为二。"关于"国分为二"的事，《韩非子》中有不见于其他典籍的材料。

> 《内储说下（六微）·说五》："公子朝，周太子也，弟公子根甚有宠于君。君死，遂以东周叛，分为两国。"
> 《难三》："公子宰，周太子也，公子根有宠，遂以东州（周）反，分而为两国。"

《史记·周本纪》司马贞《索隐》引《世本》曰："西周桓公名揭，居河南；东周惠公名班，居洛阳。"西周与东周的地理位置是很清楚的。河南即周之王城，位于今河南洛阳市，而在战国时之洛阳西边，故称西周。战国时之洛阳即成周，亦即汉魏时之洛阳，位于今白马寺东；因在河南之东，故称东周。二地相距很近，所以《战国策·东周策》上有"东周欲为稻，西周不下水，东周患之"的记载。《周本纪》上还说东周惠公"封于巩以奉王"，看来此公的情况有些像是西周桓公封于河南"以续周公之官职"，巩只是封地，而他为了履行类似"周公"的职责，自己一直住在成周（战国时之洛阳）。

《汉书·古今人表》于"东周惠公"名下注曰："威公子。"这与其他记载可以沟通。《史记·周本纪》张守节《正义》引郭缘生《述征记》记周显王二年始分东、西周，《史记·赵世家》："[成侯]八年，与韩分周以为两。"裴骃《集解》引徐广曰："显王二年。"这种记载是可信的。《吕氏春秋·先识览》记"威公薨，殡九月不得葬，周乃分为二"，说明显王二年威公死而东、西周分,西周惠公和东周惠公都是威公的儿子,二人实为兄弟而非父子。《韩非子》中的记载就是指兄弟二人争夺公位的事。

这样,一些奇怪的现象也就可以解释了。二人同谥“惠公”;两国都有钱币流传下来,《古泉汇》等书录西周与东周的环币,形制几无差别。兄弟二人亦步亦趋地干,无非是想争取正统地位罢了。

而当东、西周这两个封国分裂时,周天子住在东周境内。看来东周力量较强。或许当年周威公偏爱少子,又想象他的上代一样,把位子传给少子,但赵、韩等国却支持长子姬宰,于是小小的王朝之内又分而为两个小诸侯国。

根据《战国策》等书中的零星资料来看,东、西二周起哄时,韩国常站在西周一边。韩非的立场,与他的国家的政治态度是一致的。而且韩非主张立国以嫡,反对“枝大本小”,因此他对东周君和西周君的身份地位必然有所轩轾。《说疑》中有一段总结性的意见,“故曰:孽有拟适(嫡)之子,配有拟妻之妾,廷有拟相之臣,臣有拟主之宠。此四者,国之所危也。故曰:内宠并后,外宠贰政,枝子配适(嫡),大臣拟主,乱之道也”。他是坚决维护地主阶级的嫡长子继承制度,反对庶子与嫡子争夺君位的。

韩非称呼周王朝系统的统治者有周主、周君、周天子三种名义。从他对君主儿子的名分观念来看,从先秦时期一些名义称号的习惯用法来看,可以断定,这是指东周君、西周君和周天子。

东周君是周威公分封出去的卿大夫,所以韩非正称之曰周主。《周礼·夏官·大司马》“家以号名”下郑玄注:“家谓食采地者之臣也。”东周君的采地在巩,巩为其私家所在,而家臣称其主子卿大夫为主。《周礼·天官·太宰》“主以利得名”下郑玄引郑司农云:“主谓公卿大夫,世世食采不绝。”《韩非子》中“主”字的用法与此相合,如,《喻老》《外储说左上·说四》《外储说左下·说一》称赵襄子为赵襄主,《十过》《外储说左下·说二》《外储说右下·说一》和《说五》称赵简子为赵简主,《外储说左下·经四》称韩宣子为韩宣主,《外储说左下·经四》称魏君为魏主。这里则称东周君为周主,借此和正规的诸侯西周君区别开来。

西周君是周考王分封出去的诸侯,所以韩非正称之曰周君。这和《韩非子》中称呼其他诸侯的用词是一致的,如《说林上》之称邹君,《内储说下（六微）·说六》之称邻君,《外储说右上·说一》之称鲁君,《内储说上（七术）·说一》之称卫嗣君,《内储说下（六微）·庙攻》之称秦惠文王为惠文君,《外储说右下·说三》之称［卫文公］辟疆为卫君,《二柄》等文之称宋桓侯为宋君,等等,都是如此。

命名的原则既已清楚,我们就可应用这些原则来检验材料了。

《外储说左上·说二》:"客有为周君画策者,三年而成。君观之,与髹策者同状。周君大怒。画策者曰:'筑十版之墙,凿八尺之牖,而以日始出时加之其上而观。'周君为之,望见其状,尽成龙蛇禽兽车马,万物之状备具,周君大悦。"

《说林上》:"严遂不善周君,患之。冯沮曰:'严遂相,而韩傀贵于君。不如行贼于韩傀,则君必以为严氏也。'"

这里提到冯沮其人,顾广圻《韩非子识误》以为即《战国策·东周策》中的冯且①,此人为西周君之臣,可知上二文中的周君即指西周君。

《内储说上（七术）·说五》:"周主亡玉簪,令吏求之,三日不

_____

① 此据鲍彪《战国策注》本,见卷二《东周策》。读未见书斋重雕剡川姚氏本作"冯且"。鲍本是。

能得也。周主令人求而得之家人屋间。周主曰：'吾之吏之不事事也。求簪，三日不得之；吾令人求之，不移日而得之。'于是吏皆耸惧，以为君神明也。"

《内储说上（七术）·说六》："周主下令索曲杖，吏求之数日不能得。周主私使人求之，不移日而得之。乃谓吏曰：'吾知吏不事事也。曲杖甚易也，而吏不能得，我令人求之，不移日而得之，岂可谓忠哉！'吏乃皆悚惧其所，以君为神明。"

这里的周主应当是指东周君了。这个东周君只是卿大夫的身份，而自立为诸侯。它与东周王朝的"东周"二字容易混淆，应该严格地区别开来。韩非如此正名，看来他对东周君自立为诸侯之事还是不以为然的。

《韩非子》中还有一些故事，光知道发生在周地而未标国名，似乎难于确指其所在；但如用其他材料参证，也就可以了解它发生的地点。

《说林上》："温人之周，周不纳客。问之曰：'客耶？'对曰：'主人。'问其巷人而不知也，吏因囚之。君使人问之曰：'子非周人也，而自谓非客，何也？'对曰：'臣少也诵《诗》曰："普天之下，莫非王土；率土之滨，莫非王臣。"今周君天下①，则我天子之臣也。岂有为人之臣而又为之客哉？故曰：主人也。'君使出之。"

这个故事并见《战国策·东周策》，可知文中的"周"乃指东周。这里使用的"君"字，只是泛指一地之长，已是战国时人的习惯用法。它与"周君"二字连用后的含义是大不相同的。

---

① 原文作"今君天子"，文义难通，据《战国策·东周策》改。

《说林下》："韩咎立为君，未定也。弟在周，周欲重之，而恐韩咎不立也。綦毋恢曰：'不若以车百乘送之。得立，因日为戒；不立，则曰来效贼也。'"

綦毋恢为西周君之臣，见《战国策·西周策》与《楚策一》，可知文中所指的"周"乃指西周。

西周、东周之上，凌驾着那个徒有虚名的周天子。《史记·周本纪》曰："王赧徙都西周"，在赧王延①之前的周显王扁和慎靓王定，则一直都于东周。因为这些末代周王的力量过于微弱，政权落在拥有三县之地的西周与拥有四县之地的东周手里，所以几乎无声无息，后代的历史记载甚至把他们和西周君、东周君混淆起来了。《史记·周本纪》裴骃《集解》引宋衷说以为王赧即西周武公，鲍彪注《战国策》则以为《西周策》记周王朝事，其说皆误。这点韩非区别得很清楚，周天子只能指那个曾经君临天下而当时已经沦落潦倒的周王朝的末代子孙。

《备内》："大臣比周，蔽上为一，阴相善而阳相恶，以示无私，相为耳目，以候主隙，人主掩蔽，无道得闻，有主名而无实，臣专法而行之，周天子是也。"

（原载《〈韩非子〉札记》，江苏人民出版社 1980 年版）

---

① 周赧王之名，《史记·周本纪》作"延"，张守节《正义》引《帝王世纪》作"诞"。

《韩非子》版本知见录

关于《韩非子》一书的版本,日本学者岛田翰《古文旧书考》卷四曾有介绍,相当详备,可以参考。年来我因工作之需,也曾到国内各大图书馆去借阅过《韩非子》的各种版本,读过各家的叙跋,作了些札记。考虑到这些材料对研究先秦诸子和版本目录或许有所帮助,故而整理出来,供大家参考。只是个人见闻有限,素养不足,介绍之时,必然挂一漏万,讹谬时出,尚祈方家不吝指正。

张敦仁影钞宋乾道本

清代初期的学者还曾见过几种不同的宋本《韩非子》。冯舒(字己苍)、朱锡庚(字少白)都曾见过宋本,只是这些书籍很早就失传了,故而发生的影响不大。乾隆、嘉庆时李奕畴(字书年)所藏的一部宋乾道黄三八郎刻本《韩非子》,后来也失传了,但有很多学者见过此书,利用它做过研究工作,并有影钞本和影刻本传世,所以发生的影响很大。

张敦仁(字古馀)在扬州府台衙门任职时借得李书,曾命人影钞一部,并请顾广圻(字千里,号涧蘋)覆勘一过。顾氏于卷五书有跋语二则,卷末书有跋语一则,这三则跋语都收入了《思适斋书跋》,但这部影钞本却一直不为世人所知。因为此书后为结一庐所收藏,但《结一庐书目》四卷附录一卷、《别本结一庐书目》一卷都没有记载。结一庐主人朱学勤死后,藏书传给长子朱澂,后又给了学勤之婿张佩纶。张氏没有书目传世,故而此书存殁仍然不为世人所知。据张氏《涧于日记》记载,结一庐藏书转给他时已到光绪中期之后。积学斋主人徐乃昌也喜欢藏书,熟悉书籍流通的情况,故而借读过此书,其他见过此书的人可能就不太多了。此书现为上海图书馆所收藏。卷首《韩非子序》一页上盖有四方印章,顺次为"徐乃昌读"(朱文方印),"古馀珍藏子孙永宝"(朱文长方印),"葆侯"(白文方印),"广圻审定"(朱文方印)。书套的签条上署"景宋乾道本韩子　四册二十卷　顾千里跋　涧于草堂藏"。涧于草堂为张佩纶的书室之名。此书流传经过约略如此。

张敦仁影钞宋刻之后,吴鼒(字山尊)也借到了李书,影钞一部,后又据以刻出,即世所云吴鼒本《韩非子》是也。此书上板时多所改动。按《韩非子》最得宋刻之真者当推述古堂影钞本宋乾道黄三八郎《韩非子》(即"四部丛刊"本)书末所附的七叶样张,拿这七叶文字和吴、张二本对勘,吴鼒影刻本改动者达十八处之多,张敦仁影钞本仅两处点划有出入,可见张敦仁影钞本态度郑重,照录原书,甚得宋本之真。又以《解老》篇为例,将张敦仁影钞本与吴鼒影刻本对勘,不同者有二十处之多;再用述古堂影钞本对勘,则有十八处文字同于张敦仁影钞本,两处文字同于吴鼒影刻本,此亦可证张敦仁影钞本近于宋刻之真,吴鼒影刻本则改动颇多也。

吴鼒影刻本《韩非子》是在顾广圻的主持下刻成的。李兆洛《涧蘋顾君墓志铭》曰:"孙渊如观察、张古愚太守、黄荛圃孝廉、胡果泉中丞、秦敦夫太史、吴山尊侍读皆深于校雠之学,无不推重君,延之刻书。为孙刻宋本《说文》、《古文苑》、《唐律疏义》,为黄刻《国语》、《国策》,为张刻抚州本《礼记》、严州本单疏本《仪礼》,为胡刻《文选》、元本《通鉴》,为秦刻《盐铁论》、扬子《法言》、《骆宾王集》、《吕衡州集》,为吴刻《晏子》、《韩非子》。每一书刻竟,综其所正定者为考异,或为校勘记。"(《养一斋文集》卷一一)《韩非子》后附《识误》三卷,也就是这书的校勘记了。黄丕烈《百宋一廛赋注》云:顾氏"持论谓凡天下书皆当以不校校之",论者每称顾氏校书不轻改字,但从《韩非子》一书看来,却是校改颇勤,说明不轻改字云云并不是指文字的数量而言的。

清末仁和许增刻"榆园丛书",在《唐文粹》的"缀言"中说:"校雠之学二涂:一曰求古,二曰求是。求古者,取宋元旧本,一一覆写,期于毫发无遗,并旧本显然谬误,及俗书如'国''圣'之类,亦必沿袭,以存其真。求是者,寻求原本,搜采群籍,舍短从长,拾遗补阙,以正未刻以前写官之误,既刻以后椠工之失,求心所安,以公同好。"可以说,顾广圻覆勘张敦仁影钞本时采取的是"求古"的态度,主持刻印吴鼒影刻本时采取的是"求是"的态度,只是由于张敦仁影钞本的长期湮沉,以致人们误将吴鼒影刻本认为"求古"之作了。一般说来,顾广圻改动的文字属于显然的误字和衍脱之处,但他还是应该在校勘记中说明一下,让读者能够由此进窥宋乾道黄三八郎原刻的本来面貌才好,只是他不作任何说明,总是一件令人遗憾的事。

吴鼒影刻宋乾道本

吴鼒影刻宋乾道本《韩非子》是清代著名的精刻本。据徐康《前尘梦影录》卷下记载,此书由书法名手许翰屏写样,刻工则在书中留下了名字,是为镌刻名手江宁刘文奎、文楷兄弟。并且任校雠者为声誉隆甚的顾广圻,出资刊刻的是学术地位和社会地位很高的吴鼒。这样一部精刻本,从内容到形式,可谓极一时之盛,自然受到人们重视。行世之后就逐步代替了赵用贤本的地位,随之翻刻的本子也很多。

吴鼒曾在嘉庆二十一年刻过《晏子春秋》八卷,嘉庆二十三年刻成《韩非子》二十卷后,二者又称"韩晏合编本"。道光乙巳(二十五年)扬州汪氏重镌二书,署称"宋本校刊韩晏合编"本。(勋初按:《晏子春秋》实依元本校刊)此书刻印很精,几可乱真,只在个别地方文字有所改动。

日本在弘化二年(即道光二十五年,公元 1845 年)有覆刻吴鼒本出现,题识"善庵先生阅,修道馆藏",前有江户朝川鼎氏所撰序文。书内很精细地翻刻了吴鼒的序文,但后面的正文则已根据彼邦人士阅读上的需要,用假名分句读,因此此书实际上已是一种重刻本了。

光绪元年浙江书局刻"二十二子全书",其中的《韩非子》也是根据全椒吴氏的覆宋乾道本刻出的,书内署明"光绪元年浙江书局据吴氏影宋乾道本斠刻",但是与吴本文字上出入颇大。只是浙江书局本经过整理,便于阅读,而且后出易得,故而流传很广,据之翻刻翻印的人很多,有人也就根据它做研究工作了。由于浙江书局本具有这样的特点,读者阅览所谓乾道本《韩非子》时要注意两种情况:一是后来印行《韩非子》的人虽然大都标榜根据吴氏影宋乾道本翻刻,实际上却往往是根据浙江书局本重印,例如光绪二十三年新化三味书屋刻的本子就是这样。其后一些石印本或铅印本,也常根据浙江书局本重印,中华书局的"四部备要"本就是这样。另外一种情况是近代一些整理《韩非子》的著作,虽然大都声称以吴鼒本为底本,然而往往采用浙江书局本顶替,这种作风自王先慎《韩非子集解》起就已如此。后人援用这类著作的考订成果,最好复核一下吴鼒本原书,以免以讹传讹。

述古堂影钞宋乾道本("四部丛刊"本)

此书原藏清初钱曾(字遵王)述古堂,历经季振宜、黄丕烈、汪士钟诸人收藏,是一部非常名贵的钞本。此书依据的底本也是宋乾道黄三八郎刻本,黄丕烈曾用李奕畴家原藏的一部乾道刻本互校,把他发现了的、并认为有校勘价值的不同之处用朱笔过录在影宋钞本上。而他用朱笔改过的正文,有些在书眉上标明,有些则未标明,其后留庵(孙毓修)将黄氏未标明者用墨笔写在小签条上,粘在书眉上。孙氏并在字旁加圈以示区别。"四部丛刊"本据之影印。只是"四部丛刊"本没有套色,因而还不能把原书的面貌逼真地再现出来。

黄丕烈还曾"以别纸影钞宋刻(李氏藏本)之真者附于末",这就是二十卷正文之后附录的七叶文字,在校勘上有很高的价值。

《道藏》本

《汇刻书目》第二十册上说《道藏》有南、北之分,后人大都沿袭其说。刘师培《读道藏记》曰:"迄于咸[丰]、同[治]之际,南《藏》毁于兵,北《藏》虽存,览者逾尠。"王先慎在顾氏《韩非子识误序》后加按语说:"《藏》本有南、北之分,故顾氏与卢[文弨]氏所校多不合。"二人言之凿凿,似乎信而有据,然而根据陈国符的追本穷源和实地调查,发现上述说法没有什么根据。这类说法大都是从道士口中传出来的。道士学识高的不多,夸诞之风却很严重,后人据之立论,多半要上当。

我们平时所说的《道藏》都指刻于明代正统九年至十年的那一种书。《道藏》原为梵夹本,道光年间又重配了书套。全《藏》以《千字文》为函次,《韩非子》编号为"匪""亏"二字。半板五行,行十七字。1925年上海涵芬楼曾据以影印。原书左右无边栏,涵芬楼影印时为方便读者查检,于上端边栏外加书名和页码;书后原有白云观的印记,影印时略去。这书不用又称李瓒注的旧注,而用谢希深注。

明代还有两种名为"十行本"的《韩非子》,向为藏书家所珍视。士礼居曾藏有一种,每半叶十行,行大字二十。黄丕烈《士礼居藏书题跋》卷三曰:"去年在坊间购得此刻,取所校张[鼎文]本核之,多合,固知其为善本也。然究未知其本之何自出,爰假贞节堂袁氏所藏《道藏》本手校一过,见卷中有同卷字,又有亏四记号,乃知亦自《道藏》本出,故大段尚好,惟字句间有不同,想是校改重梓所致,与《道藏》犹不尽合。"说明这是明代的一部《道藏》重刻本。

其后巴陵方氏又得到了一部类似的书,方功惠(号柳桥)跋曰:"每半叶十行,行大字二十,注双行,卷首载小传、评语,无刻书年月序跋。"《碧琳琅馆藏书目录》"子部三·法家类"有"《韩非子》二十卷　四本",可能就指这书。方氏原来不知这书性质,后来看到黄丕烈的题跋,对照书中"亏四"的记号,方才了解得到的也是一种《道藏》重刻本。但他没有看到黄氏所藏原书,而又以为二书属于同一版本,却是犯了臆断的错误。因为黄本有鱼尾,字体作方形;方本无鱼尾,字体作长方形:版式和字体都不同。又方氏藏本行二十一字,而他为了牵合黄本,也说成是行二十字。可见,这类错误都是由于先入为主、不尊重事实而产生的。岛田翰定十行、二十一字本为万历中所刻。二十字本的字体看来也已到了嘉靖之后,但不知在二十一字本之前抑或其后?

顾广圻在张敦仁影钞本书末跋云:"此《韩子》从乾道改元中元日黄三八郎印本影钞者,乃今日之最古者也。《道藏》匪字、亏字号所有即出于此,而脱落不完,又间有窜易处。"其实《道藏》本文字上出现的一些问题,正保留着古籍的原始面貌,说明此书还没有经过多少窜易。宋乾道黄三八郎本中也有显然的错误,《定法》《显学》等文中有大段脱落,《道藏》本中却保持完整,可证二者乃是两种系统不同的本子。顾广圻佞古成癖,见到一种宋本之后就想把它定为该书后起一切版本之祖,而没有考虑到各种版本之间的异点,这种研究问题的方法,陷于主观武断,结论并不可信。陈国符认为,正统《道藏》虽系明刻,渊源来自宋代的政和《道藏》。明代编刊正统《道藏》时,根据的是各处宫观中所存的元刊残藏;元刊《玄都宝藏》根据的是金代所刊的《大金玄都宝藏》,而金藏根据的正是政和《道藏》①。看来金、元、明三代的道士不

---

　　①　参看陈国符《道藏源流考》中"历代道书目及《道藏》之纂修与镂板"内"明刊《道藏》"部分,中华书局 1949 年版。

大可能去搜集一本黄三八郎刻本《韩非子》编入《道藏》中去。

正德年间刻本、张鼎文本

这两种本子都是五十三篇本，文字也近于《道藏》本系统。因为窜乱较少，有校勘上的价值。

正德本前有《重刊韩非子序》，下署"皇明正德丁丑（十二年）春三月朔木山居士严时泰书"。这是一个残本，存卷一至卷十二。原藏北平图书馆，后被劫运出外。

《迁评》本

《韩子迁评》本在明代曾有很大的影响，一些后起的《韩非子》刻本常是参酌《韩子迁评》本和赵用贤本而重行编纂的，这在书中另有介绍，兹不赘述。万历十八年有张寿朋的刻本《韩非子》问世，此书篇内无注，写体字，其中《和氏》和《奸劫弑臣》合在一起，《说林》题下小注"有上下篇"，《八经》内第八经后题名"主威"，文前摘录《韩子迁评》的评语，说明此书乃是重刻《迁评》本而成的。但间有误字，刻印不精。此书前有署称"龙飞万历庚寅（十八年）孟夏月朔日西江张寿朋书于木石山房"之序，卷一下有"新都汪应宾校"字样。

其后又有《韩子迁评》朱墨套印本。这种《韩子迁评》里面，《和氏》和《奸劫弑臣》已经分篇，但《奸劫弑臣》仍缺篇名；《说林》已经补足阙文，分成了上下两篇。而且书内已经录入汪南溟（道昆）、赵定宇（用贤）、张宾王（榜）、孙月峰（𬭼）等人的评语。叶德辉《书林清话》卷八"颜色套印书始于明季"内录"凌濛初、瀛初刻《韩非子》"，此书当即《韩子迁评》。陶湘《明吴兴闵板书目》"子类"录《韩非子》二十卷，陈深集评有序,[门]无子序"。则是此书亦出吴兴凌氏。凌氏以刻套印书著称。此书刻印年代大约在万历、天启之际。凌瀛初自己编了一部《韩非子订注》,又刻了这部《韩子迁评》的朱墨套印本,可见《韩非子》一书在明代很畅销。

赵用贤本、周孔教本

明清两代,赵用贤本有很高的声誉。自从万历十年初刻本问世后,为了采纳另一宋本的校勘成果而剜改重印过一次,将补进去的文字用小字增入。此书后来重印或翻刻过几次。因为是和《管子》合刻的,所以又称"管韩合刻本"。原刻书口下端列有刻工姓名,《管子》卷末还曾列表详记写刻工姓名,《韩非子》中列名的刻工,如章扦、吴丙初、顾文、吕廉等,和《管子》相同。后来《韩非子》的翻刻本常把刻工姓氏略去,或保留部分刻工姓氏。这样,区别赵用贤本的初刻本和翻刻本还比较容易,区别翻刻本的先后则是很难的了。

此外还有葛鼎翻刻的"管韩合刻本"。此书是照赵用贤本的初刻本翻刻的,看来翻刻的时间很早。刻印技术很精,和原刻相仿佛,但在《管子》二十四卷卷首,有葛鼎自作序文;眉栏载刘绩补注,葛氏下的断案亦附于此。《韩非子》中没有这些标识,因此单行的《韩非子》和原刻很难区别。关于此书,王重民《美国国会图书馆藏中国善本书录》卷五曾有介绍,可以参看。

日本延享三年(1746)平安书林重刻过赵用贤本,宽政七年(1795)大阪书林柏原屋与左卫门又重刻。和赵本合观,这几种书板框大小有所不同,但都是半叶九行、行十九字,上辟眉栏,保持着行格上的相似之处。后书卷末也附平安芥焕彦章于延享丙寅(三年)所撰之"题《韩子》后"。

清嘉庆九年姑苏聚文堂有"十子全书"的刻印。这部丛书是由王子兴汇辑的,所以又称王子兴本。其中《韩非子评注》一种,也是依据赵用贤本重镌的。书中保留了赵氏评语。

清光绪元年湖北崇文书局刻"子书百家",其中《韩非子》一种也是重刻赵用贤本而成的。书中保留注文,但已略去赵氏评语,刻工很粗糙。

周孔教本的出现稍后于赵本,刻得很精致。《四库全书总目》中的《韩子》"提要"上说:"疑所见亦宋椠本,故其文均与用贤本同,无所佚阙。"把它和赵用贤本对勘,可证四库馆臣的说法是可信的。

吴勉学本、黄之寀本

万历中期吴勉学刻有"二十子全书"。其中《韩非子》一种,文字同于赵用贤本,白文无注,从校勘上来说,没有多大代表意义。但物以稀为贵,讲版本的人有时就是这么鉴定书的价值,吴勉学本传世不多,因而一直被看作善本。潘承弼、顾廷龙曾把它的书影收入《明代版本图录初编》①之中。传世者还有所谓黄之寀的"二十子全书"(一称"十九子全书")本。把两种"二十子全书"本比较,就可发现二者实为一物,只是前书署"明新安吴勉学校",后者署"明新安黄之寀校"。大约吴氏原刻板片后为黄氏所得,黄氏利用旧板重印,而将"吴勉学"三字剜去,补入"黄之寀"三字,后代一些藏书家不加细究,也就误认为是《韩非子》的两种不同版本了。李盛铎《木犀轩收藏旧本书目》"子部·法家类"记有"《韩非子》二十卷　明黄之寀刊本　盛伯希旧藏　四册",就

---

① 《明代版本图录初编》卷六"家刻"录吴勉学本《韩非子》图片,后加按语曰:"吴勉学曾仿宋刊《脉经》一书,惟此为少见,故举为例。"开明书店 1941 年版。

不知道这书原是吴勉学本。以李氏之熟悉版本目录,而仍然被人欺骗,可见谈图书源流绝非易事了。

秦季公又玄斋本

卢文弨曾以秦季公又玄斋本校赵用贤本。秦本传世很少,岛田翰未见此书,清代中叶以后见过此书的人似乎就少了。因此,关于它的刻印年代无法确指,也不知道它行格如何。顾广圻校赵用贤本跋云:"秦本最劣,不足用,读者详矣。"①则是此本散佚亦不足惜。

张榜本

张榜本原名《韩非子纂》,它和《管子纂》合刻,所以又称《管韩合纂》本。这是一部上下两卷的节录本,《韩非子》五十五篇中,《爱臣》《奸劫弑臣》《三守》《备内》《南面》《安危》《守道》《用人》《功名》《大体》《难四》《问田》《说疑》《诡使》《忠孝》《人主》《饬令》《心度》《制分》十九篇没有收入;《说林》上、下合成了一篇,共收十五则故事;其他一些文章也大加删节。但此本有若干文字与众不同,故而仍为校雠学者所重视。

张榜本在明代刻印过多次,初刻本署"金陵张榜宾王芟辑、新城王与籽凤卿纠讹、菱水武光赐燕卿据释、新城王与夔华注评次",前有"菱水武光赐燕卿甫书"之《韩非子纂序》。其后不久有朱士泰的重刻《管韩合纂》本,署名已作"金陵张榜宾王纂、海阳朱士泰君启订",前有朱士泰《管韩合纂序》。后又有吴贲刻的《管韩合纂》本,署作"金陵张榜

① 载《思适斋书跋》卷三,王大隆辑"黄顾遗书"本。

宾王芟辑、延陵吴贲柔文校订"。后又有金卫公汇选本，即所谓"名法峭书本《管子》《韩非子》"，署称"金陵张榜宾王芟辑、西湖金堡卫公汇订、温陵范方介卿评次"，前面保留了"菱水武光赐燕卿甫书"之"韩非子纂序"。此外还有一种《管韩合纂》本的《韩非子纂》，只署"金陵张榜宾王纂"，更无其他附加文字了。由此可知《韩非子纂》在明代很风行，张榜的批点很受人重视。五种书内正文旁边的批点文字和标记大体相同，前面两种书中都辟有眉栏，评语列在栏内，后面三种书无眉栏，评语刻在书眉上。第四种书的刻工甚为粗劣。

这里可以附带一提的是：在传世的各种《韩非子》节录本中，《说郛》本价值较高，个别文字可资校勘。

孙鑛本

此书有评有批而删去旧注。孙鑛以评点出名，沈景麟钟嶽依据孙氏旧稿刻印，单从刻工技术来说，此书在明刻《韩非子》中可列为上乘；但从校勘上来说，可取之处不多，所以卢文弨视作俗本而不采入校本之中。

明代尽多喜欢评选的文人，也有人借用名家牌号进行评选，书贾则常是盗用名家声誉刻印所谓评选本以牟利。因此这类书的真伪，往往难于区别。在《韩非子》的版本中，有陈明卿评选本、杨升庵批评本、焦弱侯评释本、归有光评选本、周延儒绮编本等多种；以书名而言，则有《二十九子品汇释评》本、《诸子汇函》本、《九子全书》本、《周秦十一子》本等，这类书在校勘上都无甚价值，兹不具论。

凌瀛初本、赵如源王道煜同校本、赵世楷重订本

这几种书都是兼采《迁评》本和赵用贤本而成的。凌瀛初在《韩非

子凡例》和赵世楷在《重订韩子凡例》中都曾申明这种编写特点。

凌瀛初本全称为《韩非子订注》，不载评语，赵王同校本和赵氏重订本则于栏外录载赵用贤、张榜、孙鑛等人评语，体例上有很大的不同。从校勘上来看，凌本价值似乎高些。

陈启天于《韩非子参考书辑要》中介绍赵世楷本时以为赵如源是赵世楷的字，这是错误的①。赵王同校本署称"钱塘赵如源濬之甫、王道焜昭平甫同校"。赵世楷于天启五年刻《韩非子》辑评本，于"重订韩子凡例"中说："批如陈氏《迂评》，海内所艳。迩如杨升庵、孙月峰俱有批本，并采他选评语雅驯深妙者，用为鼓吹。裁定出家大人同社诸先生，而手为雠校，则不佞世楷也。"末署"钱塘赵世楷绳美甫识"。足证赵世楷字绳美，是赵如源的儿子。

赵王同校本和赵世楷重订本在我国治《韩非子》之学的学者中没有发生过什么影响，但在早期的日本学者中却发生过很大的影响，例如蒲阪圆和津田凤卿都曾把这两种书作为校勘上的主要依据。

（原载《〈韩非子〉札记》，江苏人民出版社 1980 年版）

---

① 　陈启天《韩非子参考书辑要》第七页，中华书局 1945 年版。

王充与两汉文风

王充在我国文学批评史上的地位,近人曾予多方论述,然据我看来,大家似乎比较注意分析理论本身的几个方面,而对他与汉魏六朝文学的关系,即影响一代学风转移的重大方面,却还缺少注意与叙述。今特就此荦荦大者,试作论证。

两汉文风重摹拟

在我国封建社会中,统治者用什么办法吸收知识分子参加官僚队伍,常能影响一代文风。例如唐代以诗取士,士子集中精力钻研诗艺,因而助长了唐诗的繁荣。这也是政治影响文学的一种表现。汉代虽然还没有形成完整的科举制度,但也有着组织官僚队伍的各种具体办法。除察举与征辟外,这项任务主要是由培养经生和提拔赋家来实现的。

通经和献赋成了文人踏进仕途的两条捷径。

《汉书·儒林传赞》:"自武帝立五经博士,开弟子员,设科射策,劝以官禄,讫于元始,百有馀年,传业者寖盛,支叶蕃滋。一经说至百馀万言,大师众至千馀人,盖禄利之路然也。"颜师古注:"言为经学者则受爵禄而获其利,所以益劝。"

《两都赋序》:"大汉初定,日不暇给。至于武、宣之世,乃崇礼官,考文章,内设金马石渠之署,外兴乐府协律之事,以兴废继绝,润色鸿业。是以众庶悦豫,福应尤盛。……故言语侍从之臣,若司马相如、虞丘寿王、东方朔、枚皋、王褒、刘向之属，朝夕论思，日月献纳。而公卿大臣御史大夫倪宽、太常孔臧、太中大夫董仲舒、宗正刘德、太子太傅萧望之等，时时间作。或以抒下情而通讽谕，或以宣上德而尽忠孝，雍容揄扬，著于后嗣，抑亦雅颂之亚也。故孝成之世，论而录之，盖奏御者千有馀篇，而后大汉之文章，炳焉与三代同风。"

当时的一些著名赋家，如司马相如、东方朔、枚皋、王褒、张子侨、扬雄、崔骃、李尤等人，都以辞赋优异进入仕途。而且据张衡《论贡举疏》中的记载，最迟到东汉之时已经确立了考赋取士的制度①。我们不知道这项制度贯彻到什么程度和持续了多久，但在它的影响之下，辞赋定然吸引住了大批热中于为官作宦的文人的注意力。

但汉代文人的"正途"出身仍应以经学为上。这不仅是因为经师声誉崇高，赋家地位卑微；而且经师门徒众多，彼此提携，踏进仕途更容易些，猎取高位更顺利些。

自元帝积极倡导儒学之后，文士进入仕途，一般必须接受经学的训练。翻阅《汉书》《后汉书》中一些达官贵人的传记，诸如"经明行修""经术通明"之类的记载，数见不鲜。

《汉书·韦贤传》："贤四子：长子方山，为高寝令，早终；次子弘，至东海太守；次子舜，留鲁守坟墓；少子玄成，复以明经历位至丞相。故邹鲁谚曰：'遗子黄金满籝，不如一经。'"

---

① 蔡邕《上封事陈政要七事》中的第五事与此同，不知此文作者究竟是谁？参看齐天举《〈论贡举疏〉辨》，载《中国古典文学论丛》第一辑，人民文学出版社1984年12月出版。

《汉书·夏侯胜传》："胜每讲授，常谓诸生曰：'士病不明经术；经术苟明，其取青紫如俯拾地芥耳。学经不明，不如归耕。'"

《后汉书·桓荣传》："[光武帝]以荣为少傅，赐以辎车乘马。荣大会诸生，陈其车马印绶，曰：'今日所蒙，稽古之力也，可不勉哉！'……荣初遭仓卒，与族人桓元卿同饥厄，而荣讲诵不息。元卿嗤荣曰：'但自苦气力，何时复施用乎？'荣笑不应。及为太常，元卿叹曰：'我农家子，岂意学之为利乃若是哉！'"

这种学问已经成了谋取利禄的有效手段，那在占有这种知识的经学家看来，把它作为一笔财产传给子孙，当然是最合适不过的了，于是儒林中有所谓累世经学的世家出现。例如孔子一脉之在汉代者，多任博士之职，孔安国后以世传古文《尚书》《毛诗》有名，其孙孔霸至七世孙昱，凡卿相牧守五十三人，列侯七人；西汉大儒伏生亦世传经学，历两汉四百年；次如东汉桓氏，自桓荣以下，一家三代为五帝师，其馀门徒多至公卿，显乎当世。上述事实说明：随着累世经学的出现，还产生了累世公卿的现象，诸如西汉之时韦、平二氏曾再世宰相，于氏为两世三公，东汉之时汉西杨氏四世皆为三公，汝南袁氏累四世凡五公。这些达官贵人都是"门生故吏遍天下"，备受士人景羡；其他无此煊赫而亦以经学累世通显者，不一而足。

大家知道，汉代的经学分为今文与古文两大学派。西汉盛行今文学派，东汉盛行古文学派。二者之间虽然经常产生矛盾，实则只是统治阶级内部的非原则纠纷，按其各别的经学内容来看，都是为了巩固封建政权而在作着各种自成体系的解释。由是经学上产生了所谓师法、家法等说。师法为解说某种经典的一家之言，家法则是从师法中分化出来的另一支派。西汉重师法，东汉重家法，愈分愈细碎，愈说愈支离，于是儒生年幼入学，皓首或不能说一经，本来用作统治阶级上层建筑的经学,同时又起到了束缚士人头脑的作用。

随着汉代政权的稳定,统治阶级要求一切社会秩序都趋于稳定,"天不变,道亦不变",就是为刘汉皇朝服务的正统思想也都应该稳定下来。为此统治者利用政治手段操纵学术活动,防止各学派内容的变质或相混,藉以统制思想。例如西汉之时众人荐孟喜为博士,宣帝闻其改师法,遂不用。东汉之时,光武立五经博士,令各以家法教授;安帝以经传之文多不正定,乃选刘珍等人诣东观各校雠家法;顺帝采纳左雄意见,命郡国所举孝廉皆诣公府,诸生试家法;永元间鲁丕上疏强调说经者传先师之言,非从己出,不得相让,相让则道不明,若规矩权衡之不可枉;徐防上疏言太学试博士弟子皆以意说不修家法,因而主张若不依先师义有相伐者皆正以为非,和帝诏书下公卿,皆从防言。凡此种种,无不表明汉代儒生在学习问题上受着清规戒律的重重束缚。可以说,汉代的经学,犹如迷信《圣经》的神学。博士弟子学习某种经典,必须恪守家法,这里只有盲目信从的义务,没有发表怀疑的权利。因此,一代代经学的传授,后代经师继承前人成说,只能愈来愈趋烦琐,不大可能出现新创的成分。这样,汉代的学术界自然会弥漫着墨守成规的风气。

如上所述,汉代的经学对当时的士人有着极为巨大的影响,因此这种摹拟学风自然会涉及文学领域。

汉魏六朝之时辞赋并称。由于刘汉皇室的提倡,西汉之时写作骚体的人很多。只是这批文人缺乏和屈原同样的品格和生活经历,因此他们的创作活动也就不免流为死板的摹仿。王逸附入《楚辞章句》中的一些作品,就是明显的例证。《文心雕龙·时序》篇上说:"爰自汉室,迄至成、哀,虽世渐百龄,辞人九变,而大抵所归,祖述楚辞,灵均馀影,于是乎在。"对此作了相当确切的概括和评判。

大赋这种文体是从楚辞之中演变出来的。早期赋家如司马相如等人的创作活动还有新创的成分,但到元、成之后的赋家也就深受摹拟学风的影响,很少出现新创的东西了。

汉赋固有想象丰富等特点,但赋家不从现实生活中去汲取养料,不能突破原有的体制格局,这样,他们的写作很快地就形成了某种程式,一代代的作家也常是在摹拟中度过其创作生涯了。

根据近代文学史家的研究,可以把汉赋的演变分为四个时期:自汉初至武帝时为创始期,自武帝至元、成间为成熟期,自西汉末至东汉末为摹拟期,直到汉末魏初才重新转入创新期。比较起来,摹拟期历时最久,产生的作品最多,所谓汉赋四大家中的三家——扬雄、班固、张衡,都处在这一阶段。因此,这一时期的创作活动很能代表汉代的文学风气。

总起来说,汉代摹拟学风的形成原因很多,而受经学上墨守家法的风气的影响至为深巨。当时除了民间文学领域中还保持着旺盛的创造力外,在文人的圈子内创新的空气已经显得很淡薄了。可以说,自西汉元、成时起,不论大小作家,或多或少都受着摹拟学风的影响。当时的著名作品很多是有所承袭而来的。

胡小石先生曾制《两汉模仿文学一览表》一种①。兹就其内容重加增订,列表于下,供学术界参考。

两汉摹拟作品一览表

周　秦	西　汉	东　汉	附　　注
周　易	太玄扬雄	玄图张衡	《世说新语·文学》"庾仲初作《扬都赋》成"条下刘孝标注引王隐论扬雄《太玄经》曰:"《玄经》虽妙,非益也,是以古人谓其屋下架屋。"

---

① 载《中国文学史讲稿》第五章《汉代文学》,人文社 1930 年版。

周秦	西汉	东汉	附注
诗颂	赵充国颂 扬雄	安丰戴侯颂 班固 出师颂史岑 和熹邓后颂 史岑 显宗颂傅毅	《文心雕龙·颂赞》："若夫子云之表充国,孟坚之序戴侯,武仲之美显宗,史岑之述熹后,或拟《清庙》,或范《駉》《那》,虽浅深不同,详略各异,其褒德显容,典章一也。"
论语	法言扬雄	郑志郑玄	《后汉书·郑玄传》："[玄殁]门人相与撰玄答诸弟子问五经,依《论语》作《郑志》八篇。"
尔雅	方言扬雄		《华阳国志》卷十上《蜀郡士女赞》："[雄以]典莫正于《尔雅》,故作《方言》。"《左传》庄公四年"楚武王荆尸授师孑焉"下孔颖达疏:"扬雄以《尔雅》释古今之语,作书拟之,采异方之语,谓之《方言》。"
苍颉篇	凡将篇 司马相如 训纂篇 扬雄	十三章班固	《汉书·艺文志》："汉兴,闾里书师合《苍颉》《爰历》《博学》三篇,断六十字以为一章,凡五十五章,并为《苍颉》篇。……至元始中,徵天下通小学者以百数,各令记字于庭中。扬雄取其有用者以作《训纂》篇,顺续《苍颉》。……臣复续扬雄,作十三章。"
虞箴	十二州箴 扬雄 二十五官箴 扬雄	百官箴 崔骃、崔瑗、刘騊 骏、胡广	《后汉书·胡广传》："初,扬雄依《虞箴》作《十二州[箴]》《二十五官箴》,其九箴亡阙。后琢郡崔骃及子瑗又临邑侯刘騊骏增补十六篇,广复继作四篇,文甚典美。乃悉撰次首目,为之解释,名曰《百官箴》,凡四十八篇。"
离骚	广骚扬雄	慰志崔篆 显志冯衍 幽通班固 思玄张衡 玄表蔡邕	陆机《遂志赋序》："昔崔篆作诗以明道述志,而冯衍又作《显志赋》,班固作《幽通赋》,皆相依仿焉。张衡《思玄》,蔡邕《玄表》,张叔《哀系》,此前世之可得言者也。崔氏简而有情,《显志》壮而泛

周　秦	西　汉	东　汉	附　　注
	反离骚扬雄 吊屈原文 贾谊	悼离骚班彪 悼骚赋梁竦 吊屈原文 蔡邕	滥,《哀系》俗而时靡,《玄表》雅而微素, 《思玄》精炼而和惠,欲丽前人,而优游 清典,漏《幽通》矣。" 《文心雕龙·哀吊》:"自贾谊浮湘,发愤 《吊屈》,体同而事核,辞清而理哀,盖首 出之作也。……扬雄吊屈,思积功寡, 意深文略,故辞韵沈膇。班彪、蔡邕,并 敏于致语,然影附贾氏,难为并驱耳。"
九　辩	九怀王褒 九叹刘向	九思王逸	
九　章	畔牢愁扬雄 子虚赋 司马相如 上林赋 司马相如 羽猎赋扬雄 长杨赋扬雄 甘泉赋扬雄 河东赋扬雄	论都赋杜笃 两都赋班固 两京赋张衡	《容斋五笔》卷七:"自屈原词赋假为渔 父、日者问答之后,后人作者悉相规仿: 司马相如《子虚》《上林》赋以子虚、乌有 先生、亡是公,扬子云《长杨赋》以翰林 主人、子墨客卿,班孟坚《两都赋》以西 都宾、东都主人,张平子《两京赋》以凭 虚公子、安处先生,左太冲《三都赋》以 西蜀公子、东吴王孙、魏国先生,皆改名 换字,蹈袭一律,无复超然新意稍出于 法度规矩者。"
招魂(?) 大招(?) 对楚王 问宋玉	七发枚乘 答客难 东方朔 解嘲扬雄 解难扬雄	七激傅毅 七兴刘广世 七依崔骃 七款李尤 七辩张衡 七广马融 七苏崔瑗 七说桓麟 七蠲崔琦 七举刘梁 七设桓彬 答宾戏班固 达旨崔骃	《史通·序例》:"方朔始为《客难》,续以 《宾戏》《解嘲》;枚乘首唱《七发》,加以 《七章》《七辩》。音辞虽异,旨趣皆同, 此乃读者所厌闻,老生之恒说也。"《容 斋随笔》卷七:"枚乘作《七发》,创意造 端,丽旨腴词,上薄骚些,盖文章领袖, 故为可喜。其后继之者,如傅毅《七 激》、张衡《七辩》、崔骃《七依》、马融《七 广》、曹植《七启》、王粲《七释》、张协《七 命》之类,规仿太切,了无新意。傅玄又 集之以为《七林》,使人读未终篇,往往 弃诸几格。……东方朔《答客难》,自是 文中杰出;扬雄拟之为《解嘲》,尚有驰

周 秦	西 汉	东 汉	附 注
		应间张衡 应宾难侯瑾 答讥崔寔 释诲蔡邕	骋自得之妙；至于崔骃《达旨》、班固《宾戏》、张衡《应间》，皆屋下架屋，章摹句写，其病与《七林》同。"
	封禅书 司马相如 剧秦美新 扬雄	典引班固	《文心雕龙·封禅》："及扬雄《剧秦》，班固《典引》，事非铸石，而体因纪禅。观《剧秦》为文，影写长卿，诡言遁辞，故兼包神怪。然骨掣靡密，辞贯圆通，自称极思，无遗力矣。"
易（?）	连珠扬雄	连珠 杜笃、班固、傅毅、贾逵、刘珍、蔡邕、潘勖	沈约《注制旨连珠表》："窃寻连珠之作，始自子云，放《易》象论，动模经诰。"（《艺文类聚》卷五七引）

扬雄与王充文学思想的对立

汉代自武帝起，思想定于一尊，统治者规定了烦琐的法定学说，驱使学者入其规范。流风所及，不但儒家中人重墨守，其他学派的人也沾染了摹拟的习气。《三国志·蜀书·秦宓传》载古朴论蜀郡文士时说："严君平见'黄老'，作《指归》。扬雄见《易》，作《太玄》；见《论语》，作《法言》。"严君平是道家中人，本以清静无为为宗，而亦重摹拟，可见其时这种学风影响之大。

但汉代的摹拟大师毕竟首推扬雄。这从《两汉摹拟作品一览表》中也不难看出。他自己还曾自述摹拟活动之梗概。

《汉书·扬雄传》："……顾尝好辞赋。先是时，蜀有司马相如，作赋甚弘丽温雅，雄心壮之，每作赋，常拟之以为式。又怪屈原文过相如，至不容，作《离骚》，自投江而死，悲其文，读之未尝不流涕也。……乃作书，往往摭《离骚》文而反之，自岷山投诸江流以吊屈原，名曰《反离骚》；又旁《离骚》作重一篇，名曰《广骚》；又旁《惜诵》以下至《怀沙》一卷，名曰《畔牢愁》。"

班固在《扬雄传赞》中也曾作过具体论述：

> ……实好古而乐道，其意欲求文章成名于后世，以为经莫大于《易》，故作《太玄》；传莫大于《论语》，作《法言》；史篇莫善于《苍颉》，作《训纂》；箴莫善于《虞箴》，作《州箴》；赋莫深于《离骚》，反而广之；辞莫丽于相如，作四赋：皆斟酌其本，相与放依而驰骋云。

扬雄是严君平的弟子，又是儒家学说的忠实信徒，为人"默而好深湛之思"，喜作理论上的探索。他既是个经学家，又是个文学家，处在墨守家法极为严重的社会里面，而又身当复古风气极浓的王莽时代，各方面条件的孕育，促成他成为文学理论上摹拟派的代表。

东汉初年的桓谭在《新论》中有如下记载：

> 扬子云工于赋，王君大习兵器。余欲从二子学。子云曰："能读千赋则善赋。"君大曰："能观千剑则晓剑。"谚曰："伏习象神，巧者不过习者之门。"（《意林》卷三引，并见《艺文类聚》卷五六、《北堂书钞》卷一〇二）

扬雄的这种意见就很有代表性。在他看来，写作赋篇，用不到在生活中积累知识，只要反复阅读他人的作品，熟能生巧，也就可以写出类似的作品了。后代一些主张摹拟的理论,所谓"熟读唐诗三百首,不会吟诗也会吟"等说,与此有着一脉相承的关系。

扬雄的作品,可作上述学说的例证,里面充塞着学问,很少显露性灵。《文心雕龙·才略》篇中说:"自[司马长]卿、[王子]渊以前,多役才而不课学;[扬]雄、[刘]向已后,颇引书以助文。此取与之大际,其分不可乱者也。"说明他的创作倾向还开启了一代风气,文士的作品中开始充塞儒家典籍中的辞句。刘勰在《事类》篇中进一步论述道:"扬雄《百官箴》,颇酌于《诗》《书》;刘歆《遂初赋》,历叙于纪传:渐渐综采矣。"其后沿此道路而向前发展的人,更是习惯以学识代替才情了。

《法言》里面还有一些类似经师口气的话,例如《学行》篇中说:"务学不如务求师。师者,人之模范也。……一哄之市,不胜异意焉;一卷之书,不胜异说焉。一哄之市,必立之平;一卷之书,必立之师。"进而要求遵从一家之说。

扬雄推崇孔子,推崇五经,可谓不遗馀力。他"窃自比于孟子"(《法言·吾子》),平时"非圣哲之书不好"(《汉书·扬雄传》),带有极浓厚的儒家复古色彩。《法言·寡见》篇曰:"或问:'处秦之世,抱周之书,益乎?'曰:'举世寒,貂狐不亦燠乎!'"也就是说古代的五经可起覆被后世的作用。由此出发,他强调一切都应以圣人之道为准则。"舍舟航而济乎渎者,末矣;舍五经而济乎道者,末矣。弃常珍而嗜乎异馔者,恶睹其识味也?委大圣而好乎诸子者,恶睹其识道也?"(《吾子》)"好书而不要诸仲尼,书肆也;好说而不要诸仲尼,说铃也。"(同上)"或曰:'人各是其所是,而非其所非,将谁使正之?'曰:'万物纷错,则悬诸天;众言淆乱,则折诸圣。'或曰:'恶睹乎圣而折诸?'曰:'在则人,亡则书,其统一也。'"(同上)自他建立这种较完整的原道、徵圣、宗经学说之后,由于它适应地主阶级政权建立上层建筑的要求,也就成了我国封建社会中统治阶级的法定正统思想。

五经的文章写得都较简单，先秦的语言和汉代的语言已有距离，因此当时的人学习经典都有困难，大家感到深奥而难于掌握，但在多识古文奇字而又不理会群众要求的扬雄看来，反而成了一种优点，因此他进而提倡文必艰深之说。

> 或问曰："圣人之经不可使易知欤？"曰："不可。天俄而可度，则其覆物也浅矣；地俄而可测，则其载物也薄矣。大哉！天地之为万物郭，五经之为众说郭。"（《法言·问神》）

扬雄认为圣人之道深奥莫测，非常人所能窥及，而经典内容形式上的艰深，正是可与天地并列的优异之处。他的哲学著作也是摹仿经典形式而成的。这样的作品，就在当时已经遭到他人的责难，尤其是玄之又玄的《太玄》，更难令人卒读，而他反在《解难》中辩解道："是以声之眇者，不可同于众人之耳；形之美者，不可混于世俗之目；辞之衍者，不可齐于庸人之听。……孔子作《春秋》，几君子之前睹也；老聃有遗言，贵'知我者稀'，此非其操与！"从他这种孤芳自赏的可笑态度中也就可以看到摹拟派脱离现实的严重了。

这里还应指出，扬雄说的"形之美者"，并非指藻彩。在质与文的关系上，他是主张华实相副而又以质为先的。当然，他所强调的内容，大抵是些经典之陈言，因而并不显得新鲜和可贵。他所主张的文，也只是要求文字上的雕琢。《法言·寡见》篇中说："或曰：'良玉不雕，美言不文，何谓也？'曰：'玉不雕，玙璠不作器；言不文，典谟不作经。'"这段文字也只有联系他的宗经思想和雕琢文风才能理解。

总体来说：扬雄主张复古，主张艰深，主张雕琢，以学问代替才情，以摹仿代替创造，构成了系统的摹拟理论，而这也正是后代一切摹拟派的共同特点。因此，我们完全可以把他列为汉代摹拟学派的代表人物。可以说，扬雄是我国摹拟文学的开山祖师，摹拟理论的奠基者。

扬雄的学说，迎合统治阶级的需要，很受时人尊重；但随后出身于"细族孤门"的王充提出了另一种与此相反的学说，对此作了实质上的批判。

有人认为：王充很推崇桓谭，桓谭最推崇扬雄，因此东汉文论都出于扬雄。这种看法怕是对两汉思想斗争的复杂情况估计不足。我认为：从哲学上说，扬雄和王充都反对谶纬神仙之学，因而属于同一阵营；但从文学上说，扬雄主张摹拟，王充则强调创新，二者正相对立。可以说，《论衡》中涉及文学理论的一些文字，差不多都是针对摹拟派而发的。

王充曾对当代各种类型的文人作过详细的分析，他对统治阶级最为重视的经师和经生评价却最低。《定贤》篇中说：

> 以经明带徒聚众为贤乎？则夫经明，儒者是也。……传先师之业，习口说以教，无胸中之造，思定然否之论，邮人之过书，门者之传教也。封完书不遗，教审令不遗误者，则为善矣。儒者传学，不妄一言，先师古语，到今具存，虽带徒百人以上，位博士文学，邮人门者之类也。

可以看到，王充不但重视学术思想上的创造性，而且注意这种思想一定要对现实有所裨益，而这正是当时的文人最为无能的地方。就是那些阅读面比较广泛的"通人"，虽然"通书千篇以上，万卷以下，弘畅雅闲，审定文读，而以教授为人师……然而不能伐木以作室屋，采草以和方药"，他们既缺乏劳动的本领，又缺乏解决实际事务的能力，只能停留在一些古人留下的僵死的书本知识上面。王充极不满意这种脱离实际的学风，"凡贵通者，贵其能用之也。即徒诵读，读诗讽术，虽千篇以上,鹦鹉能言之类也"(《超奇》)。"诸生能传百万言,不能览古今。守信师法,虽辞说多,终不为博。"(《效力》)点明了经学界由墨守家法所带来的严重弊病。

由此展开,上述摹拟派的各种论点也一一遭到了驳斥。

王充的作品,不论从内容或形式来看,都有与众不同的特点,因而引起了旁人的讥议。《论衡·自纪》篇中记载"充书既成,或稽合于古,不类前人",于是有人提出了这样的疑问:"文不与前相似,安得名佳好,称工巧?"

王充答复道:

> 饰貌以强类者失形,调辞以务似者失情。百夫之子,不同父母;殊类而生,不必相似:各以所禀,自为佳好。文必有与合然后称善,是则代匠斫不伤手,然后称工巧也。文士之务,各有所从,或调辞以巧文,或辩伪以实事。必谋虑有合,文辞相袭,是则五帝不异事,三王不殊业也。……谓文当与前合,是谓舜眉当复八采,禹目当复重瞳。

这就有力地批判了摹拟派的主要论点。王充认为作家要有显著的创作个性,不能当古人的传声筒。从上面举的例子来看,他还认识到世事是在发展着的,因而文学所要解决的实际事务也有不同。当时的儒生就是不懂这种道理,死抱住几部经典不放,因而成了既不知今又不知古的"盲瞽"与"陆沉"。

王充进而对弥漫于汉代社会的是古非今学风作了分析。《案书》篇中说:

> 夫俗好珍古不贵今,谓今之文不如古书。夫古今一也,才有

高下，言有是非，不论善恶而徒贵古，是谓古人贤今人也。

这种风气又是怎样形成的呢？他在《齐世》篇中作了解释："世俗之性，贱所见，贵所闻也。"这种认识当然是很肤浅的，因为厚古薄今风气的形成，首先是一个社会问题，有着政治方面的原因，不单纯是个人的认识问题，不能仅用人的心理现象来解释。但他提出的正面意见则是合理的，"盖才有浅深，无有古今；文有伪真，无有故新"，也就是说古人未必贤于今人。王充极力推崇当代某些名不见经传的人物，如会稽周长生辈，认为可与刘向、扬雄并驾齐驱，这种看法也是与众不同的。

有人举出艰深一项，作为经典的长处，攻击明白浅显的文字。《自纪》篇中记载道："或曰：口辩者其言深，笔敏者其文沉。案经艺之文，贤圣之言，鸿重优雅，难卒晓睹，世读之者，训古乃下。盖贤圣之材鸿，故其文语与俗不通。"他们并且讥笑王充的文字道："岂材有浅极，不能为深覆，何文之察，与彼经艺殊轨辙也？"

王充的答复非但坚决有力，而且很合科学的道理。他首先从文字与语言的关系说起：

> 夫文由语也，或浅露分别，或深迂优雅，孰为辩者？故口言以明志，言恐灭遗，故著之文字。文字与言同趋，何为犹当隐闭指意？

用现在的话来说，文字是语言的书面符号，语言是社会的交际工具。王充接触到了这些问题，并就此提出了有力的反问：既然人们交谈时要求说得精确易懂，那用文字记述时又为什么反其道而行之呢？"夫笔著者欲其易晓而难为，不贵难知而易造；口论务解分而可听，不务深迂而难睹。"这种论证方式，逻辑谨严，很有说服力。

其次,王充对经典之所以艰深的道理作了说明:

> 经传之文,贤圣之语,古今言殊,四方谈异也。当言事时,非
> 务难知,使指闭隐也。后人不晓,世相离远,此名曰语异,不名曰
> 材鸿。浅文读之难晓,名曰不巧,不名曰知明。

他明确指出:古代典籍之所以难读,有古今语言不同的原因,也有方言不同的原因,这种解释符合实际情况。

联系文学作品来说,王充认为:"口论以分明为公,笔辩以荂露为通,吏文以昭察为良。深覆典雅,指意难睹,唯赋颂耳!"也就点明了写作汉赋时摹拟文风中的艰深之弊。

众所周知,王充的文字与汉代一般文人写的作品有着显著的不同。可能他所使用的语言较为接近汉代口语,故而显得明白显畅。但也正因如此,引起了当时注重雕琢文风的人的不满。有人提出"文必丽以好,言必辩以巧",攻击"充书不能纯美"。王充针锋相对地指出:"为文欲显白其为,安能令文而无谴毁? 救火拯溺,义不得好;辩论是非,言不得巧。"这段文字似与《超奇》篇中"外内表里,自相副称"的主张有矛盾,实则他在这里只是强调了及时参加论辩的重要性:写作时可不能光顾雕琢文字而妨碍急迫的学术论战的开展。这些话中固然也有说得过于绝对的地方,好像论辩之时无法避免产生缺点似的,但其基本精神仍不难掌握,读者还是可以从中看到他一贯的战斗作风。

总体来看:王充反对摹拟,主张独创;反对厚古,主张重今;反对艰深,主张明白浅显;反对雕琢,主张言文一致;反对不会处理任何事情的经生,推崇卓绝不循的鸿儒……无一不与摹拟派的理论对立。从这些地方看,我们完全可以称他为两汉摹拟学风的破坏者。

王充的文学理论主要见于《论衡·自纪》篇,这篇文字就是采用论

辩的方式写成的。站在王充对立面的人，所持的理论根据，可以说都代表了摹拟派的意见，与扬雄的理论最为近似。当然，我们不知道这些人与扬雄之间究竟有无关系，但从文学理论的渊源来说，有理由把他们归入扬雄学说的系统之中。

王充对扬雄的为人曾有很多赞誉，也曾见过《法言》，在反驳上述各项论点时又不提对方名字，因而或许有人会怀疑是否可将这些论点纳入以扬雄为代表的摹拟派的理论体系之中。关于这点，我们可作这样的解释：王充著作《论衡》的主旨，是在"疾虚妄，归实诚"，批判谶纬之学。细按《论衡》中的论点，差不多都是针对这种神学思想的奠基者董仲舒的论点而发的。但或许是有所避忌的缘故，或许是论辩对象不太明确的缘故，又或许是古人行文之法与现在不同的缘故，《论衡》之中却很少见到直接点名批评董仲舒的地方；相反，他在不少篇章中还以赞誉的口气提到了董仲舒的为人和作品。这种情况可以作为分析他与扬雄的关系的旁证。

总的说来，在汉代的文学理论领域中，扬雄是摹拟派的代表，王充则反对摹拟，强调创新。从实质上看，二者正相对立。这场正统与异端的斗争，乃是文艺领域中意识形态斗争的曲折表现。

对后代文风的影响

考察扬雄和王充对后代文学的影响也是饶有兴味的。

扬雄以摹拟著称，自然起过不好的影响，但他和后代那些甘当古人影子的文人相比，还是有其不同的地方。因为他学术上功夫很深，临文时构思很苦，所以，他的作品虽然创造性不大，但也并非一无可称。特别是像《方言》等学术著作，更是具有很高的价值。因为这类作品中综合了前人搜集的材料和研究的成果，在内容和形式上都有新的发展,因此他在文学史或学术史上理当占有一席之地。

王充学说发生的影响颇为特殊。由于他的社会地位不高,居处僻远,因而他的文学理论一时不能产生明显的影响。但是这种先进思想富有生命力,它像一条潜伏着的暗流,一待政治空气适宜,也就以各种方式渗透出来。它动摇了两汉摹拟学风的基础,影响了魏晋文风的转变,推动了后代文学理论的发展。

这里也应看到,王充是封建社会中的异端学派,是敢于"问孔""刺孟"的人物,因而,即使在儒家正统思想大为削弱的魏晋时代,直接引用他的理论的人也是不多的。只有"方外之士"如葛洪等人才敢于称他为"冠伦大才",并且毫无顾忌地介绍他的学说。但是我们如果按之实际,也就不难发现,这一时期很多的新思想和新作风,推动文学发展的新动力,都可在《论衡》中发现其因子。

下面简单地介绍一下他对魏晋南北朝文学影响最大的几个方面。

第一,曹丕写作《典论·论文》,对魏晋以后的文学影响很大。他反对"常人贵远贱近,向声背实",也可看作王充的理论在新的历史条件下的发展。其后葛洪更进而倡言文学"今胜于古"之说,所持的论点,差不多都是从王充的学说中脱胎而出的。即如《抱朴子·钧世》篇中最大胆的一些论点,"今诗与古诗,俱有义理,而盈于差美","且夫《尚书》者,政事之集也,然未若近代之优文诏策、军书奏议之清富赡丽也;《毛诗》者,华彩之辞也,然不及《上林》《羽猎》《二京》《三都》之汪沲博富也",在《论衡》中也可找到类似的说法。《须颂》篇中说:"素车朴船,孰与加漆采画也。然则鸿笔之人,国之船车采画也。"他还举出具体的例子说:"又《诗》颂国名《周颂》,与杜抚、[班]固所上汉颂,相依类也。"(同上)"观杜抚、班固等所上汉颂,颂功德符瑞,汪沲深广,滂沛无量。逾唐虞,入皇域,三代隘辟,厥深洿沮也。"(《宣汉》)这些都是封建社会中最彻底的反复古主义的理论。二人都认为当代的作品超过了前代的经典。

王充在《齐世》《宣汉》《恢国》《须颂》等篇中对汉代统治者作了很多不确当的褒赞,可以说是《论衡》中问题最多的部分。他之所以肯定当代的作品,与葛洪的出发点也不尽一样。但他强调汉代的政治文化超越三代,则定会给葛洪等人的"今胜于古"之说以启发。

第二,由上所言,可知王充也很重视"文"的方面。他在《书解》篇中说:"衣服以品贤,贤以文为差;愚杰不别,须文以立折。"葛洪在《抱朴子·钧世》篇中则说:"方之于士,并有德行,而一人偏长艺文,不可谓一例也。"看来也是前者论点的进一步发展。

紧接上文,王充还发挥道:

> 非唯于人,物亦咸然:龙鳞有文,于蛇为神;凤羽五色,于鸟为君;虎猛,毛蚡蛇;龟知,背负文:四者体不质,于物为圣贤。且夫山无林,则为土山;地无毛,则为泻土;人无文,则为仆人。土山无麋鹿,泻土无五谷,人无文德,不为圣贤。上天多文而后土多理,二气协和,圣贤禀受,法象本类,故多文采。

这种论点,尤其是叙及天、地、人文的部分,与《文心雕龙·原道》中的论点就很近似:

> 夫玄黄色杂,方圆体分,日月叠璧,以垂丽天之象;山川焕绮,以铺理地之形。此盖道之文也。仰观吐曜,俯察含章,高卑定位,故两仪既生矣。惟人参之,性灵所钟,是谓三才,为五行之秀,实天地之心。心生而言立,言立而文明,自然之道也。……夫以无识之物,郁然有彩;有心之器,其无文欤?

二者之间也应当有继承与发展的关系。

第三，《书解》篇中还用论辩的方式，讨论了文儒与世儒"何者为优"。

按照汉代热中于猎取高官厚禄的儒生的势利眼看来："世儒说圣人之经，解贤者之传，义理广博，无不实见，故在官常位，位最尊者为博士，门徒聚众，招会千里，身虽死亡，学传于后；文儒为华淫之说，于世无补，故无常官，弟子门徒不见一人，身死之后，莫有绍传。"比较起来，似乎文儒确是不如世儒。

王充的看法却与此相反，他认为世儒不如文儒。这不光是因为"世儒业易为"，"文儒之业，卓绝不循"，而且还因为世儒必须依靠文儒才能名传后世。

> 案古俊乂著作辞说，自用其业，自明于世；世儒当时虽尊，不遭文儒之书，其迹不传。周公制礼乐，名垂而不灭；孔子作《春秋》，闻传而不绝。周公、孔子，难以论言。汉世文章之徒，陆贾、司马迁、刘子政、扬子云，其材能若奇，其称不由人。世传《诗》家鲁申公，《书》家千乘欧阳、公孙，不遭太史公，世人不闻。夫以业自显，孰与须人乃显？夫能纪百人，孰与壐能显其名？

这种论点，在《典论·论文》中也引起了回响。"盖文章，经国之大业，不朽之盛事。年寿有时而尽，荣乐止乎其身，二者必至之常期，未若文章之无穷。是以古之作者，寄身于翰墨，见意于篇籍，不假良史之辞，不托飞驰之势，而声名自传于后。"不难发现，二者立论有相通处。应该说，后者的意见受到了前者的影响。

这些理论，都有不妥的地方，那就是受了"三不朽"思想的影响，把"声名自传于后"作为文儒的优胜之点。但是这些理论之中也有新的因素,那就是提高了文人的地位,强调了文学的价值,而这正是促使魏晋以后的文学迅速发展的重要因素。

汉代的辞赋作家,一般都属于文学侍从之臣。他们的作品,很多是娱悦统治者的点缀品。文学丧失了反映现实、教育社会的功能,因此辞赋之中出现了"劝百讽一"的不良现象。《论衡·遣告》篇中说:"孝成皇帝好广宫室,扬子云上《甘泉颂》,妙称神怪,若曰非人力所能为,鬼神力乃可成。皇帝不觉,为之不止。"扬雄为此甚至丧失了信心,不愿再从事文学事业。可见两汉文人对文学的价值普遍认识不足,这样也就压抑了文学的生命,阻碍了文学的正常发展。

王充的意见,对汉代统治者和上层文人的偏见作了针砭。曹丕更是大声疾呼,把文学的价值强调到了前所未有的高度。王充将文章与文学并列,曹丕将诗赋与学术著作并列,在当时的历史条件之下,这些都是大胆打破两汉传统观点的新见解,对促进魏晋以后文学的发展起了很大的作用。

综上所言,可知魏晋南北朝时一些有利于文学独立发展的观点,如文学今胜于古、文学应该重视形式、文学有很大的社会价值等学说,都导源于王充的反摹拟理论;不过其后文学趋向于形式主义,则又断非王充始料所及的了。

探讨魏晋南北朝时文学风气变化的主要原因,应从社会政治情况的变动中去寻求解答,但从文学理论的继承发展而言,当然也有由先驱者传授下来的思想资料作为前提的问题。王充的文学理论,批判了汉代正统的摹拟学风,起了为文学理论提供新的思想资料的作用,虽然是间接地但却是有力地推动了魏晋南北朝时文学的发展,因此,他在我国文学批评史上理应占有重要的地位。

(原载《古代文学理论研究丛刊》第二辑,1980 年 7 月)

第二辑

魏晋南北朝文史研究

魏氏"三世立贱"的分析

《三国志》卷五《魏书·后妃传》裴松之注引孙盛曰："魏自武王（曹操），暨于烈祖（曹叡），三后之升，起自幽贱。"这在古代帝王的婚配问题上确属罕见的现象，可以就此作些分析。

曹操的妻妾

大家都称曹操是英雄。按照我国的传统观念，才子始爱佳人，而英雄是不好女色的，但曹操却是例外，他非常喜好美色。《三国志》卷二十《魏书·武文世王公传》记武皇帝二十五男，生有子嗣的后妃姬妾就有十四人之多①。这种情况当然不足用以证明上述论点，因为它只能算作古代一妻多妾制度下的一般情况，是为腐朽的封建制度所认可了的，不能苛求于一人。地位显赫如曹操，必然拥有众多姬妾，通例如此，也不必多所责怪。只是从这些女子的出身来看，却颇有其特点。

《三国志》卷三《魏书·明帝纪》裴松之注引《献帝传》："〔秦〕朗父名宜禄，为吕布使诣袁术，术妻以汉宗室女。其前妻杜氏留下邳。布之被围，关羽屡请于太祖，求以杜氏为妻，太祖疑其有色，及城陷，太祖见之，乃自纳之。……朗随母氏畜于公宫，太祖甚爱之，每坐席，谓宾客曰：'世有人爱假子如孤者乎？'"

《三国志》卷九《魏书·何晏传》裴松之注引《魏略》："太祖为

---

① 曹幹本陈妾子，母死，曹操令王夫人养之，见裴松之注引《魏略》。

司空时,纳晏母并收养晏,其时秦宜禄儿阿苏亦随母在公家,并见宠如公子。苏即朗也。苏性谨慎,而晏无所顾惮,服饰拟于太子,故文帝特憎之,每不呼其姓字,尝谓之为'假子'。"

　　杜、尹二氏,在曹操的姬妾中是记叙得较为明白的二人,她们都以有色而被掠入宫,这就反映出了曹操喜好女色的特点。

　　杜、尹二氏都是有夫之妇。两汉之时,对于女人的贞操观念虽然不像宋学大兴之后那么趋于极端,但自元、成之后,随着儒家思想的定于一尊,这方面的伦理观念却也逐渐严格起来了。曹操对此无所拘忌,并且以此作为侠气的表现,《世说新语》卷六《假谲》:"魏武少时,尝与袁绍好为游侠。观人新婚,因潜入主人园中,夜叫呼云:'有偷儿贼!'青庐中人皆出观,魏武乃入,抽刃劫新妇,与绍还出。"等到他拥有很大的权势之后,仍然乐此不疲,为此还曾闹出过很大的乱子。《三国志》卷八《魏书·张绣传》:"太祖南征,军淯水,绣等举众降。太祖纳[张]济妻,绣恨之。太祖闻其不悦,密有杀绣之计。计漏,绣掩袭太祖。太祖军败,二子没。"这是因为剽悍的张绣非秦宜禄之流可比,而曹操常是掠夺已经婚配之妇,从不计及后果,确能予人很深的印象。杜牧《赤壁》诗曰:"东风不与周郎便,铜雀春深锁二乔。"《三国演义》第四四回《孔明用智激周瑜》中谈到诸葛亮游说东吴时,曾以"揽二乔于东南兮,乐朝夕之与共"来激怒孙权与周瑜,虽然出之于诗人的想象与小说家的编造,但确实抓住了曹操的性格特征,故尔后人常常信以为真。

　　曹操的礼法观念很淡薄,大约他把男女好合只看作是一种正常的生理现象,因此并不追求什么"妇德"。同样,他也并不要求人家为他守节。这正是曹操为了强求张济之妻,激起张绣的叛变,而导致长子曹昂在兵乱中被杀的事件的另一面。《三国志》卷五《魏书·武宣卞皇后传》裴松之注引《魏略》曰:"太祖始有丁夫人,又刘夫人生子脩及清河长公主。刘早终,丁养子脩。子脩亡于穰,丁常言:'将我儿杀之,都不复念!'遂哭泣无节。太祖忿之,遣归家,欲其意折。后太祖就见之……夫人不顾……遂与绝,欲其家嫁之,其家不敢。"这就不免使人想起齐桓公的事情来了。蔡人嫁了他所出之妇,则又愤而兴兵讨伐。时隔几百年后,曹操能够不以出妻忤旨为嫌,并且希望对方嫁出去,确是难能可贵的"豁达大度"。《让县自明本志令》中还曾提到他常语众妾,"顾我万年之后,汝曹皆当出嫁",更是不同寻常的思想境界。在这个问题上,曹丕也秉有父风,《三国志》卷二《魏书·文帝纪》言其疾笃时,"遣后宫淑媛、昭仪已下归其家"。大约他们能够审己度人,尊重对方正常的生活之欲,故而有此措施的吧。

曹操的与众不同之处,还在其视假子如己出,何晏因此遭到忌恨。尽管曹丕等人对此不满,曹操本人却是胸无芥蒂,没有什么世俗之见。《世说新语》卷四《夙惠》:"何晏七岁,明惠若神,魏武奇爱之。因晏在宫内,欲以为子,晏乃画地令方,自处其中。人问其故,答曰:'何氏之庐也。'魏武知之,即遣还。"说明何晏的得宠,不下于秦朗,亦不下于己出诸子。

曹丕、曹植的生母卞氏,出身也很"微贱"。《三国志》卷五《魏书·武宣卞皇后传》曰:"本倡家。年二十,太祖于谯纳后为妾。……二十四年,拜为王后。"这时的所谓倡家,当然不能理解为后世那种操皮肉生涯的贱业者,但就在当时来说,也不能算是出身清白。倡乃俳优之俦,专以歌舞美色娱人,曹操就是一个特别喜欢这类享受的人。《三国志》卷一《魏书·武帝纪》裴松之注引《曹瞒传》曰:"太祖为人佻易无威重,好音乐,倡优在侧,常以日达夕。"看来卞后就是因为具有这方面的特长,所以得到曹操赏识的吧。陆机《吊魏武帝文序》引曹氏《遗令》曰:"吾婕好妓人皆著铜爵台。于台堂上施八尺床,繐帐,朝晡上脯糒之属，月朝十五日，辄向帐作妓。"可见他在这方面的爱好真是生死不渝。卞后的得宠，也就不足为怪了。

曹氏兄弟与甄氏

作为魏文帝的曹丕，在男女问题上也有不少轶事流传下来。《艺文类聚》卷四三引魏文帝《答繁钦书》曰："守土①孙世有女曰琐。……于今十五。近者督将具以状闻。是日博延众贤，遂奏名倡，曲极数弹，欢情未逞，乃令从官引内世女，须臾而至。厥状甚美，素颜玄发，皓齿丹唇。详而问之，云善歌舞。于是提袂徐进，扬蛾微眺，芳声清激，逸足横集。然后循容饰妆，改曲变度，斯可谓声协钟石，气应风律。……吾练色知声，雅应此选。谨卜良日，纳之闲房。"说明他的爱好声色，酷似乃父。但他后宫中最为著称者，则是始乱终弃后被明帝曹叡追谥为文昭皇后的甄氏。

> 《三国志》卷五《魏书·文昭甄皇后传》裴松之注引《魏略》："[袁]熙出在幽州，后留侍姑。及邺城破，绍妻及后共坐皇堂上。文帝入绍舍，见绍妻及后，后怖，以头伏姑膝上，绍妻两手自搏。文帝谓曰：'刘夫人云何如此？令新妇举头！'姑乃捧后令仰，文帝就视，见其颜色非凡，称叹之。太祖闻其意，遂为迎取。"

这位甄氏，尽管是仇敌的妻孥，但却以其美色吸引了曹氏父子，从而激发了错综复杂的矛盾和纷争。曹操曾经垂涎于她，传说曹植也曾倾倒于她。

---

① 　当依严可均《全三国文》改作"守宫士"。

曹植《洛神赋》李善注引"记曰：魏东阿王汉末求甄逸女，既不遂，太祖回与五官中郎将，植殊不平，昼思夜想，废寝与食。黄初中入朝，帝示植甄后玉镂金带枕，植见之，不觉泣。时已为郭后谗死，帝意亦寻悟，因令太子留宴饮，仍以枕赉植。植还，度辕辕。少许时，将息洛水上，思甄后，忽见女来，自云：'我本托心君王，其心不遂。此枕是我在家时从嫁，前与五官中郎将，今与君王，遂用荐枕席。欢情交集，岂常辞能具。为郭后以糠塞口，今被发，羞将此形貌重睹君王尔。'言讫，遂不复见所在。遣人献珠于王，王答以玉珮。悲喜不能自胜，遂作《感甄赋》。后明帝见之，改为《洛神赋》"。(《文选》卷十九)

这也就是李商隐《无题》诗中所说的"宓妃留枕魏王才"了。《东阿王》诗中还说："君王不得为天子，半为当时赋洛神。"看来唐人以为此事是实有的，所以文人学士以此为口实。《太平广记》卷三一一引《传奇》记萧旷于洛水遇甄后事，又把这件事情神乎其神地发挥了一番，足见这件轶事流传之久且广。

但是，李善的这个注释却引起了后人的尖锐抨击。张溥编《汉魏六朝百三家集》，于《陈思王集》的题辞中说："黄初二令，省愆悔过，诗文拂郁，音成于心。当此时，而犹泣金枕，赋《感甄》，必非人情。"丁晏编《曹集诠评》引何义门说，以为"甄后三岁失父，后袁绍纳为中子熙妻。曹操平冀州，丕纳之于邺，安有子建求为妻之事？"又引方伯海说，以为"甄逸女，袁谭①妻，操以赐丕，生叡，即魏明帝也。以名分论，亲则叔嫂，义则君臣，岂敢以'感甄'二字显形笔札？且篇中赠以明珰，期以潜渊，将置丕于何地乎？"丁晏引用各家之说大加挞伐之后，又说：

---

① 当作"袁熙"。

"注引'记曰'云云,盖当时记事媒蘗之词。……小说短书,善本书篦,无识而妄引之耳。"

　　上述诸家的言论,虽然振振有词,实则未中肯綮,未必切合当时的实际。他们大都用名教中人的眼光来分析事理,无奈曹氏父子对此观念甚为淡薄,并不像论者所想象的那样,一切按照封建礼教行事。《世说新语》卷五《贤媛》曰:"魏武帝崩,文帝悉取武帝宫人自侍,及帝病困,卞后出看疾。太后入户,见值侍并是昔日所爱幸者。太后问:'何时来邪?'云:'正伏魄时过。'因不复前而叹曰:'狗鼠不食汝馀,死故应尔。'至山陵,亦竟不临。"说明曹氏门中男女关系杂乱放纵,曹丕还干出了逆伦的丑事。那位"性简易"的曹植,在这些问题上也不会比乃兄更懂规矩,他在感情激动的情况下写出《感甄赋》,也并非不可思议的事。何况这赋只是宣泄自己的感情,并不是存心写就呈献给曹丕或曹叡过目的。卢弼《三国志集解》从甄后与曹植年岁的差距上来否定此事,但曹氏兄弟都早熟,因而根据这点也还不能断言二人必无发生恋情的可能。

　　按常理说,曹丕似乎也不应把亡妻遗物转送给兄弟,但这也是后代人的意识,曹丕的情况不一定这样。他爱好美色,还喜欢以此炫耀。《三国志》卷二一《魏书·吴质传》裴松之注引《[吴]质别传》:"帝尝召质及曹休欢会,命郭后出见质等。帝曰:'卿仰谛视之。'"说明他作风放诞,没有设置什么男女大防的界线。甄氏生前,曹丕也不把她深藏内庭,而是让她在众人面前亮相,让大家共餐美色。《世说新语》卷一《言语》刘孝标注引《典略》曰:"建安十六年,世子为五官中郎将。妙选文学,使[刘]桢随侍太子。酒酣坐欢,乃使夫人甄氏出拜。坐上客多伏,而桢独平视。"曹丕本人并不以此为忤,可见他在这些问题上态度是很随便的。

　　据上可知,"记"中所载的轶事,曹氏门中完全有可能出现,曹植有感而赋《感甄》，也就有其可能。

这里还可参考另一起事件。《三国志》卷一二《魏书·崔琰传》裴松之注引《魏氏春秋》曰："袁绍之败也，[孔]融与太祖书曰：'武王伐纣，以妲己赐周公。'太祖以融学博，谓书传所纪。后见，问之，对曰：'以今度之，想其当然耳！'"后人大都以为孔融是在讽刺曹操、曹丕之间争夺美女。《世说新语》卷六《惑溺》曰："魏甄后惠而有色，先为袁熙妻，甚获宠。曹公之屠邺也，令疾召甄。左右曰：'五官中郎已将去。'公曰：'今年破贼正为奴！'"于此可见他的愤懑之情了。这次他本想重演故伎，霸占甄氏，却被曹丕抢先一步，造成既成事实，于是曹操只能把她让出。孔融编造妲己的故事来挖苦一番，确是刺痛了曹操的心，但按孔融的这个故事本身来看，却并非针对《世说新语》上所记的这件事情而发，很难把曹操本人联系进去。因为周公是武王的弟弟，这里只能说是兄弟二人在争夺妖姬，而与父子问题无关。看来孔融这里说的是反话：这个妖姬（甄氏）本该赐给周公（曹植），然而却被武王（曹丕）占去了。这样说来，曹植与甄氏之间确是早有恋情的了。

李善引此事曰"记"，"记"乃古史，非小说之谓，古人以为这类事情是实有的。吕思勉《燕石札记》内有《传说记》一篇，释之曰："记之本义，盖谓史籍。《公羊》僖公二年，宫之奇谏曰：'记曰：唇亡而齿寒。'《解诂》：'记，史记也。'史记二字，为汉时史籍之通称，犹今言历史也。"[1]李善引此感甄之事而曰出于"记"，说明这件轶闻原出古史。从这些地方来看，后人对于李善的这条注释，是与其信其无，毋宁信其有的。

魏晋之间有关曹氏父子的故事很多，《三国志注》和《世说新语》及其注释中就引用了不少材料，如同李善注中引用的古"记"一样，有些

---

[1] 《燕石札记》，商务印书馆 1937 年版。

传说也不能说是绝对可靠，但它们从各种不同角度反映了曹氏父子的特有风貌，也真实地反映了当时的社会风气，作为一种史料来看，仍有其不容忽视的价值。

曹叡与毛后

甄氏嫁给曹丕之后，虽以美色得宠一时，然而不能白头到老，结果遭到谗毁而惨死。按甄氏生于汉灵帝光和五年十二月，死于魏文帝黄初二年六月，四十之年，韶华已过，大约总是由于年老色衰，故而失去宠幸的吧。

> 《三国志》卷五《魏书·文德郭皇后传》裴松之注引《魏略》曰："明帝既嗣立，追痛甄后之薨，故太后以忧暴崩。甄后临没，以帝属李夫人。及太后崩，夫人乃说甄后见谮之祸，不获大敛，被发覆面，帝哀恨流涕，命殡葬太后，皆如甄后故事。"

曹植于黄初四年朝京师，其时甄后已遭潜死，曹丕与之恩情已绝，这时他把甄氏的遗物赐予乃弟，或许也是一种恶意的刺激手段吧。

君王既好色，宫廷内部必然出现争风吃醋的卑污事件。文德郭后用手腕除掉了甄后，篡夺了正宫的宝座，但她的身份仍然为人所鄙视。中郎栈潜上疏说她"因爱登后，使贱人暴贵"。但曹氏门中并不计较这些，因而还是演出了"二次立贱"的悲喜剧。这些事件曾给曹叡带来巨大的痛苦，只是他也没有从中汲取教训，以致后来重蹈其父之覆辙。当他宠幸郭氏之后，也就杀掉了原先得宠的毛皇后。这位毛氏，和她上两代的婆母一样，也是出身于下层。文帝郭后原为铜鞮侯家女奴。明帝毛后之父"嘉本典虞车工，卒暴富贵，明帝令朝臣会其家饮宴，其容止举动甚蚩騃,语辄自谓'侯身',时人以为笑"。所以《后妃传》载曹叡的另一妃子虞氏说:"曹氏自好立贱,未有能以义举者也。"《魏书·三少帝纪》裴松之注引《魏书》载齐王芳语曰:"魏家前后立皇后,皆从所爱耳。"这种作风可谓贯彻终始的了。

曹氏家风和建安风骨

《三国志》卷五《魏书·后妃传》裴松之注引孙盛曰:"古之王者,必求令淑以对扬至德。恢王化于《关雎》,致淳风于《麟趾》。及臻三季,并乱兹绪,义以情溺,位由宠昏。贵贱无章,下陵上替,兴衰隆废,皆是物也。"这是一种正统见解,以为王者的婚姻定要慎择佳偶,因为封建社会中贵族之间的婚姻原是政治势力的结合,王者必须结婚于名门望族,才能得到贵族阶层的广泛支持。而且那些"大姓"人家的女儿,熟悉封建礼法,可以协助王者进行统治。曹氏三世违反了这项通例,明帝之后政权就衰落了,所以孙盛慨叹地说:"本既卑矣,何以长世?"

但陈寿对此却有不同的看法,他在《后妃传》的"评"语中说:"魏后妃之家,虽云富贵,未有若衰汉乘非其据,宰割朝政者也。鉴往易轨,于斯为美。"这里陈氏是用总结历史经验的眼光观察问题的。东汉之时经常出现母后临朝的局面,而这些后家大都出自著名的"大姓","大姓"中人利用婚姻关系参与统治,结果多次出现了外戚专政的局面。陈寿认为曹氏父子的"立贱"目的就在避免重蹈东汉王朝之覆辙,防止政权旁落于外家。

曹氏"三世立贱",看来确是带有政治用意。《三国志》卷二《魏书·文帝纪》黄初三年诏曰:"夫妇人与政,乱之本也。自今以后,群臣不得奏事太后,后族之家不得当辅政之任,又不得横受茅土之爵。"说明曹魏政权接受历史教训,正在克服两汉政治上的一些弊端。汉魏之际政治上的一些变化，却又导致了某些时代新风尚的形成。

汉代的统治阶级倡导儒学，以此作为人们行动的准则，士人接受的是经学的训练，以此猎取功名利禄，由是社会上充溢着众多的礼法之士。他们的特点，或表现为迂拙无能，或表现为虚伪矫激。这样的人，处在社会发生剧烈动乱之时，自然不能担当大事。曹操在争夺天下的斗争中，亟须搜求一批奇才异能之士，这样他就势必想要扫除过去的陈腐风气，而代之以新的思想作风了。曹操鄙弃礼法，大胆争取那些"士有偏短"者。《敕有司取士毋废偏短令》曰："夫有行之士，未必能进取；进取之士，未必能有行也。陈平岂笃行，苏秦岂守信邪？而陈平定汉业，苏秦济弱燕。"在《求贤令》中更明确地说："今天下得无有被褐怀玉而钓于渭滨者乎？又得无有盗嫂受金而未遇无知者乎？"这里一而再地提到"盗嫂"的陈平，足见他对伦理道德并不重视。

曹氏父子四出掠夺美色，当然也是统治阶级腐朽生活的一个方面，但以秦宜禄妻、张济之妻和甄氏等人的身份来看，却是属于战争中的俘虏，战胜者视之若奴隶，任意加以占有，这在当时也是常有的事，于此可见封建社会中妇女地位的悲惨了。曹氏父子的与众不同，就在不以她们的地位卑贱为嫌，甚至可以立为皇后，这却是其他的人所做不到的。

曹操的族弟曹洪也好女乐，曹洪的女婿荀粲也好美色。《世说新语》卷六《惑溺》篇载荀粲之言曰："妇人德不足称，当以色为主。"这是魏晋之间兴起的一种新观念，具有摆脱两汉礼法的新内容。曹氏父子的情况有类于此。卞氏、甄氏、毛氏并不是在礼法修养上有什么突出之处，而是以其美色受到宠爱。

曹操被人诋为"赘阉遗丑"。他出身于一个宦官的家庭，并非东汉那种礼法传家的门阀世族，而在时代的演变过程中，却又成了一名转变汉代社会风气的先行者。曹氏集团中人不再追求什么奇节异行的高名,而是重视世俗的享乐生活;他们不再峨冠博带规行矩步,而是洒脱不拘行为放荡;他们不再重视那些烦琐无用的经学儒术,而是竞相写作抒写胸怀的文学作品。这样的行为,在汉末出现,包含着复杂的内容。这里固然也有着新统治者自身的消极面,但更是对汉代虚假迂腐的道德观念的唾弃与背叛。曹氏父子的思想和行为,破坏了汉代正统的社会准则,开启了魏晋南北朝的一代新风。

《三国志》卷一《魏书·武帝纪》裴松之注引《魏书》上说,曹操"创造大业,文武并施。御军三十馀年,手不舍书,昼则讲武策,夜则思经传。登高必赋,及造新诗,被之管弦,皆成乐章"。作为一个创业霸主,曹操的主要精力一直放在建功立业上,然而戎马倥偬之际,仍不废吟咏,他的诗作也开启了一代新风。裴注引《曹瞒传》上说他:"被服轻绡,身自佩小鞶囊,以盛手巾细物,时或冠帢帽以见宾客。每与人谈论,戏弄言诵,尽无所隐,及欢悦大笑,至以头没杯案中,肴膳皆沾污巾帻,其轻易如此。"这些生动的描写,反映出曹操的新面貌,他与两汉士大夫矜重虚矫的习气多么不同。

在曹操生前,就已形成了一个邺下文人集团,曹丕和曹植以其地位和文才,自然成了这一集团的领袖。他们兄弟二人少长军旅,经历过兵荒马乱,也有强烈的用世之志。但由于时代不同,他们身上不像创业之主曹操那样具有喑呜叱咤的英雄气概,而是文人的气息更浓了。

《文心雕龙·明诗》篇中说:"暨建安之初,五言腾踊。文帝、陈思,纵辔以骋节;王、徐、应、刘,望路而争驱。并怜风月,狎池苑,述恩荣,叙酣宴。慷慨以任气,磊落以使才。"于此可见邺下文人生活之一斑。曹氏兄弟和众文士的交往堪称融洽,因为他们不受礼法的拘束,生活放诞,意气豪迈,能够共享游猎之乐、声色之欢,形成感情上的交流,从而体现出建安文人的某些共同特点。

《三国志》卷二《魏书·文帝纪》裴松之注引《典论·自叙》，言初平元年，"余时年五岁，上以世方扰乱，教余学射，六岁而知射；又教余骑马，八岁而能骑射矣。以时之多故，每征，余常从"。其后历叙骑射之能、剑术之精、弹棋之妙，说明他在时代的考验中锻炼出了多方面的才能。《三国志》卷二一《魏书·王粲传》裴松之注引《魏略》言邯郸淳事："太祖素闻其名，召与相见，甚敬异之。时五官将博延英儒，亦宿闻淳名，因启淳欲使在文学官属中。会临淄侯植亦求淳，太祖遣淳诣植。植初得淳甚喜，延入坐，不先与谈。时天暑热，植因呼常从取水自澡讫，傅粉。遂科头拍袒，胡舞五椎锻，跳丸击剑，诵俳优小说数千言讫，谓淳曰：'邯郸生何如邪？'于是乃更著衣帻，整仪容，与淳评说混元造化之端，品物区别之意，然后论羲皇以来贤圣、名臣、烈士优劣之差，次颂古今文章赋诔及当官政事宜所先后，又论用武行兵倚伏之势。乃命厨宰，酒炙交至，坐席默然，无与伉者。及暮，淳归，对其所知叹植之材，谓之'天人'。"——多才，爱美；英武，游乐。这说明在时代的孕育下，曹氏父子的风貌已与过去的文人有了根本的不同。

曹丕《与吴质书》中说："昔日游处，行则连舆，止则接席，何曾须臾相失。每至觞酌流行，丝竹并奏，酒酣耳热，仰而赋诗。"作为这一文学集团的领袖，他还时常组织大家集体进行创作。《初学记》卷一〇引《魏文帝集》曰："为太子时，北园及东阁讲堂并赋诗，命王粲、刘桢、阮瑀、应场等同作。"这一批文人前后共赋的作品，还有不少流传下来。如曹植、王粲、刘桢、阮瑀、应场都作有《公宴》诗，其他的人应当也有同一题材的诗篇，或因水平欠佳而未见著录。曹植有《三良》诗一首，王粲、阮瑀作有《咏史》诗，亦咏"秦穆杀三良"事。

按曹氏兄弟和建安七子的作品中多有《玛瑙勒赋》《车渠碗赋》《迷迭赋》等描写珍玩的小赋，均为同一时期共赋一物的作品。《太平御览》卷三五八引魏文帝《玛瑙勒赋序》曰："玛瑙，玉属也，出自西域。文理交错，有似马脑，故其方人因以名之。或以系颈，或以饰勒。余有斯勒，美而赋之，命陈琳、王粲并作。"而曹植、应玚、陈琳、王粲、阮瑀都作有《鹦鹉赋》。鹦鹉这种鸣禽，当时也是作为珍玩看待的。又《艺文类聚》卷八八引魏文帝《槐赋序》曰："文昌殿中槐树，盛暑之时，余数游其下，美而赋之。王粲直登贤门，小阁外亦有槐树，乃就使赋焉。"而曹丕写有《柳赋》，王粲、应玚、陈琳、繁钦也有同一题材的作品，说明王粲等人也是应教而作的。

曹丕、曹植、应玚都作有《愁霖赋》。曹植、杨脩、王粲、陈琳、繁钦还都作有《大暑赋》，《文选》卷四〇杨脩《答临淄侯笺》曰："是以对《鹞》而辞，作《暑赋》弥日而不献。"李善注："植为《鹞鸟赋》，亦命脩为之，而脩辞让。植又作《大暑赋》，而脩亦作之，竟日不敢献。"说明王、刘等人之赋也是应教而作的。

《古文苑》卷七章樵注引挚虞《文章流别论》曰："建安中，魏文帝从武帝出猎。赋，命陈琳、王粲、应玚、刘桢并作。琳为《武猎》，粲为《羽猎》，玚为《西狩》，桢为《大阅》。凡此各有所长，粲其最也。"与此同一类型的作品，如陈琳有《神武赋》，应玚有《撰征赋》；又如王粲有《初征赋》，徐幹有《序征赋》，阮瑀有《纪征赋》；而曹丕有《浮淮赋》，王粲亦有《浮淮赋》；徐幹有《西征赋》，应玚亦有《西征赋》。这些作品产生于一时，应当也是奉教而作的。

他们还一起写作有关妇女的作品。曹丕、王粲都有《出妇赋》，曹丕、丁廙都有《蔡伯喈女赋》，王粲、陈琳、应玚、杨脩都作有《神女赋》，产生的背景应该也是相同的。阮瑀死后，曹丕悼念文友，同情其亡妻，并揣摩她凄惋的心理，组织大家共同写作《寡妇赋》；《文选》卷一六潘岳《寡妇赋》李善注引曹丕《寡妇赋序》曰："陈留阮元瑜与余有旧，薄命早亡，每感存其遗孤，未尝不怆然伤心，故作斯赋，以叙其妻子悲苦之情。命王粲等并作之。"《艺文类聚》卷三四载丕、粲与丁廙妻《寡妇赋》

各一篇,后者不知是否同一时期之作?

《太平御览》卷五九六引《文章流别传》曰:"建安中,文帝、临淄侯各失稚子,命徐幹、刘桢等为之哀辞。"今存曹植的文集中有《仲雍哀辞》《金瓠哀辞》《行女哀辞》三篇。仲雍为曹丕之子,金瓠、行女为曹植之女,都在降生数月后即夭亡。

曹植《七启序》曰:"昔枚乘作《七发》,傅毅作《七激》,张衡作《七辩》,崔骃作《七依》,辞各美丽,余有慕之焉,遂作《七启》,并命王粲作焉。"唐钞《文选集注》引陆善经曰:"王粲作《七释》,徐幹作《七喻》,杨脩作《七训》。"此亦一时先后同作。《七释》见《艺文类聚》卷五七。

综观这一时期作品的题材,一般属于征戍、游猎、公宴、艳情、哀伤的范围,因为邺下集团的文人过的就是这样的生活。他们感慨时世,哀乐过人,渴望建功立业,而又不废声色之乐,追求物质上的享受,突出地表现为喜好美色。建安文人的这一特点,是由那个时代的生活环境所决定的。所谓建安风骨,乃是这种时代精神的升华。也只有从当时文人的新风貌上去考察,才能理解建安风骨的成因。

《文心雕龙·时序》篇中说:"自献帝播迁,文学蓬转,建安之末,区宇方辑。魏武以相王之尊,雅爱诗章;文帝以副君之重,妙善辞赋;陈思以公子之豪,下笔琳琅;并体貌英逸,故俊才云蒸。仲宣委质于汉南,孔璋归命于河北,伟长从宦于青土,公幹徇质于海隅,德琏综其斐然之思,元瑜展其翩翩之乐。文蔚、休伯之俦,于叔、德祖之侣。傲雅觞豆之前,雍容衽席之上,洒笔以成酣歌,和墨以藉谈笑。观其时文,雅好慷慨,良由世积乱离,风衰俗怨,并志深而笔长,故梗概而多气也。"这一段文字,对于后人理解建安风骨的实质,有很大的帮助。而刘勰论及诗歌的另一段文字,也很重要,不容忽视,应该联系起来考察。《乐府》篇曰:"至于魏之三祖,气爽才丽,宰割辞调,音靡节平。观其《北上》众引,《秋风》列篇,或述酣宴,或伤羁戍,志不出于滔荡,辞不离于哀思，虽三调之正声，实《韶》《夏》之郑曲也。"这里刘勰站在正统的立场上加以批判，但他介绍的时代背景，举出的代表作品，却正点明了建安文学的特点。当时文人努力摆脱儒家的束缚，在文学上开拓新的领域，突出地表现在抒写军旅之苦和男女之情方面，而这正是建安风骨的重要内容。

曹丕的表现，正像他生活的历史年代一样，介于曹操与曹叡之间。自曹叡起，曹操身上那种创业霸主的英雄气概，已经消失殆尽；那种功业与美色兼顾的情景，也就一去不复返了。《三国志》卷三《魏书·明帝纪》青龙三年裴松之注引《魏略》曰："是年起太极诸殿，筑总章观，高十馀丈，建翔凤于其上；又于芳林园中起陂池，楫棹越歌；又于列殿之北，立八坊，诸才人以次序处其中，贵人夫人以上，转南附焉，其秩石拟百官之数。帝常游宴在内，乃选女子知书可付信者六人，以为女尚书，使典省外奏事，处当画可，自贵人以下至尚保，及给掖庭洒扫，习伎歌者，各有千数。"《三国志》卷二五《魏书·杨阜传》上也记明帝治宫室，"发美女以充后庭"。这样的生活，就是和历代荒于酒色的帝王一般行径了。它对魏晋南北朝时期文人的纵欲之风起了推波助澜的作用。

曹操的父亲曹嵩，不言而喻，并非曹腾的嫡子，所以《武帝纪》上说他"莫能审其生出本末"。曹操生长在这样的一种家庭，也就在思想上增加了新的因素，那就是血统观念淡薄，所以能视假子如己出。其中的假子之一何晏，自小生长在宫廷之中，亲蒙熏沐，成了摆脱两汉传统观念束缚、开创新学风的一位创始者。他的学说的许多特点，正应该从曹氏父子的思想作风中去寻找。

（原载《南京大学学报》1985 年第 1 期）

王粲患麻风病说

王粲的健康情况一直很差,《三国志·魏书·王粲传》上就说他"貌寝而体弱通脱"。

他为什么"体弱"呢?原来他自年轻时起就一直有病。皇甫谧《甲乙经序》:

> [张]仲景见侍中王仲宣,时年二十馀。谓曰:"君有病,四十当眉落。眉落半年而死。"令服五石汤可免。仲宣嫌其言忤,受汤而勿服。居三日,见仲宣,谓曰:"服汤否?"仲宣曰:"已服。"仲景曰:"色候固非服汤之胗,君何轻命也!"仲宣犹不言。后二十年,眉果落。后一百八十七日而死,终如其言。

《何颙别传》:

> 王仲宣年十七,尝遇仲景。仲景曰:"君有病,宜服五石汤,不治且成门后,年三十当眉落。"仲宣以其赍长也远,不治也。后至三十,疾果成,竟眉落。(《太平御览》卷七二二引;卷四四四亦引,文字略同)

这两种记载涉及的年代有所不同,但其基本情节却是一致的。王粲二十岁左右时,遇见了张仲景。这位名医发现王粲已经得了一种慢性病,叫他早日医治,王粲以为来日方长,不以为意,结果不出张氏所料,日后真的死于这种恶疾。这种轶闻含有宣扬张仲景医道高明的用意,颇有神秘意味,所以殷芸录入《小说》之中。只是在两种性质截然不同的文字中却有同样内容的记载,则又说明此说不可能出于个别好事者的编造。

王粲到底得了什么病呢?从它潜伏期之长,以及最后眉毛脱落等情况来看,他得的当是麻风病。因为只有麻风病才具有这样的症状。

麻风病,古代称之为"疠"(或作"厉""癞")。《说文解字》卷七:"疠,恶疾也。"患者起初大都不知得病,当它发作时,眉毛脱落,头面肿大,皮肉溃烂,形状是很可怕的。所以《韩非子·奸劫弑臣》中有"厉怜王"之说,以为劫杀死亡之君,绞颈射股,饥死擢筋,他们心中的忧惧,有甚于"厉"(疠)者。这里借用"厉"的可怕来形容"劫杀死亡之君"的可怜,使用的是映衬的修辞手法。"厉"虽"痈肿疮疡",犹愈于惨死者。韩非是用最可怕的病症来警醒君主,意思是非常清楚的。

看来春秋之时已对疠的症候有所了解。《论语·雍也》:"伯牛有疾,子问之,自牖执其手,曰:'亡之,命矣夫!斯人也而有斯疾也,斯人也而有斯疾也!'《集解》引包咸曰:"牛有恶疾,不欲见人,故孔子从牖执其手也。"恶疾即"厉",《淮南子·精神》篇上就说"伯牛为厉"。大约冉耕病后的形状很可怕,所以才不肯开门让老师进去的吧。

战国之时,巫医已有治这种病的方药,《山海经·西山经》中记有英山,禺水出焉,"有鸟焉,其状如鹑,黄身而赤喙,其名曰肥遗,食之已疠"。可见这时还停留在仰求自然物而进行治疗的阶段。

随着人们对疠的认识愈来愈清楚,医药书中也就有了正式的记载。《黄帝素问·脉要精微论》曰:"脉风成为疠。"王冰注:"《经风论》曰:'风寒客于脉而不去,名曰疠风。'又曰:'疠者,有荣气热附,其气不清,故使其鼻柱坏而色败,皮肤疡溃。'"这里已把疠的症候记载得很仔细了。

在张仲景之前,有关麻风病的知识仍在积累之中,到了隋代巢元方著《诸病源候论》时,对此已经认识得很清楚了。

张仲景,名机,南阳人,建安中官至长沙太守。他是汉代著名的医士,曾著《伤寒杂病论》十六卷(今作《伤寒论》十卷),别本《金匮玉函要略》三卷,都是我国古代医药名著。他还著有医方多种,并且是著名的五石散的发明者。当他见到王粲之后,根据前代积累下的知识,加上他丰富的诊断经验,立即断定王粲已经得了疠疾,因此想用新药方五石汤去治疗。王粲没有听他的话,结果如其所言而殁。大约张仲景想用我国传统的以毒攻毒的方法进行治疗,不过这只能是尝试而已。

皇甫谧也是一位出名的医士,所著《甲乙经》十二卷(今存八卷),乃是古代研究针灸的一部专著。此书为缀合旧文而成,由此可知,他对过去的医学书籍非常熟悉,对过去的医案有丰富的知识。况且他和张仲景先后同时,序中首先记载张、王相遇的轶事,说明这事在汉末流传甚广,所以《何颙别传》上也有类似的记叙。

王粲年"二十馀"时,正寓居荆州。假定王粲于建安八九年时遇见张仲景,则当为二十七八岁。《何颙别传》上说其时"年十七","十"前当夺"二"字。这时王粲已经传染上了麻风病,经过十多年后,疾病发作,建安二十二年正月去世,享年四十一岁。中间大约经过了十年左右的潜伏期。这与《何颙别传》上所记的年代比较接近。《甲乙经序》上说王粲的病潜伏了二十年后才发作,时间似乎太长了些,但是麻风病人之中也有潜伏期很长的例子。总的看来,有关潜伏期的记载似以《何颙别传》为近是,而《甲乙经序》记王粲的终年,二十馀岁得病,再加上病历十多年,四十一岁去世,则与历史记载比较接近。综合二文观之,也就离事实相去不远了。当然,这些记载中的某些细节与现代医药上的诊断可能有所不合,这是古人医药知识有限的缘故,也是古籍中常见的现象,不足为怪。

王粲殁前不久,麻风病的各种症状慢慢地暴露出来。眉毛脱落这种外形上的变化,最容易觉察,而他在精神、肉体其他方面的一些变化,当时的人也有所觉察,并有所记叙。

《三国志·魏书·王粲传》裴松之注引《典略》,谓鱼豢问韦仲将(诞)王粲等人何以不甚见用,仲将云:"仲宣伤于肥戇,休伯都无格检,元瑜病于体弱,孔璋实自粗疏,文蔚性颇忿鸷。"这里指出王粲的症候,所谓"肥",当是说的体态臃肿。《初学记》卷一九引《魏书》曰:"王粲、乐进并为人短小。"《梁书·徐摛传》:"会晋安王纲出戍石头,高祖谓周捨曰:'为我求一人,文学俱长兼有行者,欲令与晋安游处。'捨曰:'臣外弟徐摛,形质陋小,若不胜衣,而堪此选。'高祖曰:'必有仲宣之才,亦不简其容貌。'"二说可以互参。很难设想,一个向称"小"而"弱"的人,此时竟会突然地肥胖起来。况且韦诞说是"伤"其"肥",正指病态而言。但他后来没有发展到肢体残损的程度,所以没有进一步引起他人的惊怪,而麻风病人有的确是仅表现出浮肿状而皮肤并不溃烂的。所谓"戇",则是指其精神状态不正常。王粲早年以才思敏捷著称,本传上说他"善属文,举笔便成,无所改定,时人常以为宿构,然正复精意覃思,亦不能加也"。而他那时就有一些神经质的表现。《博物志》卷六曰:"初,粲与族兄凯避地荆州,依刘表。表有女。表爱粲才,欲以妻之,嫌其形陋周率,乃谓曰:'君才过人而体貌躁,非女婿才。'"周率,《三国志·魏书·钟会传》裴松之注引作"用率",二词均不甚可解,但其含义仍可体会,大约也就是"通脱""简易"的意思。日后王粲病情加重,"通脱""简易"云云,也就发展成浮躁粗率了。《三国志·魏书·杜袭传》上说是"粲性躁竞",他妒忌和洽、杜袭的得宠,曹操接见杜袭,王粲贸然提出责难道:"不知公对杜袭道何等也?"因而惹起和洽的讪笑,确是鲁莽灭裂,非智者之所为。可能那时麻风病菌已经损害了他的神经系统,所以旁人视之为"戇"了。

曹丕向来重视王粲的文才,《与吴质书》中说:"仲宣独自善于辞赋,惜其体弱,不足起其文。"他在这里所说的情况,显指王粲晚年而言。大家知道,王粲早年曾作《七哀诗》《登楼赋》等,达到了很高的水平,获得了很大的声名。曹丕对他这一时期的创作活动,评价也是很高的。《典论·论文》曰:"粲之《初征》《登楼》《槐赋》《征思》……虽张、蔡不过也。"《与吴质书》中所谓"不足起其文"云云,显然不是指此而言,因而"体弱"云云,也不可能指他早年的情况,那么曹丕认为水平较差的辞赋,只能是在王粲"眉落"前后写作的一些东西了。那时他的作品虽然仍称繁富,但已缺少早期作品那种光彩。王粲创作水平上出现的变化,当然跟他的生活经历有关。他前期遭逢世变,备历艰辛,目睹百姓乱离之状,发为悲慨激越之音,扣人心弦。后期生活安定,优游文会,也就难以产生沉痛迫切之作了。但那时王粲"体弱",精力不继,故尔"不足起其文",也当是原因之一吧。

有人把王粲"体弱"解释为诗文的风格弱,恐怕不太符合原义。王粲"体弱",尚见于《三国志》本传,用语应是一致的。韦诞评王粲等人,均指体魄、性情而言,与文学上的评价无关。阮瑀"体弱",与王粲的情况一样,这些"体"字都不能作风格讲。韦诞称王粲"肥戆",也是兼指体魄、性情而言的。沈约《宋书·谢灵运传论》曰:"子建、仲宣以气质为体,并标能擅美,独映当时。"这样的作家作品,不可能安上风格弱的评语。

王粲在晚年,大约因受麻风病的折磨,精神状态很不正常,因而有些匪夷所思的嗜好。《世说新语·伤逝》篇中说:"王仲宣好驴鸣。既葬,文帝临其丧,顾谓同游曰:'王好驴鸣,可各作一声以送之。'赴客皆一作驴鸣。"驴鸣的声音嘶哑而凄厉,有似压抑的呻吟,又似绝命的哀号,若非病态之人,焉能有此反常的喜好?

(原载《学林漫录》十三集,中华书局 1991 年版)

阮籍《咏怀》诗其二十新解

> 杨朱泣歧路,墨子悲染丝。揖让长离别,"飘飘"难与期。岂
> 徒燕婉情,存亡诚有之。萧索人所悲,祸衅不可辞。赵女媚中山,
> 谦柔愈见欺。嗟嗟涂上士,何用自保持?

以上是阮籍《咏怀》诗其二十的全文。《晋书》本传上说他"作《咏怀》诗八十馀篇,为世所重"。但也正像《文选》阮诗李善注中所说的:"嗣宗身仕乱朝,常恐罹谤遇祸,因兹发咏,故每有忧生之嗟。虽志在刺讥,而文多隐避,百代之下难以情测。"因此,尽管历代有人对此进行探索,然仍有不少篇章难得其确解,上述这首诗就未见有人作出过恰当的阐释。这里我试图提出一种新的解说,供大家参考。

理解这首诗的关键,在于认清诗中几个典故的背景和用意。下面先从第三、四句说起。

"飘飘"一词,出于《诗经·豳风·鸱鸮》。《诗序》曰:"《鸱鸮》,周公救乱也。成王未知周公之志,公乃为诗以遗王,名之曰《鸱鸮》焉。"这一说法又出于《尚书·金縢》,司马迁在《史记·鲁周公世家》中也曾承用,后人于此都无异说,阮籍的意思也不可能有什么两样。但阮籍在形容周公忧惧之心的"飘飘"二字底下接上"难与期"三字,则非直咏原来的史实可知,这里应是反其意而用之,对此表示存疑之意。显然,他是另有一番用意才使用这个典故的。

周公影射何人?不难想到,此人指的是曹操。曹操一直把自己比作周公。他也有招纳贤士的作风,所以《短歌行》中有句曰:"周公吐哺,天下归心。"他也有东征的历史,所以《苦寒行》中有句曰:"悲哉《东

山》诗,悠悠使我哀。"但也由于功高震主,旁人疑其有不臣之心,因而建安十五年《让县自明本志令》中又说:"所以勤勤恳恳叙心腹者,见周公有《金縢》之书以自明,恐人不信之故。"说明他像当年"周公救乱"一样,怕"成王未知周公之志",所以有《鸱鸮》中的"风雨所飘摇"之感。然而不管他怎样信誓旦旦,援《金縢》以自明,阮籍却是认为"难与期",仍然表示不信。

问题何在? 因为曹操绝非存心归政于成王的周公。他实际上只是充当了周文王的角色。

建安十七年,曹操入朝不趋,剑履上殿,赞拜不名,如萧何故事。十八年,策为魏公,加九锡。二十一年,进爵为魏王。二十二年,设天子旌旗,出入称警跸,冕十有二旒,乘金根车,驾六马,设五时副车,以五官中郎将曹丕为魏太子。这时曹操的臣下都已按捺不住了,觉得这出周公辅成王的滑稽戏不必再演下去了,于是纷纷有人前来劝进。《三国志・魏书・武帝纪》建安二十四年裴松之注引《魏氏春秋》曰:"夏侯惇谓王曰:'天下咸知汉祚已尽,异代方起。自古已来,能除民害为百姓所归者,即民主也。今殿下即戎三十馀年,功德著于黎庶,为天下所依归,应天顺民,复何疑哉!'王曰:'"施于有政,是亦为政。"若天命在吾,吾为周文王矣。'"这就表明曹操本人不想再去改演其他角色,他已把未来的武王——曹丕安排在接班人的位子上了。

果然,建安二十五年正月曹操去世,同年十月曹丕代汉称帝。一切都在曹操的计划之中。历史的发展表明,"曹公"自明心迹的《金縢》之言,又怎能信以为真?

但当代的这位周武王却并非使用武力夺取天下,因为汉室太衰弱了,于是这一次的改朝换代采取了武戏文唱的方式,曹丕迫使汉献帝用禅让的名义交出了刘氏天下。

曹氏父子苦心筹划的目的实现了。《三国志・魏书・文帝纪》黄初元年裴松之注引《魏氏春秋》曰："帝升坛礼毕，顾谓群臣曰：'舜、禹之事，吾知之矣。'"说明他是多么踌躇满志。因为曹氏上下两代取得政权时没有采取什么粗野的手段，他们都是以圣人的姿态临朝亲政的。

但这样的禅让与原来意义上的禅让毕竟相去太远了。按"禅让"一词，古代亦作"揖让"，《韩非子·八说》曰："古者人寡而相亲，物多而轻利易让，故有揖让而传天下者。"先秦诸子于此有类似的陈述，认为尧之禅舜，舜之禅禹，都发生在远古时代，那时风俗淳朴，原来的君主确是真心实意地在让贤。只是此风一开，后代那些觊觎权位的人却常是利用"禅让"的名义窃取政权，逼迫主子让出君位了。就在春秋、战国之时，已曾多次出现过"禅让"的事件，例如燕国的子之曾用权术诱使王哙让出君位，真的实现了异姓之间的"揖让"。

显然，后代那些充满着奸诈手腕的"禅让"，已经把古代那种充满着光明正大的优美感情的"禅让"糟蹋得不成样子了；尧、舜、禹之间那种出之于公心的美好政治理想，已经一去不复返了。所以阮籍慨叹地说"揖让长离别"矣！

曹操为了牢固地控制汉献帝，不让宫廷中再次出现伏后事件，建安十八年时还把三个女儿许配给刘姓天子。夫妇好合，"燕婉之求"，这本来是人生的美事，然而这种出于政治需要的结合，首先考虑的是有关政权得失的利害关系，所以阮诗在"揖让""飘飖"之后又接上了"岂徒燕婉情，存亡诚有之"二句，把婚姻问题和国家存亡之事联系了起来。

按"燕婉"一词，出于《诗经·邶风·新台》，用来指称婚姻之事，那是没有什么疑义的。这次曹、刘之间的联姻事件随后又有了新的发展，所以阮籍引用了历史上的另一个典故，指出它漂亮的帷幕下掩盖着的悲剧性质。

所谓"赵女媚中山",本事出于《吕氏春秋·孝行览·长攻》篇,说的是春秋时期通过婚姻而进行的一项阴谋勾当。赵襄子承他父亲赵简子的遗教,谋取代国的领土。他"虑所以取代,乃先善之。代君好色,请以其弟姊妻之。代君许诺。弟姊已往,所以善代者乃万故。……襄子谒于代君而请觞之。先令舞者置兵其羽中,数百人。先具大金斗。代君至,酒酣,反斗而击之,一成,脑涂地。舞者操兵以斗,尽杀其从者。因以代君之车迎其妻。其妻遥闻之状,磨笄以自刺。"这一事件还记载在《史记·赵世家》中。阮诗误以"代"为"中山",则是由于魏晋南北朝时的诗人使用典故时比较随便,还不注意考订的缘故①。

赵女发现自己受了欺骗。她的出嫁与人,只是出于父兄政治上的需要,对于她个人的幸福,没有加以一丝考虑,她的悲愤,是可想而知的。女子出嫁从夫,她的利害得失,已与丈夫的地位结合起来,这时她自然会站在夫家的立场来反对兄弟的逼迫。阮籍的这个典故用得何等贴切!现实生活中的那位"赵女",已经立为汉帝皇后的曹节,对于曹丕的逼迫也是悲愤异常,站在刘家的立场予以严厉的谴责。《后汉书·(献穆曹)皇后纪》曰:"魏受禅,遣使求玺绶,后怒不与。如此数辈,后乃呼使者入,亲数让之,以玺抵轩下,因涕泣横流曰:'天不祚尔!'左右皆莫能仰视。"大约要数这位被充作"媚"物的曹女,对乃兄"禅让"时玩弄的手腕,那种凶恶而又出之以伪善的表演,知之最深,因而厌恶特甚的了。

什么周公的《金縢》之志,什么舜禹的揖让之轨,在后代历史中就没有出现过。"揖让长离别,'飘飘'难与期",这是诗人的感受,也是活生生的现实。

---

① 参看黄节《读阮嗣宗诗札记》,萧涤非笔记,载《读诗三札记》,作家出版社1957年版。

曹女充当父兄的政治工具，从出嫁那天起就并非单纯为了燕婉之情。她与汉献帝的结合，关系到国家的或存或亡，然而"祸衅"终究"不可辞"，原因在于"谦柔愈见欺"。这时的汉室帝后已经完全丧失了自卫的能力，只能为号称"周公""舜""禹"的野心家所摆布，叫他们演出什么戏就照本宣科。"萧索人所悲"，何况那些身临其境的人，曹女只能"涕泣横流"，而敏感的诗人也就"怵惕常若惊"了。

《文心雕龙·事类》篇中说："事类者，盖文章之外，据事以类义，援古以证今者也。"阮籍在《咏怀》诗其二十中援用上述几件"古"事，它所证明的"今"事，只能指曹氏父子与汉献帝之间的关系，除此之外别无他事可作解释，因为司马氏父子没有把女儿许配过曹氏的三位幼主。

但阮籍写作这诗可也不能理解为只是针对曹氏一家而言。他所抒发的郁愤，如此深沉，如此真切，因为他在现实生活中也有亲身的感受，他对此有切肤之痛。

"揖让""飘飖"等事，不光发生在汉末魏初，而且在他眼前又一次地重现了。司马氏父子俨然是当代的"周公"，而且正在紧锣密鼓地准备重演"舜禹之事"。不幸的是，阮籍本人也给卷入了这一历史事件之中。

权臣的谋取政权，完成"禅让"的典礼，事先总要经过一道封王、加九锡的手续，表示他功烈辉煌，可以继承前朝基业而无愧。魏元帝曹奂景元四年，司马昭进位相国，封晋公，加九锡，完成了"禅让"前的准备。而这篇劝说司马昭接受殊礼的大作，却是出于阮籍的手笔。这也就是保存在《文选》中的《为郑冲劝晋王笺》一文。

"司马昭之心，路人皆知"，他们父子三人的阴险毒辣，又远远地超过了曹氏父子。阮籍对于这些政治活动的用意，自然洞若观火。他是多么不愿意干这违心的勾当！但由于他文名太大，而谄媚逢迎如司空郑冲之流却偏要借重他的文章来劝进，阮籍虽想托醉推辞，无奈那些人偏不肯放过，还要派人前来催逼，阮籍深知此中利害，也就不再采取消极抵制的办法，一气呵成，呈上此文。就在这一年，阮籍去世了，因而未能看到后年演出的"禅让"大典，但这一切都在他的意料之中。"揖让长离别，'飘飖'难与期"，他对眼前发生、亲身经历的事有着极为深刻的体会。

这就可以回到诗的开端来了。"杨朱泣歧路，墨子悲染丝"，阮籍引用《淮南子·说林》篇中的这两个故事，列于全诗之首，抒写他的心情，定下了一个悲慨的基调。人在纷乱的政局中彷徨。面前的歧路，可以往南，可以往北，稍一不慎就会误入歧途；本色的素丝，可以染黄，可以染黑，浮华的外形常是掩盖着肮脏的本质。世事翻覆，无所定准。自命忠诚的人，却包藏着祸心；进行龌龊勾当时，却穿戴起神圣的黻冕。冷眼旁观的人，不但不能退出舞台，有时还不得不前去充当不愉快的角色。阮籍有感于此，自然要既悲且泣了。

阮籍本是局外的人，与"禅让"双方都没有什么深的关系，也不像那些趋炎附势的人那样想要从中得利，然而世事如此，不由自主，污秽的政治漩涡，硬是把他卷了进去，于是他在诗的结尾沉痛地提出了诘问："嗟嗟涂上士，何用自保持？"这是发自内心的悲叹：生逢乱世，何以保此洁白之躯？

沈德潜《说诗晬语》曰："阮公《咏怀》，反复零乱，兴寄无端，和愉哀怒，俶诡不羁，读者莫求归趣。"实则若能联系其时代背景，把握作者思绪的脉络，循序以求，则还是有可能推究其用意之所在的。即如这一首《咏怀》诗，似乎迷离恍惚，不可捉摸，然而试作探究，则又觉得章法甚明，每一句话都可以找到着落。只是诗中的寓意大家为什么会视而不见呢？原来过去的研究工作者总是有一种成见，以为阮籍乃阮瑀之子，而阮瑀是曹操的僚佐，因此大家都把他看作忠于曹魏政权、反对司马氏父子的坚定分子。这种看法有其合理的地方，阮籍确是不满于司马氏父子的弄权，同情于曹氏子孙的萧索，但他既未受知于曹氏，也不愿为司马氏出力，用诗中的话来说，他只是一名"嗟嗟涂上士"罢了。阮籍是受老庄思想影响很深的人，齐物等量，并不忠于一家一姓，因此他既不是司马氏的佞臣，也无意于去当曹家的忠臣，后人硬要把他归入曹魏阵营之中，有些篇章也就难于作出合理解释了。

阮籍"本有济世志"，对自魏明帝起的腐败风气甚为不满，这在《咏怀》诗中有所发抒，前人也已指出，但他还对曹操、曹丕加以抨击，却从未有人想到过。其实阮籍持有这种观点也是容易理解的。《晋书》本传上说他"尝登广武，观楚、汉战处，叹曰：'时无英雄，使竖子成名'"。可以想见，他对当代那些逐鹿之徒难道会看得比"竖子"还高明些么？"竖子"之中，难道不可以包括曹操父子和司马懿父子么？

阮籍眼界开阔，好作哲理上的探索。他在《咏怀》诗中的见解，统观古今世变，洞察当前人情，因而悲愤郁塞，歌哭无端。钟嵘《诗品》评其诗曰："言在耳目之内，情寄八荒之表。"也就点明了《咏怀》诗的特点：言虽浅近易晓，然而寄托的理想，抒发的感情，却是俯仰今古，感喟莫名。

古往今来，围绕着君权的争夺上演了一幕幕的丑剧，使阮籍感到由衷的厌恶，于是他设想有那么一个社会，没有君臣之别，没有强弱之分，大家都能顺其自然，尽其天年。《大人先生传》中形容这种无君的社会是："明者不以智胜，闇者不以愚败；弱者不以迫畏，强者不以力尽。盖无君而庶物定，无臣而万事理。保身修性，不违其纪，惟兹若然，故能长久。"这种政治理想，正是他在多次经历了"周公见志""舜禹揖让"之后才提出来的。

（原载《文史知识》1983 年第 1 期）

《文赋》写作年代新探

魏晋南北朝的文人大都有研习哲理的作风。他们所作的一些文论名著，大都和当时的哲学思潮有关。例如曹丕的写作《典论·论文》，就和研究人物才性的风气有关；葛洪提出文学今胜于古之说，与自汉代建立的社会进化观有关；《文心雕龙》的作者刘勰，对儒、佛、道的哲学有深入的研究；钟嵘著《诗品》，受"九品论人"的影响，而品评人物一事，即与才性论有着紧密的联系。

陆机写作《文赋》，则与风行于魏晋时代的"言意之辨"有关。

研究这一哲学论题的产生，还应追溯到先秦时代。

> 《易·系辞上》："子曰：'书不尽言，言不尽意。'然则圣人之意其不可见乎？子曰：'圣人立象以尽意，设卦以尽情伪，系辞焉以尽其言，变而通之以尽利，鼓之舞之以尽神。'"

《易·系辞》中融合了先秦后期儒家的许多不同方面的学说，内容很复杂。"言意之辨"属于名学研究的范围，它是先秦名辩思潮影响下的产物，但《易传》的作者把它牵合到了易象上去，于是又成了聚讼纷纭的象意问题。

名辩的论争起于客观形势的需要。春秋、战国之时，社会剧变，事物的名实相互背离，于是兴起了研究二者之间的关系的哲学思潮。自汉末起，社会又一次地陷于动乱，名实之间再次出现背离，于是名辩思潮又高涨起来，学者们探讨着如何用语言文字去反映感受到了的意念和思想，上举《易·系辞》中的问题引起了广泛的注意。

言意问题具有理论思维的性质,故为名理家所研讨,而魏晋之际那些新学风的创始人,也就首先在经学的象意问题上提出了疑难。

荀粲提出"象不尽意"之说,认为"象外之意,系表之言,固蕴而不出"①,王弼则认为"象以尽意,言以明象,然得意当忘象,得象当忘言"②。其后殷融著《象不尽意论》③,孙盛著《易象妙于见形论》,孙盛、殷浩、刘惔还曾为此展开过激烈的争论④,可见象意问题曾在学术界产生很大的影响。

有关"言意之辨"的争论同样很热烈。

三国魏时的管辂在邺与典农石苞论《易》学问题时说:"夫物不精不为神,数不妙不为术,故精者神之所合,妙者智之所遇,合之几微,可以性通,难以言论。是故鲁班不能说其手,离朱不能说其目,非言之难。孔子曰'书不尽言',言之细也;'言不尽意',意之微也:斯皆神妙之谓也。"⑤但他的《易》学还是沿袭汉儒象数之术的一种旧说。

魏末嵇康作《言不尽意论》⑥,晋初欧阳建作《言尽意论》⑦,二者之间形成了尖锐的对立。《言不尽意论》原文已佚,《言尽意论》则有文字留存,首称:"有雷同君子问于违众先生曰:'世之论者,以为言不尽意,由来尚矣,至乎通才达识,咸以为然。若夫蒋公之论眸子,钟、傅之言才性,莫不引此为谈证。'"显然,这里所说的"雷同君子"指的是那些附和"世之论者"主张言不尽意的人,而"违众先生"则是作者本人的自称

---

① 见《三国志·魏书·荀彧传》裴松之注引何劭《荀粲传》。
② 见《易略例·明象》。
③ 见《世说新语·文学》"江左殷太常父子并能言理"条刘孝标注引《中兴书》。
④ 见《世说新语·文学》篇、《晋书·刘惔传》。
⑤ 见《三国志·魏书·方伎传》裴松之注引《[管]辂别传》。
⑥ 见《玉海》卷三六《艺文·易下·晋易象论》。
⑦ 载《艺文类聚》卷一九。

了。从"雷同""违众"等字面看来,可知由这项论题所引起的纠纷规模不小。下面这项材料也可用来说明这方面的问题。

《世说新语·文学》:"旧云:王丞相过江,止道声无哀乐、养生、言尽意三理而已。然宛转关生,无所不入。"

王导为东晋名臣,士流统帅,平时倡导"风流",迷恋正始之风。他所引重并大力宣扬的言尽意论,不言而喻,在两晋时代定当风靡一时。

"言意之辨"曾在思想界产生极为深远的影响①,下面着重指出它在文艺领域中发生的影响。

绘画界发出了不能"尽意"的慨叹:

格体精微,笔无妄下,但迹不逮意,声过其实。(谢赫《古画品录》评顾恺之)

夫丹青妙极,未易言尽。(姚最《续画品录序》)

书法界也发出了不能"尽意"的慨叹:

子云善草隶书,为世楷法,自云善效钟元常、王逸少而微变字体。答敕云:"臣昔不能拔赏,随世所贵,规摹子敬,多历年所。年二十六,著《晋史》至《二王列传》,欲作论语草隶法,言不尽意,遂不能成,略指论飞白一势而已。"(《梁书·萧子恪(附弟子云)传》)

音乐界也发出了不能"尽意"的慨叹:

————————

① 参看汤用彤《言意之辨》,载《魏晋玄学论稿》,人民出版社1957年版。

[狱中与诸甥侄书]吾于音乐,听功不及自挥,但所精非雅声,为可恨。然至于一绝处,亦复何异邪。其中体趣,言之不尽,弦外之意,虚响之音,不知所从而来。(《宋书·范晔传》)

翻译界也曾提出如何"尽意"的问题:

维祇难曰:"佛言依其义不用饰,取其法不以严,其传经者当令易晓,勿失厥义,是则为善。"座中咸曰:"老氏称:'美言不信,信言不美。'仲尼亦云:'书不尽言,言不尽意。'明圣人意深邃无极。今传胡义,实宜经达。"①(《法句经序》)

上列各种艺术,所用的手段虽然不同,但都存在着怎样才能曲尽情"意"的问题,因此在这"言意之辨"的哲学思潮的影响之下立即引起了敏锐的反响。《抱朴子·尚博》篇中说:"文章微妙,其体难识。"作家运用语言文字能否充分传情达意,更是引起普遍的关心了。

蜀国才士秦宓就曾说过:"仆文不能尽言,言不能尽意。"②与陆机同时的作家对此抱有同感的那就更多了。

《易》曰:"书不尽言,言不尽意。"然则书非尽言之器,言非尽意之具矣。况言有不得至于尽意,书有不得至于尽言邪!③(卢谌《赠刘琨书》)

---

① 载《出三藏记集》卷七。案此序原题"未详作者",据近人考证,或为三国时支谦所作。
② 见《三国志·蜀书·秦宓传》。
③ 载《文选》卷二五。

庾子嵩作《意赋》成，从子文康见问曰："若有意邪，非赋之所尽；若无意邪，复何所赋？"答曰："正在有意无意之间。"(《世说新语·文学》)

卢谌之说近于言不尽意论，庾敳之说带有浓厚的时代色彩，玄学家习惯于以老庄哲学的观点处理《易》学问题。

陆机写作《文赋》，也受到了"言意之辨"的影响。他在序中说："恒患意不称物，文不逮意。"因此他要"作《文赋》，以述先士之盛藻，因论作文之利害所由"，以期"他日殆可谓曲尽其妙"。作为一个文人，他要探讨的是创作上的"言""意"问题。

陆机写作《文赋》时的观点，也接近于言不尽意论。他说：

若夫随手之变，良难以辞逮。

若夫丰约之裁，俯仰之形，因宜适变，曲有微情。……譬犹舞者赴节以投袂，歌者应弦而遣声。是盖轮扁所不得言，故亦非华说之所能精。

患挈瓶之屡空，病昌言之难属。故踸踔于短垣，放庸音以足曲。恒遗恨以终篇，岂怀盈而自足。

从文章中使用的一些譬喻和术语来看，陆机也喜欢用老庄哲学的观点说明《易》学上的问题。这也是《文赋》受到玄风影响的明证。此外，文中带有玄学色彩的地方还很多。

伫中区以玄览，颐情志于典坟。

课虚无以责有，叩寂寞而求音。

同橐籥之罔穷，与天地乎并育。

揽营魂以探赜，顿精爽而自求。

其他像"虎变""龙见""司契""天机"等词，都是玄学著作中的专门术语，陆机熟练地使用这些玄学行话，可见他在写作《文赋》之时已经深受玄风的浸染。

以上事实表明：《文赋》的产生确与时代思潮有关。它是在"言意之辨"的影响下产生的。

陆机、欧阳建、卢谌、庾敳都是西晋的著名文人。《晋书·欧阳建传》称建"雅有理思，才藻美赡"，《卢钦（附卢谌）传》亦称谌"清敏有理思"，庾敳亦善玄谈能文章，与陆机的作风均有近似之处，都是一些善于思考问题的学者文人。他们之间还有某些交往。庾敳和陆机都是八王之乱的参加者。卢谌少时随从其父卢志，志与陆机同为成都王颖之掾属；卢谌后又北依刘琨，琨妻即谌之从母。而陆机、欧阳建、刘琨都曾列名于贾谧门下的"二十四友"之中。他们都曾生活在同一的学术环境里面。由此可以推断，《文赋》的写成最早也当在西晋文士群聚贾谧门下之时。

杜甫《醉歌行》中有"陆机二十作《文赋》"之句，后人大都据以断定《文赋》的写作年代。其实这种说法未必可信。从陆机受玄风影响这一点上，也可以证明《文赋》不可能产生在太康元年吴亡家居之时。

陆机初入洛，次河南之偃师。时久结阴，望道左若有民居，因往投宿。见一年少，神姿端远，置《易》投壶，与机言论，妙得玄微。机心服其能，无以酬抗，乃提纬古今，总验名实，此年少不甚欣解。既晓便去，税骖逆旅，问逆旅姬，姬曰："此东数十里无村落，止有山阳王家冢尔。"机乃怪怅。还睇昨路，空野霾云，拱木蔽日，方知

昨所遇者信王弼也。①（刘敬叔《异苑》卷六）

　　刘氏并云传闻遇王弼者一作陆云。此事并见《晋书·陆云传》，最后说："云本无玄学，自此，谈'老'殊进。"这种异闻颇耐寻味。二说主角虽然不同，但那时陆氏兄弟境遇相同，故而究竟是谁遇见了王弼倒是无关紧要，值得注意的是产生这种传说的背景。

　　这种"鬼话"虽似荒唐无稽，但却说明了一个重要的问题，即陆氏兄弟在未入洛前，只能"提纬古今，总验名实"，写作《辨亡论》之类的作品；其后为了适应环境，因而有可能在入洛之时钻研过《易》《老》《庄》之类的玄学基本著作，或在入洛之后受到玄风影响而曾予以注意，因此才能给人以"谈'老'殊进"的感觉，并且产生了路遇王弼之鬼的传说。

　　这种推断与当时的学术情况也是符合的。三国之时，江南的学风比较保守，承袭汉代旧习，《易》主今文家说，王弼等人的影响未能深入②。其时风行吴国的《易》学有陆绩的注《京氏易传》。陆氏专以象数说经，恪守西京博士的遗绪，与王弼注《易》摆脱汉人象数而参以老庄者大异其趣。值得注意的是，陆绩是陆机的从曾祖，而年岁则小于机祖陆逊。陆绩早年就以"怀橘遗母"而出名，正是吴郡陆氏祖上一辈所谓礼法传家的知名人物。古人重家学，世家大族更以世传经学为门户的光荣，陆氏世为江东大族，陆绩一系和陆逊一系又长期聚族而居，关系自极深切。陆机向以家世自负，"咏世德之骏烈，诵先人之清芬"，在在不忘表彰"先德"。因此，他在江南家居之时只能学习陆绩的《易》

---

　　①　并见《水经·穀水注》引袁氏《正陆诗叙》和《艺文类聚》卷七九、《太平御览》卷六一七、卷八八四、《太平广记》卷三一八引《异苑》。今从《津逮秘书》本《异苑》。又《太平御览》卷六一七引《异苑》另一则也以为遇王弼者乃陆云。

　　②　参看唐长孺《读〈抱朴子〉推论南北学风的异同》，载《魏晋南北朝史论丛》，三联书店 1955 年版。

学,不可能对世传《易》学有任何的偏离。况且这时的江南还完全被旧的学风所控制,陆机的早期作品中就没有什么玄学的痕迹出现。《文赋》的情况则不同,里面已有以老庄观点处理《易》学问题的尝试,说明其时已经受到玄风的浸染,可见此文不能作于早年,只能产生在入洛之后。

案陆云有《与平原书》三十五札,年代可考者约占半数,均作于永宁二年夏入邺转大将军右司马时①。其第八书中亦曾论及《文赋》,次在《述思赋》《咏德颂》《扇赋》《感逝赋》《漏赋》之间。陆云于书末复云:"兄顿作尔多文,而新奇乃尔,真令人怖!"说明这些文章作于同一时期。而陆机在《感逝赋》中自言"年方四十"②,《述思赋》中有伤兄弟离别之意,可证二文确是作于永宁之前不久。据此可知《文赋》的写作时间也当在永宁二年或稍前不久。

但我们如作进一步的推断,则更可确定《文赋》的写成年代实际上不可能迟于永康元年。因为"二俊"的第一知己张华于是年四月被害,"违众先生"欧阳建于八月被害,陆机也屡次险遭不测,此时变乱迭起,名理家们想来也势难再安心讨论什么学术问题了。

综上所言,可以推定:《文赋》当写成于永康元年(300)或稍前不久。那时陆机为四十岁或将近四十岁。至此文坛上已经兴起过三次高潮(建安文学、正始文学和太康文学),其间涌现出了许多优秀的作品,积累下了许多宝贵的知识,而陆机本人也已有了二三十年的创作经验,洞悉文章"妍蚩好恶"之所由,这就是陆机在《文赋》中能把创作问题阐发得那么深入细致的原因。

(原载《文学遗产增刊》第十四辑,1982 年)

---

① 参看逯钦立《文赋撰出年代考》,载《学原》第二卷第一期,1948 年。
② 《文选》卷一六、《艺文类聚》卷三四、《陆士衡文集》卷三均作《叹逝赋》。

刘勰的主要研究方法

——"折衷"说述评

"中国言六艺者折中于夫子"——刘勰著述的基本态度

刘勰在《文心雕龙·序志》篇中自述著书宗旨曰:

> 及其品列成文,有同乎旧谈者,非雷同也,势自不可异也;有异乎前论者,非苟异也,理自不可同也。同之与异,不屑古今,擘肌分理,唯务折衷。

"折衷(中)"之说,自然是他研究工作中的基本态度和主要方法。

按"折中"一词,古籍数见,但把它作为一种基本方法和重要原则来使用,则与儒家学派密切有关。

> 《史记·孔子世家》:"孔子布衣,传十馀世,学者宗之。自天子王侯,中国言六艺者折中于夫子,可谓至圣矣!"司马贞《索隐》:"《离骚》云'明五帝以折中',王叔师云'折中,正也'①,宋均云'折,断也。中,当也'。按:言欲折断其物而用之,与度相中当,故

---

① "明五帝以折中"出自《惜诵》,古人以"骚"为楚辞通称,故此处篇名亦称《离骚》。王叔师,原文误为"王师叔",《后汉书·文苑·王逸传》载"王逸,字叔师",今据正。

以言其折中也。"

司马贞从字面出发而作出的解释，看来还是符合原意的。"折断其物"，使之与"度"中当，学术思想上的"度"，也就是孔子的学说。汉代独尊儒术，孔子的学说成了折中群言的最高准则。自从司马迁在《孔子世家》中扼要地指出这点之后，后人不断加以申述，如《汉书·贡禹传》曰："孔子，匹夫之人耳，以乐道正身不解之故，四海之内，天下之君，微孔子之言亡所折中。"颜师古注："折，断也。非孔子之言，则无以为中也。"又《盐铁论·相刺》曰："[孔子]退而修王道，作《春秋》，垂之万载之后，天下折中焉。"以上几种说法都郑重地指出了这一重要事实。其他汉儒的文字或传记中提到"折中"一词时，也常寓有以孔子之言或圣贤之道为准则的意思。

王充著《论衡》，在《自纪》篇中申述著书的原则，曰：

> 上自黄、唐，下臻秦、汉而来，折衷以圣道，析理于通材，如衡之平，如鉴之开。幼老生死古今，罔不详该。

王充把《自纪》篇置于全书之末，和《文心雕龙·序志》的位置相当。众所周知，中古之前的书都把自序列为最后一篇，作者在序中介绍著书宗旨和著作体例，这点《文心雕龙》和《论衡》的格局是一样的。二者的著述态度也有相通之处，都"折中以圣道"，尽管由于历史条件的差异，二人对"圣"的评价还有一些不同。

刘勰在《序志》篇中叙述自己的著书动机时曾谈到，他"齿在逾立，则尝夜梦执丹漆之礼器，随仲尼而南行"，于是受到很大的启发和鼓舞，决心写作《文心雕龙》一书，也来"敷赞圣旨"。显然，刘勰把著书的因缘追溯到孔子的垂梦，表示论文之时也要以"圣旨"为准则，这样写，意在表明著作《文心雕龙》时继承的是儒家的传统。

由此可见，刘勰的"折中"之说上承汉儒而来，"折中"不是一个不表明任何倾向性的普通词语，而是一个表达作者个人学术见解的关键性词语。

刘勰对全书五十篇文章的内容也作了介绍。《序志》篇中说："盖《文心》之作也，本乎道，师乎圣，体乎经，酌乎纬，变乎骚：文之枢纽，亦云极矣。"这里指的是全书开端的五篇文章。刘勰在《正纬》《辨骚》二文中，对纬书和骚体的特点作了分析，主张有分析地从中酌取有助文章的成分；他在《原道》《徵圣》《宗经》三文中，则着重论证了"道""圣""文"之间的关系，而这又可用《原道》中的"道沿圣以垂文，圣因文而明道"二句来概括。所谓"文"，主要指孔子整理过的五经。相传孔子整理过六经，而有文字传世者则为五经。经文中的义理，在古人看来，垂之万世而皆准，可以作为后代文人著述的准则。《原道》中说："……至夫子继圣，独秀前哲。熔钧六经，必金声而玉振；雕琢情性，组织辞令，木铎起而千里应，席珍流而万世响，写天地之辉光，晓生民之耳目矣。"《宗经》中说："……自夫子删述而大宝咸耀，于是《易》张十翼，《书》标七观，《诗》列四始，《礼》正五经，《春秋》五例，义既挺乎性情，辞亦匠于文理，故能开学养正，昭明有融。"这就说明，刘勰论文虽从"道"谈起，但在树立准则时，强调的是"徵圣"，而"圣"中的重要一员就是孔子，孔子的思想则又体现在五经之中。

刘勰把孔子的思想树立为供人师法的最高准则。"中国言六艺者折中于夫子"，这是他著述的基本态度。

"叩其两端而竭焉"——儒家一种重要的研究方法

"折中"可不仅是信奉儒家学说者的一种基本态度，而且是儒家人物常用的一种重要研究方法。刘勰也继承和发展了这一方法。

"折中"作为一种方法，孔子没有从理论上加以说明，但在《论语》中却有与此相应的论述。《子罕》中说："我有知乎哉？无知也。有鄙夫问于我，空空如也。我叩其两端而竭焉。"这就含有"折中"之意。

《先进》篇中记载了这样两个事例。"子贡问：'师与商也孰贤？'子曰：'师也过，商也不及。'曰：'然则师愈与？'子曰：'过犹不及。'""子路问：'闻斯行诸？'子曰：'有父兄在，如之何其闻斯行之？'冉有问：'闻斯行诸？'子曰：'闻斯行之。'公西华曰：'由也问闻斯行诸，子曰"有父兄在"；求也问闻斯行诸，子曰"闻斯行之"。赤也惑，敢问。'子曰：'求也退，故进之；由也兼人，故退之。'"这两件事，可以算是"折中"说的具体运用。

孔子的这些见解，传到子思时，也就形成了影响深远的"中庸"之说。《中庸》六章言"舜好问而好察迩言，隐恶而扬善，执其两端，用其中于民，其斯以为舜乎"，就可以作为"叩其两端"说的注脚。朱熹作《四书集注》，总结《中庸》的基本精神，曰："中者，不偏不倚，无过不及之名。"对儒家处理问题的这一重要方法和基本态度作了很好的概括。

由此可知，人们使用这一方法"折断其物"时，并非随便哪里"折"一下就可解决问题的。若要"折中"，先要"执其两端"，两端何在，先要"叩"求明白。这也就是说，试图解决问题的人，先要将研究对象本身包含着的趋于对立的两个方面明确地把握住，例如子张之"过"与子夏之"不及"，冉有之"退"与子路之"兼人"等即是。

"叩"其两端的过程，也就是分析、比较的过程。只有通过分析，才能知道"端"在何方；只有通过比较，才能区分"两端"之异。这种分析和比较的方法，刘勰在书中应用得很熟练，这是他成功的诀窍，所以他要郑重地宣称："擘肌分理，唯务折衷。"

前面已经提到,刘勰把孔子整理过的五经作为折衷群言的准则。五经为什么有这样的妙用,刘勰在《宗经》篇中作了分析,文曰:"《易》惟谈天,入神致用,故《系》称旨远辞文,言中事隐。韦编三绝,固哲人之骊渊也。《书》实记言,而训诂茫昧,通乎《尔雅》,则文意晓然。故子夏叹《书》,昭昭若日月之明,离离如星辰之行,言昭灼也。《诗》主言志,诂训同《书》,摘风裁兴,藻辞谲喻,温柔在诵,故最附深衷矣。《礼》以立体,据事制范,章条纤曲,执而后显,采掇片言,莫非宝也。《春秋》辨理,一字见义,五石六鹢,以详略成文;雉门两观,以先后显旨:其婉章志晦,谅以邃矣。"这里除了对五经的内容加以宣扬之外,还对各种经典的表现手法也作了探讨。于是他接着又说:"《尚书》则览文如诡,而寻理即畅;《春秋》则观辞立晓,而访义方隐。此圣文之殊致,表里之异体者也。"通过比较,《尚书》和《春秋》的特点各趋于一端,也就清楚地显示出来了。《徵圣》篇中对五经的表现手法也有细致的分析,如云:"夫鉴周日月,妙极机神,文成规矩,思合符契。或简言以达旨,或博文以该情;或明理以立体,或隐义以藏用。故《春秋》一字以褒贬,"丧服"举轻以包重,此简言以达旨也;《邠诗》联章以积句,《儒行》缛说以繁辞,此博文以该情也。书契断决以象夬,文章昭晰以效离,此明理以立体也;四象精义以曲隐,五例微辞以婉晦,此隐义以藏用也。故知繁略殊制,隐显异术,抑引随时,变通适会,徵之周、孔,则文有师矣。"这里也是运用"叩其两端"的折中方法而进行分析研究的。

"繁略""隐显""抑引""变通",这四对概念,正是刘勰在分析了五经的创作成就之后,通过比较而提炼出来的处于对立状态中的不同写作特点。文章的内容丰富多样,文章的形式千变万化,五经中的种种妙处,可以作为后世文人作文的典范,从中汲取取之不尽的滋养。刘勰运用"叩其两端"的方法而分析出了它们具有不同特点的各种表现手法,从而要求以圣人的述作为楷模,这里又是"中国言六艺者折中于夫子"的意思,只是这种研究方法已是紧紧结合文艺特点而进行探讨的了。

"理定而物易割也"——玄学提高了人们分析事物的能力

孔子运用了"叩其两端"的方法,认识事物的能力大为提高,在他所关心的伦理道德范围内,就分析出了许多处于对立统一状态中的社会观念,例如仁义、礼乐、忠恕、圣智等[①]。他在阐述自己的学说时,常是借助于分析这些重要范畴而深入地掌握社会现象的本质。

大家知道,先秦道家学派中人对发展朴素辩证法曾作出过很大的贡献。成书于战国时期的《老子》一书中,提出了很多对对立统一的概念,例如牝牡、雌雄、刚柔、善恶、美丑、祸福、利害、曲直、盈洼、虚实、强弱、兴废、与夺、厚薄、进退、得亡、贵贱、智愚、生死、大小等。《老子》二章中说:"有无相生,难易相成,长短相形,高下相倾,音声相和,前后相随。"说明这些概念之间有着对立而又同一的关系,假如一方不存在,则另一方也就失去了存在的条件。这些问题的提出,说明道家学派中人对事物的观察更深入了,他们对事物本质的辨析已经有了更为科学的方法。这是人类认识能力的很大进步。

韩非在《解老》篇中也讨论到了这个问题。他说:"凡物之有形者易裁也,易割也。何以论之? 有形,则有短长;有短长,则有小大;有小大,则有方圆;有方圆,则有坚脆;有坚脆,则有轻重;有轻重,则有白黑。短长、大小、方圆、坚脆、轻重、白黑之谓理,理定而物易割也。"人们的认识能力由浅入深,由具体到抽象。他们分析具体事物时,分析它们内部所固有的各种不同方面的属性,然后把握这一特殊事物。所

[①]　参看庞朴《儒家辩证法论纲》,载《中华学术论文集》,中华书局 1981 年版。

以韩非又说："凡理者，方圆、短长、粗靡、坚脆之分也，故理定而后可得道也。"韩非的"解老"，可谓深得其精髓，对道家学派在认识论上作出的贡献，在理论上作了很好的说明。当然，道家学派对客观事物的分析，已经不限于具体事物，但他们对抽象事物的认识过程，则与上述原理一致。

魏晋时期的一些哲学家，受到先秦道家的影响，也在"理"上深入钻研，由此博得了"名理"家的称誉。

我国古来"名""法"并称，因为这两大学派都重视辨析事理。处在先秦名辩思潮之下的学术环境中，各大学派都有这样的特点。尤其是名家，对概念的分析、逻辑的探讨，更是取得了可贵的成绩。时至魏晋，名辩思潮又起，《晋书·傅玄传》载玄上晋武帝疏曰："近者魏武好法术，而天下贵刑名。"这是由于政治形势的改变，学术思想也发生了变化。

魏晋时期的文人习惯于用老庄的观点阐述儒家学说，随之兴起了玄学。玄学与名理学有关。从思想史的角度来看，前者正是由后者发展起来的，所以有些人就径称名理学为玄学。玄学以《老》《庄》《易》这三部典籍为基本读物。魏晋南北朝时的文人受玄风的濡染，无不熟悉这三部典籍。因此，这三部典籍中所包含的朴素辩证法，也就给了这一时期的文人以很多滋养。《老子》中多对立统一的范畴，《庄子》中也多辩证法，只是其中夹杂着很多相对主义的东西。《易经》中多辩证的观点，也是学术界所一致公认的。它以天地为基础，解释寒暑、昼夜、生死、刚柔、进退等一系列的自然现象和社会现象。这种观察问题和分析问题的方法，对当时的文人也必然会产生影响。

玄学之祖王弼固然推重老子，但尤为推尊孔子。《三国志·魏书·王弼传》上说他"好论儒道"，他的学说重视综合儒道两家。后来研究玄学的人当然也会注意到孔子思想中的"折中"之说。《世说新语·言语》载："王中郎令伏玄度、习凿齿论青、楚人物。临成，以示韩康伯。康伯都无言，王曰：'何故不言？'韩曰：'无可无不可。'"刘孝标引马融《论语注》曰："唯义所在。"这里引用的是《论语·微子》中的一段话。"逸民：伯夷、叔齐、虞仲、夷逸、朱张、柳下惠、少连。子曰：'不降其志，不辱其身，伯夷、叔齐与！'谓'柳下惠、少连，降志辱身矣，言中伦，行中虑，其斯而已矣'。谓'虞仲、夷逸，隐居放言，身中清，废中权。我则异于是，无可无不可'。"何晏《集解》引马融曰："亦不必进，亦不必退，惟义所在。"这种灵活而又有原则的态度，也是孔子"叩其两端"的方法在政治上的运用。

魏晋南北朝的文人对哲学领域中的几对基本范畴进行了深入的探讨，当时陆续兴起的"名实""本末""有无""言意""形神"以及才性四本（同、异、合、离）等学术辩难，其规模之大、争辩之烈、见解之深入、方法之细致，都已远超前代。总的看来，这一时期的文人探讨学术时可谓雍容大度，他们进行辩难时，不以势凌人，不作意气之争，一般说来，也不大用政治手段强行压制，而是认真地追求真理。尽管这一时期的文人语涉浮虚，实则他们的研究方法已经不大像先秦时期的思想家那样总是想把结论直接归结到政治伦理的运用上。他们的研究方法更具有思辨的性质，总是围绕着论题而作深入的探讨，针锋相对，层层剖析。这种风气的出现，说明魏晋南北朝时期的思想家分析事物的能力已经达到了新的高度。

刘勰对此予以很高的评价，他在《论说》篇中说：

　　魏之初霸，术兼名法；傅嘏、王粲，校练名理。迄至正始，务欲守文，何晏之徒，始盛玄论。于是聃、周当路，与尼父争途矣。详观兰石之《才性》，仲宣之《去伐》，叔夜之辨声，太初之《本玄》，辅嗣之两《例》，平叔之二《论》：并师心独见，锋颖精密，盖人伦之英也。至如李康《运命》，同《论衡》而过之；陆机《辨亡》，效《过秦》而不及，然亦其美矣。次及宋岱、郭象，锐思于几神之区；夷甫、裴頠，交辨于有无之域：并独步当时，流声后代。……逮江左群谈，惟玄是务，虽有日新，而多抽前绪矣。

刘勰对此加以称颂，说明他也接受了玄学的影响。作为这一时期的文人，他对《老》《庄》《易》中的内容和思辨方式不会不加以注意。

当时的文人喜欢辨析名理，他们受到玄风的影响，对钻研理论的兴趣也大为提高。《颜氏家训·勉学》篇中说："夫老庄之书，盖全真养性，不肯以物累己也。……何晏、王弼，祖述玄宗，递相夸尚，景附草靡。……直取其清谈雅论，辞锋理窟，剖玄析微，妙得入神。"《世说新语·赏誉》"王汝南既除所生服"条刘孝标注引邓粲《晋纪》记王湛与王济"因共谈《易》，剖析入微"。足见这一时期的玄学在提高人们的思辨能力上起过促进的作用。

这一时期的学术是在摆脱汉代正统学风的束缚下向前发展的。自汉末起，文学更重视彩色之美；学术论文的写作，更重视论证的精密和逻辑的谨严。《文心雕龙·定势》篇载曹植之言曰："世之作者，或好烦文博采，深沉其旨者；或好离言辨白，分毫析厘者：所习不同，所务各异。"这是时代思潮激荡的结果。大势所趋，天下文士莫不皆然。这样的风气，不论在主观方面或客观方面，都为刘勰的理论总结工作准备了良好的条件。

随着文学的发展，人们对作品中的形式要素分析得更细致了，《文心雕龙·丽辞》篇中说："至魏晋群才，析句弥密，联字合趣，剖毫析厘。"而他在《声律》《章句》《丽辞》《比兴》《事类》《练字》等篇章中，也对此作了细致的剖析和全面的总结。

刘勰在《体性》篇中曾把文章的风格分为八类。其中"精约"一类，其特点是"核字省句,剖析毫厘"。具有这种风格的作品,表现为分析事理的透辟和用字造句的精炼。《文心雕龙》一书,如以学术论文的风格而言,也可以称之为"精约"。这与魏晋南北朝时期的文人思辨能力的提高有关。刘勰在理论上的成就,正是时代孕育的结果。

在《文心雕龙》中,刘勰也提出了许多对对立统一的概念,如文质、情采、意辞、华实、风骨、奇正、通变、隐秀、繁约、熔裁等。他在明确这些概念时,有时沿用前人的思想资料,有的则出之以新创。这些地方也可看出刘勰运用了"叩其两端"的研究方法。他对文学问题至为精熟,对文学的特点,不论内容、形式、风格等方面,都曾作过剖析入微的研究,因此才能区别出这么多处于对立统一状态中的概念,并在这基础上进行研究。

刘勰运用"折中"这一手段进行剖析,常用下述三种手法。

(一) 裁中

这种手法,与汉代以来所说的折中之说最为接近。它以孔子的学说或与此有关的作品为标准,然后拿研究的对象和它比较,从而评判其得失。例如刘勰在《史传》中分析历史记载中的两种错误倾向,一伤于讹,一伤于枉,这些都是由材料和人事等复杂的因素构成的。"若夫追述远代,代远多伪,公羊高云'传闻异辞',荀况称'录远略近',盖文疑则阙,贵信史也。然俗皆爱奇,莫顾实理。传闻而欲伟其事,录远而欲详其迹,于是弃同即异,穿凿傍说,旧史所无,我书则传,此讹滥之本源,而述远之巨蠹也。至于记编同时,时同多诡,虽定、哀微辞,而世情利害。勋荣之家,虽庸夫而尽饰;迍败之士,虽令德而嗤埋。吹霜煦露,寒暑笔端,此又同时之枉,可为叹息者也。故述远则诬矫如彼,记近则回邪如此,析理居正,唯素心乎!"这里提出要以深得孔子心传的左丘明作为史书著述的榜样,也就是依傍《春秋》而立论,把《左传》作为史书折中之"度"的意思。

《春秋》笔法的精髓,在于褒贬的运用,所谓"褒见一字,贵逾轩冕;贬在片言,诛深斧钺"。这也是孔子在史学领域中立下的准则,后人自当遵循弗逾。《史传·赞》中说:"腾褒裁贬,万古魂动。"不管是批判还是表扬,目的都在归于正道。

政治上斗争激烈之时,言词常是陷于过激,《奏启》中说:"是以世人为文,竟于诋诃,吹毛取瑕,次骨为戾,复似善骂,多失折衷。若能辟礼门以悬规,标义路以植矩,然后逾垣者折肱,捷径者灭趾,何必躁言丑句,诟病为切哉!"这里悬礼义为奏启时立言的准则,也就是"折之以圣道"的意思。

刘勰在《铭箴》篇中还讨论了历代文人写作铭文的得失,凡是模经为式的文字就有可观,如果不遵从前人的规范而随波逐流,文字也就不可能妥帖。"敬通杂器,准矱戒铭,而事非其物,繁略违中。"则是由于冯衍所作的刀、杖等铭,虽说模仿传为周武王所作的铭文而成,然而事不称物,详略失当,导致失败。致误之由,就是由于偏于一端而不能归之于正的缘故。

(二)比较

刘勰善于运用比较的方法,达到"叩其两端"的目的。他在分析文学问题时,更是经常采用这种手段论证文学创作中相反相成的现象,取得了很好的效果。例如他在《章表》中说:"至于文举之荐祢衡,气扬采飞;孔明之辞后主,志尽文畅。虽华实异旨,并表之英也。"这里他把两种不同类型的作品归入"华""实"这一对范畴之中,二者并不偏废,故各有其长处。

魏晋南北朝时骈文大盛,文人趋向于追求华彩。当时的文学作品,大都"句句相衔""字字相俪",形式特别整齐划一。由于我国的方块汉字容易组成对仗工整的外观形式,而有声调的语言又容易组成"左宫右徵"的声音特征,这就更容易把文章内容中的对立统一关系呈现出来。假如在"丽辞"的手法中采用了"反对"的形式,那么文章中的这些特点更会显得突出。"叩其两端"的研究方法自然地会以"左提右挈"的方式表现出来。

刘勰在《总术》篇中对当时文学界竞趋新丽的倾向作了分析批判。潮流中涌现出来的作品,既有成功的精品,也有粗糙的劣作,这种良莠不齐的情况,往往夹杂而不易识别。刘勰通过比较的方法,"叩其两端",作了细致的分析,从而将二者之间的不同之点和混淆之处区分了开来。"落落之玉,或乱乎石;碌碌之石,时似乎玉。"在文学中,也就出现了如下的情况:

> 精者要约,匮者亦鲜。博者该赡,芜者亦繁。辩者昭晰,浅者亦露。奥者复隐,诡者亦曲。①

这里出现了复杂的情况。文章之"精"者与"匮"者经常混淆不清而引起人们的迷惑,这就构成了一对矛盾,刘勰加以区别,说明"精"者的特点是"要约","匮"者的特点是"鲜";这也就是说:那些精炼的文章,简明扼要,而那些内容贫乏的文章,外貌虽很类似,实际却正相反。"博"和"芜"的文章也经常混淆而引起人们的迷惑,实则"博"的特点是"该赡","芜"的特点是"繁",芜杂绝不是丰富,二者不能混为一谈。"辩浅""奥诡"两对矛盾的情况也是如此。读者绝不要把"露"看成"昭晰","曲"看成"复隐"。

---

① 曲,原文作"典",形近而误,今改。参看刘永济《文心雕龙校释》中《总术》第四十四内校语,中华书局上海编辑所 1962 年版。

这四句句子,也就是四对矛盾。刘勰将同一类型的文字作了精细的区分,"叩其两端",找到了对立面之所在,这就把文学现象的复杂内容作了充分的揭露,既有助于读者的鉴赏,又有益于作者的写作。但刘勰的分析工作并不仅限于此,这四句句子,又可重新组合为四对矛盾。"精者要约"与"博者该赡"很自然地组成了一对矛盾,"辩者昭晰"与"奥者复隐"也很自然地组成了一对矛盾,这些都是成功的例子。相反,"匮者亦鲜"与"芜者亦繁","浅者亦露"与"诡者亦曲",也都构成了矛盾,失败的作品也可以从各趋极端的缺陷中找到原因。这种分析研究的工作,是细致的,有价值的。

《文心雕龙》中的这类文字,可以作为"擘肌分理,唯务折衷"的典范之作。与前相较,刘勰的研究能力和分析水平确已青出于蓝而胜于蓝。

这里还可一提的是:刘勰在评论作家的成就时,也常采用比较的方法,借以突出各家的写作特点和创作成就。例如《才略》篇中说:"嵇康师心以遣论,阮籍使气以命诗,殊声而合响,异翮而同飞。""魏文之才,洋洋清绮,旧谈抑之,谓去植千里,然子建思捷而才俊,诗丽而表逸;子桓虑详而力缓,故不竞于先鸣,而乐府清越,《典论》辩要,迭用短长,亦无懵焉。但俗情抑扬,雷同一响,遂令文帝以位尊减才,思王以势窘益价,未为笃论也。"这些精辟的见解,无不得力于比较研究的科学方法。

(三) 兼及

儒家的折衷之说,要求平稳妥帖,不偏于一端。在它的影响下,人们评论某一现象时,常是既说优点又说缺点,或是既说缺点又说优点,不作过激之论。这种两头兼顾的方法,我们就可以把它叫做"兼及"。刘勰常用"然""但""而"等表示语气的转折,从而达到兼顾两头的目的。

在《史记》《汉书》论学术的文章中,就可以看到这种方法的运用。司马谈论六家要旨，里面提到"……法家严而少恩，然其正君臣上下之分，不可改矣。名家使人俭而善失真，然其正名实，不可不察也。……"《汉书·艺文志》中也说："法家者流，盖出于理官。信赏必罚，以辅礼制。《易》曰'先王以明罚饬法'，此其所长也。及刻者为之，则无教化，去仁爱，专任刑法，而欲以致治，至于残害至亲，伤恩薄厚。""名家者流，盖出于礼官。古者名位不同，礼亦异数。孔子曰'必也正名乎！名不正则言不顺，言不顺则事不成'，此其所长也。及譥者为之，则苟钩鈲析乱而已。"诸说论证之时肯定与否定的编排次序虽有不同，然而语气的转折，兼及两端，正反论证，却有一致之处。

《文心雕龙·封禅》中说："秦皇铭岱，文自李斯，法家辞气，体乏弘润，然疏而能壮，亦彼时之绝采也。"可以看出，刘勰对李斯这位法家的创作特点的分析，和司马迁、班固对法家思想特点的分析，采用的是同样的方法。

《知音》篇中说："夫篇章杂沓，质文交加，知多偏好，人莫圆该。慷慨者逆声而击节，酝藉者见密而高蹈，浮慧者观绮而跃心，爱奇者闻诡而惊听。会己则嗟讽，异我则沮弃，各执一隅之解，欲拟万端之变，所谓'东向而望，不见西墙'也。"这一组文字，也是用两两相对的方式写成的。刘勰反对主观武断，要求全面考察，不作一偏之论。这对于克服观察问题时的简单片面之弊，确有可供参考之处。

"剖情析采"——刘勰对文学的横向研究

刘勰在《序志》篇中介绍《文心雕龙》一书的体例时说："若乃论文叙笔，则囿别区分，原始以表末，释名以章义，选文以定篇，敷理以举统，上篇以上，纲领明矣。至于剖情析采，笼圈条贯，摛神性，图风势，苞会通，阅声字，崇替于《时序》，褒贬于《才略》，怊怅于《知音》，耿介于

《程器》，长怀《序志》，以驭群篇，下篇以下，毛目显矣。"说明此书的结构：上面二十篇有关文体论的文章，他是抓住"有韵为文，无韵为笔"的原则而编排次序的；后面的一些文章，则是紧紧抓住"情""采"两个方面而展开论证的。

就从"下篇"开端几篇文章的名字来看，"情采""风骨""体性""熔裁"等都与文学作品中"情采"这一对基本范畴密切有关。"风""性""熔"等是从"情"中生发出去的；"骨""体""裁"等是从"采"中生发出去的。犹如《易经》中的"阴阳"这一对基本范畴一样，书中其他的对等概念，如牝牡、生死、昼夜、寒暑等，都是由此生发出去的。

因此，刘勰研究文学的内部规律时，总是紧紧抓住"情""采"二者而展开论证。解剖刘勰文学理论的体系，也得从此着手。

魏晋南北朝时五言诗趋于成熟，并且得到了前所未有的发展。在文学领域内，这种文体很有代表意义。五言诗的主要特点是洋溢着作者的主观感情，所谓"诗缘情而绮靡"，因此刘勰常用"情"字代表诗篇或文章的内容。随着文学事业的发展，形式技巧等方面的经验不断积累，而且受到浮华的社会风气的影响，作品更讲求形式之美了。因此，刘勰又常用"采"字来代表形式方面的主要特征。他在《情采》篇中深入地讨论了内容和形式之间的关系。

> 夫水性虚而沦漪结，木体实而花萼振，文附质也。虎豹无文，
> 则鞹同犬羊；犀兕有皮，而色资丹漆，质待文也。

质与情是属于同一范畴的概念，文与采是属于同一范畴的概念。用现在的话来阐释，也就是说：内容和形式是紧密联结着的，二者互为依存，不可分割。这样也就牢固地把握住了文学的特征。可贵的是，刘勰还认识到了二者之间有主从之分。

故情者,文之经;辞者,理之纬。经正而后纬成,理定而后辞畅,此立文之本源也。

他认为文学内部所包含着的这两种主要成分,内容是矛盾的主导方面,居于支配的地位,这就抵制了齐梁文学中的形式主义潮流。这样也就说明了他的"折中"之说不是什么无原则的折中主义。

刘勰还对"情""辞"二者分别提出了要求。前者应该"述情必显","意气骏爽","结响凝而不滞";后者应该"析辞必精","结言端直","捶字坚而难移"。"风""骨"二者,既可分别标举,因为这些写作上的要求,如同上述,原是以"情""辞"二者为基础而构成的,但二者一经融合,也就形成了文学领域中一个崭新的概念,作为一种新的美学标准来要求创作界。它是为纠正萎靡柔弱的齐梁文学而提出的。

从作者方面来说,"情"的表现,与他本人的个性有关。从作品方面来看,"采"或"辞"的表达,也就外现为风格的问题。当然,风格不完全是形式方面的问题,但它总是由创作个性所决定,而通过一定的形式表现出来。《体性》成了讨论作家创作个性和风格之间的关系的专篇。按照刘勰一贯的命名方式来看,此文应当正称之曰《性体》,文字上所以有此颠倒,则是为了协调声律的缘故。

"性""体"二者,代表作家、作品两个方面。作品是由作家写成的,因此前者居于主导的地位。作品中的内容(情理)没有表达出来之前,深藏作者胸中,故与性有关。发为言文(形式)之后,也就成了"体"的问题。性决定体,这是他对作品风格成因的基本看法。

"性"是什么东西决定的呢? 刘勰又从两个方面进行考察。他认为作家创作个性的形成,有先天的条件,也有后天的条件;前者可以归结为"情性"问题,后者可以归结为"陶染"问题。"情性"之中又可分为"才"和"气"两项因素,"陶染"之中又可分为"学"和"习"两项因素。

"才"决定"辞理庸俊","气"决定"风趣刚柔","学"决定"事义浅深","习"决定"体式雅郑"。"辞理""风趣""事义""体式"等不同条件也就决定了作家的不同风格。由于每个作家先天、后天方面的条件千差万别,所以文章的风格也就极为多样。

刘勰又把各种文章的不同风格作了理论上的归纳,分为八类;他还根据风格中的矛盾对立现象作了区分,归为四组。所谓"雅与奇反,奥与显殊,繁与约舛,壮与轻乖"。这种研究方法,犹如抽丝剥茧,层层深化。此中关键,也就是后来的人常说的一分为二。而这正是运用了"叩其两端"的方法。任何一个问题到手,先找出它处在矛盾对立状态中的两个侧面,掌握其不同的内涵,然后再把其中一个侧面作为研究对象,找出它处在矛盾对立状态中的两个侧面,……这样不断分析下去,事物的本质也就越来越清楚。人们的认识也就通过这样的过程而不断得到深化。

刘勰的主要研究方法是"折衷",所以经他不断剖析而得出的成果,常是以对称的形式出现。《体性》一文的结构,显得那么整齐,甚至可以用图表的方式显示出来。

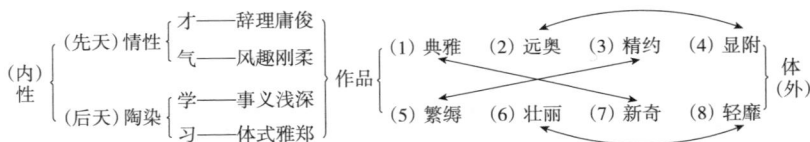

学界向来以为研究文学不能采用机械的图解的方式,实则这也不能一概而论。刘勰研究风格问题,就曾采取层层分析的方法。文章的结构,确是整齐划一,近乎机械,但刘勰运用的是辩证的方法,所取的态度,当然也是灵活的。"八体屡迁",风格是可以改变的。如果决定风格的原因发生了变化,那么"表里必符",作品的风格自然也会跟着发生变化。这就提示人们应该培植那些能够影响风格往健康方向发展的因素。

刘勰的风格论也有他的局限。他已认识到后天学习的重要性,这是可贵的卓识,问题在于决定作家风格的因素,究以何者为先,这在《体性》篇中就没有作出明确的答复,而是在论证过程中左提右挈,不分轩轾。但他对此也并不含糊了事,在《事类》篇中还是作出了答复。文章中说:"夫姜桂同地,辛在本性,文章由学,能在天资。才自内发,学以外成。……是以属意立文,心与笔谋。才为盟主,学为辅佐,主佐合德,文采必霸;才学偏狭,虽美少功。"才、学虽然同占重要地位,但毕竟有主佐之分。刘勰还是偏重先天的因素,这就不可避免地在他的理论上盖下了唯心主义的标记。这也说明,方法和世界观毕竟不能等同起来,有人能够采用先进的方法进行研究,但并不足以说明他的世界观也一定很先进,尽管其中可能包含有许多先进的成分。

按照近代文学理论的研究来说,作品的独特风格首先是由作家的生活道路所决定的。这里牵涉到作家的社会实践问题。刘勰提出"学"和"习"两项因素,也是社会实践中的重要方面,但绝不是作家社会实践的全部内容。因此,从现代人的眼光来看,刘勰的风格论有待于补充的地方尚多。

文章写成之后,还应仔细推敲,为此刘勰又写下了《熔裁》篇。"熔"与"情"有关,"裁"与"采"有关,他也是分别从两个方面立论的。由于骈文注重对称,《熔裁》篇中阐述原理的第一段,文字也整齐划一,两两作对,开合成势。"规范本体谓之熔,剪截浮词谓之裁。裁则芜秽不生,熔则纲领昭畅,譬绳墨之审分,斧斤之斫削矣。"为了解决"熔"的问题,他提出了"三准"说;为了解决"裁"的问题,他讨论了字句。"字有可削,足见其疏;字不得减,乃知其密。……谓繁与略,随分所好。"显然,这里又是折衷法的运用。但刘勰有见于齐梁文学的日趋繁芜,因而批判了以陆机为代表的"缀辞尤繁"的倾向,可见刘勰运用的是辩证方法,处处地方自有其主见。

在《情采》篇开端时,刘勰就论证了"文""质"相互依存的道理,"文附质也","质待文也",这样也就对文学的内容和形式这一对基本范畴的相互关系作了简明扼要的介绍。文章结束时又说:"夫能设谟以位理,拟地以置心,心定而后结音,理正而后摛藻,使文不灭质,博不溺心,正采耀乎朱蓝,间色屏于红紫,乃可谓雕琢其章,彬彬君子矣。"这显然是从孔子有关文质的理论中发展出来的。

> 《论语·雍也》:"子曰:质胜文则野,文胜质则史,文质彬彬,然后君子。"

按孔子的原意来说,并非针对文学问题而发,但在主张"原道""徵圣""宗经"的刘勰来说,必须依经立论,"徵之周孔,则文有师矣"。因此《文心雕龙》中有关"文质"问题的一系列论点,都可上溯到这种理论。这也是"折中于夫子"的意思。

《熔裁》篇中还说:"夫百节成体,共资荣卫;万趣会文,不离辞情。"这种认识,在儒家学派的典籍中也可找到根据,《礼记·表记》中说:"子曰:'情欲信,辞欲巧。'"也是从"情""辞"二者着眼而分别提出要求的。"信""巧"二者,又正是刘勰所追求的目标。《章表》篇中说:"恳恻者辞为心使,浮侈者情为文使。必使繁约得正,华实相胜,唇吻不滞,则中律矣。子贡云:'心以制之,言以结之。'盖一辞意也。"这里刘勰援引了《左传》哀公十二年中的一段话,而又断章取义地作了解释,目的也在重申"辞""意"二者的结合不可分割。他之所以借重子贡的言论,无非此人乃是孔子高足的缘故。

"观通变于当今"——刘勰对文学的纵向研究

研究刘勰的文学思想，还应注意他所处的时代。齐梁时期，我国古代的文学正处在重要的转变阶段。世代相传的几种主要文体，发展至此，都在发生急剧的变化，随之创作界也出现了各种不同的倾向，有的守旧，有的趋新。这在理论界也有充分的反映①。

刘勰在这过程中采取的立场，正像他所采取的方法一样，也持折衷的态度。按照当时文学界出现的三大流派来说，他是属于以萧统为首的折中一派。这一派的观点，在其他人的文章中，也有与刘勰的论点相似的表达。萧统《答湘东王求文集及〈诗苑英华〉书》曰："夫文典则累野，丽亦伤浮，能丽而不浮，典而不野，文质彬彬，有君子之致，吾尝欲为之，但恨未逮耳！"刘孝绰奉命纂录《昭明太子集》，序中也说："窃以属文之体，鲜能周备：长卿徒善，既累为迟；少孺虽疾，俳优而已。子渊淫靡，若女工之蠹；子云侈靡，异诗人之则。孔璋词赋，曹祖劝其修今；伯喈答赠，挚虞知其颇古。孟坚之颂，尚有似赞之讥；士衡之碑，犹闻类赋之贬。深乎文者，兼而善之，能使典而不野，远而不放，丽而不淫，约而不俭，独善众美，斯文在斯。"不难看出，这里的一些见解和刘勰的理论如出一辙。

作为这一流派的理论家，刘勰注意的是如何克服守旧派和趋新派的局限，在继承优秀传统的基础上吸收创作界的新成果。

为此，刘勰提出了著名的"通变"说。

《通变·赞》："文律运周，日新其业。变则其久，通则不乏。

---

① 参看本书第二辑中的《梁代文论三派述要》。

趋时必果,乘机无怯。望今制奇,参古定法。"

　　既重继承,又重创新,这里也是两面都照顾,不偏于一端。

　　《通变》一开始就说:"夫设文之体有常,变文之数无方,何以明其然耶? 凡诗赋书记,名理相因,此有常之体也。文辞气力,通变则久,此无方之数也。名理有常,体必资于故实;通变无方,数必酌于新声:故能骋无穷之路,饮不竭之源。"下面可就"有常之体"与"无方之数"、"不竭之源"与"无穷之路"这些基本范畴作些分析。

　　刘勰把《文心雕龙》上篇的前五篇文章称为"文之枢纽"。"文之枢纽"不能都看作"不竭之源",因为"经"与"纬""骚"之间还有区别。《原道》《徵圣》《宗经》系正面立论,发挥儒家正统的文艺观点,《正纬》讨论辅经而行的纬书,《辨骚》讨论与经齐名的楚辞,意在区别同异,有选择地从中汲取创作上的养料。因为纬书"乖道谬典",不容与经混淆,但"无益经典而有助文章",也足资借鉴。楚辞更是文学上的重要源头,但与《诗》比较,亦复有同有异。细析起来,其间同于风雅者有四事,即"典诰之体""规讽之旨""比兴之义""忠怨之辞";而异乎经典者也有四事,即"诡异之辞""谲怪之谈""狷狭之志""荒淫之意"。从四异来说,因其杂有战国"夸诞"之风,故贬之为"雅颂之博徒";从四同来说,因其远承三代典诰之体,故褒之为"词赋之英杰"。何者可取,何者可弃,前提已经解决,于是刘勰提出了如下的处理意见:

　　　　若能凭轼以倚雅颂,悬辔以驭楚篇,酌奇而不失其贞(正),玩华而不坠其实,则顾盼可以驱辞力,咳唾可以穷文致,亦不复乞灵于长卿,假宠于子渊矣。(《辨骚》)

　　刘勰对诗、骚二者仔细地加以考核,从而提出了"奇正"结合、"华实"结合的要求,这也就是"通变"观点的具体运用和具体说明。要使奇特的新创不流于诡异,华美的文辞不流于浮靡,这自然是文学上的完美境界。

刘勰对文学的特点有清楚的认识。他也明白,光是学习古人的传统,甚至唯质朴是慕,那也写不出什么好文章来。因此他在《定势》篇中说:"渊乎文者,并总群势。奇正虽反,必兼解以俱通;刚柔虽殊,必随时而适用。若爱典而恶华,则兼通之理偏,似夏人争弓矢,执一不可以独射也。"若要写好美文,必须吸收创作界新的成果。

魏晋南北朝时的文人最重视的形式问题,是声律、对偶、事义等要素,刘勰对此提出了自己的看法。

刘勰讨论对偶时,也曾条分缕析,比较优劣,然后作出结论。根据当时的创作实践,刘勰把"丽辞"归为四类,即《丽辞》中所说的:"丽辞之体,凡有四对。言对为易,事对为难,反对为优,正对为劣。"其中"反对"一项尤称上乘,例如王粲《登楼赋》中说的"钟仪幽而楚奏,庄舄显而越吟","理殊趣合",相反相成,从正反两方面说明问题,就把作者复杂的内心世界阐发得更为突出和具体。

处理事类问题,刘勰是从"博"和"约"这两方面着眼的。《事类》篇中说:"综学在博,取事贵约,校练务精,捃理须核。"只有在"博"的基础上求"精",才能做到"众美辐辏,表里发挥"。仅就应用事义的方法而言,这样的处理也是恰当的。

永明文人发明声律,影响后代文学至亘。如果正确地利用声调规律,确实有助于提高文学的音乐性;但如不顾文章的内容,只是玩弄技巧,那也会走到形式主义的邪路上去。刘勰写作《文心雕龙》时,学术界废本逐末的风气还没有像钟嵘在《诗品序》中所批判的那么严重。刘勰认为"标情务远,比音则近",思想感情只有通过语言文字宣泄出来,才能把抽象的东西变成具体的东西。音律一项,也有助于思想感情的表达,因此他是赞成音律学说的，"古之佩玉，左宫右徵，以节其步，声不失序。音以律文，其可忽哉！"而他又认识到，"音律所始，本于人声"，人为的音律，应该适应自然的语言节奏，这种认识自然是很可贵的。

我国的语言具有很多特点，声调有平、上、去、入之分，由此可以构成双声叠韵；再作安排，可以构成复杂的骈俪文句。《声律》篇中说："凡声有飞沉，响有双叠；双声隔字而每舛，叠韵杂句而必睽。沈则响发而断，飞则声飏不还；并辘轳交往，逆鳞相比，迂其际会，则往蹇来连，其为疾病，亦文家之吃也。"这种说法，开了后代骈文中所谓马蹄韵的先声。

再以押韵而言，各家的习惯用法不同，如何掌握也费斟酌。刘勰在《章句》篇中提出："两韵辄易，则声韵微躁；百句不迁，则唇吻告劳。妙才激扬，虽触思利贞，曷若折之中和，庶保无咎。"可见他在研究这一问题时也采用了折衷的方法，并得出了以自然音律为重的结论。

刘勰在讨论形式技巧中的这些具体问题时，很注意用实践去加以检验。音韵问题本是口耳之学，必须通过实际运用才能掌握。刘勰同意陆云的意见，以为"四言转句，以四句为佳"。这种意见自然是可取的。不但四言，其他的五、七言句等，写作长诗时也常以四句为一个单位。这是通过长期的经验积累之后才获得的认识。他在《章句》篇中还讨论了文章中的字数问题。"若夫笔句无常，而字有条数。四字密而不促，六字格而非缓，或变之以三、五，盖应机之权节也。"这也是通过实践的检验而得出的经验之谈。散文中句子的字数虽然不受什么限制，但在日常运用中，短句和长句，因为和语言差距太远，总是不能常用，而文字总要和语言暗合，才能经受得起人们讽诵的考验。四字句和六字句，在人们日常写作的文字中确占多数，尤其是在双音节词越来越多的情况下，这项结论更有其普遍意义。

总结以上所言，可知刘勰在"酌于新声"的工作中也作了许多细致的分析。他在研究问题时，时时不忘运用折衷的方法。

"资故实""酌新声"，这种"通变"理论，也出于儒家的学说。追查这种理论的源头，则与三玄之一的《易经》有关。

《易·系辞》中多次提到"通变"之说。它一则说："一阖一辟谓之变，往来不穷谓之通。"二则说："化而裁之谓之变，推而行之谓之通。"三则说："易穷则变，变则通，通则久。"韩康伯注："通变则无穷，故可久也。"这种学说体现了《易经》的基本思想，即变易的观点。它首先强调的是一个"变"字，说明事物在不得不变的形势下，只有在变了之后才能适应新的情况，以至维持永久。它叫人用发展的眼光观察外物，反对一切保守的停滞的观点。刘勰的"通变"说，从理论的继承而言，就是从《易经》中发展出来的。不论是从所用的名词，还是从论证的方式，都不难发现二者之间的渊源关系。

这种"通变"理论，平稳妥帖，它不像守旧派的只重继承，拒绝接受创作界的新成果；也反对趋新派的一味求新，排斥优秀传统中的可取之处。刘勰的文学见解，既强调继承，又重视创新，于是他在"通变"说的指导下提出了一系列可取的见解。

> 构位之始，宜明大体。树骨于训典之区，选言于宏富之路，使意古而不晦于深，文今而不坠于浅，义吐光芒，辞成廉锷，则为伟矣。(《封禅》)
>
> 是以章式炳贲，志在典谟，使要而非略，明而不浅。表体多包，情伪屡迁，必雅义以扇其风，清文以驰其丽。(《章表》)
>
> 若夫熔铸经典之范，翔集子史之术，洞晓情变，曲昭文体，然后能孚甲新意，雕画奇辞。昭体故意新而不乱，晓变故辞奇而不黩。(《风骨》)

正像《辨骚》中所揭示的那样，他把思想内容方面的继承称为"正"，把形式方面的创新称为"奇"，《定势》中说："旧练之才，则执正以驭奇；新学之锐，则逐奇而失正。"为了让学子从小走上正路，不误入歧途，他在《体性》篇中又强调指出："夫才有天资，学慎始习，斫梓染丝，功在初化，器成彩定，难可翻移。故童子雕琢，必先雅制，沿根讨叶，思转自圆，八体虽殊，会通合数，得其环中，则辐辏相成。"这里牵涉到了很多方面的问题。从儿童的学习来说，要求从小注意继承和创新的关系，合适地予以解决。从作家的创作而言，要求注意风格的多样化，结合自己主观和客观、先天和后天等方面的条件，掌握合适的尺度，写出既适合自己的个性特点、又不偏于一端的完美之作。

刘勰之所以取得巨大的成就，看来就与这种"折衷"方法有着很大的关系。他能运用对立统一的观点分析一切文学现象，将之区分为若干对重要范畴，并用两点论的眼光加以考察，这就掌握到了辩证法的要领。他的观察能力堪称敏锐，他的分析能力可谓深入，这自然与他学识深邃有关，但主要的原因之一，怕是通过"折中"法的运用而获得了朴素辩证法的效益。

辩证法是一种发展的科学。人们剖析事物的内部矛盾，从对立物的斗争中观察事物发展的动力，分析其发展的方向，这才是辩证法的精髓。从这方面来看，刘勰的思想还有其不足之处。他处在文学转变的重要时期，固然也重发展，但总觉得当前的倾向是"离本弥甚，将遂讹滥"，于是他在《通变》这一对范畴中，强调的是一个"通"字，所谓"练青濯绛，必归蓝蒨；矫讹翻浅，还宗经诰"。他对"变"的问题也曾予以注意，并且作了很多有益的探讨，但比较之下，似乎不如"通"的问题那么重视。因此，尽管刘勰的宗经自有其用意，然而悬此作为最高准则，则总是会给人以复古的印象。阅读《文心雕龙》时，常是觉得有一种保守的气氛，这与儒家思想的特点也是一致的。儒家思想中有很多可取的东西,但其基本倾向却不免趋于保守,刘勰的学说源出于此,自然无法摆脱这一缺陷。

"唯务折衷"——刘勰在《文心雕龙》中使用的主要研究方法

《通变》中提出的总结性意见是:"斟酌乎质文之间,而橬括乎雅俗之际,可与言通变矣。"这也就是说:掌握通变的原则,先得对文学中内容与形式这一对范畴中的许多问题进行分析:哪些东西可以汲取,哪些东西应该舍弃,首先要有明确的认识。古雅的东西也并非全然可取,新创的成分也并非一无所是,这些都要通过辩证而得出科学的结论。只有在对这些问题有了正确的认识之后,才能正确地处理继承和创新之间的关系。

由此可见,在刘勰所提出的一系列概念中,"情采""通变"这两大范畴最为重要,前者对文学中的许多问题作横向的研究,后者将许多问题作纵向的研究,《文心雕龙》中的许多文章里面所牵涉的理论问题,在《情采》和《通变》二文中大都有所说明。

如上所言,他在《情采》和《通变》中运用的方法,就是"折衷"。他注意到各种文学要素之间存在着广泛的联系,而在一对对的文学要素之间,又存在着相互依赖、相互制约、相互影响、相互作用的关系。刘勰能从大处着眼,又能从小处着手,分析各种文学要素之间的对立统一关系,然后衡量得失,处之以权,提出一种平稳可取的方案。他在许多文章中常是采用这种方法研究问题和处理问题的。

刘勰在《序志》篇中明确地宣布,他在写作《文心雕龙》时采取的是"折衷"的方法,可惜大家对于他的自白没有给予应有的注意。

研究《文心雕龙》的人似乎都有这么一种看法,以为此书"体大虑周",我国过去的理论著作中从未出现过同样的作品,因此大家都以为刘勰采用了不同于前人的研究方法。他本是一个佛教信徒，博通经论，人们也就想到：《文心雕龙》之成，刘勰怕是得力于对佛经的学习。

佛学中有研究因明学的一派。因明学着重逻辑推理的研究，注意理论体系的完整，刘勰如果有这方面的修养，则《文心雕龙》之成，也就不难作出解释了。但过去的记载都说因明学至唐代才传入中国，南朝之时究竟有没有这方面的典籍传入，没有什么明确的记载。现在大家正在努力向这方面进行探索，我们期望着这方面的研究取得成果，这样对《文心雕龙》的成书或许能够作出更有说服力的解释。

但是这种倾向又引起了我的疑问：如果大家一时找不到刘勰接触过因明学的材料，研究工作者难道就不能说明《文心雕龙》的成因了么？

目前研究《文心雕龙》的人中似乎还有一种看法，以为儒家只能侈谈仁义，研究问题和辨析事物的能力很差，因此刘勰在研究方法上不可能从儒家学派中接受什么东西。有人根据《灭惑论》等材料，从刘勰的佛徒身份着眼，以为他是否信奉儒术还有疑问，《原道》《徵圣》《宗经》云云，可能只是行文之需而树立的一种幌子罢了。

刘勰是否接受过玄风的濡染，学术界也有不同的看法。这当然与他的佛徒身份有关。齐梁之时，信奉佛学的人中已有一些人超越于玄学而与之分道扬镳了。

在我看来，刘勰的主要研究方法，正是从儒家学术和玄学中得来的。"唯务折衷"并由此建立了严整的体系，这不但见之于刘勰的自白，而且核之于《文心雕龙》全书，都是信而有征的。儒家学派采用的"叩其两端"的方法，玄学中人辨析概念、分析问题的辩难方法，都曾给他以滋养，只是他在使用这些方法上有发展，因而观察问题更深入，分析问题更细致，使用这项方法更熟练罢了。这就说明，他所继承的主要是先秦两汉以来的优秀传统，在我国古代哲人提供的思想资料的基础上，取得了新的成就，作出了新的贡献。我国历史悠久，学术资源丰富，刘勰生活在这样的园地上,完全可以产生出《文心雕龙》这样一部体大虑周的杰作。当然,这并不是说刘勰不可能受到佛教典籍的影响。作为一个精通佛家经典的学者,刘勰在长期的钻研过程中,在研究和写作等方法上受到某种影响,不但是可能的,而且是自然的。但他运用的主要研究方法,则应当如《序志》篇中所说的,出之于儒家。

人们也曾有过疑问,刘勰为什么在书中很少透露他作为一个佛教信徒的踪迹?他为什么对于佛家的东西,倒像有意排斥似的,这样做是不是近于矫饰?实际看来,《文心雕龙》中出现这种情况,也很自然。因为截至齐梁之时,输入我国的佛经之中,没有什么可以直接用来论文的材料,刘勰就是想多方征引,也无法生硬地将之纳入。但刘勰对于介绍佛家学说还是有兴趣的,一有机会,也不轻易放过。前面已经提到,《论说》篇中叙及"有无之辩"时,他就曾下判断道:"然滞有者全系于形用,贵无者专守于寂寥,徒锐偏解,莫诣正理,动极神源,其般若之绝境乎!"也就及时地提出佛家之说来压倒前此的玄学命题了。

但是这种情况毕竟少见,因此《文心雕龙》中确是说不上有多少佛家教义的濡染。《论说》篇中的材料反而可以用来说明,他不是不想引用佛家的材料,只是没有机会援引罢了。因此,刘勰在《文心雕龙》中不用佛家的教义,并不是什么矫饰,而在当时来说,他也用不到出此一着。他在论文时,确是热衷地皈依于儒家的教义。不论从他树立的标准来看,或是使用的方法来看,都与儒家学派密切有关。后人研究《文心雕龙》,应该开拓视野,研究刘勰与佛学或玄学的关系,但首要的还是应该研究他和儒家学派的关系。我们没有理由不尊重他自己的意见。如果大家沿着他自己指出的方向走去,自然可以找到打开《文心雕龙》奥秘的钥匙。

(原载《古代文学理论研究丛刊》第十一辑,1985 年)

"折衷"＝儒家谱系≠大乘空宗中道观

——读《文心雕龙·序志》篇札记

《序志》篇是刘勰为《文心雕龙》所作的自序。他在文中阐明了书名寓意、撰述动机、全书体例和所使用的研究方法,于此可见这一篇文章在全书中的地位。由于学术界对刘勰的思想与学术成就颇多争议,我为表明自己的看法,先后曾撰《〈文心雕龙〉书名辨》《刘勰的两个梦》《〈易〉学中的两大流派对〈文心雕龙〉的不同影响》《刘勰的主要研究方法——"折衷"说述评》等文阐发《序志》篇中的思想。今为探讨刘勰研究方法方面的一些不同意见,特作进一步申述。

"折衷"一词在《序志》中之本义

20 世纪 80 年代,学术界普遍关注方法论的研究,所谓系统论、控制论、信息论的新三论之说正风行一时,前后也已产生过好几篇用系统论的观点分析刘勰文学思想的论文。我在 1984 年 11 月复旦大学举办的中日学者《文心雕龙》讨论会上,提交了一篇《刘勰的主要研究方法——"折衷"说述评》,其后发表在《古代文学理论研究丛刊》第十一辑上,还曾得到学术界一些好评。这篇文章也属于方法论研究的范畴,但与学术界的风气显然有异。处在那种既注重苏联文艺理论旧模式、又正推重欧美文艺理论新模式的形势下,我就感到自己的论证方式不太可能满足大家的期望。何况中国学术界早就存在着一种根深蒂固的看法,以为儒家所关注的,只是一些政治教化方面的道理,而从方法论的角度来说，既无系统的理论可称，又无精妙的说法可言，大家一定会认为，像《文心雕龙》这么一种"体大虑周"的著作，不会仅靠儒家的理论资源就能完成。

实则我在考虑刘勰服膺儒术时也已注意到了情况的复杂性。儒家向来处于传统文化的中心位置，但其思想也在不断变化之中。我从分析孔子"叩其两端"的方法始，进行过一些具体的论证，且顺流而下，叙及后世的衍变。汉末社会发生剧烈震荡，老庄思想逐渐上升至重要地位，玄学应运而生，内中可也并不排斥儒家思想要素的存在。即以正始玄风的代表人物何晏、王弼而言，也曾致力于沟通儒道两家的学理。据《隋书·经籍志》记载，何晏有《论语集解》十卷，王弼有《论语释疑》三卷，后者虽已散佚，然仍可知何、王都在利用老庄的思想诠释孔子的学说。南朝有关《论语》的类似著作甚多，而皇侃的《论语义疏》十卷则流传至今，业已成为研究玄学的一部重要著作。

南朝玄风固然风靡朝野，而礼学亦大盛。一些沐浴玄风的人，同时关注儒家礼教方面的一些原则。《梁书·刘勰传》上说："时七庙飨荐已用蔬果，而二郊农社犹有牺牲，勰乃表言二郊宜与七庙同改，诏付尚书议，依刘勰所陈。"可见他对朝廷礼制的关切。此举固可看出刘勰受佛家的影响很深，故有以蔬果替代牺牲的建议，然亦可见其维护儒家礼制的根本立场。刘勰与萧梁王朝调和儒释的取向是一致的。

关于玄学的兴起与发展，以及它与佛教的关系，学术界论之者已多，今不再重述。刘勰对玄风之影响创作，时而表示异议，然而在《论说》篇中，则又列举名篇——予以好评，文曰：

> 魏之初霸，术兼名法；傅嘏、王粲，校练名理。迄至正始，务欲守文；何晏之徒，始盛玄论，于是聃、周当路，与尼父争途矣。详观

兰石之《才性》，仲宣之《去伐》，叔夜之辨声，太初之《本无》，辅嗣之两《例》，平叔之二《论》：并师心独见，锋颖精密，盖论之英也。至如李康《运命》，同《论衡》而过之；陆机《辨亡》，效《过秦》而不及，然亦其美矣。次及宋岱、郭象，锐思于几神之区；夷甫、裴颜，交辨于有无之域，并独步当时，流声后代。然滞"有"者全系于形用，贵"无"者专守于寂寥，徒锐偏解，莫诣正理；动极神源，其般若之绝境乎？

这一段话，引起了学术界的关注，因为刘勰写作这么一部篇幅巨大的著作，几乎没有应用什么佛家词汇，范文澜先生说刘勰"严格保持儒家的立场，拒绝佛教思想混进来，就是文字上也避免用佛书中语（全书只有《论说》篇偶用'般若''圆通'二词，是佛书中语），可以看出刘勰著书态度的严肃"①。范氏此说虽似过于绝对，却是符合事实的。后人虽想尽量多找一些反例来破此说，却也只能说是"圆通"一词不止用过一次而已。

刘勰使用"圆通"等词，到底是严格按佛家之说应用的呢，还是作为一般词汇使用的？似难截然判断。他使用的"般若"一词，却是佛教用语无疑。刘勰用此压倒玄学中的"有""无"二说，故称之为"般若绝境"，在这一点上，表明了他信从佛学的立场，那是明白无误的。后人自不必将此释作"智慧"的同义词而视为普通语词。

"有无"之辨，是玄学中最受人关注的一个命题。自王弼提出以"无"为本以"有"为末，遭到裴颜挑战起，其后一直争论不歇。许多佛教中人也卷了进来。

---

① 《中国通史简编》修订本第二编第五章《长江流域经济文化发展时期——东晋和南朝》，人民出版社 1964 年第 4 版。

佛教传入中国之后,僧人为了适应中国的国情,每取附和玄学中人的做法。他们采取"格义"手段,讨论本体论中的问题时,也取"有""无"等说。因为佛学中的"空",与玄学中的"无",内有相通之处,因而自东晋时起,一些持不同观点的僧人根据个人的理解,对"有""无"之说作出了不同的解释,于是佛学中有所谓"六家七宗"之说。又因其时全面阐明"空"观的《大智度论》等经典还未完美地译出,各家却也难以依据原典明确地进行阐说,于是这些佛教中的不同流派与玄学之间都还未能作出明确的切割,学术界一般也就称南朝初期的人所总结的"六家七宗"为玄学化的佛学。

这里可举一时影响颇巨的"心无义"来加以考察。《世说新语·假谲》篇曰:

> 愍度道人始欲过江,与一伧道人为侣。谋曰:"用旧义在江东,恐不办得食。"便共立"心无义"。既而此道人不成渡,愍度果讲义积年。后有伧人来,先道人寄语云:"为我致意愍度,无义那可立?治此计,权救饥尔,无为遂负如来也!"

支愍度为了谋生,不得不向风行南土的玄学中的显学靠拢,创"心无义",但这与佛家性空之说实际上是不合的,因此后来伧道人带信给支愍度,提醒他不能为了衣食而违背佛家的基本教义。可知他们当初创立"心无义"时,就在有意识地利用《老子》《庄子》与《易·系辞》中的成说,原因就在"空""无"之间存在着相通之处①。

南方王朝的一些人士,往往保持这么一种态度,他们在学术的层

---

① 参看陈寅恪《支愍度学说考》,载《金明馆丛稿初编》,上海古籍出版社1980年版。

面上承认佛家中说理论上有很高的成就,但在现实面前,他们还得经营事业,借此谋生或在政治上求得发展。刘勰的事主,萧梁王室中人莫不如此。他们一方面热诚地皈依佛教,一方面仍然依仗儒家的教义经营帝国。刘勰的态度也一样,一方面称颂"般若""绝境",一方面仍不忘情于仕进,渴望建功立业。《文心雕龙·程器》篇曰:"摛文必在纬军国,负重必在任栋梁。穷则独善以垂文,达则奉时以骋绩。"他还想通过著作子书扬名于后。《序志》篇中慷慨陈言:"是以君子处世,树德立言。岂好辩哉,不得已也。"援用孟子之说自明心志,在人生态度上不见一丝"空"观的踪影,可见他在现实生活中,也是偏于"有"而拒绝"无"的。

这里我们可以明白地看到,刘勰在《文心雕龙》中信从儒家学说以立论,与他当时的人生态度完全一致。《序志》篇中可谓一以贯之。他在第一段中宣称将走"树德建言"之路以后,第二段中假托梦境表明将随孔子之后宣扬儒家教义于南土。第三段中说到前代文论各家"并未能振叶以寻根,观澜而索源。不述先哲之诰,无益后生之虑",强调其自家的"根""源"就是儒家的"先哲之诰",其后也就亮出他的著述宗旨,介绍全书的结构,说明也是依据大《易》之数而设计的。到了最后一段,提到自己的治学态度与研究方法,当然也会紧紧扣住儒家之说而立论了。

综观《序志》,细察行文的脉络,探求刘勰的宗旨,正像范文澜所说的,《序志》篇中也"严格保持了儒家的主场,拒绝佛教思想混进来"。

我们阅读《文心雕龙》时,还得注意骈文的写作特点。即以"擘肌分理,唯务折衷"二语而言,二者就在使用典故成语表达宗旨。"擘肌分理",语出张衡《西京赋》;"唯务折衷",当然用的是《史记·孔子世家》中所说的"中国言六艺者折衷于夫子"的成说了。前者用张衡语,后者用司马迁语,可称用典精当,文意通顺畅达。而且"中国言六艺者折衷于夫子"之说代表的是汉儒的普遍看法。《汉书·贡禹传》曰："孔子，匹夫之人耳，以乐道正身不解之故，四海之内，天下之君，微孔子之言亡所折中。"颜师古注："折，断也。非孔子之言，则无以为中也。"又《盐铁论·相刺》曰："（孔子）退而修王道，作《春秋》，垂之万载之后，天下折中焉。"贡禹为经学博士，《盐铁论》中的文学为儒生，均为儒家中的代表人物，故有申述"折衷以圣道"的言词。刘勰用"折衷"之说表示自己论文的基本态度，借与前此欲随马、郑诸儒注经的素愿呼应，也与"本乎道、师乎圣、体乎经"的宗旨密切一致。可知刘勰的"折衷"之说，应该从他恪遵儒家宗旨的基本态度去理解，不能用其他学派的观念去调换这一概念。因此，我在《刘勰的主要研究方法——"折衷"说述评》中说："折衷（中）之说，自然是他研究工作中的基本态度和主要方法。"其中基本态度一点，读者自不应忽视。

近年来，学术界已有不少人注意对儒家的研究方法进行探讨。由于玄学的基本著作中就有《易经》一书，《易》为儒家经典，内含丰富的辩证法，六朝时人喜言《易》，因此其时的一些论者对儒学的理论成就均无异议。因为儒家中人也有"剖析毫厘，擘肌分理"的能力。

刘勰在《定势》篇中引曹植之语，以为有"好离言辨句，分毫析厘者"，足见时人受名理学的影响，颇为重视思辨水平的提高。颜之推在《颜氏家训·勉学》篇中说："洎于梁世，兹风复阐。《庄》《老》《周易》，总谓三玄。武皇、简文，躬自讲论。"而前此玄学中的一些代表人物，已是"辞锋理窟，剖玄析微，妙得入微，宾主往复"，说明魏晋南北朝人沐浴玄风的结果，思辨能力已达很高的水平。

刘勰为齐梁时人，自然会受到这种风气的影响，因此他的学术成就，应该放在上述氛围中加以考察。他的特点是突出强调儒家的主导作用，以之作为论文准则。信从某一学派的学者，每举该学派中的首创者为代表，也是常见的做法。

《文心雕龙》研究者对佛学的关注

目下一些《文心雕龙》研究者在论及刘勰与儒家的关系时,每对儒家学说的发展存而不论,仅对孔子的学说进行考察,以为刘勰据此无法形成撰述这一伟大著作的研究能力。因此,他们总想扩展刘勰思想的源头,强调儒、释、道三家对他的影响;他们尤其看重刘勰最后遁入空门的这一特殊身份,从而强调佛家之说所起的决定性作用。

就在拙作发表后不久,张少康先生就发表了《擘肌分理,唯务折衷——刘勰论〈文心雕龙〉的研究方法》一文①,以为"刘勰的'折衷'论与儒家的'折中'论是有很大差别的,其丰富内容远非儒家传统的'折中'论所能包括"。为此他多方寻找源头,就在儒家人物中,又发掘出荀子《解蔽》篇中的一段论述,认为:"刘勰批评前代文学批评家'各照隅隙,鲜观衢路',和荀子批评先秦诸子'蔽于一曲,而暗于大理',是完全一致的。"这样分析问题,似乎流于比附,想要借此证实"刘勰的'折衷'论和荀子《解蔽》篇中这种认识方法有着深刻的历史渊源关系",则还显得不够,因为《序志》篇中的"唯务折衷"明示其基本态度是要折衷于夫子,不能将其含义视作要以荀子的见解为指归。

少康先生还从"中"字着眼,扩展到"环中"等词,从而与道家联系起来。这样做,能不能一一将之归入"唯务折衷"中去? 这种论证方式,与上述有关荀子的情况相同,刘勰在《序志》篇中从头到尾申述宗尚儒家之说时,是否会把《庄子·齐物论》中"枢始得其环中,以应无

---

① 载《学术月刊》1986 年第 2 期。此外他在《文心雕龙新探》一书的《二、〈文心雕龙〉的文学理论体系及其思想渊源》(十四)"折衷论——论〈文心雕龙〉的研究方法"》中发表了同样的见解,齐鲁书社 1987 年版。

穷"之说包容进去?

"中"与"圆"密切相关,"圆通"之说早就引起一些专从佛学方面观察《文心雕龙》内涵的学者的关注,马宏山先生也是其中有代表性的一员,就很关注"圆通"一词的出现。只是根据专攻佛学的孔繁先生的研究,"圆通"等词实际上是当时思想界通用的一个词汇,他说:"《刘勰传》说他长于佛理,其实他亦精通玄学,他所笃信的佛理就是玄学化的佛学。当时佛学与玄学都属本体之学,注重体用、本末之辨,其理论体系和思维方法是一致的。"他还说:

> 在《文心雕龙》中,只在《论说》篇中提到"般若"和"圆通"一次,刘勰说,"动极神源,其般若之绝境乎?"又说,"故其义贵圆通,辞忌枝碎"。前者是指关于本末、有无之义理以般若学最为精深;后者则指作文之要领应当圆满通达,防止支离破碎。在《文心雕龙》一部洋洋大书中只出现这样两个佛学名词,值不得惊奇。可是马宏山同志却加以发挥,说"圆通"就是"觉慧周圆,通入法性之意"。其实刘勰这里引用"圆通",主要是说作文要领,并非宣传佛法。至于这里是否像马宏山同志所说刘勰将"圆通"一词只作佛学术语也很难说,因为"圆通"一词是佛家由道家演义而来,并非佛家专用,玄学家亦不乏用者,如东晋玄学家张湛即曾说,"神心独运,不假形器,圆通玄照,寂然凝虚"(《列子·周穆王》注)。在张湛那时候,虽有名僧与名士互相标榜,然而那时名士懂佛学的却很少,张湛所说的"圆通"乃玄学语言,而非佛理。[①]

---

① 《刘勰与佛学》,载《中国社会科学》1933 年第 4 期。文中提到的马宏山之说,见《论〈文心雕龙〉的纲》一文,载《中国社会科学》1980 年第 4 期,后收入其《文心雕龙散论》一书,新疆人民出版社 1982 年版。

《文心雕龙·练字》篇中说："是以缀字属篇,必须练择:一避诡异,二省联边,三权重出,四调单复。"其中"联边"一说,刘勰下定义曰:"联边者,半字同文者也。状貌山川,古今咸用,施于常文,则龃龉为瑕。"这里所说的,也就是偏旁相同的字累累出现,如司马相如在《上林赋》中形容山之高峻,则曰"崆岏崔巍";描述水中之物,则曰"鲲鲭鳊魠",可知这里所说的"半字",就是指那些用作偏旁的"山"字与"鱼"字,含义本是很清楚的。后人不必转弯抹角地另作解释。但王利器先生在《文心雕龙新书·序录》①、饶宗颐先生在《刘勰文艺思想与佛教》②、兴膳宏先生在《〈文心雕龙〉与〈出三藏记〉》中说这里的"半字"一词亦可认为"佛教中语",然而兴膳宏先生随之也指出,刘向的《战国策书录》中就曾提到"本字多脱误为半字,以赵为肖,以齐为立","可知此语的来历直可追溯到佛教传入中国之前"③。

由此可知,学术界想要说明《文心雕龙》之成书,乃受佛学的巨大影响,光从一些两可的词汇着眼进行论证,看来开拓的空间还是很有限的。

刘勰"长于佛理",他在写作《文心雕龙》时,必然会受到佛学的影响,这是不言而喻的事。只是刘勰在《文心雕龙》一书中没有留下什么明显的踪迹,这就给人带来很大的困惑。大家一直在为此努力,例如上述饶宗颐先生和兴膳宏先生就曾作过多方面的探索,颇能给人以启发,我们期待着有人继此作出既具体又可信的论述。

《文心雕龙》思绪细密,而佛学中有因明一派,大家自然会想起这层关系。王元化先生在《文心雕龙创作论》的《后记》中说:

---

① 巴黎大学北京汉学研究所通检丛刊之十五,1951 年版。
② 载《香港中文大学学会年刊·〈文心雕龙〉研究专号》,1962 年版。
③ 载彭恩华编译《兴膳宏〈文心雕龙〉论文集》,齐鲁书社 1984 年版。

需要说明的是本书上篇在阐述刘勰的思想体系时，没有涉及佛家的因明学对于《文心雕龙》的一定影响。这种影响并不表现在刘勰的具体文学观点上。就刘勰的文学观来说，我认为他是恪守儒学的立场风范的。有些论者用刘勰后来站在佛学立场所写的《灭惑论》中的某些概念和观点来诠释《文心雕龙》，我至今仍认为是牵强的。可是，如果说作为当时儒、释、道三家并衡的时代思潮对刘勰撰《文心雕龙》竟未产生过任何影响，那也未免太偏颇。……佛家的重逻辑精神，特别是在理论的体系化或系统化方面，不能不对他起着潜移默化的作用。六朝前，我国的理论著作，只有散篇，没有一部系统完整的专著。直到刘勰的《文心雕龙》问世，才出现了第一部有着完整周密体系的理论著作。因此，章学诚称之为"勒为成书之初祖"。这一情况，倘撇开佛家的因明学对刘勰所产生的一定影响，那就很难加以解释。然而我在本书上篇中并未说明《文心雕龙》的结撰方法是在一定程度上吸取了佛家因明学的某些成分。今后我希望在这方面能作出一点研究成果，以弥补本书上篇中的不足。①

其后黄广华先生就此问题作了深入的研究，提出了一些新的看法，如云"'体大而虑周'结构宏伟而严谨的《文心雕龙》，就是仿照因明学五分作法的结构形式，把各篇有机地联结起来，成为一部有论旨，有论证，有论据，层次井然、主次分明又结构完整的著作"。然而这种研究方法，也只是将二者作了一些形式上的比对，中间找不到一点可以直接作为实证的材料，因而说服力还是很有限的。何况据黄氏考证："刘勰的时代还没有因明学专著的翻译，更没有新因明的传入，他是从

---

① 《文心雕龙创作论》，上海古籍出版社 1979 年版。

佛经间接受到因明学的影响的。尤其是古因明的影响。"①可知这也是一种推论。或许有此可能,然无法作为定论。

于是研究《文心雕龙》的专家们只能把目光投向"折衷"之说。他们把《序志》篇中的"折衷"之说与《论说》篇中的"般若"之说联系起来,以之作为一种内证,再与"般若"学中有关"中"的学说联系起来,这样"中观"学派便受到了特别重视。

《中论》又称《中观论》,为古印度龙树所著,后人据此演绎而发展成中观派。自后秦鸠摩罗什译出这部经典后,中国学人对此学派的论点始有完整的理解。龙树一系所阐明的"诸法因缘生,故无自性,无自性故空"的理论是大乘性空般若学说的思想基础。僧肇在鸠摩罗什众多弟子中被称为"解空第一",他写下了《不真空论》《物不迁论》《般若无知论》等许多文字,阐述中道学说,而在《不真空论》中对"六家七宗"中的"心无""即色""本无"等说作了批判,从而对"有""无"之辨重新作了解说。僧肇运用"缘起"说分析"有""无"之辨,以为有非真实之有,无非绝对空无:因为外界事物既已呈现于前,那就不能断然言其无;但外界事物虽然呈现在前,却只是随缘而起,本身并无实性,故可名之曰"不真空"。由此可见,僧肇此说比之前此的"有""无"之辨,从佛徒的眼光来看,确是前进了一步,体系要完美得多。僧祐编《出三藏记集》时就收入了这一著名论文。刘勰曾经帮助僧祐整理过佛典,应当读到过僧肇的著作,但也无法肯定刘勰在《论说》篇中赞颂的"般若绝境"就是指僧肇的这一著作。

阅读《文心雕龙》时,应该尊重刘勰本人的自述。他在书中明确表示执着于现世的事业,这里看不到一丝"不真空"的踪迹。《序志》中自首至尾反复申明崇奉儒家学说以立论,那在自述其基本态度与基本方

---

① 《〈文心雕龙〉与因明学》,载《学术月刊》1984 年第 7 期。

法时,怎能说他暗地里说的却是佛家之说?"唯务折衷"中的"折衷"一词,怎能暗用"中道"去替换?

自从 20 世纪 80 年代起,从佛学中发掘"不落双边"之说去阐释"折衷"之说的文章不断出现,其中具有代表性的学术论文,如陶礼天先生在《试论〈文心雕龙〉"折中"精神的主要体现》①、《儒道释尚"中"论与〈文心雕龙〉之折"中"精神——刘勰"折中"方法论新探》②等文中又增加了诸如"圆机""辨正""玄中""不二"等学说,汪春泓先生在《佛教的顿悟和渐悟之争与刘勰的"唯务折衷"》③中增加了"顿渐"之说,都有很多精彩的分析;而在 2003 年 12 月,张少康先生于香港浸会大学"汉魏六朝文学与宗教"第五次会议所作的主题讲演《南朝的佛教和文艺理论——从宗炳、谢灵运和刘勰说起》中又进一步介绍了《龙树的〈中论〉和刘勰的"折衷论"》,把他以前提出的观点作了更全面的申述,对"中道"说的重要作用作了特别提示。少康先生说:

> 刘勰毫无疑问是非常熟悉龙树的《中论》的,他协助僧祐编撰的《出三藏记集》卷十一中曾收入僧叡的《中论序》和昙影法师的《中论序》,在卷十四的《鸠摩罗什传》中也说他曾翻译《中论》等龙树的著作。我认为龙树《中论》中的"中道观"对刘勰《文心雕龙》中的文学批评方法论有着十分深刻的影响。
>
> 刘勰之所以能写出这部伟大的著作,能够提出那么多深刻而有价值的见解,是和他所采取的科学的批评方法有直接关系的。他的批评方法就是他自己在《文心雕龙·序志》篇中所说的"折

---

① 载中国文心雕龙学会编《论刘勰及其〈文心雕龙〉》,学苑出版社 2002 年版。
② 载中国文心雕龙学会编《文心雕龙研究》第五辑,2002 年版。
③ 载葛晓音主编《汉魏六朝文学与宗教》,上海古籍出版社 2005 年版。

衷"论。他的这种方法论自然也和儒家、道家、玄学的方法论有关,但更为重要的是,他所接受的以龙树《中论》为代表的佛学方法论的影响。①

应该说,上述文章都对佛家中含有辩证观点的文字作了广泛的发掘和深入的阐发,可惜的是,因为他们不注意《序志》篇中"折衷"一词的特定含义,因此他们想把中道之说与之联系,甚至合为一说,不免显得牵强。刘勰的学说本来是很实在的,但阅读上述文字,反而会让人感到"折衷"一词倒像一个大箩筐,凡与"中""二""圆"等有关的说法都可以尽量装进去,只是持新说者不去注意这箩筐上却是明白地盖有"儒家谱系"的标记,这样也就难免使人产生一种凭"空"立论的感受(此指大乘空宗之"空")。

应该说,上述各家的文章如果不要生硬地与"折衷"一词挂钩,只是视作儒、释、道中的学说对刘勰可能发生过影响,那说服力就要强得多。只是这么做,也很容易流为一种比附与推论,在征实方面尚需再下功夫。

读《文心雕龙·序志》篇,应该综括全文,体会刘勰一以贯之的精神。对其行文遣辞,应该注意骈文的特点,对其中的典实求得正解,不能为了个人行文之需而不顾文字的原义,也不能将之从全文中孤立出来另作新解。

般若学中的复杂情况

魏晋南北朝时期,玄学在思想界一直占有重要位置,就是那些佛

---

① 载葛晓音主编《汉魏六朝文学与宗教》,上海古籍出版社 2005 年版。

教中的高僧,各个流派所倡导的教义,无不与玄学有关,因此自汤用彤先生等人始,一直把六朝的佛学称作佛教玄学或玄学化了的佛学。

许抗生先生在论述东晋十六国时期有关大乘般若学的内部纷争时说:

> 其时不论在南方东晋朝,还是在北方十六国,皆掀起了佛教般若学的热潮。在这一佛学热潮中,由于这些般若学者,各自对《般若经》的理解不一,而形成了众多的般若学说,使得当时"众论竞作",学派林立,有所谓"长安本有三家义"之说,亦有所谓"六家七宗,爰及十二"之说,在般若学内部展开了"百家争鸣"。但不论是"三家",还是"六家七宗,爰及十二",大都是试图用老庄玄学思想来对般若空观的解释,由于解释不同而产生的分歧而已。①

考察其时佛学界,可知其情况之复杂,例如名僧道安立本无宗,按照许抗生的分析,认为:"道安的本无思想和他关于有无问题的辩论,显然是糅合了从老子到何晏、王弼的玄学贵无论、郭象的崇有论和传统哲学的元气论三者思想的产物。然而这样的本无论,显然是中国传统的玄学哲学,而不是印度的佛学。"②

大乘般若的独树一帜,要到鸠摩罗什引入大乘中观佛学思想之后,才告成功。中观佛学以为一切诸法皆是因缘和合而成,是假非真故空。空又不是什么都没有的断灭空,仍有其假有之名的存在。鸠摩罗什用这种所谓不落两边"非有非无"的中观思想来解释般若学的性空幻有说,比之前此般若学者,思辨水平要高上一筹。

---

①② 《僧肇评传》第二章《僧肇所处时代的社会环境与文化思想氛围》第三节《东晋十六国时期大乘般若学的勃兴》,南京大学出版社 1998 年版。

大乘空宗的般若学固然风靡一时,鸠摩罗什及其弟子僧肇等人对中观学派又有很多精密的阐发,只是佛教界并未全然统一于这一佛学流派,例如名僧慧远就曾与鸠摩罗什就般若学中的若干问题反复商讨。二人之间既相互尊重,又反复诘难。他们在佛学上的交往,在宗教史上传下了很多嘉话。

鸠摩罗什译出《大智度论》一百卷之后,后秦君主姚兴命人送往庐山,请慧远撰写序文。这样做,当然是看重慧远在佛学界的地位。慧远对此甚为重视,反复披寻后,认为此论全文过繁,故加以压缩,抄集为二十卷,然后为之作序。可知慧远对于龙树的学说曾下很大的功夫加以钻研。他在佛学上的修养,鸠摩罗什等人也是尊重的。

但慧远在通读《大智度论》之后,提出了不少疑问,向鸠摩罗什讨教,后者一一作了解答,此即所谓《慧远问大乘中深义十八科合三卷并罗什答》,后人又称之为《大乘大义章》。二人商讨的问题很多,今仅就有关有无之辨的问题略作征引。

慧远在《问实法有》中首先就"《大智论》以色、香、味、触为实法有,乳酪为因缘有"提出了疑问,以为世上万事万物固为变幻不定的"因缘有",但支持这种"因缘有",使事物得以发生的本体却是真实不变的"实法有"。慧远随后又以氎为喻,讨论了"分破空"与"极微"的问题,氎应属"因缘有","极微"应属"实法有"。《次问分破空》中云:

> 《大智论》推氎求本,以至毛分。推毛分以求原,是极微。极微即色香味触是也。此四于体有之,色香味触则不得,谓之假名。然则极微之说,将何所据?为有也,为无也?

按照慧远的理解,《大智度论》中说"极微"仍属"色法",也须有"色香味触"这些色法的共性,"极微"也要由"四法"构成,这样岂不反而成了假名无实的东西？慧远认为这些说法矛盾太多,说"有"说"无"都不圆满,因而说是"不有不无,义可明矣"。

鸠摩罗什的答复甚为干脆,认为"色等为实有,乳等为因缘有",本是"小乘论意,非甚深论法"。但为宣传佛法计,小乘的这种说法仍可允许。佛教"或时说有,或时说无",全看具体情况而定,不可执着。至于"微尘"(极微)之说,鸠摩罗什以为佛法中都无此名,只是外道中某些派别的概念,佛弟子中也有人使用,不能认以为实。他最后指出:

> 佛意欲令(众生)出有无故,说非有非无,更无有法。不知佛意者,便著非有非无。是故佛复破非有非无。若非有非无能破有无见,更不贪非有非无者,不须破非有非无也。若非有非无虽破有无,还戏论非有非无者,尔时佛言,舍非有非无,亦如舍有无。一切法不受不贪,是我佛法。如人药以治病,药若为患,复以药治药,若无患则止。佛法中智慧药亦如是。以此药故,破所贪著。若于智慧中,复生贪著者,当行治法。若智慧中,无所贪著者,不须重治也。

由上可见,慧远与鸠摩罗什之间在研讨《大智度论》时所以会发生这么大的分歧,原因很多。印度宗教哲学采用不断正反双边否定的思辨方式,破除人们认识上的执着,不能以"非有非无"的思辨为极致,还要"复破非有非无",即进一步还要有非非有非无的思辨能力。这种"是遮非表"(不断指摘论敌所说的矛盾性,从而否定一切实有自性)的论证方式,中土学人往往难于领会,所以任继愈先生等人在分析了二人的辩难后总结道:

> 慧远一直想在"有、无"之间找出一条界限来,说明他还是以

"有""无"为实的,所以始终未出"有"境。这条路走不通了,又想在"不有不无"中找条出路;实际上"非有非无"也只有否定的意义,而不是肯定另有"非有非无"的实在性存在。"一切法不受不贪,是我佛法",这算是鸠摩罗什对慧远的"执着"的无可奈何的忠告。①

　　慧远与鸠摩罗什的这段交往,还可以用来说明中土佛教学者常见的一些特点,梁释慧皎《高僧传》卷六《晋庐山释慧远传》上说:"少为诸生,博综六经,尤善《庄》《老》。"这与刘勰的情况甚为相似。研究慧远佛学思想的学者都认为:慧远在接受鸠摩罗什的开导之后,思想上没有起多大变化,这"是因为他更立足于中国土地的社会基础,自觉或不自觉地从传统文化的角度去考察外来的思想。中国的传统文化,特别是魏晋玄学的本体论是慧远的佛教宗教哲学的思想基础,使他不同于印度中观派那种怀疑一切,否定一切的虚无教义。也还要看到,魏晋玄学并不是出世主义,它对中国传统的封建宗法制度是拥护、支持的,对忠、孝等封建伦理观念是支持的。在这一点上,慧远也有类似的地方。出家人对礼法丧服关心研究,这也是他不同于印度僧人的地方"②。
　　荷兰的佛教学者许理和从另一种角度总结两位高僧之间的问难时说:

　　　　有趣的是,这两位法师彼此不断地误解对方。鸠摩罗什并不

---

　　①② 载任继愈主编《中国佛学史》第二卷第三章《东晋时期南方的佛教》第六节《慧远的佛教思想体系》(四)《同鸠摩罗什僧团的佛学交流及其分歧》,中国社会科学出版社 1985 年版。

能抓住慧远问题的关键,在回答时总是大量地引经据典,还罗列了相互冲突的理论和学术观点,这益发让人糊涂。而慧远对这些抽象的解释并不满意,总是追问:法身最终应由某种"要素"(stuff)构成,尽管这种要素可能非常精微;由于人们能看见、听见,所以法身一定具有感觉能力,等等。追求某种具体的东西,这是慧远及其倡导的教义的典型风格。①

我们如以慧远为参照进而考察刘勰的思想,那或许可以认为,刘勰未必就能无所疑滞地全然接受龙树的"中观"学说。因为慧远的身份为僧徒,表示他早就皈依佛门,而刘勰虽寄身佛寺,然仍保持俗家身份,在《文心雕龙》中秉承儒家宗旨,再三强调欲垂声名于后的抱负。他的思路,比之慧远更为执着于世俗的一切,那他对龙树的佛学思想是否会比慧远有更完整的把握?刘勰在佛学上固然修养很高,但未必就能高过慧远,慧远对龙树的学说还难于全然领会,那刘勰是否就能迅速而透彻地加以把握?这些都是疑莫能明之事。

实际说来,后人考察《文心雕龙·论说》篇中有关有无之辨、"般若"之说时,似乎不能这么急促地就下结论,不作任何论证,就断言刘勰信奉的是龙树的中观学说。作为佛家基本教义中的二谛说,研究佛学义理者无不首先触及,而当年佛徒即依魏晋玄学的思想和范畴加以比附,用以探讨"有""无(空)"问题。人们如果联系这种说法而对刘勰的有无之辨进行考察,似乎更要合乎常情。

昭明太子萧统与刘勰关系深切,即以阐发二谛义而享盛誉。《梁

---

① 许理和著,李四龙、裴勇等译《佛教征服中国——佛教在中国中古早期的传播与适应》第四章《襄阳、江陵和庐山的佛教中心及北方佛教的影响》,江苏人民出版社 2003 年版。

书》卷八本传中说:"于宫内别立慧义殿,专为法集之所。招引名僧,谈论不绝。太子自立二谛、法身义,并有新意。"其《解二谛义令旨》一文收录在《广弘明集》卷二一《法义篇》中,中云:

> 真谛离有离无,俗谛即有即无。即有即无,斯是假名;离有离无,此为中道。真是中道,以不生为体;俗即假名,以生法为体。

萧统以为真谛超越"有""无"二者,与刘勰在《论说》篇中的阐述似乎更为接近。萧统又云"此为中道",佛家各种宗派均有其中道观,这里说的"中道",也未必就是指龙树的中道观①。

自陈、隋入唐的三论宗大师释吉藏在《二谛义》等著作中指出,萧统的这种学说属于"成实"师说②。佛教教派林立,教义纷繁,吾人虽然难以穷究上述学说的深义,但从吉藏的指陈中,却是可以发现南朝佛教学说的递嬗。

东晋至宋初,佛教界经历着"六家七宗"的纷争,中观学说亦于其时兴起,《中论》《百论》《十二门论》以及《大智度论》等重要经典均于其时译出,并且得到庐山僧团的关注。只是这一教派的学说在都城建康的具体情况如何,是否已经扎根于学界? 仍有探讨的必要。

按照研习中国佛教史者的考证,自南齐起,至梁武帝时,都城建康的佛学界一直风行"成实"学的教义。《成实论》为鸠摩罗什应后秦尚书令姚显之命而译出,然并不为译者所重视,只是以之作为小乘空宗

---

① 参看姚卫群《佛教般若思想发展源流》第三章《般若思想的形成——〈般若经〉及其思想》第三节《般若经中的"中道"思想》和第五章《般若思想在中后期佛教中的影响》,北京大学出版社 1996 年版。
② 参看任继愈主编《中国佛学史》第三卷第三章《南北朝时期的佛教学派》第四节《三论学与二谛义》,中国社会科学出版社 1988 年版。

的论典。这一流派到了南朝齐永明时,经文宣王萧子良大力倡导后,却风行于佛学界。梁武帝一门也一直崇信《成实》。这种情况,要到僧朗自北入南驻锡摄山栖霞寺,梁武帝于天监十一年遣中寺释僧怀、灵根寺释慧令等十人诣山咨受中观大义后,"三论"教义才慢慢取代了"成实"学的地位。

唐代天台宗的湛然在《法华玄义释签》卷一九中说:

> 自宋朝以来,"三论"相承,其师非一,并宗罗什。但年代淹久,文疏零落,至齐朝以来,玄纲殆绝。江南咸弘《成实》,河北偏尚《毗昙》。于是高丽朗公,至齐建武来至江南,难《成实》师,结舌无对。因兹朗公自弘"三论"。至梁武帝,敕十人止观诠等令学"三论"。

上云僧朗为高丽人,实指籍贯辽东。他早年在凉地出家。北凉沮渠氏信奉佛法,本是鸠摩罗什早期于此传教之区,因而僧朗早年即谙"中观"大义。北魏攻灭北凉时,僧朗曾被迫登城防御,随之被俘,几遭不测。魏军东还,僧朗与同学中道共叛,事见唐释道宣所撰《续高僧传》卷二十五《魏凉州释僧朗传》。其后僧朗自北南下,辗转进入建康,得到梁武帝的器重,派遣众多僧人前去学习,"三论"义学于是风行南土,逐渐取代了《成实》一派的地位。有关此事,江总《栖霞寺碑》中亦有记叙,不难考查。

齐梁之时,《成实》学大师众多,今仅征引与刘勰关系深切者数人以说明之。僧祐撰《出三藏记集》卷十一新撰《略成实论记》曰:"齐永明七年十月,文宣王招集京师硕学名僧五百馀人,请定林僧柔法师、谢寺慧次法师于普弘寺迭讲,欲使研核幽微,学通疑执。即座仍请祐及安乐智称法师,更集尼众二部名德七百馀人,续讲《十诵律》,……故即于律座,令柔、次等诸论师抄比《成实》,简繁存要,略为九卷,使辞约理举,易以研寻。"僧柔后即栖止定林寺中,殁后葬于山南。慧皎《高僧传》卷八《齐上定林寺释僧柔传》曰:"沙门释僧祐与柔少长山栖,同止岁久。亟挹道心,预闻法味,为立碑墓所,东莞刘勰制文。"又道宣《续高僧传》卷五《梁杨都庄严寺沙门释僧旻传》曰:"永明十年,始于兴福寺讲《成实论》。先辈法师高视当世,排竞下筵,其会如市。山栖邑寺,莫不掩扉毕集;衣冠士子,四衢辐辏。坐皆重膝,不谓为连。言虽竟日,无起疲倦,皆仰之如日月矣。……(梁武帝)仍选才学道俗释僧智、僧晃、临川王记室东莞刘勰等三十人,同集上定林寺,抄一切经论,以类相从,凡八十(八)卷,皆令取衷于旻。"凡此均足表明刘勰栖身的上定林寺中先后屡有《成实》义学大师驻锡。而据考证,刘勰参与抄经时在天监七年至八年①,其时《文心雕龙》应已完成。这也就是说,刘勰写作《文心雕龙》之日,正值《成实》学风行朝野之时。由于刘勰与《成实》师关系深切,本人也参加了抄集经论(包括《成实》经论)且为义学大师撰碑等工作,吾人研究刘勰的佛学思想时,固然应该扩大视野,注意他与其他派别的关系,但对他与《成实》学的关系,似尤应注意。

进一步说,刘勰固然推崇"般若绝境",然而这里说的"般若"只是一个泛指的概念,他究竟受到哪些宗派的影响,史未明言,也难以究诘。《梁书》本传上说他"博通经论",这里当然有可能仅通过阅读《中论》而掌握其要领,然按古时宗教界的一般情况而言,一种教派的风行朝野,往往由于若干高僧大德的宣讲与传播,才使各界信众宗从此说。刘勰著书的年代,"三论"义学尚未风行;因此,刘勰是否能够超越时代,只是依靠自行阅读其中个别经卷而领会、掌握并且娴熟地运用这种教理,也属未明之事。

---

① 参看牟世金《刘勰年谱汇考》,巴蜀书社 1988 年版。

再进一步说,《文心雕龙·论说》篇中所说的"夷甫、裴頠,交辨于有无之域。……然滞'有'者全系于形用,贵'无'者专守于寂寥,徒锐偏解,莫诣正理,动极神源,其般若之绝境乎?逮江左群谈,惟玄是务。虽有日新,而多抽前绪矣",自首至尾,讨论的是有无本末之辩,从现在的学科分类来说,属于本体论方面的探讨,少康先生等则为之另立界限,认为刘勰只是作为方法论运用,由此发挥出了巨大的力量,完成了《文心雕龙》这部巨著。这种论证方式,似乎流为越俎代庖,是在代替刘勰另作处理,不涉义理而只取其方法供使用。然而考察当时学术界,似乎还没有看到过有哪一个人在学习某一佛教宗派时,可以撇开思想体系而不论,仅从其经典中汲取一点作为方法而应用者。因此,这种处理问题的方式,未必切合刘勰讨论有无本末之辨的初衷。

20 世纪 50 年代,吕澂先生在讲中国佛学源流时,于《三论宗——隋代佛家两宗学说略述之一》中扼要地介绍了"成实宗"至"三论宗"的发展过程,中云:"三论宗以证得中道为标准,建立'中观'法门,而入手处便采取《中论》篇首缘起颂所说的'八不'看法。这是要从不生、不灭、不断、不常、不一、不异、不来、不出的八方面去体会缘起的意义,从而认清诸缘起法的实际,在离染趋净的过程里能正确地运用它们,以达到究竟。'八不'的看法可以有种种安排,扼要地说,不外于五句、三式,也就是联系着二谛、中道来作区别。"①可知彼时的高僧都是在探讨"八不""二谛""中道"等基本教义的过程中求得佛学发展的。而据少康先生的观察,刘勰正是在学习《中论》第一偈中的"八不"时受到启发,用作观察事物的方法论,从而取得成功。只是每一位学者都在特定的社会环境中生活,很难脱离共同的思维轨迹。一些重要派别的基本范畴,宗教界都是有共识的,刘勰也是一位佛教学者,难道就能做

---

① 《中国佛学源流略讲》附录,中华书局 1988 年版。

到与众截然有异？他在学习《中论》时，难道就可以彻底摆脱当时语境，剥离"八不"的宗教内容，将印度宗教哲学中纷纭复杂的多组概念提炼后注入一个土生土长、含义固定的名词——折衷，用之于文学批评，结果开辟了一条新路？这与当时的佛学环境似颇扞格，且嫌突兀①。何况刘勰的思想是否处在从"成实"发展至"三论"的过程中，亦属未明之事。

小　结

刘勰在《文心雕龙·序志》篇中介绍自己治学时，云是"擘肌分理，唯务折衷"，本与《论说》篇中所说的"般若绝境"无关。因为前者指的是态度与方法，后者指的是本体论的探讨。后人研究刘勰的研究态度与研究方法，自应尊重他本人的自述，深入探讨"折衷"说的内涵。读者自应通读《序志》全文，从他的自述中探讨其与儒家的渊源关系，由此把握其思想的实质，而不能自作主张，以今人的观点帮他与"低层次的儒家思想"拉开距离。这里固然表现出当代《文心雕龙》研究者的爱护之心，以为这样的文学理论大家一定要用上齐梁时期宗教思辨哲学内的顶尖理论《中论》，才不致埋没刘勰的英名，然而这里使用的论证方法，却是流于比附，尚还缺乏细致的论证。他们先对"折衷"一词进行加工，不顾其本义，将之无限扩大，纳入儒（荀子）、释、道等说；再将《论说》篇中的"有""无"之辨注入，不顾这种学说的复杂内容，说成定然是龙树之说。这样做，主观的成分嫌多，说服力就很不够。"折衷"说与"中道"观均重辨析，然而二者的论证方式和追求的结果完全不

---

① 有关"八不中道""八不缘起"等命题，可参考吴汝钧编著《佛教思想大辞典》中的解释，台湾商务印书馆 1994 年初版。

同,前者用以解决具体问题,后者破而不立,一切归于空无。如果仅视其字面上的相似而无视其实质上的相异,也就只能强行捏合,勉为疏通。因此,后人如欲对之继续研究,尚需进行更为深入的剖析,如对刘勰所处时代佛学界的情况,刘勰的佛学思想特点何在,刘勰使用的"方法"究竟如何操作,等等,均需作出具体的说明。

我在重读《序志》篇时的想法,仍与前此一样。研究刘勰的学说,首先应该注意他与儒家的关系;生当玄风大盛之时,还得注意他与玄学的关系。当然,刘勰信奉佛教,后且出家而成为一名正式的僧徒,因此也得注意他与佛学的关系,但得从《文心雕龙》文本出发,尊重刘勰本人的自白,分清主次,不能只是根据现代人的认识,代之构拟一种新的体系。

(原载《中国文化》第 29 期,2009 年)

刘勰是站在汉代经学"古文学派"
立场上的信徒么?

　　自从西方的诠释学传入之后,时见有人援用"误读"之说以衡文。所谓"误读",不光指个别训诂方面的误解,而是指研究者对研究对象的解读有误,有的正是理解方面的全盘错误。《文心雕龙》内容丰富,文辞艰深,更易造成误读。所谓刘勰专主古文学派,就是学术界广泛传播的一种误读。

　　考此说首由范文澜先生所提出。他在《中国通史简编》中说:

　　　　刘勰撰《文心雕龙》,立论完全站在儒学古文学派的立场上。《序志篇》说,本来想注儒经,但马融、郑玄已经注得很精当,自己即使有些独到的见解,也难得自成一家;因为文章是经典的枝条,追溯本源,莫非经典,所以改注经为论文。①

　　范氏为早期注释《文心雕龙》的权威学者,故此说一出,随即得到各种不同类型的学者的赞同。杨明照先生国学基础湛深,治学恪遵传统规范,对此深表同意,他在《从〈文心雕龙·原道·序志〉两篇看刘勰的思想》一文中总结道:

　　　　总之,刘勰在《文心雕龙》中所表现的思想为儒家思想,而且

---

　　① 　该书修订本第二编第五章《长江流域经济文化发展时期——东晋和南朝》第三节《南朝文化的发展》,人民出版社 1964 年第四版。

　　　　　　　　锺山愚公拾金行踪

是古文学派的儒家思想。①

王元化先生熟谙马恩原著，精于西方思辨哲学，因此他的研究《文心雕龙》，属于新派，但他也认为刘勰的主要倾向应属儒家古文学派。他在《刘勰的文学起源论与文学创作论》中说：

> 刘勰撰《文心雕龙》，基本上是站在儒学古文派的立场上。这一点他在《序志篇》中说得很明白："敷赞圣旨，莫若注经，而马、郑诸儒，弘之已精，就有深解，未足立家。唯文章之用，实经典枝条。"马融、郑玄是汉末儒学古文派大师，刘勰不仅对他们极为称道，而且对于刘歆、扬雄、桓谭等也表示赞美，说明了他对儒学（尤其是古文派）的尊崇。②

杨、王二氏是龙学界有代表性的学者。他们对此意见一致，可以认为刘勰站在古文学派立场的这一观点已经得到学术界的一致认可。应该说，他们对此也作出过很多分析，例如杨明照先生曾经举出六条证据，"再拿全书来考查，也无不吻合"。因为这些论证文字篇幅过大，无法一一列举。但我对此仍有疑问。这里我只想指出如下一点，杨、王等人论证问题时，只是单方面地举证，排除了刘勰在其他方面的一些论述，例如他对汉代今文学派的赞语与对玄学的称颂，这样的研究方法，也就不见得全面与公正，得出的结论，不免显得偏颇。

早在 20 世纪 80 年代，就有一些专家对此提出不同意见，马宏山

---

① 《文学遗产增刊》第十一辑，中华书局 1962 年版。其后又收入《学不已斋杂著》，上海古籍出版社 1985 年版。

② 《文心雕龙创作论》，上海古籍出版社 1979 年版。此书其后多次修订重印，然仍主此说。

先生提出《刘勰的儒家思想并非古文一派》，陶礼天先生作《〈文心雕龙〉与经今古文学述略》，都曾进行过细致的论证。陶文后出转精，论述尤为具体，足资采信。我则曾作《〈易〉学中的两大流派对〈文心雕龙〉的不同影响》，提出刘勰兼崇玄学的问题，也是从刘勰并不固守古文学派立场着眼而进行考察的[①]。而我觉得这一问题还有深入探讨的必要，如欲彻底解决，则尚需将其置于中国经学发展史的背景下加以透视，考察刘勰生活年代的学术环境，再对刘勰的行文脉络进行分析，才能正确把握其原意。今即遵循上述途径试作探讨。

刘勰重视汉代两次经学会议所起的作用

魏晋南北朝时上承汉代，学术界亦深受其影响。自汉武帝时朝廷开始实行"罢黜百家，独尊儒术"，经学成为左右士子动向的法定准则。经学之中又分今文与古文两大学派，西汉主今文，东汉古文崛起，逐渐取得优势。两大流派之间的竞争，因与仕途有关，故论战不断，冲突不歇。经师之间为了争取不同学派的独尊地位，又有师法、家法之分。西汉重师法，东汉重家法，目的都在保持倡始者对某一经典的解释权。

汉代学术界洋溢着传承儒家经典的热忱，士子通经者即可入仕，经师以此作为私有财产，逐渐形成了一些经学世家，并在政治上取得重要地位。只是由于社会的发展与变动，统治者在政治上也会提出新的要求，学术界则必须作出相应的调整，于是又有新的学派崛起，力求取得统治者的认可，而去分割部分政治利益。

---

① 马文载《文心雕龙学刊》第二辑，齐鲁书社 1984 年版。陶文载《中国文化研究》1997 年秋之卷，中国语言大学出版社 1997 年版。拙作载《文心雕龙研究荟萃》，上海书店出版社 1992 年版；后收入《周勋初文集·文史探微》，江苏古籍出版社 2000 年版。

由此可见，汉代士人热衷于经学，不光是一个学术上的问题，经学的传承也不只是教育层面的问题，这些都与仕途有关，反映了时代的发展与政治的动向。前人也已注意到了这些方面的复杂情况，但对经学之影响于文学，则还缺乏系统而深入的探讨。

《文心雕龙》是一部研究文学问题的专著。刘勰重视政治与文学的关系，《时序》篇中顺次叙述历代文学的变化与发展，自然会把朝廷的政治措施作为影响文学发展的重要因素加以考察，文中历叙汉代帝王之推重儒术，影响文风，如云"高祖尚武，戏儒简学，虽礼律草创，《诗》《书》未遑"；"施及孝惠，迄于文、景，经术颇兴，而辞人勿用"；"逮孝武崇儒，润色鸿业，礼乐争辉，词藻竞骛"；"越昭及宣，实继武绩，驰骋石渠，暇豫文会"；到了东汉时期，情况有了更大变化，"及明、章叠耀，崇爱儒术，肆礼璧堂，讲文虎观"，末后他又总结道：

> 然中兴之后，群才稍改前辙，华实所附，斟酌经辞，盖历政讲聚，故渐靡儒风者也。

如上所示，刘勰认为汉代的文学创作受到儒家学术的很大影响，而经学的发生作用，则与汉代的"历政讲聚"有关。其中两次重要的经学会议，即西汉宣帝时的"石渠"会议与东汉明帝时的"白虎"会议，二者发生的影响尤为深远。

这两次会议，史书上有完整的记载，后代研究经学的专家也无不叙及，《后汉书·肃宗孝章帝纪》云：

> ［建初四年］十一月壬戌，诏曰："盖三代导入，教学为本。汉承暴秦，褒显儒术，建立《五经》，为置博士。……孝宣皇帝以为去圣久远，学不厌博，故遂立《大、小夏侯尚书》，后又立《京氏易》。

至建武中，复置《颜氏、严氏春秋》，《大、小戴礼》博士。……中元元年诏书，《五经》章句烦多，议欲减省。至永平元年，长水校尉儵奏言，先帝大业，当以时施行。欲使诸儒共正经义……"于是下太常，将、大夫、博士、议郎、郎官及诸生、诸儒会白虎观，讲议《五经》同异，使五官中郎将魏应承制问，侍中淳于恭奏，帝亲称制临决，如孝宣甘露石渠故事，作《白虎议奏》。

这里首先介绍的，是有关《五经》博士的设置。每一种经典往往有博士数人分别传授，这就不可避免地会滋生异同，于是汉宣帝在甘露三年召开石渠阁会议，讨论如何统一思想。《汉书·宣帝纪》云："诏诸儒讲《五经》同异，太子太傅萧望之等平奏其议，上亲称制临决焉。乃立梁丘《易》，大、小夏侯《尚书》，穀梁《春秋》博士。"①

有关记载，尚见于《汉书·施雠传》等文献，可知参与讨论者有韦玄成、梁丘贺等人。这些都是著名的今文学者。西汉之时本来就是今文经学垄断一切的年代。

白虎观会议的情况有所不同。会议规模宏大，仅据《后汉书》中的记载，参加者就有四十多人，其中也有主古文经学的学者，但多数学者仍主今文家说。二者之间虽有争论，然而今文经学仍占尽上风，故近代经学大师皮锡瑞在《经学历史》中说：

> 惟汉宣帝博徵群儒，论定《五经》于石渠阁，章帝大会诸儒于白虎观，考详同异，连月乃罢；亲临称制，如石渠故事。顾命史臣，著为《通义》，为旷世一见之典。《石渠议奏》今亡，仅略见于杜佑

① 参看徐兴无《石渠阁会议与汉代经学的变局》，载南京大学古典文献研究所编《古典文献研究》总第六辑，江苏古籍出版社 2007 年版。

《通典》。《白虎通义》犹存四卷，集今学之大成。十四博士所传，赖此一书稍窥崖略。国朝陈立为作《疏证》，治今学者当奉为瑰宝矣。章帝时，已诏高才生受《古文尚书》《毛诗》《穀梁》《左氏春秋》，而《白虎通义》采古文说绝少，以诸儒杨终、鲁恭、李育、魏应皆今学大师也。①

刘勰在《时序》篇中首先强调"时运交移，质文代变"，以汉代而言，自文帝、景帝之时兴起经术后，一直延续至东汉之末，中间产生的不少杰出作家，他们的作品"华实所附，斟酌经辞"，文学上受到经学的影响越来越明显，越来越巨大。这段文字从头到尾，刘勰都是以赞颂的口吻叙述的。《时序·赞》曰："蔚映十代，辞采九变。"刘永济释之曰："东汉中兴以后，顺、桓以前，稍改西京之风，渐靡经生之习，由丽辞而为儒文，此四变也。"②这一总结符合刘勰原意。

行文至此，似可作出如下概括：刘勰纵论两汉文学，着重考虑武帝之后历代帝王倡导儒家学术所起的作月，而又关注这一学派的核心——经学所发生的影响。情况表明，两汉文人之所以取得优异成绩，与"历政讲聚"密切相关，而其中的两次重要会议——石渠、白虎，正是今文经学占尽上风的主要场合。刘勰大力宣扬今文经学的效应，后人又怎能视而不见，把他看作完全站在古文学派的立场上呢？

白虎观会议中出现的新变

先秦两汉时期，尚还处在历史的早期阶段，迷信之风甚为浓厚。

---

① 《经学历史》四《经学极盛时代》，周予同注释本，中华书局 2004 年版。

② 刘永济《文心雕龙校释》卷下《时序》第四十五，中华书局上海编辑所 1962 年版。

西汉之初，刘邦起而抗秦，就有赤帝子杀白帝子的传说；东汉之初，刘秀起兵时，又获赤伏符而大增成功的信心。光武信谶，明帝、章帝继起，情况类同，这些必然会在学术上有所反映。

今文经学好言灾异，如京房之言《易》，夏侯胜之言《尚书》，董仲舒之言《春秋》，都有凭托天人感应之说而议政的作风，于是孔子逐渐被人神化，学术界就有一些配"经"而行的纬书出现。东汉之世，学者以通七纬（《易纬》《书纬》《诗纬》《礼纬》《乐纬》《春秋纬》《孝经纬》）为内学，以通五经为外学，谶纬地位的重要，由此可见。白虎观会议中，必然会有图纬之说掺入。这种以纬配经，乃至发生其独特作用的情况，一直延续到魏晋南北朝。

皮锡瑞在介绍白虎观会议中的情况时，认为"《白虎通义》采古文说绝少"，实际上也承认其中已有古文经学的掺入。

自西汉后期起，古文经学就在慢慢地传播与发展。哀帝之时，刘歆请立《左氏》博士，说明古文经学已有起而抗衡今文经学之势。这是因为今文经学取得垄断地位之后，大家视之为利禄之所在，于是学术上的求真与探索精神迅速消退，随之转变成了一种庸俗神学与烦琐哲学的杂烩，这就不可避免地会遭到学术界的鄙弃。刘勰在《论说》篇中也说："秦延君之注《尧典》，十馀万字；朱普之解《尚书》，三十万言，所以通人恶烦，羞学章句。"古文经学有古代典籍为依据，有传为先圣周公拟制的礼乐文化为号召，又有周代体系完整的政制为理想，自然也会引起统治者的关注，因而东汉之后，古文经学迅速崛起，且在政治上和学术界取得重要地位。学者队伍中也就出现了一些兼治二者的人物。

参加白虎观会议的学者中，班固、贾逵二人声誉甚高。班固为奉旨撰写《白虎通义》的作者，他主今文经学，但也通古文经学；贾逵之在后代,以古文经学大师的面目出现,但也通今文经学①。《后汉书·贾逵传》曰:"肃宗立,降意儒术,特好《古文尚书》《左氏传》。建初元年,诏逵入讲北宫白虎观,南宫云台。帝善逵说,使发出《左氏传》大义长于二《传》者,逵于是具条奏之曰:'臣谨摘出《左氏》三十事尤著明者,斯皆君臣之正义,父子之纪纲。其馀同《公羊》者什有七八,或文简小异,无害大体。至如祭仲、纪季、伍子胥、叔术之属,《左氏》义深于君父,《公羊》多任于权变,其相殊绝,固以甚远,而冤抑积久,莫肯分明。'"与此相应,东汉帝王开始正式接受古文经学,东汉学者的著述中也就经常出现今古经学上的杂糅现象,从而古文经学也就慢慢地取得了与今文经学并列的地位。

魏晋南北朝时经学界的动态

东汉之后,经学已与士子的仕途没有太多的直接关系,因此经学上的门户之见大为减少,学术界已少见古文经学与今文经学之间的尖锐冲突。相反,二者兼容的情况更为常见。况且知识界受时风的影响,其他系统的学术正在不断渗入儒家的经学。

一般认为,南方王朝初建时,经学较为沉寂,北方王朝因与中原文化有着直接的传承关系,经学较受重视。其时的经师,大都不再专主一经,而是继承郑玄等人的传统,广习众经。

早在晋代,儒者已经开始摆脱两汉学风,着重兼综,《晋书·儒林·虞喜传》曰:"喜专心经传,兼览谶纬,乃著《安天论》以难浑、盖,又释《毛诗略》,注《孝经》,为《志林》三十篇。凡所著述数十万言,行于

---

① 参看黄彰健《经今古文学问题新论》内"七、贾逵与古文经学"与"九、班固与古文学",台湾"中央研究院"历史语言研究所专刊之七十九。

世。"《刘兆传》曰："以《春秋》一经而三家殊途,诸儒是非之议纷然,互为仇敌,乃思三家之异,合而通之。……又为《春秋左氏》解,名曰《全综》,《公羊》《榖梁》解诂皆纳经传中,朱书以别之。"《氾毓传》曰："合《三传》为之解注,撰《春秋释疑》《肉刑论》,凡所述造七万馀言。"《徐苗传》曰："作《五经同异评》,又依道家著《玄微论》,前后所造数万言,皆有义味。"《杜夷传》曰："博览经籍百家之书,算历图纬靡不毕究。"《董景道传》曰："明《春秋三传》《京氏易》《马氏尚书》《韩诗》,皆精究大义。《三礼》之义,专遵郑氏,著《礼通论》非驳诸儒,演广郑旨。"于此可见晋代经学已经出现了新的面貌,不专一家一派之说,重在博综沟通,独创新说。

时至南朝,儒林中人除了直承前代学风外,又出现了新的特点。一是更多吸纳了玄学的成果,形成二者之间的交融。三"玄"中的《易》经本为儒家经典,此时更扩及其他几种经典,与《老》《庄》综合起来研究;二是《三礼》之学得到了更为广泛的重视。

南朝篡弑相寻,人伦颠倒,统治阶层乃思通过礼学的倡导,重建社会秩序。而且南朝文士沐浴玄风,行为不检,礼学之盛也是应对时代风气的一种反拨。

下面可从《南史·儒林传》中征引一些材料以说明之。《伏曼容传》曰："曼容多伎术,善音律,射驭、风角、医算,莫不闲了。为《周易》、《毛诗》、《丧服》集解,《老》、《庄》、《论语》义。"《严植之传》:"少善《庄》《老》,能玄言,精解《丧服》《孝经》《论语》。及长,遍习郑氏《礼》、《周易》、《毛诗》、《左氏春秋》。"《崔灵恩传》:"灵恩集注《毛诗》二十二卷,集注《周礼》四十卷,制《三礼义宗》三十卷,《左传经传义》二十二卷,《左氏条例》十卷,《公羊、榖梁文句义》十卷。"《太史叔明传》:"少善《庄》《老》,兼通《孝经》《论语》《礼记》,尤精三玄。"其他讲授《五经》与《三礼》的儒者不一而足,兹不赘述。

锺山愚公拾金行踪

其时南北之间还有一些儒者在流动,如崔灵恩,本仕北魏,后于梁时入南,遂把兼习今、古文的学风也带到了江南。刘芳则把南学带到了北方,《魏书·刘芳传》曰:"芳撰郑玄所注《周官·仪礼音》,干宝所注《周官音》,王肃所注《尚书音》,何休所注《公羊音》,范宁所注《穀梁音》……《毛诗笺音义证》十卷,《礼记义证》十卷,《周官》《仪礼义证》各五卷。"可见这一时期的两地学者早已不再拘守一家一派之分了。

众所周知,皇侃的《论语义疏》是流传至今的一部六朝著名经注,研究玄学的人无不重视,因为皇氏承何晏之馀风,好以玄理解释孔门义理。《南史·儒林·皇侃传》上还说:"尤明《三礼》《孝经》《论语》。""侃性至孝,常日限诵《孝经》二十遍,以拟《观世音经》。……所撰《论语义》《礼记义》,见重于世,学者传焉。"今按《论语·先进》第十一"季路问事鬼神",皇侃疏曰:

> 外教无三世之义,见乎此句也。周孔之教,唯说现在,不明过去、未来,而子路此问事鬼神,政言鬼神在幽冥之中,其法云何也?此是问过去也。

这是南朝士人承用佛教中的一种说法。他们称佛教为内教,儒学为外教,内外之称,还有一些扬佛抑儒之意。作为儒者的皇侃引用此说,与刘勰在《文心雕龙·论说》篇中提出"般若之绝境"而压抑本土的有无之辨情况有些相类。这也可以说明,南朝学者对各种学说往往兼容并蓄,并不拘守一家一派。足见其时学者不太讲究"立场"问题。

刘勰精通内教,但在《文心雕龙》中则努力排除其影响,这正是他治学的一大特点,值得深思。他在宣讲经学时,重兼综,不专一家一派,而在追溯学术渊源时,则恪遵古来传统的脉络,不羼入其他外来教派的义理,至少他在主观上是如此做的。

这里还得多加关注他与玄学的关系。南朝学者沐浴玄风，思想上较为洒脱，不大会被某种戒律所拘束，皇侃注释《论语》时的态度就是如此。由此可知南朝经学界的宽松情景。刘勰在经学上的态度，亦当作如是观。

《文心雕龙》中对今文与谶纬诸说的吸纳

由上可知，刘勰对古文经学与今文经学并无门户之见，对谶纬之说也不全然排斥，理论上如此，实践中也加以贯彻，这在《文心雕龙》中也可得到验证。下面可以援引若干事例以明之。

《论说》篇中再次叙及汉代的两次经学会议，云是：

> 论也者，弥纶群言，而研精一理者也。是以庄周《齐物》，以论为名；不韦《春秋》，六论昭列；至石渠论艺，白虎讲聚，述圣通经，论家之正体也。

足以见其对于这两次会议中的经说评价之高。他之所以一而再地提到"讲聚"之事，意在突出前后两次会议所起的巨大作用。而白虎观会议中的儒家经说，比之石渠会议中的理论，有所发展变化，如古文经学的掺入，谶纬的更受重视，刘勰认为都属"述圣通经"之作，后代文士应当用作文化资源。

《文心雕龙·明诗》篇云：

> 大舜云："诗言志，歌永言。"圣谟所析，义已明矣。是以"在心为志，发言为诗"，舒文载实，其在兹乎？故诗者，持也，持人情性；三百之蔽，义归无邪，持之为训，有符焉尔。

这一段话，前后用了四个典实。第一句话，引自《尚书·舜典》，刘勰以为这是大舜的垂训，所以尊之曰"圣谟"。第二句话出于《诗大序》，第三句话出自《诗纬·含神雾》，其后紧接《论语·为政》中语，用"诗无邪"之说作一小结。上述四说，当然是儒家系统中最具经典意义的言论，然而中间却加入了《诗纬》中语，可知刘勰眼中，谶纬中说虽与经典有所区别，然而其中的若干论点，却与圣人之说相"符"，因而也具有指导意义。"诗者，持也"之说，与《论语》中的精神一致。

刘勰在《文心雕龙·正纬》篇中全面地阐述了立论的宗旨，纪昀评曰："此在后世为不足辩论之事，而在当日则为特识。康成千古通儒，尚不免以纬注经，无论文士也。"说明刘勰引用谶纬之说，依其产生的年代而言，完全可以得到合理的解释，因为其中"真虽存矣，伪亦凭焉"，其中"诗者，持也"等说，就是可以当"真"对待的了。由此也可明白，刘勰并非严格的古文学者，他在经学上的见解，具有南朝儒学的共同特点。

《文心雕龙·封禅》篇中说：

> ……及光式勒碑，则文自张纯，首胤典谟，末同祝辞，引钩谶，叙离乱，计武功，述文德，事核理举，华不足而实有馀矣。

《后汉书·张纯传》叙此事曰："中元元年，帝乃东巡岱宗，以纯视御史大夫从，并上元封旧仪及刻石文。"此事尚见《续汉书·祭祀志》上，又见《通典》卷五四《封禅》，《泰山刻石文》中引用了《河图赤伏符》《河图会昌符》《河图合古篇》《河图提刘予》《雒书甄曜度》《孝经钩命决》等"经谶"多种。刘勰以为此文继承了经典遗训，在"理"与"实"上均有足称，于此亦可见其对于谶纬之说颇有首肯的地方。

由此可知，刘勰虽嫌张纯《泰山刻石文》"美"中尚有不足，然仍举

此作为封禅大典的范文,说明他还是甚为重视纬书的运用的。《正纬》篇中还说:

> ……若乃羲、农、轩、皞之源,山渎钟律之要,白鱼赤乌之符,黄银紫玉之瑞,事丰奇伟,辞富膏腴,无益经典而有助文章。是以后来辞人,采摭英华。平子恐其迷学,奏令禁绝;仲豫惜其杂真,未许煨燔。前代配经,故详论焉。

总的说来,纬候之说很多地方出于经生的编造,但也夹杂了很多古代的神话传说,故有其绚烂奇幻的特点,古代文人墨客一直用在创作中,并深深地吸引着读者。即以《正纬》篇中所举的这些例证而言,后代文士亦多用作故实,纪昀评点《文心雕龙·正纬》篇,于此"有助文章"句上眉批曰:"至今引用不废,为此故也。"也可知其在中国文学史上一直产生着深远的影响。

刘勰主古文说者致误之由

今日再论刘勰对待汉代经学的态度,是否可作进一步的申述,刘勰兼崇古文经学与今文经学,实属当时知识界的常态,这里没有什么个人的特点。因为魏晋南北朝时的经学界本已没有什么严格的经学界限,经师亦多兼治古文经学与今文经学。刘勰既非经师,也不墨守,因而不必也不会去拘守某一学派的立场。南朝之时今文经学已甚衰微,刘勰引用经说时,自然会少引今文经说,多引古文经说了。

焦桂美先生认为:

> 如从注疏数量、传习者多寡、帝王重视程度等角度对儒家经

典在南北朝的流传情况进行统计、考察,我们会比较清楚地看到该时期诸经传播的不平衡现象:《公羊》《穀梁》浸微,《易》《礼》《论》《孝》兴盛。①

《公羊传》本以其政治哲学见长,但如"大一统""张三世"等论述,与六朝时期的政治现实距离过远,自然会遭到统治者与知识界的忽视。《左传》本为史学著作,叙事完整,而又文笔优美,转折多姿,刘勰在介绍春秋之时的史实时,自然会多加征引。

《议对》篇曰:"《春秋》释宋,鲁桓务议。"杨明照引多种文本与学人之说,补正之曰:"按当作'鲁僖预议',始与《公羊传》僖公二十二年合。惠栋《九曜斋笔记》卷一、钱大昕《十驾斋养新录》卷十四、陈鳣手校本《文心》并有说。"②刘勰此处径采《公羊》家说,也可用以说明他的经史之学并无固定立场,而这与晋宋以来学术界群趋调和《春秋》三《传》的风气正相一致。

刘勰在《史传》篇中曾言及《春秋》三《传》,文曰:

> 昔者夫子闵王道之缺,伤斯文之坠,静居以叹凤,临衢而泣麟,于是就太师以正《雅》《颂》,因鲁史以修《春秋》,举得失以表黜陟,徵存亡以标劝戒。褒见一字,贵逾轩冕,贬在片言,诛深斧钺。然睿旨幽隐,《经》文婉约,丘明同时,实得微言,乃原始要终,创为传体。

这里给予《左传》高度评价,而前面的一大段文字,乃据范宁《穀梁传

---

① 《南北朝经学史》第一章《关于南北朝经学的宏观考察》第八节《诸经传播的不平衡现象及其原因》,上海古籍出版社 2009 年版。

② 《文心雕龙校注拾遗补正》卷五《议对》第二十四,江苏古籍出版社 2001 年版。

序》而立论①，其后则又引及公羊高"传闻异辞"之说，刘勰这样处理，给予《左传》全面好评，不没《公》《穀》在理论上的贡献。他在《文心雕龙》中的这种态度，体现了其时史学界竞趋融通的气象。

由上可知，刘勰在史学方面的一些论述，与南朝学术界的现状大体相合，没有呈现出有什么特异之处。

刘勰在《文心雕龙·序志》篇中说：

> 自生民以来，未有如夫子者也。敷赞圣旨，莫若注经，而马、郑诸儒，弘之已精，就有深解，未足立家。……

所以他要转而研究文学，改从文学入手而弘扬儒家学说。显然，他在这里提出"马、郑诸儒"，只是举例性质，以马、郑为汉代经学的代表。因为郑玄遍注群经，尤精《三礼》，六朝之人都以他为经学的代表。马融为其师，成就亦卓著，师徒合称，也是学术界的常见做法。

马融、郑玄在六朝人的眼中，形象是明晰的。郑玄注经，或可说是以古文为主，但他遍注群经，兼采纬候，不再专主古、今，后代经师大都就是沿着这条道路向前发展的。因此，后人一直把他视作汉代经学的集大成者。马融生活汰侈，依附权门，而又自称"学无常师"，时或引用老庄思想以自我辩解。刘勰博学，对马、郑的为人与学风当深有所知，那他又怎会把二人视作古文学派的代表人物来看待？当代学人根据"马、郑"一词立论，将刘勰视为儒家经学古文学派的忠实信徒，只能视为一种误读。

---

① 参看金毓黻《〈文心雕龙·史传篇〉疏证（上、下）》，原载《中国学报》第 1 卷第 2 期、第 3 期（1944 年 10 月、1945 年 5 月，重庆出版），后又发表在《中华文史论丛》1979 年第 1 辑。

前人早已指出,六朝之时礼学大盛。郑玄遍注《三礼》,后人一直据此研究礼学。《梁书·刘勰传》上说:"时七庙飨荐已用蔬果,而二郊农社犹有牺牲,勰乃表言二郊宜与七庙同改,诏付尚书议,依刘勰所陈。"可见他对礼制的关注。按照郑玄在当时的学术地位,大家对郑学的关注,刘勰对礼学的热忱,那么他之所以举郑玄为经学家的代表,实属必然之事。

这里还可探究的是:以范文澜为代表的这些知名学者为什么会有这种误读呢?

这里先得对范文澜的学术背景作些考察。范氏为《文心雕龙》作注,笃实周详,符合现代学术规范,故影响后人甚巨。考其研治之由,起于民国二年至六年(1913—1917)就读北京大学文科国学门时。民国三年(1914),黄侃进入北京大学任教,讲授《文心雕龙》。他是章太炎的高座弟子,而章氏则为近代力主古文经学的代表人物。黄侃之治经,与他的两位老师章太炎、刘师培一致,亦主古文。

自清代中期起,经学上又兴起了一阵今古文之争。清末康有为等人倡言今文经学,为其变法主张寻找理论根据,学界则视章太炎为清代朴学的最后一人。他早年投身种族革命,不论在政治上抑或在学术上,与康氏全然对立。因为古文经学重视通训诂,举大义,治学以小学为基础,强调无征不信,因而时人普遍认为古文经学的研究方法比较科学。黄侃亦为这一学派的代表人物,人称章黄学派。而他在《正纬》篇的《札记》中也说:"谶纬之隆,始于阴阳家,以明谶之说经,始于道听途说的今文学,以谶为纬,淆乱经文,始于哀、平以来曲学阿世之儒。""近世今文学者于谶纬亦不能钩潜发隐,徒依阿旧说而已。"[1]亦可见

---

① 黄侃《文心雕龙札记》,北京文化学社 1927 年版,收入 20 篇讲义;中华书局 1962 年版,收入 31 篇讲义。

其力辟今文经学的立场。

范文澜也治经学，当年即从世传《左氏》学的刘师培治经。范氏后有《群经概论》一书行世，此书第一章第五节《今古文家法》下，则明示出于"陈伯弢先生"，这或许是因为当年他在北京大学学习时从陈氏治史学之故，陈氏则为承袭清代朴学的一名年长学者。而清代经学争论的焦点之一，集中在对《左传》的真伪与价值的判断上，范氏在该书第九章第廿四节下引"黄季刚先生"说，云是："抑知《春秋》无《左传》，则《春秋》之本旨不见；《左传》不附经，则《左传》竟为谁而发乎？"①足以说明范氏治经恪守师说，信从古文的态度。

范文澜早年的《文心雕龙讲疏》一书，则在当年跟随黄侃学习《文心雕龙》的基础上继续钻研而撰就，自然带有章黄学派笃守古文学派的馀风②。其后范氏投身革命，学习马克思列宁主义，在哲学上自然推崇唯物论，从而与经学中的今文经学距离益远。自今文经学中衍生的谶纬等说，更会遭到彻底的否定。

杨明照与王元化的年辈有差，而且他们与范氏的学术道路均有差异，但杨、王二人的主要学术活动均在建国之后，其时学习哲学，首先得分清唯心论与唯物论的界线。如上所言，清代朴学仍被认为具有一些唯物主义的因素，因而古文经学占有比较高的位置；今文经学，当然是必须严加批判且予抛弃的了。其中的谶纬等说，虽然内中杂有一些古代的神话传说，但总系汉代的官方学术，迷信色彩浓厚，故在强调阶级分析的情势下，也要彻底予以唾弃。

由此可知，范、杨、王等《文心雕龙》权威学者作出的这一结论，有学术传承方面的原因，也有时代风气的影响。考察一种学说，乃至追

---

① 范文澜《群经概论》，朴社 1933 年版。
② 范文澜《文心雕龙讲疏》，天津新懋印书馆 1925 年版。

随首创者而起的一些学者对此所作出的阐释，往往也与各人的学术传承与其时的时代风气有关。

赘　　语

刘勰志在研治文学，奉儒家学术为最高准则，故对经学的影响甚为关注。汉代帝王采取了哪些重大措施，决定经学的动向，影响文学的发展，自然成了他的关注之点。《文心雕龙》许多篇章涉及这一问题时，都把西汉、东汉两次经学会议置于承前启后的重要地位，分析其对文学的巨大影响，且撰《正纬》一篇，区别出其"有助文章"的一面，从而主张有选择地从中汲取滋养。刘勰不但在《时序》篇中纵论两汉经学，还在其他许多篇章中叙及经学界的许多重要人物，对刘歆、扬雄、桓谭等人固有赞美之辞，然对董仲舒、公孙弘、刘向也表示推崇，这里看不出有什么固定的立场，只能视作南朝学术界的一般常见情况，后人从事《文心雕龙》的研究，也就不必太多地去关心他在经学方面的"立场"问题。须知"立场"也是中国步入20世纪下半期起才广泛流行的一种用语，刘勰生活的年代，正在经学趋于融通的南朝，刘勰与当时的文士一样，对此似乎并不固守，因而谈不上有什么"基本""立场"的问题。

（原载《文学遗产》2011 年第 2 期）

梁代文论三派述要

南朝梁代,在我国文学史上占有极为重要的地位。古体五言诗发展至此,逐渐变化为律诗;两汉魏晋大赋、宋齐俳赋发展至此,逐渐变化为律赋;魏晋骈文发展至此,逐渐变化为原始的四六体。声律、对偶、用事的讲求,增加了文学的形式美。文、笔的辨析,表明人们对文学特征的认识愈来愈深入了。

萧子显与刘勰

处在这样的一段前后交替时期,创作界自然会出现各种不同的倾向:有的守旧,有的趋新。

裴子野、刘之遴等可以作为守旧派的代表。

《梁书·裴子野传》:"子野为文典而速,不尚丽靡之词。其制作多法古,与今文体异。当时或有诋诃者,及其末皆翕然重之。"

《梁书·刘之遴传》:"之遴好属文,多学古体。与河东裴子野、沛国刘显常共讨论书籍,因为交好。"

徐摛父子和庾肩吾父子可以作为趋新派的代表。

《梁书·徐摛传》:"属文好为新变,不拘旧体。……摛文体既别,春坊尽学之,宫体之号,自斯而起。"

《梁书·庾於陵(附弟肩吾)传》:"初,太宗在藩,雅好文章士,时肩吾与东海徐摛，吴郡陆杲，彭城刘遵、刘孝仪，弟孝威，同被赏接。及居东宫，又开文德省，置学士，肩吾子信、摛子陵、吴郡张长公、北地傅弘、东海鲍至等充其选。齐永明中，文士王融、谢朓、沈约文章始用四声，以为新变；至是转拘声韵，弥尚丽靡，复逾于往时。"

《陈书·徐陵传》："其文颇变旧体，缉裁巧密，多有新意。每一文出手，好事者已传写成诵，遂被之华夷，家藏其本。"

《周书·庾信传》："起家湘东国常侍，转安南府参军。时肩吾为梁太子中庶子，掌管记；东海徐摛为左卫率；摛子陵及信并为抄撰学士。父子在东宫，出入禁闼，恩礼莫与比隆。既有盛才，文并绮艳，故世号为徐庾体焉。当时后进竞相模范，每有一文，京都莫不传诵。"

可见上述两大流派的势力都很可观，然总以后者的气焰为盛。在此文学转变时期，趋新派比守旧派自然更具吸引力。趋新派的写作特点在于追求形式华美，讲究声律、对偶，注意篇章结构；他们还喜欢摆脱常规，自出"新意"。只是这些"意"的内涵主要是些淫靡的男女欢爱之情。这样的作品就是常为后代所诟病的"宫体"。

产生宫体的原因很复杂。当时的贵族阶层生活极度糜烂，这是产生宫体的社会基础；六朝诗文一直沿着华丽的道路前进，至此乃变本加厉而更趋浮艳。在宫体作家看来，这样的发展是自然的，合乎情理的。时代在变，文学在变，写作对象和写作技巧也应该随着变。因此，对待这样一种文坛新物，应该用另一种眼光来看待，另一种理论来评价。宫体作家萧绎就曾发表过这样的意见：

夫世代亟改，论文之理非一；时事推移，属词之体或异。（《内典碑铭集林序》）

于是从这一流派之中产生出了所谓"新变"的理论。萧子显在《南齐书·文学传论》中系统地阐发了这种理论：

> 习玩为理，事久则渎，在乎文章，弥患凡旧，若无新变，不能代雄。建安一体，《典论》短长互出；潘、陆齐名，机、岳之文永异。江左风味，盛道家之言，郭璞举其灵变，许询极其名理。仲文玄气，犹不尽除；谢混情新，得名未盛。颜、谢并起，乃各擅奇；休、鲍后出，咸亦摽世：朱蓝共妍，不相祖述。

总的说来，趋新派在发展文学形式技巧方面作了许多努力，其间不无可取之处，对后代文学也曾发生过某些良好的影响，只是他们在文学的内容部分却注入了许多不健康的因素。尽管他们也曾写出过一些较好的作品，但总的倾向却是把创作界导入题材狭隘而又充满着色情气氛的歧路。这种情况与守旧派大异其趣，自然会引起后者的严重不满。

裴子野写下了著名的《雕虫论》，攻击当时的不良文风。他从宋明帝叙起，认为上之所好，下必有甚焉者。

> 自是闾阎少年，贵游总角，罔不摈落六艺，吟咏情性。学者以博依为急务，谓章句为专鲁。淫文破典，斐尔为功。无被于管弦，非止乎礼义。深心主卉木，远致极风云。其兴浮，其志弱。巧而不要，隐而不深。讨其宗途，亦有宋之遗风也。

显然，裴文重点并不在于责难前人；他所指斥的"闾阎少年，贵游总角"，实际上当是指趋新派一类作家。只是他所攻击的对象中有萧纲等王子在内，使他不得不采取指桑骂槐的方法。

趋新派对守旧派的作风自然也是看不入眼的。萧纲就曾公然提出批评。他在《与湘东王书》中说：

> 又时有效谢康乐（灵运）、裴鸿胪（子野）文者，亦颇有惑焉。何者？谢客吐言天拔，出于自然，时有不拘，是其糟粕；裴氏乃是良史之才，了无篇什之美。是为学谢则不届其精华，但得其冗长；师裴则蔑绝其所长，惟得其所短。谢故巧不可阶，裴亦质不宜慕。

两大流派之间的冲突可说是尖锐的。一派是"淫文破典"，内容方面太过污秽；一派是"质不宜慕"，形式方面过于苍白。二者相互指责，却把彼此的优缺点都暴露无遗。这些不同文风的形成当然不是一朝一夕之事，而是自刘宋以来文学演变的结果。这些复杂现象，自然会有人加以注意，特别是处在这样一个社会上颇为注意研究文学理论的齐梁时代，自然会有人想到：应该撷取两派之长，避免两派之短，写出既"典"且"华"的作品来。

这派理论可以刘勰为代表。

刘勰在《文心雕龙·序志》篇中曾介绍过自己的论文要旨："擘肌分理，唯务折衷。"所谓折衷，就是分析同一事物矛盾着的两端，较其得失，然后取其所长，弃其所短，融合成为一种较全面、平稳的理论。这种做法虽然有时不免流于调和，但若处理得当，则其中确可包含若干辩证法的因素。他在处理当前文坛上各种不同流派的矛盾冲突时就采取着折衷的态度。

首先，他对创作界各种不同的文风作了归纳："若总其归涂，则数穷八体。"这八体是："一曰典雅，二曰远奥，三曰精约，四曰显附，五曰繁缛，六曰壮丽，七曰新奇，八曰轻靡。""典雅者，熔式经诰，方轨儒门者也"；"壮丽者，高论宏裁，卓烁异采者也"；"新奇者，摈古竞今，危侧趣诡者也"；"轻靡者，浮文弱植，缥缈附俗者也"。"雅与奇反"，"壮与轻乖",二者作风正相对立。可以看到,守旧派的作风近于"典雅"一类,其文之高者并可得"壮丽"之长①;趋新派的作风近于"新奇"一类,其文之卑者皆陷诸"轻靡"之失。《体性》篇中扼要地指出了不同文派的差异之处,明确了他们的优缺点所在。

刘勰认为趋新派的弊病在于抛弃了古代学术中的优良传统,"不相祖述",流为师心自用。《风骨》篇中说:"若骨采未圆,风辞未练,而跨略旧规,驰骛新作,虽获巧意,危败亦多。"因此他提出了向古代经典学习的问题,认为这样可以保证思想内容的正确。

> 若夫熔铸经典之范,翔集子史之术,洞晓情变,曲昭文体,然后能孚甲新意,雕画奇辞。昭体故意新而不乱,晓变故辞奇而不黩。……《周书》云:"辞尚体要,弗惟好异。"盖防文滥也。(同上)

为此折衷派特别注意习染问题。《体性》篇中说:"夫才有天资,学慎始习。斫梓染丝,功在初化,器成彩定,难可翻移。故童子雕琢,必先雅制,沿根讨叶,思转自圆。"认为只有从童年时代起就注意树立正确的思想,才能避免日后的误入歧途。这种说法显与趋新派不同,当为防弊救偏而发。

折衷派与守旧派也有不同。一味继承,缺乏新创,那也会走入另一极端,出现另一偏向。《定势》篇中说:"渊乎文者,并总群势。奇正虽反,必兼解以俱通;刚柔虽殊,必随时而适用。若爱典而恶华,则兼通之理偏,似夏人争弓矢,执一不可以独射也。"可见作品缺乏文采,会

---

① 守旧派中多史家。史家每以识见著称,故善作论说文。《南史·裴松之(附曾孙子野)传》:"子野更撰为《宋略》二十卷,其叙事评论多善。……兰陵萧琛言其评论可与《过秦》《王命》分路扬镳。"《史通·论赞》亦曰:"[论]必择其善者,则干宝、范晔、裴子野是其最也。"

由"典"而不"华"流为"质不宜慕"。

如上所述，为了避免重蹈两派覆辙，能使文章既"典"且"华"，刘勰提出了著名的"通变"说：

> 文律运周，日新其业。变则其久，通则不乏。趋时必果，乘机无怯。望今制奇，参古定法。（《通变·赞》）

萧纲与萧统

一种文学流派的兴起，必定有它的社会背景，而在中国文学批评史上，还有一些值得注意的现象。唐代以前，基本上是大地主贵族专政的时代，那时一切文学流派的形成与风行，都与最高统治集团的支持或倡导有关，例如建安七子之依附于曹氏父子即是。梁代守旧派、趋新派与折衷派的产生与风行，也与当时最高统治集团即萧氏王室密切有关。

守旧派中人物年事较长，他们所依阶的对象，行辈也高，即"高祖"萧衍。这批人物都兼有学者、文士的双重身份。他们缘饰经术，潜心释典，与萧衍作风一致。《梁书·沈约传》载约撰《四声谱》，"高祖雅不好焉。帝问周捨曰：'何谓四声？'捨曰：'"天子圣哲"是也。'然帝竟不遵用"①。可见他对当时文坛上讲求声律的新风气持反对态度。这些

---

① 《文镜秘府论》天卷《四声论》曰："[刘善]经数闻江表人士说：梁王萧衍不知四声，尝从容谓中领军朱异曰：'何者名为四声？'异答曰：'"天子万福"即是四声。'衍谓异：'"天子寿考"岂不是四声也？'以萧主之博洽通识，而竟不能辨之。时人咸美朱异之能言，叹萧主之不悟。"又《天中记》卷二六引《谈薮》："沙门重公尝谒梁高祖。问曰：'闻在外有四声，何者为是？'答曰：'天保寺刹。'既出逢刘焯，说以为能，焯曰：'何如道"天子万福"。'"此皆一事之异传，然可证萧衍确是不懂声律。

地方表明萧衍也是一个旧学风的代表者,无怪乎守旧派的活动会获得他的赞赏与支持。

《梁书·裴子野传》:"子野与沛国刘显、南阳刘之遴、陈郡殷芸、陈留阮孝绪、吴郡顾协、京兆韦棱皆博极群书,深相赏好,显尤推重之。时吴平侯萧劢、范阳张缵每讨论坟籍,咸折中于子野焉。普通七年,王师北伐,敕子野为喻魏文,受诏立成。高祖以其事体大,召尚书仆射徐勉、太子詹事周捨、鸿胪卿刘之遴、中书侍郎朱异集寿光殿以观之,时并叹服。高祖目子野而言曰:'其形虽弱,其文甚壮。'俄又敕为书喻魏相元义,其夜受旨,子野谓可待旦方奏,未之为也;及五鼓,敕催令开斋速上,子野徐起操笔,昧爽便就。既奏,高祖深嘉焉。自是凡诸符檄皆令草创。……中大通二年卒官,年六十二。……高祖悼惜,为之流涕。诏曰:'鸿胪卿领步兵校尉知著作郎兼中书通事舍人裴子野,文史足用,廉白自居,勤劳通事,多历年所。奄致丧逝,恻怆空怀。可赠散骑常侍,赙钱五万,布五十匹。'即日举哀,谥曰贞子。"

《梁书·谢徵传》:"徵与河东裴子野、沛国刘显同官友善。子野尝为《寒夜直宿赋》以赠徵,徵为《感友赋》以酬之。时魏中山王元略还北,高祖饯于武德殿,赋诗三十韵,限三刻成,徵二刻便就,其辞甚美。高祖再览焉。"

《梁书·到溉传》:"溉素谨厚,特被高祖赏接,每与对棋,从夕达旦。溉第山池有奇石,高祖戏与赌之,并《礼记》一部,溉并输焉。未进,高祖谓朱异曰:'卿谓到溉,所输可以送未?'溉敛板对曰:'臣既事君,安敢失礼。'高祖大笑,其见亲爱如此。……性又不好交游,惟与朱异、刘之遴、张缵同志友密。"

《梁书·陆云公传》:"是时天渊池新制鲫鱼舟,形阔而短,高祖暇日常泛此舟。在朝唯引太常刘之遴、国子祭酒到溉、右卫朱异。云公时年位尚轻，亦预焉。其恩遇如此。"

可见这一流派的中坚分子有裴子野、刘之遴、刘显、谢徵等人，依附对象为武帝萧衍。

趋新派的成员大都是些"风流人物"，依附对象为晋安王萧纲（后为简文帝）和湘东王萧绎（后为梁元帝）。其首领为萧纲。

这一流派的中坚人物，与萧纲关系密切的，有徐摛、庾肩吾、徐陵、庾信、陆杲、刘遵、刘孝仪、刘孝威等人。关于他们的活动，详见上引《梁书·庾於陵（附弟肩吾）传》和《周书·庾信传》，此处不再重述。和萧绎关系密切的，有徐君蒨、刘缓等人。

《南史·徐勉之（附孝嗣孙君蒨）传》："〔君蒨〕善弦歌，为梁湘东王镇西谘议参军，颇好声色。侍妾数十，皆佩金翠，曳罗绮，服玩悉以金银。……君蒨辩于辞令。湘东王尝出军，有人将妇从者，王曰：'才愧李陵，未能先诛女子；将非孙武，遂欲驱战妇人。'君蒨应声曰：'项籍壮士，犹有虞兮之爱；纪信成功，亦资姬人之力。'君蒨文冠一府，特有轻艳之才，新声巧变，人多讽习。"

《南史·刘昭（附子缓）传》："缓，字含度，为湘东王中录事。性虚远，有气调，风流跌宕，名高一府。常云：'不须名位，所须衣食；不用身后之誉，唯重目前知见。'"

这一流派中人都是著名的宫体作家。萧纲本人就是宫体诗的首创者，《梁书》本纪上说他："雅好题诗。其序云：'余七岁有诗癖，长而不倦。'然伤于轻艳,当时号曰宫体。"萧绎作风与此仿佛①。两人关系特别深切,《南史·梁武帝诸子·庐陵威王续传》:"始元帝母阮脩容得幸,由丁贵嫔之力,故元帝与简文相得。"二人合力提倡宫体。萧纲对萧绎期望很高,《与湘东王书》中说:"文章未坠,必有英绝,领袖之者,非弟而谁?每欲论之,无可与语,思吾子建,一共商榷。辨兹清浊,使如泾渭;论兹月旦,类彼汝南。朱丹既定,雌黄有别。"可见二人对创作活动与批评工作极为热衷,意见甚为一致。

关于《南齐书》的作者萧子显,一般都只知道他是个史家,而不了解他还是一个著名的宫体作家。其实他在趋新派中的地位甚为突出,这可从以下几件事中看出。

宫体诗集中收集在《玉台新咏》中,上列徐、庾等人的作品占有很大的比重。萧子显的作品数量也很可观,计共有十一首之多。此外吴均有《和萧洗马子显古意》六首,费昶有《和萧洗马画屏风》二首。特别值得注意的是:皇太子(简文)有《和萧侍中子显春别》四首,湘东王有《春别应令》四首,于此可见萧子显的作品在宫体作家中曾受到高度的重视。

《南史·陆杲(附子罩)传》:"初,简文在雍州,撰《法宝联璧》,罩与群贤并抄掇区分者数岁。中大通六年而书成,命湘东王为序。其作者有侍中国子祭酒南兰陵萧子显等三十人,以比王象、刘邵之《皇览》焉。"按萧绎《法宝联璧序》全文尚存,载《广弘明集》第二十卷,萧子显的大名高居于学士三十余人之首,于此可见萧子显的学术文章在宫体作家中也占有优越的地位。

---

① 萧绎与守旧、折衷两派人物都有交往,某些议论与折衷派相似,但其实际活动则与萧纲相近。《南史·梁本纪》上说他"性好矫饰",因此他更多地采用一些仁义道德的话装饰门面,这是与萧纲不同的地方。

《梁书·萧子恪（附弟子显）传》："太宗数重其为人。在东宫时，每引与促宴。子显尝起更衣，太宗谓坐客曰：'尝闻异人间出，今日始知是萧尚书。'其见重如此。"于此可见萧子显的为人在宫体领袖的心目中占有特殊的位置。

这些事实都有力地说明了萧子显的宫体作家身份，因此我们完全可以把他作为趋新派的理论家来看待。"新变"说是趋新派的理论。

折衷派是否也有统治集团中的领袖人物？有。此人即昭明太子萧统。

萧统服膺儒术，事亲至孝，有仁政爱民思想，史称其"仁德素著"。——思想作风与二弟不同。

萧统爱好陶渊明文，尝为之编集立传。《梁书》本传上说他"性爱山水，于玄圃穿筑，更立亭馆，与朝士名素者游其中。尝泛舟后池，番禺侯轨盛称此中宜奏女乐，太子不答，咏左思《招隐诗》曰：'何必丝与竹，山水有清音。'侯惭而止。出宫二十馀年，不蓄声乐。少时敕赐大乐女妓一部，略非所好"。——美学趣味与二弟有别。

萧统《答湘东王求文集及〈诗苑英华〉书》："夫文典则累野，丽亦伤浮，能丽而不浮，典而不野，文质彬彬，有君子之致，吾尝欲为之，但恨未逮耳！"刘孝绰奉命纂录《昭明太子集》，序中有言："窃以属文之体，鲜能周备：长卿徒善，既累为迟；少孺虽疾，俳优而已。子渊淫靡，若女工之蠹；子云侈靡，异诗人之则。孔璋词赋，曹祖劝其修今；伯喈答赠，挚虞知其颇古。孟坚之颂，尚有似赞之讥；士衡之碑，犹闻类赋之贬。深乎文者，兼而善之，能使典而不野，远而不放，丽而不淫，约而不俭，独善众美，斯文在斯。"——文学见解也与简文、湘东异趣。

不难看出，昭明系统的文人提出的艺术标准与刘勰提出的折衷说是一致的。萧统在《文选序》中也提出了类似"通变"的学说：

若夫椎轮为大辂之始，大辂宁有椎轮之质？增冰为积水所成，积水曾微增冰之凛。何哉？盖踵其事而增华，变其本而加厉。物既有之，文亦宜然。随时变改，难可详悉。

这是说艺术形式与艺术手法是随着时代发展的，向美的方向发展的，于此不能有保守观点。这等于刘勰说的"文律远周，日新其业"，"变则其久"，"望今制奇"。

萧统还说过：

若夫姬公之籍，孔父之书，与日月俱悬，鬼神争奥。孝敬之准式，人伦之师友，岂可重以芟夷，加之剪裁？

这段文字向来被人认为是礼请儒家经典退出文学领域的客套话，实则并不尽然。这里固然表现出萧统对文学的特点已有较明确的认识，开始把不属文学范围之内的儒家经典排除于外，但他还是强调这些经典能起"准式""师友"的作用，这就意味着后代文士仍然应该向它学习，这样才能保证思想内容方面的完善。这种态度近于刘勰所强调的"宗经""徵圣"，也就是《通变》篇中所说的"通则不乏"，"参古定法"。

萧统与刘勰的私人关系也是很密切的。《梁书·刘勰传》记载他在天监时，"除仁威南康王记室，兼东宫通事舍人，……迁步兵校尉，兼舍人如故。昭明太子好文学，深爱接之"。二人相处既久，感情又很融洽，当与文学见解上的相合有关。

于此可见，折衷派的势力亦复不弱，其首领为萧统，其理论家为刘勰。这一流派之中又有哪些人物呢？

《南史·王彧（附锡）传》："时昭明太子尚幼，武帝敕锡与秘书郎张缵使入宫，不限日数，与太子游狎，情兼师友。又敕陆倕、张率、谢举、王规、王筠、刘孝绰、到洽、张缅为学士十人，尽一时之选。"

《梁书·刘孝绰传》："昭明太子好士爱文，孝绰与陈郡殷芸、吴郡陆倕、琅邪王筠、彭城到洽等同见宾礼。"

《梁书·王筠传》："昭明太子爱文学士，常与筠及刘孝绰、陆倕、到洽、殷芸等游宴玄圃，太子独执筠袖抚孝绰肩而言曰：'所谓"左把浮丘袖，右拍洪崖肩"。'其见重如此。筠又与殷芸以方雅见礼焉。"

可见这一流派的中坚分子有刘孝绰、陆倕、王筠、到洽等人。

以上叙述的是三大流派的一般情况。尽管各派人物之间交往上有些交错，同派人物之间年代上或有前后，不像后世的一些文学流派那样壁垒分明，但从上述材料来看，这些由志趣相投或仕宦遇合而结成的集团，各有其首领与基本成员，作风相同，宗旨相合，具备了文学史上组成各种流派的基本条件。因此我们完全可以说，这是在文学转变时期涌现出来的三大文学流派。

萧氏兄弟有养士之风，昭明、简文尤其著称。

《梁书·昭明太子传》："引纳才学之士，赏爱无倦。恒自讨论篇籍，或与学士商榷古今，间则继以文章著述，率以为常。于时东宫有书几三万卷，名才并集，文学之盛，晋宋以来，未之有也。"

《梁书·简文帝本纪》："引纳文学之士，赏接无倦。恒讨论篇籍，继以文章。"

兄弟二人均以文学为天下倡，周围都聚集有一批文人，形成两个作风不同的文学流派。尽管兄弟二人私人感情不错，但文学见解有别，对后代的影响也就不一样。

《玉台新咏》与《文选》

这是中国文学批评史的特点：一种文学流派，除了发表理论主张之外，往往同时编选一部总集，通过具体作品的去取表明宗旨。趋新派与折衷派的活动也有类于此。

趋新派编选了一部《玉台新咏》，他们的理论"新变"说具体体现在这书中。

> 《大唐新语》卷三："梁简文帝为太子，好作艳诗，境内化之，浸以成俗，谓之宫体。晚年改作，追之不及，乃令徐陵撰《玉台集》，以大其体。"

可见徐陵编书时目标很明确，纯为推广宫体诗服务，因此词非有关"绮罗脂粉"者不收，这是《玉台新咏》反映新变观点的具体表现。

折衷派编选了一部《文选》，他们的理论"通变"说也具体体现在这书中。

> 《中兴书目》："《文选》，昭明太子萧统集子夏、屈原、宋玉、李斯及汉迄梁文人才士所著赋、诗、骚、七、诏、册、令、教、表、书、启、笺、记、檄、难、问、议、论、序、颂、赞、铭、诔、碑、志、行状等为三十卷。"原注："与何逊、刘孝绰等选集。"（《玉海》卷五四引）

可知《文选》一书的编选实出众手。除何、刘外，刘勰极有可能曾对编选工作提供过意见①,王筠等人也极有可能参加过工作②。《梁书·王筠传》载沈约称筠诗"实为丽则","古情拙目,每佇新奇"。《梁书·何逊传》则载范云与逊结忘年交好。"自是一文一咏,云辄嗟赏,谓所亲曰:'顷观文人,质则过儒,丽则伤俗,其能含清浊,中今古,见之何生矣。'"萧统集合这么一批"丽则"与"今古"并重的文人编集《文选》,书中自然也会反映出"通变"的观点。

这主要表现在编选的态度上。

折衷派讲求继承传统,凡是曾在历史上占一地位,可以代表某一阶段或某一流派的成功之作,即可考虑采纳。孙梅《四六丛话》卷一小序上说:"自昔文家,尤多派别。《文志》表江左之盛,《典论》诠邺下之贤。《选》之所收,或人登一二首,或集载数十篇,诗笔不必兼长,淄渑不必尽合。《咏怀》《拟古》,以富有争奇;元虚、简栖,以单行示贵。"说《文选》有"博综"之长,这也是讲通变的人的一种特点。

二者原则不同,彼此有排斥现象。在《玉台新咏》中,除王筠、刘孝绰曾与简文、湘东有过较密切的关系,因而留下艳诗数首之外,折衷派中的其他作家无一作品入选。《玉台新咏》中也不收昭明只字,其原因或如纪容舒在《玉台新咏考异》中所说的,为新旧太子避嫌而起,但兄弟二人作风不同,当是主要原因之一吧。

返观《文选》,绝对排斥淫秽的作品,因此趋新派或作风与此相近者的作品,一概受到摒弃。萧统注意"风教",陶渊明作《闲情赋》,尚且引起他"白璧微瑕"的指责,"惜哉! 亡是可也"的慨叹,宫体一类的作品自然更不在话下了。   .

---

①　参看骆鸿凯《文选学》内《纂集》第一,中华书局 1937 年版。

②　参看何融《文选编撰时期及编者考略》.载《国文月刊》第七十六期,1949年 2 月。

不同流派的作家具有不同的作风,这从上面一些记载中可以看到,下面还可再引用几条有关的史料。

　　　　《资治通鉴》太清三年侯景上启陈梁武帝十失,且曰:"皇太子珠玉是好,酒色是耽,吐言止于轻薄,赋咏不出《桑中》。"

　　　　《南史·始兴忠武王憺(附亮弟暎)传》:"湘东王爱奇重异。"

　　　　《梁书·到洽传》:"昭明太子与晋安王纲令曰:'明北兖(山宾)、到长史(洽)遂相系凋落,伤怛悲惋,不能已已。去岁陆太常(倕)殂殁,今兹二贤长谢。陆生资忠履真,冰清玉洁,文该四始,学遍九流,高情胜气,贞然直上;明公儒学稽古,淳厚笃诚,立身行道,始终如一,傥值夫子,必升孔堂;到子风神开爽,文义可观,当官莅事,介然无私:皆海内之俊义,东序之秘宝。此之嗟惜,更复何论!'"

　　萧纲、萧绎、徐君蒨、刘缓等人的举止风度和作品风貌是一种类型,萧统、明山宾、到洽、陆倕等人的为人和作品又是一种类型。趋新派的成员与折衷派的人员之间,按其行为和修养来说,确是各具特点。这些反映在作品之中,也就形成了趋新派与折衷派的根本差别。

　　综上所言,可以概括如下:梁代的文学创作,正处在新旧交替时期,随着时代潮流的激荡,在文人之间形成了三个不同倾向的流派:守旧派以裴子野、刘之遴等为代表,依附在梁武帝萧衍的周围。趋新派以徐摛父子和庾肩吾父子为代表,依附在简文帝萧纲的周围;萧子显为代表这一流派的理论家,提出了"新变"说;他们的宗旨还具体体现在《玉台新咏》一书中。折衷派以王筠、陆倕等人为代表,依附在昭明太子萧统的周围;刘勰为这一流派的理论家,提出了"通变"说;他们的宗旨还具体体现在《文选》一书中。

贡献与影响

由上所述,可知梁代的文学创作甚为繁荣,文学思想甚为活跃。现在要问:各种不同流派曾经分别作出过哪些贡献,发生过哪些影响?

守旧派的文学见解很保守,违背历史发展潮流,虽然对趋新派的批判还有某些可取之处,但在理论建设工作中却不可能取得什么成就。这一流派的特点是注意学古,熟悉前言往行,多识古文奇字,因此他们的贡献在史学、考古、校雠等方面,如裴子野著《宋略》二十卷,刘之遴校《汉书》真本,刘显识《尚书》所删逸篇等是。

趋新派与折衷派的创作实践与理论批评则均有可观。由"新变"与"通变"所引起的问题牵涉到创作的各个方面,其中颇有可资后代借鉴之处。今将二者的活动作些分析,考察他们的得失。

陆机在《文赋》中说:"遵四时以叹逝,瞻万物而思纷;悲落叶于劲秋,喜柔条于芳春。"诗人感物,联类不穷,摇荡性情,形诸舞咏;六朝文人都有这种认识,他们常常强调自然景物的作用。萧子显在自序中说:"若乃登高目极,临水送归,风动春朝,月明秋夜,早雁初莺,开花落叶,有来斯应,每不能已也。"(《梁书·萧子恪(附弟子显)传》)萧纲除了提到自然景物的影响之外,也提到了社会人事的激动人心。"伊昔三边,久留四战。胡雾连天,征旗拂日,时闻坞笛,遥听塞笳,或乡思凄然,或雄心愤薄,是以沈吟短翰,补缀庸音,寓目写心,因事而作。"(《答张缵谢示集书》)这种认识与刘勰在《明诗》《物色》等篇中提出的"感物吟志"说是一致的。不过更为可贵的是:刘勰在《时序》篇中还论述了时代、政治与文学的关系,"故知歌谣文理,与世推移,风动于上,而波震于下者","故知文变染乎世情,兴废系乎时序",说明一代文风之形成,每由时代风气及政治形势之激荡。这种见解在新变说中是没有认识到,至少是没有论述到的。

作家临文之际,又要做好哪些准备工作呢?萧子显在《南齐书·文学传论》中说:"若夫委自天机,参之史传,应思徘来,勿先构聚。"他在自序中自述写作经验时也说:"每有制作,特寡思功,须其自来,不以力构。"这些说法,除强调灵感的萌发之外,还相对地否定了逻辑思维的作用。刘勰则在《神思》篇中全面地探讨了形象思维过程中的许多问题。他非但提出了"无务苦虑"和"不必劳情"的劝告,并且正面提出了"秉心养术"和"含章司契"的主张。因为灵感的出现是飘忽而不可捉摸的,形象思维有时会遭到各种障碍而难以顺畅地展开,如果仰恃于此,则行文的成败就难操胜算。因此刘勰在指出写作中有难以控制的精微部分之外,着重强调了人所能及的修养问题。他提出了"虚静"和"博练"的问题,要求"积学以储宝,酌理以富才,研阅以穷照,驯致以绎辞",这就把难以捉摸的玄虚问题化为可以致力的现实问题了。应该说,通变说的这种见解更见高明。

趋新派强调"寓目写心"和"吟咏情性",偏重主观方面的表达,不大考虑到文章体式的约束作用。萧子显在自序中也谈到了这一点:"少来所为诗赋,则《鸿序》一作,体兼众制,文备多方,颇为好事所传,故虚声易远。"这种作风与折衷派不同。刘勰就曾提出"曲昭文体"的要求,"昭体故意新而不乱"(《文心雕龙·风骨》)。本来哪一方面的题材适合于用哪一种文体去表现,这是古人在长期的写作过程中积累下了无数的宝贵经验之后所取得的认识。借鉴于此,可以防止内容、形式的失调;因有规范可循,易使文章得体。但作者如果过分拘泥于文体的约束作用,则又有可能产生刖趾适屦之弊。按当时的情况来说,两派的见解是各有高低的。我们或许可以这样说,新变说注意发展形式,借以更自由地表现内容,其末流失之于奇诡;通变说注意研究文体,重视形式的相对稳定性,其末流则失之于保守。当然,刘勰提出这种学说时所起的救偏作用也是不容忽视的。

以上情况表明,两派在文学理论的许多根本问题上持有不同见解。这些问题之所以存在,则与如何对待历史传统有关。趋新派与折衷派的分歧关键在于对文学传统的继承与革新持不同态度。

虽然两派都注意革新,而折衷派为防弊救偏起见,首先强调继承;趋新派则强调革新而不大讲继承。

这当然也只是比较而言的。实则意识形态范畴内的东西,都是有所继承而来的。按趋新派的作品来说,他们继承的是吴歌、西曲等言情之作,受到了鲍照、汤惠休一派的影响,只是他们抛弃了上述作品的积极因素,只突出了艳冶的一面,并恶性发展而堕入色情描写。

南朝流行的民歌,所谓吴歌、西曲,从东晋时起即在宫廷中传播,自宋少帝起历代帝王屡有拟作。这种作品的内容和形式都是很顽艳的。《世说新语·言语》云:“桓玄问羊孚:‘何以共重吴声?’羊曰:‘当以其妖而浮。’”说明贵族阶层中人正是从“妖而浮”的角度来接受这些民间作品的。他们抛弃了民间文学中真挚的感情,片面发展了绮靡的形式,并用统治阶级自身的感情充塞进去,这样也就扼杀了吴歌、西曲的生命,使得这些南朝民歌犹如昙花之一现。

本来向过去的作品学习时还有善学与否的问题。鲍照接受了民间文学的影响,融合了自己的新创,不但写出了许多轻灵婉丽的佳作,而且在形成七言诗、发展五言诗等方面都作出了贡献。只是这些优点在其后继者中却发生了质变。《诗品》卷中评鲍照:“然贵尚巧似,不避危仄,颇伤清雅之调,故言险俗者多以附照。”《南齐书·文学传论》中论及当时文学三大流派时也提到了受鲍照影响的一派:“次则发唱惊挺,操调险急,雕藻淫艳,倾炫心魂,亦犹五色之有红紫,八音之有郑卫,斯鲍照之遗烈也。”趋新派的活动与此不无关系。只是对起于民间的吴歌、西曲和“才秀人微”的鲍照,趋新派是不愿意承认他们的先导作用的,何况他们主观上又正是强调创新而抹煞继承的。

继承问题中包含着两方面的内容,思想方面的继承与形式技巧方面的继承。如果不注意学习并发扬古典作品中的积极内容,一味强调"吟咏情性",结果就有可能走上宣扬淫欲或其他低级趣味的道路,因为封建文人的情性之中本来就杂有种种不健康的因素。趋新派处在颓靡的梁代社会中,由于时局动荡,危机四伏,士大夫过着得过且过的生活,纵情声色,从追求肉欲的物质享受,一直发展到追求变态的心理享受。他们彻底抛弃了古代思想传统中的积极因素,并从理论上加以摒弃,有意识地把文学送进了宫体的污秽境地。

在形式技巧方面,趋新派中人物作了很大的努力,但其末流却竞于雕琢,专用浮艳的字句修饰一己的情欲。魏徵在《隋书·文学传序》中加以批判道:"梁自大同之后,雅道沦缺,渐乖典则,争驰新巧。简文、湘东,启其淫放;徐陵、庾信,分路扬镳。其意浅而繁,其文匿而彩,词尚轻险,情多哀思。格以延陵之听,盖亦亡国之音乎!"可见当时舍本逐末之风的严重了。

折衷派坚决反对"习华随侈,流遁忘反"(《文心雕龙·风骨》)的文风。他们在肯定了文学的某些形式技巧应该"变"的前提下,认为文学还有其不能变的部分,因此特别强调了"通"的一面。《文心雕龙·通变》篇中说:

夫设文之体有常,变文之数无方,何以明其然耶?凡诗赋书记,名理相因,此有常之体也;文辞气力,通变则久,此无方之数也。名理有常,体必资于故实;通变无方,数必酌于新声,故能骋无穷之路,饮不竭之源。

所谓"名理有常,体必资于故实",就是后文所说的"练青濯绛,必归蓝蒨;矫讹翻浅,还宗经诰"。刘勰认为写作文章时应该学习古代经典,继承并发扬其中的积极因素,因此他写作了《徵圣》《宗经》等篇,专门阐述了前贤经典中的可取之处。

近人大都主张刘勰为儒家学派的信徒,其实并不尽然。刘勰并不盲目崇拜儒家学说。他之所以强调"徵圣""宗经",目的在于确立一种典范,树立一种标准,作为裁夺后代一切文学作品的尺度,并且以此作为后代作家的学习典范。因为通变说主张"参古定法",故而刘勰必须在古代各种学派里面选出一种学说,作为他人仿效的对象。儒家学派的理论之中本来就包含着许多可取的见解,孔子在思想界向来占有优越的地位,这样刘勰就很自然地依傍儒家学说而构成了他的理论体系。

刘勰在《徵圣》《宗经》等篇中对五经作了许多具体分析,指出各种经典在表现手法上各有其独特的优点,给人指出了学习的方向和应该继承经典中的哪些部分。末后他又总起来说:

> 故文能宗经,体有六义:一则情深而不诡,二则风清而不杂,三则事信而不诞,四则义直而不回,五则体约而不芜,六则文丽而不淫。(《宗经》)

这就说明学习经典也就是"还宗经诰"的结果,可以起到"矫讹翻浅"的作用。所以刘勰的"徵圣""宗经"并不是什么复古主义,而是有目的地从经典中汲取养料的一种学说。

总的看来,通变说比新变说要全面得多,稳当得多。"资故实","酌新声",既有继承,又有发展;不像新变说的"厌黩旧式,故穿凿取新"(《文心雕龙·定势》),以致步入邪途,流为淫声哇语。"斟酌乎质文之间,而櫽括乎雅俗之际"(《文心雕龙·通变》),这种折衷理论,既反对了守旧派的保守观点，又反对了趋新派的错误倾向。折衷派对理论建设工作的贡献是巨大的。

再以《文选》与《玉台新咏》来说，二者也有高下之分。一清一浊，犹如泾渭分流。因为《玉台新咏》中集合了许多宫体诗人轻侮妇女的作品，《文选》则是辑录历代文学作品的精华而成，二者的价值自然大相悬殊。

关于《文选》，范文澜曾有一段评语，颇为扼要，可以介绍：

> 萧统不仅自己有足够的学力，而且也凭藉众人的学力，合众力来选录古今文章，宜乎《文选》三十卷成为选择最精的文学总集，《文选》取文标准是"事出于沈思，义归乎翰藻"，就是说，入选的文章必须情义与辞采内外并茂，偏于一面的概不录取。在这个标准下，《文选》自然是正统派的文集，以立意为宗，不甚讲求采色的文章就很难入选了。《文选》取文，上起周代，下迄梁朝。七八百年间各种重要文体和它们的变化，大致具备，固然好的文章未必全得入选，但入选的文章却都经过严格的衡量，可以说，萧统以前，文章的英华，基本上总结在《文选》一书里。唐李善《上文选注》里说"后进英髦，成资准的"，唐士人有"《文选》烂，秀才半"的谚语，《文选》对唐以后文学的影响是十分深远的。(《中国通史简编(修订本)》第二编)

可见只要不抱古文家的偏见，客观地来估计一下《文选》的贡献，那就应该承认这书在我国文学发展史上曾经起过里程碑的作用。

折衷派的理论遗产是丰富的。前人早称《文心雕龙》为"体大虑周"之作，近人对此也极重视，不时有研究文章发表，因此这里就不作全面的介绍了。趋新派在理论上贡献较小，而且由于他们把当时的文学更进一步地引入了萎靡柔弱的错误道路,因此引起了自古至今许多文人的同声斥责。批判这种不良倾向是很必要的,但光凭义愤可还不能解决如何对此进行全面认识的问题,这里必须作些细致的分析,才能看清文学发展过程中的各个方面,从而给这一流派作出比较切合实际的评价。

下面我们就想通过比较,谈谈趋新派的一些可取之处。

《文选》与《玉台新咏》著录作品的体例是不同的。

> 《昭德先生郡斋读书志》卷二十:"窦常谓统著《文选》,以何逊在世,不录其文。盖其人既往,而后其文克定,然则所录皆前人之作也。"

盖棺论定,在古人看来,是种郑重的著述态度;《玉台新咏》不然,备录时人之作,简文诗收八十首,徐陵自作亦收四首,其间不无恩怨之见,难免标榜之嫌,比起前者来自然浮薄得多了。

但我们再从另一种角度来看,则又不能不说《文选》的态度未免保守。一种作品,一定要得到定评之后才能考虑,则势必埋没许多新产生的佳作,也不能起到奖掖后进的作用。即如与简文、湘东关系密切的诗人王籍,所作名篇《入若耶溪》,中有名句"蝉噪林逾静,鸟鸣山更幽",极为世所称,有关记载见《梁书·王籍传》与《颜氏家训·文章》篇,然格于体例不能入《选》,于此可见一斑。

折衷派恪守正统原则,重视传统固是好事,但有时却受到历史重压而陷于保守,则又不如趋新派的一空依傍之为善了。即如对诗体的评价来说,尽管折衷派中人物还是四言、五言并重,但在理论上却必须强调更具古典意味的四言。《文心雕龙·明诗》篇曰:"若夫四言正体,则雅润为本;五言流调,则清丽居宗。"《章句》篇曰:"至于诗颂大体,以四言为正。"强调传统的四言诗的尊贵,也就相对地压低了新兴的五言诗的进步意义。趋新派不然,极口称颂五言诗的价值。《南齐书·文学传论》上说:"五言之制,独秀众品。"正是从趋新的角度出发而肯定了这种新兴的文体。因为趋新派特别强调创新,不受传统的清规戒律的束缚,所以能够大胆肯定新文体,这是趋新派的贡献之一。

江南旧有吴歌,荆襄复有西曲,流连哀思,倾炫心魂。其中不乏佳作,对当时文学的影响也极大。折衷派中人物只能推崇已成经典的《诗经》,接受某些已有定评的乐府古辞,对于本地区内产生不久的吴歌、西曲,则不理不睬。这也是他们的正统思想的一种表现。趋新派重视言情之作,对于那些抒发男女真挚感情的歌谣,自然视若拱璧,大量采纳。于是《玉台新咏》中保留下了像:古乐府诗六首、辛延年《羽林郎》诗一首(卷一),歌辞二首、《盘中诗》一首(卷九),古绝句四首、近代西曲歌五首、近代吴歌九首、近代杂歌三首、近代杂诗一首、《丹阳孟珠歌》一首、《钱塘苏小歌》一首(卷十)等佳作。特别值得我们赞许的,就是《玉台新咏》中还记载下了《古诗无人名为焦仲卿妻作(孔雀东南飞)》一诗。由于《文选》与《玉台新咏》对待民间文学持不同的去取标准,也就形成了前者"尺有所短"和后者"寸有所长"的新形势。应该说,重视民间文学,这是趋新派的贡献之二。

趋新派注意创新,不受陈规旧矩拘束。萧纲在《诫当阳公(大心)书》中说:"立身之道,与文章异。立身先须谨重,文章且须放荡。"(《艺文类聚》卷二三引)"放荡"一词固然不妨联系到他们所写的宫体的内容而作很坏的理解,但作为一个封建帝王,告诫后辈时,恐怕还不至于耳提面命地叫自己的儿子去沉溺于情欲;目的可能还是在于说明文学的特点,即文学应该"吟咏情性","操笔写志",不必"拟《内则》之篇","摹《酒诰》之作",如他在《与湘东王书》中所言者。《三国志·魏书·王粲传》裴松之注引《典略》记陈留路粹奏称:"[孔融]与白衣祢衡言论放荡。衡与融更相赞扬。衡谓融曰:'仲尼不死也。'融答曰:'颜渊复生。'"又《王粲传》记:"[阮]瑀子籍,才藻艳逸,而倜傥放荡,行己寡欲,以庄周为模则。"《世说新语·文学》篇刘孝标注引《名士传》记刘伶"肆意放荡,以宇宙为狭"。《南齐书·高祖十二王·武陵昭王晔传》载齐高帝萧道成批评谢灵运"放荡",说是"作体不辨有首尾"。上述诸人的共同特点是毁弃礼法,放任自适。他们的作品都富于新意,但不涉于淫秽。因此,从魏晋南北朝人对"放荡"一词的习惯用法中,也可以知道萧纲的原意是在破除陈规旧矩的束缚,追求创新。他们的作品也的确具有一些与前人不同的新面貌。

这里可举萧绎的《采莲赋》为例以说明之。

> 紫茎兮文波,红莲兮芰荷,绿房兮翠盖,素质兮黄螺。于是妖童媛女,荡舟心许。鹢首徐回,兼传羽杯,棹将移而藻挂,船欲动而萍开。尔其纤腰束素,迁延顾步,夏始春余,叶嫩花初,恐沾裳而浅笑,畏倾船而敛裾。故以水溅兰桡,芦侵罗襦,菊泽未反,梧台迥见。荇湿沾衫,菱长绕钏,泛柏舟而容与,歌采莲于枉渚。
>
> 歌曰:碧玉小家女,来嫁汝南王,莲花乱脸色,荷叶杂衣香,因持荐君子,愿袭芙蓉裳。(《艺文类聚》卷八二引)

此文思想内容固无足取,然在表现手法方面却有可观。前四句咏莲,可称刻画巧似。中间一段,点染成趣,既有微妙的心理描写,又有艳冶的背景烘托,寥寥数笔,把采莲舟的动势,小儿女的娇态,宛然呈现于前。末复结以民歌体的五言,在赋体中也别开生面。他们还喜欢凭借空中设想而发挥心理刻画的技巧,如《荡妇秋思赋》等,凡是阅读过齐梁小赋的人均可了解,此处不再多说。

这些作品,与大赋采用板重字眼以形成磅礴气势者不同,与咏物小赋专作密不通风式的外部刻画者不同,与前此的抒情小赋之着重外景描写借以映衬内心活动者也有一些不同。趋新派的小赋,注意外形刻画,也注意心理活动,并且努力于情景的协调,内质和外形的统一。他们选择富有彩色的词汇,推敲悦耳动听的声调,注意结构的严谨、形式的错综,精雕细琢,组织成文。这样的作品自然会具有一些新的特点,在这样的写作过程中自然会积累起许多形式技巧方面的经验。这些精力当然不会全是白费的。他们的创作经验给予隋唐以后的文人以借鉴,他们的作品对当时正在演变中的各种文体起了推动的作用。

自永明声律说兴起后,梁陈文人无不注意调谐对切,趋新派的作家更是斗巧出奇,讲求隔句作对,从而促使俳赋与骈文更迅速地演化成律赋与四六文。律赋已是趋于僵死的一种文体,因此趋新派在这方面的活动起了助长形式主义的作用。他们在骈文领域中的活动功过不一,一方面表现出更趋雕琢的倾向,一方面却也提高了写作技巧,因为"在骈体文的初期,文学家们只知道讲求整齐的美,还来不及讲求抑扬的美。……从庾信、徐陵开始,已经转入骈体文的后期,他们把整齐的美和抑扬的美结合起来,形成了语言上的双美"①,这些创造具有一定的价值。至于他们在诗歌领域中的活动,在形式技巧方面贡献更大,因为他们的诗作开五律之先声,为唐代近体诗的繁荣准备了条件,这些创新工作也应该批判地予以肯定。

趋新派中人物众多,各人的经历也不一样。即如上举徐、庾二人,在生活的后半期经历了战乱的洗礼,深受亡国之痛,因此逐渐摆脱原来宫体作家的创作道路,写出了一些有内容的作品。特别是庾信,由南入北之后,运用早期积累下的丰富技巧,写作沉痛迫切的诗赋,形成一种温丽、苍劲的风格,对唐代的一些大诗人起过很大的影响。

---

① 王力《略论语言形式美》,载《光明日报》1962 年 10 月 9 日。

总起来说,趋新派的作家在提高写作技巧、发展文学形式方面作出过贡献,留下了一些较好的作品,这是趋新派的贡献之三。

　　我们说,在祖国丰富多彩的文学宝库中,各种不同流派的人都曾投入过一珠一宝。折衷派的贡献固不必说,趋新派的贡献也不应忽视。二者在创作与理论上的得失都值得加以研究。这不仅是为了说明我国文学是如何发展过来的,而且从他们的生动事例中还可吸取若干经验和教训,这对我们当前的文学活动也不无借鉴意义。

(原载《中华文史论丛》第五辑,1964 年)

《文选》所载《奏弹刘整》一文诸注本之分析

任昉的《奏弹刘整》一文,体例奇特,因为其中引入了刘整之嫂的本状与有关人员的供词,这些又用当时的口语写成,时隔千载,有些词汇已难索解,后代读者每难分清这些人物申辩时持论的层次。黄侃对此作了精心的研究,全文始能通读。但黄氏还遗憾地说:"细读此篇,如观《汉书·赵后传》,不知此等文字,予今日法吏,不致瞠目结舌否?此俗语所以断断不可为文也。"①

看来有关刘整的这一诉讼事件曾经耸动朝野,好些文献中都有记载。因为事情的曲折经过大家都清楚,本状与供词中的用语也不难理解,所以萧统选录任昉此文时,不必详引本状与供词。但是,到唐代的《文选》注者疏解文义时,已经感到必须多征引本状与供词,始能与任昉的弹文呼应,让读者对此事的细节有清晰的认识,于是各家的注本中都引入了本状与供词。

传世的《文选》注中,向以李善与五臣的两大系统为重要,然而不论是尤袤本《文选》抑或据此加工的胡克家本《文选》,还是六臣注本《文选》,任昉此文都将本状与供词全部录入,而在吏议"整即主"后李善又加注曰:"昭明删此文太略,故详引之,令与弹相应也。"似乎从李善起即已将此案的本状、供词与吏议全部列入了正文。

---

① 《文选平点》第 223 页,上海古籍出版社 1985 年版。钱钟书《管锥编》第四册 1420、1421 页亦有所疏解,中华书局 1979 年版。其后吴世昌又有所阐释,见《罗音室读书笔记》,载《学林漫录》五集,中华书局 1982 年版;此后又收入《罗音室学术论著》第一卷《文史杂著》,中国文艺联合出版公司 1984 年版。

但从流传于日本的《文选集注》①一书来看，可证目下流传的李善注本与五臣注本都与《文选》原貌不合。因为《文选集注》中附有唐代《文选注》作者陆善经和《集注》编者按语，对各家引用本状时节录多少文字和处理方式有所提示，可以据之对任昉此文作一番复原的工作。尤可注意的是，我们还可通过对各家节录与处理方式的不同窥知各种注本的差异与优劣。

《文选》诸注本中各家节引本状、供词、吏议之情况

今将胡刻《文选》中之范氏所上本状与三奴供词中的部分文字引录于下。文字间有可商者，依黄侃说改。

> 臣昉顿首顿首，死罪死罪，谨案齐故西阳内史刘寅妻范，诣台诉，列称：
> 出适刘氏，二十许年。刘氏丧亡，抚养孤弱。叔郎整，常欲伤害，侵夺分前奴教子、当伯。

陆善经曰："本状云'奴教子、当伯'已下，并昭明所略。"按从陆注中可获得两项讯息。一是任昉原文，当详载范氏本状；二是萧统录入任文时有所删节。因为萧统衡文首重"综辑辞采，错比文华"，而范氏本状却用俗语写成，略无文采，因而萧统也就止于摘引数语以叙缘起，其下径行删略了。由此可见，《文选》此文已经过改削。

---

① 此书已残，而传世卷七九中有《奏弹刘整》全文。《集注》为唐写本，一般认为成书于晚唐时。罗振玉影印本与京都大学影印本《文选集注》中均有此文。

《文选集注》编者于陆善经上述注文之下又加按语曰：“《钞》、五家本此下云：‘并已入众，以钱婢姊妹弟温，仍留奴自使。又夺寅息逵婢绿草，私货得钱，并不分逵。’”可知李善注本正文中已无这些文字。

　　《钞》为公孙罗《文选钞》之省称。藤原佐世《日本国见在书目录》于《总集家》中录《文选钞》六十九，原注“公孙罗撰”，当即此书。《旧唐书·经籍志》与《新唐书·艺文志》中均载有公孙罗注《文选》六十卷，《文选钞》当即《文选注》。

　　公孙罗《文选钞》节录本状至此，亦似有欠完整。遍检《集注》中之公孙罗注，可以看出《钞》文甚为详尽，差不多逐字逐句都有解释。此处引文所以简略，当以任文题下曾引《梁典》，已将本事原原本本地作了介绍，所以后文不烦详引。有的专家认为公孙罗引《梁典》，李善未引，而《梁典》所叙情节，已在弹文中。实则任昉弹文以附本状、供词之故，甚为简略，萧统删节本状、供词，弹文无所呼应，势必使读者感到困难。五家本全引本状、供词，目的就在弥补这方面的缺憾。公孙罗选择叙述此事至为明晰的《梁典》作为本事置之于前，而仅在萧统所引本状之后略增数字，使其自成段落，应该说是很可取的。

　　　　寅第二庶息师利，去岁十月，往整田上，经十二日，整便责范米六斗哺食。米未展送，忽至户前，隔箔攘拳大骂。突进房中，屏风上取车帷准米去。二月九日夜，婢采音偷车栏、夹杖、龙牵。范问失物之意，整便打息逵。

　　《文选集注》编者于上段引文之后加案语云：“陆善经本省却此下至‘息逵’。”可知陆氏注本自“并已入众”至“整便打息逵”一概删去不引。

　　《文选集注》编者于“整便打息逵”句下则加案语云：“五家本此下

云：整及整母并奴婢等六人来，共至范屋中……"引文直至"整即主"止。若与上述案语并读，可知有关师利的这一段文字，公孙罗、陆善经注本中均已略去，而五臣本则保留，已将本状、供词、吏议全部列入正文，即纳入任氏的整篇文章中。按下文"悉以法制从事"之下，《集注》编者亦有案语曰："五家本此下云：婢采音不款偷车牵，请付狱测实，其宗长及地界职司初无纠举，及诸连逮，请不足申尽。"尤本与六臣本也已列入正文，亦可证明上面的这一段文字应当也列入正文。

李善注引文当至"整便打息逡"为止。所以作出这一判断，则以《集注》中仅言"五家本此下"云云，可以逆推李善注本正文内已无本状文字。根据日本学者佐竹保子教授的研究，与任昉弹文相呼应的，仅为"出适刘氏"至"侵夺分前奴教子、当伯"一段与"寅第二庶息师利"至"整便打息逡"一段①。这也就是《文选集注》中所引的两段正文。这与我在每一段文字之下对《文选集注》案语所作的分析一致。由此可知，《文选集注》此文正文是以李善注本为底本，与各家注本一一比较辨析异同之后加上案语作出说明的。

但李善如仅引师利哺食与采音偷物这两件事，那也说不上"详"引。看来李善在正文中引了前面的文字之外，还把"整及整母并奴婢等六人"至"整即主"这一大段文字引在注文中②，而这与五家本径作正文纳入是不同的。所以《文选集注》案语中有径提五家本而不提李善注本的情况。但从六臣注本来看，这一大段文字中"善本"与"五臣本"颇有异同，编者曾作较详细的校雠。可见李善与五臣都曾详引这

① 《〈文选〉诸本任昉作品称呼的混乱与〈奏弹刘整〉的原貌》，载赵福海主编《文选学论集》，时代文艺出版社 1992 年版。
② 饶宗颐先生在《日本古钞文选五臣注残卷》一文中首先提出此说，载香港大学《东方文化》第三卷二号（上），1956 年版。

一大段文字,而安排上有所不同,前者将之引在注内,后者则已列入正文①。

需要说明的是:根据六臣本编者的提示,李善注本中的文字与《文选集注》中所引文字亦有不同,但据李匡乂《资暇集》中介绍,李善注本流传于世者有多种本子,各种本子之间的文字内容有不同,也不排除《集注》所引的文字已经过后人改动。

这里还应对尤袤本《文选》的情况加以讨论。尤袤家富藏书,《遂初堂书目》中记有李善注《文选》六十卷,不知是否即指家刻本? 但这也可以间接证明其复刻李注《文选》确有依据。他并作有《李善与五臣同异》一卷,附于所刻《文选》之后。陆心源皕宋楼藏有影宋钞本《李善与五臣同异》一种,刻入《群书校补》卷一百。盛宣怀刻《常州先哲遗书》,请缪荃孙主持其事,亦据皕宋楼藏影宋钞本《李善与五臣同异》刻入,仍然署称《尤本文选考异》。《奏弹刘整》中文仅列出五条,然与传世诸本及日本《文选集注》均合。可知尤袤确是依据所得李善注本刻出,并非从六臣本中抽出李注而草率编成。但他将"整及整母并奴婢等六人"以下一大段文字由注文改为正文,看来是根据五臣本而变动旧式。胡克家《文选考异》卷七校《奏弹刘整》一文时多处指出"此尤添之""此尤改之""以五臣乱善",是有道理的,但对尤氏改变旧式一点则仍未予指出。

---

① 传世五臣注单行本,如台湾"中央图书馆"影印宋本五臣集注《文选》(影印宋绍兴辛巳建阳陈八郎崇化书坊刊本)、日本天理大学图书馆善本丛书影印古钞五臣注《文选》残卷(即第二十卷)均可证。按日本古钞五臣注《文选》残卷(即第二十卷)原藏三条公爵家,故一称三条本,京都大学于1945年影印,列入日本《东方文化丛书》第九。

《文选》各家注释特点之比较

《奏弹刘整》一文,因为牵涉到的方面很多,诸如涉及之事情节曲折,本状文字颇难通解,任昉弹文用典多,萧统引文有删节,等等,所以唐代注家在诠解文义和去取材料时,呈现出不同的处理方式。这一点,在古籍整理上很有典型意义,可以就此作些分析,探讨各家的注释特点。

李善注此文的特点,和他在其他文章中的注释一样,着重征引典实和探寻语源,援据切当,文字精练,在诸注本中独树一帜,水平最高。他仅将本状中两段文字引入正文,使与任昉弹文呼应,也很精当。而他在注文中详引本状文字,则可保存文献,并可使读者对任昉弹文能有透彻的了解。

公孙罗引本状,仅至"又夺寅息逡婢绿草,私货得钱,并不分逡"为止,在各家注本中节引最少,无助于读者理解任昉弹文,似为失算。实则公孙罗注本自有其特点,他在《奏弹刘整》篇名之下详引《梁典》中文,今即录引如下:

> 西阳王内史刘寅与庶弟整同居,有奴婢四人,后家贫,将奴质钱,后又赎得之。寅后死,有二子,长曰逡,次曰师利。整乃与嫂分财,家中资物,整将去,唯有兄在日遣二奴兴易,经久不归,乃将与嫂。后经七年,二奴始归,乃大得财物,整又欲索之。其侄儿师利曾远行,乃逢雨,投整墅上,经得十二日。后整计食小斗六斗米,乃来向便之处索米,嫂未有,乃将嫂犊车襜惟为质;后得米往赎,始还。又来嫂家无礼,大叫,倩婢打嫂,伤臂,并打侄儿。嫂范不胜欺苦之甚,故诣御史台诉。任昉得此辞,勘当得实,故奏弹之。

由此可知，公孙罗之所以不像五臣那样在正文中详引本状，也不像李善与陆善经那样在注文中引及本状，因为《梁典》叙此始末甚明，故不烦辞费。公孙罗在每位作者之下都写下详细的小传，注释文字时繁引本事，着重借"今典"以释文，这在注释《奏弹刘整》时有突出的表现。

在公孙罗《文选钞》所征引的材料中，有很多佚文，不见于其他著作，至可宝贵。例如《文选集注》卷六二载江淹《杂体诗》拟许洵《自序》时，《钞》曰："徵为司徒掾，不就，故号徵君。好神仙游乐隐遁之事。……祖式，濮阳太守。父助①，山阴令。《隐录》云：'询总角奇秀，众谓神童。隐在会稽幽究山，与谢安、支遁游，游处以弋钓啸咏为事。'《杂说》云：'询性好山水，而涉是游，时人谓许掾非止有胜情，亦有济世之具。'"《隐录》一书，就不见其他记载；《杂说》二卷，沈约撰，见《隋书·经籍志》"子部杂家类"，唐代之后即已散佚。二书材料，不见其他记载，故至可宝贵。又如江淹拟殷仲文《兴瞩》，《钞》引王韶《晋纪》《晋安帝纪》《续晋阳秋》，若与《晋书·殷仲文传》并读，可知正史中的很多材料实出以上各书。

公孙罗的注释，甚为详尽，差不多每字每句都有注。但若与李善注比较，则可发现其水平较差。例如此文开头即云"臣闻马援奉嫂，不冠不入；氾毓字孤，家无常子"。李善注引《东观汉记》曰："马援事寡嫂，虽在闺内，必衣冠然后入见。"又引王隐《晋书》曰："氾毓字稚春，济北人也。敦睦九族，青土号其家儿无常母，衣无常主也。"任文接着说："是以义士节夫，闻之有立。"李善注引《左氏传》，说明"义士"一词的出

---

① 余嘉锡云"助"字误，《元和姓纂》卷六、《古今姓氏书辨证》卷二三并云"式子皈，生询"。"皈"即"归"字。载《四库提要辨证》卷三《晋书》部分，中华书局1980年版。

处；引《东京赋》，说明"节夫"一词的出处；引班固《汉书赞》，说明"有立"一词的出处。公孙罗《钞》则曰："言闻氾毓家有义，故立志也。"又任文续曰："千载美谈，斯为称首。"李善注引《公羊传》，说明"美谈"一词的出处；引《封禅书》，说明"称首"一词的出处。公孙罗《钞》则曰："言千载之后为美谈者，用氾家为称首也。斯，此；此氾毓家。"两相比较，可见李善注释之精当。语源既明，则任文用意自明。骈文多用典，李善为之探讨出处，逆溯作者之用心，故其疏解时见切理恹心之妙。公孙罗的注释近于串讲，而不提示原出处，或许便于初学，但在理解原文上时有偏颇。即如任昉之文，马援、氾毓相提并论，因为二家都是东汉时期以礼法著称的大族，马援《诫兄子严敦书》，谆谆教诲，脍炙人口，可见其持家之善。公孙罗对上文串讲时仅提氾毓一家，对任文的理解是片面的。

公孙罗的注释，颇有繁而不杀之弊。这里还可以"终夕不寐，而谬加大杖"中"大杖"一词的注文作比较。李善引《家语》，曰："孔子谓曾子曰：'汝不闻乎？昔瞽叟有子曰舜。舜事瞽叟也，小捶则待过，大杖则逃走，故瞽叟不犯不父之罪，而舜不失烝烝之孝。'"公孙罗《钞》亦引《家语》云："曾子耘瓜，误断其根，曾皙怒，逮杖朴之，以掔其背，曾子仆地，不知人，有顷乃苏。欣然自起，进于曾皙，'向也，参得罪于大人，大人有力，今教参得无疾乎？'退而就房，援琴而歌，欲令曾皙闻之，知其体平也。孔子闻之而怒，告门弟子曰：'参来勿内。'曾子白以无罪，使人请孔子，孔子曰：'汝闻昔瞽叟有子曰舜，奉瞽叟，瞽叟使之，未曾不在其侧；索而杀之，未尝可得。小杖则待过，大杖则逃走，故瞽叟不犯不父之罪，而舜不失烝烝之孝。今参事父，委身以待暴怒，殪而不避死。既一身死，而陷父于不义，其不孝孰焉。'曾子闻之，曰：'参之罪大矣。'遂告孔子而谢过也。"推详任文原意，仅在说明刘整不顾亲情，与上文"便打息逊"相呼应，故李善引瞽叟击舜说明"大杖"一词之出处即可,用不到像公孙罗引文那样,原原本本,文字增加数倍。这些地方也可看出《文选钞》的疏于去取。

这里还可补充一例。江淹《杂体诗》中有卢谌《感交》一首,中有"慨无幄中策,徒惭素丝质"之句,李善注引《淮南子》曰:"墨子见练丝而泣之,为其可以黄,可以黑。"续引高诱曰:"闵其化也。"这是很恰当的。魏晋南北朝人屡用此典,阮籍《咏怀》其二十曰:"杨朱泣歧路,墨子悲染丝。"即用《淮南子·说林》中语。因为魏晋南北朝人好读老庄著作,故有关染丝之说,每不用《墨子》原文而引《淮南子》。公孙罗则径引《墨子》原文,已嫌隔了一层。《文选集注》卷六二卢诗句下引《钞》曰:"《墨子》云:墨子见染丝者,叹曰:染于苍则苍,染于黄则黄,唯所染之变其质。非但于丝,人亦染变,故汤染伊尹,纣染于恶来,而比干等三人不能染纣,即天生自质。言今空有此质,而无智策,所以惭也。"文繁而不中肯綮,注释水平确是不高。五臣注吕向则曰:"素丝随染而变,人随善恶而迁,言叹无帷幄之谋,而能从善迁变,故云惭也。"对诗意的把握就要贴切得多。

任文在追溯刘整一家历史时说:"直以前代外戚,仕因纨绔。"《钞》曰:"前代,即谓齐家也。外戚,即天子之外亲也。言萧鸾为王之时,娶其族女为妃,后为天子,号曰明帝,乃追谥曰皇后,因此刘门乃盛也。《汉书》有《外戚传》。"坐实刘整一门乃齐明帝刘后之族人,而李善未有此说,想来根据不足,或系假想成真。《集注》引陆善经则曰:"《齐书》云:高昭刘皇后,广陵人,祖玄之,父寿之;明敬刘皇后,彭城人,光禄大夫道弘孙,未详刘整的为谁族也。"陆氏的态度显然要审慎得多,公孙罗的态度则不免流于武断①。

---

① 有关陆注谨慎之说,屈守元先生已先此提出,载《文选导读》中《导言》第三节、第六节,巴蜀书社 1993 年版。

陆善经注文不多,然颇为精粹。他对本状的处理,忠实于昭明原貌,即仅引范氏状词中前七句,至"侵夺分前奴教子、当伯"止。但在任氏弹文"妄肆丑辞"下,陆善经曰:"本状云:整语婢采音,其道汝偷车校具,汝何不进猥骂之。"任文"何其不能折契钟庚而襜惟交质"下,陆善经曰:"本状云:整兄子师利往整墅停十二日,整就范求米六斗哺食,范未还,整自进范所住取车惟为质。"应该说,陆善经在叙述刘家纠纷时引用两处本状中文以疏解文义,在关键地方作出说明,注文简要,有其可取之处。但和其他几家详引本状的注文比较,则引文过简,对此事的曲折经过,在理解上总是要多一些困难。

《玉海》卷五四引《集贤注记》曰:"开元十九年三月,萧嵩奏王智明、李玄成、陈居注《文选》。先是冯光震奉敕入院校《文选》,上疏以李善旧注不精,请改注。从之。光震自注得数卷。嵩以先代旧业,欲就其功,奏智明等助之。明年五月,令智明、玄成、陆善经专注《文选》,事竟不就。"可知陆善经曾参与萧嵩领导的集体注《选》工作,但没有完成,而自《新唐书·艺文志》以下,也无陆善经的《文选注》单行本传世。因此,日本保存的唐钞本无名氏编《文选集注》中出现陆善经注,值得珍视。

陆善经为开元时期的著名儒者,《新唐书·艺文志》中著录了他的好几种著作,有的是集体著作,有的是私人注本,可惜后代都失传了。《旧唐书》卷一一八《元载传》附《李少良传》记陆珽事,曰:"珽,国子司业善经之子也。少传父业,颇通经史。"可见陆氏乃一儒家世家。陆善经参与集体注《选》虽未竣功,但其从事的部分,或许家有存稿,并有传世者。日本遣唐使以其有大名,因而携之回国。因为未曾反复加工,故注释条目较少;又因它的前期工作只是未完成的散稿,未能引起学术界的重视,因而在本国反而无传流者。

在《文选》学中,关于五臣注和李善注的优劣,向来聚讼纷纭,莫衷一是。然自北宋起,李善注的优点逐步被人认识,五臣注的疏误不断被人揭发,二者的高下,差不多已有定评。但值得后人思考的是:为什么自中唐起,到北宋时止,五臣注会风行一时,竟有压倒李善注之势。这里一定也有其内在的原因。

李善注有很高的学术价值,但他着重征引出典和追溯语源,学术水平高的读者,藉之通解文义,并可了解作者措辞用典之妙。水平低的读者,可不一定能体会到典故与词语的活用,因而在理解原文时会出现困难。多征引与文章有关的本事,逐字逐句加以解释,可以满足水平较低的读者的需要,五臣注即以此见长。因此,五臣的水平确是比不上李善,吕延祚在《进集注〈文选〉表》中诋毁李善,并自我吹嘘,确是无聊之举,难怪受到后人批判。吕氏指摘李注"忽发章句,是徵载籍,述作之由,何尝措翰",可知五臣的注意力放在"章句"上,而对"徵载籍"则不太措意。

应该说,公孙罗的《文选钞》是注重章句之学的一部《文选注》。前面已经作过分析,此书勤于征引本事,在章句的分析与诠释上很下功夫,但失之去取不当,芜杂而少剪裁。五臣的著作,后于李善、公孙罗约半个世纪,他们自可根据当时的需要,汲取前人的研究成果,而避免前人的缺陷。即如《奏弹刘整》一文中的本状,开元之时大约已难见到,五臣将它全部列入正文,这对读者确是有其好处。

任昉弹文有云:"理绝通问,而妄肆丑辞。"《集注》引李善曰:"《礼记》曰:'嫂叔不通问,诸母不漱裳。'《毛诗》曰:'好言自口,莠言自口。'毛苌曰:'莠,丑也。'"引《钞》曰:"《礼记》曰:'嫂叔不通问',此圣人常行之道理也。丑辞,谓大叫骂也。言通问尚不可,况无理骂之乎?"引刘良曰:"肆,陈也。"这里《集注》编者有所删节。检五臣本《文选》,此处刘良注作"《礼》'嫂叔不通问',故云理绝。肆,陈也。丑辞,谓骂言"。可知刘良此注主要是从李善、公孙罗注中抄来的,尤其与公孙罗

《文选钞》的关系更为密切。因此《集注》编者认为无需重出，而径将前后注文删去了。

按六臣本《文选注》中，经常出现"某注同"字样，如《奏弹刘整》文中"氾毓字孤，家无常子"句下，曰"良注同"；"高凤自秽，争讼寡嫂"句下，曰"翰注同"。所以如此，正是因为五臣注径抄上文，故无重出的必要。唐钞《文选集注》在这些地方经常连这样的字样也不加标注了。例如《文选集注》卷六二江淹《杂体诗》中拟刘琨《伤乱》，中有句云"白日隐寒树"，《钞》曰："'白日隐寒树'，喻年老也。"而在六臣注本《文选》中，则作刘良注。检《文选集注》于《钞》下即引刘良注，但无释上句之文。可以推知，五臣本《文选》中的这条注释直引公孙罗语，《文选集注》已经引用《文选钞》中此注，故径将刘良注中这一注释删去了。此亦可证五臣注沿用公孙罗的成果甚多。

小　结

以上我从各家注本征引本状、供词、吏议与注释文字两方面着眼进行交叉的研究，综合的考察，得出的结论如下：

李善注藉徵典与溯源以疏通文字，尤便于对多用典实的骈文的理解，得到学识水平高的读者欢迎。尽管中唐之后曾一度沉寂，但其高质量的学术水准，南宋之后终于确立了不可动摇的地位。

公孙罗注着重诗文本事的征引，字句诠释十分详尽，但有繁而不杀的弊病，理解文义时也有不少疏误。它的优点，李善注与五臣注都具备，相比之下其弊端也就很突出。这一本子的渐趋散佚，也就成了不可避免之事，但其中有些不见今存各书的珍贵材料，却应充分加以利用。

陆善经注似未曾正式成书。虽其注释尚称精当，但注文过少，不能辅助读者精研全书，因而不久也就散佚了。

五臣注本属章句之学,虽然五家学识欠佳,时见舛误,但他们汲取了前人不少优点,又便于初学,因此逐渐取代了公孙罗等注本的地位。再加上唐玄宗在政治上加以支持,因而在唐代至宋初风行一时。

　　日本保存的无名氏《文选集注》残卷,包含不少珍贵资料,无异为《文选》学开拓了一块新天地。今日研究《文选》,不可不读此书。

(原载《文学遗产》1996 年第 2 期)

第三辑

唐代文史研究

李白剔骨葬友的文化背景之考察

李白在日常生活中有些行为显得非常特殊,简直叫人无法理解,因为它与一般人的行为相去太远了。例如他在《上安州裴长史书》中说:

> 昔与蜀中友人吴指南同游于楚,指南死于洞庭之上,白禪服恸哭,若丧天伦,炎月伏尸,泣尽而继之以血。行路闻者,悉皆伤心。猛虎前临,坚守不动。遂权殡于湖侧,便之金陵。数年来观,筋肉尚在,白雪泣持刃,躬身洗削,裹骨徒步,负之而趋,寝兴携持,无辍身手,遂丐贷营葬于鄂城之东。①

这种旅榇权殡、剔骨迁葬的风俗,汉族中人自古至今无有所闻,但在中原地区之外的有些民族中,则有这一类的葬法在流行,我们可以根据李白此举以考察其文化背景。

李白与蛮族的关系

文化的起源是多元的,所以古代各地的葬法颇有异同。《墨子·节葬下》曰:"楚之南,有炎人国者,其亲戚死,朽其骨而弃之,然后埋其骨,乃成为孝子。"《列子·汤问》篇同,唯作"歹其骨而弃之",殷敬顺

---

① 魏颢《李翰林集序》中说:"[白]与友自荆徂扬,路亡权窆,回棹方暑,亡友糜溃,白收其骨。"即指营葬吴指南事,二文可以互证。

《释文》:"歺本作冎,音寡,剔肉也。"《太平御览》卷七九〇与《太平广记》卷四八〇引《博物志》,亦引炎人之国事,均作"刳其肉而弃之"。这种丧葬习俗,后代一直延续着。《梁书》卷五二《止足·顾宪之传》曰:"齐高帝即位,除衡阳内史。……土俗:山民有病,辄云先人为祸,皆开冢剖棺,水洗枯骨,名为除祟。"《隋书》卷三一《地理志下》叙古荆州之地,多杂蛮族,风俗与诸华不同,"其死丧之纪,虽无被发袒踊,亦知号叫哭泣。始死,即出尸于中庭,不留室内。敛毕,送至山中,以十三年为限。先择吉日,改入小棺,谓之拾骨。拾骨必用女婿,蛮重女婿,故以委之。拾骨者,除肉取骨,弃小取大。"又宋代朱辅《溪蛮丛笑》中《葬堂》一节,所记亦与此相似,文曰:"死者,诸子照水内,一人背尸,以箭射地,箭落处定穴,穴中藉以木。贫则已。富者不问岁月,酿酒屠牛,呼团洞,发骨而出,易以小函。或栖崖屋,或挂大木。风霜剥落,皆置不问,名葬堂。"可见李白的葬友之法,和炎人之国的葬法类同,都要"刳其肉"而后"埋其骨"。

这种葬法,在民俗学上叫做剔骨葬,或称二次捡骨葬。

据罗开玉介绍,云南的傣族、布依族,古代都采用二次捡骨葬;仫佬族古今都采用二次捡骨葬;壮族则在当今实行二次捡骨葬[1]。又据邵献书介绍,唐代云南洱海地区由乌蛮和白蛮(白族先民)为主体民族建立的南诏,其葬仪有所不同,乌蛮实行火葬,白蛮则实行土葬,但还实行二次捡骨葬[2]。由此可知,西南地区的一些民族中自古至今一直广泛地有二次捡骨葬法存在。

《新唐书》卷一九一《忠义传上》有吴保安的传记,叙述吴保安与郭

---

① 罗开玉《中国丧葬与文化》第三章《丧葬与民族》,海南人民出版社 1988年版。

② 邵献书《南诏和大理国》第六章《习俗宗教》,吉林教育出版社 1990 年版。

仲翔二人的义举，仲翔葬友之事，可与李白葬友之事互参，文曰：

> 吴保安字永固，魏州人，气挺特不俗。睿宗时，姚巂蛮叛，拜李蒙为姚州都督，宰相郭元振以弟之子仲翔托蒙，蒙表为判官。时保安罢遂安尉，未得调，以仲翔里人也，不介而见曰："愿因子得事李将军可乎?"仲翔虽无雅故，哀其穷，力荐之。蒙表掌书记。保安后往，蒙已深入，与蛮战没，仲翔被执。蛮之俘华人，必厚责财，乃肯赎。闻仲翔贵胄也，求千缣。会元振物故，保安留巂州，营赎仲翔，苦无赀，乃力居货十年，得缣七百。妻子客遂州，间关求保安所在，困姚州不能进。都督杨安居知状，异其故，资以行，求保安得之。引与语曰："子弃家急朋友之患至是乎! 吾请贷官赀助子之乏。"保安大喜，即委缣于蛮，得仲翔以归。……[仲翔]久乃调蔚州录事参军，以优迁代州户曹。母丧，服除，喟曰："吾赖吴公生吾死，今亲殁，可行其志。"乃求保安。于时，保安以彭山丞客死，其妻亦没，丧不克归。仲翔为服缞经，囊其骨，徒跣负之，归葬魏州，庐墓三年乃去。

这事原出牛肃《纪闻》(《纪闻》今佚，此据《太平广记》卷一六六《吴保安》条所引)，叙述至详，今节引郭仲翔归葬吴保安事于下：

> ……乃曰："吾赖吴公见赎，故能拜职养亲，今亲殁服除，可以行吾志矣。"乃行求保安，而保安自方义尉选授眉州彭山丞，仲翔遂至蜀访之。保安秩满，不能归，与其妻皆卒于彼，权窆寺内。仲翔闻之，哭甚哀。因制缞麻，环经加杖，自蜀郡徒跣，哭不绝声。至彭山，设祭酹毕，乃出其骨，每节皆墨记之(原注：墨记骨节，书其次第，恐葬敛时有失之也)。盛于练囊。又出其妻骨，亦墨记，

贮于竹笼,而徒跣亲负之。徒行数千里,至魏郡。

唐代前期,南诏社会处于奴隶制阶段。《纪闻》中叙郭仲翔被俘为奴,受到种种非人的虐待,以及多次"转鬻远酋"等情节,直可作为了解南诏社会及其前此阶段的实际情况的最佳史料看待。而郭仲翔为吴保安行二次捡骨葬,牛肃的记叙具体细致,也可作为了解该地民俗的最佳史料看待。

牛肃为玄宗时人①,记载时事,应当真实可信②,故汪辟疆先生《唐人小说》收有此篇,并加按语云:"吴保安事,盛传于时,此传当为实录。"

这一件事,发生在李白的少年时期,《新唐书》卷五《玄宗皇帝本纪》开元元年"十月,姚巂蛮寇姚州,都督李蒙死之"。其时李白为十三岁。又吴保安殁于眉州彭山县,其地与李白居处为紧邻。李白五岁入蜀,到二十多岁离开家乡,这段时间一直住在绵州昌隆县。此地周围有多种民族杂居,南边又是所谓南蛮的地区,他曾受到南蛮文化的影响,也是很自然的。郭仲翔没于蛮中十五年,对于蛮族的习俗,自然濡染至深,这时又到蛮俗所及的地区迎友之丧,也就采取二次捡骨葬法,囊骨而归了。李白生在蛮族文化所及的地区,早年的感受影响至深,

① 参看卞孝萱《〈纪闻〉作者牛肃考》,载《江海学刊》1962 年第 7 期。

② 冯梦龙编《古今小说》,第八卷《吴保安弃家赎友》中的主要情节,乃铺陈牛肃《纪闻·吴保安》文而成,叙及归葬一节曰:"[郭仲翔]乃为文以告于保安之灵,拨开土堆,止存枯骨二具。仲翔痛哭不已,旁观之人,莫不堕泪。仲翔预制下练囊二个,装保夫妇骸骨。又恐失了次第,敛葬时一时难认,逐节用墨记下,装入练囊,总贮一竹笼之内,亲自背负而行。"所记尚存唐代这一葬仪的真相。沈璟将此改编成戏曲《埋剑记》,格于明代江南文人的日常闻见,已不能理解这种葬仪,于是将之改为扶柩归葬了。第一出《提纲》中曰:"永固忘家赎友,崎岖向远寨相邀。吴生丧,飞卿扶柩,埋剑始全交。"

所葬之人又为蜀人，因而也采取了二次捡骨葬法。不论从时间上来看，还是从地域上来看，其间都有相通而可以互证的地方。

这一实例足以说明李白曾受南蛮文化的影响。

或许有人以为蜀州至魏州路途遥远，郭仲翔扶吴保安夫妇之灵柩归葬，诸多不便，故囊骨以归。但郭仲翔此举决心极大，唐代交通又发达，他想扶柩归葬，不难实现。观其"尽以家财二十万厚葬保安"，可见这不是经济方面的原因，所以如此，当与吴、郭二人都在蛮中生活了一二十年，因而郭仲翔径行捡骨法葬友，吴保安的儿子也能接受这种葬仪。李白为友人吴指南营葬，自洞庭之侧迁于鄂城之东，二地水路交通至为方便，李白不扶柩而下，而是采取二次捡骨葬，只能从文化方面寻找原因。

此外还有一些材料涉及李白与南蛮的关系。这类文字，虚虚实实，殊难确证，但若细加考索，则仍可用来说明很多问题。

其一，传说李白曾作《菩萨蛮》词。

此说最早见于北宋僧文莹《湘山野录》卷上，文曰：

> 此词不知何人写在鼎州沧水驿楼，复不知何人所撰。魏道辅泰见而爱之。后至长沙，得古集于子宣内翰家，乃知李白所作。

宋之鼎州在今湖南常德，此地正是古代五溪蛮的居住区域。

《菩萨蛮》词调的起源，异说很多，近人根据敦煌卷子中已有《菩萨蛮》词及崔令钦《教坊记》中已有这一曲名，认为李白之前已有此名，而苏鹗《杜阳杂编》卷下更有详细的另一记载：

> 大中初，女蛮国贡双龙犀，有二龙，鳞鬣爪角悉备。明霞锦，云炼水香麻以为之也。光耀芬馥着人，五色相间，而美丽于中国

之锦。其国人危髻金冠，璎珞被体，故谓之"菩萨蛮"。当时倡优遂制《菩萨蛮》曲，文士亦往往声其词。

　　女蛮国的具体位置，文献难征，按照苏鹗描述的情况来看，当为南方某一民族建立的国家。

　　李白是否曾作《菩萨蛮》词，古今争论不休，亦难断言。杨宪益以为"骠苴或骠诏 pyu aw 与菩萨蛮的菩萨音同，菩萨蛮显然就是骠苴蛮的另一译法"，因此断言"菩萨蛮是古代缅甸方面的乐调，由云南传入中国"。李白幼时受到西南音乐的影响，日后流落荆楚，"遂以故乡的旧调作为此词"①。他还提出"《清平乐》更显然为南诏乐调。当时南诏有清平官司朝廷礼乐等事，相当于唐朝的宰相，清平乐当然源出于清平官，此外更无其他合理的解释"②。此说值得重视。人们研究这

---

　　① 牛肃《纪闻·吴保安》曰："初仲翔之没也，赐蛮首为奴，其主爱之，饮食与其主等。经岁，仲翔思北，因逃归，追而得之，转卖于南洞。洞主严恶，得仲翔苦役之，鞭笞甚至。仲翔弃而走，又被逐得，更卖南洞中，其洞号菩萨蛮。"此与教坊曲名相合；考其地理，亦与骠苴蛮之方位相合。此亦可作《菩萨蛮》调出于南蛮之一证。

　　② 杨宪益《李白与〈菩萨蛮〉》，载《零墨新笺》，中华书局 1947 年版。今按：《太平广记》卷四八三《南诏》，原出《玉溪编事》，文曰："南诏以十二月十六日，谓之星回节日，游于避风台，命清平官赋诗。骠信诗曰：'避风善阐台，极目见藤越。（原注：邻国之名也。）悲看古与今，依然烟与月。自我居震旦，（原注：谓天子为震旦。）翊卫类夒契。伊昔经皇运，艰难仰忠烈。不觉岁云暮，感极星回节。元昶（原注：谓朕曰元，谓卿曰昶。）同一心，子孙堪贻厥。'清平官赵叔达曰：（原注：谓词臣为清平官。）'法驾避星回，波罗毗勇猜。（原注：波罗，虎也；毗勇，野马也。骠信昔年幸此，鲁射野马并虎。）河阔冰难合，地暖梅先开。下令俚柔洽，（原注：俚柔，百姓也。）献睼弄拣（原注：国名。）来。愿将不才质，千载侍游台。'"《玉溪编事》三卷，金利用撰，见《崇文总目》小说类。《通志·艺文略》云"伪蜀金利用撰"。元李京《云南志略》云："其称呼，国王曰缥信，太子曰坦绰，诸王曰信苴，相国曰布燮，之文字之职曰清平官。"（张宗祥辑明抄本《说郛》卷三六引）"之"当为草书"知"之误。此说与金氏谓词臣为清平官之说相符。李白以词臣奉召，故以"清平调"命其词。

类问题时,常是遵从传统的记叙而不敢轻易采纳新解,此或因前时有关李白与蛮族文化的关系等问题尚未受到足够的重视,从而未能得到进一步的阐发。

其二,地方志中还有记载说李白之母为蛮人。

王琦《李太白全集辑注》附录六《遗迹》引《四川总志》云:

> 龙安府平武县有蛮婆渡,在江油青莲坝,相传李白母浣纱于此,有鱼跃入篮内,烹食之,觉有孕,是生白。《广舆记》:白生蜀之青莲乡,旧志以为彰明人,盖平武实割江、彰、剑、梓之地以为邑,今平武无疑矣。

这一传说,后起的有关方志大都承用。由于方志中每袭旧说,陈陈相因,但由此反而可以表明此说由来已久,流传很广,并由口传成为笔录,载之邑乘。

李白之母为蛮人,没有材料可以证实,但李白一家生活的地区内有蛮族杂居,则可根据上述传说而得此结论。

乐史在编纂李白诗文的工作中作出过很大的贡献。他于另一著作《太平寰宇记》中,记载了李白居家地区周围的民族与民风。

> [益州风俗]《蜀记》云:"刚悍生其方,风谣尚其文。"《汉书》曰:"人食稻鱼,俗不愁苦,而轻易淫侠。然地沃人骄,奢侈颇异,人情物态,别是一方。"(卷七二《剑南西道》一)
>
> [汉州风俗]同益州。(卷七三《剑南西道》二)
>
> [简州风俗]有獠人,言语与夏人不同,嫁娶但鼓笛而已。遭丧乃立竿悬布,置其门庭,殡于别所。至其体骸燥,以木函盛,置于山穴中。李膺记云此四郡獠也。又有夷人,与獠类一同;又有

獠人，与獽、夷一同，但名字有异而已。（卷七六《剑南西道》五）

[茂州风俗]此一州本羌戎之人，好弓马，以勇悍相尚，诗礼之训阙如也。贫下者冬则避寒入蜀佣赁自食，故蜀人谓之"作氏"。（卷七八《剑南西道》七）

[梓州风俗]与益州同。（卷八二《剑南东道》一）

[绵州风俗]大同梓州。又《郡国志》云："賨人劲，勇锐而善舞，故古有巴渝舞。"（卷八三《剑南东道》二）

上述各族，古代统称南蛮。李白出蜀之前一直生活在蛮族杂居之区，也就势必会受到他们的某些影响，即如李白特有的豪侠之风，应当也与此有关。

其三，在《警世通言》等小说中，还有"李谪仙醉草吓蛮书"的记载，虽属小说家言，却也有其史实根据。刘全白《唐故翰林学士李君碣记》中曰：

> 少任侠，不事产业，名闻京师。天宝初，玄宗辟翰林待诏，因为和蕃书，并上《宣唐鸿猷》一篇。上重之，欲以纶诰之任委之。同列者所谤，诏令归山。遂浪迹天下，以诗酒自适。

此事范传正《唐左拾遗翰林学士李公新墓碑序》中也有记载，曰"草答蕃书，辩如悬河，笔不停辍"。释贯休《观李翰林真》二首之一曰："御宴千钟饮，蕃书一笔成。"可知这是李白当年待诏翰林时震动京城的一件大事。刘全白与李白相识，早年还曾得到过李白的赏识；范传正曾看到过伯禽介绍家世的手疏，并自言与李白"有通家之旧"，因此这一记载，可信的程度很高。

"蕃"字通"番"，和"蛮"字一样，都是汉人站在大汉族主义的立场上对边疆民族的一种侮蔑性称呼。"蕃"与"番"字经常用以泛指西方和南方的民族。但时人称呼西方边疆的民族时,经常称为"西蕃";吐蕃方位亦在中原之西,故亦得称西蕃。单用"蕃"或"番"字,则常用以泛称南方的民族,或是南海地区的外来民族,如张仲素《涨昆明池赋》:"故人遥集,曾分劫火之灰;蕃帅来朝,暗识滇河之象。"白居易《听曹刚琵琶兼示重莲》诗:"拨拨弦弦意不同,胡啼番语两玲珑。"李肇《国史补》卷下:"南海舶,外国船也,每岁至安南、广州。师子国舶最大,梯而上下数丈,皆积宝货。至则本道奏报,郡邑为之喧阗。有蕃长为主领,市舶使籍其名物,纳舶脚,禁珍异,蕃商有以欺诈入牢狱者。舶发之后,海路必养白鸽为信。舶没,则鸽虽数千里亦能归也。"

李白为玄宗草拟答蕃书,可能就是致南方某一民族建立的国家的诏书。看来李白懂得这一蕃国的文字,才能应付裕如,从而使时人大为钦佩,作为特殊才能而加以记叙①。

其四,这里可联系唐王朝与南诏之间的战事来进行考察。天宝年间,鲜于仲通与李宓多次攻打南诏,迭遭失败,损失惨重,但其时的许多文士激于狭隘的夷夏观念,无不义愤填膺,像高适、储光羲等均有鼓吹讨伐的诗篇,只有李白保持清醒的头脑,反对这次战争。他在《古风》其三十四、《书怀赠南陵常赞府》等诗中对此表示强烈的反感,可能因其出身特殊之故,所谓爱屋及乌,这里也可看出李白与蛮方的密切关系。

---

① 冯梦龙编《警世通言》,第九卷《李谪仙醉草吓蛮书》中叙此事,唯将"番国"说成"渤海国",则与史实不符。渤海国位处东北,是由靺鞨族建立的国家,该族汉化的程度很深,使用汉字,李白毋庸以"番书"作答。而且唐王朝与边疆民族建立的政权交往时,例当以汉文作诏书。李白以答蕃书名震一时,当以其熟悉蕃方情况,通解该地来的文书,并能挥洒自如地作答,这样做也就说明了李白能熟练地掌握这种蕃文。

有趣的是：在李白的全部诗文中，从未用过一个"蕃"字、"番"字或"蛮"字①。这种现象，是纯出偶然呢，还是有意回避？现在当然难以判断了。但以李白与蛮方关系而言，则似有其内在的原因，怕不能纯用偶然性来作解释。

当然，李白之草答蕃书，也有可能是在与西方的某一国家打交道。联系李白在《寄远十二首》之十中所说的"鲁缟如玉霜，笔题月支书。寄书白鹦鹉，西海慰离居"而言，可证他能运用西方某一国家的文字进行通讯，从而有可能在翰林待诏期间承担通解蕃书并草拟诏书作答的任务。

不管情况究竟怎样，李白精通某种汉语言文字之外的语文，总是一件奇怪的事，这与同时的文士截然不同。归根到底，总是与他的胡化家庭与特殊经历有关。

南蛮遗风与突厥丧葬习俗

一个地区的风气、习俗和制度，往往经历很长的时间仍能传承下来。就在现在四川省西部，即唐代的巂州地区，截至20世纪40年代，居住在那里的"蛮子"（史称罗罗，今称彝族，汉人称之为蛮子，他们自称为夷家）仍然处于奴隶制阶段。据凌纯声研究，唐代南诏居统治地位的乌蛮也属罗罗族②。

1943年，林耀华率燕京大学边区考察团前往凉山地区进行实地研究，考察团的翻译王举嵩，即曾沦落夷家二十年，备受虐待而终得生还

---

① 李白《寄崔侍御》诗中有句曰"高人屡解陈蕃榻"，所指乃《后汉书》有传之陈蕃，"蕃"为人名，与此处说的蕃族之"蕃"不同。

② 凌纯声《唐代云南的乌蛮与白蛮考》，载《人类学集刊》第一卷第一期，商务印书馆1938年发行。

者。1919年时,夷人攻陷昭觉县,普安营守备秘书王文英因城破殉职,次子举嵩年七岁,为黑夷(夷族贵族)掳去,沦为娃子(奴隶),改名铁哈,后卖与大凉山白夷(夷族奴隶),改名铁拉,沦为汉娃(奴隶的奴隶)。其兄王雨庵经过不懈的努力,才以白银一百两将他赎回①。这事的曲折经过,与吴保安营救郭仲翔事有相似处,可以帮助我们了解唐代这一地区的民情风俗。

壮族居住在广西地区,也有一部分居住在云南,他们普遍采用二次捡骨葬法。今将《中华民族风俗辞典》中介绍"捡骨葬"的文字转录于下:

> 壮族丧葬习俗,又叫"二次葬"。人死洗礼入殓后,埋入土中,叫做"寄土"。寄土时,有的找风水龙脉之地,有的在传统规定的地方,有的则就近找个地方埋葬。坟坑大都很浅,以棺盖与地面相平为宜,然后用土堆成略为长方形的圆顶坟墓。第三日去"圆坟",即带上祭品上供、化纸,修整坟墓,还用一木棍吊一串纸条,插在墓顶上,叫扎幡旗。此后每年三月三,或清明上坟扫墓。三年或五年(只能是单数)后,开坟捡骨,盛于特制的陶瓷"金坛"里。捡骨要择吉日良辰,由死者亲属和亲戚并村中一两位有经验的长者一同前去。到了坟前,要烧香祭拜。刨开坟土,用雨伞遮住天空后才开棺捡骨。尸骸已腐朽则可捡骨,若未完全腐朽则将棺盖虚掩,复培土待来年再捡骨。捡骨时,首先由女子说明请死者起身,并捧出颅骨,然后其馀的人就把骸骨一一捡出,并用稻草、草

---

① 详见林耀华《凉山夷家》第七章《阶级》,吴文藻主编社会学丛刊乙集第五种,商务印书馆1947年版。柳无忌、潘如澍译成英文,以《The Lolo of Liang Shan》(Liang Shan I chia)为题,于1961年在 HRAF Press, New Haven 出版。

纸、碎布、刀片等把骨头擦刮干净,剩下的腐肉、破寿衣及废棺木等物随便埋掉即可,以后不复照管。骸骨装入"金坛"要按一定规矩:先放髋骨、尾椎骨,接着把骶骨、腰椎、胸椎依次竖直往上放,脊椎骨还用线香串起来以免散乱,四肢骸骨竖放两侧,再把肋骨、肩胛骨、下巴骨依次放入,最后把头颅骨放在上面,使整副骨架像蹲坐在坛子里一样。金坛里撒上一把朱砂,坛盖内侧用毛笔写上死者姓名和生卒年月日等,盖上坛口,埋在家族坟地中,培土筑成坟堆。这称之为"埋骨"。把骸骨从寄土之地移至埋骨之处,要燃香为亡灵引路,若过桥渡河,背骨的长子要喃喃自语,请亡灵一同过渡。①

这与牛肃《纪闻》中有关郭仲翔为吴保安捡骨归葬的记载类同,我们也可藉此了解李白"雪泣持刃,躬身洗削,裹骨徒步,负之而趋",为吴指南行剔骨葬仪的地域文化背景。

一种习俗的传播,又不仅限于一时一地,南方民族中有二次捡骨葬的习俗,北方民族中也有采用这一葬仪的,有关突厥族的文献中就有这方面的记叙。

《周书》卷五十《异域下·突厥传》言该族之葬法曰:"死者停尸于帐,子孙及诸亲属男女各杀羊马,陈于帐前祭之,绕帐走马七匝,一诣帐门,以刀剺面且哭,血泪俱流,如是者七度乃止,择日取亡者所乘马及经服用之物,并尸俱焚之,收其馀灰,待时而葬。春夏死者,候草木黄落;秋冬死者,候华叶荣茂,然后坎而瘗之。"韩儒林重译之丹麦Ｖ·汤姆森《〈蒙古古突厥碑文〉导言》中说:"至于突厥葬仪,中国史籍所记载者,只能适用

① 唐祈、彭维金主编《中华民族风俗辞典》,江西教育出版社1988年版。

于其上等人。"①可知一般突厥民众之葬法，当又有不同。

岑仲勉《突厥集史》于上述《周书·突厥传》引文之后，又引Czaplicka氏《历史上及现代之突厥族》一书中文，也叙突厥古代葬仪云："吾人必须假定既死之后，尸放墓外或置于临时之墓，待其肉完全消化。此项习俗，正与中国史所言春夏死者候草木黄落……相符。"②这是突厥族采用二次捡骨法葬仪的最好说明。

李白为友人吴指南行二次捡骨法葬仪，也可能与他早年生于碎叶，其家族长期生活在西突厥的统治区内，接受突厥文化的影响有关；这与他生长蜀地，因而接受了蛮族文化的影响并行不悖。当然，李白此举到底受了哪一个民族文化的影响，难以确说。从上面一节的分析来看，似以接受蛮族文化的影响为大；而从他对西方之地的眷恋之情而言，则也有可能受到西域文化的影响。他采用的是一种与华夏文化的葬仪截然不同的剔骨葬法，确是一件令人感兴趣而值得深入探讨的事。

---

① 林幹编《突厥与回纥历史论文选集》上册，中华书局1987年版。

② M·A·Czaplicka此书原名《The Turks of Central Asia in History and at the Present Day》，牛津大学出版社1918年版。岑氏以为此书上述"引证殊误"，但他在论文《揭出中华民族与突厥族之密切关系》中则又表示赞同，文曰："氏又言合坟在盐湖附近者（Minusinsk之东南）习惯常以骨殖立葬，因此必须假定死后尸体暴露或暂厝以待肉体之消化云云（90页）。按粤俗有永葬、暂葬两法，坟地不大而欲合葬者往往先觅地权厝，待八九年后肉既全化，乃掘冢开棺，捡取其骨放于瓦坛之内（坛径约一尺，高约二尺，俗呼为'金塔'，如是则占地有限，易于合葬也）。""金塔"当即"金坛"。此文载《东方杂志》四一卷第三号，1945年2月。今按：粤地古属蛮方，故有二次捡骨葬之遗风，据此更可明白南蛮与突厥确实都实行二次捡骨葬。而且Czaplicka此说乃是引证另一学者之考古发掘报告而提出的，他还说"从中国和希腊笔下有关古代突厥人丧葬风俗的记载是一致的"，虽然我还不太了解他引用的是哪一位希腊作家的记载，但想来当非妄说。至岑氏所说，自相违忤，则或所见前后有异之故。

我读李白的作品,观察李白的为人,总觉得他与当时一般的汉族文人颇不相同,今知他生长在一个由西域地区迁来的家庭之中,早年又一直生活在蛮族文化影响所及的区域之内,接受的是多种文化的影响,那么对于他的个人特点,也就可以进一步有所了解了。

　　　　　　　　　　　　　(原载《中国文化》第八辑,1993 年)

　　　　　　钟山愚公拾金行踪

李白与羌族文化

李白是奇人。若与他的朋友杜甫、高适、王昌龄、孟浩然等人相比，其思想、作风与人生道路均有很大的差异。他为什么这样特殊？学术界进行过多方面的探索，试图解开李白之谜，我则试图从文化背景的不同上说明李白的特点。为此我除了从中国固有的儒、道、法、纵横等不同学派的影响上进行剖析外，还从李白先世居住地区的地域文化着眼，说明李白与突厥文化的关系；从蜀地区域文化着眼，说明他与南蛮文化的关系。今从李白先世与早年居住地区的民族文化背景着眼，考察李白与羌族文化的关系，藉以说明李白丰富多彩的宗教信仰与人生道路问题。

一 《登峨眉山》诗的宗教背景

羌族为我国最为古老的民族之一。自商、周至唐，一直生活在中国的北部，后又逐渐集中到西北地区。汉代之后，羌族每分布于甘肃、青海两地，渐次扩散到四川，再由此南下，一直到达云南地区。唐代散布于云南地区的乌蛮，今日居住于凉山地区的彝族，都由古代羌族演化而来①。由此可知，四川西部之地曾为羌族聚居之区，这对蜀地文

---

① 近代研究彝族族源的学者已逐渐达成共识，方国瑜在《彝族史长编》中说："彝族祖先从祖国西北迁到西南，结合世代记录，当与羌人有关，早期居住在西北河湟一带的就是羌人，分向几方面迁移，有一部分向南活动的羌人，是彝族的祖先。"方氏后将此意写入《彝族史稿》，今据《方国瑜文集》第四辑所录，（注转下页）

化也会产生影响。

李白自五岁时随其父亲李客由碎叶迁回，直到二十四岁离蜀，一直居住在绵州昌隆县。此地位处四川西部，地区之内有众多少数民族杂居，西北境外又有吐蕃与党项羌等许多民族在流动①。这些都曾对生活在绵州的李家发生影响。

李白离蜀之前，曾至成都等地活动，旋即赴峨眉山游赏，曾有《登峨眉山》诗记其事。诗云：

> 蜀国多仙山，峨眉邈难匹。周流试登览，绝怪安可悉？青冥倚天开，彩错疑画出。泠然紫霞赏，果得锦囊术。云间吟琼箫，石上弄宝瑟。平生有微尚，欢笑自此毕。烟容如在颜，尘累忽相失。倘逢骑羊子，携手凌白日。

所谓"平生有微尚，欢笑自此毕"，是说早就立志成仙，打算结束俗世生活。抵此名山，更欲随骑羊子而仙去。那么骑羊子究为何人？

此人即羌族神仙葛由。传为刘向所撰的《列仙传·葛由》云：

> 葛由者，羌人也。周成王时，好刻木羊卖之。一旦，骑羊而入西蜀，蜀中王侯贵人追之，上绥山，在峨眉山西南，高无极也。随之者不复还，皆得仙道。故里谚曰："得绥山一桃，虽不得仙，亦足

（续上页注）云南教育出版社 2001 年版。徐嘉瑞在《大理古代文化史稿》"重印自序"中也提出："羌族即是乌蛮，也即是今天的彝族。"（中华书局 1978 年版）参看白兴发《近百年来彝族史研究综述》，载《学术月刊》2003 年 9 月号（总 412 期）。

　　①　参看胡昭曦《论汉晋的氐羌和隋唐以后的羌族》，载《历史研究》1963 年第 2 期。

　　　　　钟山愚公拾金行踪

以豪。"山下立祠数十处云。①

《列仙传》是记载神仙事迹的一部重要著作。其中记载的神仙,除葛由为羌人、赤斧为巴戎人外,均为汉族人。羌人与巴戎人都生活在巴蜀地区,由此亦可推知道教的产生与此地的少数民族有关。

书中明确指出葛由是羌人,此说可信。因为葛由的神仙事迹与羊密切相关,而羌人即以羊为图腾。此事屡见前此典籍。

按照历史学家与民俗学家的解释,"羌"字从"羊",因为羌人向以畜牧为生,故以羊为图腾。《说文解字·羊部》:"羌,西戎牧羊人也。从人,从羊,羊亦声。"《太平御览》卷七九四引《风俗通》曰:"羌,本西戎卑贱者也,主牧羊,故'羌'字从羊、人,因以为号。"因此,羌人文化所及之区,白羊这一形象作为吉祥的象征,也就深入人心。

中国古时盛行五行学说。五行与方位有关,东方青,西方白,当与地区风貌有关。东方的齐、鲁、吴、越等地,气候温和润泽,植被郁郁葱葱,给人的第一印象是青色。西方气候寒冷干燥,地多荒漠,给人的第一印象是白色。羌人世居西陲,故亦崇尚白色。该族相信万物有灵,故主多神信仰,而在众神之中,又以天神地位为高。羌人还把众神供奉在山上、屋顶、地里以及石砌的塔中,以一种乳白色的石英石作为象征,天神则被供奉在每户的屋顶最高处②。他们之奉白羊为图腾,也就不难理解了。

李白诗中,也喜用"白"字,除"白羊"外,诸如白龙、白鼋、白龟、白鹿、白兔、白虎、白鹦鹉、白蝙蝠、白石等,不一而足。如果没有文化上

① 《列仙传》卷上,王叔岷校笺本,台湾"中研院"中国文哲研究所中国文哲专刊,1995 年,页 50。
② 参看冉光荣、李绍明、周锡银《羌族史》下编第六章《羌族的习俗和宗教》,四川民族出版社 1985 年版。

的这一层因缘,李白诗中的这一特点,也就难以解释。如果不将李白喜爱白色与羌族文化联系起来,也会感到难以理解。

巴蜀地区的人都很崇信葛由。陈子昂《感遇诗》三十三曰:"金鼎合神丹,世人将见欺。飞飞骑羊子,胡乃在峨眉。"三十六曰:"浩然坐何慕,吾蜀有峨眉。念与楚狂子,悠悠白云期。时哉悲不会,涕泣久涟洏。梦登绥山穴,南采巫山芝。探元观群化,遗世从云螭。"内中抒写的宗教情绪,与李白一致。诗中提到的"骑羊""绥山"等有关葛由的典故,与李白诗中的描写一致。

李白诗中一再提及这些事件。《叙旧赠江阳宰陆调》诗曰:

> 我昔北门厄,摧如一枝蒿。有虎挟鸡徒,连延五陵豪。邀遮来组织,呵吓相煎熬。君披万人丛,脱我如獭牢。此耻竟未刷,且食绥山桃。①

李白此诗,追叙在长安时发生的一件憾事。他与京城中的流氓集团发生了冲突,这些歹徒有北门禁军为后台,将他拘于军中,幸亏陆调至监察部门告急营救,才免一厄。李白为此感到恨恨不已,转而想起家乡神仙之事,亟欲由此远离尘嚣。而在其他诗中,亦曾明示欲随"骑羊子"而仙去。《留别曹南群官之江南》诗曰:

> 我昔钓白龙,放龙溪水傍。道成本欲去,挥手凌苍苍。时来不关人,谈笑游轩皇。献纳少成事,归休辞建章。……怀归路绵邈,览古情凄凉。登岳眺百川,杳然万恨长。却恋峨眉去,弄景偶骑羊。

---

① 这些文字见于宋蜀本、缪曰芑本的李诗注中,咸淳本、《分类补注李太白诗》无。胡震亨《李诗通》以注文为正文,而以正文为注文。

诗中详细介绍了他少年时耽学仙术,历经事故蹉跎无成,朝廷仙官两无着落,追忆蜀地道家踪迹,不由得又想起葛由牧羊之事,说明羌族中的这一神仙故事对他影响至深。

安史乱起,李白匆匆南下,而他念及滞留鲁地的爱子伯禽时,作《送萧三十一之鲁中兼问稚子伯禽》诗曰:

> 高堂倚门望伯鱼,鲁中正是趋庭处。我家寄在沙丘旁,三年不归空断肠。君行既识伯禽子,应驾小车骑白羊。

于此可见蜀地的白羊故事留给他的印象之深了。

《登峨眉山》诗的宗教内涵是极为丰富的。通过此诗,可知葛由这一羌族神仙对于蜀地文人影响之巨,也可由此推知前此曾有很多羌人在蜀地居留。《列仙传》记"山下立祠数十处云",可知其地祭祀葛由香火之盛。这里面自有一些汉人所立的庙宇,但大部分的庙宇当由羌人所建。

李白离峨眉山乘船东下,由青衣江而抵达三峡,作《峨眉山月歌》曰:

> 峨眉山月半轮秋,影入平羌江水流。夜发清溪向三峡,思君不见下渝州。

平羌江为青衣江的异称。《元和郡县志·剑南道上·嘉州龙游县》云:"本汉南安县地,周武帝保定元年于此立平羌县。隋开皇三年,改为峨眉县。九年,又于峨眉山下别置峨眉县,改州理平羌县为青衣县,取青衣水为名也。"青衣、平羌,二名同实,盖此地以居住青衣羌而得名。《水经注·青衣水》曰:"[青衣]县,故青衣羌国也。"蜀汉于此讨平羌人，故又名平羌。曹学佺《蜀中名胜记》卷一四《雅州》曰："《碑目》云：《平羌江绳桥碑》，在严道县平羌桥，有唐咸通十年上官朴所撰碑，字亦隶体，今在江渎庙。《方舆》云：平羌江源出西徼，绕西北郭，谓武侯平羌夷于此。"可知峨眉山一带原为羌人聚居之地，故受羌人原始信仰的影响。李白称月为"君"，也以月为有生命的伙伴。沈德潜《唐诗别裁》卷二〇曰："月在清溪、三峡之间，半轮亦不复见矣。'君'字即指月。"揆之上述情理，此说可信。

二 《初下荆门》诗蕴蓄的文化内涵

李白沿青衣江东下，进入三峡，在荆门周边小事漫游后，决心前往吴越地区，作《秋下荆门》诗云：

> 霜落荆门江树空，布帆无恙挂秋风。此行不为鲈鱼脍，自爱名山入剡中。

按敦煌文献 P.2567《唐诗选残卷》亦录此诗，题作《初下荆门》[①]，可知此为初出川后之作。他一离开蜀地，进入中原大地，立即就想赴剡中游览，可见这一地区对他具有多么大的吸引力。

这里似可注意两点：一是西凉地区政权与东晋的关系，二是蜀地与吴越地区的联系。

李白的九世祖李暠，先是在前凉张氏政权中任职。自张轨起，此一政权即效忠东晋，虽然中原地区政权更迭频繁，前凉张氏始终不变其宗旨，奉东晋之正朔，且以传承华夏文化为己任。李暠继起，建立西

---

① 《法藏敦煌西域文献》(15)，页 316，上海古籍出版社 2001 年版。

凉王朝,此一宗旨依然不变。李氏王朝后为北凉沮渠蒙逊所灭。世称沮渠氏为卢水胡人,此族长期与羌族和汉族居住在一起,故亦杂有他族特点。沮渠政权亦奉东晋为正朔之所在,与东晋、南朝政权一直保持联系。《宋书·氐胡传》记:"[宋元嘉三年]世子兴国遣使奉表,请《周易》及子集诸书,太祖并赐之,合四百七十五卷。蒙逊又就司徒王弘求《搜神记》,弘写与之。"可知凉地政权中人与东晋朝廷联系之紧密。南方道教神仙故事,对于陇右地区的人来说,深具吸引力。

李白一直以出自兴圣皇帝之后而自豪。他的诗中,深怀晋代情结,多载五胡十六国故事,这些应当与其家族传统有关。

五胡十六国之世,中原扰攘,东晋、南朝与河西地区的正常联系被许多此起彼伏的异族政权所阻隔,势难开展正常的文化交流,但二者之间的联系却从未中断。这期间,蜀地成了联系两地的纽带。不论是东晋、南朝的使者赴河西之地,抑或河西之地的使者出使东晋、南朝,都由蜀地西北部出入,沿岷江而行,经过河西走廊东部或祁连山南部地区而出入西部。李白年幼时随父移居至绵州昌隆县,走的也是前一条路。他之出三峡东下,也就是沿着前人的老路补足蜀地至吴越地区的一段行程。

大家知道,蜀地原为道教的发源地,自汉末起道风即盛,且对其他地区也发生过巨大的影响。由于东晋政权的建立,王、谢等高门随之南下,而其时名流多信从神仙道教,于是江南的名山胜水又成了神仙的著名洞府。江南神仙道教兴旺发达,名声远扬,观上引沮渠蒙逊求《搜神记》事即可知。蜀地与吴越地区在神仙道教的传播上也展开广泛的交流。按江南的民间神仙道教中有李家道一系,就是由蜀地传入的。葛洪在《神仙传》和《抱朴子·道意》中详细介绍了李八百的事迹和蜀人李宽至江南传道的经过,时人即称宽为李八百或蜀中的另一神仙李阿,可知二地在热衷仙道的人中已视为一体①。

李白接二连三地赴浙东之地探胜。第一次前去,探访了天姥、天台、赤城等名山,天宝之时再度南下,游览过东部后,终于到了金华地区,因为这里的金华山也是著名的神仙洞窟。神仙一般都住在名山洞府之中,此即所谓"别有洞天"是也。道教以为世上有十大洞天,此外还有三十六小洞天,里面都有著名的仙人居处。《云笈七签》卷二七载司马承祯集《天地宫府图》引太上语,历数十大洞天、三十六小洞天的名目,可知十大洞天中,台州委羽山洞号大有空明之天,赤城山洞名上清玉平之洞天,处州括苍山洞号成德隐玄之洞天;三十六小洞天中,位于浙东地区者有九处之多,上文提到的金华山洞金华洞元天,位列第三十六,亦即三十六洞天中的最后一处著名洞天。

杜光庭作《洞天福地岳渎名山记》,综合前此道经上记载的海外五岳、三岛十洲、三十六靖庐、七十二福地、二十四化、四镇诸山,内容极为丰富。从中可知剡中及其附近地区有两大洞天和六个小洞天,还有十个左右的福地。这样的名山秀水,又是神灵出没之区,难怪李白离蜀之后定要"自爱名山入剡中"了。

各处名山洞府有神仙居住,这只是在道教酝酿成熟后才有这么整齐的规划和完整的记叙。实则人类处在初民阶段时,受万物有灵论的影响,以为每座山上都有山神,每条水中都有水神。《抱朴子·登涉》曰:"山无大小,皆有神灵。山大则神大,山小即神小也。"这一说明符合古代实际。

李白思想上印有万物有灵论的痕迹。他也接受了道教的观点,以

---

① 参看胡孚琛《魏晋神仙道教(〈抱朴子内篇〉研究)》第二章《魏晋社会的道教》第四节《魏晋社会的其他道派(一)》"李家道",页 54—56,人民出版社 1989年版。

为每座山中都有精灵,还以为每座洞府都有神仙居住。当他初离蜀地,隐居于安州安陆郡的一座小山——寿山时,却遭到了故交孟少府的揶揄,以为他居住的这座小山"无名无德而称焉"。李白随作《代寿山答孟少府移文书》,云是:

> 淮南小寿山谨使东峰金衣双鹤衔飞云锦书于维扬孟公足下,曰:仆包大块之气,生洪荒之间,连翼轸之分野,控荆衡之远势。盘薄万古,邈然星河。凭天霓以结峰,倚斗极而横嶂。颇能攒吸霞雨,隐居灵仙。产隋侯之明珠,蓄卞氏之光宝。罄宇宙之美,殚造化之奇。方与昆岑抗行,阆风接境,何人间巫、庐、台、霍之足陈耶?

这里申述的也是山无大小、皆有神灵的观点。由于李白对此极为热衷,因此当他处于山中时,常能见到仙人的灵踪,那么飘逸,那么洒脱,在空中自由翱翔,对他产生了极大的吸引力。《望黄鹤山》诗曰:

> 东望黄鹤山,雄雄半空出。四面生白云,中峰倚红日。岩峦行穹跨,峰嶂亦冥密。颇闻列仙人,于此学飞术。

《游太山六首》其二曰:

> 清晓骑白鹿,直上天门山。山际逢羽人,方瞳好容颜。扪萝欲就语,却掩青云关。遗我鸟迹书,飘然落岩间。其字乃上古,读之了不闲。感此三叹息,从师方未还。

《庐山谣寄卢侍御虚舟》诗曰:

遥见仙人彩云里，手把芙蓉朝玉京。先期汗漫九垓上，愿接卢敖游太清。

从中可知，李白欲往山中的神仙洞府求仙访道，可谓卧寐以之。《梦游天姥吟留别》诗曰：

我欲因之梦吴越，一夜飞度镜湖月。湖月照我影，送我至剡溪。谢公宿处今尚在，渌水荡漾清猿啼。脚着谢公屐，身登青云梯。半壁见海日，空中闻天鸡。千岩万转路不定，迷花倚石忽已暝。熊咆龙吟殷岩泉，慄深林兮惊层巅。云青青兮欲雨，水澹澹兮生烟。列缺霹雳，丘峦崩摧。洞天石扇，訇然中开。青冥浩荡不见底，日月照耀金银台。霓为衣兮风为马，云之君兮纷纷而来下。虎鼓瑟兮鸾回车，仙之人兮列如麻。忽魂悸以魄动，怳惊起而长嗟。惟觉时之枕席，失向来之烟霞。

李白一生喜入名山游，内含多种情趣。山水佳丽，风光宜人，他对大自然的美别具会心，因而留下了许多描绘山水美的名篇。而他又皈依道教，步入山中，就像看到了仙人在洞府中的生活，这使他产生无限憧憬，也使人摆脱了尘世的种种约束。山中岁月与尘嚣隔绝，使他与大自然融为一体，自身也融入了山水之中。

李白对金华山可谓情有独钟，因为这与他有更深一层的因缘。《元和郡县志·江南道二·婺州金华》曰："金华山，在县北二十里，赤松子得道处。"《太平御览》卷六九引《水经》曰："赤松子游金华山，以火自烧而化，故山上有赤松子之祠。"

魏晋南北朝时，其地已经盛传赤松故事。《梁书·沈约传》载沈约"隆昌元年，除吏部郎，出为宁朔将军、东阳太守"，亦即主政金华地区。

其时沈约有咏及赤松子之诗,《赤松涧》曰:"松子排烟去,英灵眇难测。惟有清涧流,潺湲终不息。神丹在兹化,云辂于此陟。愿受金液方,片言生羽翼。"说明他也有随赤松子仙去的愿望。

赤松子为皇初平,亦即金华牧羊儿。葛洪《神仙传·皇初平》曰:

> 皇初平者,丹溪人也。年十五,家使牧羊。有道士见其良谨,便将至金华山石室中,四十馀年,不复念家。其兄初起行山寻索初平,历年不得。后见市中有一道士,初起召问之曰:"吾有弟名初平,因令牧羊,失之四十馀年,莫知死生所在,愿道君为占之。"道士曰:"金华山中有一牧羊儿,姓皇,字初平,是卿弟非疑。"初起闻之,即随道士去求弟,遂得相见。悲喜语毕,问初平羊何在?曰:"近在山东耳。"初起往视之,不见,但见白石而还。谓初平曰:"山东无羊也。"初平曰:"羊在耳,兄但自不见之。"初平与初起俱往看之,初平乃叱曰:"羊起!"于是白石皆变为羊数万头。初起曰:"弟独得仙道如此,吾可学乎?"初平曰:"惟好道,便可得之耳。"初起便弃妻子留住,就初平学。共服松脂茯苓,至五百岁,能坐在立亡,行于日中无影,而有童子之色。后乃俱还乡里,亲族死终略尽,乃复还去。初平改字为赤松子,初起改字为鲁班。其后服此药得仙者数十人。(《太平广记》卷七引,《艺文类聚》卷九四引略同)

皇初平叱白石成羊,说明皇初平的牧羊故事亦有羌族文化背景,而皇初平即赤松子,赤松子的传记中有火化与白石的明证,说明他是葛由的翻版,源出羌族之神。由此可知,李白欲弃人间事,从赤松子游,皇初平所放牧的牲口,也是李白笔下的白羊。

羌族之神移植到了越地的神仙洞府,演变成了皇初平的神仙之说,与李八百的传说甚为相似。皇初平一作黄初平,也就是一直流传至今影响深远的黄大仙这一道教神仙。

三 羌族丧葬文化与神仙道教的形成

有关中国道教的产生与形成，学者们进行过很多可贵的探讨，他们大都用实证的态度，从古代典籍中寻找线索。道教之中，本来就保存着很多初民原始信仰的遗痕，于是学者们从先秦两汉时期的典籍中寻找有关神话、传说、巫术、方技等记载，说明道教的源头。这方面的探索已经取得了不少成绩，也是研究工作中的重要一环。但我以为，建国前后一批学者从民族学着眼而进行的探索，仍不容忽视。

向达在研究南诏的宗教信仰时，以为道教的产生与陇蜀地区的氐、羌有关。他在《南诏史略论》中说：

> 自汉末至唐宋，陇蜀之间的氐、羌以至于云南的南诏和大理都相信天师道。天师道是氐、羌以及南诏、大理的固有宗教信仰，还是受的外来影响，现在尚不能就下结论。不过天师道的起源实有可疑。过去都认为天师道起源东方，与滨海地区有密切关系。然天师道祖师张道陵学道于西蜀的鹤鸣山，在今岷江东岸仁寿县境内。仁寿西隔江为彭山、眉山，俱属古隆山郡，是氐、羌族经历之处。故我疑心张道陵在鹤鸣山学道，所学的道即是氐、羌族的宗教信仰，以此为中心思想，而缘饰以老子之五千文。因为天师道的思想原出于氐、羌族，所以李雄、符坚、姚苌以及南诏、大理，才能靡然从风，受之不疑。①

---

① 原载《历史研究》1954 年第 2 期，转引自《唐代长安与西域文明》，页 175，三联书店 1957 年版。

向达为什么会有道教起于氐、羌的宗教信仰之说？因为三四十年代时一些学者已经注意到了羌人的丧葬习俗与道教中的神仙观念相合。羌人实行火葬，烈焰升腾之时，人体化为烟气冉冉上升，人们也就认为灵魂开始脱离躯壳而升入天穹，从而产生了永生的神仙之说。闻一多在《神仙考》一文中于此论叙甚明，合乎实际，颇有启发意义①。

中国自古以来就是一个多民族的国家。各民族的发展历史不同，民情风俗各异，各地的葬法也大不相同。《墨子·节葬下》曰：

> 今执厚葬久丧者言曰："厚葬久丧，果非圣王之道，夫胡说中国之君子，为而不已，操而不择哉？"子墨子曰："此所谓便其习而义其俗者也。昔者越之东，有輆沐之国者，其长子生，则解而食之，谓之宜弟。其大父死，负其大母而弃之，曰'鬼妻不可与居处'。……楚之南，有炎人国者，其亲戚死，朽其肉而弃之，然后埋其骨，乃成为孝子。秦之西，有仪渠之国者，其亲戚死，聚柴薪而焚之，燻上，谓之登遐，然后成为孝子。此上以为政，下以为俗，为而不已，操而不择，则此岂实仁义之道哉，此所谓便其习而义其俗者也。"

《列子·汤问》有相同的记载。《吕氏春秋·义赏》曰："氐、羌之民，其虏也，不忧其系累，而忧其死不焚也。"《荀子·大略》篇同，说明羌族中自古就有火葬的习俗。仪渠为羌族建立的国家，故《墨子》中有关于火葬的记载。

一种民俗形成之后，往往历千年而不变。楚之南的"朽其肉而弃

---

① 见《神话与诗》，载《闻一多全集》第一册，页 153—180，三联书店 1982 年版。

之,然后埋其骨",是为蛮族地区广泛采用的捡骨葬。李白曾以此葬友,今不赘述。"聚柴薪而焚之"的葬法,即后人常为采用的火葬。自佛教传入后,火葬之风更盛,但从《墨子》《荀子》《吕氏春秋》等书的描述来看,实指秦地西边羌人的古老葬俗——火葬。

羌族起源甚古。《诗·商颂·殷武》曰:"昔有成汤,自彼氐、羌,莫敢不来享,莫敢不来王,曰商是常。"商代甲骨文中亦有关于羌的记载。周人率八百诸侯伐纣,其中就有羌族参加。《史记·周本纪》记武王伐纣,至于商之牧野,号召庸、蜀、羌、髳、微、纑、彭、濮八族之人共同讨伐不道。由于古时该族没有系统的文字记载,因此有关羌族的历史演变,后人知之不多。只是一个民族的习俗往往世代相传,时至后代,羌族仍然实行火葬。《旧唐书·西戎传·党项羌》曰:"党项羌,在古析支之地,汉西羌之别种也。……死则焚尸,名为火葬。"可证唐代之时羌族仍然实行火葬。

在羌族的丧葬习俗中酝酿出道教,道教中的神仙也每与火葬之事有关。葛由为道教神仙中的重要一员,屡经演变,又有皇初平、赤松子等异称。赤松子在神仙谱系中起源很早,葛由也是羌族中首出的神仙,因此,葛由与赤松子之间的纠结至堪寻味。

传世各本《列仙传》均列赤松子于首卷之端,曰:"赤松子者,神农时雨师也。服水玉,以教神农,能入火自烧。往往至崑崙山上,常止西王母石室中,随风雨上下。炎帝少女追之,亦得仙俱去。高辛时,复为雨师。今之雨师本是焉。"所谓"入火自烧",亦即言其在烈火中永生。再与皇初平的事迹联系起来,可以想见,当与放牧为生的羌族的火葬习俗有关。古人在火葬时的烈焰中目睹紫烟冉冉上升,因而早在郭璞的《游仙诗》其三中即有"赤松临上游,驾鸿乘紫烟"之说。李白云是"金华牧羊儿,乃是紫烟客",可证皇初平与赤松子事乃一事之二传。

古代神仙故事中与紫烟之说有关者甚多,《列仙传·宁封子》曰:

"封子积火自烧,而随烟气上下。"《啸父》曰:"啸父者,冀州人也。……唯梁母得其作火法,临上三亮,上与梁母别列数十火而升,西邑多奉祀之。"这里提到的"西邑",当指中国西部地区,亦即羌族生活的地段。又《师门》曰:"师门者,啸父弟子也。亦能使火。食桃李葩,为夏孔甲龙师。孔甲不能顺其意,杀而埋之外野。一旦风雨迎之,讫则山木皆焚。孔甲祠而祷之,还而道死。"可知神仙每与"火"密切相关,一些能呼风唤雨的神仙,首先与火有关。所谓"食桃李葩",亦当与绥山桃事有关。

李白多次提及赤松子。《古风》十八曰:"萧飒古仙人,了知是赤松。借予一白鹿,自挟两青龙。"《对酒行》曰:"松子栖金华,安期入蓬海。此人古之仙,羽化竟何在?"《送王屋山人魏万还王屋》诗曰:"落帆金华岸,赤松若可招。"《古风》十五曰:"金华牧羊儿,乃是紫烟客,我愿从之游,未去发已白。"足见入火自焚的牧羊儿对他具有强大的吸引力。

上述种种,无不说明蜀地的区域文化对李白的影响之巨。羊与神仙一直在他的脑海中浮现。或许他并不自觉这些问题的内涵,但青少年时期所接受的外界影响,地区的文化熏染,对人的一生都会产生潜移默化的作用。

四　李白与羌族文化的关系

上述种种,可以用来说明李白所受羌族文化影响之深。张道陵受羌族信仰的影响创建道教,故自汉末起,蜀地已成道教的基地。成汉立国,奉道教为国教,更使道教的影响扩大。隋唐之世,情况仍然如此。李白自年轻时起即笃信道教,也是可以理解的。

李白初期的作品,如《访戴天山道士不遇》《寻雍尊师隐居》等诗,都是访道之作,可见其时已经沉溺于道教信仰之中。又如他在《登锦城散花楼》诗结尾时曰:"今来一登望,如上九天游。"可知其时的成仙之望已经非常强烈。

李白随后游峨眉,作《登峨眉山》《峨眉山月歌》二诗,也明白表示了他对羌族神仙的向往。《初下荆门》诗中,则又表示将赴浙东游赏,因为该地的人文景观与神仙道教传说对他具有强烈的吸引力。当他登临金华山时,又对赤松子的灵验事迹大为咏叹。不论是在蜀地,抑或是在吴越之区,始终不忘白羊故事。他的诗中,尽多白色之物,这些都与他的生长之地,蜀地西部的文化背景有着重要关系。羌人重白,李白与白色又有这么多的联系,不从这层因缘着眼考察,恐怕无法解释这一特点。

大家知道,李白喜好音乐歌舞,这应当也与他的生长地区有关。因为绵州昌隆县四周为多种少数民族聚居之区。《华阳国志·巴志》:"阆中有渝水。賨民多居水左右,天性劲勇……锐气喜舞。帝善之……乃令乐人习学之,今所谓'巴渝舞'也。"阆中地后属绵州。《太平寰宇记·剑南东道二·绵州》载,境内有賨人,勇锐而善舞,故古有巴渝舞。

李白喜酒,酒兴来时,就伴之以舞蹈。《独酌》诗曰:"手舞石上月,膝横花间琴。"《月下独酌》诗其一曰:"我歌月徘徊,我舞影凌乱。"《对酒醉题屈突明府厅》诗曰:"风落吴江雪,纷纷入酒杯。山翁今已醉,舞袖为君开。"《与夏十二登岳阳楼》诗曰:"雪间逢下榻,天上接行杯。醉后凉风起,吹人舞袖回。"《南陵别儿童入京》诗曰:"高歌取醉欲自慰,起舞落日争光辉。"可见他对舞蹈的喜好与娴熟,兴奋的心情每藉舞蹈表达。

但他跳的什么舞,可缺乏明确的记载。看来不是常人般的手舞足蹈,而是有一定的舞姿舞容为规范的。李白在《东山吟》中介绍说,其时他跳的是一种"青海舞"。诗曰：

> 携妓东土山，怅然悲谢安。我妓今朝如花月，他妓古坟荒草
> 寒。白鸡梦后三百岁，洒酒浇君同所欢。酣来自作青海舞，秋风
> 吹落紫绮冠。彼亦一时，此亦一时，"浩浩洪流"之咏何必奇？

青海舞，论者以为即青海波舞，不知然否？魏颢《李翰林集序》曰："间
携昭阳、金陵之妓，迹类谢康乐，世号为李东山。骏马美妾，所适二千
石郊迎，饮数斗醉，则奴丹砂抚《青海波》。"则是"青海波"或系琴曲，故
用一"抚"字。

李白《出妓金陵子呈卢六四首》其四曰：

> 小妓金陵歌楚声，家僮丹砂学凤鸣。我亦为君饮清酒，君心
> 不肯向人倾。

家僮丹砂之所长或在器乐方面，这里所谓"学凤鸣"，当在使用管乐而
有此奇异的效果。

李白在《司马将军歌》中又说"羌笛横吹《阿嚲回》"，此曲不知内容
如何？但从这一乐府乃仿"陇上健儿陈安"歌而作[1]，首句又云"狂风
吹古月"，古月为胡字的代号，则《阿嚲回》当是西部民族的乐曲，很有
可能就是羌人的曲子。

"青海"一词，在李白的笔下，地理方位是固定的，指的是河西走廊
与吐蕃交界的地带，与今日之青海为近。因"青海"即以古今不变的青

---

[1] 《乐府诗集·杂歌谣辞三·司马将军歌》曰："《司马将军歌》，李白所作，
以代陇上健儿陈安。"页1200，中华书局1979年版。代，摹拟之意。

海湖而得名。李白诗《关山月》曰:"汉下白登道,胡窥青海湾。"《答王十二寒夜独酌有怀》曰:"君不能学哥舒横行青海夜带刀,西屠石堡取紫袍。"这一地区距其蜀中故家不远,也是李白当年自西域迁入蜀中的经由之路,李白对此自当有深刻的印象。因此,他欣赏的是羌人的乐曲,跳的是羌人之舞,信的是羌人之神,他的喜好与信仰,都与羌人密切相关。

由上可见,李白为人之所以有异于常人,实与他所承受的多种文化的影响有关。李白与羌族文化的关系,前人似未注意,今从诸多方面着手进行分析,或可说明李白的一些特点,对理解李白丰富多彩的人生当有帮助。

(原载《中华文史论丛》2006年第1期)

韩愈的《永贞行》以及他同刘禹锡的交谊始末

一

顾嗣立《昌黎先生诗集注》卷三评《永贞行》曰："此诗前半言小人放逐之为快，后半言数君贬谪之可矜，盖为刘、柳诸公也。"

陈祖范《记昌黎集后》曰："予读韩文公《顺宗实录》及《永贞行》，观刘、柳辈八司马之冤，意公之罪状王、韦，实有私心，而其罪固不至此也。……退之于伾、文、执谊有宿憾，于同官刘、柳有疑猜，进退祸福，彼此有不两行之势。而伾、文又速败，于是奋其笔舌，诋斥无忌，虽其事之美者，反以为恶，而刘、柳诸人朋邪比周之名成矣。史家以成败论人，又有韩公之言为质的，而不详其言之过当，盖有所自。予故表而出焉，非以刘、柳文章之士而回护之也。"①

顾、陈二家之说，对于《永贞行》的内容、韩愈的创作态度，以及此诗所产生的影响，理解比较正确，后人自可据此而作深入一层的挖掘。

实际说来，王叔文一伙在顺宗一朝的所作所为，和韩愈没有什么直接的关系，因为韩愈在贞元十九年底以天旱人饥奏请停征京兆府税钱及田租，为人所谗，贬为连州阳山令。贞元二十一年夏秋之际，遇赦离阳山，俟命于郴州，八月授江陵法曹参军，九月初赴江陵。直到宪宗元和元年六月，召拜国子博士，始得还朝。王叔文等人的政治活动，一系列措施的推行，仅限于贞元二十一年一月至八月，那时韩愈正以有

① 载《陈司业文集》卷一。

罪之身漂泊在外,自无卷入政治旋涡之可能。

王叔文等人采取的措施,如罢免贪官、压抑藩镇等,和韩愈平素的主张也是一致的,按理来说,应当得到他的支持,因此有的研究者认为韩愈实际上是同情所谓"永贞革新"的。但这与韩愈在《永贞行》中表明的态度显然不合。在此诗中,韩愈口诛笔伐,其口气之严厉,用字之尖刻,已经到了一般封建文人都难以接受的地步。钱仲联先生的《韩昌黎诗系年集释》曾引各家之说,逐一加以驳正,如此又怎能说得上是韩愈同情所谓"永贞革新"了呢?

韩愈的《顺宗实录》是朝廷的史册,根据古来的传统,要求善恶必书,因此王叔文集团中的一些善政确是得到了较为接近事实的记录,但《顺宗实录》内也记下了这一集团中人的不少劣迹。韩愈有关后一方面的文字,和他在《永贞行》中的描写是一致的。他和王叔文集团之间始终划下一条明确的界线。尽管这一集团中有他的朋友柳宗元、刘禹锡在内,但他一直以猛烈攻击这一集团为己任,而且不断地在这些朋友面前提醒这一界线的存在。

王叔文集团的一些政治活动,还是经得起历史检验的,因此自宋代起,就已有人为之鸣冤了。韩愈那些过激的批判,也就引起了后人的反感。谭献《复堂日记》卷七曰:"《十七史商榷》于唐独表王叔文之忠,非过论也。予素不喜退之《永贞行》,可谓辩言乱政。"近人对于王叔文集团的进步意义有了更多的认识,由是对韩愈的声讨也就更见猛烈了。

韩愈和柳宗元、刘禹锡的关系,经常处在一种微妙的状态之中,彼此之间既有相互钦敬的一面,也有很多的隔阂与矛盾。只有联系中唐时期的政治形势,分析各种人物的动态,明确彼此的立场,掌握他们的思想情绪,才能获得对《永贞行》一诗完整的理解。

二

韩愈是个家族观念很强的人,而且颇以家世自负。自他的父辈起,到他的下一代,即使是那些碌碌无为的韩氏子孙,在他写作墓志铭时,也总要说上几句好听的话,如称韩岌"少而奇,壮而强,老而通"(《虢州司户韩府君墓志铭》),韩愈"卓越豪纵"(《四门博士周况妻韩氏墓志铭》),韩介"为人孝友"(《韩滂墓志铭》)之类。

而在韩愈一族中,却是少有地位尊显的人物,其中要数叔父云卿的名声较大。李白《武昌宰韩君去思颂碑序》中说:"云卿,文章冠世,拜监察御史,朝廷呼为子房。"韩愈于《科斗书后记》中说:"愈叔父当大历世,文辞独行中朝,天下之欲铭述其先人功行取信来世者,咸归韩氏。"其后韩愈以写作古文扬名于世,而且专精于写作碑志,应当接受过这位叔父的影响。

但是,与韩愈关系最为深切,对他影响最为巨大的家人,首推长兄韩会。韩愈早年很不幸,生下不到两个月,就死去了母亲;三岁时,父亲仲卿也去世了。其后就由韩会哺养。七岁随兄迁居长安,从之读书。十岁时,韩会贬官,随之谪居韶州。直到十三岁,韩会去世,韩愈始终随从着长兄。这时所经历的一切,自然会在他幼小的心灵上铭刻下烙印。

韩会死后,韩愈由长嫂郑氏哺养,备历艰辛,至于成立。《祭郑夫人文》中详叙抚育之情,直是声声血泪,可见其受恩之深。俗语说:"长兄为父,长嫂为母。"特别是像韩愈这样的经历,真正体现了封建社会家族关系中的这一人伦准则。祭文中也说:"视余犹子,诲化谆谆";"昔在韶州之行,受命于元兄,曰:'尔幼养于嫂,丧服必以期。'今其敢忘? 天实临之!"足见他对兄嫂的感情之深。

但在韩愈的生花妙笔之下，却有一件难以实录的事，那就是韩会的遭贬。因为此事委实不太光彩，韩会是因党附权奸元载而受到惩处的。

韩愈成名之时，上距元载之死，已有二三十年的间隔，历史已为这位显赫一时的人物作出了定论。他玩弄权谋，培植私党，贪赃纳贿，声名狼藉。由这一案件而遭贬的人，自然也是名声不佳的了。

但韩会却是一位自命甚高的人物。《旧唐书·崔造传》曰："永泰中，与韩会、卢东美、张正则为友，皆侨居上元。好谈经济之略，尝以王佐自许，时人号为'四夔'。"钱易《南部新书》卷丙记载全同，当是袭用前人著作而著录的，此说所从出的原书已佚，谅来是中唐时期的人所记。李肇《国史补》卷下还说："韩会与名辈号为'四夔'，会为夔头。"可见他在这些人物中的突出地位。

这一些人虽然自命甚高，但并没有什么卓越的才能。因为政治上无所建树，所以也没有什么记载流传下来。崔造夤缘际会，虽曾一度拜相，但新、旧《唐书》上都说他"不能权济大事"，"莅事非能"；韩愈怀着特殊的感情为卢东美作墓志，也只能说是"在官举其职"而已。韩会的政治活动一开始就遭到挫折，未能充分施展才能，但在他得意时，似乎也没有什么突出的表现。

于是韩愈只能从"德行"上去表扬先兄了。《考功员外卢君墓志铭》曰："愈之宗兄故起居舍人君以道德文学伏一世。其友四人，其一范阳卢君东美。少未出仕，皆在江淮间，天下大夫士谓之'四夔'，其义以为道可与古之夔、皋者侔，故云尔。或曰：'夔尝为相，世谓"相夔"。'四人者，虽处而未仕，天下许以为相，故云。"《韩滂墓志铭》曰："起居有德行言词，为世轨式。"但这是无论如何不能自圆其说的。这样一位拟于夔、皋的圣者，却因依附声名狼藉的权奸而遭贬，真是最大的讽刺。对于深受长兄养育之恩而又以家世自负的韩愈来说，确是不太容易启口的。

于是他就只能虚晃一枪,推说韩会之贬乃因遭到了谗言。《祭郑夫人文》中说:"年方及纪,荐及凶屯。兄罹谗口,承命远迁。"只是这种说法提不出什么事实根据,缺乏说服力。因为元载一党的覆没,是当时朝廷上的一件大事,韩会之贬,为的是关系不同寻常。《旧唐书·代宗本纪》记大历十二年夏四月"癸未,以右庶子潘炎为礼部侍郎。贬吏部侍郎杨炎为道州司马,元载党也。谏议大夫知制诰韩洄、王定、包佶、徐璜,户部侍郎赵纵,大理少卿裴翼,太常少卿王纮,起居舍人韩会等十余人,皆坐元载贬官也"。《资治通鉴》卷二二五代宗大历十二年四月记"癸未,贬吏部侍郎杨炎,谏议大夫韩洄、包佶,起居舍人韩会等,皆载党也"。可见韩会确是元载一党的核心人物,这是韩愈无法为之洗刷的。

韩会曾撰《文衡》一文,对韩愈影响至巨。王铚《韩会传赞》曰:"观《文衡》之作,益知愈本六经、尊皇极、斥异端、节百家之美,而自为时法。立道雄刚,事君孤峭,甚矣其似会也。孟子学于子思,而道过之,圣人不失其传者,子思也。会兄弟师授佞矣!"①足以说明韩会的文学事业曾给韩愈以启导。他在政治上的颠踬,也就成了韩愈的隐痛,自会引起韩愈深沉的思考。

三

我国古代士人对其出处,常是表现为两种态度。一种是科举出身,逐级升迁,不图幸进,也不急于求成。一种是自负其才,以管、乐自许,平时注意传播名声,希望获得有力者的援手,遽躐高位,一展抱负。每当政治发生危机、社会处于动乱时,后一类人就更有冒头的机会。

---

① 见宋魏仲举《五百家注音辨昌黎先生全集》附《韩文类谱》卷八。

即以唐代而言，玄宗至代宗时，曾经出现过张镐、李泌等人物。可见这条终南捷径还是颇有吸引力的。

服膺儒术的人则常是以夔、皋自许，犹如杜甫自命稷、契，希望"致君尧舜上"一样。这一类人大都迂阔无能，但如房琯之在玄宗、肃宗时，虚名还是很大的，且对高迁也产生了作用。"四夔"之辈，看来走的就是这一条路。

然而，号称"夔头"的韩会，却不慎坠入元载一党，落得个不光彩的下场。

元载出身寒微，只是利用宫廷内部的矛盾，帮助代宗诛戮威胁王室的宦官，获得了信任，攫取了权势。他也曾经提拔过一些能人，采取过一些有益的措施，但其为人专尚权术，放纵无忌，结果犹如暴发户一样，贪赃枉法，卑污至极。韩会与这样的人交往，就是在出处大节上缺乏检点，这是韩愈一定会引为教训的。

他在许多文章中透露过这一消息，反复思考过文人的出处问题。《进士策问十三首》中一首曾这样提问：

> 春秋之时，百有馀国，皆有大夫士；详于传者，无国无贤人焉。其馀皆足以充其位，不闻有无其人而阙其官者。……今天下九州四海，其为土地大矣，国家之举士，内有明经进士，外有方维大臣之荐，其馀以门地勋力进者，又有倍于是，其为门户多矣，而自御史台、尚书省，以至中书、门下省，咸不足其官，岂今之人不及于古之人邪？何求而不得也？夫子之言曰："十室之邑，必有忠信如丘者焉。"诚得忠信如圣人者，而委之以大臣宰相之事，有不可乎？况于百执事之微者哉！古之十室必有任宰相大臣者，今之天下而不足士大夫于朝，其亦有说乎？

古代的事，现在为什么行不通？社会发生了变化，士子怎样走上仕途才算是合乎规范？他的结论是：不能汲汲于富贵，不能为了轻躁幸进而获祸。《与卫中行书》中说：

> ……至于汲汲于富贵，以救世为事者，皆圣贤之事业，知其智能谋力能任者也，如愈者又焉能之？……然则仆之心或不为此汲汲也。其所不忘于仕进者，亦将小行乎其志耳，此未易遽言也。凡祸福吉凶之来，似不在我，惟君子得祸为不幸，而小人得祸为恒；君子得福为恒，而小人得福为幸。以其所为，似有以取之也。必曰"君子则吉、小人则凶"者，不可也。贤不肖存乎己，贵与贱、祸与福存乎天，名声之善恶存乎人。存乎己者，吾将勉之；存乎天、存乎人者，吾将任彼而不用吾力焉。其所守者，岂不约而易行哉？

就在韩愈进入仕途时，恰又遇到了一次类似前代政局的局面。出身寒微的王伾、王叔文等人，利用侍奉太子李诵的机会，正在搜罗人才，培植势力。这时正值德宗行将病故，重病在身的李诵即将代立，这对急于用世的人来说，正是日后飞黄腾达的一条捷径，也是施展抱负的大好时机。韦执谊就是看到了王叔文的受宠而依附上去的。《顺宗实录》卷五曰："叔文，越州人，以棋入东宫。颇自言读书知理道，乘间常言人间疾苦。上将大论宫市事，叔文说中上意，遂有宠。因为上言：'某可为将，某可为相，幸异日用之。'密结韦执谊，并有当时名欲侥幸而速进者陆质、吕温、李景俭、韩晔、韩泰、陈谏、刘禹锡、柳宗元等十数人，定为死交，而凌准、程异等又因其党而进，交游踪迹诡秘，莫有知其端者。"韩愈当时已有一定的名声，又是热中于仕进之人，但他能在这种关键的时候自别于"欲侥幸而速进者"之流，不能不说是汲取了他先兄的教训。

贞元二十一年，即永贞元年，刘禹锡年三十四岁，柳宗元年三十三岁，正是意气风发之时。二人少有才名，又有很大的政治抱负，这时遇到施展才能的大好机会，也就很自然地和王叔文等人结合在一起了。《新唐书·刘禹锡传》曰："素善韦执谊。时王叔文得幸太子，禹锡以名重一时，与之交，叔文每称有宰相器。太子即位，朝廷大议秘策多出叔文，引禹锡及柳宗元与议禁中，所言必从。擢屯田员外郎，判度支、盐铁案，颇冯藉其势，多中伤士。……凡所进退，视爱怒重轻，人不敢指其名，号'二王、刘、柳'。"又《王叔文传》曰："时景俭居亲丧，温使吐蕃，惟质、泰、谏、准、晔、宗元、禹锡等倡誉之，以为伊、周、管、葛复出，恫然谓天下无人。"可见这一批人，正像前代的"四夔"一样，也是"以王佐自许"的。

柳宗元死后，韩愈为作墓志，一再说到柳氏"少精敏"，"崭然见头角"，"俊杰廉悍"，"踔厉风发"。"子厚前时少年，勇于为人，不自贵重顾藉，谓功业可就，故坐废退。"可以说是走上了和韩会等人类似的道路。

韩愈在《永贞行》中谴责王叔文等一伙人时，有句云："夜作诏书朝拜官，超资越序曾无难。"这是带有总结历史经验性质的意见，他是反对幸进而主张循资顺序的。

韩愈看到了宦海风波，不再"汲汲于富贵"，在出处上甚为审慎。刘、柳却想"超资越序"而立抵卿相，以至重蹈他人之覆辙。这就决定了二者政治态度上的差异，也就引起了日后的一系列矛盾和隔膜。

就在贞元十九年，王叔文集团正式登台的前夕，韩愈被远贬到连州阳山。他为什么遭到斥逐，史书上的记载纷纭不一，直到现在得不出可信的结论。按照韩愈自己的记叙来看，他认为这同王叔文一伙的弄权有关。

韩愈在诗文里经常提到这一不愉快的事件。《赴江陵途中寄赠王二十补阙李十一拾遗李二十六员外翰林三学士》曰：

> 孤臣昔放逐，血泣追愆尤，汗漫不省识，怳如乘桴浮。或自疑上疏，上疏岂其由？……适会除御史，诚当得言秋，拜疏移阁门，为忠宁自谋？上陈人疾苦，无令绝其喉；下言畿甸内，根本理宜优。积雪验丰熟，幸宽待蚕辞。天子恻然感，司空叹绸缪，谓言即施设，乃反迁炎州。同官尽才俊，偏善柳与刘。或虑语言泄，传之落冤仇。二子不宜尔，将疑断还不。……

这里他对遭贬的原因作了两种不同的分析。说是为了"御史台上论天旱人饥状"吧，那已经得到了天子和宰臣的赞同，因而说"上疏岂其由"，这种可能性应该排除。这也就是说：因京兆尹李实的报复而遭打击的说法，韩愈当时也是不相信的。看来他是怀疑一起担任监察御史的好友柳宗元和刘禹锡泄露了"语言"，所以"传之落冤仇"的。这定然是一种机密的"语言"，得罪了另一批幕后的权臣。此句之后虽然紧接着也排除了这种假设，但这里可能只是一种巧妙的遁词。韩愈于此本找不到什么确凿的证据，不便把话说死，而且李程等人和柳、刘交情很深，因而只能欲吐又吞。但他如果已从根本上排除了这种怀疑，那又为什么要在共同的朋友面前提起这桩不愉快的往事？

再把上述两层意思联系起来考察，韩愈的真意似在说明，他因上《天旱人饥状》而获罪，这只是表面现象，不是根本原因。问题的实质是得罪了王叔文一伙，而语言不慎，可能是由刘、柳二人传过去的。王叔文一伙假借上疏之事暗中活动，对他施加打击。

贞元二十一年夏秋之际，韩愈遇赦离开阳山，在郴州待命。这时的一些经历，加深了他的怀疑。当时王叔文集团正如日中天，柳宗元、刘禹锡等人大权在握,为什么不对横遭不幸的好友一伸救援之手? 贞元二十一年正月辛酉,王叔文等人一上台,就把京兆尹李实贬为通州长史,并以诏书的形式宣布他的罪状,那他们为什么不把前此早已弹劾此人的韩愈引为同类而召唤入京呢?

韩愈不能不感到失望和愤懑,他在《八月十五日夜赠张功曹》一诗中说:

> 昨者州前捶大鼓,嗣皇继圣登夔皋。赦书一日行万里,罪从大辟皆除死。迁者追回流者还,涤瑕荡垢清朝班。州家申名使家抑,坎坷只得移荆蛮。

方崧卿《韩集举正》卷一曰:"以文意考之,盖言追还之人,皆得涤瑕垢而朝清班,惟己为使家所抑,故只量移江陵也。"使家指当时担任湖南观察使的杨凭。陈景云《韩集点勘》卷一曰:"公自阳山遇赦,仅量移江陵法曹,盖本道廉使杨凭故抑之,赠张功曹诗所谓'州家申名使家抑,坎坷只得移荆蛮'是也。时韦、王之势方炽,凭之抑公,乃迎合权贵意耳。"钱仲联《韩昌黎诗系年集释》补释则曰:"杨凭为柳宗元妻父,自必仰承伾、文一党意旨。公与[张]署之被抑,宜也。"联系前此的阳山之贬,再和眼前的形势联系起来,使得韩愈更加怀疑,这些事情的背后确有王叔文一伙人在操纵。其时王叔文党已经逐渐失势,但杨凭还是能够利用权势阻拦他回朝。韩愈前遭打击,后遭压抑,不由得对王叔文一伙增加了敌对的情绪。

韩愈政治上的升沉,和王叔文一党力量的消长成反比。等到这一集团正式登台,韩愈才明确认识到自己屡遭厄难的原因;等到这一集团垮台,才看到了抬头的机会。于是他在《忆昨行和张十一》诗中又说:

念昔从君渡湘水，大帆夜划穷高桅。阳山鸟路出临武，驿马拒地驱频聩。践蛇茹蛊不择死，忽有飞诏从天来，伾、文未揃崖州炽，虽得赦宥恒愁猜。近者三奸悉破碎，羽窟无底幽黄能。眼中了了见乡国，知有归日眉方开。

只是令人费解的是，韩愈在什么事情上得罪了王叔文集团？他在朝时，这一集团还未走向前台，他们的政治措施还未公之于世，韩愈即使暗中计议，也难以具体论列。想来当是柳宗元、刘禹锡等人与之过往甚密，韩愈凭着自己的政治经验，对二王的作风有所评议，在柳、刘面前表露过，或者进行过规劝，希望他们不要轻躁冒进。其时韩愈还作有《君子法天运》诗，内云："君子法天运，四时可前知；小人惟所遇，寒暑不可期。利害有常势，取舍无定姿。焉能使我心，皎皎远忧疑。"方世举《韩昌黎诗集编年笺注》卷二以"此诗为刘禹锡、柳宗元媚比伾、文而作"，或许接近事实。当时韩愈曾经丰述过自己的观点，其后他就遭到一系列的打击和迫害，这就不能不使他怀疑到这两位好友泄露了"语言"。

永贞元年八月，宪宗即位，标志着王叔文集团的败端已露，韩愈乃得量移江陵法曹参军。当他路过岳阳时，作《岳阳楼别窦司直》一诗，重提此事。

念昔始读书，志欲干霸王，屠龙破千金，为艺亦云亢。爱才不择行，触事得谗谤，前年出官由，此祸最无妄。公卿采虚名，擢拜识天仗，奸猜畏弹射，斥逐恣欺诳。新恩移府廷，逼侧厕诸将，于嗟苦鸳缓，但惧失宜当。……

窦庠随作《和韩十八侍御登岳阳楼》一诗，然对韩愈的牢骚不置只字。可能因为事出暧昧，旁人无从了解真相，因此对于韩愈前此遭贬之事略而不谈。

是年九、十月间，王叔文集团的政治斗争宣告失败，刘禹锡遭严谴，贬为连州刺史，正路过江陵，从而获得与韩愈见面的机会。这时的政治形势已经彻底改变。根据当时的政治标准来看，韩愈大义凛然，见机先觉，与李实、王叔文等人作坚决斗争，虽遭迫害而终不动摇，可以说是经历了严峻的考验，在政治品德上博得了声望。刘禹锡等人则因轻躁幸进篡窃权柄而被远斥，政治上处于下风。在韩愈看来，刘禹锡等人正是因为不听从他的"语言"，所以才落得这种下场。

于是，韩愈拿出《岳阳楼别窦司直》一诗，要求刘禹锡属和。这番举动，显然是要求刘禹锡对自己的怀疑作出解释。韩愈的态度还算是友善的，可以说是在政治上得到了翻身之后要求处在嫌疑之间的朋友作出必要的说明。

何焯《义门读书记》曰："退之出官，颇猜刘、柳泄其情于韦、王，乃此诗即以示刘，令其嘱和，毋乃强直而疏浅乎？或者窦庠语次，深明刘、柳之不然，劝其因倡和以两释疑猜，而刘亦忍诟以自明也。"这种分析的前半部分颇有启发意义，后半部分则是不符事实的臆断之词。窦庠当时权领岳州刺史，未闻同在江陵，怎能劝刘禹锡"倡和以两释疑猜"？而且窦庠在诗中未曾涉及前此的韩、刘事件，可见刘氏的答诗与窦庠毫无关系。

这时的刘禹锡，政治上和道义上正处于逆境，应命而作《韩十八侍御见示〈岳阳楼别窦司直〉诗因令属和重以自述故足成六十二韵》，对他来说，是很难措词的。因为他身处嫌疑之间，既不能承认什么，又不能否定什么，因此只能随文敷衍，而在韩愈的猜疑的问题上不着只字。

故人南台旧，一别如弦驶。今朝会荆蛮，斗酒相宴喜。为余出新什,笑抃随伸纸。晔若观五色,欢然臻四美。委曲风涛事,分明穷达旨。……

可以说,二人的隔阂没有能够消除,疙瘩没有能够解开。韩愈随即又写了这首《永贞行》赠送刘禹锡,进一步表明了自己的态度。

关于这首诗的写作时间和赠送对象,以往已有许多人作过考证,《五百家注音辨昌黎先生全集》卷三引韩醇曰:"'郎官''荒郡',意指刘禹锡坐叔文党贬连州也。公方量移江陵,而梦得出为连州,邂逅荆蛮,故作是诗。观终篇之意,可见其为梦得作也。"有人以为诗中明言"数君",安得专指梦得一人?柳宗元贬邵州刺史,也要经过江陵,因此这诗应当兼为刘、柳而作。但考究起来,还应以韩醇的意见为是。因为《永贞行》中提到蛮荒的一段,所谓:"荒郡迫野嗟可矜,湖波连天日相腾,蛮俗生梗瘴疠烝,江氛岭祲昏若凝。一蛇两头见未曾?怪鸟鸣唤令人憎,益虫群飞夜扑灯,雄虺毒螫堕股肱,食中置药肝心崩,左右使令诈难凭,慎勿浪信常兢兢。"并非掇拾陈词,而是直陈所见。因为他刚从连州召回,刘禹锡则要赴他前此的同一贬所,所以诗中紧接上文又说:"吾尝同僚情可胜?具书目见非妄徵",表明这里是用个人的生活经验告知故人,对象甚为具体,不包括柳宗元在内。

韩愈这时写作《永贞行》,带有强烈的个人情绪。前此无名的阳山之贬,愤恨难消;怀疑中的"语言"之泄,还是无法解开疑团,刘禹锡应嘱的和诗,没有什么实质性的解答。于是韩愈重作《永贞行》一诗,以总结历史经验为题,声讨王叔文集团。这样,诗中也就出现了如下一些特点。

一是猛烈攻击王叔文等人,极尽丑诋之能事。这样做,可以进一步说明他本人政治方向的正确,满足其时政治上的优越感。不过他却是过甚其词,失掉了分寸。夸大事实固不必说,内中说到"董贤三公谁复惜,侯景九锡行可叹",就是那些封建社会中的文人看来,也已觉得拟于不伦了。韩愈这样高的调门,想来只会引起刘禹锡的反感。

二是关怀故友,把刘禹锡等人和二王一辈"小人"区别开来。诗中说到"四门肃穆贤俊登,数君匪亲岂其朋?"表示对故友的谅解。刘禹锡在《上杜司徒书》中也介绍过韩愈对他的同情。这种态度曾经博得很多人的赞许。但韩愈在《永贞行》中还是掩抑不住政治上占上风之后的快意心情,何焯《义门读书记》曰:"'具书目见',亦有'君来路''吾归路'之意,非长者言也。"这种情绪或许是自然而不自觉的流露吧。

此诗最后用"嗟尔既往宜为惩"一句结束,希望刘禹锡对自己的误入歧途引为教训。这可不是一般的叮咛,而是具有多层涵义的告诫。大约是说当年没有听从他的忠告,所以遭此羞辱而贬斥南荒吧。

其后韩、刘各奔东西,似乎再无见面的机会。就在韩愈写作《永贞行》后不久,刘禹锡改谪朗州司马。元和十年二月,刘禹锡自朗州召回长安,三月再贬连州刺史。其时韩愈在长安,任考功郎中知制诰。这时本有机会聚首,但二人集子中没有留下什么往还的文字。

元和十二年十二月,韩愈随裴度出征淮西有功,授刑部侍郎。次年正月大赦。刘禹锡有《与刑部韩侍郎书》,内云:

> ……前日赦书下郡国,有弃过之目。以大国财富而失职者多,千钧之机,固省度而释,岂鼷鼠所宜承当?然譬诸蛰虫坯户而俯者,与夫槁死无以异矣。春雷一振,必欣然翘首,与生为徒,况有吹律者召东风以熏之,其化也益速。雷且奋矣,其知风之自乎!既得位,当行之无忽。

刑部侍郎掌律令刑法,有按覆谳禁之职。刘禹锡趁大赦之机,希望韩愈援手,但韩愈看来没有什么表示。

长庆二年,刘禹锡任夔州刺史,有《始至云安寄兵部韩侍郎中书白舍人二公近曾远守故有属焉》一诗奉寄,末云:

> 故人青霞意,飞舞集蓬瀛。昔曾在池籞,应知鱼鸟情。

也有希望对方援手之意。其时韩愈在京师任兵部侍郎,未曾有诗酬和,也没有什么措施予以援助。

看来二人江陵一别,疙瘩没有解开。政治斗争中形成的隔阂,一直到死都未能消除。这是很惋惜的。

四

古今学者出于一种美好的愿望,对于历史上那些有交往的著名文人,总希望他们的友谊像水晶一样纯洁,而且自始至终没有瑕隙。但处在复杂的社会里,政治上的纷争,常使那些出身、思想、性格各不相同的文人走上不同的道路,从而产生一系列的矛盾和冲突。这是历史上的常见现象。韩愈、刘禹锡的这种凶终隙末的微妙关系就是明证,尽管有关这方面的文字记载大都闪烁其词。

韩愈死后,刘禹锡在和州任刺史,曾有《祭韩吏部文》之作,备致仰崇之意。文中叙及韩、柳与自己三人的情谊,也是切合实际的本色之词。文末有云:"畏简书兮拘印绶,思临恸兮志莫就。生刍一束酒一杯,故人故人歆此来!"眷眷私衷,是很感人的。

但刘禹锡对韩愈是否一无意见可云了呢?朋友死后,感情激动下写出的东西,或许只能说明事情的一个方面。要想全面考察,不能光凭这些文字。

文人的态度,常有这种情况:每当他们正式落笔著之文字时,往往是一些可以公之于世的正面意见,而当他们私下与人交谈时,却常会透露出内心的一些真实想法来。这就是笔记小说之类的著作可贵的地方。

长庆之初,刘禹锡在夔州,韦绚自襄阳来谒,求在身边问学。韦绚是韦执谊的儿子,是刘禹锡的通家子弟,谈话也就很随便。韦绚日后作《刘公嘉话录》一卷,记载下了很多珍贵的资料,真切地反映了刘禹锡对韩愈的一些看法。

刘禹锡也提到了"四夔"之事,他说:

> 崔丞相造布衣时,江左士人号曰"白衣夔"。时有四人,一是卢东美,其二遗忘。

这是颇为奇怪的事。"四夔"之中,韩会为"夔头",刘禹锡不容不知。因为他是故人韩愈的长兄,又是竭力回护的对象。"其一是卢东美"之说,明从韩愈写作的墓志铭来,这里怎么反而对韩会略而不谈了呢?看来刘禹锡的态度是有意忽略,亦即存而不论。

柳宗元在《先君石表阴先友记》中也叙及韩会,说是"善清言,有文章,名最高,然以故多谤"。是因为韩会乃柳镇之友,故尔有此回护之词的吧。但韩会从元载而遭贬,刘禹锡是一清二楚的,这样的"白衣夔",其下场才真是可鄙的,和柳、刘的从王叔文而遭贬,性质不同。然而韩会之事已成过去,自身的境遇却是难以辩解,因而刘禹锡只能推说"遗忘"的吧。

刘禹锡还直接评论韩愈说:

> 韩十八初贬之制,席十八舍人为之词,曰:"早登科第,亦有声名。"席既物故,友人曰:"席无令子弟,岂有病阴毒伤寒而与不洁

吃耶?"韩曰:"席十八吃不洁太迟。"人问之:"何也?"曰:"出语不是。"盖忿其责辞云"亦有声名"耳。

席夔奉旨撰拟制文,并非出于私人恩怨,只是"亦有声名"一语略寓嘲弄之意,竟至引起韩愈如此反感。由此可见韩愈对个人的名望看得很重,对"初贬"时得到的各种待遇一直耿耿于怀,总想伺机报复,而进行攻击时出语又甚为尖刻。这对刘禹锡来说,感受自然不同常人,因此他又说:

> 韩十八愈直是太轻薄,谓李二十六程曰:"某与丞相崔大群同年往还,真是聪明过人。"李曰:"何处是过人者?"韩曰:"共愈往还二十馀年,不曾共说著文章,此岂不是敏慧过人也。"

韩愈在《进学解》中自称"口不绝吟于六艺之文",在《答李翊书》中又称"行之乎仁义之途,游之乎诗书之源",但按上述这话来看,却是绝非儒家的忠恕之道,也缺少温柔敦厚的气象,难怪刘禹锡要直诋之为"轻薄"了。韩、崔二人于贞元八年同中进士第后,一直保持着密切的关系。韩愈在《与崔群书》中说:"仆自今至少,从事于往还朋友间,一十七年矣。日月不为不久,所与交往相识者千百人,非不多,其相与如骨肉兄弟者亦且不少……至于心所仰服,考之言行而无瑕尤,窥之阃奥而不见畛域,明白淳粹,辉光日新者,惟吾崔君一人。"想不到这样一位至亲至敬之人,背后却遭到他如此恶意的嘲弄,真是有些匪夷所思的了。柳宗元《送崔群序》中说:"崔君以文学登于仪曹,敷于王庭,甲俊造之选,首雠校之列。"而且崔群与裴度、贾餗、张籍、刘禹锡有《春池泛舟联句》;与李绛、白居易、刘禹锡有《杏园联句》。这样的人,说是"二十馀年不曾共说著文章",也是不可思议的事。

由此可见，韩愈平时自有矫激、尖刻、好胜、重名的弊病，这在刘禹锡来说，那是体会特别深刻的。也只有掌握韩愈这些性格上的特点，才能更深刻地理解《永贞行》这诗的特点。

柳宗元《送元暠师序》曰："中山刘禹锡，明信人也。不知人之实，未尝言，言未尝不雠。"可知刘禹锡的言论大都真实可信。

佚名《大唐传载》曰："礼部刘尚书禹锡与友人三年同处，其友人云：'未尝见刘公说重话。'"这或许是刘禹锡年事已高时的情况。但由此也可看到，他为人厚道，不会说什么缺乏分寸的过头话，而他在与韦绚谈话时直斥韩愈为"轻薄"，恐怕也是蓄之已久而自然流露的不满之词吧。

五

韩愈的《永贞行》一诗，对中唐时期的一次重大历史事件作了总结，因为它牵涉到许多著名文人的升沉出处，所以颇有探讨的价值。在此前后，韩愈还写下了许多与此有关的作品，应该把这一系列文字综合起来考察，结合在此前后的政治形势加以分析，才能进一步掌握韩愈思想发展的脉络，了解他和柳、刘等人的不同之点，以及双方之间政治上的分歧和产生的隔阂。这对了解上述诸人的思想或许都是有所帮助的吧。

（原载《中华文史论丛》1987 年 2、3 期合刊）

"芳林十哲"考

"芳林十哲"一名,从现在还能了解到作者姓名的著作而言,首先见于卢言的《卢氏杂说》。《太平广记》卷一八一引《卢氏杂说》,标名《苏景[胤]张元夫》的一条文字中说:

> ……开成、会昌中,又曰:"郑、杨、段、薛,炙手可热。"又有薄徒,多轻侮人,故裴泌应举,行《美人赋》以讥之。又有大小二甲,又有汪巳甲。又有四字,言"深耀轩庭"也。又有四凶甲。又"芳林十哲",言其与内臣交游,若刘晔、任息、姜垍、李岩士、蔡铤、秦韬玉之徒。铤与岩士各将两军书题,求状元,时谓之"对军解头"。

这一段文字,计有功《唐诗纪事》卷六三《秦韬玉》言对军解头时曾加节录。王谠《唐语林》卷四《企羡》门则全文迻录,字句多不同,请参看拙撰《唐语林校证》中之辨析,这里不一一列举。应该指出的是,《唐语林》中最后一句作"[蔡]铤与岩士各将两军书题,求华州解元,时谓'对军解头'"。比之《太平广记》《唐诗纪事》中的引文,文理更为顺当。

"两军"与科举的关系

唐代应试的士子,想要赴京参加进士、明经等考试,先要取得本地官府的保荐。旅居长安的士子,限于各种条件,常常难以回籍求取解送,他们一般总是利用机会就地应试,求得京兆府的解送;假如能够列在首十名之内,而又不发生意外,那就非常有可能取得科名。退而求其次，他们如能求得与京兆府邻近的同州、华州的解送，也会取得良好的效果。王定保《唐摭言》卷二《争解元》曰："同、华解最推利市，与京兆无异。若首送，无不捷者。"难怪蔡铤、李岩士等人要竭力争取"华州解元"的资格了。

但这与"两军"又有什么关系呢？

"两军"云云，指的是左右神策军。这是皇帝的一支禁卫部队。唐德宗时，藩镇割据，内乱时起，国势危殆。他为了防止武臣跋扈，威胁王权，于是把朱泚之乱中经过严峻考验的这支军队改由宦官统领，以为军权掌握在家奴手中，可以保证皇室的安全。《资治通鉴》卷二二五《唐纪》五一德宗贞元十二年记"六月乙丑，以监句当左神策窦文场、监句当右神策霍仙鸣皆为卫军中尉"。自此之后，朝廷的大权进一步落入宦官之手，皇帝反而成了受挟制的傀儡。孙光宪《北梦琐言》卷六曰："唐自安史已来，兵难荐臻，天子播越，亲卫戎柄，皆付大阉，鱼朝恩、窦文场乃其魁也。尔后置左右军、十二卫，观军容、处置、枢密、宣徽四院使，拟于四相也。十六宫使，皆宦者为之，分卿寺之职，以权为班行备员而已。"两军中尉一直控制着唐代中后期的政局。皇帝的废立，常由他们决定，裴庭裕《东观奏记》卷上言"文宗将晏驾，以犹子陈王成美当璧为托。建桓立顺，事由两军①。颍王即位"，可见其权势之大。应试的士子如果持有两军中的书题，当然是最有力的保票了。

由此可知，士子打通两军的关节②，也就是乞求宦官的援助。

《唐摭言》卷九《恶得及第》曰：

---

① 刘禹锡《子刘子自传》叙顺宗内禅事曰："是时太上久寝疾，宰臣及用事者都不得召对。宫掖事秘，而建桓立顺，功归贵臣。""贵臣"即指大阉俱文珍辈，与"两军"内涵相同。

② 李肇《国史补》卷下《叙进士科举》曰："造请权要，谓之关节。"

高锴侍郎第一榜，裴思谦以仇中尉关节取状头，锴庭谯之。思谦回顾，厉声曰："明年打脊取状头。"明年，锴戒门下不得受书题，思谦自怀士良一缄入贡院；既而易以紫衣，趋玉阶下白锴曰："军容有状，荐裴思谦秀才。"锴不得已，遂接之。书中与思谦求巍峨。锴曰："状元已有人，此外可副军容意旨。"思谦曰："卑吏面奉军容处分。裴秀才非状元，请侍郎不放。"锴俛首良久，曰："然则略要见裴学士。"思谦曰："卑吏便是。"思谦词貌堂堂，锴见之改容，不得已遂礼之矣。①

通过这一事例，可见其时宦官之跋扈，以及科举场中之黑暗，同时也反映出了那些奔走两军的士子人品低下，面目可憎。所以《唐摭言》接着上引二例曰："黄郁，三衢人，早游田令孜门，擢进士第，历正郎金紫。李端，曲江人，亦受知于令孜，擢进士第，又为令孜宾佐。俱为孔鲁公所嫌。文德中，与郁俱陷刑网。"②足见时人对于这一类人物的憎恶。《资治通鉴》咸通二年曰："是时士大夫深疾宦官，事有小相涉，则众共弃之。建州进士叶京尝预宣武军宴，识监军之面。既而及第，在长安与同年出游，遇之于涂，马上相揖，因之谤议喧然，遂沈废终身。其不相阅如此。"③据此亦可推知"芳林十哲"在士人心目中的位置。

---

① 徐松《登科记考》卷二一系于开成三年，并加按语曰："此为高锴第三榜；《摭言》以为第二年，误。"

② 《唐语林》卷七亦载此事，唯黄郁作"华郁"。

③ 此事原载《唐摭言》卷九《误掇恶名》，雅雨堂丛书本作"华京"，《太平广记》卷一八三引《摭言》，则作"叶京"。

"芳林"与士子的进身

"芳林"之事,实际上即指两军之事。

《唐摭言》卷九《芳林十哲》标题之下,自注曰:"今记得者八人。"其名为沈云翔、林绚、郑玘、刘业、唐珣、吴商叟、秦韬玉、郭薰,王定保随后说道:"咸通中自云翔辈凡十人,今所记者有八,皆交通中贵,号芳林十哲。芳林,门名,由此入内故也。"

芳林门在何处,徐松《唐两京城坊考》有说明,卷一"三苑"曰:"禁苑者,隋之大兴苑也。东拒浐,北枕渭,西包汉长安城,南接都城。东西二十七里,南北二十三里,周一百二十里。正南阻于宫城,故南面三门偏于西苑之西。旁西苑者芳林门,次西景曜门,又西光化门。"芳林门下注曰:"唐末有'芳林十哲',谓自此门入交中官也。亦谓之芳林园。元和十二年,置新市于芳林门南。"因为宦官的办事机构内侍省位于太极宫西、掖庭宫南,自芳林门南下,就可以从西边进入内侍省中。

上述八人中,大约要以秦韬玉的创作成就为最高。《贫女》一诗,还被蘅塘退士选入《唐诗三百首》中,因而名声传播甚广,这里不妨把这首诗引用于下。

> 蓬门未识绮罗香,拟托良媒益自伤。
> 谁爱风流高格调,共怜时世俭梳妆?
> 敢将十指夸针巧,不把双眉斗画长。
> 每恨年年压金线,为他人作嫁衣裳。

王定保在介绍秦韬玉的出身时说:"京兆人,父为左军军将。"这一职务社会地位不高,所以秦韬玉在《贫女》诗中有自伤贫薄、怀才不遇之感。看来他本想倚仗自身的本领,通过科举进入仕途,然而处在混乱的晚唐政局之中,却无法求得正常的发展。

《唐语林》卷七曰:

> 秦韬玉应进士举,出于单素,屡为有司所斥。京兆尹杨损奏复等列,时在选中。明日将出榜,其夕忽叩试院门,大声曰:"大尹有帖!"试官沈光发之,曰:"闻解榜内有人,曾与路岩作文书者,仰落下。"光以韬玉为问,损判曰:"正是此。"

秦韬玉与路岩的关系已经不可尽知,但秦韬玉因出身寒门之故,"屡为有司所斥",这就不能不使人感到愤慨难平。他在《贵公子行》之后半中说:"主人公业传国初,六亲联络驰朝东。斗鸡走狗家世事,抱来皆佩黄金鱼。却笑儒生把书卷,学得颜回忍饥面。"可见他心情之激愤,处境之艰苦。秦韬玉文才出众,却不得不依仗宦官的权势谋取功名,这是时代的错误,也是个人的悲剧。"蓬门未识绮罗香,拟托良媒益自伤",事非得已,自哀自怜,这里有他卑污的一面,也有值得同情的地方。

秦韬玉出身于左军军将的家庭,在科举途中屡遭挫折之后,终于回到依靠"两军"的道路上来。《唐才子传》卷九本传上说:"韬玉少有词藻,工歌吟,恬和浏亮。慕柏耆为人。然险而好进,诏事大阉田令孜。巧宦,未期年官至丞郎,判盐铁,保大军节度判官。僖宗幸蜀,从驾。中和二年,礼部侍郎归仁绍放榜,特敕赐进士及第,令于二十四人内安排,编入春榜。"《唐诗纪事》卷六三叙秦韬玉之史实时也提到这些事情,然而语气没有这么严厉,最后说他名列榜中,"韬玉以书谢新人,呼同年略曰:'三条烛下,虽阻文闱,数仞墙边,幸同恩地。'"悻悻之声如闻,抒发了压抑多时的不平之气。

宦官把持朝政,历时甚久。这一批人虽有权势,然而社会地位向来不高,这时又把中晚唐的政局搞得乌烟瘴气,也就必然会引起上下各色人等的痛恨。那些交结两军的士人,自然要为儒林所不齿了。但上述情况表明,这时的社会不能为有才华的士人提供正常的发展机会,也是迫使他们走上邪路的客观原因。所以身历晚唐五代的黑暗年代、深知科举场中种种弊端的王定保在介绍"芳林十哲"后沉重地说:"然皆有文字。盖礼所谓君子达其大者远者,小人知其近者小者,得之与失,乃不能纠别淑匿,有之矣。语其蛇豕之心者,岂其然乎!"

王定保叙"芳林十哲"的名字,只"记得者八人",所佚二人,其一当是罗虬[①]。《唐语林》卷三曰:

> 刘允章祖伯刍,父宽夫,皆有重名。允章少孤自立,以臧否为己任。及掌贡举,尤恶朋党。初,进士有"十哲"之号,皆通连中官,郭缋、罗虬皆其徒也。每岁,有司无不为其干挠,根蒂牢固,坚不可破。都尉于琮方以恩泽主盐铁,为缋极力,允章不应,缋竟不就试。比考帖,虬居其间,允章诵其诗,有"帘外桃花晙熟红",不知"熟红"何用?虬已具在去留中,对曰:"《诗》云:'关关雎鸠,在河之洲;窈窕淑女,君子好逑。'侍郎得不思之?"顷之唱落,众莫不失色。

《唐诗纪事》卷六九叙罗虬曰:"广明庚子乱后,去从邺州李孝恭。籍中有杜红儿者,善歌,常为副戎属意。副戎聘邻道,虬请红儿歌而赠

———————————

① 　徐松《登科记考》卷二三咸通九年叙知贡举刘允章时已叙及。

之缯彩。孝恭以副戎所盼，不令受所觊。虬怒，拂衣而起。诘旦，手刃红儿。"可知此人凶暴浮躁，禀性不良。这或许也是"芳林十哲"中人或多或少具有的特点吧。

郭缋即郭薰。郭薰依仗于琮的权势应试被黜，同见上述《唐摭言》叙"芳林十哲"的一段记叙之中。但他通过中官应试之事，则未见详细记载。

"十哲"的不同涵义

"十哲"一名，唐代习用。杜佑《通典》卷五三"吉礼"十二《孔子祠》条记"开元八年，敕改颜生等十哲为坐像，悉应从祀。曾参大孝，德冠同列，特为塑像，坐于十哲之次"。"十哲"即孔门十大弟子颜渊、闵子骞、冉伯牛、仲弓、宰我、子贡、子有、子路、子游、子夏。皮日休《请韩文公配飨太学书》曰："曾参之孝道，动天地，感鬼神。自汉至隋，不过乎诸子；至于吾唐，乃旌入十哲。"这是因为朝廷后来又把颜渊升为孔子的副座，而把曾参正式列入十哲之中。《新唐书》卷一五《礼乐志五》曰："上元元年，尊太公为武成王，祭典与文宣王比，以历代良将为十哲像坐侍。秦武安君白起、汉淮阴侯韩信、蜀丞相诸葛亮、唐尚书右仆射卫国公李靖、司空英国公李勣列于左，汉太子少傅张良、齐大司马田穰苴、吴将军孙武、魏西河守吴起、燕昌国君乐毅列于右，以良为配。"唐末兴起的士林"十哲"之称，当是民间仿效这种文武"十哲"的命名而产生的。起初或因附会京兆府解送"十人为等第"之称而成。赵璘《因话录》卷三商部下记大和六年唐特替京兆府试进士官，注云："时重十人内为等第。"《唐摭言》卷二《京兆府解送》曰："神州解送，自开元、天宝之际，率以在上十人，谓之等第。必求名实相副，以滋教化之源，小宗伯倚而选之，或至浑化；不然，十得其七八。"所以王定保在同卷《为等第后久方及第》中"论曰：……若乃大者科级，小者等列，当其角逐文场，星驰解试，品等潜方于十哲，春闱断在于一鸣"。结合上述诸人的情况来看，这种称呼也就带有嘲弄的意味，大约出于一些尖刻的文人的创造，是对那些虽有文才却屡试不售的人既有揶揄又抱不平的一种俏皮称呼。

《唐摭言》卷十《海叙不遇》曰：

> 张乔，池州九华人也。诗句清雅，复无与伦。咸通末，京兆府解，李建州时为京兆参军主试，同时有许棠与乔，及俞坦之①、剧燕、任涛、吴罕、张蠙、周繇、郑谷、李栖远、温宪、李昌符，谓之"十哲"。

同样内容，《唐诗纪事》卷七〇叙任涛与张乔时也有记叙，而于张乔下叙"十哲"之后，加注曰："十哲而十二人。"②明代胡震亨《唐音癸签》卷二八又转引此文，称之为"咸通十哲"。《唐才子传》卷九叙郑谷时说："谷诗清婉明白，不俚而切，为薛能、李频所赏。与许棠、任涛、张蠙、李栖远、张乔、喻坦之、周繇、温宪、李昌符唱答往还，号'芳林十哲'。"不难发现，这段文字是从《唐摭言》和《唐诗纪事》中移录过来的，但辛文房删去了剧燕、吴罕二人的名字，以便与"十哲"的"十"字切合；前面又增加"芳林"一名，以便与《唐摭言》卷九中的记叙一致。然而细究起来，辛氏的这一番加工改写都与事实不合。

不论是仅记得八人名字的"芳林十哲"抑或咸通"十哲"中的十二人，都出自王定保的记叙。这些人物，尽管生卒年月不能全然考知，但

---

① 俞坦之为"喻坦之"之误。
② 吴罕，此作"吴宰"，当系形近而误。

有好几个人的登第年代可以考知，通过比较，不难看出这些人物和王定保都生活在晚唐五代，他们是同一时期的人。

按王定保生于唐懿宗咸通十一年（870），死于南汉刘䶮大有十三年（940）。《直斋书录解题》卷一一《小说家类》中之《摭言》提要曰"光化三年（900）进士"，和上述诸人的年代紧相衔接。王定保在《唐摭言》卷三《散序》中还介绍他撰写此书的经过，说他"乐闻科第之美，尝咨访于前达，间如丞相吴郡公宸、翰林侍郎濮阳公融、恩门右省李常侍渥、颜夕拜尧、从翁丞相溥、从叔南海记室涣，其次同年卢十三延让、杨五十一赞图、崔二十七籍若等十许人，时蒙言及京华故事，靡不录之于心，退则编之于简策"。足见他访求的面很广，积累了丰富的资料。

前引诸书记载，秦韬玉于中和二年（882）特赐及第，和王定保的登第之年仅相距十八年。郭薰倚仗于琮的权势应举，为刘允章黜落，时在咸通九年（868），和王定保的登第之年相距三十二年。又《唐摭言》叙"芳林十哲"时言郭薰事云："郭薰者，不知何许人，与丞相于都尉向为砚席之交。及琮居重地，复绾财赋，薰不能避讥嫌，而乐为半夜客。咸通十三年，赵骘主文断，意为薰致高等；骘甚挠阻，而拒之无名。会列圣忌辰，宰执以下于慈恩寺行香，忽有彩帖子千馀，各方寸许，随风散漫，有若蜂蝶，其上题曰：'新及第进士郭薰。'公卿览之，相顾鞿然，因之主司得以黜去。"则是郭薰在第一次失败之后，间隔四年，又遭到了另一次失败。这时相距王定保的及第之年，仅二十八年。

王定保对"芳林十哲"的记叙比较具体。这些人物原有十人，王定保仅记得八人，对于他们交通中贵的事迹，了解比较清楚。因此，王定保的这一记叙，不可能捕风捉影，应当可信。

咸通"十哲"中人的登第年代，《唐摭言》《郡斋读书志》《直斋书录解题》《唐才子传》等书上有所介绍。兹将有记载的几个人介绍如下：

李昌符,咸通四年(863)登第①。

许　棠,咸通十二年(871)登第②。

周　繇,咸通十三年(872)登第③。

郑　谷,光启三年(887)登第④。

温　宪,龙纪元年(889)登第⑤。

张　蠙,乾宁二年(895)登第⑥。

　　由此可见,李昌符与张蠙的登第之年相距达三十二年之久。这就说明"十哲"中的十二个人并非同一时期的士子。即以许棠而言,与张蠙的登第之年相距亦达二十四年之久,周繇与张蠙的登第之年相距亦达二十三年之久。咸通一共只有十三年,因此,郑谷、温宪、张蠙三人登第之时均距咸通已远,用"咸通"这一年号来概括,未必恰当。

　　和"芳林十哲"的情况相同,当时或许有人曾把其中的某十个人称作"十哲",有人则把另外十人称作"十哲","十哲"的内涵,本不固定,王定保则笼而统之,把那些曾经列名"十哲"中的人物全都列入。大约他是看到这些人物之间辗转都有诗文往还,也就不管人数多少,合称"十哲"的吧。

---

　　① 见《唐诗纪事》卷七〇《李昌符》、《直斋书录解题》卷一九《李昌符集》一卷提要。有的学者据《唐摭言》卷十与《北梦琐言》卷十中的记载,以为李昌符久不登第,咸通四年或系十四年之误。此事尚待进一步考证。

　　② 见《唐诗纪事》卷七〇《许棠》、《直斋书录解题》卷一九《许棠集》一卷提要。

　　③ 见《直斋书录解题》卷一九《周繇集》一卷提要。

　　④ 见《郡斋读书志》(袁州本)卷四中《云台编》三卷《宜阳外编》一卷提要、《直斋书录解题》卷一九《云台编》三卷提要、祖无择《郑都官墓表》(载《龙学文集》卷九,四库全书本)。

　　⑤ 见《唐才子传》卷九《温宪》。

　　⑥ 见《直斋书录解题》卷一九《张蠙集》一卷提要、《唐昭宗实录》(黄滔《唐黄御史集》附,《四部丛刊》影印明刊本)。

上述"十哲",在科举考试中都有一段不得志的经历,有些人则一直到死未能登第。康轺《剧谈录》卷下:"自大中、咸通之后,每岁试春官者千馀人,其间章句有闻者,亹亹不绝,如……贾岛、平曾、李陶、刘得仁、喻坦之、张乔、剧燕、许琳、陈觉,以律诗流传……皆苦心文华,厄于一第。"《直斋书录解题》卷一九《诗集类上》载《张乔集》二卷,"唐进士九华张乔撰。乔与许棠、张蠙、郑谷、喻坦之等同时,号'十哲'。乔试京兆,《月中桂树》擅场,传于今,而《登科记》无名,盖不中第也。"这是因为南宋之时还能见到唐代的《登科记》,所以陈振孙了解到"十哲"中的好几个人至死未能取得功名。

这十二个人,在科举场中沉沦,情况是很可悲的。例如温宪,《唐诗纪事》卷七〇记其事曰:

> 温宪员外,庭筠子也。僖、昭之间,就试于有司,值郑相延昌掌邦贡也。以其父文多刺时,复傲毁朝士,抑而不录。既不第,遂题一绝于崇庆寺壁。后荣阳公登大用,因国忌行香,见之悯然动容。暮归宅,已除赵崇知举,即召之,谓曰:"某顷主文衡,以温宪庭筠之子,深怒嫉之。今日见一绝,令人恻然,幸勿遗也。"于是成名。诗曰:"十口沟隍待一身,半年千里绝音尘,鬓毛如雪心如死,犹作长安下第人。"

"十哲"中人的处境都很凄楚。他们在仕途上没有什么背景可言,更无倚托中贵的任何记叙,因此辛文房在转述之时凭空按上"芳林"一词,把这一批人也称为"芳林十哲",与事实不符。

辛文房在转述之时还删去了剧燕、吴罕二人。这两个人的诗作确很罕见,历史亦不详,《唐摭言》卷十《海叙不遇》叙剧燕曰:"剧燕,蒲坂人也。工为雅正诗。王重荣镇河中,燕投赠王曰:'祗向国门安四海,不离乡井拜三公。'重荣甚礼重。为人多纵,陵轹诸从事,竟为正平之祸。"看来"十哲"中人都有一些疏狂之气,所以人们合而称之的吧。剧、吴二人,时人将之纳入"十哲"之中,也是有其原因的。辛文房径加刊落,不见得有什么根据。

又辛文房在《唐才子传》卷十《张乔》中说:"当时东南多才子,为许棠、喻坦之、剧燕、吴罕、任涛、周繇、张蠙、郑谷、李栖远,与乔亦称'十哲'。"这里却是删去了李昌符、温宪二人,保留了剧燕、吴罕二人。"十哲"之"十"虽有了着落,但其根据仍是不足的。

"十哲"一名,根据王定保的记叙,是在长安时期举子中间传播开来的。国人向来重视地域出身,当时有以地区性的称呼来概括文人集团的作风,如"吴中四子"等。徐松《登科记考》卷二三咸通十二年进士四十人中列入许棠,举《永乐大典》引《池州府志》曰:"张乔,字伯迁。时李频以参军主试,乔及许棠、张蠙、周繇皆华人,时号'九华四俊'。"辛文房说"当时东南多才子"云云,或许由此引起的吧。但在这十个人中,剧燕为蒲坂人,张蠙为清河人,均非"东南才子"。因此辛文房的这一假设,仍属捕风捉影的臆测之词。

(原载《唐代文学研究》,广西师范大学出版社 1990 年版)

《酉阳杂俎》成书考

唐代笔记小说的作者在文坛上享有大名的不多,在文学史上留名的更少,但段成式的情况不同。《册府元龟》卷七一八《幕府部·才学》叙李商隐"与太原温庭筠、南郡段成式齐名,时号三才",又三人俱排行十六,故其文章号"三十六体"。《旧唐书》卷一九〇下《文苑下·李商隐传》曰:"与太原温庭筠、南郡段成式齐名,时号'三十六'。"《新唐书》卷二〇三《文艺下·李商隐传》亦曰:"商隐初为文瑰迈奇古。及在令狐楚府,楚本工章奏,因授其学。商隐俪偶长短,而繁缛过之。时温庭筠、段成式俱用是相夸,号'三十六体'。"①

不过段成式在文学创作上的成就实际上可比不上温、李,因为他的文笔过嫌纤仄佻巧,不及李商隐的沉博与温庭筠的富丽。但段氏的书本知识却超过二人,《旧唐书》本传上就说他:"研精苦学,秘阁书籍,披阅皆遍。……家多书史,用以自娱,尤深于佛书。所著《酉阳杂俎》传于世。"②《新唐书》本传上也说他"博学强记,多奇篇秘籍"。

段成式的博学

历史上有很多关于段氏博学的记载。《南楚新闻》曰:

> 唐段成式词学博闻,精通三教。复强记。每披阅文字,虽千

---

① 《小学绀珠》卷四亦有"三十六体"之记载。
② 《旧唐书》卷一六八《钱徽传》曰:"[段]文昌好学,尤喜图书古画。"可证"家多书史"之说可信。

万言,一览略无遗漏。(《太平广记》卷一九七引)

刘崇远《金华子》卷上则曰:

段郎中成式,博学精敏,文章冠于一时,著书甚众,《酉阳杂俎》最传于世。牧庐陵日,常游山寺,读一碑文,不识其间两字,谓宾客曰:"此碑无用于世矣。成式读之不过,更何用乎?"客有以此两字遍咨字学之众,实无有识者,方验郎中之奥古绝伦焉。连牧江南:九江名山匡庐、缙云烂柯、庐陵麻姑,皆有吟咏。前进士许棠寄诗云:"十年三领郡①,郡郡管仙山。"为庐陵顽民妄诉,逾年方明其清白。乃退隐于岘山。时温博士庭筠方谪尉随县,廉帅徐太师商留为从事,与成式甚相善。以其古学相通,常送墨一铤与飞卿,往复致谢,递搜故事者九函,在禁集中。

《全唐文》卷七八七录存段成式《寄温飞卿葫芦管笔往复书》及《与温飞卿书八首》,《全唐文》卷七八六则录有温庭筠《答段柯古赠葫芦管笔状》与《答段成式书七首》;又段成式有《寄余知古秀才散卓笔十管软健笔十管书》,《全唐文》卷七六〇则载余知古《谢段公五色笔状》,皆可证《金华子》所叙属实。这种竞矜文才、徵事数典的作风,自然与魏晋南北朝时文士中隶事的传统有关。因为其时文学处于自觉的初期,各种观念融而未分,学者与文人之间尚未分途,因此士人追慕的目标,是博学与文才并重。步入齐梁之后,文士创作更以"富博"为重,《南齐

---

① 《金华子》原文作"十三年领郡",今按《唐语林》卷二《文学》门引文改。又《唐语林》此句之前作:"连典江南数郡,皆有名山:九江匡庐、缙云烂柯、庐陵麻姑,皆有吟咏。"较《金华子》中文字为胜,亦应据之校正。

书·文学传论》上说:"辑事比类,非对不发,博物可嘉,职成拘制。"《诗品》评任昉诗也说:"昉既博物,动辄用事,是以诗不得奇。"这些事后所作的总结,是在这一弊端充分暴露之后才能看清的。只要这一问题不发展到极端,大家仍在追求"富博"的美名,以致文士之间经常为争博学的高低而起风波。梁武帝与刘峻、沈约为竞策锦被与栗事,刘峻不让,沈约背后讥嘲,遭到梁武帝的忌恨,以致影响到仕途。可见其时隶事之风之盛①。

在这种风气的推动下,类书应运而起,大批产生。《隋书·经籍志》子部"杂家类"中就著有缪袭等撰《皇览》一百二十卷,梁征虏刑狱参军刘孝标撰《类苑》一百二十卷,梁绥安令徐僧权等撰《华林遍略》六百二十卷,《要录》六十卷,梁尚书左丞相刘杳撰《寿光书苑》二百卷,元晖撰《科录》七十卷,《圣寿堂御览》三百六十卷,《长洲玉镜》二百三十八卷,《书钞》一百七十四卷。到了唐初,此风更盛,帝王竞相提倡,私人撰述也随波逐浪,形成了至为热烈的场面。闻一多论类书曰:"现存的类书如《北堂书钞》和《艺文类聚》,在当时所制造的这类出品中,只占极小部分,此外,太宗时编的,还有一千卷的《文思博要》,后来从龙朔到开元,中间又有官修的《累璧》六百三十卷,《瑶山玉彩》五百卷,《三教珠英》一千三百卷,《芳树要览》三百卷,《事类》一百三十卷,《初学记》三十卷,《文府》二十卷,私撰的《碧玉芳林》四百五十卷,《玉藻琼林》一百卷,《笔海》十卷。这里除《初学记》之外,如今都不存在。"②但仍可以从诸家目录中窥知其时徵事风气之盛。

---

① 见《南史》卷四九《刘峻传》、《梁书》卷一三《沈约传》。参看王瑶《隶事·声律·宫体(论齐梁诗)》中的"隶事"部分,载《中古文学史论集》,上海古籍出版社1982年版。

② 闻一多《类书与诗》,载《闻一多全集》选刊之三《唐诗杂论》,古籍出版社1956年版。

中唐之后，此风稍衰。因为时人的文学观念已经有了进步，文学与学术进一步分流了。而当时的文学呈多头发展之势。除诗、文外，情节曲折的传奇，或考订名物记录琐事的笔记，也大量产生。后者的内容也近于学术。《酉阳杂俎》中包容了上述各类，所以鲁迅说明其特点时说："或录秘书，或叙异事，仙佛人鬼以至动植，弥不毕载，以类相聚，有如类书。虽源或出于张华《博物志》，而在唐时，则犹之独创之作矣。"①

《酉阳杂俎》中兼容着唐代笔记小说中的几种类型。

例如前集卷一《忠志》内的几条文字，叙事方式近于《传记》(《隋唐嘉话》)一类，《新唐书·艺文志》归入"杂传记类"。

又如前集卷一二《语资》中的文字，叙事方式近于《国史补》等书，《新唐书·艺文志》归入"杂史类"。

又如续集卷五、六《寺塔记上、下》中的文字，叙事方式近于《两京新记》一类，《新唐书·艺文志》归入"地理类"。

又如前集卷一六至二〇中的《广动植》与续集卷八至十中的《支动》《支植》等篇，里面的条文，叙述方式近于《岭表录异》等书，《新唐书·艺文志》也归入"地理类"。

又如前集卷七《酒食》中一条云："今衣冠家名食，有萧家馄饨，漉去汤肥，可以瀹茗。庾家粽子，白莹如玉。韩约能作樱桃饆饠，其色不变。又能造冷胡突、鲙醴鱼、臆连蒸诈草草皮索饼。将军曲良翰能为驴骣驼峰炙。"叙事方式近于《资暇集》等书，《新唐书·艺文志》归入"小说家类"。

又如续集卷四《贬误》中考执笏之制与扁鹊读音等条，叙述方式近

---

① 《中国小说史略》第十篇《唐之传奇集及杂俎》，人民文学出版社 1952 年据鲁迅全集出版社《鲁迅全集》单行本纸型重印。

锺山愚公拾金行踪

于《李氏刊误》一类，《新唐书·艺文志》中也归入"小说家类"。

又如续集卷七《金刚经鸠异》中的几条文字，叙事方式近于《前定录》一类，《新唐书·艺文志》也归入"小说家类"。

又如前集卷九《盗侠》中之"僧侠"，情节曲折，与唐代中叶之后兴起的传奇故事，如聂隐娘、红线等故事相类。按裴铏《传奇》中的故事，颇多此类，《新唐书·艺文志》亦将《传奇》归入"小说家类"。

由上可知，宋代的书目中每将上述诸书归之于史部的"传记""杂史""地理"与子部的"小说"类，这是唐代笔记中成果最多的几个门类。《酉阳杂俎》中兼有数者之长，从而又形了一种新的体裁。

段成式特别注意采摭奇闻，晁公武《郡斋读书志》（袁州本）卷三下"小说类"中此书提要曰："右唐段成式撰。自序云：缝掖之徒，及怪及戏，无侵于儒。诗书为大羹，史折俎，子为醯醢。大小二酉山，多藏奇书，故名《酉阳杂俎》。"说明此书是以提供读者品尝异味命名的，故称"杂俎"。《四库全书总目》卷一四二子部"小说家类"此书提要曰："其书多诡怪不经之谈，荒渺无稽之物，而遗文秘籍，亦往往错出其中。故论者虽病其浮夸，而不能不相征引。自唐以来，推为小说之翘楚，莫或废也。"确是精到的评论。

目录学家对小说家向视鄙薄的态度，段成式的看法也有其受传统影响的一面。《酉阳杂俎序》中自云"固役而不耻者，抑志怪小说之书也"。他把记录不常见的事物分类编排，从而组织成一部新型的类书性质的"志怪小说"集。

《玉堂闲话》中记载着一起有趣的轶事：

> 成式多禽荒，其父文昌尝患之，复以年长，不加面斥其过，而请从事言之。幕客遂同诣学院，具述丞相之旨，亦唯唯逊谢而已。翌日，复猎于郊原，鹰犬倍多。既而诸从事各送兔一双。其书中

征引典故，无一事重叠者，从事辈愕然，多其晓其故实，于是齐诣文昌，各以书示之，文昌方知其子艺文该赡。(《太平广记》卷一九七引)

这里说的是段成式腹笥之富。所以如此，就因平时他就注意积累资料，《酉阳杂俎》前集卷一二《语资》中记载："成式曾一夕堂中食，时妓女玉壶忌鱼炙，见之色动。因访诸妓所恶者，有蓬山忌鼠，金子忌虼尤甚。坐客乃竞征虼拿鼠事，多至百馀条，予戏摭其事，作《破虼录》。"

《破虼录》已佚，而段成式与友人聚会时竞相征典之事则还记载在《寺塔记上、下》中。上卷有"二十字连绝句""蛤象连二十字绝句""圣柱连句"等，而于"语"下标示要求曰："各征象事须切，不得引俗书""征释门中僻事"等。下卷则有"事征释门古今谜事""征前代关释门佳谱"等，内如"[事征]高力士呼二兄(柯古)、呼阿翁(善继)、呼将军(梦复)、呼火老(柯古)、五轮砲(善继)、初施葇戟(梦复)、常卧鹿床(柯古)、长六尺五寸(善继)、陪葬泰陵(梦复)、咏荠(柯古)、齿成印(善继)、上国下国(梦复)、梦鞭(柯古)、吕氏生髭(善继)"。有关高氏异闻种种，颇可与《高力士外传》等书互参，且有文献价值。黄伯思《东观馀论》卷下《跋段柯古靖居寺碑后》曰："段柯古博综坟素，著书倬越可喜。尝与张希复辈敖上都诸寺，丽事为令，以段该悉内典，请其独征，皆事新对切。"数典之事，正是从六朝以来直到中晚唐时文士扩大知识积累材料的一种手段，由此可见当时文士的风貌。李商隐有《杂纂》之作，亦可觇知此乃一时风气。

但如上所言，段成式的写作《酉阳杂俎》，除亲身闻见的内容外，还受到前代类书的影响。《酉阳杂俎》中常是征引前代类书中文，如前集卷九《盗侠》中文引《皇览》曰"盗跖冢在河东"。《皇览》乃魏文帝曹丕命刘邵、王象等编成，篇幅巨大，梁时尚存六百八十卷，何承天、徐爰抄合为一百二十二卷、八十四卷两种,中唐之后已经少见有人征引了。同书前集卷一七《虫篇》中云"成式尝日读《百家》五卷",前集卷一八《木篇》、一九《草篇》中则引及《广志》中文。《汉书·艺文志》"小说家"中有《百家》百三十九卷,《隋书·经籍志》不载。《广志》为晋人郭义恭撰,《新唐书·艺文志》中尚见著录。照书名看,这两种书应当也是类书性质。段成式在《酉阳杂俎》续集卷四《贬误》中说:"开成初,予职在集贤,颇获所未见书。"《皇览》等书应当也在其中吧。段成式读过这么多他人不易见到的珍贵类书,也就大量援用。

由此可知,段成式继承了前代类书的传统,还吸收了其中的一些材料,但又根据新的情况而在体制上作了改变,并且加入了个人积累的新材料,从而编成了一部具有鲜明特色的新型类书。

他在《酉阳杂俎》前集卷八《黥》后自申怀抱曰:

> 成式以君子耻一物而不知。陶贞白每云:"一事不知,以为深耻。"况相定黥布当王,淫著红花欲落,刑之墨属,布在典册乎!偶录所记寄同志,愁者一展眉头也。

观乎此,可知段成式之志趣。了解这点,也就可以明白《酉阳杂俎》一书的特点。

博学的秘密

段成式的成功,"博学多闻"四字可以概括。但如仅能翻阅前人编的类书,则决不能达到这样高的成就。上面已经提到,《酉阳杂俎》中综合有他日常见闻和书面阅读两方面的知识。下面对此分别加以考察。

一、目验。段成式在《广动植》之一、二、三、四的羽、毛、鳞介、虫、木、草与《支动》《支植》几类中,详记动、植物中的许多新鲜知识,不少地方出于个人的细致观察。卷二〇《肉攫部》叙鸷鸟,亦多个人经验,因为他年轻时即好纵猎,见上引《玉堂闲话》。

《酉阳杂俎》卷一七《虫篇》中叙"蚁"曰:"秦中多巨黑蚁,好斗,俗呼为马蚁。次有色窃赤者,细蚁中有黑者,迟钝,力举等身铁。有窃黄者,最有兼弱之智。成式儿戏时,常以棘刺标蝇,置其来路,此蚁触之而返,或去穴一尺或数寸,才入穴中者如索而出,疑有声而相召也。其行每六、七有大首者间之,整若队伍。至徙蝇时,大首者或翼或殿,如备异蚁状也。元和中,成式假居在长兴里,庭中有一穴蚁,形状如窃赤之蚁之大者,而色正黑,腰节微赤,首锐足高,走最轻迅,每教致蟆及小鱼入穴,辄坏垤窒穴,盖防其逸也。自后徙居数处,更不复见此。"可见他经过长期观察,已经注意到了"蚁"的分类和蚁群的生态,说明他的治学已初步具备后代自然科学研究的分析方法和实证精神。

按唐代中期之后社会风气奢靡,官僚私第每建规模巨大的庄园,中植奇花异草,段氏身为贵介子弟,后又出仕中层官僚,交游中多达官贵人,因此他对植物的记载,也多目验。如《酉阳杂俎》续集卷九《支植上》曰:"卫公平泉庄有黄辛夷、紫丁香。""东都胜境有三溪,今张文规庄近溪有石竹一竿,生瘿,今大如李。"卷十《支植下》曰:"李卫公一夕甘子园会客,盘中有猴栗,无味。陈坚处士云:'虔州南有渐栗,形如素核。'"前卷集一九《草篇》叙异菌曰:"开成元年春,成式修行里私第书斋前,有枯紫荆数枝蠹折,因伐之,馀尺许,至三年秋,枯根上生一菌,大如斗,下布五足,顶黄白两晕,缘垂裙如鹅鞲,高尺馀,至午色变黑而死,焚之气如芋香。"这些都是他周游园林时不忘研究植物而记录下来的科学资料。又唐代寺院中亦多植奇花异草,段成式喜游佛寺,故每记其所见。

在与段成式交往的人中，自有一批志趣相投的学者。《寺塔记序》曰："武宗癸亥三年夏，予与张君希复善继同官秘书，郑君符梦复连职仙署。会暇日，游大兴善寺。因问《两京新记》及《游目记》，多所遗略，乃约一旬寻两街寺。"而在段氏交往的人中，关系最为深切的，首应注意李德裕等人。《北梦琐言》卷四曰："唐朱崖李太尉与同列款曲，或有徵其所好者，掌武曰：'喜见未闻言，新书策。'"所好与段成式同。段氏曾为李氏之浙西、荆南幕府从事，《酉阳杂俎》续集卷四《贬误》中曰："予太和初，从事浙西赞皇公幕中。尝因与曲宴。中夜，公语及国朝词人优劣，云世人言'灵芝无根，醴泉无源'，张曲江著词也。盖取虞翻《与弟求婚书》，徒以芝草为灵芝耳。予后偶得《虞翻集》，果如公言。"这是二人共同具有"喜见未闻言，新书策"癖好的明证。又同书前集卷一五《诺皋记下》中两次提到工部员外郎张周封介绍的异闻，《新唐书·艺文志》"地理类"载张周封《华阳风俗录》一卷，下注："字子望，西川节度使李德裕从事，试协律郎。"续集卷八《支动》、卷九《支植》中则记载李德裕与韦绚的事迹与言论多则，可见段成式与李德裕前后僚属多所交往。可见这是一个喜奇好异的文人集团。

二、采访。个人见识毕竟有限，段成式的记载好多由采访得来，《酉阳杂俎》在一段文字结束之后，常说明是何人见告，例如《酉阳杂俎》前集卷一六《毛篇》中叙"犀"事，内云"成式门下医人吴士皋，尝职于南海郡，见舶主说本国取犀，先于山路多植木，如狙代，云犀前脚直，常倚木而息，木栏折则不能起。犀牛一名奴角，有鸩处必有犀也。犀三毛一孔"。可知他的这些异闻乃由采访得来。唐代前期有关东方与西方的记载相对来说比较多，有关南方的记载则比较少，到了中后期时才逐渐增多，段成式的下一辈中有段公路撰《北户杂录》三卷，多载南方民风土俗；段氏门中的著作内保存着有关南方习俗物产的大量记载，显得特别可贵。

世界上有许多流传甚广的民间传说,早在公元 9 世纪时,段成式即已著录,至为难得。例如杨宪益就以为"《酉阳杂俎》(前集卷一四《诺皋记上》)里的阿主儿故事应为西方史诗里英雄降龙传说的来源,这故事出于龟兹,后因匈奴王阿提拉的威名,而附会到他身上的"。又如《酉阳杂俎》续集卷一《支诺皋上》记吴洞前妻之女叶限故事,杨氏以为显然就是西方的扫灰娘(Cinderella)故事①。此文后云:"成式旧家人李士元所说。士元本邕州洞中人,多记得南中怪事。"说明这一著名故事传播于今广西地区的边疆民族,段成式首先加以记录,世界其他地区的同一类型故事有的或许曾受其影响。

段氏常用"相传云"之类的方式记录传闻。《酉阳杂俎》续集卷四《贬误》曰:"相传云,德宗幸东宫,太子亲割羊脾,水泽手,因以饼洁之,太子觉上色动,乃徐卷而食。司空赞皇公著《次柳氏旧闻》,又云是肃宗。刘𫗧《传记》云:'太宗使宇文士及割肉,以饼拭手,上屡目之。士及佯不悟,徐卷而啖。'"这里并列三种异说,不著书名的第一说,显然不是读到的,而是听来的。

三、阅读。前面已经多次言及,段成式阅读的典籍,既多且广,有的还在书中记下名称。有的典籍,今尚存世,如《酉阳杂俎》续集卷四《贬误》中引吴均《续齐谐记》,记阳羡鹅笼事,随后又引"释氏《譬喻经》云:昔梵志作术,吐出一壶,中有女与屏处作家室。梵志少息,女复作术,吐出一壶,中有男子,复与共卧。梵志觉,次第互吞之,柱杖而去。余以吴均尝览此事,讶其说,以为至怪也。"可知段氏已经注意到了中外文化交流的问题。

史载段成式精通佛典,但他也熟悉道经,例如《酉阳杂俎》前集卷

---

① 见杨宪益《零墨新笺》中的《十、中国的扫灰娘故事》与《十一、酉阳杂俎里的阿主故事》,中华书局 1947 年版。扫灰娘一名,现在一般都译为灰姑娘。

一八《木篇》叙菩提树，云是"《西域记》谓之卑钵罗"，前集卷一一《广知》引《隐诀》言太清外术。但绝大多数的条文，却没有像这样说明出处，例如前集卷十《物异》中一则曰："旃檀鼓，于阗城东南有大河，溉一国之田。忽然绝流，其国王问罗洪僧，言龙所为也。王乃祠龙。水中有一女子，凌波而来，拜曰：'妾夫死，愿得大臣为夫，水当复旧。'有大臣请行，举国送之。其臣车驾白马，入水不溺。中河而后，白马浮出，负一旃檀鼓及书一函。发书，言大鼓悬城东南，寇至，鼓当自鸣。后寇至，鼓辄自鸣。"实则这一故事也是改写《大唐西域记》卷十二瞿萨旦那国"九、龙鼓传说"中国王大臣与龙女为婚之事而成的。书中原作王"问罗汉僧"，今本《酉阳杂俎》却误作"国王问罗洪僧"了。由此可知，《酉阳杂俎》中的好些记载原是转录而来的，但因未注出处，后人无法了解他根据的是什么典籍。

段成式对花草树木和飞禽走兽作了大量的记录。尽管他对此饶有兴趣，平时可能有所踏勘与考察，而他所见物产遍及本土四方与域外远地，不可能全部凭藉目睹与传闻，好些知识应当也从书本中来。例如前集卷一一《广知》中引《南蛮记》，前集卷一六《毛篇》中引《南康记》，前集卷一八《木篇》中引《嵩山记》，前集卷一九《草篇》中引王安贫《武陵记》，续集卷四《贬误》中引甄立言《本草音义》……可知他的许多具体知识，大都是从早期的地理书和药物专著等文献中摘录出来的。这些著作，有的是前代流传下来的，有的出自当代人所著，而目下大都已佚，因而显得非常可贵。

段成式在《酉阳杂俎》前集卷一四《诺皋记序》中说："成式因览历代怪书，偶疏所记，题曰《诺皋记》。"可知他所记的"怪"事，大都得之"怪书"。前卷一九《草篇》中叙异菌时说，"后览诸志怪"，得知南齐吴郡褚思庄于大明中忽见一物如芝，足证此事即由阅读前代"志怪"著作而来。又续集卷二《支诺皋中》曰："学士张乘言，浑令公时堂前忽有一树从地踊出,蚯蚓遍挂其上。已有出处,忘其书名目。"更可用以说明他的好些知识确从书本中来。

四、实践。段成式在《酉阳杂俎》前集卷一九《肉攫部》中详叙"取鹰法",当出亲身体验,观上引《玉堂闲话》即可知。又前集卷一一《广知》曰:"道士郭采真言,人影数至九,成式常试之,至六、七而已,外乱莫能辨,郭言渐益炬则可别。"可见段氏还富有探索精神,书中记下了不少总结实践经验的轶事。

由上可知,段成式通过多种途径积累了丰富的知识,这才写成了一部"百科全书"式的"志怪"之作。

秘籍珍闻之可贵

《酉阳杂俎》中著录了许多不见其他记载的珍贵资料。有关唐代之前的文献,因为书写手段的限制和传播之不易,流传下来的本就不多,其时又迭遭变故,更使文献遭到极大摧残。《隋书·经籍志》卷首叙及几次大的事件说:"元帝克平侯景,收文德之书及公私经籍,归于江陵,大凡七万馀卷。周师入郢,咸自焚之。陈天嘉中,又更鸠集,考其篇目,遗阙尚多,其中原则战争相寻,干戈是务,文教之盛,符、姚而已。宋武入关,收其图籍,府藏所有,才四千卷,赤轴青纸,文字古拙。后魏始都燕代,南略中原,粗收经史,未能全具。孝文徙都洛邑,借书于齐,秘之府中,稍以充实,暨于尔朱之乱,散落人间。后齐迁邺,颇更搜聚,迄于天统、武平,校写不辍。后周始基关右,外逼强邻,戎马生郊,日不暇给,保定之始,书止八千,后稍加增,方盈万卷。周武平齐,先封书府,所加旧本,才至五千。隋开皇三年,秘书监牛弘表请分遣使人,搜访异本,每书一卷,赏绢一匹,校写既定,本即归主,于是民间异书往往间出。及平陈已后,经籍渐备,检其所得,多太建时书,纸墨不精,书亦拙恶。"经过隋代的一番努力,情况有所好转,但"大唐武德五年,克平伪郑,尽收其图书及古迹焉。命司农少卿宋遵贵载之以船,泝河西上,将致京师。行经底柱,多被漂没,其所存者,十不一二。"可见文籍散失的严重了。《酉阳杂俎》中却保存着许多珍贵的资料。今按历史顺序,举例略作介绍。

首先,书中记载着许多南北朝后期文化交流之事。

按王渔洋有著名的《再过露筋祠》诗,一直脍炙人口,但人们不易了解"露筋"之说出自何典。惠栋《渔洋精华录训纂》卷五上引王象之《舆地记胜》,注此诗曰:"露筋庙去高邮三十里。旧传有女子夜过此,天阴蚊盛,有耕夫田舍在焉。其嫂止宿,姑曰:'吾宁死,不肯失节。'遂以蚊死,其筋见焉。"这是宋代人的意识,露筋娘娘成了贞女的典范。查现存文献,此说即出段成式的记载。《酉阳杂俎》续集卷四《贬误》曰:"相传江淮间有驿,俗呼露筋。尝有人醉止其处,一夕,白鸟姑嘬,血滴露筋而死。据江德藻《聘北道记》云:自邵伯埭三十六里至鹿筋,梁先有逻。此处足白鸟,故老云有鹿过此,一夕为蚊所食,至晓见筋,因以为名。"江著尚见《隋书·经籍志》"地理"书部分,著录为《聘北道里记》三卷,江德藻撰。但在新、旧《唐书》的《艺文志》《经籍志》中,均已不见记载了。

又续集卷四《贬误》曰:"今军中将射鹿,往往射棚上亦画鹿。李绩《封君义聘梁记》曰:'梁主客贺季指马上立射,嗟美其工。'绘曰:'养由百中,楚恭以为辱。'季不能对。又有步骑射版,版记射的,中者甚多。绘曰:'那得不射獐。'季曰:'上好生好善,故不为獐形。'自獐而鹿,亦不差也。"查《隋书·经籍志》"地理类"书中有《封君义行记》一卷,李绘撰,当即此书。"李绩"自是"李绘"之误,所以上面引文均作"绘曰"。《封君义行记》或《封君义聘梁记》,唐代的书目中亦已不见记载,但段成式却还能见到,可见他所接触的秘籍,又不限于集贤院的中秘书。

正因段成式阅读过魏晋南北朝时期的一些罕见遗籍，《酉阳杂俎》中所记载的有关这一时期的一些轶闻，具有重要意义，产生过很大的影响。例如前集卷一二《语资》中的一条文字，云："庾信作诗用《西京杂记》事，旋自追改，曰：'此吴均语，恐不足用也。'魏肇师曰：'古人托曲者多矣，然《鹦鹉赋》，祢衡、潘尼二集并载。《奕赋》，曹植、左思之言正同。古人用意，何至于此？'君房曰：'词人自是好相采取，一字不异，良是后人莫辨。'魏尉瑾曰：'《九锡》或称王粲，《六代》亦言曹植。'信曰：'我江南才士，今日亦无。举世所推如温子升独擅邺下，尝见其词笔，亦足称是远名，近得魏收数卷碑，制作富逸，特是高才也。'"按之前集卷一《礼异》叙北齐迎南使与魏使李同轨、陆操聘梁事，卷三《贝编》叙魏使陆操见梁主事，卷七《酒食》叙刘孝仪与魏使崔劼、李骞交谈事，卷一〇《广知》叙梁主客陆缅与魏使尉瑾交谈事，卷一二《语资》多处叙梁宴魏使事，卷一八《木篇》中引及庾信谓魏使尉瑾言蒲萄等事，看来段成式就是读了伴随南北交聘所出现的文化交流从而产生的许多著作而记录下来的。

古诗《为焦仲卿妻作》中有云："其日牛马嘶，新妇入青庐。"《世说新语·假谲》篇言魏武与袁绍劫人新妇，魏武诈呼"有偷儿贼"，"青庐中人皆出观"。对于"青庐"的情况，前代无系统记载，故不易理解。《酉阳杂俎》前集卷一《礼异》中曰："北朝婚礼，青布幔为屋，在门内外，谓之青庐，于此交拜。迎妇，夫家领百馀人或十数人，随其奢俭，挟车俱呼'新妇子催出来'，至新妇登车乃止。婿拜阁日，妇家亲宾妇女毕集，各以杖打壻为戏乐，至有大委顿者。"又《酉阳杂俎》续集卷四《贬误》引《聘北道记》云："北方婚礼必用青布幔为屋，谓之青庐。于此交拜，迎新妇。夫家百馀人挟车，俱呼曰：'新妇子催出来。'其声不绝，登车乃止，今之催妆是也。以竹杖打婿为戏，乃有大委顿者。江德藻记此为异，明南朝无此礼也。"按《陈书》卷三四、《南史》卷六〇《江德藻传》，均叙江氏于天嘉中兼散骑常侍，与中书郎刘师知使齐，著《北征道里记》三卷，《酉阳杂俎》中前后均作《聘北道记》，用的当是简称。江书出于亲身闻见，甚为可信。北方民族的风俗习惯，于此可以窥知一二。

其次，《酉阳杂俎》中记下了很多有关唐初与盛唐之间名人的轶事，材料亦至为可贵。中如前集卷一二《语资》言王勃腹稿与李白三拟《文选》等事，不见他已提到的《朝野佥载》、《传记》（《隋唐嘉话》）、《次柳氏旧闻》等书，当是文坛流传已久的美谈，经他记载而流传下来，为文学史增添了可信的资料。前者已被采入《新唐书》与《唐才子传》的王勃本传，后者则如王琦之注李白《拟恨赋》，云是"《酉阳杂俎》：李白前后三拟《文选》，不如意辄焚之，惟留《恨》、《别》赋，今《别赋》已亡，惟存《恨赋》矣。"（《李太白全集辑注》卷一）足见段成式的记叙颇为可信。

又如《酉阳杂俎》卷一《忠志》中记太祖、太宗等人的轶闻，则可能得之于段氏先世口传了。其中一条文字云："骆宾王为徐敬业作檄，极疏大周过恶，则天览及'蛾眉不肯让人，狐媚偏能惑主'，微笑而已。至'一抔之土未干，六尺之孤安在'，不悦曰：'宰相何得失如此人？'"《唐语林》卷二《政事下》中亦有相似文字，虽然难以断言是否出于《酉阳杂俎》，然二文定然有同源的关系。

此外，《酉阳杂俎》中记载唐代民情风俗的一些文字，也至可宝贵，例如前集卷八《黥》中一条云："荆州街子葛清，勇不肤挠，自颈以下，遍刺白居易舍人诗。成式尝与荆客陈至呼观之，令其自解，背上亦能暗记。反手指其札处，至'不是此花偏爱菊'，则有一人持杯临菊丛。又'黄夹缬林寒有叶'，则指一树，树上挂缬，缬窠锁胜绝细。凡刻三十馀首，体无完肤，陈至呼为白舍人行诗图也。"可以觇知白诗风行朝野的盛况。元稹在《白氏长庆集序》中说："二十年间，禁省、观寺、邮候墙壁之上无不书，王公妾妇、牛童马走之口无不道。至于缮写模勒，炫卖于市井，或持之以交酒茗者，处处皆是。其甚者，有至于盗窃名姓，苟求自售,杂乱间厕,无可奈何!……又鸡林贾人求市颇切,自云:本国宰相每以百金换一篇。其甚伪者,宰相辄能辨别之。自篇章已来,未有如是流传之广者。"段成式的这一记载,更为白诗的风靡一时增添了生动的例证。

最后还应说明的是:段成式得之于目验或耳闻的许多知识,往往经过书面材料的检验,故结论的可信程度颇高。例如《酉阳杂俎》前集卷一九《草篇》说茄子曰:"茄字本莲茎名,革遐反。今呼伽,未知所自。成式因就节下食伽子数蒂,偶问工部员外郎张周封伽子故事,张云一名落苏,事具《食疗本草》。此误作《食疗本草》,原出《拾遗本草》。成式记得隐侯《行园诗》云:'寒瓜方卧垄,秋菰正满陂。紫茄纷烂漫,绿芋郁参差。'又一名昆仑瓜。岭南茄子,宿根成树,高五六尺,姚向曾为南选使,亲见之。故《本草》记广州有慎火树,树大三四围。慎火即景天也,俗呼为护火草。茄子熟者,食之厚肠胃,动气发痰,根能治灶瘃。欲其子繁,待其花时,取叶布于过路,以灰规之,人践之,子必繁也,俗谓之嫁茄子。僧人多炙之,甚美。有新罗种者,色稍白,形如鸡卵,西明寺僧造玄院中有其种。《水经》云:石头西对蔡浦,浦长百里,上有大获浦,下有茄子浦。"可见其考核之认真。按宋初王辟之《渑水燕谈录》卷九云:"钱镠之据钱塘也,子跛,镠钟爱之。谚谓跛为瘸,杭人为讳之,乃称茄为落苏。"此说显为望文生义,故陆游《老学庵笔记》卷二即据《酉阳杂俎》驳正其误。

资料的积累与成书

段成式天分过人,又勤奋异常,取得偌大成果,绝非偶然。他创作《酉阳杂俎》也非一日之功,而是经过长期积累,经过多次编写,才告完成。

现可考知,段成式写作此书前后经历着三个阶段。后出的本子,即以前次编成之书为基础,因此最后完成的《酉阳杂俎》一书,乃其毕生精力所萃。今日考察其成书过程,可以了解古时学者取得成功的原因,对于《酉阳杂俎》一书的性质,也可增加认识。

第一次编集:《语录》

段成式第一次编成的集子,取名《语录》。黄伯思《东观馀论》卷下《跋段太常〈语录〉后》曰:

> 此本是《庐陵官下记》上篇,亦段太常作。政和四年四月十八日以秘阁本校,长睿书。

《语录》一书,后世书目中已无记载,但据上述文字,可知宋代还有若干本子在流传。

查语录之称,大倡于禅宗①。日本佚名《临济钞》注"语录"曰:"语者,本《论语》之语也;录者,记也,记录语言三昧也。"耕云子《临济录摘叶序》曰:"于戏!大龟氏微笑于灵岳,初磨师廓然于梁园,话头已露。自尔祖祖随机应问,横说竖说,其一言半句,咸入道之阶梯也。故其座下学徒竞务记之,诠次成编,是诸家语录之所以兴也。"段成式深通佛典,又处在中唐禅风大盛之时,受其影响而有《语录》之作,是很自然的事。不过段成式取用此名,只是借用一个现成名词就是了。书中内容,并非宣扬佛家教义。但由此名可以推知,他所记书中的轶闻,大都是从他人处采访来的。

《语录》今佚,然《说郛》(张宗祥辑明钞本)卷三六《酉阳杂俎》于

---

① 参看张伯伟《禅与诗学》中《禅学与诗话》一章,浙江人民出版社 1992年版。

《怪术》《酒食》两章之间仍保存着《语录》一类，共录三条，其标题为"桦香""破虱录""醋心"。《说郛》中的文字大都经过节录，故《语录》全貌已无法考知，但仍可据此三条文字作些推断。

按《庐陵官下记》一书今亦散佚，仅《类说》卷六中录存六条，《说郛》（委宛山堂本）卷十七中录存十六条，其他类书中残存一两条而已。今将《语录》中的佚文与《庐陵官下记》《酉阳杂俎》中的记载作些比较。

"桦香"一条，均不见上述各书。

"破虱录"一条，并见《庐陵官下记》（《海录碎事》卷八上《戏谑门[嗤笑谈谐附]》中《破虱》条引，宛委山堂本《说郛》亦引）与《酉阳杂俎》前集卷一二《语资》。三种文字固因各家节录方式不同而有差异，但基本内容出入不大。

"醋心"一条，并见《庐陵官下记》，《类说》本标题为《栽植经》，《酉阳杂俎》收入续集卷十《支植下》，三者文字出入甚大。今将三条文字一并引录于下：

[醋心]李君鄂言：尝见《栽植经》三卷，言木有病醋心者。（《语录》）

[栽植经]世传《栽植经》三卷，云木多病酢心，其候皮液俱酸，有能治者，钩去其蠹，木乃茂。（《庐陵官下记》）

[醋心树]①杜师仁尝赁居，庭有巨杏树，邻居老人每担水至树侧，必叹曰："此树可惜。"杜诘之，老人云："某善知木病，此树有疾，某请治。"乃诊树一处，曰："树病醋心。"杜染指于蠹处尝之，味

---

① 《酉阳杂俎》今本每条文字之上均无标题，但若干篇内每条文字之上均有提要式的文字，与下句不连接，当是《语录》原式之遗留。今即以标题视之。《太平广记》卷四〇七引《酉阳杂俎》此条，标题正作"醋心树"。

若薄醋。老人持小钩披囊,再三钩之,得一白虫如蝠。乃傅药于疮中,复戒曰:"有实自青皮时必摽之,十去八九则树活。"如其言,树益茂盛矣。又云,尝见《栽植经》三卷,言木有病醋心者。(《酉阳杂俎》)

不难看出,这三条文字的差异不光表现在字数的多少上,而且行文的格局也大不一样。可以用来说明段成式著书时的一些情况。

第一,段成式对有些条文,曾不断加工改写。这应当是他后来听到了另一种说法,有胜于前者,因而不断修正前说。

第二,《酉阳杂俎》分为前集与续集两大部分,成书时间尚有距离。段成式将《破虱录》一条载之前集,可能以为此文业已定稿,无需再行推敲;《醋心树》一条则还有待于修正,故在大幅度改写之后,方始编入续集。

第二次编集:《庐陵官下记》

《新唐书》卷五九《艺文志三》"子录·小说家类"于段成式《酉阳杂俎》三十卷后,著录《庐陵官下记》二卷。《崇文总目》"小说类"亦作二卷。《郡斋读书志》不载,《直斋书录解题》卷一一"小说家类"载《庐陵官下记》二卷,曰:"段成式撰,为吉州刺史时也。"

《文献通考》与《宋史·艺文志》中亦载此书,但编者是否目睹则难断言,不过《说郛》中收有此书条文,则又说明元末明初之时仍在流传。《酉阳杂俎》与《庐陵官下记》二书在很长一段时间内一直并行不悖。

考察《庐陵官下记》佚文,可知此书后已纳入《酉阳杂俎》之中。

查《说郛》(宛委山堂本)卷十七《庐陵官下记》共收十六条文字,其中十五条文字见于《酉阳杂俎》,计:"借书"一条,见续集卷四《贬误》;"盗"一条,见前集卷九《盗侠》;"梦"一条,见前集卷八《梦》;"牡丹"一条,见前集卷一九《草篇》;"蝇"一条,见前集卷一七《虫篇》;"黥"一条,见前集卷八《黥》；又"黥"一条，同上；"秦马"一条，见前集卷一二《语资》；"盗侠"一条，见前集卷九《盗侠》；"妓忌"一条，见前集卷一二《语资》；"小奴"一条，见前集卷九《盗侠》；"褰"一条，见前集卷一三《尸㝋》；"雷"一条，见前集卷八《雷》；"碧筹"一条，见前集卷七《酒食》；"卧箜篌"一条，见前集卷六《乐》。计《说郛》本《庐陵官下记》中仅第一条"蛙谜"不见今本《酉阳杂俎》。

《类说》卷六《庐陵官下记》收文六条，仅第一条"栽植经"见《酉阳杂俎》续集卷十《支植下》，其他五条均不见今本《酉阳杂俎》，但二者之间仍有若干蛛丝马迹可循，今亦作考核如下。

"墨浣衣"一条，不见今本《酉阳杂俎》，且无任何线索可循。

"飔段"一条，叙武将见梁元帝事。查《酉阳杂俎》中多次叙及梁元帝事，并叙及有关梁元帝的著作，这一条文字可能也是段成式在阅读有关梁元帝的文献时摘录下来的。

"损惠蹲鸱"一条，首见《颜氏家训·勉学》篇。这一故事甚著名，刘纳言《谐谑录》(《说郛》宛委山堂本卷三四)中也曾转录，而借为张九龄戏萧炅事。但不知是否因为《颜氏家训》太常见了，而段氏自称《酉阳杂俎》乃"志怪小说之书"，所以后来又将它删去了。

"我谜吞得你谜"，即《说郛》本首条"蛙谜"，叙曹著之机辨。《酉阳杂俎》续集卷四《贬误》云："世说曹著轻薄才，长于题目人。"看来段成式著录曹著的轶事时所得材料同源。

"勾枝"一条，不见今本《酉阳杂俎》，但却保存在《唐诗纪事》卷五七"段成式"中，引文完整，今录引于下：

> 一夕，予坐客互送连句为烦，乃命工取细斑竹，以白金锁首，如茶挟，以递联名之。予在城时，常与客连句，初无虚日。小酌求押，或穷韵相角，或押恶韵，或煎茗一碗，为八韵诗，谓之杂连。若

志于不朽,则汰拣稳韵,无所得辄已,谓之苦连。连时共押平声好韵不僻者,出于竹简,谓之韵牒。出城悉携行,坐客句挟韵牒之语,必为好事者所传矣。因说故相牛公扬州赏秀才蒯希逸诗"蟾蜍醉里破,蛱蝶梦中残",每坐吟之。予因请坐客各吟近日为诗者佳句,有吟贾岛"旧国别多日,故人无少年"。马戴"猿啼洞庭树,人在木兰舟";又"骨锁金镞在"。有吟僧无可"河来当塞断,山远与沙平";又"开门落叶深"。有吟张祜"河流侧让关",又"泉声到池尽"。有吟僧灵准"晴看汉水广,秋觉岘山高"。有吟朱景玄"塞鸿先秋去,边草入夏生"。予吟上都僧元础"寺隔残潮去";又"采药过泉声";又"林塘秋半宿,风雨夜深来。"予识蜀中客庞季子,每云:"寒云生易满,秋草长难高。"

由上可知,《庐陵官下记》中的文字,有的已经编入《酉阳杂俎》之中,有的则未编入。总的看来,可说多数已经编入,未编入者仅占少数。

按王谠的《唐语林》一书,乃集合五十家小说而成,今存《唐语林原序目》一纸,保存了四十八种书名,内有《庐陵官下记》一书。但将《唐语林》中的一千多条文字和《类说》《说郛》中《庐陵官下记》的文字对勘,没有一条文字相合,然《古今合璧事类备要》前集卷一一《气候门·暑》内引《庐陵官下记》,叙玄宗起凉殿事,则见于《唐语林》卷四《豪爽》门。后者文字较完整,今录引如下:

> 玄宗起凉殿,拾遗陈知节上疏极谏,上令力士召对。时暑毒方甚,上在凉殿,座后水激扇车,风猎衣襟。知节至,赐坐石榻。阴霤沉吟,仰不见日,四隅积水成帘飞洒,座内含冻。复赐冰屑麻节饮。陈体生寒栗,腹中雷鸣,再三请起方许,上犹拭汗不已。陈

才及门,遗泄狼藉,逾日复故。谓曰:"卿论事宜审,勿以己方万乘也。"

这条文字,内容甚为可贵。唐代长安都城中有凉殿、自雨亭子等建筑,向达曾以此说明"开元前后长安之胡化",以为当是仿效拂林国之所造①。段成式向来注意记录中外文化交流之事,《酉阳杂俎》中有很多这方面的记载,但凉殿之事仅见于《庐陵官下记》而不见《酉阳杂俎》,则又说明段成式前期著作中的某些材料未能全部进入《酉阳杂俎》。

但《唐语林》中却收纳了不少《酉阳杂俎》中的条文,如《唐语林》卷二《文学》门中有王勃腹稿、徐敬业相不善、太白入月敌可摧三条,与《酉阳杂俎》前集卷一二《语资》中的有关文字相合;《唐语林》卷四《贤媛》门寿安公主一条,亦与《酉阳杂俎》前集卷一《忠志》中的有关文字相合。可证《酉阳杂俎》中的这些文字,原来就是《庐陵官下记》中的文字。《唐语林》中确曾纳入《庐陵官下记》中的文字。

第三次编集:《酉阳杂俎》

段成式之任庐陵郡太守,时在宣宗执政初期。他于大中十三年居汉上时作《塑像记》,云:"庐陵龙兴寺西北隅,先有设色遗像,武宗五年毁废,至大中初重建寺。"(《全唐文》卷七八七)所叙之事与宣宗即位后恢复会昌法难中之寺宇情况相合。段成式撰此文字,乃因前时曾在此地任职之故。《塑像记》为事后追忆之作。方干有《东溪别业寄吉州段郎中》诗,云:"前山含远翠,罗列在窗中。尽日人不到,一尊谁与同。凉随莲叶雨,暑避柳条风。岂分长岑寂,明时有至公。"(《全唐诗》卷六四八)亦可说明其时段成式在吉州任职。

段成式在《酉阳杂俎》续集卷五《寺塔记上》的序文中曾扼要地介

---

① 《唐代长安与西域文明》,三联书店 1957 年版。

绍过仕履,内云:"武宗癸亥三年夏,予与张君希复善继同官秘书,郑君符梦复连职仙署。……后三年,予职在京洛。及刺安成,至大中七年归京,在外六甲子。"安成乃吉州庐陵郡之古称,《资治通鉴》卷八七《晋纪九》怀帝永嘉五年记江州刺史华轶奔安成,胡三省注:"吴孙皓宝鼎二年,分豫章、庐陵、长沙立安成郡。宋白曰:'吉州安福县,本汉安成县,今县西六十里有安成故城。'"可证段成式《庐陵官下记》的写作与编纂,正在大中元年至七年出任此地刺史时。

《寺塔记序》虽不署写作年月,但可确信定然作于大中七年之后。序文后曰:"次成两卷,传诸释子,东牟人段成式,字柯古。"可证这两卷书原是单行的。

按《酉阳杂俎》前集卷一四、一五《诺皋记上、下》,亦首载段氏序文,卷一六《广动植之一》下即明署"并序",续集卷七《金刚经鸠异》亦首载序文,可证这些部分的文字原来也是单行的。续集卷八、九、十的《支动》《支植上、下》部分,按全书体例来看,应当也是单行的,但前端无序,因而无法详说。

前面我已提到《说郛》(张宗祥辑明钞本)中录有《酉阳杂俎》二十卷之节文,内有《语录》一类,在随后出现的《酉阳杂俎》各种本子中已不再见到,可见段成式在编纂过程中还曾不断有所调整。陶宗仪见到的《酉阳杂俎》,属于早期的本子,看来段成式感到了这一类文字单列之不妥,因为《酉阳杂俎》其他各类中的文字,听来的很多,按例都可冠以《语录》之名,所以后来他就把《语录》一类去掉,并将内属条文分到其他类别中去了。段成式曾将《语录》编为《庐陵官下记》的上卷,后又编为《酉阳杂俎》中的一类,而从《庐陵官下记》中文字也已散入《酉阳杂俎》来看,可知《酉阳杂俎》中纳入了前此著作中的许多材料。

总结上言,可知段成式的著书态度极为认真,他花数十年之功,积累材料,编成集子;材料多了,再扩大而改编为另一种集子,目下段成式留下的著作虽不多，但可考知里面已是包括了他的全部心血。他的早期著作《语录》，后来编入《庐陵官下记》；《庐陵官下记》一书，后来编入《酉阳杂俎》。这样，《酉阳杂俎》中的内容越来越丰富，材料经过再三推敲与审核，也更为可信。这是他写作上的成功之处。但也由于此书反复的次数太多，长期有数种本子在流传，而自抄本至刻版的时期又历有年代，以致书中留下了不少问题。

《酉阳杂俎》中存在的问题

（一）**条文有遗佚**。《语录》和《庐陵官下记》中的文字，大部分已吸收到《酉阳杂俎》中去，但有好多条文则未见著录。不知这是由于段成式觉得内容不妥，或有待于改写，因而未编入的呢？还是留待后来重行编集，打算编入另外部分中去，这些条文是否偶在遗佚之列？总集与类书中或偶见《酉阳杂俎》佚文，但这类著作大都编写草率，不能作为定准。《唐诗纪事》中的引文一般说来比较可靠。上文引《唐诗纪事》中"勾枝"一条，可证今本《酉阳杂俎》确有遗佚。

（二）**文字有增损**。《语录》和《庐陵官下记》中的文字，比之《酉阳杂俎》中的文字，出入很大，这可不能作为文字记载歧异的证据。因为类书中的文字大都经过改削，自与原作有别。《太平广记》引用的《酉阳杂俎》中的文字多达六百零七条，与原书文字也间有出入，而《太平广记》在引用其他典籍时引文也时有改削，因而也不能作为二者文字有出入的证据。然《唐诗纪事》卷五七引"成式《酉阳杂俎》"中"古乐府《木兰篇》"一条，原出《酉阳杂俎》前集卷一六《毛篇》，二者相较，文字出入颇大。今征引于下，以资比较。

古乐府《木兰篇》："愿驼千里明，送儿还故乡。""明"字多误作

"鸣"。驼卧腹不帖地,屈足,漏明则行千里。(《唐诗纪事》引)

　　驼,性羞。《木兰篇》:"明驼千里脚",多误作"鸣"字。驼卧腹不贴地,屈足,漏明则行千里。(今本《酉阳杂俎》)

二者文字显有出入。

又《唐诗纪事》上一条文字之下有"又云"一条,与《酉阳杂俎》中的文字上一条内文字相合,今亦征引如下:

　　波斯国谓象牙为白暗,犀角为黑暗,故老杜有"黑暗通蛮货"之句。(《唐诗纪事》引)

　　……故波斯谓牙为白暗,犀为黑暗。(今本《酉阳杂俎》)

此亦可证二者文字有出入,《酉阳杂俎》中文字显有夺误。

又《永乐大典》卷七五四三《金刚感应事迹》引《酉阳杂俎》,与《金刚般若波罗蜜经感应传》中所引之《酉阳杂俎》全同,与今本续集卷七《金刚经鸠异》中的文字则大有出入,今并列于下,供参考:

　　何轸妻刘氏,年二十六岁,生一男,得两周;一女,方周满。忽夜梦入冥司,判决刘氏来春三月命终,觉后思之,忧惶涕泣不已。其夫与亲属咸问哭泣之因,答曰:"尝梦入冥司,判我只有半年在世。至期果死无憾,但愧儿女无依。"忽一日自省,遂命画士绘画佛菩萨像一轴,恭敬供养。断除荤酒,昼夜恭对佛前,精虔持念《金刚般若经》,回向发愿云:"唯愿我佛慈悲,增延世寿。若满四十五岁,儿女皆有聚嫁之期,死入黄泉,亦自瞑目。"每日专心持念,至三十八岁,儿得聚妇,及四十三岁,女得嫁人,以满所愿。至太和四年冬,恰满四十五岁。悉舍衣资,庄严佛像,为善俱毕,一日遍告骨肉亲缘曰：“吾死期已至。”何轸以为鬼魅所缠，不信有此。至岁除日，刘氏自请大德沙门祇对三宝之前，授以八关斋戒，沐浴更衣，独处一室，跏趺而坐，高声诵念《金刚般若波罗蜜经》。诵毕，寂然无声。儿女亲属俱入室看视，端然而坐，已化去矣。凛然如生，唯顶上热而灼手。凡四众士庶，见者闻者无不归敬三宝，赞叹希有。其夫何轸一依亡僧之礼，营塔安葬于荆之北郭。（《永乐大典》《金刚经感应传》引）

何轸，鬻贩为业。妻刘氏，少断酒肉，常持《金刚经》。先焚香像前，愿年止四十五。临终心不乱，先知死日。至太和四年冬，四十五矣，悉舍资装供僧。欲入岁假，遍别亲故，何轸以为病魅，不信。至岁除日，请僧受入关，沐浴易衣，独处一室，趺坐高声念经。及辨色悄然，儿女排室入看之，已卒，顶热灼手。轸以僧礼葬，塔在荆州北郭。（今本《酉阳杂俎》）

前面两种书中所引用的《酉阳杂俎》，内有刘氏请大德沙门“授以八关斋戒”一语，今本《酉阳杂俎》则已改作“请僧受入关”，周叔迦据此以为今本已为不懂佛家教义的人所改。又中国佛教协会藏南宋佛经汇刻本《金刚经感应传》一种，又名《金刚经感应图记》，中有《何轸妻刘氏有感》一则，乃删改《酉阳杂俎》中文而成，文字繁简介于原本、今本之间，而中仍有“刘氏请僧授入关”之语。宿白以朝鲜抄本对校，朝鲜本据所录序跋，系出明成化本，为李云鹄本所从出。由此断定《酉阳杂俎》之被删削，当在明宪宗成化之前①。实则今本《酉阳杂俎》中的这一文字，与《太平广记》卷一〇八原“出《酉阳杂俎》”标名“何轸”的一条文字几乎全同。由此可知，上述学者以为《酉阳杂俎》在成化之前被改

---

① 参看赵世暹《南宋刻的一种连环画》，《文汇报》1962 年 6 月 23 日。

削云云,立论尚须进一步加以论证。

（三）**编次杂乱编校失误。**黄丕烈《酉阳杂俎》前集二十卷跋曰:"《酉阳杂俎》无宋元刻及旧钞,故所储止明刻焉。明刻别有内乡李云鹄校本,虽出自宋刻,而增删已经动手,其所谓赵本也。"①这里是说宋本经过明末藏书家赵琦美(清常道人)的整理,后为李云鹄刻出。赵本即所谓脉望馆本,《四部丛刊》本即据此影印。赵氏为李云鹄本作序,自云:"开窗拂几,较三四过。其间错误:如数则合为一则者辄分之,脱者辄补之,鱼亥者就正之,不可胜屈指矣! 又为搜《广记》、类书及杂说所引,随类续补。岁乙巳,嘉禾项群玉氏复以数条见示,又所未备也,复为续之。乃知是书必经人删取,不然何放逸之多乎?"可见赵氏加工幅度之大。一般说来,替古籍加工,总是有得有失的:加工得好,则或可使之更接近古籍原貌;如果学力不够,或草率从事,或主观武断,则往往与原来的用意相反,加工越多,与古籍原貌距离越远。又劳权跋曰:"此米庵旧藏钞本,少末一卷,又卷二、三及后二卷凡少四十七则。虽多传写之误,以勘刊本,有绝胜处。刊本多所校改,有不得其语意而妄改者,非此本末由正之。米庵间有校正处,且分《金刚经鸠异》作上、下,则不知其何所据? ……此本米庵定为宋钞,殆未必然,乃从宋刻传钞尔。"又曰:"初八日将午校毕,钞本有嘉定癸未邓复后序,影写增入。宋刻虽未得见,实亦坊本耳。"②可见《酉阳杂俎》中存在的问题,有些是由无法区分孰为定本而产生的,有些是由缺乏善本而产生的,有些则是由于后人多次校改而滋生的。《酉阳杂俎》递经前代诸多文士校雠,但仍存在着许多误字与脱文,前面已经多次提及,今不赘述。

此书编次上也存在着很多问题,如前面引到的"青庐"之事,一见

---

①　载缪荃孙等辑《荛圃藏书题识》卷六。

②　载《劳氏碎金》卷中,《丁丑丛编》本。

于前集卷一《礼异》，一见于续集卷四《贬误》，是为前后重出之例。按《全唐文》卷七八七中录段成式《韦斌传》一文，首尾完整，可知此文本单篇行世，所以清代馆臣才将它收入文学总集，今本《酉阳杂俎》则将它收入续集卷三《支诺皋下》。《酉阳杂俎》中的这条文字，介绍主角韦斌，着重叙述韦氏门中轶事，而与神怪之说无关。今本《酉阳杂俎》收入此文，当是由于后来的加工者草率从事而羼入的，是为编次有误之例。

　　总的说来，《酉阳杂俎》续集中的条文问题尤多。段成式在《酉阳杂俎序》中仅云"偶录记忆，号《酉阳杂俎》，凡三十篇，为二十卷"，可知续集十卷编成在后。续集之中亦列篇目，不大可能出于后人伪造，但因其无善本传世，故与原书或多差异。即以前面提到的续集卷七《金刚经鸠异》中的何轸妻事而言，即似引自《太平广记》，前人疑《酉阳杂俎》中羼入了许多后人改写或笔削的文字，看来是有道理的；但这也有可能恰是某种《酉阳杂俎》早期本子的原貌，而《太平广记》中"入关"等误文，则又有可能为明人刻书时误改，今本《酉阳杂俎》亦有此误，则又可能是据《太平广记》误改的。这些问题，情况甚为复杂，有待后人深入辨析。

（原载《选堂文史论苑》，上海古籍出版社 1994 年版）

唐代笔记小说的校雠问题

中国的文化在世界上独树一帜。作为一个文明古国,早在商代起就有系统的历史记载,并有数量众多的文献流传下来,这些中国文化的物质载体,历经岁月的冲刷而终得保存,它与历代王朝的重视保存文献有关,也与历代文士的重视整理古籍有关。

汉代的刘向、刘歆父子等人开始有系统地分门别类地进行古籍整理,历代王朝中都有一些杰出的学者曾在这一领域中作出过巨大的贡献。清代学者的成绩更为辉煌,一些著名的朴学大师不但在实践上取得了丰富的成果,而且开始构建有关的理论。近代一些受过严格训练的学者还进一步作了总结,更使古籍整理成为一种具有完整理论体系的科学。它制订了一系列可供检核的操作程序,指导人们循序渐进地去完成任务。

由于古人轻视小说,学者不愿把很多精力放在小说的整理上,致使这类著作中留下的问题甚为复杂。今以唐代笔记小说为例,从版本、校勘、辑佚三个方面展开论述,抉发这一领域中存在的问题,并对如何解决困难提出一些个人的看法。

版 本

整理唐代笔记小说,首先就会遇到一个困难问题,就是不易找到好的本子作底本。

日本高山寺藏唐钞本《冥报记》三卷,当是存世最早的唐人笔记小说。其价值之高,自不待言。《旧唐书》卷八五《唐临传》曰:"所传《冥报记》二卷,大行于世。"故在唐时即已传入日本。藤原佐世于宇多天皇宽平年间(889～898,即唐昭宗龙纪元年至光化元年)编撰之《日本国见在书目录》"杂传类"著录《冥报计(记)》十卷,而该国保存古钞本三种,除高山寺本外,尚有三缘山寺本与知恩院本,均作三卷,与我国唐宋书目记载都不相同。《旧唐书·经籍志》《新唐书·艺文志》《宋史·艺文志》《直斋书录解题》与《法苑珠林》卷一一九"杂集部"之著录与其本传相同,均作二卷。由此可知,高山寺本《冥报记》与唐临原著已有出入①。

敦煌遗书中保存着数量众多的唐代和五代时人抄写的卷子,可惜不见唐人笔记小说的钞本。据王重民的调查,其间仅存伯 3741《周秦行纪》残本一种,计六十行,约占全文的三分之二,写于后晋清泰二年(934)。钞手学识不高,误字很多,然与《太平广记》卷四八九中所录的《周秦行纪》相校,则仍偶有胜处。例如卷子本云"夫人约指以玉环,照见指骨",《太平广记》则作"光照于座",下有原注,引《西京杂记》云"高祖与夫人玉环,照见指骨"。比较之下,似以唐钞本中文字更为近真②。只是这类可供参考的文字数量过少,也很难指望日后能有很多发现。

从事古籍整理的人都知道,我国自唐代起就已有版刻行世。但早

---

① 《涵芬楼秘笈》六集《冥报记》依日本高山寺本排印,商务印书馆于 1918年出版,误字很多,使用时须谨慎。杨守敬《日本访书志》卷八著录古钞本《冥报记》三卷,云"传是三缘山寺保元间写本",岑仲勉《唐临〈冥报记〉之复原》一文于此有详论,原载《历史语言研究所集刊》第十七本,1948 年刊;后收入《岑仲勉史学论文集》,中华书局 1990 年版。方诗铭辑校《冥报记》三卷,附《补遗》十五则,为目下最为完备之本;方氏于《辑校说明》中对此书的情况有简要之介绍,可参看;中华书局 1992 年版。

② 王重民《敦煌古籍叙录》卷三"子部上"《周秦行纪》,商务印书馆 1958 年版。按此事原出《西京杂记》卷一,文曰:"戚姬以百炼金为弧环,照见指骨。"

　　　　　锺山愚公拾金行踪

期的刻本，大都属于历书与佛教文献之类。到了五代时，始有皇家主持刻印经典之事，如自后唐至后周，绵廷四个朝代，刻成"九经"，后蜀毋昭裔亦刻有"九经"等书，说明其时雕板印刷事业已有迅速的发展。但小说一向被视为"小道"，人们自不会首先考虑去刻印这类书籍。因此，唐人笔记小说的宋本原刻流传至今者绝少。如莫友芝《宋元旧本经眼录》等书中，均未发现有关唐人笔记小说版刻的记录。清初朱彝尊藏宋椠本《鉴诫录》十卷，携至扬州诗局供编纂《全唐诗》之馆臣检阅，查嗣瑮、曹寅、汪士铉等人均有题跋，后王士禛、徐嘉炎、朱彝尊、赵怀玉、顾广圻等亦加题跋，黄丕烈获此书后，视若拱璧，详细记录此书流传经过①。于此可见宋椠唐人笔记小说中物以稀为贵的情况之突出。

北宋前期王尧臣等编《崇文总目》六十六卷，欧阳修等编《新唐书·艺文志》四卷，在"杂史""传记""故事""小说"等类中著录了许多笔记小说，但未注明孰为刻本，孰为钞本。估计这时不大会有数量众多的刻本行世，因此书目中著录的唐人笔记小说，应当都是一些前代流传下来的钞本。尤袤《遂初堂书目》首创著录版本之例，但仅限于经书及正史数种，对唐人笔记小说的著录甚为简单，仅将之归入"杂史""杂传""杂家""小说"诸类，在版本问题上无所提示。因此，有关唐人笔记小说在北宋之前的传播系统，以及各本的原貌如何，今日已难确说。

到了南宋之后，唐人笔记小说的刻本逐渐增多。明代嘉靖年间阳山顾元庆刻《顾氏文房小说》四十种、四十七卷，其中唐人笔记小说多种，为覆刻宋本而成，如《隋唐嘉话》三卷之末注云"夷白斋宋版重雕"；藏书家的题跋中也常有覆宋本或仿宋本的记载，如八千卷楼旧藏明覆

---

① 载缪荃孙等辑《艺圃藏书题识》卷六《鉴诫录》。

宋本《开天传信录》（即《开天传信记》）一卷，影宋钞本《中朝故事》一卷，丁丙《善本书室藏书志》卷二一中均有介绍。二书今藏南京图书馆。皕宋楼旧藏明仿宋刊本《松窗杂录》一卷，陆心源《皕宋楼藏书志》卷六二"小说类"有介绍，此书今归日本静嘉堂文库，此外各地藏有影宋钞本唐人笔记小说之图书馆与藏书家尚多，如北京图书馆即藏有清影宋钞本王定保《唐摭言》、清初影宋钞本《钓矶立谈》各一种。

　　从版本学的角度来说，唐人笔记小说自然也以宋本为可贵，因为这是最为接近唐人写作原貌的本子。但也正因前人普遍轻视小说，镂刻时态度随便，以致某些原出宋本的唐人笔记小说的内容仍存在着不少问题。今举一个极端的例子加以说明，《顾氏文房小说》本《刘宾客嘉话录》后有跋曰：

　　　　右韦绚所录刘宾客嘉话，《新唐书》采用多矣，而人罕见全录。
　　圖家有先人手校旧本，因镂版于昌化县学，以补博洽君子之万一
　　云。乾道癸巳十一月旦海陵卞圖谨书。

乾道癸巳即宋孝宗乾道九年（1173），可知这是南宋初年的一种刻本。按例来说，应该是比较可信的了，但因其中条目多与他书相重，也就引起了读者的怀疑，《四库全书总目》子部"小说家类"作《刘宾客嘉话录》提要，用力甚勤，属于小说提要中考核最详的文字之一。馆臣大量揭发书中与李绰《尚书故实》中相重的文字，以此归罪于曹溶刻《学海类编》而造成诸多错误，"盖《学海类编》所收诸书，大抵窜改旧本，以示新异，遂致真伪糅杂，炫惑视听"。实则《学海类编》此书即按《顾氏文房小说》本刻入，只是四库馆臣所见到的仅《学海类编》本罢了。但这些错误也非顾元庆窜改旧本而成，卞圖跋文中提到他刻书时依据的是

"先人手校旧本"，可知早在宋代此书内部即多羼杂讹误①。

20世纪60年代前期，唐兰、罗联添二人分别对《刘宾客嘉话录》一书作了精密的考辨，对书中文字的真伪也作了细致的甄别，得出了大体相同的结论。唐兰在《〈刘宾客嘉话录〉的校辑与辨伪》四"今本辨伪"中说："兰按今本《嘉话录》已非原书，其间多为后人以他书搀入。除卷首'韦绚序'至'蔡之将破'条，凡二十五条，及'石季龙'条至'予与窦丈'条，凡二十条，总计四十五条，是真韦书外，前段搀入《尚书故实》二十七条，《续齐谐记》二条，后段搀入《尚书故实》十条，《隋唐嘉话》二十九条，总计六十八条。"②罗联添在《〈刘宾客嘉话录〉校补及考证》的《前言》中也说："总计全书记叙人事一百一十三条，其中误窜的作品竟有六十六条之多，占全书二分之一以上。"③可见自宋至清流传于世的《刘宾客嘉话录》一书错误之严重了。经过唐、罗二人的整理，《刘宾客嘉话录》的原貌可说已经大体恢复。

总结上言，可知后人已经难以见到唐人笔记小说的宋本原刻，据

---

① 卞圜之父名大亨，字嘉甫，泰州（一作海陵）人。靖康中以遗逸荐。卞圜，字养直，一作子东，又作子车，绍兴三十年（1160）进士。二人尚有《集注杜诗》三十卷，今已佚，然据周采泉分析，知其编次不伦，内容杂乱，详见周著《杜集书录》卷二"全集校刊笺注类二"《卞氏集注杜诗三十卷》按语，上海古籍出版社1986年版。周必大《二老堂诗话》于《辨杜诗阅殿阑韵》亦讥之曰："卞氏本妙不可言。"唐兰《〈刘宾客嘉话录〉的校辑与辨伪》五《跋》中以为卞本《刘宾客嘉话录》原出三馆，宋初馆阁之书曾为火焚，而借太清楼之书抄补，太清楼书又有损蠹，校书者遂杂取他书以补之，故多错乱。此说假设过多，不太可信。卞氏父子社会地位不高，安得馆阁本而录之。况卞圜自言此本乃其"先人手校旧本"，未曾言及"馆阁"只字。按之卞氏父子编注杜集之情况，则是卞本《刘宾客嘉话录》之讹误特多，亦应与其父子二人的学识欠佳与工作草率有关。

② 载《文史》第四辑，1965年6月。

③ 原载《幼狮学志》二卷一期、二期，1963年1月、4月，后收入《唐代文学论集》下册，台湾学生书局1989年版。

之复刻的本子，也常杂有错误，这对整理工作来说，当然是一件颇令人感到遗憾的事。

明人刻书，颇招后人物议，这时虽有多种唐人笔记小说的刻本流传下来，但称得上是善本的却不多。前面已经介绍过的《顾氏文房小说》，却值得重视。顾元庆，字大有，长洲人。钱谦益《列朝诗集》丁集中"大石山人元庆小传"曰："所居曰顾氏青山，在大石左麓。山中有胜迹八，自为之记，名其室曰'夷白'。藏书万卷，择其善本刻之，署曰'阳山顾氏文房'。"所刻诸书，每附题记，如《隋唐嘉话》后曰"夷白斋宋版重雕"，《周秦行记》《白猿传》后曰"长州顾氏家藏宋本校行"，《博异志》后曰"阳山顾氏十友斋宋本重刻"，《集贤记》后曰"阳山顾氏十友斋宋本重雕"；有时还记刻印年岁，如钟嵘《诗品》后曰"正德丁丑（1517）长洲堘川顾氏雕"，《山家清事》后曰"嘉靖壬辰（1532）长洲顾氏家塾梓行"。因其刻书时代尚早，还未受到万历之后刻书业中贸利之风的影响，故颇注意刻印质量，不轻易变动原书格式，中如《次柳氏旧闻》《资暇集》《幽闲鼓吹》《开元天宝遗事》等数种都已成了著名版本，后人每据之复刻。《顾氏文房小说》对保存唐代笔记小说作出了很大的贡献，因而一直受到藏书家的重视。黄丕烈跋《开元天宝遗事》曰："《开元天宝遗事》上、下，顾氏文房小说本也，书仅明刻耳，在汲古毛氏时已珍之，宜此时视为罕秘矣。……安得尽有顾刻之四十种耶！以明刻而罕秘如是，宜毛氏之珍藏于前，而余亦宝爱于后也。"①可知《顾氏文房小说》全书至此已很难得。直到涵芬楼于民国十四年（1925）影印行世后，后人方得较易获睹。

唐人笔记小说主要依靠明人的钞写与刻印而得流传。因此，区分明本唐人笔记小说的优劣，或辨别其真伪，也就是很重要的事。关于

---

① 载缪荃孙等辑《荛圃藏书题识》卷六《开元天宝遗事》。

辨别真伪,我在论述《唐人说荟》时曾作过分析①,今就刻本问题续作一些论述。

比之宋、元时期,明代刻书的质量有所下降,但仍有若干唐人笔记小说的善本流传下来。例如范摅的《云溪友议》一书,《新唐书·艺文志》与《郡斋读书志》著录时均作三卷,《直斋书录解题》则作十二卷,又云"《唐志》三卷",说明宋代已有分卷不同的两种本子在流传。《四部丛刊续编》影印明刊本为三卷本,《稗海》本为十二卷本,二者相较,自以三卷本为善。《四部丛刊续编》本后附张元济《校勘记》一卷,序曰:"《稗海》所刻即十二卷,以校是本,其讹夺不可胜数。是为明代刊版,范序及三字标题均全,即《四库》所称较为完善之本。黄荛圃尝得桐乡金氏旧藏明版,行款相同,亦云此刻最善也。"②又《嘉业堂丛书》采入此书,亦为三卷本,后附刘承幹《校勘记》。经过张、刘二人整理,此书已较便读。

明代中叶之后,刻印笔记小说之事大盛,然书贾竞为贸利计,大都粗制滥造,又因其时考订之业未盛,因而所刻之书往往缺乏必要的整理,故学术价值不高。但唐人笔记小说中的有些著作传本稀少,后人别无选择,则又不能不仰仗这类丛刻,例如赵璘的《因话录》一书,史料价值甚高,而传世者仅见《稗海》六卷本,《稗乘》三卷本,《重辑百川学海》《唐宋丛书》《唐人说荟》本均一卷,比较之下,也只能推《稗海》本为善了。黄宗羲《天一阁藏书记》曰:"越中藏书之家,纽石溪世学楼其著也。余见其小说家目录亦数百种,商氏之《稗海》皆从彼借刻。"(《南雷文案》卷二)但商濬可能只是就纽家所有付刊,因而所刻之书水准高下

---

① 见拙著《唐人笔记小说考索》中《唐代笔记小说的崛兴与传播》三、《〈唐人说荟〉中存在的问题》,江苏古籍出版社 1996 年版。

② 此文已收入《涉园序跋集录》,古典文学出版社 1957 年版。

不等。然商氏之刻《稗海》,时在万历中期,距今年代已久,后人多次翻刻,原书也已难觅,如有此书,也可算是好的本子了。又如李绰《尚书故实》一书,传世者有《重辑百川学海》《宝颜堂秘笈》《五朝小说》《唐人说荟》《畿辅丛书》诸本。尽管叶昌炽在《藏书纪事诗》卷三中批评说:"眉公《宝颜堂秘笈》,改窜删节,真有不如不刻之叹。"但比较之下,也只能推陈继儒所刻的《宝颜堂秘笈》本为善了。

到了清代,学界刻印丛书之事,更盛于前。一些热心保存古籍与注意文化传播的人,聘请著名学者主持其事,由是传下了很多著名的版刻。特别是到了乾嘉之后,整理古籍之事更是受到重视,学者每尽瘁于此,于是一些经过名家整理的唐人笔记小说,每随丛书之刻而传世了。

在唐人笔记小说中,几种叙及典章制度与重要史实的著作首先受到青睐。《四库全书总目》卷一二〇子部"杂家类"《封氏闻见记》提要曰:"唐人小说多涉荒怪,此书独语必征实,前六卷多陈掌故,七、八两卷多记古迹及杂论,均足以资考证。末二卷则全载当时士大夫轶事,嘉言善行居多,惟末附谐语数条而已。"又王士禛《跋〈摭言〉足本》曰:"唐人说部流传至今者绝少,此书泊《封氏闻见记》皆秘本可贵重,当有好事者共表章之。"(《蚕尾集》卷九)为此清人刻印此书者甚多,内有乾隆二十一年(1756)刻《雅雨堂藏书》(一名《雅雨堂丛书》)本,乾隆五十七年(1792)江都秦鼎刻本,道光十年(1830)秦恩复刻《石研斋四种》本,以及《学津讨原》《指海》《学海类编》《畿辅丛书》本等多种。雅雨堂本早出,卢氏诸书且曾请惠栋等名家校勘,故近人赵贞信作《封氏闻见记校证》十卷,即以雅雨堂本为底本①。《唐摭言》一书,亦以材料可

---

① 赵贞信《封氏闻见记校证》十卷,哈佛燕京学社 1933 年印。后赵氏将此书精简成一小册,中华书局 1958 年印行。

贵，受人重视，李慈铭曰："唐人《登科记》等尽佚，仅存此书，故为考科名者所不可少。"①此书亦以《雅雨堂丛书》本为善②。

一般说来，在清人所刻的一些著名丛书中总可见到若干唐人笔记小说的好本子，如《知不足斋丛书》中所刻的《唐阙史》三卷，《贵池先哲遗书》本中的《剧谈录》三卷，附逸文一卷等。今举两种在这方面有突出贡献的丛书为例，略作介绍。

一是嘉庆年间常熟张海鹏刻《学津讨原》《借月山房汇钞》《墨海金壶》丛书三种。张氏得到了毛晋《津逮秘书》的版片，而又嫌其采择不精，故每另觅善本重刻。尝云："藏书不如读书，读书不如刻书；上以寿作者之精神，下以惠后来之沾溉。"因为他把刻书之事看得很郑重，全力以赴，故所刻之书，内容形式俱有可称。就唐人笔记小说而言，《学津讨原》中的《唐国史补》《开天传信记》等数种，甚可信据。

二是道光年间钱熙祚刻的《守山阁丛书》。钱氏富藏书，好校勘之学，又聘请了著名学者张文虎、顾观光等协助，所刻书后每附详细的校勘记，学术价值甚高，故阮元《守山阁丛书序》称"其采择雠校之精，迥出于诸家丛书之上"。钱氏自己在《守山阁丛书总目》识语中说，他得到了张海鹏《墨海金壶》的残版，嫌其"所采既驳，校雠未精，窃尝纠其鲁鱼，几于累牍；脱文错简，不可枚举，遂拟刊订，重为更张"。可见清人之刻丛书，精益求精，不断加工，从而留下了很多好的本子。

但唐人笔记小说在篇幅巨大的丛书之中，所占比重都比较小，人们要想知道其中某书的质量，只能将各种丛书中的该书提出，进

---

① 由云龙辑《越缦堂读书记》卷八《文学》，中华书局 1963 年版。
② 顾麟士(鹤逸)旧藏池北书库王氏钞本《唐摭言》十五卷，今藏苏州博物馆。王士禛《浙江访书记》叙此书始末，云从朱彝尊处借抄，原书则为宋嘉定中柯山郑昉刻于宜春者(《居易录》卷十六)。钞本有王士禛跋、惠栋校。谢国桢《江浙访书小识》以为雅雨堂本或即据此刻出。谢文载《中华文史论丛》1979 年第 3 辑。

行比较，才能判断哪一种本子为优，哪一种本子为劣，而这无疑是一种很费时间和精力的工作。但是这项工作甚有意义，值得我们为此努力。

裴廷裕撰《东观奏记》三卷，为记载宣宗一朝政事的重要典籍。裴氏于昭宗大顺中官右补阙兼史馆修撰，与柳玭等纂修《宣宗实录》，因日历、起居注等均已亡佚，只能采摘有关宣宗一朝所耳目闻睹，编年排列。因在史馆修撰，故称"东观"；因奏记于主持此事者晋国公杜让能，故称"奏记"。可知此书即裴氏所上之监修稿本。书前有自序，所言亦约略如是。因其史料价值甚高，为后世所重，故传世有《稗海》本、《续粤雅堂丛书》本、《小石山房丛书》本、《藕香零拾》本等版刻多种。其中《小石山房丛书》刻者顾湘，字翠岚，江苏常熟人。据叶裕仁《小石山房丛书序》称："道光中，（湘）刊有《小石山房丛书》四十馀种，菉耘（季锡畴）先生序而传之。"学术界对此亦有较高评价。但以其所刻《东观奏记》与其他本子比较，则可发现此本最劣，不但文字多脱误，而且常见整段文字脱落，例如卷中"以楚州刺史裴坦为知制诰"一则，《小石山房丛书》本即整段脱去。这种情况的出现，当是由于顾氏刻书时没有求得较佳底本之故。

如果现在有人要想从事唐人笔记小说的整理工作，访求宋元旧刻，希望得到前人从未见到过的善本，可能性是不大的，但散在各处的钞本数量还是不少，应该多方寻觅，广搜善本，以资比较。目下《中国古籍善本书目》已陆续问世，即如史部的"杂史"类中，就著录有《东观奏记》的钞本多种，如北京图书馆即藏有明钞本两种，山西省文物局藏有明钞本一种，北京图书馆还藏有清乾隆三十七年吴翌凤钞本一种。此外，台湾"故宫博物院"藏有玉蕤斋钞本一种。有志于整理此书的学者，凭借这些钞本，择善而从，相信可以整理出超过目下几种《东观奏记》的本子。

在唐人笔记小说中,《封氏闻见记》一书的不同版本较多,赵贞信还作过认真的整理,但此书仍有好几种钞本未被发现或未受重视,例如张宗祥在《铁如意馆随笔》中就介绍过一种珍贵的钞本:

《封氏闻见记》十卷,晁氏《读书志》作五卷,与《唐书》《宋史》同。元明以来,此书无刊本。清乾隆中,卢氏据虞山陆敕先所录孙伏生家本,刊入《雅雨堂丛书》,为是书刊本之祖。孙本为吴岫方山旧藏,录于正德戊辰,不言所出,孙氏又假秦酉岩别本校勘。秦本则朱良育依唐子畏、柳大中两本,先后各钞五卷者,有至正辛丑夏庭芝跋,盖元钞也。卢氏后,有江都秦氏刊本。据丹徒蒋氏所藏旧钞,于卢本多所订补。然第七卷视物近远、海潮、北方白虹、西风则雨、松柏西向、石鼓、弦歌驿、高唐馆诸条皆阙,蜀无兔鹊一条皆不全。予所得莫邵亭藏旧钞本一,末有记云:"隆庆戊辰借梁溪吴氏宋钞本录。"是在卢、秦两刊所据本之前矣。然第七卷缺处亦相同。则此书全本,恐非五卷本,不得见矣。但五之析为十,不知何时。《世说新语》尚有三卷本可见,此书既无刊本,当更难矣。其缺文见王谠《唐语林》者,如北方白虹、西风则雨、石鼓三条皆在。蜀无兔鹊,亦首尾完备。又俞氏《海潮辑说》,海潮一条亦在,独其他四条,无可考耳。此钞本校卢刊本,胜处甚多。如卷二石经条,卢本自"后汉明帝"云云起,此本首有"初太宗以经籍多有舛谬,诏颜师古刊定,颁之天下。年代久,传写不同。开元以来,省司将试举人,皆先纳所习之本.文字差(原缺一字)辄以习本为定;义或可通,虽与官本不合,上司务于收奖,即放过。天宝敕改《尚书》古文,悉为今本。十年,有司上言,经典不正,取舍无准。诏儒官校定经本,送尚书省并国子司业张参共相验考。参遂撰定五声字样①，书于太学讲堂之壁，学者咸就取正焉。又颁字样于天下，俾为永制。由是省司停纳习本云"一百六十馀字。卷三制科条"六曰员外、郎中不入"下，有"七曰中书舍人、给事中不入，八曰中书侍郎、中书令不入"二十二字。卷四尊号条"开元天地宝圣文武"下，有"应道肃宗号光天文武，代宗号宝应元圣文武，今上号圣文武神"二十五字。卷五烧尾条"问吏部船何在"上，有"吏部船为仗所隔，兵部船先至，嗣立奉觞献寿上"十九字。图画条"使数十人吹角"下，有"击鼓百人齐声嗷叫，顾子着锦袄锦缠头，饮酒半酣，绕绢帖走"二十四字。卷七温汤一条，乃温汤、高唐馆二条合成一条，盖温汤条缺尾，高唐馆条缺首也。五卷本既不得见，此钞本出于宋，又较刊本为善，倘再将《唐语林》《海潮辑说》各条辑入，亦可为善本矣。②

利用钞本整理唐人笔记小说，前景是很可观的。有些著作，前人以为已佚的，实际上尚有钞本存在。《贾氏谈录》一书的情况即如此。《直斋书录解题》卷七"传记类"著录《贾公谈录》一卷："序言庚午衔命宋都，闻于补阙贾黄中，凡二十六条，而不著其名。别本题清辉殿学士张洎，盖洎自江南奉使也。庚午实开宝三年（970）。"《郡斋读书志》（袁州本）卷三下"小说类"著此，则云"凡录三十馀事"。可知宋时流传的本子篇幅即有不同。张洎，字思远，改字偕仁，全椒人。初仕南唐，为知制诰、中书舍人；入宋，为史馆修撰、翰林学士，后官至参知政事，《宋史》卷二六七有传。贾黄中亦尝任相，《宋史》卷二六五有传，中叙其

---

① "五声"当是"五经"之误。张参《五经文字》三卷，见《新唐书》卷五七《艺文志》经部"小学类"。《直斋书录解题》著录于卷三"经解类"，题解曰："唐国子司业张参撰，大历中刻石长安太学。"

② 张氏此文乃其遗稿，此处所引见卷二，载《中华文史论丛》1984年第1辑。

"多知台阁故事，谈论亹亹，听者忘倦"。此书所录皆其所叙唐代轶闻，颇有参考价值。然此书传世甚少，四库全书馆臣从《永乐大典》中辑出，益以《类说》《说郛》诸书所载，共得二十六条，再加上《说郛》中的《自序》，辑入《武英殿聚珍版丛书》，乃成传世最为详备之本。其后《守山阁丛书》本等即据此刻出，学术界使用此书，一向依赖这一杂编的本子。实则此书尚有完整之钞本传世，只是前人未曾留意而已。傅增湘《〈贾氏谈录〉跋》内叙及他所得到的一种旧钞本，内录三十一条文字，与《郡斋读书志》著录者相合，他并具体指出其中"平泉庄一条，《四库》本文字前后倒置，正文、小注又复淆乱，而'李汧公百衲琴'条只著'制度甚古，其音清越无比'二语，不知其下尚有龙池题记、道士吴大象题诗五十八字。且就二十六条中详考之，'平泉庄'及'僖、昭时士族避寇南山'，此一条离析为二，实只存二十四条，今以'盛事录'等七条加入，适符三十一条之数"，因此认为"是钞本之佳，实远出《四库》之上。他时有重印阁书，当以此本授之，俾复张氏旧观"①。又北京图书馆藏原出海日楼的明钞本一种，前有目录，凡二十九条，中多今本所无文字。王维受安禄山伪职而获罪，后因曾作《菩提寺禁，裴迪来相看，说逆贼等凝碧寺上作音乐，供奉人等举声便一时泪下，私成口号示裴迪》诗而得赦宥，关于此诗的本事，前人每据《明皇杂录·补遗》中的记载为说，而不知《贾氏谈录》中亦记此事。海日楼藏明钞本《贾氏谈录》此则并云此诗手稿"后祖师收得之，相传至智满。贾君既得披阅，遂录得其辞云。"说明贾黄中还亲自见过王维手迹，故此记载值得重视。《贾氏谈录》传世诸本均无此诗踪迹可寻。又钞本中"平泉庄"一条与傅氏所言亦相同，可证这一钞本胜过聚珍本远甚。

---

① 载《藏园群书题记》卷八《旧钞本〈贾氏谈录〉跋》，上海古籍出版社1989年版。

总的说来,在唐人笔记小说的版本问题上不能仰求宋元旧本的发现,而是应该广泛访求明清人的旧钞,进行比较研究,缜密考辨,然后吸收各本之长,自可整理出一些接近原貌的本子来。

校　勘

古书流传日久,经过多次抄写,必然会发生错误,如经鼠啮虫蚀,或遭水火兵燹之灾,那么受害古书中更有可能发生大面积的错乱。整理这类书籍,就得花上一番校勘的功夫。

校雠学的发展已有千百年的历史,前人于此积累了丰富的经验,建立了系统的理论。但因学术的门类不同,校勘的对象有异,因而唐人笔记小说的校勘工作也有一些需要特别注意的地方。

总的来说,唐人笔记小说的校勘工作情况相当复杂,要想做好这项工作,也非易事。

潘景郑跋明本《南部新书》曰:

> 《南部新书》,通行伍氏粤雅堂本。伍本舛讹,无由是正。茈翁尝称钱遵王藏有明本,多校改之字;义门先生亦曾校此书,意钱校实不逮何义门先生,亦以不得宋刻名钞,是正脱讹,其所校当有未尽可据者。顾涧苹先生驳正数事,以证刻本之不误而义门先生妄改者,洵乎旧本之难觏,轻下雌黄,强作解事,虽通人犹不免此病耳。①

这一分析道出了校勘唐人笔记小说难点之所在。

---

① 载《著砚楼题跋》二四八,古典文学出版社 1957 年版。

在校勘古书的常用方法中，"对校法"占有最为重要的位置。陈垣以为："凡校一书，必须先用对校法，然后再用其他校法。"①可知"对校"实为校勘工作中最为基本的一种方法。

运用对校，在"校异同"之后，还应"校是非"。但不管如何对校，首要条件就在多聚异本。然而唐人笔记小说的具体情况却是异本不多，宋元旧本更为难得。正如上节所介绍的，唐人笔记小说中的若干种书还有一些钞本可供参考，但是明代之前的钞本也已罕见，而且这些钞本分散全国各地，有的则已远播海外，要想一一搜罗到手，也非易事。目下出版的《中国古籍善本书目》，所以有此详细而广泛的记录，那是经过全国普查才会有此发现。古人的读书条件，比之今日，虽亦有其便利之处，但掌握这么多的学术讯息，无疑是困难的。

由此可见：唐人笔记小说中的大部分作品因为传本不多，善本更少，要想做到校异同，已很困难；若要校是非，则难度更大。

采用"本校法"吧，也有困难。

运用"本校法"取得成功的一些名著，如吴缜的《新唐书纠谬》二十卷、汪辉祖的《元史本证》五十卷，因为所校的对象《新唐书》《元史》本身篇幅很大，前后关涉的事情很多，以本书前后互证，抉发其异同，回旋的馀地就比较大。唐人笔记小说大都篇幅短小，而且所记之事，主题不集中，前后比照，不易发现问题。学者运用此法校勘唐人笔记小说，或能解决个别难点，但想取得全面丰收，则不太可能。

黄永年指出："古籍不出一手，不能本校"；"史源不同，不能本校"②。这种意见可供参考。有关唐人的笔记小说中却常见集纳前人

---

① 《元典章校补释例》卷六第四十三《校法四例》，北京师范大学出版社 1982 年影印《励耘书屋丛刻》本。

② 《古籍整理概论》中《校勘》（四）《本校》，陕西人民出版社 1985 年版。

文字而成之作，如《南部新书》《唐语林》等，都是汇集前人文字而成的；像《前定录》《独异志》等，很多条目改写前人文字而成；即使纯出一手的著作，有的文字也每因袭前人，如《大唐新语》《大唐传载》中常袭用《隋唐嘉话》中文字，这类著作也不太适用以“本校法”来整理。

当然，校勘古籍时仍应注意各种校法都能发挥其作用，前人于此也曾取得一些可观的成就，如唐兰校本《刘宾客嘉话录》中有云：

刘□□云：（“刘”作“郑”，今以意改。）“张燕公文逸而学奥，苏许公文似古，学少简而密。张有河朔刺史冉府君碑，序金城郡君云：‘蕣华前落，藁瘗城隅，天使马悲，启滕公之室；人看鹤舞，闭王母之坟。’亦其比也。”公又云：“张巧于才，近世罕比。端午三殿待宴诗云：‘甘露垂天酒，芝盘捧御书。含丹同蝘蜓，灰骨慕蟾蜍。’上亲解紫拂菻带以赐焉。苏尝梦书壁云：‘元老见逐，谗人孔多。既诛群凶，方宣大化。’后十三年视草禁中，拜刘幽求左仆射制，上亲授其意，及进本，上自益前四句，乃梦中之词也。”（《唐语林》二）

又曰：（“曰”本作“闻”，今以意改。）杜工部诗如爽鹘摩霄，骏马绝地，其《八哀诗》，诗人比之大谢拟魏太子邺中八篇。杜曰：“公知其一，不知其二。吾诗曰：汝阳让帝子，眉宇真天人。虬髯似太宗，色映塞外春。八篇中有此句不？”或曰：“百川赴巨海，众星拱北辰。所谓世有其人。”杜曰：“使昭明复生，吾当出刘曹二谢上。”杜善郑广文，尝以花卿及姜楚公画鹰示郑，郑曰：“足下此诗可以疗疾。”他日郑妻病，杜曰：“尔但言，子章髑髅血模糊，手提掷还崔大夫。如不瘥，即云：观者徒惊帖壁飞，画师不是无心学。未间，更有：太宗拳毛䯄，郭家师子花。如又不瘥，虽和扁不能为也。”其自得如此。（《唐语林》二）

唐兰"按：此二条本为一条，详其文义，当亦出《嘉话录》。文中引'公又云'即韦书通例。末云'其自得如此'，按张巡守睢阳条云：'其忠勇如此'，杜丞相鸿渐条云：'贵人多知人也如此'，苗给事条云：'其父子之情切如此'，贞元末太府卿韦渠牟条云：'名场险峨如此'，均与此相类，故定为《嘉话录》佚文。"这一结论自属可信。因为唐兰归纳出了《刘宾客嘉话录》全书的义例，掌握了韦绚行文的习惯，才能有此发现。这种校雠方法，可谓自校法中的上乘之作。可惜在整个唐人笔记小说的校勘工作中，类似的发现不多。

在唐人笔记小说的整理工作中，以理校法定是非，前人只是偶一为之，没有见到过有人曾大规模地运用。陈寅恪在援引有关唐人笔记小说时，因为这类文字常有误衍窜夺之处，于是每用理校之法随手改正，例如他在诠释白居易《新乐府·牡丹芳》时引《独异志》上中文，曰：

> 唐裴晋公度寝疾永乐里。暮春之月，忽遇（过）游南园，令家仆童舁至药栏，语曰，我不见此花而死，可悲也。怅然而返。明早报牡丹一丛先发，公视之，三日乃薨。（寅恪按，据新唐书陆叁宰相表下及通鉴贰肆陆唐纪文宗纪纪裴晋公薨于开成四年三月丙戌，旧唐书壹柒拾裴度传裴晋公薨于开成四年三月四日。是月癸未朔，则丙戌为四日。是新表旧传通鉴之纪载相合也。而旧唐书壹柒下文宗纪作三月丙申司徒中书令裴度卒。丙申盖丙戌之讹。通常牡丹以三月中旬开放，是年闰正月，故花开较早也。）①

又如岑仲勉考《因话录》中"柳芳"为"柳并"之误，曰：

① 《元白诗笺证稿》第五章《新乐府·牡丹芳》，古典文学出版社 1958 年版。

《唐语林》二。代宗独孤妃薨,时殿中侍御史柳弁字伯存,掌书记奉使在郊。弁,并之讹也。全文三七二有并代汾阳王祭贞懿皇后文,(本因话录。)同书意林序,并于贞元三年丁卯作。全诗十二函六册,吴筠有舟中遇柳伯存归潜山诗。广记四三三引元化记,柳并为监察御史,入岭推复。并官殿御,亦见载之集二四。解题一六,萧颖士集有门人柳并序。稗海本因话录宫部,"时予外伯祖殿中侍御史(讳芳,字伯存。)掌汾阳书记。"(即前引唐语林所本。)又商部,"余外伯祖殿中侍御史柳君(讳芳,字伯存。)掌汾阳书记,时有高堂之庆。"两芳字均并讹,同书商部下固称芳为"郎中芳",可以反证。①

　　陈、岑二氏的考辨至为精当,但如能找到与这些文字有关的其他本子,而又可以作为重要参考材料时,则仍应援引这类文字为证。因为理校的结果往往只是一种假设,是否可信常随读者认识的不同而有异。如能提供某种相关文字作证,则校雠者的态度更见客观,结论更易取信于人。例如岑氏提到的《因话录》中有关"柳并"误字,《唐语林》卷二《文学》门与卷四《贤媛》门中均曾转录,聚珍本《唐语林》中前者作"柳弁",后者作"柳芳",而据明齐之鸾本与《历代小史》本《唐语林》,知"弁""芳"均为"并"字之误。岑氏未举这些材料为证,总嫌尚有不足。用齐之鸾本《唐语林》校聚珍本《唐语林》,是为对校;用《唐语林》校《因话录》,则是他校。应该说,在唐人笔记小说的整理工作中,他校法的运用,回旋的馀地最大。

　　前人整理古籍而运用"他校法"时,多从类书、古注中去发掘可供

<hr>

　　① 《元和姓纂四校记》卷七"四十四有"并、殿中侍御史条,商务印书馆1948年版。

参证的材料,但对整理唐人笔记小说而言,资源却不太丰厚。这与时代特点及唐人笔记小说的文体特点有关。

在宋人所刻的类书中,《太平御览》一书最受后人推崇,但是内部所收的唐人笔记小说,仅《国朝传记》《隋唐嘉话》、《国史补》等数种。

南宋之后所刻的类书数量众多,远超北宋时期,篇幅小的类书,如《新编分门古今类事》《海录碎事》《锦绣万花谷》等;篇幅大的类书,如《古今合璧事类备要》《白孔六帖》等;明人刻的类书,如《天中记》等,都曾著录唐人笔记小说中的一些文字。但自南宋起,类书的编纂日趋草率,里面援及的一些文字,往往不径录原文,而是以意改削,因此难得作为严格的校勘资料。而且南宋之后的类书目下均无索引可供运用,学者翻检有关材料,有如大海捞针,费力甚多,而收获往往并不理想。这些类书记载的书名还往往有错乱,这就更给运用的人增加了困难。

但在类书中却有一部大书值得重视,这就是《永乐大典》。此书绝大部分虽然已经亡佚,但在残存的文字中,还有很多宝贵材料可供校勘之用。其中一些唐人笔记小说的文字,大都照录原文,故颇可信据。例如《永乐大典》卷之二九七九《人·知人》引《刘公嘉话录》,曰:

> 丈人曰:元伯和,季腾,腾弟淮,王缙子某,时人谓之"四凶"。刘宗经、执经兄弟入"八元"数。

《唐语林》卷五亦有此文,则云:"元伯和、李腾、腾弟淮、王缙,时人谓之'四凶'。"以前读到此处,总是不太明白,因为元伯和是元载长子,见《旧唐书》卷一一八、《新唐书》卷一四五《元载传》。王缙依附元载,同时在朝,自不应与元伯和并列,今知此处本作"王缙子某",也就豁然贯通了。此处所言者,实为一群作恶多端的官僚子弟;"四凶"云云,反映出了当时人们对于这类人物的痛恨。

用古注校勘,对整理唐人笔记小说而言,其主要对象也只是十多种宋诗宋注。宋人作诗多好用典,然着重驱使古代经史,一些信佛的人还时而援用佛典,但对前代的笔记小说,则格于古人轻视小说的偏见,还未能普遍作为"典故"而加以援用。总的看来,王安石、苏轼、黄庭坚等几位博学而又喜好用典的诗人援及唐人笔记小说中的记载较多,如《山谷诗集》内集卷二《次韵子由绩溪病起被召寄王定国》诗任渊注引《剧谈录》之类,他们引书时又以《国史补》等几种著名小说为多。

由上可知,从事唐人笔记小说的校勘工作与从事其他类别的古籍有所不同,"他校"的取资对象,自与一般经、史、子、集的著作不同。后人从事这一工作时,应从唐人笔记小说的具体情况出发。这也就是说,研究唐人笔记小说,要注意它的个性;在唐人笔记小说的校雠问题上,也应注意它的特殊情况。

总的来说,这一领域天地相当广阔,后人可从许多门类的著作中寻找旁证。因此"他校"的取资对象是很丰富的。

下面试从四个方面进行介绍。

第一,笔记小说总集。宋太宗命李昉等人编成《太平广记》五百卷,集纳了宋代之前的各类小说,因此学术界一致认为此书可称古代小说的渊薮。而《太平广记》卷前列有《引用书目》,计为三百四十三种,但此书目编得很草率,没有什么参考价值。邓嗣禹编《太平广记引得》统计为四百七十五种①,马念祖《水经注等八种古籍引用书目汇编》统计为五百二十六种②,罗锡厚等所编《太平广记索引》则以为:"《广记》引书往往有错,或一书而分为几个书名,或把两种以上的书混

<hr>

① 即燕京大学编纂处所编之《太平广记引得》。此据上海古籍出版社1982年影印本。

② 见该书《序言》,中华书局上海编辑所1959年版。

而为一，还有书名错讹的。无法作出精确统计。"①这是符合实际情况的。但若说是该书收书约五百种，当去事实不远。这五百种左右的书，就传统的目录分类而言，集中在杂史、传记、故事、小说等类。唐代之前，此类杂著门类已多，但因保存与传播不易，流传下来的数量有限，《太平广记》中的材料，绝大部分为唐人笔记小说，研究唐人笔记小说的人，自可依据此书进行多方面的研究。

南宋初曾慥刻《类说》五十卷②，朱胜非、（？）刻《绀珠集》十三卷，曾慥《类说序》署绍兴六年（1136），王宗哲《绀珠集序》署绍兴丁巳（1137），则是二书约在同时刊行，孰先孰后已难确说。它们在内容与形式上亦多相同之处，文字均曾节录，且改削幅度甚大，每从所引用的文字中摘抄一句作为标题。《类说》录书二百六十五种（此据上海图书馆所藏抄本，明刻本作二百五十二种）。《绀珠集》录书一百三十七种，十之七八也是唐人笔记小说。二者相较，自以《类说》的容量为大。但《绀珠集》中也有一些不见于《类说》的文字，例如该书卷一〇《大中遗事》有《老儒生》一条，云："宣宗嗜书，尝构一殿，每退朝，必独坐内观书，或至夜中烛地委积，禁中谓上为'老儒生'。"就是一条不见《类说》的重要史料。因此，《类说》及《绀珠集》各有其独具的价值，二者不能替代。

《太平广记》与《类说》《绀珠集》三书，收录的唐人笔记小说面广量大，好多失传的小说，可以从中找到；好多文字上的问题，可以据此校

---

① 见该书《说明》，中华书局 1982 年版。

② 《郡斋读书志》（衢州本）卷一三"小说类"著录，云"五十六卷"，《宋史·艺文志》著录，云"五十卷"。明天启六年岳钟秀刻本云六十卷，文学古籍刊行社于 1956 年曾影印。上海图书馆藏抄本五十卷，乃据宋建安堂刻本抄出。又《郡斋读书志》（袁州本）卷三下"小说类"著录《类记》六十卷，"皇朝曾慥编"，《类记》当是《类说》之误。

正。因此，后人若是想要从事唐人笔记小说方面的研究，首先就得在这三种书中下功夫。但《类说》与《绀珠集》无善本传世，文字又经大幅度改削，以此作为校勘时的"他本"，价值自比《太平广记》为低。《太平广记》目下已无宋本传世，但谈恺于嘉靖四十五年（1566）据钞本重刻，后人陆续作了一些校补的工作，近人汪绍楹以此为底本，而以清陈鳣校残宋本、明沈氏野竹斋钞本及许自昌本、黄晟本为参校，整理出了一种较为理想的本子，先后由人民文学出版社和中华书局印行。汪氏在许多条文后加有按语，介绍明钞本中所标的书名，每与谈恺本不同，而明钞所标示者常是更为可据的，故甚有参考价值，不可忽视。

《太平广记》中的引文，比较完整，用作校勘材料，颇有价值。因为《太平广记》编者见到的小说，一般都是唐代与五代时的钞本，与原书问世的年代距离较近，这是其优胜之处。但在《太平广记》的编纂过程中，李昉等人为了统一全书的体例，对原文也常有所改动。陈尚君说："本书所录文字，一般均曾作过润饰加工，以致本书所录文字与原书文字有所不同。这种加工大致包括以下几个方面：一、在所录各条前，加上朝代名；二、凡原书以第一人称叙述的，一律改为第三者叙述的口吻；三、原书中对当时人的尊称、简称之类，多改为直称姓名；四、原书中一些按当时语言表达，而宋初已难以理解的文字，也作了改动；五、个别篇章入录时曾有所并合删节。凡此之类，读者在引用本书时应有所注意。"①

元末明初，有陶宗仪所编的《说郛》一百卷。此书性质与《类说》《绀珠集》为近，但其内容更为复杂。因为此书历经改编，因此目下流

---

① 《中国历代小说辞典》第二卷"宋、元、明"中《太平广记》辞条说明，云南人民出版社 1992 年版。

锺山愚公拾金行踪

传的宛委山堂一百二十卷本，究竟出自何人之手，也属未明之事。台湾学者昌彼得撰《说郛考》，从源流与书目两方面进行考证，解决了一些疑难问题，也得出了一些可信的结论，但仍有很多可以深入探讨的地方①。

《说郛》中录入的唐人笔记小说，有些地方令人很难理解。从全书体例看，陶氏对采入的书都作了摘引，一般只是从全书中摘录若干条，从整条中摘引若干文句，因此所录的文字数量是很有限的。但如《杜阳杂编》三卷，则一字不漏全文载入；《资暇集》三卷，与《顾氏文房小说》本全同，可证目下流传的宛委山堂本或陶珽重编本已经后人改窜，绝非明初旧物。民国十六年(1927)张宗祥辑明钞本多种，编为一百卷，由商务印书馆印行，则颇得学术界好评。比之宛委山堂本，此书自然更为近真。唐人笔记小说中的有些珍贵材料，如《酉阳杂俎》卷三六中有《语录》一类，与黄伯思《东观馀论》卷下《跋段太常〈语录〉后》所言合。又如卷三四《豪异秘纂》中有《扶馀国主》一则，即《虬髯客传》，与《直斋书录解题》卷一一该书提要所言相合。宛委山堂本卷一一二《虬髯客传》作者亦署张说，与《豪异秘纂》所署作者同，可证《虬髯客传》作者为张说之说绝非起于元末明初的《说郛》，而是宋代已有。宛委山堂本《说郛》中有些不见他人记载的异说，不宜轻易否定。

《说郛》二种引及同一著作时，相同之处仍占多数。如宛委山堂本卷四六、张宗祥辑明钞本卷一一引《玉泉子真录》，记令狐绹侍父镇东平，问民间疾苦事，不见流传至今的各种《玉泉子》。南京图书馆藏有明刊本《玉泉子》一种，北京图书馆藏有明钞本《玉泉子闻见真录》一卷，均无此则。这类文字不太可能伪造，可证宛委山堂本中还是保存

---

① 参看程毅中《〈说郛考〉评介》，《书品》1992 年第 2 期。《说郛考》，台湾文史哲出版社 1987 年版。

着很多陶宗仪的原稿。《四库全书》卷一二三《子部·杂家类》该书提要曰：“虽经窜乱，崖略终在，古书之不传于今者，断简残编，往往而在，佚文琐事，时有徵焉，固亦考证之渊海也。”评价可谓公允。

宋代还有一些小说集与《太平广记》等书的性质相近，其中《唐语林》与《南部新书》二书尤应注意。

《唐语林》是北宋王谠集合了唐、五代及宋初共五十种有关唐代文史的重要文献而编成的小说集。全书多记唐人嘉言懿行，也有一些典章制度和民俗物产的记载，都是唐代历史与社会情况的重要资料。从现存的《唐语林原序目》中可知，这五十种书大都是唐人记唐事，即使一些宋初编成的书，也是汇纂唐人记载而成的。王谠择取材料时，排除了虚幻无稽的成分，因此所记录的都是些较有价值的史料。原书在南宋时代已有几种不同的本子在流传，因此几家书目中记载的卷数都不一致，《郡斋读书志》著录为十卷，《直斋书录解题》作八卷，《玉海》与《宋史·艺文志》则作十一卷。原书至明代已经亡佚。嘉靖二年（1523）齐之鸾曾据残本刻出，分为二卷。原书本仿《世说新语》体例，分为五十二门，齐本仅存《德行》至《贤媛》十八门。清代乾隆时修四库全书，从《永乐大典》中辑出佚文多条，编成四卷，以《补遗》的名义附后。自从此书以聚珍版行世后，始有《唐语林》八卷的所谓足本出现。我为此书作了校证，为今存的一千一百馀条文字一一查检出处，并作了大量的校勘工作。这里所使用的，主要就是他校法①。

《南部新书》的情况与《唐语林》有相似处。作者钱易，由五代入宋。书中的好多条目，也从其他唐代笔记小说中转引而来，但一些文字则出于自撰。其子钱明逸序，称此书“凡三万五千言，事实千，成编五，列卷十”，而据存世之本，则仅存八百五十多条，且不分编，已与

---

① 拙作《唐语林校证》，中华书局1987年版。

原书不同。全书以十干标卷数,记载唐、五代时人遗闻轶事与朝野掌故者占十之八九,故也可以用作重要的参考资料。只是此书未经整理,利用之时尚须多方考查。

第二,史书。宋祁、欧阳修编纂《新唐书》时,喜欢援用唐代笔记小说中的材料,这已成了研究唐史者的共识。《直斋书录解题》卷四"正史类"《新唐书》提要下引文简曰:"今《唐史》务为省文,而拾取小说、私记,则皆附著无弃。"①岑仲勉在《唐史馀瀋》中论证道:"旁采小说,旧本已开其端",《新唐书》亦复如此,并曾举出例证九条②。实则稍加发掘,据其文字有脉络可循者计,再增十倍亦不难列出。这些都是可资参证的重要材料。例如《唐语林》卷五有云:

> 薛万彻尚平阳公主。人谓太宗曰:"薛驸马无才气。"因此公主羞之,不同席者数月。帝闻之,大笑,置酒召诸婿尽往,独与薛欢语,屡称其美。因对握槊,赌所佩刀,帝佯为不胜,解刀以佩之。酒罢,悦甚。薛未及就马,主遽召同载而还,重之逾于旧日。

《隋唐嘉话》卷中则云"薛万彻尚丹阳公主",二者必有一误。查《新唐书》卷八三《诸帝公主·高祖十九女传》有云:"丹阳公主,下嫁薛万彻。万彻蠢甚,公主羞,不与同席者数月。太宗闻,笑焉,为置酒,悉召他婿,与万彻从容语,握槊赌所佩刀,阳不胜,遂解赐之。主喜,命同载以还。"两相比较,可知宋祁即采《隋唐嘉话》中文字而立传。《唐语林》作"平阳公主"者有误。《隋唐嘉话》作"薛驸马村气",与《新唐书》合,《唐

---

① "文简"为宋新安程大昌谥,参看陈乐素《〈直斋书录解题〉作者陈振孙》,载 1946 年 11 月 20 日《大公报·文史周刊》,今据徐小蛮、顾美华点校本《直斋书录解题》附录二所载文字,上海古籍出版社 1979 年新 1 版。

② 见该书卷四《杂述·总论〈新唐书〉》,上海古籍出版社 1979 年版。

语林》中改为"无才气",文词就逊色得多。但《唐语林》中"诸婿尽往，独与薛欢语,屡称其美,因"十四字,《隋唐嘉话》中缺乏相应的文字,致使语气有损,参之《唐语林》中的记载,可以推知《隋唐嘉话》中本有这些文字,尽管所佚者不一定即此十四字,但自可据《唐语林》中的记载而补足。《新唐书》则可作"他校"的材料。类似情况甚多,前人校小说者似尚未及注意。

司马光在《进〈资治通鉴〉表》中明言他曾"参之史传,旁采小说",而他在甄别材料之后,还加以记录,说明去取的原因,从而辑成《资治通鉴考异》三十卷。里面牵涉的问题,又以唐人笔记小说为多。据张须统计,李唐一代,计采录杂史凡六十种,传记凡十九种,小说凡十五种①。这一数字是否正确,还可再作考查,但可明白《考异》之中积累了大量有关唐代笔记小说的资料,足供后人参考。

由于司马光治学极为严谨,加之其时距离唐代尚近,所见到的大都是较为接近原书面貌的本子,因此《资治通鉴考异》中引及的文字,一般说来都很可信,足供"他校"之需。试举一例以明之。《新唐书》卷二〇七《宦者上·仇士良传》:

> 崔慎由为翰林学士,直夜未半,有中使召入,至秘殿,见士良等坐堂上,帷帐周密,谓慎由曰:"上不豫已久,自即位,政令多荒阙,皇太后有制更立嗣君,学士当作诏。"慎由惊曰:"上高明之德在天下,安可轻议? 慎由亲族中表千人,兄弟群从且三百,何可与覆族事? 虽死不承命。"士良等默然,久乃启后户,引至小殿,帝在焉。士良等历阶数帝过失,帝俯首。既而士良指帝曰:"不为学士,不得更坐此。"乃送慎由出,戒曰:"毋泄,祸及尔宗。"慎由记其事,藏

---

① 张须《通鉴学》卷上第三章《通鉴之史料及其鉴别》,开明书店 1948 年版。

箱枕间，时人莫知。将没，以授其子胤，故胤恶中官，终讨除之。

这一条文字，原出皮光业《皮氏见闻录》。《永乐大典》卷之二七三七《崔·崔慎由》引《见闻录》，《白孔六帖》卷一四、《古今合璧事类备要》外集卷五一引《皮光业见闻录》同，《唐语林》卷三《方正》门引此，虽不注明出处，然略作比较，即可推知其渊源关系。

《资治通鉴考异》卷二一"杀生除拜皆决于两中尉"引《皮光业见闻录》，司马光曰：

> 按旧《传》，崔慎由大中初始入朝为右拾遗、员外郎、知制诰，文宗时未为翰林学士。盖崔胤欲重宦官之罪而诬之，新《传》承《皮录》之误也。

《考异》中的文字，亦有优胜之处。《新唐书》言其时在场的宦官，为仇士良、陈弘志，《考异》引文则作"左右二广燃蜡而坐"，下又曰"二广默然"，"二广径登阶而疏文宗过恶"，"二广自执炬送慎由出邃殿门"，比较之下，自以《考异》引文为近真。盖此处乃皮氏用典，《左传》宣公十二年："其君之戎，分为二广。"唐人习用此典，《北里志·俞洛真》言于琮从子梲应举，"后投迹今左广[田]令孜门，因中第"。《剧谈录》卷上《浑令公李西平爇朱泚云梯》有云"李司徒尝于左广效职"，盖言李晟曾任右神策军都将也。《剧谈录》作"左广"，误。王谠改作"二中尉"，《永乐大典》进而改作"二珰"，虽无错误，然已改动原文，不若《考异》引文独得其真。

前面已经提到，《因话录》中文字有误，因无善本可校，必须旁求与此有关的文字，始可订正其误。这里尚可再举一例。此书卷二"商部上"叙柳公绰杖杀神策小将事，曰："柳元公初拜京兆尹，将赴府上，有神策军小将乘马不避,公于街中杖杀之。及因对敷,宪宗正色诘公专杀之状。公曰:'京兆尹,天下取则之地。臣初受陛下奖擢,军中偏裨,跃马冲过,此乃轻陛下典法,不独侮臣。臣杖无礼之人,不打神策军将。'上曰:'卿何不奏?'公曰:'臣只合决,不合奏。'上曰:'既死,合是何人奏?'公曰:'在街中,本街使金吾将军奏;若在坊内,则左右巡使奏。'上乃止。"乍看文从字顺,似无误字,然《唐语林》卷三《方正》亦引此文,则作"不独试臣","侮"和"试"孰为正字,很难裁夺。按《资治通鉴考异》卷二○"[元和]十一年十一月,柳公绰杖杀神策将"引《因话录》此文,正作"不独试臣";《新唐书》卷一六三《柳公绰传》载此事,亦作"试臣",凡此均可作为史书足供他校的证据。

第三,诗话。宋代盛行诗话的创作,时而也可见到一些有关唐代笔记小说的材料。唐代诗歌盛极一时,诗家辈出,《国史补》《北梦琐言》等书中即多有关唐代诗人的轶事。宋人撰诗话,当然会注意到这些宝贵的资料。

李肇《国史补》卷中《韩愈登华山》曰:

> 韩愈好奇,与客登华山绝峰,度不可返,乃作遗书,发狂恸哭,华阴令百计取之,乃下。

魏泰《临汉隐居诗话》中引用此文。胡仔《苕溪渔隐丛话》后集卷一○则引用两家驳论:一为《历代确论》载沈颜《登华旨》,一为《艺苑雌黄》引谢无逸所作《读李肇〈国史补〉》。显然,他们引用的文字,即可供"他校"之用。

在宋人诗话中,《唐诗纪事》一书最应得到重视。计有功纂辑成书,计有八十一卷之多,里面经常引用到唐代笔记小说,例如此书卷二《宣宗》下引令狐澄《贞陵遗事》曰:

旧制：盛春内殿赐宴三日。帝妙章律，每先裁制新曲，俾禁中女伶迭相教授，至是出宫女数百，分行连袂而歌。其曲有曰《播皇猷》者，率高冠方履，褒衣博带，趋走俯仰，皆合规矩，于于然有唐尧之风焉。有曰葱女踏歌队者，率言葱岭之士，乐河湟故地，归国复为唐民也。若《霓裳曲》者，皆执节幡，被羽服，态度凝澹，飘飘然有翔云舞鹤见左右。如是数十曲，流传民间。

《类说》卷二一、《绀珠集》卷一〇、《白孔六帖》卷六一中的《大中遗事》均引此文，题曰《播皇猷》。《古今合璧事类备要》外集卷一二引《大中遗事》亦载，但诸书引文均甚简略。《唐语林》卷七亦录此文，则颇为完整，若与《唐诗纪事》中的引文比较，其中文字显得更近原貌；只是"趋赴俯仰，皆合规矩"后，《唐诗纪事》引文尚有"于于然有唐尧之风焉"一句；"率皆执幡节，被羽服"后《唐诗纪事》引文尚有"态度凝澹"一句。以此补入，则全文更为顺当。于此可见，像《贞陵遗事》这样的佚书，因无完整的本子可供校勘，只能多方发掘材料，然后汇纂成文。

《唐诗纪事》中还有一些条文，不标出处，似乎计氏自拟，实际上也是改写某种唐人笔记小说而成的。例如上引《宣宗》中有一条文字称："帝好进士及第，每对朝臣问'及第'，苟有科名对者，必大喜，便问所试诗赋题目并主司姓名；或佳人物偶不中第，必叹惜移时。尝于内自题'乡贡进士李道龙'。"实则此文出自卢言《卢氏杂说》，此书早佚，但《太平广记》卷一八二引《卢氏杂说》即有此文，题曰《宣宗》。《说郛》（宛委山堂本）卷四八《卢氏杂说》亦题《宣宗》。《唐语林》卷四《企羡》门与《南部新书》卷癸亦引此文，唯不标出处。《南部新书》文甚简略。

在宋人诗话中，还有《诗话总龟》一书值得留意①。阮阅著此书，与其他诗话著作有所不同，他注意搜集有关诗歌的本事，也就征引了许多唐代笔记小说中的文字。例如卷五《评论门一》曰：

> 刘梦得曰："柳八驳韩十八《平淮西碑》云：'左餮右粥'，何如我《平淮西雅》之云'仰父俯子'？"柳云："韩《碑》兼有帽子，使我为之，便说用兵伐叛矣。"刘曰："韩《碑》柳《雅》，予为诗云：'城中晨鸡喔喔鸣，城头鼓角声和平。'美李愬入蔡，贼无觉者。落句云：'始知元和十二载，四海重见升平时。'言十二载以见平淮西之年。"

此文当出《刘宾客嘉话录》，据其体例即可知。《唐语林》卷二《文学》门亦引此，而文前无"刘梦得曰"四字。《临汉隐居诗话》曰："刘禹锡诗固有好处，及其自称《平淮西诗》云：'城中喔喔晨鸡鸣，城头鼓角声和平。'为尽李愬之美。又云：'始知元和十四载，四海重见升平年。'为尽宪宗之美。吾不知此两联为何等语也。"显然是为驳斥《刘宾客嘉话录》中的话而有此一说的。魏泰引诗有误，可据《诗话总龟》引文纠正。《诗话总龟》引诗与刘氏文集不同，当以刘诗前后有所改动之故，这样，《诗话总龟》中的文字反而可以提供研究刘诗的新线索。

但《诗话总龟》中的引文，往往不从原书录入，而是根据宋人改写的一些书载入，这就降低了文字的可信程度。用作校勘资料时应该倍加注意。如卷一《忠义门》引《有宋佳话》，云："张巡守睢阳，明皇已幸

---

① 《诗话总龟》的性质很复杂，在流传过程中经过后人改编，已失原貌。《前集》五十卷，当仍为阮书之旧，后集五十卷，基本上是《苕溪渔隐丛话》《碧溪诗话》《韵语阳秋》三书的杂凑，当出书贾之手，绝非原书之旧，引用时当区别对待。

蜀。胡羯方炽,城孤势促,人食竭,以纸布切煮而食之,时以茶汁和食,而意自如。……"实则此文原出《刘宾客嘉话录》。《类说》卷五曰《刘禹锡佳话》,《说郛》(宛委山堂本)卷三六、(张宗祥辑明钞本)卷二一《刘宾客嘉话录》均载,《侯鲭录》卷六、《四六话》卷下亦引,唯不注出处。文中引张巡《谢金吾将军表》,内有"臣被围四十七日"之句,各本均同,《诗话总龟》则作"四十九日"。"九"字或误,但总是提出了一种可供追究的线索,故亦不可轻易否定。

第四,学术性随笔。宋代学者读书有得,每每写下一些笔记,如吴曾《能改斋漫录》、王观国《学林》、洪迈《容斋随笔》、程大昌《演繁露》、高似孙《纬略》等均是。这些人的阅读范围至广,往往记下一些唐代笔记小说的文字,例如《能改斋漫录》卷四《辨误》内有《李远诗异同》一条,曰:"《北梦琐言》谓'李远诗云:"人事千杯酒,流年一局棋。"宣宗以非牧人之才,不与郡守。'及观唐张固《幽闲鼓吹》,乃云'宣宗坐朝,令狐相荐李远知杭州。上曰:"远诗'长日惟消一局棋',岂可临郡哉!"'二书所载,事虽同而诗则异。"即可供后人"他校"之用。他们有时也针对唐代笔记小说中的一些考证文字,如《资暇集》《刊误》等书中的若干论点,进行商榷,例如《能改斋漫录》卷五《辨误》内有《行李》一条,即引《资暇集》中《行李》一文而加驳正。这类文字更可供研究者参考。

以上我对"他校"时可供取资的四类著作分别作了介绍。学者整理唐人笔记小说,多方发掘材料时,自不应限于上述数端,即如彭叔夏的《文苑英华辨证》十卷等书中,都有可供参考的地方。

在此还应郑重提出的是:整理唐人笔记小说,应该广泛吸收清代学者的校勘成果。拙作《古今文史观念的演变(以正史、小说为重点所进行的探讨)》中曾言及清代学者治史因追求史料完整而已顾及笔记小说①,有的学者还对某些著作进行过认真的校勘。例如缪荃孙校《北梦琐言》,叶景葵就称:"《北梦琐言》缪艺风三校本,根据商本,《广记》本,刘、吴两钞本,前后二十馀年,用力勤劬,校笔整饬。"②但清人的校本散落人间,访求不易,如不及时普查且予保存,则极易湮没。黄裳叙及《剧谈录》嘉靖刻二卷本时曰:"存卷下,棉纸,写刻。卢文弨朱笔校并跋两行。淡墨欹倾,晚年书也。后归丹铅精舍。劳季言墨笔手校并考,蝇头细字,书于书眉,往往数十百言。"③此书卷上当仍在人间。学者如能得到劳权、劳格兄弟等人的校本,并吸收其成果,则对校勘水平的提高当大有助益,这在整理唐人笔记小说时亦不容忽视。

辑　佚

唐代笔记小说散佚甚多,《新唐书·艺文志》中"杂史"与"小说家"等类中所著录者,今已佚去大半,其中像《芝田录》《贞陵遗事》《续贞陵遗事》《异闻集》等颇有价值的著作,到了明代即已不存,今日只能从小说总集与类书等有关著作中发掘出其个别条文了。

为了补救唐代笔记小说的散佚,前人早就着手进行辑佚。他们通常是利用《太平广记》等几种内容丰富的小说总集,从中发掘材料,重行编纂。胡应麟《少室山房笔丛》卷三五《二酉缀遗》上叙《酉阳杂俎》曰:"今世行本,余尝得三刻,皆二十卷,无所谓续者。近于《广记》中录出,然不能十卷,而前集漏轶殊多,因并录续集中,以完十卷之旧,俟好事博雅者刻之。"此事虽因《续集》十卷尚存,胡氏所辑十卷未曾行世,

---

① 载拙著《当代学术研究思辨》,南京大学出版社 1993 年版。
② 顾廷龙编《卷盦书跋》,古典文学出版社 1957 年版。
③ 《前尘梦影新录》卷三,齐鲁书社 1989 年版。

但这一常用的工作方法，却是具有典型意义的。

孙光宪的《北梦琐言》，据孙氏自序与《宋史》卷四八三《荆南高氏世家》记载，原为三十卷，《崇文总目》《郡斋读书志》《直斋书录解题》等均同，然《文献通考·经籍考》作二十卷，《宋史·艺文志》则作十二卷，当是二十卷之误。由此可知，此书到了宋末元初即已佚去十卷。清初乾隆时卢见曾刻《雅雨堂丛书》，即二十卷本；清末缪荃孙刻《云自在龛丛书》，又从《太平广记》中辑得佚文四卷，成了此书内容最为丰富的一种本子。但文字仍有遗漏。王仁俊辑有《北梦琐言》佚文一卷，实际上只是又从《太平广记》中辑出了两条，而林艾园续作校点，又从《太平广记》卷二〇五中辑得《王氏女》一条。可见《太平广记》因容量特大之故，辑录唐人笔记小说者，无不首先于此取资。

有些早就不见于明代书目的唐人笔记小说，后代又有完整的本子出现。那就有可疑之处。如北京图书馆藏有戴孚《广异记》旧钞本六卷，钱曾《述古堂藏书目》卷三、《读书敏求记》卷二均曾著录，实际上是辑录《太平广记》中的佚文而成的；南京图书馆藏有前八千卷楼所藏牛肃《纪闻》旧钞本十卷与胡璩《谭宾录》旧钞本十卷，丁丙《善本书室藏书志》卷二一均曾著录，实际上也都是辑录《太平广记》中的佚文而成的。

从《太平广记》中辑录佚文，较为省力而且易见成效，但对恢复全书原貌来说，无疑是不够的。林艾园以《北梦琐言》为例，说明除了可从《太平广记》中进行发掘之外，《资治通鉴考异》和苏轼《八月十五观潮五绝》中"三千强弩射潮低"施元之注中尚有佚文①，这当然也只是举例的性质，细加发掘，当不止这寥寥数处。于此可见唐人笔记小说的辑佚工作，尚待大力展开。

刘崇远《金华子》一书，记载晚唐、五代轶事甚多，颇有参考价值。

---

① 林艾园点校本《北梦琐言·前言》，上海古籍出版社 1991 年版。

原书早佚,四库全书馆臣从《永乐大典》中发掘佚文,辑入《武英殿聚珍版丛书》。后海宁周广业见其材料可贵,乃加校注补缀,嘉庆初年顾修刻入《读画斋丛书》,乃成传播最广内容最佳的本子。周广业为其时颇有声名的学者[1],经他整理的书,水平自有可观。他还从《说郛》《绀珠集》《唐诗纪事》中共辑得佚文三条,从《稽神录》中辑得疑出《金华子》的佚文一条,可见他曾多方发掘材料,进行《金华子》的辑佚工作。可惜的是,他的工作仍很不够。

令人奇怪的是,周广业已注意到《绀珠集》卷十中有《面部三无》一条,那他又为什么不到性质相似的《类说》中去翻检一下呢? 比之《绀珠集》,《类说》中还多出两条,周氏都未曾录入。按李宽故事分别曾为《绀珠集》卷一〇、《类说》卷二五、《锦绣万花谷》后集卷三四、《白孔六帖》卷三一所征引,标题均作《面部三无》。宋代类书常是辗转抄袭,此则情况或许即是如此。然《新编分门古今类事》卷一〇引《金华子》此文,记事较诸书远为完整,《唐语林》卷七亦有此文,与《新编分门古今类事》引文近似,虽不标出处,但为《金华子》中文字则无可疑。周广业不广求异本,仅以《绀珠集》中残缺的文字补入,故其所辑仍有缺遗。

比之同时学者,周广业的学术观点有其先进之处,他能为唐人笔记小说作校注,前人未见有此举措,但他的整理工作还未做得很充分,说明他还不能把笔记小说的地位看得和正经、正史并重,像他作《孟子四考》那样,全力以赴,因而在《金华子》的辑佚中难免给人以工作草率的感觉。当然,他之所以未能广搜异本,与当时得书不易也有关系。

---

① 周广业,字勤补,别字耕厓,海宁人。《清史列传》卷六八有传。吴骞《愚谷文存》卷十《周耕厓孝廉传》云:"于书无所不窥。凡十四经、二十四史以及九流百氏,靡不溯流讨源,钩沈索隐。晚尤注意孟子。……于是覃思竭虑,作《出处时地考》。合前《逸文考》《异本考》《古注考》)为《孟子四考》。书成,极为大兴朱石君中丞、南汇吴白华侍郎所击节,为序而行之,一时纸贵。"

四库全书馆臣从《永乐大典》中辑录《金华子》佚文时，工作本来做得就很草率，例如《永乐大典》卷一一一〇〇《府·恩府》引《金华子杂编》一条，首尾完整，文曰：

　　　　以恩地为恩府，始于唐马戴。戴，大中初为掌书记于太原李司空幕，以正言被斥，贬朗州龙阳尉。戴著书，自痛不得尽忠于恩府，而动天下之浮议。

《唐语林》卷二《文学》门引此略同，其下尚有一段文字，曰："行道兴咏，寄情哀楚，凡数十篇。其《方城怀古》云：'申胥枉向秦城哭，靳尚终贻楚国羞。'《新春闻赦》云：'道在猜谗息，仁深疾苦除。尧聪能下听，汤纲本来疏。'"此文虽不标出处，然为《金华子》中文字则无可疑。《唐诗纪事》卷五四《马戴》引《金华子》此文，略有删节，而二诗尚存。四库全书馆臣则仅录至"而动天下之浮议"，故后出各本均有残缺，《读画斋丛书》本也一样，周广业未能广搜异本而纂成较为完整的文字。
　　又《资治通鉴考异》卷二三"九月，刘邺请赠李德裕官"引《金华子杂编》曰：

　　　　宣宗尝私行，经延资库，见广厦连绵，钱帛山积，问左右曰："谁为此库？"侍臣对曰："宰相李德裕执政日，以天下每岁备用之馀，尽实此。自是以来，边庭有急，支备无乏者，兹实有赖。"上曰："今何在？"曰："顷以坐吴湘狱贬于崖州。"上曰："如有此功于国，微罪岂合深谴？"由是刘公邺得以进表乞追雪之。上一览表，遂许其加赠归葬焉。

《读画斋丛书》本中无此文字，周广业亦未辑入。《资治通鉴考异》为常见之书，而周氏竟未顾及。上举诸例，说明周氏确是未能广求异本，做好辑佚工作，从而整理出一种更为理想的本子。

一些有宋、元刻本作依据的唐人笔记小说，也可从《永乐大典》中发掘佚文。明初修《永乐大典》时，能够看到很多宋、元旧本，这些本子常常优于目下传世之本，其所收容的文字，有的也比目下传世之本为多。例如《刘宾客嘉话录》一书，《顾氏文房小说》复刻南宋卞圜本已多错误，具见上述；《唐语林》中收有佚文多条，说明王谠所见到的《刘公嘉话》，尚接近原貌。《永乐大典》中还有佚文多条，则又可见此种较为完整的本子，明初尚存。如《永乐大典》卷一二〇四四《酒·罚酒》引《刘公嘉话》曰：

> 丈人曰：当裴延龄之横也，丈人座主顾侍郎挺笏欲击之，曰："段秀实笏击贼臣，顾少连笏击奸臣。"时会于田镐宅，元友直为酒纠，各罚一盏以弥缝之，俗谓"笼合"是也。

此文即不见今本《刘宾客嘉话录》。前引《永乐大典》卷之二九七九《人·知人》引《刘公嘉话录》，亦为佚文，亟应补入。唐兰与罗联添二人为《刘宾客嘉话录》作了很好的整理工作，可惜其时《永乐大典》佚文的影印本尚未问世，因此未能收入此书所引佚文。

《类说》《绀珠集》和《说郛》中保存着很多唐人笔记小说的佚文，后人从事辑佚，自然不可忽视这些书籍。但据此辑出的文字，常有语气不全的现象，因为这些书中的文字一般都经过删节，自与原书有别。

《类说》卷三二《语林》中有《州图为裙》一条，文曰：

> 信州有一窭士，有人乞州图，因浣染为裙，墨迹不落。会邻邀之，出数妓，设酒。良久，一婢惊报云："君子误烧裙。"其人遽问所

损处，婢曰："正烧着大云寺门楼。"

此文今本《唐语林》已佚，然《说郛》（宛委山堂本）卷二四高怿《群居解颐》中《烧裙》亦叙此事，文字类同，显然出于一源。《唐语林》所依据的书中无《群居解颐》，高怿当据《会昌解颐录》写入，因为谐谑之书每陈陈相因。二者相校，知《类说》《说郛》引文均有误。《说郛》之中，如"婆士"误为"女子"，"门"下夺一"楼"字；《类说》之中，则将"娘子误烧裙"误作"君子误烧裙"，致使全文扞格难通。《唐语林》引文时常作改写，《类说》《说郛》引文多以意改削，而工作时又常是粗枝大叶，留下不少错误，引用者应当倍加注意。

总结上言，可知唐人笔记小说的辑佚工作，其可供发掘佚文的典籍，有小说总集、类书等许多门类，若依其价值而言，则可分为以下三等。

第一，《永乐大典》和《资治通鉴考异》二书最值得重视。二者的文字很少经过改削，因此可信的程度很高。而且二书的篇幅都很大，从中发掘材料的潜力很大。二者之间，又以《资治通鉴考异》中的文字为可信。《永乐大典》中的个别条文，由于抄手工作草率，文字多残夺，例如该书卷一三四九六《制·草制》引《唐语林》，曰："韩十八初贬之制，席十八舍人为之词，曰：'早登科第，亦有声名。'席以无令子弟，岂有病阴毒伤寒而与不絜吃耶？韩曰：'席十八契大迟。'人问曰：'何也？'曰：'出语不是当。'盖忿其责词云'亦有声名'耳。"读者稍加推敲，即可知其文多夺误。此文原出《刘宾客嘉话录》，《太平广记》卷四九七引，题曰《席夔》，《类说》卷五四《刘禹锡佳话》题作《韩愈制词》，《说郛》（宛委山堂本）卷三六亦载。比较之下，始知席夔制词之后夺"席既物故，友人曰"二句，韩愈忿词中夺"吃不"二字，"以"字误衍，"絜（潔）"字则误写成"契"。在这七八十字的一小段文字中，错误竟如此之多。四库全书馆臣发现问题严重，也就不得不从其他书中引文补足，然后辑入《唐语林》卷六。

第二,《太平广记》可作第二等材料使用。这书文字一般说来还称完整,但如上所言,文中常有改写之处,故与原书时有出入,这一点不可不注意。例如《剧谈录》卷上有《裴晋公天津桥遇老人》一则,中有"明年登第,及秉钧衡"之句,《贵池先哲遗书》本《剧谈录》据《太平广记》卷一三八引文改作"明年及第,洎秉钧衡",《唐语林》卷六亦有此文,正作"明年登第,及为相",可见"登""及"二字原书不误。刘世珩过分信从《太平广记》,遂致妄改原文,如加注意,这类错误是可以避免的。

第三,《类说》《绀珠集》《说郛》等书中的文字,价值又要低一层,但张宗祥辑明钞本《说郛》中的文字,又当别论,其中时见完整的文字,颇为近真。

以上也只是就其大体而言。学者利用这些材料时,应该坚持实事求是的原则,逐条检视,区分其优劣。其他著作,像《新编分门古今类事》等书中,偶尔也可发现很好的材料,自当多方搜求。

按聚珍本《唐语林》卷八中有如下一条:

> 兖州邹县峄山,南面半腹,东西长数十步。其处生桐,相传以为《禹贡》"峄阳孤桐"者也。土人云:此桐所以异于常桐者,诸山皆发地土多,惟此山大石攒倚,石间周回,皆通人行,山中空虚,故桐木响绝,以是珍而入贡也。按《汉书·地理志》,下邳县西有葛峄山,古之峄阳下邳者是矣。关西西风则雨,东风则晴,皆以为常候。夫九州之地,洛阳为土中,风雨之所交也。今关西西风则雨,关东东风则雨,是风气各自其方而来,交于土中,阴阳和则雨成。

《守山阁丛书》本《唐语林校勘记》于"关西西风则雨"句下注曰:"此当提行另起。《闻见记》卷七目有《西风则雨》条,注'缺',当即此条也。"说明钱熙祚等人已经认识到《唐语林》中的这一条文字实际上是两条各自独立内容不同的文字,前者原出《封氏闻见记》卷八《嵝山》,"关西西风则雨"以下则原出《封氏闻见记》卷七《西风则雨》。原书此条已佚,钱氏发现正可利用《唐语林》中文字来补足。赵贞信作《封氏闻见记校证》,则又发现《续博物志》中尚有封书佚文,即在首句和尾句之上尚有文字,可用以补充。赵氏辑入佚文之后,《西风则雨》一条之始末曰:"关东西风则晴,东风则雨;关西西风则雨,东风则晴,皆以为常候。……是风气各自其方而来,阳之专气为雹,阴之专气为霰,交于土中,阴阳和则雨成。"可见封书中的这一条文字,经过钱熙祚、赵贞信等人的辑佚,文字更见完整,符合或接近原书了。

《守山阁丛书》本《唐语林校勘记》于该书卷五"大历末,北方有白虹夜见……"一条下加注曰:"《封氏闻见记》卷七目有《北方白虹》条,注'缺',当即此条。"赵贞信《封氏闻见记校证》亦已据此补入。王国维读《唐语林》,发现卷五"邺西鼓山东北,有石鼓……"一条,即《封氏闻见记》卷七《石鼓》佚文;卷八"御史旧例……"一条,即《封氏闻见记》卷三《风宪》佚文,赵贞信亦已据此辑入。

王国维在一九一八年一月四日致罗振玉的信中说:"近阅唐人说部,以《唐语林》校《封氏闻见记》,殊有补益。"[①]上述两条文字的发现,对于恢复封书的原貌起了重要作用。赵贞信吸收了清代学者与当代学者在辑佚上的成果,才编订了最为完整的《封氏闻见记》新本。《封氏闻见记》一书具有很高的学术价值,钱、王等人的辑佚工作作出了重要的贡献。唐代笔记小说中文字有残佚者甚多,从事整理工作的学者,只要认真发掘,都有可能在其致力的著作中作出重要的贡献。

(原载《古典文献研究 1991—1992》,南京大学出版社 1994 年版)

---

① 《王国维全集·书信》,页 237,中华书局 1984 年版。

从"唐人七律第一"之争看文学观念的演变

严羽《沧浪诗话》之评李白、杜甫,于二人并列处,总是不分轩轾,下笔极有分寸。例如他在《诗评》部分中说:"李杜二公,正不当优劣。太白有一二妙处,子美不能道;子美有一二妙处,太白不能作。""子美不能为太白之飘逸,太白不能为子美之沈郁。太白《梦游天姥吟》《远离别》等,子美不能道;子美《北征》《兵车行》《垂老别》等,太白不能作。论诗以李、杜为准,挟天子以令诸侯也。"

严羽的这番议论,结合所举的代表作品一起加以考察,可以看出他对二人的诗歌确是体会很深,已经掌握到了二人使用不同的创作方法而产生的特点,以及由他们不同的生活经历和个性特点而形成的风格差异。这样的"诗评",对于后来的读者,确能起到启发指导的作用。

但这里还可探究的是:严羽对李、杜二人的评价,难道真能如水之平? 字里行间,有没有透露出一丝抑扬之意?

检阅《沧浪诗话》全书,研究严羽对诗歌总的见解,也就可以体会到,他是偏爱李白而对杜甫有所贬抑的。

问题可从另一方面谈起。《沧浪诗话·诗评》中说:

> 唐人七言律诗,当以崔颢《黄鹤楼》为第一。

这一首诗,曾经留下一件传播很广的轶事,《唐才子传》卷一"崔颢"曰:"后游武昌,登黄鹤楼,感慨赋诗。及李白来,曰:'眼前有景道不得,崔颢题诗在上头。'无作而去,为哲匠敛手云。"说明此诗水平之高,甚至彻底压倒了"仙才"李白,而严羽视李白如唐诗"天子","天子"低头臣服之作,当然可以享七言律诗"第一"的盛誉了。

其后李白作《登金陵凤皇台》诗,其格律气势与崔颢《黄鹤楼》诗相仿佛,宋人传说这是李白的拟作,似属可信。傲岸好胜如李白,一时气馁之后,处心积虑,卷土重来,定要较量一番,也在情理之中。但由此更可看到李白对《黄鹤楼》诗的倾倒了。

这两首诗的谁高谁下,历代文人纷争不已,但见仁见智,也很难作出绝对化的判决。不过李白之所以定要在这首诗上争个高下,却是因为在他擅长的写作手法上崔颢竟然取得了杰出的成就,使他自己也难乎为继,因而耿耿于怀,定要"捶碎黄鹤楼"才感到痛快的吧。

自从严羽推崔颢《黄鹤楼》诗为唐人七律第一之后,后人一再提出另外的名篇来争夺这桂冠,如何景明、薛蕙推沈佺期《古意》(卢家少妇郁金堂)为第一,胡应麟和潘德舆以杜甫《登高》(风急天高猿啸哀)为第一……于是又像争论崔、李二作谁高谁下一样,引起了一场难以得出明确答案的纠纷。然而从这些争鸣者的不同见解之中,却正可以看出不同时代的文人文学观念的演变。

前人早就指出,崔颢此诗全仿沈佺期《龙池篇》。沈诗云:"龙池跃龙龙已飞,龙德先天天不违。池开天汉分黄道,龙向天门入紫薇。邸第楼台多气色,君王凫雁有光辉。为报寰中百川水,来朝此地莫东归。"比较起来,崔颢此诗自当有出蓝之誉。因为沈诗凝重滞涩,崔诗空灵超迈,不论在思想内容或形式技巧上,均相去甚远。只是崔、李等诗确是从沈诗中脱胎出来的。而沈、宋写作的近体诗,正显示出紧接六朝而来的所谓"初唐"时期的特点。

众所周知,唐代是我国诗歌创作的黄金时代,到了这时,旧体诗中的几种体式都已齐备,而且都已趋于成熟。五言和七言的古体诗自不必说,近体诗中的五言律绝和七言律绝,也已一一趋于定型。而在这些诗体中,应该把七言律诗看作唐代诗歌中最有代表性的一种文体。

因为五言诗在前代，尽管在声律上不能全然调谐，但因制作者多，内中自有不少暗与理合的作品；而自永明声律说兴起后，自有一些据此写出的成功之作。七言绝句，因为接近口语，在民间文学中已经出现，在六朝文人的集子中也已出现。只有七言律诗，因为声律和对仗上要求严，成功的诗作一定要在人工上见天巧，也就需要更多的时间才能趋于成熟。可以说，只有到了杜甫的律诗出现之后，才算是达到了全然成功的最后阶段。

严羽在《沧浪诗话·诗法》中说："律诗难于古诗。"他不在其他体裁的诗歌中评比最佳作品，只在七律中遴选出登峰造极之作，大约也是以为七律可以作为唐诗的代表体裁而有此一举的吧。

但他挑选出来的这首《黄鹤楼》诗，并不是七律的典范作品，因此只收古诗的《唐文粹》中也将这诗收入。许印芳于《诗法萃编》本《沧浪诗话·诗体》内此诗之下加按语曰："此举前半散行，用古调作律体者。"这是不难看出的。此诗前半是古风的格调，后半才是律诗的格调。前面四句中，平仄与正规的平起式不合，三、四句还不用对仗，"黄鹤"一词又连用了三次，这些都是与律诗，甚至是一般的诗歌，在体式和作法上不能相容的。但这四句"词理意兴"俱臻上乘，所以仍然被人叹为绝唱。

可也正是这些诗句，其成功之处，符合严羽诗学上的要求，从而能够得到他的高度赞赏。这就值得深入体察。

《诗评》中说："太白发句，谓之开门见山。"崔颢《黄鹤楼》诗前四句，正是开门见山的范例。

《诗评》中说："观太白诗者，要识真太白处。太白天才豪逸，语多率然而成者。"崔颢《黄鹤楼》诗前四句，一气喷薄而出，真是"率然而成"，绝不是苦心构拟者能够拼凑得出来的。

《诗评》中说："汉魏古诗，气象混沌，难以句摘。"崔颢《黄鹤楼》诗中前四句,用这八个字来品评,也就显得特别合适。

于此可见严羽论诗的真谛。他提倡盛唐诗,实际说来,却并不赞成杜甫那种精工的当、纯熟之极的七律,而是欣赏那种保留着汉魏古诗中浑朴气象的诗歌。李白的诗歌中保留汉魏的成分要比杜甫的诗歌多得多,所以严羽一而再地称赞李白这方面的优点。崔颢的诗歌,从总体来说,其水平自不如李白之作,然而《黄鹤楼》诗却是集中地体现出了这方面的长处,所以李白表示钦佩,严羽则誉之为唐人七律第一了。

《诗评》中又说:"建安之作,全在气象,不可寻枝摘叶。灵运之诗,已是彻首尾成对句矣,是以不及建安也。"说明他把"彻首尾成对句"的作品视为逊于"不可寻枝摘叶"者一筹。这种评价,自然是对古诗而言的,讨论近体诗时,并没有表露过同样的论调,但他既以崔颢《黄鹤楼》诗为唐人七律第一,这诗的前半又真是"不可寻枝摘叶"者,那就只能说严羽的这种美学标准仍在起着作用,他的态度非常执着,鉴赏近体诗时,同样追求"气象浑沌,难以句摘"的情趣。可以推知,他对那些"彻首尾成对句"者,如杜甫的《登高》一诗,自然不会把它作为"唐人七律第一"的应选之作看待的了。

《诗评》中还说:"苏子卿诗:'幸有弦歌曲,可以喻中怀。请为游子吟,泠泠一何悲。丝竹厉清声,慷慨有馀哀。长歌正激烈,中心怆以摧。欲展清商曲,念子不能归。'今人观之,必以为一篇重复之甚,岂特如《兰亭》'丝竹管弦'之语耶。古诗正不当以此论之也。"这种意见也可用来说明上述观点。崔颢《黄鹤楼》诗中的前四句,用词的重复,语意的稠叠,他都不以为病,而是尽情崇扬。这里也是执意追求"古诗"妙处的缘故。与此相反,那些尽力避免"重复"而变换词汇、编排字句等技巧,也就不一定会成为优点而博得他的青睐了。

《诗评》中还说:"《十九首》:'青青河畔草,郁郁园中柳。盈盈楼上女,皎皎当窗牖。娥娥红粉妆,纤纤出素手。'一连六句,皆用叠字,今人必以为句法重复之甚。古诗正不当以此论之也。"返观崔颢《黄鹤楼》诗,八句之中,也一连出现了"悠悠""历历""凄凄"三叠。严氏不"以为句法重复之甚",恐怕也是"古诗正不当以此论之也"这种观点在起作用。

以上三例说明,严羽对汉魏古诗的分析,与他对唐诗的评价,又有声息相通而可以互证的地方。

在《诗体》部分,严羽对诗歌的形式作了详细的分析。他对各种句式没有发表什么喜恶之见,只是作了客观的介绍,但他欣赏的一些诗句,却也曾作为例句而提出。其中提到有"十四字句",自注:"崔颢'黄鹤一去不复返,白云千载空悠悠';又太白'鹦鹉西飞陇山去,芳洲之树何青青'是也。"这些例句,都是原诗中的颔联,照常规说,应该有严格的对仗,而他对此却不加考虑,还把它们作为标准句式提出,这样做,也就说明他不重视律诗的特点,硬把古诗的美学标准羼入到了这一领域中去。除此之外,他又提出"有律诗彻首尾对者",自注:"少陵多此体,不可概举。"胡鉴《沧浪诗话注》曰:"杜少陵《登高》一首是也。"参照严羽的上述见解,即评价律诗时经常运用古诗的标准,也就可以推知,严羽对此自然不会评价太高的了。

应该说明,严羽的扬李抑杜,在《沧浪诗话》中没有明确地表示过,本文作出这个结论,是对严羽的文学观念从根本上加以探讨之后才提出的。在字面上,每当提到李、杜时,总是左提右挈,似无抑扬之意,但他的艺术趣味却在潜意识地起着作用,所以讨论到其他文学问题,阐述美学标准之时,也就透露出了意向之所在。他的喜好确是偏于李白的创作特点而并不在杜甫这一边的。

关于李白、杜甫诗歌创作水平的高下,自唐代中期起,就已有人对此进行比较研究了。元稹、白居易继承的是杜甫诗歌现实主义的创作传统,因而持扬杜抑李之论,他们不但从思想内容方面着眼而批评李白,而且从形式技巧方面着眼而褒扬杜甫。白居易《与元九书》曰:"杜诗最多,可传者千馀首;至于贯串今古,覼缕格律,尽工尽善,又过于李。"元稹《唐故工部员外郎杜君墓系铭并序》曰:"时山东人李白,亦以奇文取称,时人谓之李、杜。予观其壮浪纵恣,摆去拘束,模写物象,及乐府歌诗,诚亦差肩于子美矣。至若铺陈终始,排比声韵,大或千言,次犹数百,词气豪迈,而风调清深;属对律切,而脱弃凡近,则李尚不能历其藩翰,况堂奥乎!"这样的评价,显然过于偏激,韩愈《调张籍》诗曰:"李、杜文章在,光焰万丈长。不知群儿愚,那用故谤伤? 蚍蜉撼大树,可笑不自量。"说者以为此诗就是针对元稹论点而发,虽然找不到什么确凿的证据,但其矛头所指,如果说是针对与元、白持同一观点的妄事优劣者,却是不容置辩的。于此可见当时争论的尖锐了。

所谓"属对律切",就是推崇杜诗在声律、对仗方面的工致。李白在诗歌的形式技巧上下过很大的功夫,诗中也有不少"属对律切"的典范之作,但他天才英特,所作运以灝气,使人读之不觉其工巧。也正因为他豪放不羁,不屑于停留在形式技巧的琢磨上,他的作品,也就并不以律诗见长。按李白今存诗作,古诗占十分之八稍弱,近体诗中,五律还有九十首左右,七律只有十首,内中一首还只有六句。《登金陵凤皇台》《鹦鹉洲》二诗,承崔颢《黄鹤楼》而来,也是介于古风和律诗之间的作品。返观杜甫,情况大不相同。他写了一百五十首左右的七律,不但在数量上超过了在此之前同一时代诗人所作的总和,而且在内容和形式上也作出了多方面的开拓。胡震亨《唐音癸签》卷十曰:"少陵七律与诸家异者有五:篇制多,一也;一题数首不尽,二也;好作拗体,三也;诗料无所不入,四也;好自标榜,即以诗入诗,五也。此皆诸家所无。其他作法之变,更难尽数。"说明杜甫于此确是费尽心力,因而后人都以为杜甫在七律这种体裁上创获最多。

不过杜甫也曾写作一些带有古风特点的七言律诗,如《崔氏东山草堂》等均是,但这情况与李白之作又有不同。杜甫写作这类作品,并不是不措意于"属对律切",而是"脱弃凡近",要在旧有规律之上更加表现出个人独到的功夫,这里毋宁说是具有卖弄他精于此道的意思。二人对七律的态度也就出入很大了。

韩愈大气磅礴,接近于李白的浪漫主义一派。宋初文人,如欧阳修等,接受韩愈的影响,也推崇李诗,但如王安石等人,已甚推崇杜甫之作。其后江西诗派出,在形式技巧上赋予更多的注意,于是杜甫的成就得到更大的宣扬。黄庭坚举夔州后诗为效法对象,而这正是杜甫"晚节渐于诗律细"后的纯熟之作。其后江西诗派声势日大,几乎主宰宋代诗坛,而杜甫在七律上取得的成就,也就成了毋庸置疑的定论。

严羽提倡诗宗盛唐,他在《沧浪诗话·诗辨》中说:"故予不自量度,辄定诗之宗旨,且借禅以为喻,推原汉魏以来,而截然谓当以盛唐为法。"自注:"后舍汉魏而独言盛唐者,谓古、律之体备也。"这番议论,清楚地表明了他之所以推尊杜甫的理由。因为盛唐诗体大备,而杜甫在各个方面都作出了杰出的贡献,前人对此早有"集大成"之称,严羽纵论盛唐一代诗歌,且以此为号召,自然不能不尊重事实,于是他在《诗评》中也说:"少陵诗,宪章汉魏,而取材于六朝;至其自得之妙,则前辈所谓集大成者也。"可见这里是就总体而言同意前人结论,并不是对杜甫创作的各个方面都予以推崇。从他对诗歌创作上的一些具体看法来说,却是更为推崇李白的诗歌特点,这与他反对江西诗派的倾向也是一致的。

明清两代文人一般都推崇盛唐诗歌,受严羽《沧浪诗话》的影响很大。但是这里也经历着一段曲折的过程。明初高棅编《唐诗品汇》,《明史·文苑传》上说:"终明之世,馆阁以此书为宗。"可见其影响之巨。此书即宗严氏之说,以盛唐为唐诗的"正宗""大家""名家""羽翼"。值得注意的是,李白的各体诗歌都被推为"正宗",而杜甫却始终不能享有这种尊号。即如七律一体,李白也称"正宗",而杜甫则称"大家"。显然,"正宗"乃是后人必须效法的宗师,"大家"则仅言其成就之大而已。《唐诗品汇》"七言律诗叙目"曰:"盛唐作者虽不多,而声调最远,品格最高。若崔颢,律非雅纯,太白首推其'黄鹤'之作,后至'凤皇'而仿佛焉。……是皆足为万世程法。"又曰:"少陵七言律法独异诸家,而篇什亦盛。"高棅的这种见解,倒真是得到了严羽论诗的心传的。

但是情况后来有了变化。学者如果真要以盛唐诗为楷模,把它作为效法的对象,却又不得不舍李而从杜。因为李白的诗无绳墨可循,很难遵从;杜甫的诗有格律可依,易于学习。于是明代中叶之后,杜甫的律诗也就声誉日高,诗家奉为不祧之祖,李白的律诗则不再受到重视,《登金陵凤皇台》诗更是因为不合律诗规格而受到忽视。如赵文哲《娵雅堂诗话》曰:"七律最难。鄙意先不取《黄鹤楼》诗,以其非律也。……太白不善兹体,《凤皇台》诗亦强颜耳。"即其一例。

《沧浪诗话·诗评》曰:"少陵诗法如孙、吴,太白诗法如李广。少陵如节制之师。"李广用兵,神妙莫测,故不可学。"节制之师",有如程不识之将兵,以其有规矩可识,故可供人效法。严羽的这种意见,内部实际上包含着矛盾。他学诗重模拟,《诗法》中甚至说:"试以己诗置之古人诗中,与识者观之而不能辨,则真古人矣。"但他举李白为供人效法的对象,则又怎能诱使后人遵从?难怪前后七子之后,逐渐背离其说。胡应麟《诗薮》"外编"卷四曰:"李、杜二家,其才本无优劣,但工部体裁明密,有法可寻;青莲兴会标举,非学可至。又唐人特长近体,青莲缺焉,故诗流习杜者众也。"说明明代中叶之后,随着创作实践中的大势所趋,理论界也转而推崇杜甫的七律,崔颢《黄鹤楼》诗为唐人七律第一之说,也就随之被否决了。

年代较早的杨慎,虽然对严羽之说已有修正,但对《黄鹤楼》诗的成就还是维护的。《升庵诗话》卷一〇:"宋严沧浪取崔颢《黄鹤楼》诗为唐人七言律第一,近日何仲默、薛君采取沈佺期'卢家少妇郁金堂'一首为第一,二诗未易优劣。或以问予,予曰:'崔诗赋体多,沈诗比兴多。以画家法论之,沈诗披麻皴,崔诗大斧劈皴也。'"这种调停之论,后人也不能接受,一再遭到批驳。

胡应麟《诗薮》"内编"卷五推尊杜甫《登高》"为古今七律第一,不必为唐人七律第一"。他还具体申述道:"'卢家少妇'体格丰神,良称独步,惜颔颇偏枯,结非本色。崔颢《黄鹤》,歌行短章耳。太白生平不喜俳偶,崔诗适与契合,严氏因之,世遂附和,又不若近推沈作为得也。"这里说明,明人和宋人的文学见解已经格格不合。

胡应麟作进一步的分析,更能看清这一时代的人品评作品时兴趣何在。他说:"《黄鹤楼》、'郁金堂'皆顺流直下,故世共推之。然二作兴会适超而体裁未密,丰神故美而结撰非艰。若'风急天高',则一篇之中句句皆律,一句之中字字皆律,而实一意贯串,一气呵成。骤读之,首尾若未尝有对者,胸腹若无意于对者;细绎之,则锱铢钧两,毫发不差,而建瓴走坂之势,如百川东注于尾闾之窟。至用句用字,又皆古今人必不敢道、决不能道者。真旷代之作也。"这里正是着眼于《登高》一诗组织的工致而立论的。而胡应麟所反复称叹的,已是严羽视为低于"气象浑沌"的"彻首尾成对句"者。可见明人的论诗,已与严羽的初衷不合。

综上所言,可以知道:严羽与明人虽然都推崇盛唐诗歌,但实质上却有很大的不同。严羽推重的唐诗,是指那些保留着很多汉魏古诗的写作手法而呈现出浑朴气象的诗歌;明人推重的近体诗,是指那些写作技巧全然成熟而表现为精工的当的作品。因此,这两种学说之间虽似一系相承,然而随着时代和创作潮流的演变,内涵已有不同。这是探讨我国诗歌发展史时应当注意的地方。

到了清代,明人的意见更是进一步得到了加强。大家的看法差不多已趋一致,论诗注重格律,强调的是诗体之正。潘德舆《养一斋诗话》卷八首引严羽、何景明、薛蕙之说,又引杨慎两可之论,然后下判断说:"愚谓沈诗纯是乐府,崔诗特参古调,皆非律诗之正。必取压卷,惟老杜'风急天高'一篇。气体浑雄,剪裁老到,此为弁冕无疑耳。……至沈、崔二诗必求其最,则沈诗可以追摹,崔诗万难嗣响。崔诗之妙,殷璠所谓'神来、气来、情来'者也。升庵不置优劣,由其好六朝、初唐之意多耳。尤西堂乃谓崔诗佳处止五六一联,犹恨以'悠悠、历历、凄凄'三叠为病。太白不长于律,故赏之;若遭子美,恐遭'小儿'之呵。嘻!亦太妄矣。"然而不管潘氏的语气何等婉转,崔颢《黄鹤楼》一诗,以其不合明清人对七律的要求,从头到尾遭到指摘,已是无可挽回的趋势。严羽以盛唐为法的真意,已被后代那些宗奉者扬弃了。

(原载《文学评论》1985 年第 5 期)

第四辑

宋代至当代文史研究

宋人发扬前代文化的功绩

中国的文化源远流长,自古以来从未中断,在这迂回曲折的历史长河中,赵宋一代起着承前启后的作用。它上承唐代,远绍先秦两汉魏晋南北朝,即以保存前人文献而言,也取得了巨大的成就。总结这一方面的历史经验,了解宋人发扬前代文化的功绩,对于当代的人来说,也有重要的参照作用。

总的看来,前代文献之所以能够流传后世,仰仗下面三项有利条件:第一,在宋初帝王的倡导下,注意搜集和保存前代文献,从而推动了这方面的整理工作;第二,印刷术的发明,使各项成果能以更有效的方式保存和传播;第三,专业书商的出现,促使书籍商品化,从而使整理出来的文化成果更迅速地流通于社会。下面对此分别进行一些具体论证。

宋初帝王编纂"四大书"的重要意义

首先可从宋初帝王的热心保存文献说起。

唐代自安史之乱以后,藩镇割据,军阀混战,中央政权在不断遭到削弱之后,终告覆灭。宋太祖赵匡胤建国之后,接受前代教训,采取偃武修文的国策,其后几代帝王都很热心文化事业,并做出了成绩。

宋敏求《春明退朝录》卷下曰:"太宗诏诸儒编故事一千卷,曰《太平总类》;文章一千卷,曰《文苑英华》;小说五百卷,曰《太平广记》;医方一千卷,曰《神医普救》。《总类》成,帝日览三卷,一年而读周,赐名曰《太平御览》。又诏翰林承旨苏公易简、道士韩德纯、僧赞宁集三教圣贤事迹,各五十卷,成书,命赞宁为首坐,其书不传。真宗诏诸儒编君臣事迹一千卷,曰《册府元龟》;不欲以后妃妇人等事厕其间,别纂《彤管懿范》七十卷,又命陈文僖公裒历代帝王文章为《宸章集》二十五卷,复集妇人文章为十五卷,亦世不传。"于此可见当时修书的规模之大和编纂的收获之富。

这些书中,尤以后世称为宋初四大书的《太平御览》《太平广记》《文苑英华》《册府元龟》的价值为大。《太平御览》为类书,《太平广记》为小说总集,《文苑英华》为文学总集,《册府元龟》为分类政治通史。这四种书,都是各个门类的集成之作,至今仍为探讨这些门类的问题时从中发掘材料的渊薮。

《太平御览》一千卷,共分五十五部,五千三百六十三类,又有六十三附类,合计共为五千四百二十六类。引用的书到底有多少,很难统计。此书前端有《太平御览经史图书纲目》一文,后有两行文字曰:"右计一千六百九十件,外有古律诗、古赋、铭、箴、杂书等类,不及具录。"然而这一统计数字却是不可靠的。《纲目》出于后人追拟,重复错误,在在多见,故不足凭信。范希曾《书目答问补正》卷三于《太平御览》下注曰:"此中引书二千八百馀种,民国十一年北京大学研究所尽为辑出,存校中,未刊。《太平御览》存古佚书最富,故为类书之冠。"这一数字是否正确,仍有疑问,马念祖《水经注等八种古籍引用书目汇编》凡例中称实核为二千五百七十九种。可能各家对某些书名理解不同,所以分合不一,统计的数字也就不同了。

范希曾说此书"存古佚书最富,故为类书之冠",则是学术界所一致公认的。

我国自先秦时起,文化已经相当发达,汉代时更趋繁荣,不但学科门类众多,而且典籍数量也很可观,人们阅读时,遍览为难。类书之起,就在适应当时文人分类查检各种材料的需要,因此目录学家大都认为我国的类书具有百科全书和资料汇编的性质。

从目前留存的类书来说,隋代的《北堂书钞》,唐代的《艺文类聚》《初学记》等,自然是至为重要的,只是《太平御览》的情况又有不同,不但规模要大很多,而且包含着更多更早的文献资料。《直斋书录解题》卷一四《太平御览》下曰:"以前代《修文御览》《艺文类聚》《文思博要》及诸书参详条次修纂。……或言,国初古书多未亡,以《御览》所引用书名故也,其实不然,特因前诸家类书之旧尔。"其中《修文殿御览》三百六十卷出自著名学者颜之推等人之手,据洪业在《所谓〈修文殿御览〉者》一文中的考证,此书又是以梁朝文士何思澄等精心编纂的《华林遍略》六百二十卷为蓝本而编成的①。《文思博要》一千二百卷,乃唐初高士廉等奉太宗诏令编纂而成。此书以包孕宏富著称,对《太平御览》的成书当有直接影响。

《修文殿御览》等书中容纳的典籍,大都已经亡佚,后人要想了解这类书籍的内容,必须依赖《太平御览》中的记载。例如唐初有《晋书》十八家之说,自从官修的《晋书》问世后,各家《晋书》均告散佚,这里有很多原始记载湮没不彰,甚为可惜。清代汤球、黄奭起而辑佚,力所能及地作了些弥补工作,他们征引的材料,《太平御览》为一大宗。又如五胡十六国的大乱,当时曾有一些史书加以记载,北魏崔鸿著《十六国春秋》一百零二卷,作了系统的整理和考订,可惜此书也已亡佚,但在《太平御览》中还保留着四百八十多条文字,弥足珍贵。为此之故,后代学者从事辑佚时,无不重视此书。又因《太平御览》中的引文依据的是前代古本,文字每与后世通行者有异,因此校雠学家又每依之校订古籍,它在文献学上的价值也是极为重要的。

《太平广记》五百卷,和《太平御览》同时编成,参与的人员也基本

---

① 载《洪业论学集》,中华书局 1981 年版。

相同，因此马端临在《文献通考》卷二一六中引夹漈郑氏之说，以为此书乃从《太平御览》中别出"异事"材料而成书的。情况是否如此，尚待进一步考核，但二书在文献上各有优胜处，则是事实。

《太平广记》卷前亦有《引用书目》，列有三百四十三种，编得很草率，没有什么参考价值。燕京大学引得编纂处《太平广记引得》统计为四百七十五种，《水经注等八种古籍引用书目汇编》"凡例"内云计为五百二十六种，罗锡厚等所编《太平广记索引》则以为"《广记》引书往往有错，或一书而分为几个书名，或把两种以上的书混而为一，还有书名错讹的，无法作出精确统计"。这是所有类书普遍存在的问题，《太平御览》情况亦同。但说《太平广记》引书多达五百多种，应当是没有什么问题的。

从目录学的角度来说，《太平御览》引用的书遍及经史子集各部，《太平广记》引用的书，集中在杂史、传记、故事、小说等类。用现代文学史家的话来说，大都是志人与志怪的小说，因此研究文史、宗教、民俗的人对此固然应当重视，研究通俗文学的人更应重视。

唐人传奇上承前代的志人、志怪两类小说，又有重大的发展，取得了杰出的成就。洪迈曰："唐人小说，不可不熟。小小情事，凄婉欲绝，洵有神遇而不自知者，与诗律可称一代之奇。"（桃源居士《唐人小说序》引）可惜唐末人陈翰编的唐人小说总集《异闻集》十卷已经亡佚①，所幸《太平广记》中尚保存有四十馀篇名著，内如《古镜记》《枕中记》《任氏传》《离魂记》《柳氏传》《柳毅传》《霍小玉传》《南柯太守传》《谢小娥传》《庐江冯媪传》《李娃传》《莺莺传》《上清传》《周秦行纪》《湘中怨》《秦梦记》《异梦录》《秀师言记》等，均完整地藉以保存。即此一端，亦可觇其价值之高。

---

① 参看程毅中《〈异闻集〉考》，载《文史》第七辑，1979 年 12 月。

为此之故,后世从事通俗文学的文人和艺人,都很重视《太平广记》。南宋罗烨《醉翁谈录》甲集卷一曾说当时说话人必须"幼习《太平广记》",宋元的话本、杂剧、诸宫调等经常采用此书中的故事,传统的戏曲小说也常从中发掘题材,可见此书对于后世影响的深远。

《册府元龟》一千卷,与《太平御览》卷数相同,而其篇幅实际上要多一倍。此书原名《历代君臣事迹》,真宗诏改此名,以为可作后世君臣的龟鉴。《玉海》卷五四《册府元龟》下载真宗对辅臣曰:"所编《君臣事迹》,盖欲垂为典法。异端小说,咸所不取。"因此,这书援引的材料大都出于正经正史。元明以来的学者以为其中材料与通行本无甚出入,而又不注明出处,所以不太予以重视。清末以后,史学界才逐渐改变了看法。

陈垣《影印明本〈册府元龟〉序》曰:"《册府》材料丰富,自上古至五代,按人事人物,分门编纂,凡一千一百馀门,概括全部《十七史》。其所见史,又皆北宋以前古本,故可以校史,亦可以补史。"①他自己在利用《册府元龟》作辑补工作时就作出了榜样,《魏书·乐志》载刘芳上书,仅一行,严可均《全后魏文》注"原阙一页",卢文弨撰《群书拾补》,仅从《通典》补得十六字,陈垣则从《册府元龟》五百六十七卷中发现此页全文,此事曾经博得学术界的交口赞誉,可见《册府元龟》的文献价值之高。

岑仲勉《唐史馀瀋》卷四中有《〈册府元龟〉多采〈唐实录〉及〈唐年补录〉》一条,也可说明此书材料之可贵。举凡前此各代的典章制度、历史事件、人物言行等,可补现存史学文献之不足者多不胜举。

《文苑英华》一千卷,为宋太宗命李昉等人纂修的文学总集。此书为接续梁昭明太子萧统《文选》而作,文体分三十八类,也与《文选》全

---

① 载《册府元龟》影印本卷首,中华书局 1982 年第二次印刷本。

同。诗是其中主要的一种文体,也是容量最大的一种文体。

《文选》所收,上起先秦,下讫梁初。《文苑英华》即上起梁代,下讫于唐。唐代之前作品入录的很少,所以《文苑英华》中的作品,什九以上为唐人之作。以唐诗而言,即有一万馀首之多。南宋宁宗嘉泰年间,周必大致仕家居,始行刊刻。其时此书历经传写,已多误脱,必大乃命门客彭叔夏等援用唐代的许多文献详加校雠。叔夏后撰《文苑英华辨证》十卷,留下了许多珍贵的异文,且发凡起例,将考订成果分为二十一例,逐项论述,成了校雠学上的一部名著。

周必大在《文苑英华序》中述及唐人文集流传的情况时说:"是时印本绝少,虽韩、柳、元、白之文尚未甚传,其他如陈子昂、张说、张九龄、李翱等诸名士文集,世尤罕见。修书官于宗元、居易、权德舆、李商隐、顾云、罗隐辈或全卷收入。"可见其中收容之富。后人也就利用此书广泛地进行纂辑,即以《四库全书》中所保存的七十六家唐人文集而言,其中李邕、李华、萧颖士、李商隐等人的集子,都是这样辑出来的。

《太平御览》《太平广记》《文苑英华》《册府元龟》四大书的性质各不相同,正好起到了相互补充的作用。诸书分门别类地保存了许多前代的文献,后代各种门类的专家都可分别从中找到珍贵的材料。因此,宋初帝王在保存和发扬前代文化上作出了成绩,同时也为后代的文化建设工作提供了良好的条件。

宋代学者整理前人文集的功绩

君主热衷于保存前代文献,臣下自然会热烈响应,例如太宗时参预三大书编纂的宋白,就曾利用有利条件进行搜集和整理,《宋史·宋白传》曰:"唐贤编集遗落者多,白缀缀之。"

与宋白同时的宋绶,也是著名的文献学家,其子宋敏求,于此作出了更大贡献。他曾预修《唐书》，又私撰唐武宗以下实录一百四十八卷，说明他对唐代的史事极为熟悉。先是宋绶曾编有《唐大诏令集》一种，宋敏求重加厘正，分为十三类，于熙宁三年重为之序。唐代典册赖此传世。宋敏求还编有《长安志》二十卷，记载唐代都城的形胜遗迹，这些都为了解唐代文化提供了极为有用的材料。

宋敏求家多藏书，还乐于供人使用。王安石编《唐百家诗选》，就是利用他家所珍藏的文献编纂的。关于此书的编者和性质，后世多异说，经过近代学者的周密考证，确认此书仍为王安石编定，他利用的是宋敏求家藏的唐诗百馀编，其中绝大部分又当是唐代进士的行卷，因此这些集子的卷数每与书目上的记载不同，而且内容与传留下来的集子也不尽相同。

目前能够看到的唐人文集，差不多都是经过宋人搜集整理而编纂出来的。材料来源不同，整理加工的水平有差异，各种集子的面目也就有所出入了。

这里可举李白、韩愈文集的流传为例，说明宋代学者在整理和保存唐代文献的工作中作出了怎样的努力。

唐人文集的流传，安史之乱可称一大界限。之前的作品，流传下来的不多，即使流传，也是纷糅殊甚。《旧唐书·王维传》载："代宗时，［王］缙为宰相。代宗好文，常谓缙曰：'卿之伯氏，天宝中诗名冠代，朕尝于诸王座闻其乐章。今有多少文集，卿可进来。'缙曰：'臣兄开元中诗百千馀篇，天宝事后十不存一，比于中外亲故间相与编缀，都得四百馀篇。'"可见其损失的严重了。

李白的情况类同。安史之时，李白以从永王璘事获罪，穷途末路，前往当涂投靠李阳冰，宝应元年（762）疾亟，枕上将"草稿万卷"交出，李阳冰以此编成《草堂集》二十卷，并为之作序曰："自中原有事，公避地八年，当时著述，十丧其九，今所存者，皆得之他人焉。"范传正在《唐左拾遗翰林学士李公新墓碑序》中也说:"文集二十卷,或得之于时之文士,或得之于宗族,编辑断简,以行于代。"足见李白的文集经乱之后混乱情况之一斑。后人读李白的诗文,每有窜乱真伪之辨,实与编辑之时征集文献方面遇到的困难有关。

这部编得不理想的集子,到了宋代时又有残缺,幸亏宋初的几位著名学者接着做了增订和重编的工作。乐史于咸平元年(998)作《李翰林别集序》曰:"李翰林歌诗,李阳冰纂为《草堂集》十卷,史又别收歌诗十卷,与《草堂集》互有得失,因校勘排为二十卷,号曰《李翰林集》。今于三馆中得李白赋、序、表、赞、书、颂等亦排为十卷,号曰《李翰林别集》。"宋敏求于熙宁元年(1068)作《李太白文集后序》,叙李阳冰、乐史的编纂情况后又说:"治平元年,得王文献公溥家藏白诗集上、中、下帙,凡广一百四篇,惜遗其下帙。熙宁元年,得唐魏万所纂白诗集二卷,凡广四十四篇,因哀唐类诗诸编,泊刻石所传别集所载者,又得七十七篇,无虑千篇。沿旧目而厘正其汇次,使各相从,以别集附于后,凡赋、表、书、序、碑、颂、记、铭、赞文六十五篇,合为三十卷。同舍吕缙叔出《汉东紫阳先生碑》,而残缺间莫能辨,不复收云。"其后曾巩又对作品的写作年代作了考证,重新作了编排。这些整理工作之中自然会有失误之处,有待于后人继续进行研究,予以补正,但于此亦可觇知,李白诗歌之得以传流后世,宋代学者花了不知多少心血,后人吟咏李诗之馀,应当对那些为保存李诗作出努力的学者表示敬意。

韩愈文集的流传情况没有这么复杂。五代之乱曾对唐人文集的保存起过破坏作用,但对韩愈文集的流传则影响不大。不过就是这样,此书的整理还是经过众多文士的努力才能取得满意的成绩。

韩愈殁于长庆四年(824)冬,门人李汉即收拾遗文,进行编纂,《昌黎先生集序》中称:"得赋四,古诗二百一十,联句十一,律诗一百六十,杂著六十五,书、启、序九十六,哀词、祭文三十九,碑志七十六,笔、砚、

《鳄鱼文》三,表状五十二,总七百,并目录合为四十一卷,目为《昌黎先生集》,传于代。"七百之数显然是不对的。有的本子作七百十六,有的本子作七百三十八,方崧卿《韩集举正》云其数"皆有不合",而始从"阁本、杭本,要是唐本之旧"。而据方氏介绍,唐代即有令狐(澄)氏本、南唐保大本和赵德《文录》本。这些本子中当然也有很多差异。

但宋初学者见到的韩集,大体上与李汉原编相去不远。《崇文总目》著录仍为四十卷,柳开在《昌黎集后序》、穆修在《唐柳先生集后序》中也说韩集得其全,所以后人对韩集的整理加工,主要放在辑佚和校订上。

按宋代目录所记,唐人文集正本之外,常见有"集外文"的著录,如《郡斋读书志》于《高适集》十卷之外,别著"集外文二卷、别诗一卷";《李观文编》三卷之外,别著"外集二卷";《柳宗元集》三十卷之外,别著"集外文一卷";刘禹锡《梦得集》三十卷之外,别著"外集十卷"。韩愈的情况同样如此,于《韩愈集》四十卷之外,别著"集外文一卷";到了赵希弁编《郡斋读书附志》时,则除《昌黎先生文集》四十卷外,别著"外集三卷、《顺宗实录》五卷、附录三卷"。显然,四十卷之外的作品,除《顺宗实录》等因体例不同有时分别著录外,应当就是宋代那些热爱韩文的人辛勤搜集得来的了。

宋代学者整理韩集时,还作了大量的文字校订工作,这方面的学术专著,前有方崧卿于孝宗淳熙十六年(1189)刊行的《韩集举正》十卷、《外集举正》一卷。方氏将采获到的各种不同版本仔细地作了比照,所据者有石本、令狐(澄)氏本、蔡谢校本、南唐保大本、私阁本、祥符杭本、嘉祐蜀本、赵德《文录》、谢任伯本、李汉老本,以及《文苑英华》《唐文粹》等。在校雠体例上,也有很好的创树。云是"当刊正者以白字识之,当删削者以圈毁之,当增者位而入之,当乙者乙而倒之,字须两存而或当旁见者,则姑注于其下,不复标出"。应该说,这是很严肃而科学的一种校雠法。

随后朱熹于宁宗庆元三年(1197)撰《韩文考异》十卷,在方氏的基础上又把整理工作提高了一步。朱熹为一代大儒,经他加工的著作,自然更有可观。他认为,方崧卿的弊病在于识见不足,"去取多以祥符杭本、嘉祐蜀本及李谢所据馆阁本为定,而尤尊馆阁本,虽有谬误,往往曲从,他本虽善,亦弃不录"。朱熹本人则"悉考众本之同异,而一以文势义理及他书之可证验者决之。苟是矣,则虽民间近出小本不敢违;有所未安,则虽官本、古本、石本不敢信"。这样也就在重视底本校勘的基础上,兼用了一些理校的方法。由于他态度严谨,学识高明,所以《考异》一出,《举正》几废,说明宋代的文献整理工作沿着精益求精的道路正常地发展着。

唐代文集就是这样经过不断加工而流传下来的。

总的看来,宋代学者在编纂《太平御览》等几部大书时曾对唐代之前的文献资料有所整理,但在刊刻唐前的各家别集和总集时,则大都因循旧本,少所加工。唐代距此最近,留传的文献资料最多,因此宋代学者在总结和发扬唐代文化上贡献最大,特别是在整理文学典籍方面更是如此。联系《文苑英华》中保存的唐人诗文来看,更能说明这一点。

宋代专业书商的重大贡献

研究前代文化,必须根据现存文献,当然无法回避典籍版本方面的问题。我们必须对前人文集的来龙去脉有所了解,才能知道各种本子的优劣,从而有所选择。

版本问题与印刷术的发明有关,这里也应作些介绍。

唐代中晚期时,已有印刷品出现,但多限于佛像和历本等物。五代之时,已有官府主持雕版印刷的《五经》和《九经》,也有一些私人主持印制的总集和类书，但这项技术用于印制文集，要到宋代之后方才普遍。

自宋初起，在帝王的倡导下，不论是官府衙门，还是官僚士绅，都很热心从事刻书。特别值得注意的是，随着城市的繁荣，商品经济的发展，市民阶层的壮大，专业的书商开始出现。他们利用当时新兴的雕版技术，大量刻书，这对保存前代文献，传播古代文化，都曾起到过巨大的推动作用。

在印刷术没有发明之前，书籍只能以写本的方式流通。可以想象，当时的人掌握文化多么困难。一部篇幅大一些的著作，要花多少人力物力才能抄就。《宣和书谱》等书中多次提到吴彩鸾以飞快的速度抄写《唐韵》，将之神化曰"女仙"，就反映了人们的一种愿望，期盼着书籍能以飞快的速度复制出来。

这项愿望终于在宋代得到了实现。

研究版本的学者一般都把宋代刻的书分为官刻、家刻（私刻）和坊刻三大系统。官刻的书，又可以分为中央政府和地方机关两大系统。这些机构，主要刊刻经、史之类的典籍。主持的衙门，中央政府机关中有国子监、崇文院、秘书监、司天监等，地方行政机关中，有茶盐司、转运司、安抚司、提刑司等。凡是使用地方政府公库钱款刻的书，总称之曰"公使库本"。各级学术机构，如州学、军学、郡学、县学，以及各地书院，也都有刻本。这是一种很有趣的情况，一些本与文化事业无关的机构，也都于此竞作贡献，这当然是受到了朝廷的影响，说明宋王室的热心弘扬文化事业，对下属各级政府机构起到了支持、鼓励和推动的作用。

私家刻的书，要以文集为多。他们不像国子监等官府可以大规模地刻书，也不像书坊那样可以不断地刻书，但他们可以就个人的爱好，不惜财力物力，精益求精，刻好几部书。例如权奸贾似道的门客廖莹中所刻的《韩昌黎集》四十卷和《柳河东集》四十四卷，人称世彩堂本，其字体的秀整，行格的疏朗，墨色的精莹，见者无不叹为上品。

刻印韩、柳二集也经历着很多周折，从中可见宋代学者整理前代文献的热忱。穆修刻印韩柳二集，是这方面的典型事例。朱弁《曲洧旧闻》卷四曰：

> 穆修伯长在本朝为初好学古文者，始得韩、柳善本，大喜，自序云："天既饜我以韩，而又饫我以柳，谓天不予飨，过矣。"欲二家文集行于世，乃自镂板，鬻于相国寺。性伉直，不容物，有士人来，酬价不相当，辄语之曰："但读得成句，便以一部相赠。"或怪之，即正色曰："诚如此，修岂欺人者？"士人知其伯长也，皆引去。

有关此事的记载甚多，生动地再现了这些先行者的意气高扬和热情投入。

穆修理董韩集，倾注了巨大的精力，时历二纪之外，文字才行点定，刻印成集后，自行设摊出售。由此可见，随着新技术的采用，书籍迅速地成为流通商品，这对文化的发展，具有巨大的促进意义。

唐人文集也就以更大的规模流通于社会。

如果说，唐代文人为了让自己的作品不致散佚泯灭，费尽了苦心，还是难以经受兵燹的洗劫和时光的冲刷。即使像白居易那样，经过周密思考，将七十五卷的文集抄写五本，三本藏在少受外界侵害的佛寺，二本分付亲人。但就是这样，各处藏本还是不能保证安全。香山寺的本子经乱不复存在，东林寺的本子则为淮南军阀高骈仗势取去，随后也就不知所终。于此可见，仅靠抄本传世，何等困难。至于那些穷苦文人，无力进行抄写，更是无法确保其诗文的存留了。

宋代印刷事业的发展，也就为保存唐人文集提供了最好的条件。一经印刷发行，那就不是区区"五本"的问题了。读者容易购置，也容易保存，唐人文集之能以流传下来，应该归功于宋人的及时整理和印刷发行。

后人研究唐代诗文，总是希望得到宋版的集子作为依据，这是因为除唐写本之外，宋本已是最近原貌的了。

从事校雠工作和整理古籍的专家，重视宋版，即使是残阙的本子，也无不视若拱璧，原因就在求真。宋本不可得，则求明覆宋本或影钞宋本，目的都在力求复现这些本子之中保留着的作品的原貌。

白居易《郡中即事》诗有"遥思九城陌，扰扰趋名利。今朝是只日，朝谒多轩骑"之句，马元调本《白氏长庆集》作"双日"，日本那波道圆本作"直日"，都难通读。宋绍兴本作"只日"，卢文弨据之校改。《宋史·张洎传》："自天宝兵兴之后，四方多故，肃宗而下，咸只日临朝，双日不坐。"朱金城《白居易集笺校》举此以证，遂怡然理顺。于此可见宋本存真之可贵。

宋人刊刻唐人文集，参预的人多，戍果也可观。总的看来，要以陈起的贡献为最大。

韦居安《梅磵诗话》卷中云："陈起宗之，杭州人，鬻书以自给，刊唐宋以来诸家诗，颇详备。亦有《芸居吟稿》板行，芸居其自号也。"他是江湖诗派中的核心人物，既有诗才，又喜诗道，因此经他整理刊刻的唐人诗集，水平大都很高。尽管有人说他喜以己意改字，然无显证，而他作出的成绩，时人即予高度评价。刘克庄《赠陈起》诗曰："炼句岂非林处士，鬻书莫是穆参军。"但他是专业书商，这与穆修有所不同。

江湖诗派本重中晚唐诗，陈起为了张大诗派的声势，出版了许多中晚唐诗人的集子，所以周端臣在《挽芸居二首》中曰："字画堪追晋，诗刊欲遍唐"，说明他在保存唐诗和扩大其影响上作出了巨大贡献。

陈起所刻的书，卷末或署"临安府棚北大街睦亲坊南陈宅书籍铺刊行"，或署"临安府棚北睦亲坊南陈宅书籍铺刊行"，或署"临安府棚北大街陈宅书籍铺印"，或署"临安府陈氏书籍铺刊行"……据叶德辉《书林清话》卷二介绍，传世尚有《韦苏州集》十卷，《唐求集》一卷，《李群玉诗集》三卷、《后集》五卷，《张蠙诗集》一卷，《周贺诗集》一卷，李中《碧云集》三卷，《鱼玄机诗》一卷，《李贺歌诗编》四卷、《集外诗》一卷，《孟东野诗集》十卷，韦庄《浣花集》十卷，《罗昭谏甲乙集》十卷，《朱庆馀诗集》一卷，李咸用《李推官披沙集》六卷，《常建诗集》二卷，实际上自不止此数。江标影刻《唐人五十家小集》，很多本子原为陈起、陈续芸父子二人所刻。这些书籍，出自棚北大街陈宅，故习称书棚本，向为藏书家所珍视。

明代正德、嘉靖年间，吴下出现一种《唐十二家诗》，《杜审言集》前有庐陵杨万里序，《孟浩然集》前有宜城王士源序、韦绍重序，《岑嘉州集》前有京兆杜确序，《王摩诘集》前有王缙的《进王摩诘集表》。这些地方保留着宋本的原始面貌。这种《唐十二家诗》的行格为每半叶十行、行十八字，和书棚本行格一样。这是从正德年间的一批唐人诗集中选出十二家加以重印或覆刻而编成的。推究起来，其源应当出自书棚本。

嘉靖时期朱警刻《唐百家诗集》，其行格也是半叶十行、行十八字。朱氏在序言中说，各家诗集均以宋本为底本。后人当然不能贸然断定他是根据书棚本而重刻的，但推断其中有不少本子原出陈起父子所印的宋本，当去事实不远。由此可见，陈起父子当年刊行的唐人诗集，除有大量的中晚唐时期的诗集之外，也有很多初盛唐时期的作家作品。

总的看来，唐诗由于宋人的及时整理而得以保存原貌，又由于宋人的及时刊出而得以传流后世。

上面只是举书棚本系统的诗集的流传情况为例，说明唐诗通过怎样的条件保存了下来。由于宋代书肆林立，印刷业发达，刊刻的唐人诗集为数是很多的。有的诗集则以钞本的方式流传下来。到了明代，文化事业更见发展，文坛上又时而兴起崇尚盛唐之风，时而兴起崇尚中晚唐之风……书商也就配合着搜集、整理、刊刻相应的诗集以求售。这时出现了许多唐人诗集的合刻本，除朱警《唐百家诗集》一百八十四卷外，黄贯曾刻《唐诗二十六家》五十卷，蒋孝刻《中唐十二家诗》七十八卷，黄德水、吴琯刻《唐诗纪》一百七十卷，等等。到了明末，就出现了胡震亨所编的《唐音统签》一千零三十三卷，清初又出现了季振宜所编的《唐诗》七百十七卷。其后清圣祖玄烨命彭定求等以季、胡二书为底本，重修《全唐诗》，成九百卷，唐诗的整体面貌也就大体上固定了下来。

结　论

从宗教学的角度来说，以上所论述的，只是属于"外典"中的一部分。自北宋初年起，即对佛教经典集中刊刻，世称"佛藏"。宋代一共刻过七次佛藏，每一种都有数千卷之多。道教继之，也集合各种典籍，汇编成"道藏"，得五千馀卷，刊刻行世。由此可见，宋代保存和传播文化的事业确是规模宏大，成绩斐然。我国传统文化源远流长，赵宋王朝确是起到了承前启后的作用。

总体来说，这一阶段的文化事业之所以能够取得如此巨大的成就，主要原因就在中央政权的倡导和组织，激发了下级机构和社会上各式人等的积极性，利用当时新兴的印刷技术，顺应商品经济发展的趋势，把文化活动与社会需求协调起来。他们对前代的典籍进行搜集、整理和刊刻，在这发扬前代文化的过程中，也就孕育了宋代文化。关于宋代文化的创新部分，因属另外专题，此处不再絮述。

（原载四川大学古籍所编《国际宋代文化研讨会论文集》，四川大学出版社，1991 年版）

叙《全唐诗》成书经过

《四库全书总目》"提要"中的疑团

《全唐诗》是怎样成书的？问题似乎很简单，因为《四库全书总目》的"提要"中说得很清楚：

> 御定《全唐诗》九百卷　　康熙四十二年圣祖仁皇帝御定。诗莫备于唐，然自北宋以来，但有选录之总集，而无辑一代之诗共为一集者。明海盐胡震亨《唐音统签》始搜罗成帙，粗具规模，然尚多舛漏。是编秉承圣训，以震亨书为稿本，而益以内府所藏全唐诗集，又旁采残碑、断碣、稗史、杂书之所载，补苴所遗，凡得诗四万八千九百馀首，作者二千二百馀人。……

《四库全书总目》成书于乾隆年间，上距康熙之时不过七八十年，二者都是官修的书，所言应当可信。因此，后人大都信从四库馆臣的论定，以为《全唐诗》出于《唐音统签》。《唐音统签》传世很少，后人无法核实，所以这种说法一直没有引起什么怀疑，几乎成了定论。

但"提要"中还提到有"内府所藏全唐诗集"，这究竟是指一部书呢，还是泛指唐诗的各种不同集子？有人带着这个问题参读《全唐诗》的"凡例"，认为指的是另一部《全唐诗》。这也就是说，在玄烨御定的《全唐诗》成书之前，内府已经藏有另一部《全唐诗》。但这又是一部什么样的书呢？大家可也说不清楚①。因为宫廷图书外人无从窥及，所以这个疑团还是无法彻底解开。

清廷逊位，故宫图书馆成立，内府秘籍始能公之于众，于是才有了比较各种本子的可能。1937 年，俞大纲到故宫图书馆阅读《唐音统签》，看到了季振宜的《全唐诗》，这时才知道《四库全书总目》"提要"、御定《全唐诗》的"凡例"和康熙御制《全唐诗序》中提到的"全唐诗"或"全唐诗集"，都指季振宜的《全唐诗》，现在通行的这部所谓御定《全唐诗》是依据胡震亨的《唐音统签》和季振宜的《全唐诗》成书的②。但俞氏主要致力于《唐音统签》的阅览，对季书似乎未曾深究，因而仍然未能摆脱四库馆臣所作论断的影响，不能充分看到季振宜《全唐诗》在曹寅等人修书时所起的作用，这样也就不能把《全唐诗》成书的秘密彻底揭开。

季振宜《全唐诗》的出现与汩没

由于故宫博物院明清档案部把曹寅的奏折给整理了出来，印行成册③，因而御定《全唐诗》由创始到完成的全过程也就比较清楚地勾勒出来了。从中可以发现很多问题。

曹寅等人在御定《全唐诗》的《进书表》中说："康熙四十四年三月十九日，奉旨颁发《全唐诗》一部，命臣寅刊刻，臣[彭]定求、臣沈三曾、

---

① 参看胡怀琛《全唐诗的编辑者及其前后》，载《逸经》(文史半月刊)第十七期，1936 年 11 月 5 日。

② 俞大纲《纪唐音统签》，载《历史语言研究所集刊》第七本第三分，1937 年出版。

③ 故宫博物院明清档案部编《关于江宁织造曹家档案史料》，中华书局 1975 年版。

臣［杨］中讷、臣［潘］从律、臣［汪］士铉、臣［徐］树本、臣［车］鼎晋、臣汪绎、臣［查］嗣瑮、臣［俞］梅等校对,于康熙四十五年十月初一日书成。"说明曹寅是在康熙四十四年春奉旨刊刻《全唐诗》的。是时正值玄烨第五次南巡。查《清实录》,玄烨是在二月开始出巡的,三月六日起到达江南,而自十七日至二十二日,正驻跸苏州。玄烨南巡之时,曹寅一直随侍在旁,担当着接驾的重任。玄烨和曹寅关系密切,曹寅这位江宁织造又是以特殊身份进行文化活动的。因此,玄烨这次颁发下来的任务实有当面交代的性质。当时的地方大员江宁巡抚宋荦在《迎銮三纪》中按日详列玄烨的活动,于三月十八日记载着玄烨面谕他刊刻御批《资治通鉴纲目》的事,于三月十九日则记曰:"上发《全唐诗》一部,命江宁织造曹寅校刊,以翰林彭定求等九人分校,照常升转。"(《西陂类稿》卷四十二)可见宋、曹二人接受任务的情况是差不多的。

为了修书,在曹寅的主持下,临时凑起了一个班子。彭定求《翰林院修撰东山汪君墓志铭》曰:"康熙乙酉三月,上巡幸江南,简在籍翰林官十人校刊《全唐诗》于扬州。余林居既久,至是始识东山汪君。"(《南畇文稿》卷八)说明这些编校人员原来都是一些闲散在家的文人。《圣祖五幸江南全录》曾记这些在籍翰林的动态,玄烨三月十八日在苏州,乡绅彭定求等"俱赴行宫叩贺万寿";三月二十三日抵昆山,乡绅徐树本等"恭迎圣驾朝见";四月初六日在杭州,召乡绅沈三曾、杨中讷、查嗣瑮等"俱进行宫做诗";四月二十四日在常州府,又召在省乡绅车鼎晋、潘从律等"进宫朝见考诗"。而是书载三月二十二日"传上谕,谕江抚宋行文召翰林汪士铉、汪绎、徐树本,钦召纂修书史"①。曹寅在康熙四十四年五月初一日的奏折上说:"又闻四月二十三日,有翰林院庶吉士

---

① 《圣祖五幸江南全录》,一名《圣驾五幸江南恭录》,作者不明,汪康年编入《振绮堂丛书初集》。

臣俞梅赴臣寅衙门,口传上谕:命臣俞梅就近校刊《全唐诗集》。"①说明当时任务紧迫,采取了非常措施,征调了江浙两省的在籍翰林"就近"前来修书。这项工作似乎并不是早有完整的计划然后按步付之实践的。

但这里似乎又出现了问题:御定《全唐诗》的编纂是在康熙四十四年开始的,《四库全书总目》的"提要"上却说"康熙四十二年圣祖仁皇帝御定",在时间上就存在着矛盾。看来这可不是四库馆臣的误记,而是另有不同的算法。朱彝尊《合刻集韵类编序》曰:"……而通政司使巡视两淮盐课监察御史曹公奉命编香《全唐诗》,历五年所,较旧本广益三百馀篇,锓诸枣木,用呈乙览。"(《曝书亭集》卷三四)这种说法值得注意。编香《全唐诗》时,朱彝尊正在扬州纂修《两淮盐笑志》,与曹寅过往甚密,曹寅还曾面托他补缀《全唐诗》的事。因此,对于《全唐诗》的来龙去脉,朱氏定然知之甚悉,这里他在成书的时间上也另外作了考虑。按御制《全唐诗序》作于康熙四十六年四月十六日,在正统派文人看来,这是编刻完成的标志。由此上推五年,则是康熙四十二年。大约朱彝尊也认为纂修《全唐诗》的历史应从康熙四十二年算起,而这种提法和《四库全书总目》"提要"上的记载是一致的。由此可知,玄烨有意利用季振宜《全唐诗》而重行编纂,康熙四十二年时已有打算,但到五次南巡之后始告实现,中间也曾有过两年左右时间的酝酿。

季振宜《全唐诗》是什么时候进呈内府的呢? 史无明文,但可根据若干资料进行推断。陆陇其《三鱼堂日记》卷八记季振宜"没后,家即萧条",所纂《全唐诗》可能在他死后不久就流落出外。叶德辉《书林清话》卷九曰:"物聚必散,久散复聚,其后季氏之藏,半由徐乾学传是楼

---

① 俞梅为泰州人,故与扬州"就近"。道光十年王有庆等纂修之《泰州志》卷二十四"人物·文苑"内曰:"康熙四十二年进士,改庶吉士,旋丁内艰归。仁庙南巡,……又特命梅充维扬诗局纂修官,升编修。"

转入天府。"这部《全唐诗》的稿本大约就是这样进入清廷的。玄烨于康熙二十五年四月曾下诏访辑经史子集，特别指明寻求藏书秘帙，徐乾学善于钻营逢迎，这时将得到的季氏《全唐诗》稿本作为秘籍进呈，乃是顺理成章的事。徐氏殁于康熙三十三年，季氏稿本入宫之时应当在此之前不久。

御制《全唐诗序》曰："朕兹发内府所有《全唐诗》，命诸词臣合《唐音统签》诸编，参互校勘，搜补缺遗。"有人误解"所有"二字，以为玄烨曾将宫廷图书室内的各种唐诗版本都交给曹寅，供工作之需，因此今本《全唐诗》中保留了好多大内的珍本秘籍的面貌。这种解释没有历史材料可作证明。因为《全唐诗》的刻印一直在扬州地方进行，而曹寅在康熙四十四年五月初一日的奏折上说："臣寅恭蒙谕旨刊刻《全唐诗集》，命词臣彭定求等九员校刊。臣寅已行文期于五月初一日天宁寺开局。至今尚未到扬，俟其到齐校刊。"这时上距接受刻书任务之日已近一个半月，在此期间没有接到什么京城里运来的图书，否则他是一定会在折文中带上一笔，表示"顿首拜领""望阙谢恩"云云的。后来曹寅在奏折中也从未提到过此事。

由此可知，曹寅在扬州设局刻《全唐诗》时，从玄烨那里只领到一部季振宜的《全唐诗》。那部也起着重要作用的《唐音统签》，恐怕也是曹寅就近解决的。胡震亨的孙子令修、曾孙思黯刊刻《唐音统签》，时在康熙二十四年前后，曹寅想法求得已刻各集和未刊各集，在当时来说，不会太困难，不必仰求主子玄烨来供给这部书。现藏故宫图书馆的一部《唐音统签》，是范希仁的钞补本，范氏殁时年代略后，曹寅等人所用的《唐音统签》不可能是这部钞补本。玄烨《全唐诗序》上也只说"发内府所有《全唐诗》"，叫"诸词官合《唐音统签》诸编"参互校补；曹寅等《进书表》和宋荦的《迎銮三纪》上都说玄烨"颁发《全唐诗》一部"命加工刊刻，说明曹寅等人只是领到了一部作为校刻依据的重要底本——季振宜《全唐诗》。

季书传世绝少①。这样一部七百十七卷的巨著，自编纂到誊录，费时费工，任务很艰巨。或许进呈皇上的一部，就是誊录清楚了的留作底稿的一部②。此书也就成了曹寅等人工作时的底本。此稿后归邓氏群碧楼。邓邦述《寒瘦山房鬻存善本书目》卷六：“《唐诗》七百十七卷，一百六十册。清季振宜辑，钞本。”后言：“康熙四十四年南巡，诏刊《全唐诗》于扬州，以江宁织造曹寅董其役，而留翰林官彭定求等十人驻扬校勘。刻成，乃得九百卷，此书其底本也。观书面及中间朱笔墨签皆出当日编校诸臣之手。大抵付刊时别写正本呈进，此书仍即发还，故又流转入张钟岩、汪阆源诸家耳。”③这种假设是有道理的，但《全唐诗》刻成之后，季书底稿未必发还，迟至雍正年间，季振宜的《全唐诗》才别写正本进呈。现藏故宫博物院图书馆的这部《全唐诗》，墨格钞本，蓝绢封面，黄色书签，上题“御定全唐诗”，已似康熙时御定之书，是照刻印的《全唐诗》装帧的了。该书卷一六一“孙昌胤”避讳作

---

①　北京图书馆藏有清嘉庆二十年士礼居抄本《存寸堂书目》一种，计一卷。后有复翁（黄丕烈）跋，内称“是书所载多宋元旧抄本”，可知此书当是清代前期一位收藏丰富的藏书家的目录，然而以平江黄氏之熟悉书籍流通，也已不能确定存寸堂主人是谁。该书“四十二总集”内有“季振宜汇集《全唐诗》七百十七卷，一百七十二册，抄本，十六套”。然而后代也已无法追查此书下落。按后人编的各种荛圃题跋集子均不载《存寸堂书目跋》，亟应补入。

②　此稿上有“晚翠堂”“扬州季南宫珍藏记”“树园图书”“扬州季沧苇氏珍藏记”“大江之北”“杏花春雨江南”诸印，珍惜宝重可知。这样的集子，季振宜自己把它用来进献给皇帝，看来可能性不大。

③　汪阆源是继黄荛圃之后出现的一位著名藏书家，传世有《艺芸精舍书目》一种，“庚字号”内载有“季抄《全唐诗》，一百六十册，六函。”张钟岩是一位不太知名的诗人，其事迹略见于光绪七年程其珏等纂修之《嘉定县志》，卷一九“文字”内曰：“张锡爵，字担伯，一字钟岩，补吴江诸生，入国子监，以诗名。……晚号钝闲诗老，乾隆癸巳卒，年八十二。”不知扬州诗局的这份底稿何以会流落到他手里？

"肯",可证这部重新誊录的"正本"已是雍正年间的钞本。这时曹寅已死,大约是曹頫命人补做这项工作的了。

季书深锁内廷,外人自然无法窥及。那部修书用的底稿,不知何时流落民间?因为此书已经加上了"御定"的尊称,玄烨等人存心利用它沽名钓誉,因此藏书家都不敢冒犯"天威",揭穿此中秘密。尽管此稿乃天壤间罕见秘本,但汪士钟等人也不敢贸然有所记叙。直到辛亥革命前夕,清政权摇摇欲坠之时,邓邦述才敢于把此书情况写入目录书中,而这一段修书的曲折经过方才为人了解。

《全唐诗》迅速刻成之秘密

曹寅在康熙四十四年七月初一日的折子中说:"奉旨校刊《全唐诗》翰林彭定求等九员俱于五月内到齐,惟汪士铉尚未到。"这些翰林官到任之后,行动仍很随便,看来一直驻局工作的人很少。彭定求六世孙祖贤编《南畇老人年谱》,载定求于康熙四十四年奉特旨命为《全唐诗》校刊官,五月赴诗局,九月暂归;次年二月赴诗局,九月暂归;十月复至扬州,十一月归;四十六年正月赴扬州,校《全唐诗》毕,五月回籍。(附《南畇诗稿》后)查嗣瑮《锡山道中》有句云:"一枕扬州梦乍醒,三年此地九曾经",原注:"奉命校书维扬,自乙酉至丁亥竣事归,凡九往返。"(《查浦诗钞》卷八)汪绎于康熙四十四年五月到局,七月又归虞山老家,见查嗣瑮《东山将归常熟》(《查浦诗钞》卷八)和汪绎《次韵答忍斋查浦送别》(《秋影楼诗集》卷九《邗江集》)等诗。其他参与校刊者的情况谅亦如此。曹寅在康熙四十五年七月初一日的折子中说:"所有众翰林有病及告假者俱令回本籍,无事者俱在扬州校刊。编修汪绎素有血症,在诗局陡发旧恙,即令回籍调养,于五月内身故,臣已为料理营护后事讫。目下在扬州校刊者:彭定求、杨中讷、汪士铉、徐树本、俞梅共五人。"可见诗局中的常驻人员一直是不太多的。

这些翰林官员都是所谓门第才华出众的人,如徐树本是徐元文之子,徐乾学、徐秉义之侄;查嗣瑮是查慎行、查嗣庭之弟;潘从律家上下三代"一门四进士";汪士铉家兄弟四人称"吴中四汪"。以他们的科举出身而言,彭定求是康熙十五年的会元、状元,杨中讷是康熙三十年的传胪,汪士铉是康熙三十六年的会元,汪绎是康熙三十九年的状元。这样的人聚在一起,那诗局内部的酬酢,地方官绅的逢迎,诗酒唱和,吟花弄月,那种封建文人的处世常态,是可想而知的。他们的集子里还记载着许多这方面的应酬之作。这些活动必然也要占去他们驻局工作时的很多时间。

御定《全唐诗》共九百卷,篇幅巨大,加工任务很重。工作之始,先要拟订"凡例";每篇诗歌,都要经过校勘;每位诗人,都要作一小传。但这十位翰林官员,你来我往,用名士的作风办事,却取得了效率很高的工作效果。康熙四十四年五月初一日开局后,到了四十五年初,曹寅就已很有把握地预言年内可以结束全书的刻印工作了。他在二月二十八日的折子中说:"又诗局翰林官等校修唐诗,今年可以竣事。"到了七月一日又上折曰:"遵旨校刊《全唐诗集》,目下刊刻只剩五百馀页,大约本月内可以刻完,八月内校对错字毕,即可全本进呈。"到了九月十五日上折时就说:"今有刻对完《全唐诗》九十套,进呈御览。其馀俱已刻完,月内对完,即行刷印进呈。"计自上年五月开始工作,至此还不到一年零五个月,这部刻印极精的集子基本上就宣告完成了。

比较起来,初唐和盛唐部分的成书速度尤比其他部分为快。康熙四十四年十月二十二日,曹寅已经刻出了数十家诗集,并且准备了样本,进呈御览。他在折子中说:"校刊《全唐诗》,现今镂刻已成者,臣先将唐太宗及高、岑、王、孟肆家刷印,装潢一样贰部进呈。其纸张之厚薄,本头之高下,伏候钦定,俾臣知所遵行。尚有现在装潢数十家,容臣赴京恭谢天恩，赍捧进呈御览。"这时上距设局不过五月略过，中间还有商讨"凡例"、分配任务等事，而竟然能够刻成这么多的集子，不可谓进度不神速了。

原因何在？因为曹寅等人采取了取巧的工作方法。

《全唐诗》的初唐、盛唐部分利用了《唐诗纪》的成果

拿御定《全唐诗》和季振宜《全唐诗》比较，可知前者在很多地方差不多是照抄后者而成的。这样，速度当然会快起来了。

但曹寅等人又为什么要把唐太宗和高、岑、王、孟的集子作为样本呢？这里他们是经过一番斟酌的。因为季振宜的《全唐诗》中初唐和盛唐部分的基础特别好，所以他们迅速地加以刻印，并且挑选了初唐第一人的唐太宗和盛唐名家王、孟、高、岑四家的集子作为样本。

季振宜的书是以钱谦益的稿本作为基础的。季振宜《唐诗叙》上说："顾予是集窃有因矣。常熟钱尚书曾以《唐诗纪事》为根据，欲集成唐人一代之诗。盖投老为之，能事未毕，而大江之南，竟不知其有此书。予得其稿子于尚书之族孙遵王，其篇帙残断，亦已过半，遂踵事收拾，而成七百一十六卷。"说明这部唐诗集子是以钱谦益的残稿作为基础而加工成的。钱谦益的人品可以争议，但他对唐诗的研究却饶有心得，晚年作此唐诗总集，必然具有较高的水平。季振宜藏书丰富，精鉴名家，对唐诗也有丰富的知识。他聘请了汪、杨、徐三人帮助[1]，经过

---

① 潘承厚编《明清藏书家尺牍》，内有季振宜手简影印件，叙编纂全唐诗事。此简原粘装于《唐诗》稿本后，邓邦述揭取奉赠潘氏而辑入。文曰："贾岛一本，共计四卷，呈送汪、杨、徐三位老爷阅过，方可发写，写就仍送本寓校订字画，方可上板，以免刻成改补之患。此本内有平曾诗三首，不可接写，移出送汪老爷另编入集可也。嗣后凡我送来之诗，具送三位老爷阅过发写，毋得草草取咎。要紧！要紧！"

据。四库全书馆臣撰写《唐诗纪》的"提要"时,好像同样不知道这重公案,因而对御定《全唐诗》则大肆吹捧,对《唐诗纪》则三言两语轻轻带过,可谓数典忘祖了。

所可惜者,《唐诗纪》只编出了初唐、盛唐两大部分。曹寅等人编书时虽恪遵"圣训",沿袭钱稿、季书体例,不以初、盛、中、晚分期,但仍照录《唐诗纪》中的初、盛两大部分。在曹寅等人来说,季书与《唐诗纪》的关系,应该是了解的,但却秘而不宣,则似有意为之。他们提到季振宜《全唐诗》时也含糊其辞,不提编者姓氏,恐怕也是存心欺世盗名而故意昧厥所由的吧。

御定《全唐诗》中的《李白集》和《杜甫集》体例特殊

曹寅在康熙四十四年七月初一日的奏折上介绍了翰林官们陆续到达诗局的情形后说:"臣即将《全唐诗》及《统签》按次分与,皆欣欢感激,勤于校对。"可见当时采取分工负责的措施。全书体例商定后,就各自编校分到的那一部分诗篇了。

汪绎《和忍斋校书述怀叠韵见示》诗曰:"唐贤千八百,分校百之十。"(《秋影楼诗集》卷九《邘江集》)他们是把季振宜《全唐诗》作为工作底本的。季书共收一千八百九十五人,所以这里称"唐贤千八百";全书由编校十人分派,每人负责一百八十多位诗人的作品。看来他们是先校初、盛两部分的唐诗,这一段落工作结束后,才转到中、晚部分去的。

朱彝尊《寄查德尹编修书》曰:"比得书,知校勘《全唐诗》业已开局。近闻足下先取杜少陵作,审其字义异同,去笺释之纷纶,而归于一是。"(《曝书亭集》卷三三)可见校书伊始就在整理杜甫的诗。杜诗是唐诗的代表,曹寅为什么不把整理过了的杜诗作为样本进呈呢?

季振宜《全唐诗》中的李、杜二集具有特殊性。这两家的集子不是依据《唐诗纪》编校成的。季振宜很钦佩钱谦益，《全唐诗》中的《杜工部集》用的就是钱氏《杜诗笺注》本（钱注用吴若本为底本），为此季氏还破了自订的体例，采入了钱谦益的笺注。等到查嗣瑮依据季书整理杜甫诗时，为了统一全书的体例，把笺注文字删节改写，有的条目则用校注的形式出现。御定《全唐诗》中保留着的这一特殊情况，泄漏了它原出于钱谦益残稿的秘密。

与此相似，季书《李翰林集》也不用《唐诗纪》作底本，而用萧士赟的分类补注本。这样当然不能作为样本进呈皇上审阅了。

御定《全唐诗》中的中、晚唐部分加工较多，利用了《唐音统签》的成果

曹寅在康熙四十四年七月初一日的奏折中还说："再中、晚唐诗尚有遗失，已遣人四处访觅，添入校对。"这是因为中、晚唐诗缺少像《唐诗纪》一样可靠的底本，所以曹寅和众翰林们不得不访求善本多所加工了。

自严羽在《沧浪诗话》中提倡盛唐诗歌之后，经过前后七子的大力鼓吹，在明清文坛上一直占有重要的地位，刻印这一时期作品的人很多，搜集的材料也较全备，这就为编印初、盛两个时期的诗集提供了很大的便利。相形之下，中、晚时期的唐人诗集就较难得而不易搜全。季振宜在《全唐诗》卷二三九后加按语曰："《权载之集》世无善本，校雠之际，不能释然于衷。"可见他当时就感到了"尚有遗失"的缺憾。

曹寅结交多名士，与藏书家有交往，自己也喜欢收藏图书。《楝亭书目》卷八"诗集"内载唐诗总集、选本、注本多种，卷九"唐人集"内收唐诗别集多种，中多宋本、旧本。徐用锡《圭美堂集》卷二〇《字学札记》下言徐乾学有宋版数十家唐诗，后为曹寅所得。李文藻《琉璃厂书

肆记》曰："夏间从内城买书数十部，每部有'楝亭曹印'，其上又有'长白敷槎氏''董斋''昌龄图书记'，盖本曹氏而归于昌龄者。昌龄官至学士，楝亭之甥也。楝亭掌织造、盐政十馀年，竭力以事铅椠。又交于朱竹垞，曝书亭之书，楝亭皆钞有副本。"说明曹氏一直注意搜集唐诗善本。这次奉旨校刻《全唐诗》，必定用上了这些珍贵的藏书。

拿御定《全唐诗》和季振宜《全唐诗》比较，可知中、晚唐各家的集子众翰林们加工的分量要大得多。御定《全唐诗》的初、盛唐诗各家集子中的诗篇次序和季书几乎全同，到了中、晚唐各家时，有些诗人的诗篇次序乱了，如罗隐的诗，就有很大一部分诗的次序不同于季书；如郑谷的诗，诗篇次序差不多全不同于季书。

常见的情况是：季振宜《全唐诗》搜录诗篇不全，御定《全唐诗》给补上了好些，例如《胡曾集》在《彭泽》一诗之后给补上了《涿鹿》《洞庭》《幡冢》《塗山》《商郊》《傅岩》《巨桥》《首阳山》《孟津》《流沙》《邓城》《召陵》《绵山》《鲁城》《骊骊陂》《夹谷》《吴宫》《摩笄山》《房陵》《濮水》《柏举》《望夫山》《金义岭》《云云亭》《阿房宫》《沙丘》《咸阳》《废丘山》《广武山》《长安》《鸿门》《汉中》《泜水》《云梦》《高阳》《四皓庙》《霸陵》《昆明池》《回中》《东门》《射熊馆》《昆阳》《七里滩》《颍川》《江夏》《官渡》《灞岸》《濡须桥》《豫州》《八公山》《下第》《赠薛涛》等诗，《司空图集》在《李居士》一诗之后给补上了《杏花》《白菊三首》《听雨》《杨柳枝二首》《修史亭二首》《漫书》《杂题二首》《题休休亭》《冯燕歌》《寄薛起居》《月下留丹灶》《元日》《洛阳咏古》等诗，这就和季振宜《全唐诗》的情况大不相同了。御定《全唐诗》的内容要丰富得多。

补充这些诗篇的时候，众翰林们必然用上了曹家藏书和征集到的各种集子，同时不应忘记的是，《唐音统签》在补佚的工作中起了重要的作用。胡震亨《唐音统签》共计达一千零三十三卷，分量大，搜罗全，季书原缺的诗篇有的可在胡书中得到补充，例如上举胡曾的"咏史诗"，就是以季书为基础，再用胡书补充而成，连诗篇的次序也几乎全同。有些季书原缺的集子，也是直接用胡书中的集子补充的，如《殷尧藩集》即是。由于编书时具有上述各种有利条件，众翰林们仍然可以用很短的时间完成中、晚唐诗的校刻工作。

这里可以附带说明一下，尽管曹寅等人花了很大的力量为季振宜《全唐诗》的后半部分作了加工，但在御定《全唐诗》中，中、晚唐诗部分仍然编得水平较差。朱彝尊《潜采堂书目四种》之一《全唐诗未备书目》列出了一百四十种左右的集子，中、晚唐诗要占到百分之九十五以上。后代陆续发现的一些唐诗集子，凡御定《全唐诗》所未收者，多半是中、晚唐诗人的作品。这与编校者凭藉的底本这一部分基础较差有关。

季振宜《全唐诗》主要录取完整的诗篇，很少保存零章碎句，胡震亨《唐音统签》则细大不捐，搜罗全备。《四库全书总目》的御定《全唐诗》"提要"上说此书"又旁采残碑、断碣、稗史、杂书之所载，补苴所遗"，以此归功编校官众翰林们，张冠李戴，是不公正的。因为御定《全唐诗》中所辑佚句只是承袭了胡震亨的研究成果。胡书在各家之后大都录有散佚的诗篇和零章碎句，这些地方胡氏下了很大的功夫，御定《全唐诗》的编校者们于此没有作出什么补充，例如《太宗集》后有佚句三四条，《王维集》后有佚句一条，《孟浩然集》后有佚句二条，《岑参集》后有佚句一条，御定《全唐诗》只变动了注中的个别字句，照录不误。胡书《高適集》后无佚句，御定《全唐诗》亦无。可见众翰林们在辑佚上没有付出什么劳动，四库馆臣对打着"御定"招牌的官书盲目吹捧，不符合事实。

总的看来，御定《全唐诗》的编纂工作仍然是以季振宜《全唐诗》为底本而进行的。即使是加工较多的中、晚唐诗部分，尽管各家集子中的诗篇有些作了变动，集子后面补充了一些零章碎句，但全集的次序，仍然是以季书的原有次序为基础的。这只要多核对几家集子就可明白了。但《唐音统签》一书在编纂工作中也起了重要的作用,特别表现在中、晚唐诗的补佚和全书的补充零章碎句方面。御定《全唐诗》确是以季振宜《全唐诗》和胡震亨《唐音统签》为基础而编校成的。

御定《全唐诗》编校工作中存在着的缺点

近代一些研究唐诗的专家不满于御定《全唐诗》的编纂而又觉得必须利用这一重要的文学遗产,因而不断有人提出整理《全唐诗》的建议。御定《全唐诗》篇幅巨大,问题繁多,要整理好这书,也不是件容易的事。但如利用季振宜《全唐诗》和胡震亨《唐音统签》二书,适当地恢复其原有的优点,就可使读者获益不少。

这里就得对御定《全唐诗》中存在的问题作些分析。

御定《全唐诗》的初唐、盛唐部分基础较好,例如其中的《高適集》,可以说是现存《高常侍集》中最好的一种本子。用这个本子和其他的本子比较,御定《全唐诗》本多出佚诗四首,其中《途中酬李少府赠别之作》一首,有诗四句见葛立方《韵语阳秋》卷一一,可证此诗并非赝作;《玉真公主歌》二首,见洪迈《万首唐人绝句》七言卷四;《自淇涉黄河途中作十三首》中"皤皤河滨叟"一首,见《文苑英华》卷二九二,当可信据。但这些诗篇在其他本子中都散佚了。御定《全唐诗》中还保存着很多高诗原注,可作知人论世之助。这些从《唐诗纪》中承袭下来的优点,在御定《全唐诗》初、盛唐部分的其他诗中也或多或少地保存着。但从《唐诗纪》起,也已存在着识别不精而误收他人之作的情况,例如《重阳》一诗,原是宋代程俱的作品,见《北山小集》卷九;《听张立本女吟》一诗,原出《太平广记》卷四五四引《会昌解颐录》,吴琯等人都误认为是高適的诗而录入,一直到御定《全唐诗》中,都还承袭着这些错误。比较起来,御定《全唐诗》中这种情况尤为多见,特别是在中、晚唐诗部分，为求"全"而辑入的不可靠的诗歌更多。整理《全唐诗》时，应该力所能及地作些考订。

参加御定《全唐诗》编校工作的翰林官员原是一些在家闲居的文士。他们参与这部官书的修订，因为王命在身，态度还算认真。彭定求《次徐忍斋编修原韵述怀》诗曰："疲腕勉为舒，昏眸庶复拭。"(《南畇诗稿·乙酉集下》)汪绎《和忍斋校书述怀叠韵见示》诗曰："勘雠俨对簿，出入多恐失。"只是他们的精力花在这上面的时间太少，而对版本和文字等校勘方面的基本要求未必有什么深厚的基础，急于成书，采取了走捷径的工作方法，这就把原书的某些优点反而丢掉了。季振宜《全唐诗》的校勘有的附有说明，注明原出处，如《河岳英灵》作某、《文苑英华》作某之类，信而有徵，是很好的体例，但御定《全唐诗》中却常是给删去了。大约这些翰林官们怕麻烦，嫌工作量大，不愿意一一覆核原书，但若照抄季书则又怕出现以讹传讹的笑话，于是他们把出处删去，改成"一作某"等提法。这样，他们的工作确是省便多了，但读者如要寻根究底，可就难于核对明白了。

和季振宜《全唐诗》、胡震亨《唐音统签》比较，御定《全唐诗》中也多出了些校记，这些当然是编校者的考订成果，说明他们多方搜集材料之后已经用上了这些材料。但这些校勘仍然没有注明出处，因而对它的可靠性也就很难进行判断。有些校勘可以追查到出处，而从这些例子中显示出校勘者的水平不高。例如，《王维集》中有《送高道弟耽归临淮》一诗，诗题中的"道"字，顾起经奇字斋本改作"适"，其后凌濛初朱墨套印本沿用了这条考订成果，还采录了顾氏原注："一作道，非。"御定《全唐诗》编校者完全接受了上述意见，校语照录无误。实则顾起经在改字时还颇费斟酌，卷首《正讹》曰："《送高道弟耽归临淮》，耽本无传，而适系淮人，诸本概作高道，今姑因适传正之作适。"顾氏的考订很疏陋。高适的郡望是渤海，未仕前常寓宋中，何以谓之淮人？

而顾氏在诗题的注中却说:"高适沧州渤海人,意临淮、渤海旧同郡地。"这就离事实更远了。顾氏自知这样改动文字没有多大根据,故而提出建议时词气还是商榷性的;凌濛初虽有多方面的才能,但学识并不笃实,改字也不审慎。御定《全唐诗》编者对王维和高适的历史没有什么研究,照录前人并不可靠的结论,也就影响到了成书的水平。但可想见,编校者们利用各种本子校勘时,振笔直书,没有作什么推敲,因而仍然保持着很高的速度。

季振宜《全唐诗》中的诗人小传确嫌文字繁冗,如李白和杜甫两家的传记,人各一卷,而所用的材料则比较平常。胡震亨《唐音统签》中的各家诗人小传有特色,里面引用了很多可贵的材料,除两《唐书》外,还引用了杂史、笔记、地志、诗话及各家别集,并对这些材料作出了翔实的考订。他还采辑了许多诗人的逸闻轶事,附入小注,供学习时参考。胡氏引用的材料大都注明出处,其中好多文献今已亡佚,因而弥足珍贵。传末还叙录各种集子在《唐书》、《宋史》、晁公武《郡斋读书志》、陈振孙《直斋书录解题》、马端临《文献通考·经籍考》等书上的记载,卷数多少,篇目存佚,大都作出介绍和考证。有时还注明《唐音统签》编辑时援用的版本,以便读者检核。这种严谨的治学态度,提供了许多可靠的研究成果,有益于唐诗的学习。御定《全唐诗》的编者删繁就简,在统一全书体例上有成功之处,而且个别地方考订得更精确了,但却删去了许多可贵的资料,而且抹去了材料的来源,给研究工作也带来了不便。整理《全唐诗》,如何恢复《唐音统签》中诗人小传的特色,可以多作些考虑。或许可以这样说,拿《唐音统签》中的诗人小传汇编成集,单独刊行,也具有一定的价值。

上述各点,都是御定《全唐诗》仓促成书而带来的不足之处。总的说来,御定《全唐诗》本身仍然具有很高的价值,这是因为作为它的前身的季振宜《全唐诗》和胡震亨《唐音统签》都是集大成的著作,基础良好,所以承袭两家成果的御定《全唐诗》一书其学术价值仍不应忽视。但因编刻者急于求成,琢磨的时间不够,只求省便而不愿多下苦功,反而降低了著作的学术水平。

御定《全唐诗》为什么要歪曲事实

从上面一些叙述中,也可看出四库全书馆臣在给御定《全唐诗》作"提要"时有故意歪曲事实之嫌。季振宜的《全唐诗》和胡震亨的《唐音统签》二书都是扬州诗局工作时的主要依据,但在开始分派任务时,则是以季书为底本,御定《全唐诗》中各家诗人集子中的作品编次差不多都照袭季书,因此,季振宜《全唐诗》是更为重要的编写依据。"提要"中说御定《全唐诗》"以震亨书为稿本,而益以内府所藏《全唐诗集》",把主次给颠倒了。应该说,御定《全唐诗》以季振宜《全唐诗》为稿本,而益以胡震亨《唐音统签》,这才合乎事实。

四库全书馆臣为什么要故意颠倒事实呢?这可能与当时的政治情况有关。玄烨把季振宜的书交给曹寅刻印,提到季书时不提编者姓名,曹寅等人也不提该书具体情况,颇有存心攘人之美的嫌疑。到了乾隆时,钱谦益已声名狼藉,朝廷明令禁毁他的著作,这样也就不能不影响到季书的地位,因为季书原是承袭钱氏的残稿而编成的。四库全书馆臣了解这种情况,自然不便强调季书的重要作用了。"提要"中所以含糊其辞地降低《全唐诗集》的地位,或许就是这些原因造成的。

季书孤本单行,久遭沉湮,到了近代才逐渐为人所知,但了解情况的人毕竟不多,因而在御定《全唐诗》的成书问题上还有种种错误的说法。今将所知的一些情况缕述如上,希望对事实的真相有所阐明。

(原载《文史》第八辑,1980 年)

御定《全唐诗》的时代印记与局限

御定《全唐诗》中存在的问题，经过学术界的多方抉发，已有共识，其大要有如下数端：一、缺收较多，二、误收严重，三、互见迭出，四、不注出处，五、校勘粗疏，六、小传简陋，七、编次失当，等等，每一个方面都可以举出大量例证，今不赘述①。

这些问题是怎样产生的呢？原因当然很多，但可概括地说这是时代局限的反映。

纂修《全唐诗》的时代背景

满洲贵族入主中原，因其原来的文化水平较低，需要经过一段时间逐步加以提高，接受中原地区向占主导地位的汉族文化，因此清世祖福临在位之时，没有筹办过什么大型的文化活动。况且这时各地尚有拥护明室后裔的军事活动在继续，官僚队伍中满汉的畛域尚未泯合，倾轧时生，统治者无法在文治上投入更多的力量。

清圣祖玄烨是中国历史上最为杰出的帝王之一，文治武功均有可观。他勤奋好学，接受中华传统文化的熏陶，达到了很高的水平。在他继位初年，致力于排除本族勋旧对他的控制，中年以后，天下大定，也就逐渐转到偃武修文的路子上来。他要通过若干措施，表明满族建

---

① 参看陈尚君、罗时进《〈全唐诗〉的缺憾和〈全唐五代诗〉的编纂》，载《古籍整理出版情况简报》第256期，1992年3月20日，中华书局发行。需要说明的是：上述缺点常有交叉的情况，例如互见类中甲方之诗若确属其所作，则乙方之诗实为误收。

立的王朝符合正统规范,文治之隆不下前代。除按改朝换代后的惯例纂修前代历史外,敕修之书达四十馀种,其中又以《全唐诗》的规模为最大。

唐代是中国历史上诗歌最为发达、成就最为突出的时期,流传下来的众多作品,一直受到文士的重视和喜爱。康熙四十五年徐倬编《全唐诗录》一百卷呈上,玄烨大喜,作序褒扬,赐金刊版。其时玄烨正命曹寅组织人力在扬州编纂《全唐诗》,两种唐诗集子同时完成,并且得到帝王的揄扬,可见此亦一时风会。玄烨大力提倡唐诗,当是以为自己的文治武功可以继轨唐人。

《全唐诗·凡例》之一曰:

> 唐高祖《赐秦王》诗云:"圣德合皇天,五宿连珠见。和风拂世民,上下同欢宴。"见于《册府元龟》。明胡震亨谓唐初无五星联聚之事,疑其伪托,今删去,断自太宗始。且一代文章之盛,有所自开。

胡震亨《唐音统签》中的《甲签》卷一此诗按语虽对此诗有所怀疑,但对首列高祖此诗则持坚定的态度。《唐音癸签》卷三一《集录》二叙初、盛《唐诗记》时,指责吴琯"草草付梓","至于遗漏之多,开卷即失一高祖诗,他何论!"季振宜《唐诗》亦列高祖《赐秦王》于全书之首,御定《全唐诗》则径行删去。这样做,目的是在落实"一代文章之盛,有所自开"之说,而这显有以古喻今之意。因为唐高祖初创帝业,文治未兴,要到太宗之后,才筹办起好几项大型的文化事业,这与清初情况极为相似。曹寅等人在《进书表》中颂扬玄烨"武功定而载戢干戈,文教敷而爰稽典籍",点明了其时方针大计的改变轨迹。

由此观察御定《全唐诗》的编纂,将其置于清初的时代背景下加以透视，可知此中实有深刻的用意①。

综观玄烨举办的一些文化事业，以"御定"名义编纂的若干著作，虽似气势很大，但很难说是通过严密的组织工作、作出巨大的努力而完成的皇皇巨制，这与高宗弘历集合学界精英纂修《四库全书》的伟大事业未可相提并论。玄烨得到了季振宜《唐诗》的稿本，面交曹寅，谕其再用胡震亨《唐音统签》作补充，纂成《全唐诗》九百卷。此书因有明、清两代集大成的两种本子作基础，工作的难度本来不大，而从曹寅等人介绍季书时隐约其词的情况来看，目的当然是把功绩归于皇上。他们接受这项任务，只花了一年零五个月就大功告成，目的是在追求速效，玄烨对此极为满意，因为这正与他急于在文治上有所表现的愿望相符。

曹寅主管的江宁织造署，属内务府管辖，因此他的身份本是一位事务官员，而非文学侍从之臣。玄烨命他主持编纂御定《全唐诗》，可见其地位之特殊，曹寅为正白旗人，说明他虽为汉族，但早已隶属满族八旗编制。曹家的身份为"包衣"（满族中奴仆的称呼），曹寅的母亲为玄烨的乳母，可见其与主子关系的深切。曹寅祖孙三代"世袭"江南织造，又曾兼管两淮盐务，这些都是享有很多经济特权的肥缺，说明玄烨对他的垂顾，让其能有财力开展各项特殊活动。因为曹寅本人能诗善曲，在士人中颇具声望，而从他在江南结识了不少明代遗民，如钱澄之、杜濬、杜岕、顾赤方等，还结交了诗人曲家朱彝尊、施闰章、洪昇等，可见其交游之广。他曾多次奏报玄烨之师熊赐履病故、家产及生活情况，多次奏报江南科场案情，可见其对文教方面动态之关注。玄烨在康熙四十三年七月二十九日《江宁织造曹寅奏谢钦点巡盐并请陛见

---

① 参看陈修武《〈全唐诗〉的编校问题》，台湾《书目季刊》第九卷第一期，1975 年 6 月。

折》后批曰：“倘有疑难之事，可以密折请旨。凡奏折不可令人写，但有风声，关系匪浅。小心，小心，小心，小心。”又在康熙五十七年六月初二日曹頫请安折尾批曰：“念尔父出力年久，故特恩至此。虽不管地方之事，亦可以所闻大小事，照尔父密密奏闻。”可知曹寅的地位不同于一般的行政官员。江宁织造署实际上是玄烨安置在江南的一所情报机构，曹寅肩负着在文化阵线上联络江南文士的重任[1]。

满洲贵族入主中原，在统一全国的过程中，曾经激起汉族人士强烈反抗，江南地区被镇压践踏的情况尤为惨烈。而自唐代起，江南一带逐渐发展为全国经济最为富饶之区，文化上也最为繁荣。明亡之时，福王朱由崧在南京嗣立称帝，发生过很大的影响。因此，玄烨即位之后，曾经先后六次去江南巡视，目的之一就在消除江南士人中的敌视情绪。应该说，康熙四十四年第五次南巡时，满汉畛域至少在表面上已经泯灭，士人中的反抗情绪也已大体消除，但玄烨携季振宜《唐诗》前来，命曹寅在扬州刊刻，则仍是前此政策的延续，笼络江南士族中人，让他们参与新朝的文治。

考察御定《全唐诗》编校人员十人的家世与身份，就可看出这项活动的深层用意。一般说来，江南多书香仕宦世家，而参与此书编纂的这十人中有些人的情况尤为突出，与清王朝的关系颇为深切。

彭定求为江苏长洲人。父彭珑，以礼法持家，卓有声誉，江藩《彭珑记》曰：“彭氏在明时，仕不过七品，自珑以后，一门鼎贵，为三吴望族。珑治家整肃，至今子弟恪守庭训，不逾规矩，有万石之遗风。江南世禄之家，鲜克有礼，当以彭氏为矜式焉。”（《碑传集》卷九〇）

杨中讷为浙江海宁人。其父杨雍建，有直声，顺治、康熙两朝均深

---

① 参看周汝昌《红楼梦新证》第七章《史事稽年》，人民文学出版社 1976 年版。李希凡《关于江宁织造曹家档案史料·前言》，中华书局 1975 年版。

得宠信,其后子孙繁昌。朱彝尊《光禄大夫兵部左侍郎杨公(雍建)神道碑铭》曰:"天之报施,于善人厚,子孙绳绳,各佩章绶,百禄攸宜,克昌厥后。"(《曝书亭集》卷七一)

潘从律,江苏溧阳人。其父曾玮注意培植子弟,子八人,孙三十人,均成大器,邑人拟之万石君家,遂成溧阳望族。从律奉诏校刊《全唐诗》前后,已是一门四进士了①。

汪士铉,江苏长洲人。弟兄四人均有文名,长兄汪份,弟汪俊,均曾入翰林任编修。沈彤《右春坊右中允汪先生士铉行状》曰:"自先生入翰林及预讲幄,每奏对进讲,献所为诗若文,多有裨政治,不徒以闳博辨丽为能,以故上特重其才与志,频加褒宠,赐御书、砚笔、珍馔、瓜果、金帛甚厚,且骎骎欲大用之,以观其效。一时知遇莫与比伦。"(《碑传集》卷四七)

徐树本,江苏昆山人。在参与编校工作的十人中,他的家世最为显赫。伯父徐乾学、父徐元文、叔徐秉义,皆与清室关系深切,不待详论。

车鼎晋,本为湖南邵阳大族,后徙家江宁。其父车万育,任谏官二十馀年,直声震天下,深得玄烨赏识。玄烨南巡时,曾特命召见,车鼎晋廷对时,玄烨亦曾表示顾念其父。而当玄烨五次南巡时,万育已逝,玄烨又复召鼎晋问其父病殁详情,并谕令葬江宁,恩宠有加②。

查嗣瑮,浙江海宁人。查氏为海宁望族,明清之际人才辈出,且均以诗文知名。

俞梅,江苏泰州人。其父俞濒曾候选中书。康熙四十四年南巡召

---

① 潘曾玮事见史炳等纂修《溧阳县志》卷一一《人物志·宦绩》,嘉庆十八年成,光绪二十二年重刊。潘氏一门科举名录见同书卷一〇《选举制·进士》。

② 车万育事见熊赐履所撰墓志铭,载《国朝耆献类徵》初编卷一三四《谏臣》二;车鼎晋事见王文清所撰墓志铭,载《国朝耆献类徵》卷一二一《词臣》七附录。

见俞澂,温纶嘉奖,御书"耆年贻榖"匾额以示褒宠①。

从上述介绍中不难看出这些编校官的家族在江南地区的地位,以及这些家族与满清新建王朝的关系②。

佚名《圣祖五幸江南全录》载康熙四十四年三月二十日"赐苏州各乡绅彭定求等每位茶食、满点一盘",并夸彭曰"汝学问好,品行好,家世好,不管闲事",定求《南畇诗集·乙酉集上》有《三月二十日行在奉旨校刊〈全唐诗〉》诗;又《圣祖五幸江南全录》记载三月二十二日"传上谕,谕江抚宋行文召翰林汪士铉、汪绎、徐树本,钦召纂修书史"。可知上述四人为玄烨首先考虑纂修此书的合适人选,彭定求与汪绎为状元,汪、徐二人则与皇室的关系特别深切。

这十名编校人员都是闲散居家的在籍翰林,也就是一些逍遥自在的乡绅,由这样的人负责编书,自然不能过于紧张,把时间拖得太长。从曹寅的奏折与各家诗文记载来看,其时常驻书局工作的人不多,因为十人都在江浙两省居住,交通方便,因此不时有人回家。查嗣瑮《查浦诗钞》卷八《锡山道中》有句云:"一枕扬州梦乍醒,三年此地九曾经",自注:"奉命校书维扬,自乙酉至丁亥竣事归,凡九往返。"其他人的情况大体相同。康熙遴选这样一批人物办事,也就是利用他们的才干,追求速效,而并不打算在质量上提出很高的要求,让他们进行艰苦的整理工作。

这十名科举场中春风得意人物,其科名的世次是:彭定求为康熙十五年(1676)会元、状元,沈三晋为同年二甲二名进士,潘从律为康熙十六年(1677)解元、二十一年(1682)进士,杨中讷为康熙三十年

① 俞氏父子事见王有庆等纂修《泰州志》卷二四《文苑》,道光十年刊。
② 参看罗时进《〈全唐诗〉十编校叙录》,中国唐代文学学会成立十周年国际学术讨论会论文。

(1691)传胪,汪士𬭎为康熙三十六年(1697)会元、传胪,徐树本为同年二甲二名进士,车鼎晋为同年二甲三名进士,汪绎为康熙三十九年(1700)状元,查嗣瑮为同年进士,俞梅为康熙四十二年(1703)进士,他们具有这样的经历,也就会在编纂《全唐诗》时留下鲜明的印记。御定《全唐诗》凡例之一曰:

> 唐人世次前后,最为冗杂,向来别无善本,《全唐诗》及《唐音统签》亦多讹谬,应以登第之年为主。其未曾登第,及虽登第而无考者,以入仕之年为主。
> ······

这一体例,季振宜《唐诗》与胡震亨《唐音统签》均未提及,显然是这些翰林注重登第年辈的观点的反映。唐人以进士及第为重,而不论进士、明经、制举出身,均对唐代士人的仕进有甚大影响。从这一角度来说,重视文士登第之年,自然是有道理的。但同一时期的人有的少年登第,有的晚年登第,时间可以隔得很远,据以编排世次前后,就会发生很多问题。例如高适,前期蹭蹬不遇,直到五十岁时才应有道科登第,因此御定《全唐诗》将其列于韦应物、包佶、李嘉祐、皇甫曾等人之后,实则高适要比这些人年长得多。高适是典型的盛唐诗人,后者则应列为中唐作家,如以登第之年为序,自难以看出诗风的递变。《新唐书·赵宗儒传》曰:"[赵骅]敦交友行义,不以夷险易操。少与殷寅、颜真卿、柳芳、陆据、萧颖士、李华、邵轸善,时为语曰:'殷颜柳陆,李萧邵赵',谓能全其交也。"其中萧、李、赵、柳四人同为开元二十三年(735)进士,颜真卿为开元二十二年(734)进士,邵轸为开元二十五年(737)进士,然而殷寅则迟至天宝四载(745)始登进士第,御定《全唐诗》列赵骅诗为第二函、九册、一二九卷,颜真卿诗为第二函、二册、一五二卷,李华诗为第三函、二册、一五三卷,萧颖士诗为第三函、二册、一五四卷,殷寅诗为第四函、八册、二五七卷,前后间隔甚远,或许就是考虑到登第之年不同。但诸人既自少交好,则早在登第之前应当就已开始磋磨诗艺,后人编纂诗歌总集时,理当将之聚在一起。况且御定《全唐诗》在赵骅与颜真卿之间插入崔颢、祖咏、李顾、綦毋潜、储光羲、王昌龄、常建、杜颀、李嶷、崔亘、蒋维翰、万楚、范朝、杨颜、王谞、王岳灵、周万、陶翰、刘长卿等人,中唯李顾与萧、李、赵、柳四人同为开元二十三年进士,其他的人均非同年,可见御定《全唐诗》编校人员虽标榜"应以登第之年为主",实际上也无法贯彻。这一编纂方式,后起的诗歌总集从无遵行之者,可见这种体例不合实际,自然被淘汰掉了。

遴选编校人员的标准和由此产生的缺憾

康熙遴选这十名编校人员,显然着眼于他们的文才而并不着眼于他们的学识。《圣祖五幸江南全录》记四十四年四月初六日在杭州,召乡绅沈三曾、杨中讷、查嗣瑮等"俱进行宫做诗",四月二十四日在常州府,又召在省乡绅车鼎晋、潘从律等"进宫朝见考诗",说明玄烨遴选《全唐诗》编校人员时,着眼于他们的诗才,而这实际上是一种偏颇的观点。

徐倬选录《全唐诗录》一百卷,深得玄烨赞赏。这是他个人的撰著,选什么诗,如何编排,完全可以由个人决定。这类选本,主要体现编者的眼光,因而与个人的诗才有关,而与个人的学识关系较浅。编纂《全唐诗》情况大为不同。如何做到"全"?"全"了之后,又怎么编排?一人的集子有多少版本,如何甄别善本?各本之间的歧异,如何校勘?作品归属不明,又如何鉴定?前代与后代的作品羼入,又如何剔出?散佚在其他类别的书籍中的诗篇,如何搜集?诗人的传记又如何编写？……这些都不是靠诗才能解决问题的。它需要的是笃实的学识。

这十位翰林，都是一些才气过人的人物，但在学识上可未必有什么优胜之处。例如"查氏二才子"中的查嗣瑮，查为仁《莲坡诗话》言其在天津时与赵执信辈"擘笺飞斝，殆无虚日"，郑方坤《查浦诗钞小序》则云其与兄慎行"弟酬兄唱，斐然可观"。可见他爱好诗歌，自少至老不废吟咏。而他著有《查浦辑闻》二卷，《四库全书总目》卷一三三《杂家类存目》十中此书提要曰："大抵皆节录原文，无所考据。……其以《鹤林玉露》为葛立方作，未免笔误；至以杨瑀为杨琚，以叶子奇为叶子才，则校刊者之疏也。"措词委婉，当是四库全书馆臣对这位翰林前辈的掩饰之词，实际上是一种婉转的批评。近代学者邓之诚《清诗纪事初编》卷七则直说嗣瑮"读书似不甚多。所撰《查浦辑闻》，略无义类。视慎行为逊"。

其他几位翰林的情况也相近。杨中讷居家营拙宜园，与在籍翰林查慎行等仿白居易"香火社"故事，结"耆英会"，饮酒赋诗其中。彭定求《同年沈允斌（三曾）宫赞挽词》其二曰："八咏风流蚤擅场，云山十载坐徜徉。"（《南畇诗稿·丙戌集》卷下）而他作《汪东山（绎）修撰挽词》其四曰："缘何呕血事酸辛，词翰研精便损神。从此骚坛风月地，共应垂涕惜斯人。"（同上）又挽词其一首二句曰："才名籍甚动簪绅，仙骨珊珊本轶尘"，这可以说是十位编校者或多或少具有的以诗才见长的共同点。

这十人中，有些人也学有专长，如彭定求服膺陆王心性之学[1]，杨中讷湛深经术[2]，汪绎好为占验之术等[3]。徐树本家多藏书，又以典章

---

①　参看彭氏国史馆本传，载《国朝耆献类徵》初编卷一一七《词臣》三。

②　参看查慎行撰杨氏墓志铭，载《国朝耆献类徵》初编卷一二一《词臣》七。

③　参看《随园诗话》卷一四有关记载。

制度为有用之学①；汪士铉略具考订之才，曾有多种著作传世，在十人中，或许较为适合于做《全唐诗》的编校工作②。但汪氏《长安宫殿考》二十卷成书之后，后人少见称引；而当乾嘉朴学兴起之后，徐松作《唐两京城坊考》五卷，已成治唐代文史者案头必备之书，可以看出二者水平的高下。这里不光是二人学识如何的问题，而是时代有所不同。康雍之后，学风发生了巨大的变化，乾嘉学派崛兴，考据之业大盛，整理古籍的水平自然也就远迈前人。

康熙之时的著名学者，如王士祯、朱彝尊等，诗文兼擅，学问亦佳，但竞务博览而未趋专精，考订之学未臻高境。《全唐诗》编校十人长于诗才而短于诗学，亦为一时风气所限，后人指摘御定《全唐诗》的缺点时，应从时代背景上加以考察，始能有全面了解。

在御定《全唐诗》的诗人小传中，编校人员个人修养的优缺点暴露得很明显。例如此书第二函、十册、一四〇卷王昌龄小传曰："王昌龄，字少伯，京兆人。登开元十五年进士第，补秘书郎。二十二年，中宏词科，调汜水尉，迁江宁丞。晚节不护细行，贬龙标尉卒。昌龄诗绪密而思清，与高适、王涣之齐名，时谓王江宁。集六卷，今编诗四卷。"寥寥数语，可谓文笔省净，足徵编校人员文才之佳。他们在短短的一年半中，依靠季、胡二书编成《全唐诗》九百卷，所有诗人小传全部改写，如果文思不敏捷，那是无法完成任务的。这是他们的过人之处。季书诗人小传均以新、旧《唐书》本传或《唐诗纪事》《唐才子传》等书中的现成材料缀合而成，繁冗而少剪裁。胡书小传较谨饬，取材亦较宏博，除正史外，旁及杂史、笔记、地志、诗话及各家别集等文献，且颇有考订，如

---

①　参看王峻等纂修《昆山新阳合志》卷二五《文苑》二徐氏本传，乾隆十五年刊。

②　参看沈彤《右春坊右中允汪先生士铉行状》。

《唐音统签》卷一〇九《丙签》二十一王昌龄小传驳《新唐书》以王昌龄为江宁人而不言其官江宁之误,断之为关中人而官江宁者,甚具识见,傅璇琮主编《唐才子传校笺》卷二王昌龄传即采其说。御定《全唐诗》吸收其成果而略去考订过程,也自有其道理。《全唐诗》凡例之一曰:"诗前小传,但略序其人历官始末,至于生平大节,自有史传,不必冗录。"只是诗人见之于史传者不多,王昌龄虽见录于两《唐书》,而记载不详,"与高适、王涣之齐名"云云,显然是引用了薛用弱《集异记》中的材料。但"王涣之"实为"王之涣"之误,近世发现靳能所撰之《唐故文安郡文安县太原王府君墓志铭并序》,更可明白诗人王之涣的生平①。《全唐诗》编校人员不能发现盛唐名家王之涣名字有误,也是诗学疏陋的表现。他们仅重历官始末,也是其官僚意识的体现。

从后起的乾嘉朴学看御定《全唐诗》的局限

康熙五十五年(1716),玄烨命张玉书、陈廷敬等人编成《康熙字典》,共收四万二千一百七十四字,产生过极为巨大的影响,然其中疏漏、错误不少。道光年间,王引之奉敕撰《字典考证》,即更正了二千五百八十八条。但王氏担任此项工作实多顾忌,故纠谬颇不彻底,当代学人继之续有订正②。可见乾嘉学派兴起之后,康熙时代的一些著作,显得问题丛杂,亟须补正,这是学风转变的结果。

清代朴学肇始于顾炎武,继之而起者代有名儒,但到乾嘉之时,始

---

① 此石拓本载于李希泌编《曲石精庐藏唐墓志》,齐鲁书社 1986 年版。
② 参看黄云眉《清代纂修官书草率之一例——〈康熙字典〉》,载《金陵学报》第六卷第二期,1936 年;后收入《史学杂稿订存》,齐鲁书社 1980 年新 1 版。黄氏又云:"其书与《佩文韵府》《渊鉴类函》等,皆疵累层出,不可依据。"又王力著有《康熙字典音读订误》一书,共五十六万多字,商务印书馆 1988 年版。

汇成洪流,大师辈出,并且形成了一整套重实证的治学规范,从而使一系列传统的学术都呈现出新的面貌,如金石、名物、地理、职官等专门之学,通过深入的考据,都达到了新的水平。后来的学者接受这一遗产,方法更趋缜密,返视御定《全唐诗》,更可看出问题之所在,从而说明此书编校人员的时代局限。

最足以说明御定《全唐诗》工作草率和时代局限的部分,是其中自第十一函、七册、七六九卷至第十一函、八册、七八四卷共十六卷的所谓"世次爵里无考"者,内有诗人三百三十一人,约占《全唐诗》所收人数的七分之一。《全唐诗》的前身,胡震亨《唐音统签》中的《己签》六中亦有世次无考者四卷,共收一百三十六人,然大都注有出处,《全唐诗》编校人员为图省便,径将出处删去,更使读者难以明白这些诗歌的真伪和背景。实际这些所谓"世次爵里无考者"中很大一部分人还是可以考知的,只是这些编校人员一无兴趣、二无能力解决问题就是了。

《全唐诗》卷七六九录徐璧《失题》一首,曰:"双燕今朝至,何时发海滨? 窥帘向人语,如道故乡春。"此诗又见《文苑英华》卷三二九《禽兽》门,题曰《春燕》,作者署名亦作徐璧。按《唐诗纪事》卷二五叙徐安贞曰:"安贞,始名楚璧。应制举,三登甲科。"徐安贞是开元时期的著名文士,新、旧《唐书》均有传,《旧唐书·文苑传》曰:"徐安贞,信安龙丘人。尤善五言诗。尝应制举,一岁三擢甲科。"《新唐书·儒学传》曰:"徐楚璧,初应制举,三登甲科。开元时为中书舍人、集贤院学士,帝属文多令视草。……后更名安贞。"因为此人三应制科试,所以徐松《登科记考》卷二七《附考·制科》中也有记载,除引《旧唐书》《唐诗纪事》外,还引及《新唐书·褚无量传》,徐安贞事即附褚传之下。

此人或云徐璧,或云徐楚璧,不知前者误夺"楚"字呢? 还是本名徐璧,字楚璧,以字行;如江总字总持,李白字太白,杜牧字牧之之例? 不管怎样,此人即徐安贞无疑,那就不能将其归入"世次爵里无考"者。

《全唐诗》于徐璧《失题》之下，又列徐安期《催妆》一诗，曰："传闻烛下调红粉，明镜台前别作春。不须面上浑妆却，留著双眉待画人。"此诗并见《搜玉小集》、《唐诗纪事》卷一三、《万首唐人绝句》卷五五、《永乐大典》卷六五二三。《唐诗纪事》署名徐安期，《搜玉小集》《万首唐人绝句》署名徐璧，《永乐大典》署名徐壁，"壁"字当系形近而误。如上所言，徐璧即徐安贞，"期"字亦误。这里发生的一系列错误，经过佟培基、陈尚君等人的考证，逐步加以清理，得出了可信的结论①。

从上面提到的一些文献来看，可以看出由于时代的不同因而取资也各异其趣。毛晋曾将《搜玉小集》刻入《唐人选唐诗（八种）》，然而清初学者对此并未重视②。康熙之时，对前代科举制度作系统研究者尚未有所闻，因而未见《登科记考》之类的著作问世。最能说明康熙之时的学者治学局限的地方，是他们未能利用历代类书，主要是《永乐大典》中的材料作校雠和辑佚之用，这要到乾嘉学术形成风气之后，才有大的开发和收获。《全唐诗》第十一函、七册、七七〇卷录潘图《末秋到家》诗一首，曰："归来无所利，骨肉亦不喜。黄犬却有情，当门卧摇尾。"似为作者落第归家有感而作。徐松《登科记考》卷二七《附考·进士科》据《永乐大典》引《宜春志》，定为宜春人。又《全唐诗》第九函、一册、五五一卷有卢肇《及第后送潘图归宜春》诗，卢肇为会昌三年进士，潘图的生活年代由此可知。御定《全唐诗》编校人员未能利用《永乐大典》与《全唐诗》中的材料，疏失之甚。

《全唐诗》第十一函、七册、七七二卷录韦镒《经望湖驿》诗一首，岑

① 参看佟培基《〈全唐诗〉无考卷考》与《续考》，分载《河南大学学报（社会科学版）》第三十一卷第二期与三十二卷第二期，1991 年 3 月与 1992 年 3 月。《全唐诗续补遗》卷三陈尚君按语，载《全唐诗补编》上册，中华书局 1992 年版。

② 参看李珍华、傅璇琮《〈搜玉小集〉考略》，载《中国典籍与文化论丛》，中华书局 1992 年版。

仲勉《读〈全唐诗〉札记》曰："韦镒。按《姓纂》,令仪生镒,监察御史。据《衡州集》六《韦武碑》,镒终礼、吏、户三侍郎。"①可知此人在《元和姓纂》中有记载。林宝《元和姓纂》是唐代姓氏书中的一部重要著作,惜至宋代即有散佚,清代《四库全书》馆臣利用《永乐大典》重行辑出,有益后代史学匪浅。韦镒曾官监察御史,故《唐御史台精舍题名》上有记录,赵钺、劳格《唐御史台精舍题名考》卷三《碑阴下层题名》韦镒下引《旧唐书·元载传》与《太平广记》卷三三七《纪闻》中的记载为证。韦镒曾任礼、吏、户三部侍郎,严耕望《唐仆尚丞郎表》卷十《辑考三下》亦有考证,以为韦镒之卒约在天宝十一二载,时年四十九,故可姑定其由吏侍转户侍卒官②。又《新唐书·宰相世系表》四上列镒于逍遥公房,叙其世系颇详,《全唐诗》以为"世次爵里无考",亦可见其考证之疏。《经望湖驿》诗尚见《文苑英华》卷二九八。

《全唐诗》第十一函、七册、七七〇卷录唐暄诗三首,内有《赠亡妻张氏》一首,曰:"峄阳桐半死,延津剑一沈。如何宿昔内,空负百年心。"又《全唐诗》第十二函、七册、八六六卷《鬼》诗中有唐晅妻张氏《答夫诗》二首,附唐晅《悼妻诗》二首、《赠妻诗》一首,后诗即前唐暄《赠亡妻张氏诗》。同一诗歌而诗题有别,作者一作唐暄、一作唐晅,亦未统一,可见其工作之草率。《答夫诗》后有注,曰:"晋昌唐晅,娶姑女张氏,颇有令德。开元十八年,晅入洛,妻卒于卫南庄。后数岁得归,追感陈迹,赋诗悲吟,忽见张氏前来,曰:'感君记念,冥司特放儿来。'因相拜款语。下帘帏,申缱绻,宛如平生。晅以诗赠张氏,氏亦裂带题诗

① 　此文原载中央研究院《历史语言研究所集刊》第九本,1947 年 9 月,后与岑氏另一著作《唐人行第录》等文合成一书,即以"唐人行第录"为书名,上海古籍出版社 1978 年新 1 版。

② 　此书原以台北"中央研究院"历史研究所专刊》之三十六单行本出版,今据中华书局 1986 年影印本。

以答,天明别去。"察其情节,知出小说无疑。《全唐诗》编校人员不注出处,一般读者也就很难知其始末。查此故事原出陈劭《通幽记》,原书已佚,今见《太平广记》卷三三二,文字甚详,末云"事见唐晅手记",似乎实有其事,确出唐晅手笔,实则此亦小说手法,自非事实。《古今说海·说渊部》收入此文,标题即曰《唐晅手记》,此亦明人伪造篇名惯技,不足为据。《唐音统签》卷九九八《壬签》即据此载之,而《全唐诗》却抹去出处,在这些编校人员看来,或许以为实有其事,故将诗歌分别归于唐晅、张氏二人名下,然稍加分析,即知此事出于编造,二人均出假托,诗歌应为《通幽记》作者陈劭所作。如何处理小说中的诗篇的署名,问题确很复杂,但以之归于鬼的名下,则其不妥人尽可知。

《全唐诗》卷七七二录马逢诗五首,亦以为世次爵里无考,然《唐才子传》卷五即有其人之传记,傅璇琮主编《唐才子传校笺》内,吴汝煜、胡可先曾对之作详细之校笺,于此可觇《全唐诗》编校人员与今日研究人员水平相差之巨,此亦可知有关唐诗的研究,康熙之后已经取得巨大的发展与丰硕的成果。

总的说来,《全唐诗》的编校工作之所以未能尽如人意,众翰林迫于王命,急于成书,未能作细致加工,固然是重要原因,但他们虽有诗才而短于诗学,所以即使黾勉从事,也有力不胜任的地方。况且他们生活在康熙之时,朴学未盛,很多有关考据的学术分支和重要著作,都未产生,这是时代的局限,不是个人所能解决的。读者对此应持客观的态度,而不宜苛求前人。

四、小　结

知人论世,应把一件事放在当时的具体历史条件下加以考察,才能得出客观而正确的结论。

一代有一代之学术，每一个人都有其时代的局限。所谓"前修未密，后出转精"，是说时代向前发展了，前人难以克服的障碍，经过后起者的努力，已经创造了克服困难的条件，后人才能继起取得前代无法企及的成绩。

学术研究是不断向前发展的。同为后人凭藉的材料，研究成果和处理问题的经验多了，他们也就可以百尺竿头更进一步，得出更为缜密的结论。

如果说，今人用古典诗文的形式从事创作难以超越前人，那是容易理解的，因为用古典形式反映今天的生活，比较困难；又因时代不同了，今人于此势难投入很多精力，从小进行锻炼，因此，他们在古典诗文的创作上，因为条件的差异，很难与前人争锋。但古籍整理首先需要的是学识，这点今人可未必逊于前人，因为今人所接受的训练和具备的条件，都要优于前人，因此御定《全唐诗》中的不足之处，今人自可加以克服和弥补。现在我们试图编纂一部较为理想的《全唐五代诗》，也是基于这种信念。

（原载台湾"中央研究院"中国文哲研究所《中国文哲研究通讯》，1995 年 6 月）

论黄侃《文心雕龙札记》的学术渊源

《札记》产生的时代背景

1934年，章太炎先生退隐苏州，设"章氏国学讲习会"，弟子分头笔记，留下讲义多种。在王乘六、诸祖耿记录的一份讲义的《文学略说》部分，提到了民国初年桐城派和《文选》派纷争的一重公案，颇有意味。文曰：

> 阮芸台妄谓古人有文有辞，辞即散体，文即骈体，举孔子《文言》以证文必骈体，不悟《系辞》称"辞"，亦骈体也。刘申叔文本不工，而雅信阮说。余弟子黄季刚初亦以阮说为是，在北京时，与桐城姚仲实争，姚自以老耄，不肯置辩。或语季刚：呵斥桐城，非姚所惧；诋以"末流"，自然心服。其后白话盛行，两派之争泯于无形。由今观之，骈、散二者本难偏废。头绪纷繁者，当用骈；叙事者，止宜用散；议论者，骈、散各有所宜。不知当时何以各执一偏，如此其固也。

章氏论文，重魏晋而轻唐宋，但对桐城早期的一些宗师，也并不鄙薄。因此，他对骈、散之争并无多大成见，尤其是到了文言和白话之争兴起之后，更是觉得不必同室操戈若是。只是从上述介绍中也可看到，当年的冲突是很激烈的，章氏本人也已卷入到了漩涡中去。

清朝末年，民国初年，桐城派的最后几位大师马其昶、姚永朴、姚永概和林纾等人先后曾在京师大学堂及其后身北京大学任教,其后章太炎的门人黄侃、钱玄同、沈兼士、马裕藻及周氏弟兄等先后进入北京大学,逐渐取代了桐城派的势力。这是近代学术风气演变的一大交会,其中经过,可以作些考察。

民国二年,北京大学礼聘章太炎到校讲授音韵、文字之学,章氏不往,而荐弟子黄季刚(侃)先生前去任教。这就在桐城派占优势的地盘上楔入了新的成分,引起了散文与骈文之争。

姚永朴在北京大学讲授桐城派的理论,著《文学研究法》凡二十五篇,颇得时誉。季刚先生继起讲授《文心雕龙》,那时他才二十八岁,风华正茂,其后汇集讲义而成《札记》一书,亦颇得时誉。如果说,《文学研究法》是代表桐城派的一部文论名著,那么《文心雕龙札记》就是代表《文选》派的一部文论名著了。

可以说,桐城派和《文选》派之间发生的这场论争是我国旧文学行将结束时的一场重要争论,对散文和骈文写作中的许多问题作了理论上的辨析和总结。因此,若要理解《文心雕龙札记》一书的价值,必须追溯我国几千年来散文和骈文发展的历史,才能评断其中提出的若干重要观点的价值。

文学观念与师承的关系

众所周知,季刚先生早年受业于章太炎门下。光绪二十八年(1902)时,季刚先生考入湖北崇文普通学堂学习。其时朝政腐败,国势危殆,季刚先生乃与同学及朋辈密谋覆清。两湖总督张之洞觉察,而张氏与季刚先生之父云鹄先生乃旧交,至是遂资送季刚先生赴日留学。其时章太炎因从事推翻清廷的革命活动而在日本避难,主持《民报》笔政。光绪三十三年(1907),季刚先生向《民报》投稿,开始追随章氏。宣统二年(1910)，章太炎在东京聚徒讲学,季刚先生才正式投入其门下。

季刚先生的另一位老师是刘师培。二人结识甚早,而确立师生关系则甚迟。光绪三十三年时,章太炎和刘师培流亡日本,生活窘困之极,同居东京小石川一室,季刚先生此时即已与之订交。民国建立之后,季刚先生至北京大学任教,其后刘师培以拥护袁世凯称帝失败,也进入北京大学任教。刘氏也开设魏晋南北朝文学方面的课程,同样讲授《文心雕龙》这部专著。他在这方面的见解,罗常培曾加笔录而有文字传世①,与《札记》并读,犹如桴鼓之相应。可以想见,当时在学术界发生的影响是不小的。于是桐城派的势力日益衰退,不能不让《文选》派出一头地了。

季刚先生与刘师培年岁相若,二人一直保持着朋友的关系。其后季刚先生以为自己的经学水平不如刘氏,乃于民国八年执贽行弟子礼。据殷石臞先生介绍,季刚先生自谓文学不让乃师。从二人的创作方面来看,此说可以信从,但从季刚先生信从阮氏之说来看,应当认为他在文学理论方面曾受到刘氏的影响。

刘氏的学说是《文选》派的后劲。这与他个人的家世有关。刘师培出身于仪徵一个三代传经的家庭,而仪徵这地方文风的崛起,曾受前辈阮元的影响。阮元官位显赫,而又热心文教事业,对汉学的发达起到了倡导扶植作用。他还在文学思想方面提出了新的见解,对于清代中世之后文风的改变发生过很大的影响。作为仪徵这一地区的后学,刘师培继起发挥阮氏学说,于是又有人称这一流派为"仪徵学派"。

---

① 罗常培《汉魏六朝专家文研究》,独立出版社 1945 年出版于重庆。他还曾笔录《文心雕龙·颂赞》与《文心雕龙·诔碑》两篇讲义,发表于《国文月刊》第一卷第九、十合期与第三十六期。

仪徵属扬州辖下,清代苏北地区文风很盛,出现过汪中等不少学者,这是一批在朴学上有高深造诣而又有其共同或近似观点的学者,有人总称之为"扬州学派"。

桐城派的建立,自康熙年间的方苞开始,经过刘大櫆、姚鼐等人的继续努力,乾嘉之后声势日盛,甚至产生了"天下文章,独出桐城"的赞誉。桐城派有明确的写作宗旨,在文风上也就会形成某些共同的特点。尽管经过许多高手的努力,取得了不少成绩,但因理论方面的局限,不可避免地也会出现一些共同的缺点,那就是文章雅洁有馀,而文采不足。这一点姚鼐当时也已看出来了。他在编《古文辞类纂》时,在《序目》中标举宗旨曰:"凡文之体类十三,而所以为文者八,曰:神、理、气、味、格、律、声、色。"为了补偏救弊,他又特辟"辞赋类"一目,希望扩大散文写作的源头,吸收骈文的某些艺术特色,使桐城古文在"味""色"方面丰富起来。

阮元就是针对桐城派的局限而提出了自己的学说,建立了自己的学派的。他认为应把骈文作为我国文学的正宗,把散文逐出文苑。这种见解当然也是很偏颇的。但他根据我国文学的特点而立论,强调文学创作必须珍视本国语言的特点,则有其合理的地方。这是《文选》派之所以能够经受得住历史考验的原因。

阮元援引六朝文笔之说,所谓"有韵为文,无韵为笔",主张文必有韵。他又以为文章必须注意比偶,于是又引《易经》中的《文言》以张大其说。总的来说,阮元推崇魏晋南北朝时骈文的成就,以《文选》为宝典,信从萧统《文选序》中的"事出于沉思,义归乎翰藻"之说。他在《文韵说》中提出:"凡为文者,在声为宫商,在色为翰藻。"显然,这也正是针对桐城派的不足之处而提出的挑战。

刘师培撰《广阮氏〈文言说〉》,又援引载籍,考之文字,以为"文章之必以彣彰为主",他在《文章源始》中推阐阮氏之说,强调"骈文一体,实为文体之正宗"。而提出："明代以降,士学空疏,以六朝之前为骈体,以昌黎诸辈为古文,文之体例莫复辨,而文之制作不复睹矣。近代文学之士,谓天下文章,莫大乎桐城,于方、姚之文,奉为文章之正轨。由斯而上,则以经为文,以子史为文;由斯以降,则枵腹蔑古之徒,亦得以文章自耀,而文章之真源失矣。"

但上述见解,却引起了章太炎的反对。章氏在《文学总略》中对阮、刘二氏之说作了有力的批判。阮氏主张文必有韵,而又把"韵"的概念扩大,用文中的"宫商"(平仄)来替代,以为《文选》中的散体之作,也可归入"文"中。但我国古来的所谓"韵",都指压脚韵而言,《文选》中的散文固然不用压脚韵,就是那些骈体之作,除诗、赋、铭、箴等外,也同样不重压脚韵,因此章氏指出:"夫有韵为文,无韵为笔,是则骈散诸体,一切是笔非文。藉此证成,适足自陷。"这也就是说,阮、刘二氏之说缺乏理论上的根据,与事实不合。

章太炎的《文学总略》一文,洋洋洒洒,意蕴甚为丰富。他从历史上考察,从理论上辨析,对阮元一派的理论作了彻底的清算。文章开端,他开宗明义地指出:"文学者,以有文字著于竹帛,故谓之文;论其法式,谓之文学。凡文理、文字、文辞皆言文;言其采色发扬,谓之彣。以作乐有阕,施之笔札,谓之章。……今欲改文章为彣彰者,恶乎冲淡之辞,而好华叶之语,违书契记事之本矣。"这是因为阮、刘之说不能圆满解释古今对"文"的内涵,故章氏提出了"以文字为准,不以彣彰为准"的见解。

章氏的这种理论,考证字源而标举宗旨,用的是朴学家的基本手法,可以说是一种朴学家的文论。

由上可知,季刚先生的这两位师长,文学观念上既有相同之处,也有不同之点。他们之间的争论,牵涉到对文学特点的不同认识,从而对文学的范畴持不同的看法。刘师培以"沉思""翰藻"为文的特征,注意音韵和比偶这样一些我国语言文字所特有的美感因素,章太炎则认为以此衡文,势必要把一大批作品逐出文学的领域之外,不合国情。因此,他追本溯源,主张凡是见之于竹帛的文字,都应归入"文"的范畴。

季刚先生折衷师说,以为言各有当,从而对此作了新的剖析。他在《文心雕龙·原道》篇的札记中说:

> 阮氏之言,诚有见于文章之始,而不足以尽文辞之封域。本师章氏驳之,以为《文选》乃裒次总集,体例适然,非不易之定论;又谓文笔文辞之分,皆足自陷,诚中其失矣。窃谓文辞封略,本可弛张,推而广之,则凡书以文字,著之竹帛者,皆谓之文,非独不论有文饰与无文饰,抑且不论有句读与无句读,此至大之范围也。故《文心·书记》篇,杂文多品,悉可入录。再缩小之,则凡有句读者皆为文,而不论其文饰与否,纯任文饰,固谓之文矣,即朴质简拙,亦不得不谓之文。此类所包,稍小于前,而经传诸子,皆在其笼罩。若夫文章之初,实先韵语;传久行远,实贵偶词;修饰润色,实为文事;敷文摘采,实异质言,则阮氏之言,良有不可废者。即彦和泛论文章,而《神思》篇已下之文,乃专有所属,非泛为著之竹帛者而言,亦不能遍通于经传诸子。然则拓其疆宇,则文无所不包;揆其本原,则文实有专美。

这种见解,显然是基于章、刘二氏之说而重作的结论。他把我国文学创作的扩展和演进看作是一个历史的进程。人类进入文明时期,"书以文字,著之竹帛"者,皆谓之"文",这是"文"的初级阶段,章太炎所郑重申诫的,就是不能忽略作为文学源头的这一阶段。其后经过有句读之文,即经传诸子阶段,而发展为文采斐然的文章,也就进入了阮、刘所强调的六朝文学阶段了。这样看来，章、刘二氏之间看似针锋相对，实则并无原则性的矛盾，所以季刚先生通过细致的辨析而形成了更完整的见解。

这种认识与刘勰的见解甚为契合。《文心雕龙》前面二十篇文章，分论各种文体，符、契、券、疏等"笔札杂名"也被视作"艺文之末品"，一一加以讨论，可见阮氏之说陈义过高，与六朝之时的文论大师刘勰的学说就不能相合。而刘勰在《总术》篇中描写"文"的特点说："视之则锦绘，听之则丝簧，味之则甘腴，佩之则芬芳"，则显然不是指"著之竹帛"和"有句读者"的初级阶段之文而言。这样看来，章氏所立的界说又失之过泛，与刘勰之说不能完全切合。季刚先生讨论这一问题时，从《文心雕龙》这样一部"体大思精"的巨著中得到启示，作出了合适的结论。因此，他对文学特点的看法与刘勰相合，对文学领域的区划也与刘勰切合，所以他的研究《文心雕龙》，也就不致发生畸轻畸重或隔靴搔痒的弊病。

总结上言，可知民国初年的文坛上，有三个文学流派在相互争竞，一是以姚氏弟兄和林纾为代表的桐城派，二是以刘师培为代表的《文选》派，三是以章太炎为代表的朴学派。季刚先生因师承的缘故，和后面的二派关系深切。他是《文选》学的大师，恪守《文选序》中揭橥的宗旨而论文，这就使他的学术见解更接近刘氏一边。但他汲取前人的创作经验，参照《文心雕龙》和本师章氏的"迭用奇偶"之说，克服了阮、刘等人学说中的偏颇之处，则又可说是发展了《文选》派的理论。

季刚先生在《总术》篇的札记中说：

> 案《文心》之书，兼赅众制，明其体裁，上下洽通，古今兼照，既不从范晔之说，以有韵、无韵分难易；亦不如梁元帝之说，以有情采声律与否分工拙。斯所以为"笼圈条贯"之书。近世仪徵阮君

《文笔对》，综合蔚宗、二萧（昭明、元帝）之论，以立文笔之分，因谓无情辞藻韵者不得称文，此其说实有救弊之功，亦私心凤所喜好，但求之文体之真谛，与舍人之微旨，实不得如阮君所言；且彦和既目为"今之常言"，而《金楼子》亦云"今人之学"，则其判析，不自古初明矣。与其屏笔于文外，而文域狭隘，曷若合笔于文中，而文圃恢弘？……阮君之意甚善，而未为至懿也；救弊诚有心，而于古未尽合也。学者诚服习舍人之说，则宜兼习文笔之体，洞谙文笔之术。古今虽异，可以一理推；流派虽多，可以一术订；不亦足以张皇阮君之志事哉？

阮元建立《文选》派时，曾经援用过六朝时期的文笔之说，作为宣扬骈文的理论根据和批判桐城派的武器。季刚先生提出"合笔于文"之说，也是为了阮元持论过严而把笔中的许多名篇排斥在外，且不足以解释文学发展史上的各种复杂现象。但从他对阮元之说的推崇而言，可知他是以此为本而又吸收本师章氏等人之说来补偏救弊的。从这些地方来看，季刚先生的学说，比之阮元、刘师培等人的见解，更为圆通。作为这一流派的殿军，而又作出重要的发展，可以说他是一位《文选》派中的革新者。

对齐梁文学与《文选序》的不同评价

清代朴学的兴起，在文学上也产生了深远的影响。这一流派的大师，熟悉典章制度、名物训诂，对文字、声韵又有精深的研究，他们把这方面的修养运用于作文时，也就容易走上骈文的路子。因为骈文作者首先要在典故和声韵方面有深厚的功夫。

朴学家中先后出现过许多著名的骈文作者。阮元等人，自不必说,其他如孔广森、汪中、洪亮吉、李兆洛、凌廷堪等人,都是著名的骈文作者。他们也并不绝对排斥散文,例如汪中,就是以骈为主,而又骈散兼行的著名作家。他的成就,一直为后来的骈文作者所推崇。

季刚先生也极为推崇汪中的学术水平和创作水平。民国初年,当他一度出任直隶都督府秘书长时,曾于津沽逆旅间见有署名王蕙纫之题壁诗十首,内二首有云:"城上清笳送晓寒,又随征毂去长安。当年娇养深闺里,那识人间行路难。""北来辛苦别慈帏,日日长途泪独挥。自恨柔躯无羽翼,不能随雁向南飞。"季刚先生问知为北里中人所作,顿起天涯同病之感,遂题诗于后曰:"戎幕栖迟杜牧之,愁来长咏杜秋诗。美人红泪才人笔,一种伤心世不知。""簪笔何殊挟瑟身,天涯同病得斯人。文才远愧汪容甫,也拟摛辞吊守真。"这是因为季刚先生早年生活颇为艰辛,后以朴学名家,而又寝馈六朝文学,主张骈散兼行,不论在性格上,还是在学业上,都有相通而引起共鸣的地方。汪中作《经旧苑吊马守贞文》,借他人之酒杯,浇胸中之垒块,所谓"俯仰异趣,哀乐由人。如黄祖之腹中,在本初之弦上。静言身世,与斯人其何异?"更能触动景况相同者的心弦。季刚先生随后弃政从学,这首诗中已可见其端倪。

汪中与阮元关系深切,乃是扬州学派中的知名人物。王引之《容甫先生行状》曰:"为文根柢经史,陶冶汉、魏,不沿欧、曾、王、苏之派,而取则于古,故卓然成一家言。"章太炎《菿汉微言》曰:"今人为俪语者,以汪容甫为善。"可以说,汪中是《文选》派和朴学派心目中可与桐城派分庭抗礼的一位理想人物。

刘师培在《文章源始》中说:"歙县凌次仲先生,以《文选》为古文正的,与阮氏《文言说》相符。而近世以骈文名者,若北江(洪亮吉)、容甫(汪中),步趋齐梁;西堂(尤侗)、其年(陈维崧),导源徐、庾;即毅人(吴锡麒)、㙫轩(孔广森)、稚威(胡天游)诸公,上者步武六朝,下者亦希踪四杰。文章正轨,赖此仅存。"说明清代骈文作者取得的成就,与继承六朝文学的传统有关:即使是其中的突出人物如汪中等人,也与六朝文学有很深的渊源。

刘勰在《文心雕龙·体性》篇中,把文章的风格归为八类。其中"新奇""轻靡"二类,刘氏下定义曰:"新奇者,摈古竞今,危侧趣诡者也。轻靡者,浮文弱植,缥缈附俗也。"这些评语是褒是贬,学术界的看法很不一致,而季刚先生在《札记》中加以阐释,"新奇"下曰:"词必研新,意必矜创,皆入此类。潘岳《射雉赋》、颜延之《曲水诗序》之流是也。""轻靡"下曰:"辞须茜秀,意取柔靡,皆入此类。江淹《恨赋》、孔稚圭《北山移文》之流是也。"这里所举的例子是否合适,可以商讨,但从他对这两种风格的解释而言,则是以为"八体"之间无高下之分,都是刘氏心目中的美文。显然,这两种风格的文章突出地反映了齐梁文学的特点,季刚先生加以肯定,说明他在衡文时也不废齐梁。

季刚先生的这种见解,近于刘师培而远于章太炎。章氏在《与邓实书》中说:"仆以下姿,智小谋大,谓文学之业穷于天监。简文变古,志在桑中,徐、庾承其流,澹雅之风,于兹沫矣。"因为他重澹雅之文,所以推重魏晋而鄙薄齐梁,对于那些"危侧趣诡""缥缈附俗"之作,自然极力排斥的了。

二人对六朝文学的评价发生差异,还反映在对《文选序》有不同的看法上。萧统编集《文选》,作序说明去取原则,并且表明了文学方面的一些基本观点。不用说,《文选》派的创立宗派,也是把这篇《序》文作为理论根据的。季刚先生认为:"学文寝馈唐以前书,方窥秘钥。《文选》《唐文粹》可终身诵习。"[1]他在《文选序》中"若夫姬公之籍"至"杂而集之"句上批曰:"此序,选文宗旨、选文条理皆具,宜细审绎,毋

---

① 章瑶《黄先生论学别记》,载《制言》第七期,1935 年。

轻发难端。《金楼子》论文之语，刘彦和‘论文’一书，皆其翼卫也。"①可见其对此文的珍重。章太炎的看法可就不同了，他在《文学总略》中说："《文选序》率尔之言，不为恒则。……阮元之伦，不悟《文选》所序，随情涉笔，视为经常。"就是从局外人的立场来看，章氏的立论也未免过于"率易"。怎么可以把历史上发生过重大影响的一部总集，编选者阐明要旨的一篇重要文字，视为草率着墨的杂乱之作呢？季刚先生在这些地方不采师说，是有道理的。研究古典文学的人，确是不可不认真地去钻研一下《文选序》。

批判"褊隘者流"及阴阳刚柔之说

章太炎与刘师培的文学观念有不同之点，也有相同之处。二人都是著名的朴学大师。朴学着重语言文字方面的基础功夫，刘师培在《文说》中的《析字篇第一》中说："夫作文之法，因字成句，积句成章，欲侈工文，必先解字。"这是朴学家论文的共通见解。季刚先生研究《文心雕龙》时，也反映出了朴学家首重文字的特点。可以说，《声律》《丽辞》等篇的札记，特别是《章句》篇的札记，最足以反映季刚先生在朴学方面的修养和这一流派论文的特点。

季刚先生曾说："吾国文章素重声律、对偶、局度。"②因此，他在与此有关的一些札记中，灌注进了他多年来研究小学和骈文的心得，都是水平很高的学术论文。

在这个问题上，主张散文和主张骈文的人看法又有不同。桐城派

---

① 见《黄季刚先生评点〈昭明文选〉》，潘重规过录本，载《黄季刚先生遗书》，台湾石门图书公司1980年版。

② 武酉山《追忆黄季刚师》，载《制言》第五期，1935年。

重散文,自然不谈什么"丽辞",他们推重唐宋古文,抹煞魏晋南北朝骈文创作上的成就。季刚先生在《丽辞》篇的札记中指出:"近世褊隘者流,竞称唐宋古文,而于前此之文,类多讥诮,其所称述,至于晋宋而止。不悟唐人所不满意,止于大同已后轻艳之词,宋人所诋为俳优,亦裁上及徐、庾,下尽西昆,初非举自古丽辞一概废阁之也。"这是对桐城派的尖锐批判,也是对六朝文学的有力维护。

自永明声律说兴起后,齐梁文人普遍采用这项新的研究成果写作美文,由是文学的形式技巧得到了迅速的发展,人们对我国语言文字的特点了解得更清楚了。《文选》派重视六朝文学这一方面的新成果,桐城派则对此持否定态度,于是季刚先生诋斥之为"褊隘者流"。

桐城派不谈什么"丽辞",他们对声韵的要求,强调音节方面的抑扬顿挫,所重视的,也就是所谓气势。季刚先生在《定势》篇的札记中论及文势中的一派,"以为势有纡急,有刚柔,有阴阳向背,此与徒崇慷慨者异撰矣。然执一而不通,则谓既受成形,不可变革;为春温者,必不能为秋肃,近强阳者,必不能为惨阴。为是取往世之文,分其条品,曰:此阳也,彼阴也,此纯刚而彼略柔也。一夫倡之,众人和之。噫,自文术之衰,夤言文势者,何其纷纷耶!"这里批判的,也就是桐城派的阴阳刚柔之说。

姚鼐在《复鲁洁非书》中首倡阴阳刚柔之说,认为其中的奥妙与天地之道相通,曾国藩继起推衍其说,分为太阳、太阴、少阳、少阴四象,以气势为太阳之类,趣味为少阳之类,识度为太阴之类,情韵为少阴之类。他并著有《古文四象》一书,将古今许多著名的文字列入"四象"之中,可见这位桐城派的"中兴"者在理论上也作出了发展。

这种学说,桐城后学一直把它作为论文精义而不断运用,姚永朴在《文学研究法》的《刚柔》《奇正》两章中,用了很多篇幅加以介绍和申述,其中说到后来的一些情况,如云:"案文正既以四象申惜抱之意,尝选文以实之,而授其目于吴挚甫先生,其后挚翁刊示后进,并述张廉卿之言,又以二十字分配阴阳,谓神、气、势、骨、机、理、意、识、脉、声,阳也;味、韵、格、态、情、法、词、度、界、色,阴也:则充其类而尽之矣。"可见直到清末民初,桐城派人物还是把它视作首要的理论而不断作出玄妙的解释的。

《文心雕龙札记》中多次对这种理论进行批判,在《题辞及略例》中就提到:

> 自唐而下,文人踊多,论文者至有标榘门法,自成部区,然纵察其善言,无不本之故记。文气、文格、文德诸端,盖皆老生之常谈,而非一家之眇论。若其悟解殊术,持测异方,虽百喙争鸣,而要归无二。世人忽远而崇近,遗实而取名,则夫阴阳刚柔之说,起承转合之谈,吾侪所以为难循,而或者方矜为胜义。夫饮食之道,求其可口,是故咸酸大苦,味异而皆容于舌胘;文章之嗜好,亦类是矣,何必尽同?

他在全书开端就猛烈地攻击桐城派,足见当时两派冲突之激烈。这里他把阴阳刚柔之说也看作"老生之常谈",以此坐实"褊隘者"理论建树的贫乏。

实际说来,"阴阳刚柔"之说是对文章风格的研究。桐城派把写作与吟咏联系起来,把风格问题落实到字句与声调上,进行过很多有益的探讨。尽管这些学说之中杂有种种玄虚的说法,但如细加抉择,还是可以提炼出不少有启发意义的论点。季刚先生对此所作的批判过于苛刻,或因囿于当时学派之间的门户之见,而有此偏激的言论。

反对文以载道，提倡自然为文

《文心雕龙·原道》篇的札记中说："《序志》篇云：'《文心》之作也，本乎道。'案彦和之意，以为文章本由自然生，故篇中数言自然，一则曰：'心生而言立，言立而文明，自然之道也。'再则曰：'夫岂外饰，盖自然耳。'三则曰：'谁其尸之，亦神理而已。'寻绎其志，甚为平易。盖人有思心，即有言语；既有言语，即有文章。言语以表思心，文章以代言语，惟圣人为能尽文之妙。所谓道者，如此而已。此与后世言'文以载道'者截然不同。"这是揭示论文宗旨的重要论点，故于正文首篇开端即行提出。

所谓"文以载道"，也是桐城派的重要论点，季刚先生在书中曾多次加以批判。

"文以载道"之说首由宋代理学的开山祖师周敦颐提出，一直为后来的礼法之士所津津乐道，而季刚先生所说的"后世"，则是指清代的桐城派中人物。

清代初期，方苞首开宗派，其核心理论即所谓"义法"之说。"义"即《易》之所谓"言有物"，而只有宣扬儒家之道的文章始能称之为"有物"。王兆符在《望溪文集序》中称方苞"学行继程、朱之后，文章介韩、欧之间"。可知桐城派的理想是在写作唐宋古文而宣扬宋明理学。这一文派之所以得到清统治者的支持，就是因为他们宣扬的"义理"大力维护纲常伦理，有利于封建政权的巩固。

姚永朴在讲授《文学研究法》时，也把这种理论置于首要地位，在开端的《起原》《根本》二章中，反复加以阐说。他先是引用了孔子、董仲舒、王通、韩愈等人的有关理论，后引周子《通书》中的"文以载道"之说，强调"是故为文章者，苟欲根本盛大，枝叶扶疏，首在于明道"；其次则在于"经世"。姚氏总结起来说："吾辈苟从事兹学，必先涵养胸趣，盖胸趣果异乎流俗，然后其心静，心静则识明，而气自生，然后可以商量修、齐、治、平之学，以见诸文字，措诸事业。"由此可见，桐城派的理论确是反映了封建统治阶级的政治要求。

正像历史上无数先例所表明的那样，一些要求突破儒家思想束缚的人，经常借用道家的学说来对某种思想或某种概念另作解释。季刚先生的释"道"，正是如此。他先引《淮南子·原道》篇、《韩非子·解老》篇和《庄子·天下》篇中有关"道"的学说来诠释刘勰之"道"，接着又说："案庄、韩之言道，犹言万物之所由然。文章之成，亦由自然，故韩子又言'圣人得之以成文章'。韩子之言，正彦和所祖也。"有人以为刘勰信从儒家学说，韩非是猛烈攻击儒家学说的法家人物，季刚先生引用韩非的学说去阐释刘勰的《原道》，在学派上就说不通。殊不知季刚先生引用的是韩非《解老》中的文章，这里发挥的是道家的学说。韩非"喜刑名法术之学而其归本于黄老"，《解老》又是我国历史上第一篇诠释《老子》的文章，以此为阶梯而进窥道家的学说，最能掌握其要领。刘勰固然重视儒家学说，然而在自然观和方法论上也深受玄学的影响。季刚先生曾有《汉唐玄学论》之作，对刘勰的思想有深入的研究，这里援引《解老》与《天下》篇中的文章来释"道"，与刘勰的文学思想是很契合的。

季刚先生又说："道者，玄名也，非著名也。玄名故通于万理，而庄子且言'道在矢溺'。今曰文以载道，则未知所载者即此万物之所由然乎？抑别有所谓一家之道乎？如前之说，本文章之公理，无庸标榜以自殊于人；如后之说，则亦道其所道而已。文章之事，不如此狭隘也。"他由阐释"原道"进而批判"文以载道"之说，显然是不满于桐城派的宣扬封建礼教，以此作为文章的唯一要义，束缚天下士子的头脑。所以他又叮咛地说：

今置一理以为道,而曰文非此不可作。非独昧于语言之本,其亦胶滞而罕通矣。察其表则为谰言,察其里初无胜义,使文章之事,愈病愈削,浸成为一种枯槁之形,而世之为文者,亦不复擪究学术,研寻真知,而惟此窾言之尚,然则阶之厉者,非文以载道之说而又谁乎?

季刚先生的批判桐城派,要求突破正统思想的束缚,具有思想解放的意义。《通变》篇的札记中重申了这一重要见解。他在解释"龊龊于偏解,矜激于一致"时说:"彦和此言,为时人而发,后世有人高谈宗派,垄断文林,据其私心以为文章之要止此,合之则是,不合则非,虽士衡、蔚宗不免攻击,此亦彦和所讥也。嘉定钱君有《与人书》一首,足以解拘挛,攻顽顿,录之如左。"随后他就录引了钱大昕书的全文。众所周知,钱氏的这一文字,乃是批判桐城派的力作。钱大昕以朴学大师的身份猛烈攻击桐城派的宗师方苞,可以说是一种"擒贼先擒王"的手段。《文选》派中人物援此讨伐桐城,又可看到他们与朴学之间的密切联系。

季刚先生明白示人以作文宗旨曰:"文章之事,不可空言,必有思致而后能立言,必善辞令而后能命笔。而思致不可妄致也,读诵多,采取众,较核精,则其思必不凡近。以不凡近之思,求可观采之文,犹以脾臄为嘉肴,取锦绮为美服也。不此之务,而较量汉唐,争执骈散,鏖战不休,同于可笑,孰有志而为此哉? 盖文章之事,无过叙事、论理、抒情三端。诚使叙不必叙之事,论不必谈之理,足下试思其文何若? 此无论规摹姚、曾,抑或宗法汪、李,要未足陈于通人之前。……无学之文不必为,无用之文不必为,则文章之大已得;字句之妍媸,宁待斟酌而后晓哉?"[①]对于那些缺乏真情的文字,尤不予好评,颜延年作《宋文

---

① 《复许仁书》,载《制言》第52期,1939年。

皇帝元皇后哀策文》，季刚先生批曰："此文实不悟其佳处，意窘词枝，总由无情耳。"①

季刚先生为人真率，所作诗词，情真意浓，恻恻动人。因此他的论文，反对桐城派的以"理"束缚人，主张文本自然，不受拘检，强调真情实感，这是与桐城派在文学观念上的根本对立。大家知道，季刚先生早年参加革命，曾为民国的建立作出过贡献。他的思想，虽然不能说已经形成了完整的资产阶级思想体系，但从他与封建专制主义政权的斗争中，却也可以看出他的思想有其民主主义的一面。文学思想上的自然观，正是他政治思想上进步因素的反映。

由此可见，季刚先生在文学观点上有恪守《文选》派规范的地方，而在思想上有新的发展，这是与阮元、刘师培等人根本不同的地方。

学有本源与追本溯源

季刚先生殁后，挚友胡小石先生撰挽联曰："所学兼儒林、文苑之长，浩浩洪流，抱简正逢龙起日；相知视惠施、庄周为近，茫茫泉壤，运斤空叹质亡时。""所学兼儒林、文苑之长"一语，是对季刚先生一生成就的评价。他在学术和创作上都曾作过巨大的贡献。

因为他是"儒林"中人，所以在文学上也讲求学有本源。不论是在理论上，还是在创作上，无不如此。

章太炎先生称赞其创作成就曰："文章自有师法，研精彦和《文心》，施之实事。为文单复兼施，简雅有法，不涉方、姚、恽（敬）、张（惠言）之藩，亦与汪、李殊派。至其朴质条达，虽与之异趣亦无间言。"②后学徐英

---

① 《黄季刚先生评点〈昭明文选〉》。
② 转引自柯淑龄博士论文《黄季刚先生之生平及其学术》，页 689。

则曰:"骈文自汪容甫入而上追八代之奇,尔雅渊懿,安详合度,与刘先生申叔同为近代名家。"①一致推崇他是近代骈文的高手。而季刚先生的创作实践,又是与他钻研《文心雕龙》中的理论密切相关的。

《文心雕龙札记》一书,就从1927年文化书社印行算起,也已问世五十多年了。治《文心雕龙》者历久不衰,一直把《札记》视作重要的参考书。目下研究《文心雕龙》的盛况更是迈越往古,观点和方法也已大不相同,然而《札记》此书仍然享有不可动摇的地位。此中原因,值得好好地总结。

季刚先生对《文心雕龙》中文字典故方面的诠释,因为朴学修养湛深的缘故,固然精确不可移;就是对《文心雕龙》中理论的阐发,也是切理恹心,富于启发。季刚先生具有非常丰富的创作经验,而他的创作,正是继承刘勰所倡导的优秀传统发展而来;他的理论,直接继承着刘勰所阐发的微言奥义。他的成就,真可谓学有本源。那么通过他本人的高度成就,沿着他指示的门径,作探源之举,可免多歧亡羊之病,而有直指心源之助。阅读《文心雕龙》的人,当然在所必读了。

这样看来,《文心雕龙札记》一书乃是清末民初三大文学流派纷争中涌现出来的一部名著。季刚先生继承了《文选》派的传统,吸收了朴学派的成果,在批判桐城派的过程中,形成和发展了自己的学说。这场骈文和散文之争,有我国文学千百年来的历史作为参考,有不同流派的许多大师的意见可作借鉴,季刚先生以其过人的才力和不懈的钻研,心血所聚,成此一册,自然不同于泛泛之作。这样的文字历久弥新,可以预见,它将永远得到文学爱好者的珍视。

（原载《文学遗产》1987年第1期）

---

① 转引自柯淑龄博士论文《黄季刚先生之生平及其学术》,页689。

文学"一代有一代之所胜"说的重要历史意义

自80年代起,重写文学史的呼声很高,新编写的文学史层出不穷。大家深深感到建国之后出现的几种文学史,不论是集体编写的还是个人撰述的,尽管都有很多优胜之处,但受教条主义的影响,都有不能令人满意的地方。只是批评他人容易,自己动手却又犯难,于是学术界又有了总结过去经验教训的要求。90年代起兴起了一股研究中国文学史的热潮。我对此事本无置喙的余地,因为我既没有编写过什么文学史,甚至没有认真地读过一种文学史,只是身为高等院校中的一名古代文学教师,自难摆脱这一潮流的影响。今将有关文学史编写历史中的一些看法写出,供大家参考。

清代扬州学派中人对文学的探讨

中国之有文学史一类的读物出现,是从清末林传甲等人的著作开始的,这已成了学术界的共识。这些先驱人物编写的文学史,受到日本等国的影响,也是不争的事实。但我们也应看到,中国古代学术界也一直在对文学的发展进行探索。作为清代学术主流的朴学家中,扬州学派一系人物,在此提出了很好的意见。

焦循与阮元为扬州学派的主要人物。二人同时友好,探讨尤多,贡献更为突出。

大家知道,焦循在《易馀籥录》卷一五中提出了文学"一代有一代之所胜"的著名论点,影响文学史的编写甚巨。今将有关文字引录如下:

商之诗，仅存颂。周则备风、雅、颂，载诸《三百篇》者尚矣。而楚骚之体，则《三百篇》所无也，此屈、宋为周末大家。其韦玄成父子以后之四言，则《三百篇》之馀气游魂。汉之赋，为周、秦所无，故司马相如、扬雄、班固、张衡，为四百年作者，而东方朔、刘向、王逸之骚，仍未脱周、楚之科臼矣。其魏、晋以后之赋，则汉赋之馀气游魂也。楚骚发源于《三百篇》，汉赋发源于周末。五言诗发源于汉之十九首，及苏、李而建安，而后历晋、宋、齐、梁、陈、周、隋，于此为盛。一变于晋之潘、陆，宋之颜、谢。易朴为雕，化奇为偶。然晋、宋以前，未知有声韵也，沈约卓然创始，指出四声。自时厥后，变踔厉为和柔。宣城（谢朓）、水部（何逊），冠冕齐、梁，又开潘、陆、颜、谢所未有矣。齐、梁者，枢纽于古、律之间者也。至唐遂专以律传。杜甫、刘长卿、孟浩然、王维、李白、崔颢、白居易、李商隐等之五律、七律，六朝以前所未有也。若陈子昂、张九龄、韦应物之五言古诗，不出汉魏人之所范围。故论唐人诗，以七律、五律为先，七古、七绝次之。诗之境至是尽矣。晚唐渐有词，兴于五代，而盛于宋，为唐以前所无。故论宋宜取其词，前则秦（观）、柳（永）、苏（轼）、晁（补之），后则周（密）、吴（文英）、姜（夔）、蒋（捷），足与魏之曹、刘，唐之李、杜，相辉映焉。其诗人之有西昆、西江诸派，不过唐人之绪馀，不足评其乖合矣。词之体，尽于南宋，而金、元乃变为曲，关汉卿、乔梦符、马东篱、张小山等为一代巨手，乃谈者不取其曲，仍论其诗，失之矣。有明二百七十年，镂心刻骨于八股，如胡思泉、归熙父、金正希、章大力数十家，洵可继楚骚、汉赋、唐诗、宋词、元曲，以立一门户。而李（梦阳）、何（大复）、王（世贞）、李（攀龙）之流，乃沾沾于诗，自命复古，殊可不必者矣。夫一代有一代之所胜，舍其所胜，以就其所不胜，皆寄人篱下者耳。余尝欲自楚骚以下，至明八股，撰为一集。汉则专取其赋,魏、晋、六朝至隋则专录其五言诗,唐则专录其律诗,宋专录其词,元专录其曲,明专录其八股,一代还其一代之所胜,然而未暇也。偶与人论诗,而纪于此。

值得探讨的是,一代朴学大师焦循怎么会提出这一著名论点的呢?

清代朴学,有吴派、皖派之别。清代中期,扬州学派崛起,这一流派中人除了奄有上述两派的治学特点之外,还出现了另一种"闳通"的气象。张舜徽以为该学派的学风为"能见其大,能观其通",能"运用变化、发展的观点分析事物。……推广了求知的领域"。①

扬州学派中人除了在经史、小学等领域中继续作出贡献之外,还很重视辞章之学。例如该学派中早期的杰出人物汪中,就以骈散兼行的创作成就享誉一时。焦循于此亦有所成,阮元《定香亭笔谈》卷四曰:"焦里堂(循),江都人,朴厚笃学,邃于经义……馀事为诗词,亦皆老成。"

刘毓崧在列数该学派中杰出人物在各个领域中取得的成就时,介绍其中关注骈文的一派,其特点为"奉《易·文言》为根底";介绍关注诗歌的一派时则曰:"其深于古近体诗之学者,循风骚之比兴,乐府之声情,选楼、玉台之格调,以化裁隋唐后之诗,而非若浅率以为性灵,叫嚣以为雄肆也。"②

这一提示表明,扬州学派中人由于倡导骈体而推崇六朝文学。阮元可为这一倾向的代表。他在与桐城派的抗争中,特别提出《文选》这

---

① 张舜徽《清代扬州学记》第一章《叙论》,上海人民出版社 1962 年版,第11—14 页。

② 刘毓崧《吴礼北〈竹西求友图〉序》,载《通义堂文集》卷九,《求恕斋丛书》本。

一六朝时期产生的著名选集作为创作的榜样,因此由他倡导的文学流派即有《文选》派之称。

在我国过去的各个朝代中,六朝时期的文学观念具有明显的特点。这一时期的文人考察文学问题时,从政教着眼的倾向有所减弱,而从纯文学考察问题的倾向有所增强。梁代萧氏王室中人曾经提出过一些著名的观点,例如昭明太子萧统在《文选序》中提出"事出于沉思,义归乎翰藻","综辑辞采","错比文华"等说,湘东王萧绎在《金楼子·立言》篇中提出"至如文者,惟须绮縠纷披,宫徵靡曼,唇吻遒会,情灵摇荡"等说,分从感情与辞采等方面阐发文学的特点,有与后代文学观念相合的地方,因而在清代中后期时引起了很大反响。

萧统在《文选序》中还阐述了诗赋等文体之间的演变问题,且结合历史,对诗体的发展也作了考察与说明。这种历史眼光,在其时的几种史学著作中更有突出的表现。

沈约在《宋书·谢灵运传论》中以史家的眼光考察了文学的发展。他首先探讨了文学的起源,以为"志动于中,则歌咏外发","然则歌咏所兴,宜自生民始也"。认为自有人类产生,即有文学出现,这无疑是一种符合近代文学研究者口味的观点。沈约随后从有文字记录的"周室既衰"开始,随着时代的发展,文学的演变,一直叙到宋氏的"颜、谢腾声",其间还列举名作,并附带提出了独得之秘的声律论,对古往今来的文学演变作了综合说明。

他所作的一些分析,很有参考价值,例如其中说到"自汉至魏四百馀年,辞人才子,文体三变:相如工为形似之言,二班长于情理之说,子建、仲宣以气质为体,并标能擅美,独映当时",文中论及玄言诗的一段,成了后代文学史研究者无可替代的指导性意见。

又如萧子显在《南齐书·文学传论》中对萧齐一代文学的分析,先从前此文学的发展叙起,以见文章的源流演变,而后又总结道:

今之文章,作者虽众,总而为论,略有三体:一则启心闲绎,托辞华旷,虽存巧绮,终致迂回,宜登公宴,本非准的,而疏慢阐缓,膏肓之病;典正可采,酷不入情。此体之源,出灵运而成也。次则缉事比类,非对不发,博物可嘉,职成拘制。或全借古语,用申今情,崎岖牵引,直为偶说,唯睹事例,顿失清采。此则傅咸五经,应璩指事,虽不全似,可以类从。次则发唱惊挺,操调险急,雕藻淫艳,倾炫心魂,亦犹五色之有红紫,八音之有郑卫,斯鲍照之遗烈也。

这种分析,概括性强,甚为深入,可作后代文学史研究工作者的重要参考。

众所周知,刘勰在《文心雕龙·时序》篇中对前此文学的发展作了更为系统的考察,提出了许多精彩的论点,如论建安文学曰:"观其时文,雅好慷慨,良由世积乱离,风衰俗怨,并志深而笔长,故梗概而多气也。"这一评述已成研究建安文学的权威意见,各家研究文字中无不征引。

刘勰在《时序》篇的开端说:"时运交移,质文代变,古今情理,如可言乎!"认为文学的发展,文风的递变,如能结合古今文士的心态与民情风俗而进行考察,都是可以阐述清楚的。文中还进一步总结道:"故知文变染乎世情,兴废系乎时序,原始以要终,虽百世可知也。"这种精辟的意见,一直指导着后世的文学史研究。

《文心雕龙》分为上、下篇。上篇之中,《明诗》以下的二十篇文章,分论数十种文体,《序志》篇中说:"若乃论文叙笔,则囿别区分:原始以表末,释名以章义,选文以定篇,敷理以举统,上篇以上,纲领明矣。"说明他在研究每一种文体时,都要追本溯源,考察流变,选取范文,并从理论上加以总结。刘勰的作家、作品研究,都是置于文学发展的历史长河中加以考察的。这就可以说,《文心雕龙》上篇中的许多文字,都可视作文学史分体研究的专题论文。

刘勰对中国文学的发展作了总的考察和个别的考察,刘宋之前的文学发展历程也就清晰可辨。因此,当代的文学史研究者都把刘勰的有关论述作为文学史研究的重要文字看待。

唐代诗歌创作成就突出。宋人考察前代的文学问题时,大都关注诗学方面的成就。其时兴起的诗话一体,主要内容之一,就在总结唐人在诗歌方面的创作经验。严羽《沧浪诗话》中有《诗体》一章,"以人而论"部分,对作家的创作风格作了详细的论述;"以时而论"部分,对时代风貌作了综合考察。以唐诗而言,就区分出了唐初体(唐初犹袭陈隋之体)、盛唐体(景云以后,开元、天宝诸公之诗)、大历体(大历十才子之诗)、元和体(元白诸公)、晚唐体等多种,而他在《诗辨》一章中又说:"故予不自量度,辄定诗之宗旨,且借禅以为喻,推原汉魏以来,而截然谓当以盛唐为法。"这不仅是因唐代多种诗体的创作均已取得丰硕成果,而且产生了李白、杜甫等一代宗师,可以雄视各代。

宋词、元曲的情况类同。这两种文体在创作上取得巨大成就之后,后人加以总结,也就会联想起唐诗的情况,从而以此作为时代的标志。元代罗宗信在为周德清《中原音韵》作序时说:"世之共称唐诗、宋词、大元乐府,诚哉!"明代陈宏绪《寒夜录》卷上引卓人月之语曰:"我明诗让唐,词让宋,曲又让元,庶几吴歌挂枝儿、罗江怨、打枣竿、银绞丝之类,为我明一绝耳。"目的就在依据上述原理而遴选明代的代表文体。

比之唐诗、宋词的作者,元曲与明代民间文学的作者身份已有很大的不同。前者大都是士族中人,后者则大都是社会地位低下的士子或一般平民。因此明清之后的文士起而将元曲等文体与唐诗、宋词并列,本身就反映了社会观念的进步。清代朴学大师都是士族中人,其中一些人物起而推崇戏曲,也是一种值得注意的社会现象。

清代扬州地区经济极为繁荣,各种娱乐活动极为丰富。李斗《扬州画舫录》卷五曰:"两淮盐务,例蓄'花''雅'两部,以备大戏。雅部即昆山腔,花部为京腔、秦腔、弋阳腔、梆子腔、罗罗腔、二簧调:统谓之乱弹。"反映了其时各种戏曲的风靡一时,这对那些兴趣广泛、视野开阔的文人来说,自然会引起关注。

焦循就是这么一位对戏曲极为热衷的朴学大师。他不但喜好雅部,而且热爱花部,且于二者均有著述。目下所传者,有《剧说》六卷与《花部农谭》一卷二书。《扬州画舫录》中还记载着焦氏另一著作《曲考》的部分内容。他不但兴致勃勃地观看演出,而且博征载籍,对戏曲的故事和脚本作广泛的考索,于此可见其文学史观的宏通与深入。

阮元与焦循为姻亲,熟知其为学特点,他在《通儒扬州焦君传》中说:"君每得一书,必识其颠末。或朋友之书,无虑经史子集,即小说、词曲,亦必读之至再,心有所契,则手录之,如是者三十年,命子琥编写成《里堂道听录》五十卷。"(《揅经室二集》卷四)

张舜徽在讨论扬州学派的特点时特别表扬了焦循的成就,强调他有科学的态度,并曰:"这种分析事物的思想方法,体现在焦循的著述中,最为突出。他无论在阐明性理,讨论经学,教戒子弟等方面,都强调'会通',强调'日新';反对'据守',反对所谓'定论'。他经常把事物看成是变化不居的、前进不停的。……由于他没有把事物看成一成不变,才能提出一系列新颖的见解。这种见解,影响了他周围的朋友和后起的学者,形成了比较活跃的学风。"①

由上可知,扬州学派中的杰出人物焦循考察文学流变,观其会通,

---

① 张舜徽《清代扬州学记》第一章"叙论",上海人民出版社1962年版,第11—14页。

提出了文学"一代有一代之所胜"的观点,说明时代发展至此,已经具备了全面系统地总结文学发展的条件。焦循为《易》学大师,考察问题时自然具有"穷则变,变则通,通则久"的通变观点,而他又曾对各种文体进行过系统的研究,这样才能形成其完整的文学史观。

其后王国维、胡适等人也曾提出"一代有一代之文学"的观点。①按照他们的哲学观点而言,均受清末风行的进化论的影响,这与焦循植根于《易》学上的发展观不同。但王、胡二人均与清代朴学有很深的渊源,自然会受到扬州学派中人学术观点的影响,不大可能直接从元、明时代那些不太知名的文士那里去寻找理论支柱。他们所接受的,当是焦循这样识见高明的朴学大师的影响。

新式学堂的创建和学术流派的纷争

清王朝自中期起,腐朽没落,窘态日益暴露。西洋各国挟其船坚炮利之势,打开了清政府闭关自守的大门。国人迫于危亡,群思变革,清政府为挽救覆灭的噩运,也提出了推行新政的口号。尽管前进的道路上举步维艰,但后人也应看到,中国社会正在发生巨大的变化。

清政府决定在教育制度上实行变革,废除行之千年的科举制,而代之以新型的学校,于是北方有京师大学堂的设置,南方有两江师范学堂等设置。

从统治者说来,科举制度与学校教育的目的都在培养与选拔人才。科举制度的内容,不论是隋唐以来的进士或明经,抑或明清的八股取士,士子熟习的内容,都是突出儒家经典的训练。经学差不多综

---

① 王国维之说见《宋元戏曲考》,实为推重元曲的地位而提出;胡适之说首见于《文学改良刍议》,实为提倡白话文学改良而提出。

合了古时的一切学问。学校代兴,则仿西方学术的建制,重视分科教育。因此,筹建京师大学堂的一些官员,起始就在考虑如何结合中国的国情,将士子的综合训练转向分科教育。

其时能对清政府发生影响的一些西方人士竞相提出建议,美人李佳白在《拟请京师创设总学堂议》中,共提出了八条建议,其三曰:

> 总学堂虽备有各等学问,然一人之聪明才力势不能兼学;兼学矣,亦必不能兼精。总学堂之内,必设各等专门学堂。其最要者,如政事律法学堂,格致学堂,矿学堂,工程学堂,农政学堂,博文学堂皆是。就学者才之所长,性之所近,入一专门学堂,各尽心力以学之,务造其极而止。①

光绪二十七年(1901),张百熙奉派为管学大臣,续办京师大学堂。在他的推动下,次年七月十二日即以上谕的方式颁布《钦定学堂章程》,大学分科仿日本例,分为政治、文学、格致、农业、工艺、商务、医术等七科,文学科内则分为七目。其后张之洞奉调内任,筹办学校的几位大臣以为张氏负天下重望,请其参与意见,张之洞等乃重行商定,又以上谕的方式于光绪二十九年闰十一月二十六日颁布《奏定学堂章程》,增设经学科,因而全部科目遂重行分为八科。张氏曰:“西国最重保存古学,亦系归专门者自行研究。古学之最可贵者无过经书。无识之徒喜新蔑古,乐放纵而恶闲检,惟恐经书一日不废,真乃不知西学西法者也。”②这是“中学为体、西学为用”这一原则的具体表现,也反映

---

① 载舒新城编《近代中国教育史料》第一册、五《京师大学堂》,中华书局1933年版,第117页。

② 转引自何炳松《三十五年来中国之大学教育》,载商务印书馆编《最近三十五年之中国教育》卷上,1931年版,第83—85页。

了中国发展到这一阶段时特定的国情。

侯官林传甲于宣统二年(1910)六月出版了《中国文学史》一书,这是他任教京师大学堂时所编的讲义,贯彻了学堂章程中所规定的要求。全书共分十六篇,第一篇至第三篇分论文字、音韵、训诂,第四篇至第六篇讲古今文章内容作法之流变,第七篇至第十一篇讲经、史、子之文,第十二篇至十四篇讲汉魏至"今"文体,第十五、十六两篇讲骈散两种文体。从今人看来,实属体系庞杂,文学观念不清,却正是这一时代的人学术观点的典型写照。清代后期学人对此有共识,学习文学而无经、史、子方面的知识,则如无本之木;学习经、史、子而不从小学入手,则入门不正,难以取得成绩。由此可知,这是乾嘉朴学兴起之后形成的传统,林著文学史这一大学教材,充分反映了时代的特点。

再从林著末篇来看,可知当时的人颇为关注骈散之争。创作领域纷纭扰攘,从各家的争议中也可看出人们正在对中国文学特点进行探索。

自清初方苞等人创建桐城派始,直到清末民初,这一注重散文写作的流派一直占有主导地位。桐城派推重义理,规仿唐宋古文,宣扬程朱理学,自然会得到朝廷的青睐。同治之时,曾国藩等继起,形成了更大的声势。尽管方苞之时已有不少人起而攻之,却无法动摇其文坛上的正统地位。

阮元援引六朝时期的文笔之说,所谓"有韵为文,无韵为笔",主张文必有韵。他又以为文章必须注重比偶,于是又引《易经》中的《文言》张大其说。他在《文韵说》中还提出:"凡为文者,在声为宫商,在色为翰藻。"要求奉骈文为正宗,把散文逐出文苑。这一主张当然也是很片面的。但他根据我国文学的特点而立论,强调文学创作应该珍视本国语言文字的特点,则又有其合理性,这是号称《文选》派的文学主张能够取信于人的原因。

清代末年,学堂制起而代替科举制后,各大文派若想争取群众培养后学,必须在学堂中争得主导地位。清末民初,位于首都的京师大学堂改为北京大学,桐城派的最后几位大师马其昶、姚永朴、姚永概、林琴南等先后在该校任教,为桐城派争得了重要地位。但自民国四年(1915)起,章太炎的学生纷纷进入北京大学。章氏文学重魏晋,其弟子中也有多人爱好魏晋六朝文学,于是在桐城派占上风的地盘上搅入了新的因子。民国六年,刘师培拥袁世凯称帝失败,章太炎又改荐他至北京大学任教。于是《文选》派中人物逐渐排除了桐城势力。

刘师培是后期扬州学派的代表人物。他继阮元之遗绪,曾撰《文章源始》《广阮氏〈文言说〉》等文,批判桐城派的以经史为文,要求创作时"以彣彰为主"。

刘师培编有《中国中古文学史》等讲义,宣扬魏晋六朝文学。这种观点,与其时也在北京大学任教的黄侃在《文心雕龙札记》中宣扬的观点,可谓桴鼓相应。刘氏的这一讲义也得到了爱好魏晋六朝文学的鲁迅的称赞,可见其影响之大。

但《文选》派的这种文学观点,却遭到了章太炎的强烈反对。他在《文学总略》一文中,探讨文学的特点,试图结合中国的实际,为文学寻找一种新的定义。他开宗明义地说:"夫命其形质曰文,状其华美曰彣;指其起止曰章,道其素绚曰彰。凡彣者必皆成文,凡成文者不皆彣。是故榷论文学,以文字为准,不以彣彰为准。"

章氏的这一说明,颇为后人所诟病,以为文的界说宽泛无边,一切见之于文字的东西都可称之为文学,这样也就无所谓文学的特点了。实则章氏的立论自有其思想体系。他是著名的朴学大师。朴学家无不强调为文必先识字,他们以为文章的基础是文字,故论文亦必自文字始。中国古代本有下笔成文之说,举凡应用书札、朝廷公文,无不强调文采,这样,"文"的范围自然无所不包了。①

谢无量于民国七年撰《中国大文学史》,影响甚大,一再重版印行,可见其受欢迎的程度。谢氏在该书第一编《绪论》第一章《文学之定义》第四节《文学分类》中引近人之说,就吾国古今文章体制列表说明,内分无句读文、有句读文两大类。其理论上的依据,即章太炎在《文学总略》中的主张。② 因为这一学说继承了清代朴学的传统,在学术界有深厚的基础,所以仍能不断影响文学史的研讨。

胡小石先生在中国文学史领域中的贡献

章太炎的学生大批进入北京大学任教时,中国文学史课即由朱希祖担任。他在日本东京时期曾从章氏学习国学,因而所编的讲义体系庞大,包括了其时所谓国学中的许多内容。③

民国九年,胡小石先生由同学陈中凡先生推荐,北上至京出任女子高等师范学校(后改称北京女子高等师范大学)教授兼国文部主任,讲授中国文学史、修辞学、诗歌创作等课。

胡先生于清宣统元年(1909)毕业于两江师范学堂农博分类科。陈先生原来也在两江师范学堂读书,后入北京大学求学,毕业后留校

---

① 参见拙文《论黄侃〈文心雕龙札记〉的学术渊源》,载《文学遗产》1987 年第 1 期。

② 谢无量《中国大文学史》于民国七年(1918)由上海中华书局出版,先后重印 17 次。台湾中华书局于 1967 年又发行新版,至 1983 年已重印 6 次。中州古籍出版社于 1992 年也影印再版。本处引文见原书第 6—8 页。

③ 朱希祖(1879—1944),字逖先,一作逷先,浙江海盐人。章太炎在日本讲授国学时,朱氏与黄侃、钱玄同、周树人(鲁迅)、周作人等同往听课。民国初期进北京大学中文系任职。曾撰《中国文学史要略》,北京大学出版部 1916 年版。

任教,并兼任北京女子高等师范学校教员。① 他曾赴上海探望两江师范学堂时的监督李梅庵(瑞清),遂与其时寓居李家的胡先生相识。李梅庵逝世,陈先生乃介绍胡先生至高校任教。他回忆北京高等教育界讲授文学史的情况时说:

> 其时北京大学开有文学史课,由朱逖先先生主讲。看他的讲稿,分经史、辞赋、古今体诗等篇,近于文学概论。读其内容,实则是学术概论,非文学所能包括。小石因举焦循《易馀籥录》说,大意谓"一代文章有一代之胜,《诗经》、楚辞、汉赋、汉魏南北朝乐府诗,以及唐诗、宋词、明制义,各有它的特色。至后代摹拟之作,便成了馀气游魂,概不足道"。②

胡先生因所学专业的关系,信从达尔文的进化论,从而首先在中国文学史的讲授中引入文学"一代有一代之所胜"的学说,具有重大的历史意义和理论价值。

中国是一个文化积累极为深厚的文明大国,文史著作在传统文化中向来占重要地位。高等学校中的文科学生接受中国文学史的教育,即是传承繁衍传统文化的大事。因此讲授中国文学史一端,对于文科建设来说,意义重大。尽管民国初年的学者还重专门之学,一些恪守旧时矩矱的学者还看不上这类通史的讲授,但从事后的发展来看,文学史课在中国语文学系的教学中比重越来越大,这也是分科教育培养学生的必然结果。

---

① 参看姚柯夫编著《陈中凡年谱》,书目文献出版社 1989 年版。
② 陈中凡《悼念学长胡小石》,《雨花》1962 年第 4 期,第 34—35 页。

早期编写文学史的人，从体例上说，每规仿日本人的著作，如林传甲编写的《中国文学史》，自称仿笹川种郎（临风）《支那文学史》而作；曾毅于民国四年撰《中国文学史》，胡云翼即指责他"完全抄自日人儿岛献吉郎之原作"；[①]顾实于民国十五年时撰《中国文学史大纲》，梁容若批评说："书以日本著作作为蓝本，直译生涩之语句，弥望皆是。承袭外人谬说，自相矛盾之处时亦不免。"[②]

中国本来没有这类分章分节逐项论述的著作。日本学者受西学的影响为早，也就规仿西洋的著作体例，编写中国文学史，中国早期的一些文学史编纂者，也就受到他们很大的影响。

另一类著作的特点也可从林传甲的著作中看出，他虽仿日人著作编写，但为顾及中国国情，又加入了许多经、史、子方面的内容。其后一些体系庞大的文学史，大都具有这一特点。

胡先生在文学史研究中接受扬州学派的观点，援引"一代有一代之所胜"说，作为中国文学史的主要发展线索。扬州学派中的杰出人物焦循观其会通，勾勒出了中国文学发展的一条主线，便于后代学者把握其主要内容。焦循的观点，综合了历代史学家与文学批评家的看法，符合中国文学的实际。

一位学者之所以接受某种学说，必然有其原因。胡小石先生的父亲胡季石，清末受教于扬州学派中的后起人物刘熙载。刘氏撰《艺概》，除《文概》《书概》外，其主要部分为《诗概》《词曲概》与《经义概》，与焦循论文学发展的线索大体上是一致的。而胡先生在北上讲学前，曾有三年时间寓居沪上，与晚清名宿沈曾植、郑文焯、徐乃昌、刘世珩、

---

① 　胡云翼《中国文学史·自序》，北新书局民国二十一年（1932）版，第 3 页。
② 　梁容若《中国文学史研究》内《中国文学史十一种述评》，台湾三民书局1967 年版，第 133 页。

王国维、曾熙等交游,尚及见缪荃孙等前辈学者。这一时期,学界仍宗仰乾嘉朴学,这时他从扬州学派人物焦循的学说中吸收"一代有一代之所胜"的理论作为其文学史学说的主干,也就是很自然的了。

胡先生对当前几种文派之间的争论也作出评论。他从文笔之辨叙起,云:"此后直到清代,对于文学有明显主张的,约分三派:(一)桐城派,主单语,重散文。即古之所谓笔,此派以方苞为首。(二)扬州派,主偶体,重骈文。即古之所谓文,以阮元为首。(三)常州派,调和文笔之说,如张惠言等,均骈散兼工。"殖后加以总结道:"以上三派,论信徒之多,必推桐城派。若论立论之精准,即数扬州派。"这是因为"六朝所下'文'的定义,即前人对于'诗'的定义。惟当时文笔之分甚严,而所称为'文'者,除内涵之情感以外,还注重形式方面,必求其合乎藻绘声律的各种条件"。说明扬州学派中人努力探讨中国文学的特点,能够较好地继承六朝文学的传统,有向纯文学方向发展的趋势,易为近代学者所接受。

胡先生也反对章太炎在《文学总略》中提出的文学界说,云:"近来的章太炎氏,又主张极广义的:'凡著于竹帛者,谓之文。论其形式,谓之文学。'照他说来,太无限定。凡公司之股票,神庙之签条,均可称之为文,讲来实不胜其烦。现在若要讲文学的界限,与其失之太宽,不如失之太狭。故宁从阮氏之说,而不取章氏之论。"[1]

由此可见,胡先生在文学史研究工作中的贡献之一就在努力将文学从学术中区别开来。但他并不完全依赖西洋学说,或是日本学者的文学史著述去建构他的文学史体系。他从我国源远流长的学术传统中寻求依据,吸收清代朴学中扬州学派的研究成果,从而建立起了一

---

[1] 以上引文参见胡小石《中国文学史讲稿》第一章"通论",人文社 1930 年出版,上海古籍出版社 1991 年再版,编入《胡小石论文集续编》,第 11 页。

种符合中国文学史实际的文学史体系。而他在讲授文学史时重鉴赏，讲个人的创作经验，继承了以往文学批评的传统，有别于国外学者的同类著述。

从今人的眼光看来，"一代有一代之所胜"说似乎太偏重形式，有违目下内容决定形式的法定公式。实则中国过去的文人讲到文体发展时无不考虑到时代变迁对文学发生的影响，因此文体的递嬗变化，表现出来的是形式上的不同，但促使文体变化的，却是时代、社会、政治等决定文士心态的种种复杂因素，文士为使思想感情的宣泄更为畅达，探寻新的表现方式，从而在形式上有所发展与演变。中国过去的史书上或是历代诗文评的著作中，总是把讨论各种文体的成就和演变放在中心的位置。焦循的文学"一代有一代之所胜"的理论正是这一传统的完整表述。

胡先生认为，焦氏此说具有四种崭新的观念：（一）阐明文学与时代的关系，（二）认清纯文学的范围，（三）建立文学的信史时代，（四）注重文体的盛衰流变。这一说明，大体说来应是可以成立的，但焦循提到的有些文体是否可称纯文学，却难以取得共识。

焦氏以为八股可以作为明代文学的代表，自难令人接受。八股的创作尽管有很多技巧可供钻研，但明清两代文人之所以热心此道，只是出于功利的目的，时过境迁，这一文体已成刍狗，经过时代的冲刷，也就自然遭到了淘汰。

在"一代有一代之所胜"的行列中，汉赋一项情况特殊，恐怕难以得到纯文学倡导者的首肯。按纯文学一词，原是中国学者接受西洋的文学观之后才提出的新概念。西洋向以诗歌、戏剧、小说为文学的主体，因此一些主张彻底贯彻西洋学说的人势难接受赋这样一种文体到文学的行列中去。曹聚仁编《中国平民文学概论》，即仅列诗歌、戏曲、小说三种；①刘经庵编《中国纯文学史纲》，即在"编者例言"中明确宣布："本编所注重的是中国的纯文学，除诗歌、词、曲及小说外，其他概付阙如。"②

赋是一种最富中国文化特色的文体。依用语及结构而言，介于韵文与散文之间；以性质而言，介于文学与学术之间。因此有些人就称它为文学中的"四不像"。汉代大赋的写作最富这一特点。作者写作这类文字，必须具有多方面的才能，因此《魏书》作者魏收才有"作赋须大才"之说。而且赋这一种文体对其他文体的写作影响至巨，例如杜甫的名篇《北征》即曾深受曹大家《东征赋》、潘岳《西征赋》的影响。汉代文士把聪明才智集中在大赋的创作上，《文选》中即首列汉赋多篇，研究中国文学而漠视汉赋的存在，无疑是偏颇不全的。

对汉赋之类文体持确认的态度还是否决的态度，成了文学史研究者能否从中国实际出发进行撰述的一种标志。

胡先生终身在高等院校中讲授中国文学史，先后培养出了许多著名的文学史家，从他们的著述中可以发现文学"一代有一代之所胜"说的烙印。

民国九年（1920），胡先生在北京女子高等师范学校讲授中国文学史时，学生中有冯沅君、苏雪林、黄庐隐、程俊英等人；民国十一年（1922）于武昌高等师范学校讲授中国文学史时，学生中有刘大杰、胡云翼、贺扬灵、李俊民等人。冯、苏、刘、胡等人其后均以编撰《中国文学史》而知名。

冯沅君与其丈夫陆侃如于民国二十年（1931）合撰《中国诗史》，诗

① 曹聚仁《中国平民文学概论》，梁溪图书馆 1926 年版。
② 刘经庵《中国纯文学史纲》第 1 页，北平著者书店 1935 年版；东方出版社 1996 年再版。

仅叙至唐代,宋代之后略去不谈;词仅叙至宋代,元代之后略去不谈;散曲仅叙至元代,明代之后略去不谈。他们虽未明言这样做法的根据是什么,但不难看出,这是贯彻了文学"一代有一代之所胜"的观点。陆侃如是清华研究院时王国维的学生。从二人的师承而言,可以看到焦循学说所起的作用。

这种学说重视创作中的创造精神,但对后继者所作出的发展重视不够,如强调过度,则易陷于片面。《中国诗史》中的这种写法,引起了很多人的不同意见。苏雪林在《辽金元文学史》中亦曾引及《易馀籥录》中论戏曲的意见,可见她对焦氏学说的关注。① 但她编写文学史著作时为时已晚,觉察到了焦氏将好多作品视作"馀气游魂"之不当,因而她在《中国文学史·自序》中不满于"近代撰述中国文学史者皆奉焦氏此言为金科玉律",②这大约是看到同门冯氏等人过于拘执而有此一说的吧。

刘大杰于民国三十年出版《中国文学发展史》上卷,受到学界的高度重视。书中引进了新的学说,如法国郎宋在《论文学史方法》中提出的一些观点等。郎宋(G. Laneon)所著《论文学史方法》,乃黄仲苏应老友胡小石先生之所请而译出的,胡先生在讲授文学史时也部分汲取了其中观点,可知刘大杰之引用郎宋观点,渊源有自。

南京大学图书馆在整理胡氏捐献的遗物时,发现了这一本黄仲苏译的郎宋的《论文学史方法》,译者自云其时常与友人胡小石讨论文学史上的问题,这与刘氏的有关文字正相契合。刘氏叙及汉代文学时,特别强调汉赋的重要意义,亦可觇其学术渊源。

---

① 参见苏雪林《辽金元文学史》第三章"金之末叶作家",商务印书馆 1933 年《万有文库》本,第 24 页。

② 苏雪林《中国文学史》,台湾台中光启出版社 1970 年版,第 1—3 页。

　　　　　　　　锺山愚公拾金行踪

他在第六章"汉赋的发展及其流变"叙及汉赋兴衰的原因时,说道:"中国文学进展到了汉朝,我们可以看到一个显明的现象。这现象便是文学同民众生活日益隔离,而那种贵族化古典化的宫廷文学,成为文坛的正统。作为宫廷文学的代表的,是那有名的汉赋。在现代人的眼光中看来,汉赋自然是一种僵化了的缺乏感情的死文字,然而在当时,他却有活跃的生命,与高尚的地位。在三四百年中,多少才人志士,在那上面费去了心血。狗监的朋友司马相如,倡优式的东方朔、王褒之流,我们不用说;即如司马迁、刘向、班固、张衡、祢衡们,无论从学问、思想、人品方面,都是值得我们景仰的,然而他们也都是有名的赋家。可知赋是汉代文学中的主流,正好像唐诗宋词一样,任何读书人在那时代都不能不同他发生交涉。如果李白、杜甫、白居易、苏东坡生在汉朝,想必也都是以赋名家了。枚、王、司马、东方之徒,待诏作赋,世人讥为倡优,其实李白之咏《清平》,王维、杜甫辈的应制诗,这行为有什么两样?近人因拘于抒情文学的范围,鄙弃汉赋,甚至于大胆地在文学史上,把汉赋的一页,完全弃去不谈,实在是犯了主观的偏见,同时又违反了文学发展的历史性。"①由此不难看出文学"一代有一代之所胜"说对刘氏所产生的影响。

刘大杰把汉赋的发展分为四期:一为形成期,二为全盛期,三为模拟期,四为转变期。持此而与胡先生的《中国文学史讲稿》中论述汉赋的四期之说相较,如出一辙,不难发现其间的传承关系。

胡云翼在《中国文学史》中论汉赋时说:"赋是汉代文人的文学中最主要的部分。两汉的文人,几乎每一个都曾在赋里面贡献他的才力聪明。文学史家都说:'汉是赋的时代。'就赋的发展一方面说,这个话

---

① 刘大杰《中国文学发展史》第六章"汉赋的发展及其流变",中华书局 1941 年版,第 97 页。

是一点不错的。"①这种看法也已明确地将汉赋归为一代文学之所胜的一种代表性文体。

胡云翼在"自序"中首先对之前已正式出版的二十种文学史作了评论,云:"严格点说来,我们认为满意较多的实只有吾家教授胡小石的《中国文学史》及吾家博士胡适的《白话文学史》。胡小石先生的《中国文学史讲稿》,叙述周密,持论平允,是其特色。"这里提到胡适的书,当然是因为"我的朋友胡适之"红极一时的缘故。他之所以特别标举胡小石先生的文学史,固然因为《讲稿》内容丰富,立论精审,"叙述周密"之中当然包括进了"一代有一代之所胜"的优点,如对汉赋有正确的对待等。只是《讲稿》正式出版的时间较后,直到民国十八年(1929)时才让金陵大学一名学生苏拯把十七年时听课的一份笔记拿到上海一家小出版社——人文社,于十九年春正式出版。胡云翼作为学生而听胡小石先生讲授文学史时,尚在自著的文学史出版十多年前,学生时代聆听文学史课时印象深刻,所以后来沿袭其中的主要观点而又予以高度评价了。

由上可见,文学"一代有一代之所胜"之说很难说是一种纯文学的观点,但可以说是一种切合中国文学史实际的观点,后人自可据此理出文学史发展的主要线索。当然,后人也应注意避免焦氏为过分强调某一时代的突出成就而作出的一些片面论断。

留给后人的思考

"一代有一代之所胜"这一命题,本身就深具历史感。而这一命题何以会在清代出现,为什么会由焦循总结出来,他又怎样会把文学问

---

① 胡云翼《中国文学史》第二编《汉代文学》第四章"汉代的辞赋",第 31 页。

题总结成这个样子？都有值得深入探讨的地方。

　　既称某一文学为"一代之所胜"，就可说明此说非当代人的口气。一般来说，一代文学之中品种繁多，舆论不一，很难达成共识。而且一种事物要能得到定论，必须接受历史的考验。以文人而言，也要经过很长时间才能得到定评，如李白、杜甫的诗，要到唐代中、后期时才享大名，大家才逐渐认识到其水平之超出侪辈，宋代之后才有定论。与此类同，哪一种文体可作某一时代的代表，当代人是很难作出判断的。而且文体本身也处在发展之中，唐初诗歌承六朝之遗绪，近体正在走向完美，要到盛唐之后，近体才告成熟。宋人回过头来观察唐诗的创作，才能看得清楚。唐诗的总体成就呈现之后，也才有可能与前此的创作相比较，从而得出"一代之所胜"的结论。由此可知，文学"一代有一代之所胜"的结论，只能是在经历了若干代人的观察与总结之后才能得出。

　　如前所述，魏晋南北朝人对先秦至刘宋时代的文学作了总结，宋人对唐人的成就作了总结，明人对前此文学已有全面的考察，清代学术普遍具有总结前人成果的特点，扬州学派中的焦循纵观前代历史，才能作出"一代有一代之所胜"的结论。他对某"一代"的考察，往往吸收了前人的总结性意见。

　　由此可知，后人总结前代成就时，就有这么一种情况：时代越远，哪一种文体成就最为突出，容易得出共识；时代越近，则每因各人对问题的看法一时还不能达成共识，往往得不出结论。例如焦循，他对明代之前一些有代表性的文体的看法，大体说来可称允当，但对明代"之所胜"的文体，却不能把前人极为推崇的民间歌谣视作上品，而举八股文为"一代之所胜"，这种与现代人的观念格格不入的看法，正说明明清两代正统派的文士对八股文的重视·而对民间歌谣的忽视；又正暴露了焦循未能克服其正统观点。清代扬州地区工商业极为发达，焦循的思想,有其重视市民文学的一面,与前人有不同的地方,故能推重戏曲方面的成就,从而以元曲为"一代之所胜",但总未能进而推重民间歌谣,反而与官方的学界呼应,举八股文为明代文学的代表。焦循的这一局限,耐人寻味。

唐诗的繁荣,与其时的科举制度有关,士人如欲进入仕途,必须在诗的创作上接受严格的考验。焦循是否由此得到启发,以为明代的情况亦可作如是观。但事实证明,这种历史的类比是没有说服力的。宋代的词,元代之曲,与功利无关,同样可以作为"一代之所胜"的代表文体。因此,后人观察文学问题时,要想作出全面的客观的评价,殊非易事。因为每一个人都处在特定的环境中,往往不自觉地受到某种时代观念和特殊癖好的支配。每一个人只能是尽其可能地去作全面、客观的观照,为后人留下一份有参考价值的研究成果。

一种研究成果的取得,取决于时代提供的条件。文学发展到清代,才有焦循出来作总结,发展到了近代,才有胡小石先生等人注意到焦循提出的这一论点。中国文学的发展已有几千年的历史,始终难以独立作为某一专题而供人研究。六朝时期文坛上注意探讨文学的特点,朝廷上也有所反映,刘宋时文帝于儒学、玄学、史学三馆之外别立文学馆;明帝时立总明观,分儒、道、文、史、阴阳为五部,但是这一分科学习的潮流未能在后代继续下去。只是到了清末,朝廷为兴新学的需要,才建立了专科学习的新学堂。但中国的学者为此而建设中国文学史这一新科目时,终于凭借中国悠久历史中积累下的思想资料,继承清代朴学的成就,建设成一种符合中国国情的文学史体系。

严格说来,焦循提出"一代有一代之所胜"的这一命题,还只能说是揭示了文学发展中的一些现象,一个朝代何以会出现这"一代之所胜"的文学,还要作很多探讨,才能逐渐认识清楚,这也正是中国文学史家肩负的任务。

汉代献赋可以得官,按照班固《两都赋序》和蔡邕《上封事陈政要七事》中的说法,至迟到东汉时,已经确立了考赋取士的制度。但由于汉时文献记载不详,这一制度贯彻到什么程度和持续了多久,情况并不清楚,但在它的影响下,定然吸引住了大量谋求进入仕途的文士的注意力,则是不成问题的。这与唐代以诗取士的情况有类似处。这里又有很多问题可以探讨。后世仍有献赋得官的情况,为什么不能再现汉代的盛况?唐代做诗做得好的文人可以得到很高的声誉,为什么李白、杜甫不能通过科举而求得晋身?那么以诗取士对唐代诗坛的繁荣到底起了什么作用?又在哪些地方起到促进的作用?宋代的词,与士人的晋升无关,为什么能够取得如此高的成就?宋代社会又为词这一文体的勃兴提供了哪些条件?元代文人在曲的创作上取得了空前的成就。把曲作为元代文学的标志,那是经过了几代人的探讨之后才达成的共识,这里又可提出疑问,明代文士在什么文体上取得了杰出成就,可作一代文学之标志?卓人月等提出可举民间歌谣为"一代之所胜",焦循不同意,而他举出的八股文,今人绝对不可能同意,那么还有没有其他文体可作代表的呢?与此相司,清代能不能举出其"一代之所胜"的代表文体?如果明、清两代都难选出"一代之所胜"的代表文体,又是什么道理?是否可说,明清之后的社会情况越来越复杂,已经难于推举某一种文体作为一个朝代的标志?情况究竟如何,值得文学史家探讨的地方很多很多。

(前一、二、三部分原载《文学遗产》2000 年第 1 期)

周勋初学术年表

1950 年 9 月 1 日（21 岁） 进入南京大学中文系学习。

从胡小石先生学习工具书使用法、中国韵文选、中国文学史，从罗根泽先生学习中国文学史，从陈中凡先生学习中国散文选，从汪辟疆先生学习中国韵文选，从方光焘先生学习文艺学、现代文学名著选、现代汉语，从陈瘦竹先生学习戏剧、诗歌、小说，从孙席珍先生学习中国新文学史、小说，于于在春先生学习散文，从张世禄先生学习中国语文概论。

1956 年 3 月 24 日 《谈谈汉字简化的历史》一文在《中国青年报》上发表。

1954 年大学毕业。分配到国务院中国文字改革委员会，从事编制《汉字简化方案》的具体工作。《中国青年报》为配合《方案》的公布，准备发表一组文章，论述汉字简化乃历史之必然，领导把写作任务交给了我，但该报在发表上文后即撤销了计划，因而只发表了这一篇文章。

1957 年 3 月 《评汉字笔顺排检法》一文在《中国语文》本年度第一期上发表。

自《汉字简化方案》发布后，原来的部首排检法体系破坏，文改会乃命陈越与我研究新的排检法，企图解决这一难题。当时分工，我作部首和笔顺排检法的研究，陈越作音序、四角号码等排检法的研究，将来合成一书，由文字改革出版社出版。后因陈越被错划成右派，计划撤销，《中国语文》仅发表了我这一篇文章。

1958 年 5 月 报告文学作品《携手并进》在《雨花》本年度五月号上发表。

这是在读副博士研究生阶段,中文系组织学生采访下放干部代表而写成的一篇纪实小说。

1959 年 6 月 《禹鼎考释》一文在《南京大学学报》本年度第 2 期上发表。此文与学长谭优学合写。实为学习金文的读书报告,在胡小石师的指导下完成。

1961 年 12 月 1 日至 12 月 2 日 至上海锦江饭店参加上海市高教局召开的中国文学批评史座谈会。

该会主要讨论复旦大学和南京大学在"大跃进"中所编的《中国文学批评史》中陆机、严羽、王国维三节,企图从分析疑难问题着手,纠正前此研究工作中的简单化倾向。会议主要听取刘大杰、朱东润、郭绍虞等人的分析与介绍,夏征农、俞铭璜、曹未风等人的指示。参加者尚有陆侃如、钱仲联、马茂元、吴调公、胡云翼等先生。

1964 年 6 月 《梁代文论三派述要》一文在《中华文史论丛》第五辑上发表。

1962 年讲授《文心雕龙》时,考虑到可写一篇文章,取名《新变与通变》,认为这两个概念正代表了六朝文学中的两种主要倾向。这一思路不断发展,后又增加保守一系,遂成三派。《中华文史论丛》审稿时认为文章名称嫌晦涩,故改用今名。

1978 年 5 月至 7 月 至青岛参加教育部组织的全国高等学校统一招生考试语文命题工作。

朱德熙、萧璋二教授任组长。事后至江西庐山隔离与休养。

1979 年 9 月 《辞海》由上海辞书出版社出版,我被列入"参加本书编订工作的主要编写人"。

"文化大革命"中,《辞海》内部发行的未定稿被定性为"大毒草",必须在毛泽东思想指导下改写。其中分量最大的语词共分四部分,南京大学中文系负责语词的最后部分。洪诚先生对所拟的词条不放心,让我复看,遂投入此工作。1971、1972 年两次在上海集中,工作达数月之久。前后工作数年,浪费精力甚多。1976 年"四人帮"垮台后,由我至上海辞书出版社定稿,将那些"文革"时期的"革命用语"全部删掉。《辞海》于 1987 年 12 月出《语词分册》,后出新一版、新二版,均列为主要编写和修订人。

1980 年 3 月　《叙〈全唐诗〉成书经过》一文在《文史》第八辑上发表。

"四人帮"搞评法批儒时,南京大学革命委员会接受了编写《韩非子》新注的任务。我在上海修订《辞海》,中途召回,负责统稿。自 1974 年起,至 1976 年止,历时两年多,完成了《韩非子校注》的草稿。"四人帮"垮台后,我又受命将《校注》稿改写成一本学术著作。为此曾在 1978 年 9 月至 1979 年 2 月到北京图书馆看书,寻求各种善本进行校勘。其时得知故宫博物院图书馆中藏有季振宜《全唐诗》和胡震亨《唐音统签》,遂前往请求阅读。1979 年年底,集中精力读了十五六天书,写成了这一文章。

1980 年 5 月至 7 月　至北京参加教育部组织的全国高等学校统一招生考试语文命题工作。

张清常教授与我出任组长。事后至浙江莫干山隔离休养。

1980 年 9 月　《高适年谱》一书在上海古籍出版社出版。

"文化大革命"中,不准接触古代文学,后因郭沫若《李白与杜甫》出版,工宣队才允许教师读有关的书。我于 1972 年时以无书可读,集中精力研究高适,写成初稿。"文化大革命"结束后,李俊民先生复职,出任上海古籍出版社社长,表示接受此稿,遂请孙望先生审读一过,并于《文学评论》1979 年第 2 期上先行发表了《高适生平若干问题的探讨》一文。

1980 年 11 月 6 日至 13 日　至武汉东湖宾馆参加武汉大学主办

的中国古代文学理论学术讨论会。

我所提交的论文为《〈文心雕龙·风骨〉篇辨析》,实为"文化大革命"前讲授此书时所编讲义中的一篇。

1980 年 11 月　《韩非子札记》一书在江苏人民出版社出版。

自 1975 年起,利用空隙时间写成了这一《札记》。其中《陈奇猷〈韩非子刻本源流考〉商兑》一文曾在《群众论丛》1980 年第一辑上发表。

1981 年 1 月　《中国文学批评小史》一书在长江文艺出版社出版。

1965 年时,中华书局上海编辑所约我编写《中国文学批评简史》一书,列入《中国古典文学基本知识丛书》。1966 年上半年完成,"文化大革命"陡起,无法交出。1978 年交上海古籍出版社,以内容不合,遂重行改写,以《小史》为名,交长江文艺出版社出版。此书韩国许多大学如汉城大学、外国语大学等,都曾用作教材,香港大学亦用作教材。香港、韩国均曾出现盗版。80 年代,台湾崧高书社出了一种新版。1994年 7 月,台湾丽文文化公司又出新版;1995 年 6 月,辽宁古籍出版社出新版;2007 年 9 月复旦大学出版社出新版。2008 年 5 月,香港三联书店另出新版。韩国学者全弘哲等译为韩文,于 1993 年由韩国理论与实践出版社出版。日本学者高津孝译为日文,2007 年 7 月由日本勉诚社出版。

1981 年 7 月　江苏省高教局批准升任副教授。

1981 年 9 月　日本大阪府立女子大学横山弘副教授来南京大学作高级进修生,由程千帆教授和我负责指导。

1982 年 2 月　《〈文赋〉写作年代新探》一文在《文学遗产》增刊第十四辑上发表。

1965 年和 1966 年,我曾先后寄出《王充与两汉文风》与《〈文赋〉写作年代新探》二文交《新建设》杂志。1979 年,我为修改《韩非子校注》,

到北京进行校雠,利用北京图书馆休息时间,前往中国社会科学院查问,得知《新建设》杂志社已裁撤,但有部分稿子转存中华书局。后得当时负责《文史》杂志编辑事务的傅璇琮先生的帮助,找到了这两篇稿子。《王充与两汉文风》后刊登于《古代文学理论研究丛刊》第二辑,1980年7月出版。《〈文赋〉写作年代新探》交《文学遗产》,该社编辑以为陆机四十作《文赋》之理由说得还不充分,遂重读《三国志》,从陆机抛弃家传经学转治玄学这一新的角度进行论证,始觉论点圆满。

1982年11月 《韩非子校注》在江苏人民出版社出版。

我自奉命投入此事,从拟订体例,到修改各组提交的草稿,一直承担主要任务。负责定稿后,自1980年10月至1981年2月,全面进行修改。书影介绍和编制人名索引等,均由我选定、拟撰和编制。《韩非子校注·后记》中说:"全书的文字统一和校勘工作是由周勋初同志负责的。"2009年8月,由我再次修订后,由凤凰出版社出新版,2012年荣获江苏省首届新闻出版政府图书奖。[附录]内收入了我的一篇纪实文字《疯狂的年代,理性的思考——〈韩非子校注〉编写始末》,识者以为具有史料价值。

1983年3月 《阮籍〈咏怀〉诗其二十新解》一文在《文史知识》本年度第1期上发表。

《咏怀诗》极要眇之思,然不易确解。我通过典故的考索而求得此诗正解。此文后收入《古典诗词名篇鉴赏集》,中华书局1984年版。其他书籍转载者颇多。

1983年5月4日至5月9日 至安徽亳县参加建安文学讨论会。

我提交的论文为《魏氏"三世立贱"的分析》。这种文章,亦文亦史,在目前学科分工很细的情况下,不知该在哪一种杂志上发表。但因该文视角颇有其特点,受到与会者的好评。后在《南京大学学报》1985年第1期上发表。

1983 年 5 月 18 日至 6 月 22 日 在北京昌平县北京大学分校集中,参加教育部组织的全国高等学校统一招生考试语文命题工作。

我与潘兆明教授出任组长,事后在西安丈八沟宾馆隔离并休养。

1983 年 6 月 《马恩列斯文艺论著选读》在江西人民出版社出新版。

我在"文化大革命"前曾教过两年又两个学期中国文学批评史。"文革"后期,江苏五所高校的文艺理论教师联合起来,集体编写马恩列斯有关文艺理论的名著选读,我负责注释马克思、恩格斯《德意志意识形态》中论统治阶级的思想在每一时代都是占统治地位的思想部分和斯大林《答高尔基的信》。自 1971 年起,前后有两年多。此书《后记》中说我"曾在一段时间内参加编写"。

1983 年 8 月 8 日至 13 日 至青岛参加《文心雕龙》学会成立大会。

1983 年 9 月 开始为硕士研究生讲授"近代学者治学方法研究"。

我以王国维、陈寅恪的几篇学术论文为例,说明他们何以能取得成功。此课前后讲过几次,写成的五篇讲义后均编入《当代学术研究思辨》。本来还有计划作顾颉刚等人的研究,以精力不敷而无法实现。

1983 年 11 月 11 日至 15 日 至北京大学参加全国高等院校古籍整理研究工作委员会成立会议。

1984 年 2 月至 7 月 为中文系本科生上《文心雕龙》选修课。

60 年代初期,我曾教过两个学期《文心雕龙》课。80 年代初期,重开此课。其后又连续开过多次。《〈文心雕龙〉解析》(十三篇)即为讲课用的讲义。本想增加另外篇章并作注释,终因过于忙碌而未能如愿。晚年在众多学生的帮助下注完全书,我写作了长篇的《前言》和《解题》,于 2015 年由凤凰出版社出版。

1984 年 3 月 30 日 南京大学古典文献研究所成立。

程千帆教授任所长，我任副所长。1986年9月即接任所长。

1984年8月　国家教育委员会特批为教授。

1984年8月20日至26日　至兰州参加西北师范学院主办的唐代文学学会第二次会议。

我当选为常务理事兼副秘书长。后于1988年辞去副秘书长之职。

1984年11月19日至24日　至上海参加复旦大学主办的中日学者《文心雕龙》研讨会。

我提交的论文为《刘勰的主要研究方法——"折衷"说述评》。1983年6月30日，读《文选》与《文心雕龙》时，有所感悟，遂草拟提纲，其后不断加工而成文。原拟发表在《文心雕龙学刊》第四辑，后中国文学理论学会取出，发表于《古代文学理论研究丛刊》第十一辑上。

1984年12月1日　南京大学研究生院成立，我出任副院长，分管文科。

后以社会活动负担过重，于1986年底辞去此职。

1985年2月5日　《高适年谱》获江苏省哲学社会科学优秀成果二等奖。

1985年5月　《柳理〈刘幽求传〉钩沉》一文在《中华文史论丛》第四十七辑上发表。

自1981年起，我接受了中华书局的邀约，开始整理《唐语林》。在校读过程中，不断发现问题。1982年12月22日，读《类说》时，发现《明皇十七事》中羼入《戎幕闲谈》中文字，遂对唐人笔记小说中的混乱现象增加了认识。此文亦为校读过程中发现的问题之一。

1985年6月　《程千帆教授的学诗历程》一文在《唐代文学研究年鉴》1984年号"专家研究"栏内发表。

千帆先生其后又出版了许多著作与论文，为此我将此文改写，增加了新的内容,以《程千帆先生的诗学历程》为题,收录在《当代学术研究思辨》一书中。

1985 年 7 月 15 日至 18 日 全国高校古籍整理研究委员会在北京开会,决定编写一种《古代文史名著选译丛书》。

章培恒、董治安二教授与我负责选目。其后古委会开过多次会议,我参与定稿,并组织南京大学古籍所内成员从事选译工作。自 1986 年始,至 1992 年止,我先后审阅了《列子选译》《世说新语选译》《谢灵运鲍照诗选译》《魏书选译》《南齐书选译》《梁书选译》《陈书选译》《隋书选译》《史通选译》《新五代史选译》《陈子昂诗文选译》《柳宗元诗文选译》《唐文粹选译》《唐五代笔记小说选译》《宋代传奇选译》《清代文言小说选译》《龚自珍诗文选译》,计十七种。台湾锦绣出版社于 1993 年曾重印这一丛书。其后凤凰出版社于 2011 年 5 月又重出了新版。

1985 年 8 月 完成傅璇琮主编《唐才子传》中高适传记之笺证工作。

1985 年 10 月 《韩非》一书由江苏古籍出版社出版。

这是一本通俗读物,但融入了我在《韩非子校注》和《韩非子札记》中的研究成果。2009 年 3 月,南京大学出版社出了新版,列入"孔子学院"推介读物,我在其中增加了很多精美的插图。

1985 年 10 月 26 日 至邵武参加福建师范大学主办的严羽学术讨论会。

我所提交的论文为《从"唐人七律第一"之争看文学观念的演变》,提前发表于《文学评论》1985 年第 5 期,故未收入会议论文集中。

1986 年 8 月 《九歌新考》一书由上海古籍出版社出版。

我在大学四年级时,曾在胡小石先生指导下,认真学习过楚辞。回校当副博士研究生时,又听胡先生讲过一次,产生了很多想法。

1959年，系里将我改为助教，讲授中国文学批评史，想到此后不可能再搞楚辞了，遂抓紧时间写出了此书初稿，寄交中华书局上海编辑所。其时极左思潮日趋严重，1964年6月29日被退回。1981年8月，抽空加以修改，1982年时重交上海古籍出版社。此书原取名《九歌研究》，已请胡小石师题签，出版社不慎将题签遗失，遂集先师遗墨而改名《九歌新考》。

1986年11月 《罗根泽先生传》一文在书目文献出版社出版的《中国当代社会科学家》第八辑上发表。

1982年起，我开始写作罗根泽先生传记，曾于年初赴上海访问郭绍虞先生，搜集材料。1983年12月8日将初稿分送本系有关人员，作修改后，又于1984年2月23日分送全国各地与罗先生相识的人，征求意见，得到杨向奎等先生的指点，然后定稿。此文后改名《罗根泽传略》，编入《当代社会科学家》第八辑，书目文献出版社1985年版；《中国现代社会科学家传略》第九辑，山西人民出版社1987年版。前此曾以缩写的稿子《开拓型的学者罗根泽》为题，发表在《光明日报》1985年6月18日《文学遗产》栏目第683期。其后又经改写，以《罗根泽先生在三大学术领域中的开拓》为题，收录在拙著《当代学术研究思辨》中。再后，张世林编《学林往事》、陈平原编《中国文学研究现代化进程二编》和夏晓虹编《清华同学与学术传承》三书中均曾刊出。

1987年3月 《论黄侃〈文心雕龙札记〉的学术渊源》一文在《文学遗产》1987年第1期上发表。

1985年10月，我系主办"纪念黄侃先生诞生一百周年逝世五十周年学术讨论会"，代表递交的论文集中在小学方面，程千帆先生乃让我作一个有关《文心雕龙札记》的报告。是年3月26日读王乘六、诸祖耿记录的《章太炎国学讲演录》，内中提到民国初年黄氏任教北京大学时与桐城派相争一段，受到启发，遂草成此文。其后对近代学术的兴趣日益提高。

1987 年 7 月 《唐语林校证》一书于中华书局出版。

1981 年时,我应中华书局邀约,整理《唐语林》。自 9 月起,每天到南京图书馆找原出的笔记小说互校。1983 年 2 月,开始写作《唐语林校证·前言》。1984 年至 1985 年,编写附录与各种索引,1985 年 3 月 15 日交稿。中华书局列入《唐宋史料笔记丛书》。此书于 1993 年获第一届国家古籍图书二等奖,2013 年荣列国家推荐优秀整理图书。

1987 年 12 月 《文史探微》一书在上海古籍出版社出版。

1984 年时,我与上海古籍出版社联系此书的出版,得到支持。此书共收论文十六篇,其中发生过很大影响的文章颇多。

1988 年 2 月 11 日 南京大学中文系古代文学教研组与南京大学古典文献研究所联合申报全国古代文学重点学科点取得成功,得到国家教育委员会的正式批准。

我列为第二主要学术带头人。

1988 年 9 月 20 日至 24 日 至太原参加由山西大学主办的唐代文学第四次学术讨论会。

江苏五所高校的代表经过商议,决定由江苏接办下次会议,并由我向大会提出申请,得到批准。

1989 年 2 月 20 日 出任《中国思想家评传丛书》副主编。

1989 年 6 月 2 日至 4 日 至安徽九华山参加中国李白学会主办的第二次年会。

我提交的论文为《李白家人及其名字寓意之推断》。是年 4 月 2 日,我在构思有关李白的文章时,觉得其子女的名字颇为怪异,本人亦颇有异端作风,遂列出几点,待日后慢慢写成一书:(1) 子女命名,(2) 籍贯与指树为姓,(3) 剔骨葬法,(4) 不尊王攘夷,(5) 不崇儒,有战国馀风,纵横游侠,(6) 从永王璘乃必然,(7) 商人家庭,散千金,(8) 弃女人。后在商人家庭一点上一直不敢下结论,最后否定了此说。

1989 年 10 月 16 日至 18 日 参加古委会人才培养工作会议。

我结合南京大学古典文献研究所的特点,向全会作了培养人才的专题报告。

1989 年 12 月 是年被评为南京大学优秀研究生导师、江苏省优秀研究生导师。

1990 年 4 月 26 日 拟订中国文学批评史的几个题目,打算写一批"断想"。

我在阅读几种《中国文学批评史》后,感到这类著作的写作已经形成一种套数,必须打开思路,才能出现面目有异的新著。晚上想此问题时,随手拟了几个题目:(1)杂文学与纯文学问题;(2)中国古代文论之特点——与哲学密切相关(文论术语、气论、有无之辨);(3)中国文学批评史之建设与成就;(4)古代文论研究中之缺憾(① 不联系作品,② 不能进行综合的研究,③ 研究者缺乏创作经验);(5)古为今用的问题——艺术性的分析,艺术经验的总结。其后我将这些"断想"再行扩大,准备为硕士研究生开一新课,第一堂课讲"古代学人对文学批评的认识"。后因事忙,研究方向转移,只写了一篇《目录学家对文学批评的认识与著录》,发表在南京大学中文系主办的《文学研究》第一辑上。

1990 年 6 月 28 日至 29 日 主持胡小石、陈中凡、汪辟疆三教授百年诞辰学术纪念会。

此会本应于 1989 年举办,后因故而延后。为配合这次会议,还筹办了三人学术著作与诗文、书法展览会。事后又将纪念文字汇编出版。

1990 年 6 月下旬 《全唐五代诗》之准备工作就绪,我被推举为第一主编。

傅璇琮、郁贤皓、吴企明、陶敏、许逸民等先生在北京议定,《全唐五代诗》的编纂采取主编负责制,周勋初、傅璇琮、郁贤皓、吴企明、陈尚君任主编。我还负责向古委会申报立项,取得国家的认可和经济上的支持。办公室设在苏州大学。

1990 年 11 月　《唐诗大辞典》于江苏古籍出版社出版。

自 1988 年 10 月 30 日起,我即着手编写《唐诗大辞典》,准备作为江苏举办下一届唐代学会时之礼物。我任此书主编,莫砺锋、严杰任副主编。为此召开座谈会,拟定体例,提供样稿,请各地唐代文学专家分别写稿,由主编统一体例与文字。我写作的《唐诗文献综述》利用空隙时间完成。最后还请朋友帮助,与故宫博物院、辽宁博物院、中国科学院考古研究所、敦煌研究所等地联系,采入珍贵图片多幅。

1990 年 11 月 21 日至 25 日　主持中国唐代文学学会第五届年会暨唐代文学国际学术讨论会。

这次会议,国内的著名唐代文学专家大都与会。日本方面的学者,有兴膳宏、松浦友久、笕文生、笕久美子、西村富美子、横山弘、内山知也、森濑寿三、斋藤茂、市川桃子等;美国方面的学者,有倪豪士、李珍华、车淑珊等;韩国方面的学者,有车柱环;香港地区的学者,有邝健行、陈志诚。当时此间对台湾学术界的情况还不清楚。由于拙作《梁代文论三派述要》一文曾由罗联添教授选入他主编的《中国文学史论文精选》,我遂与他联系,希望台湾学者能来参加会议。台湾方面乃获准组成该地区第一个正式得到批准的学术团队前来与会,领队为杨承祖,顾问为王梦鸥,团员有罗联添、汪中、罗宗涛、吴宏一,秘书为李丰懋、王国良;此外前来的台湾学者还有李殿魁、郑向恒、沈谦等人。各地代表济济一堂,极一时之盛。会后还组织部分代表赴浙东旅游,彼此加深了了解。这次会议由莫砺锋任秘书长。

1991 年 1 月 7 日　找万业馨商量,请她整理与抄写《胡小石文集》

第三册。

《胡小石文集》第三册中收集的是甲骨、金文与《声统表》等小学方面的著作,无法排版,只能请人抄写。再传弟子万业馨工作五年,始告完成。此书于 1995 年 10 月出版。我在全书《后叙》中介绍了先师遗集整理出版的经过。

1991 年 6 月 18 日至 21 日 参加新加坡国立大学主办的"汉学研究之回顾与前瞻"会议。

会议规模很大,内容偏于介绍世界各地汉学研究与教学之情况。我过去因历史的原因,对此缺乏了解,通过会议,得到了不少新的讯息。

1991 年 11 月 23 日至 30 日 至香港中文大学中文系访问。

28 日,作关于李白之讲演。

1991 年 12 月 6 日至 11 日 至天津参加新闻出版署召开的首届古籍整理图书评审会议,任评审委员。

《唐语林校证》获二等奖。

1991 年 12 月 获南京大学首届研究生导师教书育人奖,同年评为江苏省优秀研究生教师。

1992 年 4 月 12 日至 23 日 受古委会委托,举办审稿会议。

住东郊宾馆。集中十多人,修改《古代文史名著选译丛书》中的最后几部稿子。

1992 年 5 月 25 日至 30 日 至北京出席国务院古籍整理出版规划会议。

本年 4 月 20 日,受聘为国务院古籍整理出版规划小组成员。其后又获续聘,直至今日。

1992 年 9 月 21 日 主持程千帆先生八十华诞庆典。

1992 年 9 月 23 日 《全唐五代诗》主编会议决定,与河南大学唐诗研究室联合,增列佟培基为此书主编。

1992 年 11 月 12 日至 16 日 至厦门参加厦门大学主办的唐代文学第六届年会暨国际学术讨论会。

我当选为唐代文学学会副会长。

1992 年 12 月 《陈寅恪先生的"中国文化本位论"》一文发表。

此文收在北京大学中国中古史研究中心编《纪念陈寅恪先生诞辰百年学术论文集》中,北京大学出版社 1989 年 12 月出版。之前曾在《南京大学学报》1989 年第 5 期上发表,文字略有不同。

1993 年 5 月 《当代学术研究思辨》在南京大学出版社出版。

此书内容,有的是 80 年代教学的讲义,有的是国外会议或至香港讲学的论文,有的是纪念师长与前辈学者的文字,1992 年 3 月写成的《当代治学方法的进步》等文亦一起附入。《古今文史观念的演变》一文原是为《唐人轶事汇编》所写的前言,二者之间的例证有一些不同。

1993 年 6 月 8 日至 12 日 参加香港中文大学主办的魏晋南北朝文学国际研讨会。

我提交的论文为《郭璞诗为晋'中兴第一'说辨析》,后作过大的修改。香港中文大学中文系主任邓仕樑教授建议,下次会议由我校主办;我随后与之商定,再下次可请台湾某大学主办,如此在两岸三地轮流举行,推动学界的交流与认同。

1993 年 7 月 11 日至 14 日 我校文学院主办海峡两岸文学研究新趋势研讨会。

台湾"中央大学"与台湾其他高校前来参加的学者很多,实际上是"中央大学"校友间促进交流的一次会议。会上决定明年由台湾"中央大学"主办,请此间人士前去访问。后因千岛湖事件而未果,改于后年前往。

1993 年 11 月 21 日至 24 日 至北京参加全国高校古籍整理研究

工作委员会成立十周年纪念大会。

古委会主办了十年古籍整理成果展览,我让徐兴无参加筹办。《全唐五代诗》在会后举行的评审会议上获得通过,正式立项。

1994 年 3 月 9 日　接受河北教育出版社邀约,整理《册府元龟》,出一个新的点校本。

我接受姚松、武秀成的建议,接受这一任务,目的有三:(1)让参加者认真地读一些史书;(2)通过整理,熟练地掌握电脑操作技术;(3)年轻教师生活条件很差,可以藉此有所补益。

1994 年 5 月 23 日　接人民文学出版社陈建根先生电话,嘱为该社的《世界文学名著文库》编写《白居易选集》。

我言明,此书由严杰编写。但该社坚持要我在前面具名。类似的情况,在 1994 年 3 月上海古籍出版社出版的《中国古典文学基本知识丛书》中的《高适与岑参》一书中同样出现过,该书实为姚松写作。2008 年 10 月南京大学出版社出版的《中国思想家评传》简明读本中的《李白》一书情况同样如此,该书实为童强写作。英文本、日文本情况相同。

1994 年 8 月 1 日至 11 月 3 日　应日本国立奈良女子大学之邀,前往讲学三个月。

这次讲学的身份为日本国文部省外国人特聘教授,享受最高待遇,故得以从容至各地参观与购买文献图籍。10 月 1 日,至京都大学文学部作有关《全唐诗》之讲演。6 日,至东京参加日本中国学会的年会。7 日,访问庆应大学斯道文库。8 日,至大东急纪念文库观看一种《高常侍集》的善本。9 日,在东京大学法律系教授长尾龙一的陪同下,参观东京大学。11 日,至东洋文库看书。15 日,至大阪市立大学作关于唐人笔记小说的讲演。26 日,参观正仓院展览。10 月 27 日,在京都大学兴膳宏教授陪同下,观看该校所藏善本。10 月 28 日,接受《读卖新闻》记者访问,有关报导发表在 10 月 30 日该报。我在日本的学术活动,大都由该校横山弘教授陪同。

1994 年 12 月 《〈酉阳杂俎〉成书考》发表。

香港饶宗颐先生荣任复旦大学名誉教授,乃邀大陆各界友人写稿,在上海古籍出版社出版《选堂文史论苑》一书。其时我正在研究唐人笔记小说,乃撰此文以应命。

1995 年 4 月 11 日至 16 日 至台湾"中央大学"出席海峡两岸文学研究新趋势研讨会。

去台前夕,我受古委会委托,前去寻找一个单位,共同举办两岸古籍整理方面的学术会议,故在会议结束后延留三日。经与"中央研究院"及很多大学内的朋友研究后,决定与汉学研究中心联合举办这一会议。其时还接受了很多单位的邀请,前往讲演,17 日至东海大学作高适研究的讲演,18 日至东吴大学作大陆古籍整理情况之介绍,19 日上午在"中央研究院"文哲研究所讲《全唐诗》编纂中的问题,下午在台湾"中央图书馆"为该地唐代学会作唐代笔记小说的讲演,20 日在成功大学作李白研究的讲演。

1995 年 6 月 29 日 至南开大学参加服部千春的博士论文答辩会。

日本服部建设株式会社董事长服部千春于经营企业之馀潜心研究孙子兵法,著有《孙子兵法校解》一书。他经中国国家教育委员会批准,向南开大学中文系申请博士学位,我应该校之邀前往参加答辩。

1995 年 7 月 21 日 日本福冈大学甲斐胜二副教授寄来《魏氏"三世立贱"之分析》的日译本。

该文发表在日本福冈大学《人文论丛》第二十七卷第一号。

1995 年 7 月 28 日至 31 日 参加北京大学主办的《文心雕龙》国际学术研讨会。

我提交的论文为《"登高能赋"说的演变和刘勰创作论的形成》。1985年,我曾为硕士研究生开设《诗经》讲座,并在4月28日写成《"登高能赋"辨》一文,至是乃扩展为参加《文心雕龙》会议而递交的学术论文。

1995年8月1日 至北京图书馆观看季振宜《唐诗》钞本,即编纂御定《全唐诗》时所用之底本。

我曾利用各种机会多次观看此书。1979年时看过故宫图书馆所藏的进呈钞本,在台湾"中央图书馆"看过该书原稿。这次经反复查对,断定此稿确是原藏邓邦述家的一种。但我对此书何以在运往台湾后又为北京图书馆所收藏,一直搞不清楚。1996年4月和北京图书馆善本部主任李致忠先生一起赴台湾参加会议,得到他的帮助,才能将此事彻底搞清。原来此书运抵香港大学后暂存冯平山图书馆,后由该馆退还南京图书馆,其后文化部决定将此书交北京图书馆收藏。

1995年8月3日至7日 至郑州参加郑州大学主办的"文选学"国际学术讨论会。

我提交的论文为《〈文选〉所载〈奏弹刘整〉一文诸注本之分析》,并向代表介绍了《文选集注》等几种珍贵的文献。大家慨叹无法见到这类书籍,要求我设法公开印出。复旦大学陈尚君先生也劝我将所藏的《文选集注》复印件付印,并与上海古籍出版社联系,该社与我商洽,决定将此书影印出版。

1995年10月11日至12日 《文学遗产》创刊四十周年暨复刊十五周年纪念学术报告会召开。

《文学遗产》编辑部让我在会议上作一发言。我以将去韩国开会,乃让曹虹代为宣读。此文后已收入《〈文学遗产〉纪念文集》,题名《文献学与综合研究》。这既是我治学的特点,也是我指导研究生的方针。

1995年10月13日至14日 至韩国参加成均馆大学举办的"第

五回东洋学国际学术会议"。

我在该校教师陪同下,参观了成均馆与李朝时代的皇宫,对韩国汉学的情况有了一些实际的认识。

1995 年 11 月 14 日至 17 日　主持南京大学中文系与南京大学古典文献研究所联合主办的魏晋南北朝文学国际学术研讨会。

与会者有香港中文大学系主任邓仕樑,浸会大学系主任陈永明,香港大学教授何沛雄;台湾资深教授杨承祖、洪顺隆、胡楚生及李立信、王国良;澳门大学邓国光;日本学者清水凯夫、佐藤正光等人;内地学者如袁行霈、罗宗强、张少康、穆克宏等,均为一时之选。我提交的论文为《魏晋南北朝时科技发展对文学的影响》,企图为研究这一时期的文学寻找一些新的视角。这次会议由张伯伟任秘书长。

1995 年 12 月　《唐人轶事汇编》一书由上海古籍出版社出版。

1986 年 2 月,我开始考虑编写《唐人轶事汇编》,其后参加编纂者有严杰、武秀成、姚松三人。1987 年 2 月,上海古籍出版社表示接受,1992 年时已大体完成。此书于 1999 年获国家第二届古籍整理图书一等奖。

1995 年 12 月　被评为江苏省普通高等院校优秀学科带头人,江苏省教育委员会颁发奖状。

1995 年 12 月 16 日至 17 日　至马来西亚参加马来西亚大学主办的"中华文化发展与变迁"国际学术研讨会。

我在参观吉隆坡与马六甲等地后,对马来西亚的华人文化有了一些感性的认识。

1996 年 3 月 14 日至 18 日　至苏州大学参加《全唐五代诗》定稿会议。

决定下一阶段《全唐五代诗》办公室的日常工作,移交河南大学唐诗研究室承担。

1996 年 4 月 18 日　古委会与香港中文大学中国文化研究所举行有关传统文化与现代化之座谈会。

古委会与台湾汉学研究中心联合主办两岸古籍整理学术研讨会，古委会成员路过香港时，由我与香港中文大学中文系主任邓仕樑教授联系，住宿于该校曙光楼，遂与该校中国文化研究所饶宗颐、刘殿爵等教授举行这一座谈会。

1996 年 4 月 21 日至 23 日　至台湾参加两岸古籍整理学术研讨会。

我提交的论文为《御定〈全唐诗〉的疏误和〈全唐五代诗〉的编纂》。

1996 年 6 月　《唐人笔记小说考索》在江苏古籍出版社出版。

本只打算写成一本光讲文献的著作，但在发表了《就〈唐语林校证〉事答客问》一文受到各界关注之后，决定续写唐人笔记小说的"内涵和外延""崛兴与传播""校雠问题"等通论性文字，列为上编；下编为作家作品研究，内如《赵璘考》《〈酉阳杂俎〉考》等，还经过多次改写。

1996 年 9 月 12 日至 13 日　参加中国社会科学院文学研究所、新疆师范大学联合举办的"世纪之交中国古典文学及丝绸之路文明"国际学术研究研讨会。

我提交的论文为《陈寅恪研究方法之吾见》。会后参观了交河古城、高昌古城、北庭遗址等古迹，自觉对理解唐人边塞诗有所帮助。

1996 年 11 月　《诗仙李白之谜》由台湾商务印书馆出版。

此书共收十篇论文，大都在国内杂志上发表过，如《李白剔骨葬友的文化背景之考察》一文，1993 年 6 月发表于《中国文化》第八辑；《李白两次就婚相府所铸成的家庭悲剧》一文，发表于《文学遗产》1994 年第 6 期。

1996 年 11 月 24 日至 26 日　参加台湾政治大学主办的台湾第三届唐代文化学术研讨会。

我提交的论文为《季振宜〈唐诗〉的编纂与传流》。会议的前一天，即 23 日，应邀至台湾师范大学中文系作李白研究之讲演。

1996 年 12 月 25 日至 28 日　至北京参加全国高校古籍整理研究委员会换届会议，即四届一次会议。

我当选为副主任。

1997 年 7 月 22 日　主持日本国会议员、东北福祉大学校长萩野浩基的博士论文答辩。

萩野浩基提交的论文为《佛与儒的融合与冲突》，副标题为《东方文化信念体系的再考察》。他本可在欧美获取博士学位，但为了表示崇敬东方文化，决定在其兄弟院校南京师范大学申请博士学位。

1997 年 9 月 20 日至 25 日　至苏州大学参加《全唐五代诗》审稿会议。

大家对陈尚君提交的稿子再行讨论，决定由河南大学唐诗研究室中人员带回作技术上之处理后，移交陕西人民出版社出版。

1997 年 10 月 14 日至 1998 年 1 月 18 日　至美国作学术访问。

10 月 22 日，在密歇根州立大学作关于李白问题之讲演，乃纪念古委会兼职教授李珍华逝世四周年而作。11 月 14 日赴西雅图华盛顿大学作讲演，12 月 4 日赴休斯敦莱斯大学作讲演，均以李白为题。中间还曾在 11 月 26 日应邀赴佛罗里达州的萨拉索塔市访问美国唐代学会会长艾龙教授。

同年，接受了三联书店的约稿，为《中国人文百年》内古代文学学科作总结性的文章。这时住女婿杨剑宇、女儿周月家，开始写作有关《中国古代文学研究现代化进程的思考》的系列文章。

1998 年 3 月 5 日　南京博物院研究人员郑旗、庄天民与胡小石师再传弟子谢建华来访，商谈编《胡小石研究》专刊事。

胡小石师曾任南京博物院顾问，今年为他 110 岁冥寿。南京博物院准备举办胡小石书法展览会,并编《胡小石研究》一册,作为《东南文化》专刊之一,用以纪念。我写了《我所了解的胡小石先生》一文,并向同门及先生亲属一一征稿,并帮助筹款,提交书法、相片等实物充实展览内容。

1998 年 5 月 6 日至 8 日　应邀参加北京大学为纪念建校百年而举办的汉学研究国际会议。

与日本京都大学名誉教授清水茂共同主持了二组首场讨论会。

1998 年 5 月 11 日至 13 日　参加古委会与台湾汉学研究中心联合主办的两岸古籍整理学术研讨会。

按原先约定,这次会议在北京举行。我提交的论文为《"全"字号古籍整理项目的重大意义》。自古委会为《全宋诗》《全宋文》等大型整理古籍项目立项后,资助的经费很多,各界持不同意见者批评之声不断。我在文章中从学理与事实上说明了这类项目的重大作用。

1998 年 8 月 21 日至 22 日　举行《宋人轶事汇编》编写工作的第一次会议。

丁传靖的《宋人轶事汇编》一书,存在着不少缺点。程千帆先生一直劝我重编一种。《唐人轶事汇编》问世后,颇得好评,学界希望我们编写一本内容相当的《宋人轶事汇编》,而古籍所内人员都有研究项目在进行,我乃约请葛渭君、周子来、王华宝三位宋代文学方面的专家一起工作,商讨体例与样稿,研究如何分工协作。此书仍由我任主编,并负责与上海古籍出版社商谈出版事宜。

1998 年 8 月 31 日至 1999 年 1 月 30 日　至台湾清华大学中文系任教,为本科生开设李白研究选修课,为博士班与硕士班开设唐诗文献学选修课。

这次讲学,由清华大学中文系向台湾国科会申报,享受讲座教授待遇,故能从容至各地参观与搜集资料。10 月 22 日至 25 日,曾回南京主持南京大学中文系与南京大学古典文献研究所联合主办的第四届辞赋学国际学术研讨会。与会者有日本学者清水茂,美国学者康达维,中国台湾地区学者简宗悟,国内学者马积高、龚克昌、万光治等,均为最负人望的知名学者。这次会议由许结任秘书长。清华大学讲课之馀,也曾应邀到各校开会与讲演:11 月 7 日至 8 日,参加成功大学主办的台湾唐代第四届文化学术研讨会,12 月 28 日至 30 日,参加中国文化大学主办的魏晋南北朝文学研讨会,提交的论文为《左思〈三都赋〉成功经验之研讨》。又 7 月 10 日,赴玄奘大学作阮籍研究的讲演,11 月 23 日、24 日至东海大学与中兴大学作阮籍《咏怀诗》的讲演;12 月 22 日上、下午,在逢甲大学中文系、中兴大学历史系作唐人笔记小说的讲演;1999 年 1 月 5 日,在台湾交通大学作大陆中文系教学情况的报告。

1999 年 2 月 8 日　出任江苏省文史研究馆馆长。

此事我在美国时即已酝酿。去年自台湾回南京开会时,省统战部即已准备宣布,因时间紧迫而未果。本日江苏省委统战部举行新春茶话会,俞兴德常务副省长宣布,江苏省人民政府省长季允石聘任我为江苏省文史研究馆馆长。

1999 年 4 月 26 日　开始将前此写作的《中国古代文学研究现代化进程的思考》一文改写为《西学东渐与中国古代文学研究》,并重订章节。

1999 年 5 月 25 日　至香港参加《中国思想家评传丛书》百部首发式。

5 月 26 日,参加南京大学与香港大学联合召开的中国传统文化与现代社会论坛会议。5 月 27 日,至香港教育学院、香港中文大学、浸会大学讲演,均以李白研究为题。

1999 年 9 月　新闻出版署在保定举行第二届全国古籍整理评审

会议,《唐人轶事汇编》获一等奖。

1999 年 9 月 8 日　江苏古籍出版社建议出版个人文集。

我在台湾教书时,得知该地学者对我研究魏晋南北朝文学的一些论文评价颇高,而又苦于不能遍览,回南京后即与江苏古籍出版社商洽,出版《魏晋南北朝文学论丛》。本日上午在系读《金楼子》时发现内有萧遥光"眉目如画"之说,可以补入《魏晋南北朝人对文学形象特点的探索》一文。因此书出版在即,遂驱车至社内要求补入。社长薛正兴先生等留坐聚谈,建议编纂《周勋初文集》,专收研究性著作,不收古籍整理及主编的几种书。回家后略事统计,可收著作十多种,共两百几十万字。

1999 年 9 月 10 日　任北京大学中国古文献研究中心兼职教授。

北京大学获教委批准,成立中国古文献研究中心,聘请我任兼职教授,是日在传真发来的合同书上签字。

1999 年 9 月 17 日　《文学遗产》约稿,拟于明年第 1 期刊用。

《文学遗产》拟于明年改版,来信让我写一篇论文。我自 1994 年起即任该刊通讯编辑,且明年第 1 期上将发表我系古代文学博士点之介绍,自不容推辞,遂撰写《文学"一代有一代之所胜"说的重要历史意义》一文。搜集材料时困难不少,如苏雪林的《中国文学史》,大陆各处均无此书,遂请台湾成功大学张高评教授将其中的重要文字传真示知。

1999 年 12 月 27 日至 29 日　至开封河南大学,研究《全唐五代诗》的发稿。

与陈尚君教授同往。经检查,认为此书的初盛唐部分已可发稿,遂通知陕西人民出版社前来取稿。

1999 年 12 月 30 日　中文系评选出四位优秀学科带头人,我忝列其中。

授奖大会上,蒋树声校长授予奖状并讲话。

2000 年 2 月　《文学"一代有一代之所胜"说的重要历史意义》在《文学遗产》本年度第 1 期上发表。

此文酝酿已久,因牵涉之事甚多,故迟迟不想动笔。程千帆先生劝我赶快写出,以为胡小石老师早期讲授文学史的情况,一般人已不太了解,如果不写出来,后人也许就弄不清楚这段历史了。

2000 年 2 月 24 日　日本福山大学文学部久保卓哉教授前来进修魏晋南北朝文学,实地考察南京遗迹。

2000 年 3 月 9 日　开始写作《唐代笔记小说叙录》。

《唐语林校证》后附《唐语林援据原书提要》,内有我的一些研究心得,本想径以此稿编入《文集》,后发现此稿原为配合阅读《唐语林》而编写,不能单独行世,遂决定以此为基础,扩大而成《叙录》。时间紧促,我写好初稿后,即由妻子祁杰抄清,或输入电脑,仅花两个月左右的时间即完成。首先写作的是《〈朝野佥载〉叙录》,最后完成五十七篇,于 6 月 30 日结束工作,编入《文集》第五册。2005 年时再次修订,由凤凰出版社于 3 月出了一种新版。

2000 年 5 月 16 日至 19 日　参加南京大学明清文学研究所与南京大学古典文献研究所联合主办的明清文学与性别国际学术研讨会。

其时正治痔疮,故仅作一闭幕词。这次会议与会者有日本学者金文京,美国学者钱南秀、罗溥洛,加拿大学者方秀洁,香港地区学者吴宏一,国内学者黄霖、黄仕忠、谭帆;由张宏生任秘书长。

2000 年 5 月 24 日　李南晖通过博士论文答辩。

我自 1982 年起任博士研究生副导师,帮助程千帆教授指导博士生,先后毕业的有莫砺锋、蒋寅、张宏生、曹虹。1986 年评为博士生导师后,和程千帆教授联合培养的博士生,先后有张伯伟、程章灿、巩本栋、陈书录、姚继舜、曾广开。1989 年程千帆教授准备退休,我请莫砺锋任副导师,培养的学生,先后毕业的有王青、徐兴无、胡传志、张天来、陈学举、梁承根(韩国)。1994 年莫砺锋评为博士研究生导师,联合培养而先后毕业的有殷祝胜、俞士玲、郑杰文、徐国荣、张智华、郝润华、闵庚三(韩国)、郑玉顺(韩国)、洪董植(韩国)、吴正岚、党银平、赵益、李商千(韩国)、张俊宁(韩国)、李南晖。2001 年后又招收余历雄(马来西亚),2003 年毕业。我指导的博士后有吴光兴、曹晋。我参加培养的硕士研究生不下数十人,因为南京大学中文系的古代文学专业培养硕士生时采取集体指导的方式,故不能一一细列。

2000 年 7 月 《唐钞文选集注汇存》于上海古籍出版社出版。

我于 1994 年在日本教书时,得到横山弘教授的帮助,从天理图书馆借出《文选集注》数十册,由大平幸代同学复印一份,带回国内。后得日本、中国台湾及内地各界朋友的帮助,又征得残卷、残片数种。我又请横山弘教授、隽雪艳和吴正岚女士等人做了几个附件,以利阅读。2011 年 8 月又出了一种增补本。凡是目下已知的《文选集注》零卷,均已收集在内。此书于 2013 年荣列国家推荐优秀整理图书,对《选》学的发展起了重大作用。

2000 年 7 月 29 日至 31 日 参加南开大学主办的魏晋南北朝文学与文化国际学术研讨会。

我提交的论文为《魏晋南北朝时文坛上的模拟之风》。此文又交华东师范大学中文系胡晓明教授,编入《庆祝王元化先生八十岁论文集》,华东师范大学出版社 2001 年版。

2000 年 8 月 8 日 《深切怀念程千帆先生》一文赶写完成。

此文在北京大学勺园中写成。江苏省文史研究馆所编的《江苏文史研究》将出程千帆先生逝世纪念专号,此文用于此刊时题作《纪念程千帆先生》。

2000 年 9 月 《周勋初文集》七卷本在江苏古籍出版社出版。

全书共七册,共收入学术著作十六种。

2000 年 10 月 16 日至 18 日 至武汉大学参加唐代文学学会第十届年会。

我以年过七十,辞去了副会长职务,大会遂选我为顾问。与此类同,我辞去了中国古代文学理论学会常务理事职务,改为顾问。中国《文选》学会、李白学会,则在一开始就担任顾问一职。

2001 年 4 月 18 日至 19 日 赴台湾参加汉学研究中心举办的第三届两岸古籍整理会议。

会后至故宫博物院等处参观,与各界朋友欢聚。

返回香港时,住浸会大学。这次古委会组团赴台湾开会,前后路过香港,我请浸会大学系主任邝建行教授帮助,住该校吴多泰宾馆。

2001 年 10 月 3 日 出席中央文史馆成立 50 周年大会。代表地方文史馆在大会祝贺词。

2002 年 2 月 5 日 赴台湾东海大学任教半年。

其间参加辅仁大学、彰化师范学院举办的学术会议,并至逢甲大学、暨南大学等多处高校作学术演讲。至成功大学讲演时,由唐亦男教授陪同,参观佛光山,星云大师接见,另设素席接待。

2002 年 12 月 3 日至 15 日 至澳门大学参加"大雅正声与时代精神"国际会议。

作主题演讲——"雅颂精神与民族文化心理"。

2003 年 8 月 2 日至 28 日 应比利时皇家科学院院士魏查理教授之邀,商谈古委会与比利时学界交流学术与讲学事。

9 月 5 日至 13 日,应法国科学院陈庆浩研究员之邀,参观法国诸多名胜与博物馆。在此期间,又至意大利与荷兰、德国等处城市观光。二地均与妻子祁杰同行,古委会顾歆艺副教授全程陪同。

2003 年 12 月 4 日至 6 日 赴香港浸会大学参加第五次文学与宗

教国际学术研讨会。

应邀作"研究宗教与六朝文学的一点思考"主题演讲。

2004 年 11 月 8 日至 12 月 3 日 应武汉大学国学院之请,讲学一个月,主讲李白研究与中国文献学。

其间至武汉大学中文系、华中师范大学文学院、湖北大学文学院等处讲演。

2006 年 5 月 26 日 参加中国思想家研究中心《中国思想家评传》的最后一次终审会议。

我自 1989 年起开始担任《中国思想家评传丛书》的副主编,匡亚明主编去世后,我与茅家琦、林德宏二教授组成三人终审小组,决定发稿等大事。前后承担任务甚多,历时一二十年之久。

2006 年 12 月 《册府元龟校订本》由凤凰出版社出版。

全书共计十二大册,凡一千五百八十馀万字。原由河北教育出版社约稿,后该社撤掉了出版计划,遂改由凤凰出版社出版。

2007 年 12 月 27 日 赴江苏省政协参加最后一次常务会议。

我因出任江苏省文史研究馆馆长之故,例任政协常委,历任七、八、九三届政协委员。

2008 年 3 月 《唐代笔记小说叙录》由凤凰出版社出版。

此书写作历时甚久。《唐语林校证》后附《唐语林援据原书提要》一种,内有我对各种笔记小说的研究心得,随后慢慢扩展成专题论文,至北京图书馆读书时也不忘这方面的研究,如 1983 年 11 月 16 日就曾查阅了原藏海日楼的《贾氏谈录》钞本。2008 年经过调整修订,改出单行本。

2008 年 4 月 20 日 南京大学文学院为我举办八十寿辰庆典。

洪银兴书记致辞祝贺。郁贤皓教授、赵昌平编审致贺词。我在介绍本人成长过程时感恩父母、家人的养育之恩,胡小石、方光焘、罗根泽等老师的培植与保护,个别党政领导的善待,数度哽咽。大会由莫砺锋教授主持。会上分发由其主编的《周勋初先生八十寿辰纪念文集》,中华书局 2000 年 4 月版。内收学生撰写的论文 38 篇,最后一篇即莫砺锋应《文学评论》之约于 2005 年第 4 期"学人研究"中发表的《贯通历代,弥纶群言——周勋初先生学术研究述评》。

2009 年 7 月 1 日　决定从学术史的角度著撰《文心雕龙解析》一书。

此事酝酿已久。前时因第二次痔疮开刀,健康迟迟不能恢复,此时有所好转。其他科研项目已先后结束,乃思晚年重理《文心雕龙》一书,庶不致将年轻时起投入之精力虚掷。此书于 2015 年下半年由凤凰出版社出版。

2010 年 6 月 24 日　其时正值北京大学中文系百年纪念,筹措重大活动,系主任陈平原教授邀我作学术讲演。

本拟以"泛读与精读"为题。他们把这改为《我的治学体会》。古典组老师与古委会成员全体参加听讲。

2010 年 7 月 1 日　向古委会汇报工作。

《全唐五代诗》因参与单位多,主编六人,看法有所分歧,致进展缓慢。自 1992 年正式立项始,两次被古籍整理规划领导小组在项目名单上撤销。我乃详细介绍了此中曲折,请求指导与谅解。古委会建议由南京大学古籍所接手,完成初盛唐部分的未了事宜与中晚唐部分的出版工作,我以事情重大,牵涉广泛,不敢当即答应。迨至下月现任所长程章灿至古委会汇报工作,古委会重提此议,程章灿以责无旁贷,当即表示接受任务。

2010 年 10 月 11 日　广陵书社将御定《全唐诗》按初版原样影印后推出珍藏版。

该社以我撰写的《叙〈全唐诗〉成书经过》代替《前言》,送我一套,我乃将此书转送文学院。是日举行赠书仪式。

2010 年 12 月　决定写作一组治学经验谈。

凤凰出版社的《古典文学知识》杂志屡来邀约，希望为青年学者与学生介绍治学经验。我乃以《周勋初治学经验谈》为题，开始拟题撰写初稿。后于 2011 年 9 月始，至 2014 年 11 月止，连载了二十篇。随后将配上照片，于 2016 年出单行本。

2011 年 5 月 1 日　在南京晶丽宾馆举行《全唐五代诗》主编会议，决定重启编务工作。

我传达了古委会的意见、建议由南京大学古籍所接手完成初盛唐部分的未了事宜与中晚唐部分的出版工作。这一项目不能私自授受转移至其他单位或个人，陈尚君因认识上有差异，辞去了主编职务。其他五位主编一致表示接受古委会的建议，将项目转至南大古籍所。我校文学院乃举行系列会议，决定成立南京大学《全唐五代诗》工作委员会，由莫砺锋、徐兴无、程章灿负主要责任、古代文学重点学科内的成员全部参加，向学校汇报后，得到批准，并被列入 985 三期工程重大项目。

2011 年 10 月　徐兴无与陕西人民出版社联系，启动《全唐五代诗》后续工作。

徐兴无、程章灿应邀赴西安与陕西人民出版社商谈，取得一致认识，其后将由两单位合作出版全书。12 月 9 日，我处从陕西人民出版社取回初盛唐部分全部原稿复印件与清样。

2012 年 3 月 11 日　在南京国际会议中心举行《全唐五代诗》会议，启动下一阶段工作。

我介绍了全书编写中的成功与失败之处，依据事实，说明此书迟迟不能完成的原因，以及目下取得的进展。其他四位主编一致表示支持南京大学工作委员会的工作，古委会副主任杨忠，与南大副校长杨忠,陕西人民出版社宋亚萍总编均表示全力完成这一项目的坚定决心与意愿。与会作者坚决支持古委会的建议,与我们采取同一立场,立即与我们签署了出版合同。《中华读书报》记者吴菲于 3 月 21 日撰写专题《三百年等一回:从〈全唐诗〉到〈全唐五代诗〉》的报导,向外界介绍这一巨大文化工程即将面世的消息。

2013 年 5 月 22 日　江苏省委、省政府在西康宾馆举行"江苏省社科名家"授奖会议。

我忝列其中,由省长李学勇授予奖章、奖状。

2013 年 8 月 18 日　国家新闻出版总局、全国古籍整理出版规划领导小组公布首届向全国推荐优秀古籍整理图书,共 91 种。

我个人列入整理与主编的《唐语林校证》《唐钞文选集注汇存》《册府元龟校订本》三种,有人介绍称:入选数量之多,独一无二。

2013 年 10 月 12 日上午　至仙林校区参加"程千帆先生百年诞辰纪念会"。

我以老教师的身份向代表介绍了千帆先生振兴我古代学科的巨大贡献。下午在晶丽宾馆与傅璇琮、郁贤皓两位《全唐五代诗》主编讨论《编纂说明》的修改稿。决定以此列于《御定〈全唐诗〉的疏误与〈全唐五代诗〉的编纂》一文之后,全面介绍此书问世的全过程。

2014 年 5 月 20 日　在南京大学鼓楼校区礼堂接受陈骏校长授予的证书,荣膺"南京大学人文社会科学荣誉资深教授"称号。

2014 年 9 月　《宋人轶事汇编》由上海古籍出版社出版。

此书由我主编,具体工作由葛渭君、周子来、王华宝三人负责,前后工作了十六年始完成。

2014 年 10 月　《全唐五代诗》初盛唐部分由陕西人民出版社出版。

我与傅璇琮、郁贤皓、吴企明、佟培基任主编。全书首列我的《御定《全唐诗》的疏误与《全唐五代诗》的编纂》一文，从学术史的角度介绍产生此书的学术背景。工作经历了很多困难，我做了许多协调与谋划的工作。

2014 年 12 月 18 日　《宋人轶事汇编》出版新闻发布会在南京晶丽宾馆举行。

参加者有上海古籍出版社社长高克勤、副总编奚彤云，复旦大学古籍所所长陈广宏，华东师范大学古籍所所长顾宏义，上海师范大学古籍所所长戴建国，南京大学文学院的学者多人，古籍所全体人员与南京地区的部分专家共四五十人。大家对此书的成就予以高度评价，以为此书将对宋代文史研究起很大的推动作用。

2015 年 1 月 28 日　《全唐五代诗》初盛唐部分新闻发布会在南京大学曾宪梓楼举行。

参加者有主编、作者代表与各地专家四五十人。主编周勋初、郁贤皓、吴企明先后发言，傅璇琮书面发言（代读）。大家对前此工作作了回顾，对此书历时二十二年之后终于陆续完成表示庆贺。常务编委吴河清介绍了河南大学早期所做的工作。陕西人民出版社总编宋亚萍表示将与众多专家亲密合作，出好全书。南京大学《全唐五代诗》工作委员会汇报了承担最后审订加工的大量工作，对初盛唐部分的稿件与校样进行全面的校理、补订、增删、统稿并重新撰写部分稿件。修正原稿中的正文、诗人小传、校勘记的错误一千多处，剔除误收伪作三十多首，增补脱漏的诗人十馀家、诗数十首，遂使此书的质量又提高了一步。大家认为此书的出版将全面取代清编《全唐诗》，将唐诗研究推向新的高峰。民国时期为改编《全唐诗》而做了大量工作的李嘉言之女李之汤也参加了会议，对南京大学最后完成此书表示祝贺，对其父亲获得中肯评价表示感谢。大家还对为此书投入大量劳动且有重大贡献的学者陶敏等人表示缅怀。

2015 年 6 月 "江苏社科名家文库"《周勋初卷》由江苏人民出版社出版。

全书共收文史研究论文、序、叙录、访谈录、前言后记、教学讲演共二十五篇，前有《学术小传——我与传统的文史之学》，后有《学术年谱》。

2015 年 11 月 《文心雕龙解析》由凤凰出版社出版。

我在九位学生的帮助下，注完了全书。此书从学术史的角度研究《文心雕龙》，首列阐明宗旨的《前言》，每篇文章内有《解题》与分析等不同层次的解读，中间附入了十八篇研究文字，后加《后记》。

2015 年 12 月 《唐诗纵横谈》由北京出版社出版。

该社从我的唐诗研究文字中选出了数篇文字，编成此书，列入"大家小书"丛书。横向研究，列《唐诗文献综述》一种。该文原是《唐诗大辞典》的附录。凤凰出版社于 2008 年以《唐诗研究入门》为题重印过一次。纵向研究，内有《李白奇特的文化背景》等七篇论文。

2019 年 10 月 获得凤凰出版传媒集团作者年会"金凤凰"奖章。